David Foster

Der Garten am Ende der Welt

Roman

Aus dem australischen Englisch von
Wolf Koehler

Klett-Cotta

Für Kit Guyatt und Rory Shannon

Danksagungen

Mit seinen botanischen Schilderungen verfolgt der Erzähler eher die Absicht, die wahre Lage von Erinungarah zu verschleiern als sie zu enthüllen. Es wird deutlich, wie sehr er sich den Lehren von Toynbee, Frazer, Gibbon und vielen anderen (siehe Bibliographie) verpflichtet fühlt.

Die finanzielle Unterstützung der australischen Regierung in Form eines Keating-Stipendiums sei dankbar gewürdigt, ebenso eine kurze Assistenzzeit an der Universität von Neusüdwales. Mein Dank geht auch an Roger Milliss, Nicholas Jose und E. Annie Proulx für ihre Änderungsvorschläge.

Non datur ad musas currere lata via
Properz

Einleitung

In alten Postsäcken findet sich allerhand komisches Zeug. Falsche Zähne, Orden des Empire. Ein Blick hinein lohnt sich allerdings immer, man weiß ja nie, wann man vielleicht auf eine wertvolle Briefmarke oder eine Fünf-Schilling-Zahnbrücke stößt. Zufälligerweise bot es sich in meinem Beruf geradezu an, alte Postsäcke zu durchstöbern. Man könnte sogar sagen, es war Teil meiner Arbeit.

Normalerweise soll jeder Postsack, sobald ihm die Post entnommen ist, einmal gewendet werden, bevor er wieder benutzt wird, doch mancher junge, langhaarige Briefträger meint offenbar, er habe Besseres zu tun. Wie sonst erklären sich diese Stapel von überschüssigen, alles andere als gewendeten Postsäcken, wie sie oftmals in den Ecken von Motorradschuppen auf dem Land zu finden sind und die, wenn sie gewissenhaft umgedreht werden, einem gereiften, vertretungsweise eingesetzten Briefträger – der vielleicht nicht seine gesamte dienstfreie Zeit im Pub verbringen will – eine sorgenfreie halbe Stunde bescheren können?

Gegen Ende meines Arbeitslebens bei der Australia Post, über die man am besten möglichst wenig Worte verliert, befand ich mich auf einem zweiwöchigen Vertretungseinsatz in einer Kleinstadt tief im östlichen Gippsland – genaugenommen noch in Neusüdwales, für mich aber tiefer Osten von Gippsland, ganz tiefer Osten von Gippsland –, in Obliqua Creek. Grenzland. Der Ort diente als regionale Postleitzahl, was bedeutete, daß die gesamte von den verschiedenen umliegenden Nestern abgesandte Post im Motorradschuppen abgeladen und dort hinter Schloß und Riegel gehalten wurde, bis ein Lastwagen sie einsammelte, um sie zum nächstgelegenen Postzentrum zu bringen. Die Schließgewalt oblag mir, und ich glaube nicht, daß ich jemals einen solchen Haufen alter Postsäcke gesehen habe wie den, den ich in jenem Motorradschuppen vorfand. Es war eine wahre Fundgrube für alte Postsäcke. Da gab es altmodische blaue, auffallende gelbe und alles sonst, was noch dazwischenlag. Am häufigsten vertreten waren natürlich diese schmuddeligen grauweißen Leinendinger, in Gefängniswerkstätten gefertigt und groß genug für Seebestattungen, die einen bedrohlich in Alpträumen verfolgen, aus denen man dann schweißgebadet erwacht, wie es mir dieser Tage so häufig passiert. Hat wohl was mit der Chemotherapie zu tun, die ich gerade bekomme.

Eines Morgens hatte ich leichten Dienst. Das kommt vor. Zu früh für den Pub, weil ich nie gern der erste in der Tür bin, also schlenderte ich zum Motorradschuppen und fing an, ein paar dieser alten Säcke zu wenden. Das Herz klopfte, doch das Herz klopfte mir immer, wenn ich unaufgefordert ungewendete Postsäcke wendete. Ich war von meiner Arbeit wie besessen.

Juni 1990. Es ist komisch, wie Post ein Leben verändern kann. Ich habe zu meiner Zeit als Briefträger das Leben einiger Menschen verändert, wenn ich nach den Tränen, den Verletzungen und, jawohl, den Küssen urteile, die die Post aushalten mußte. Jetzt hat mir ein Poststück einen Zweck gegeben und mich doch in Erregung und Angst versetzt. Es hat mir eine Andeutung gemacht, was in der Dunkelheit lauern mag, die mich umgibt und die vor mir liegt. Es hat meinem Leben eine Bedeutung verliehen. Jetzt weiß ich, warum ich seinerzeit nach Australien ausgewandert und warum ich Briefträger geworden bin, und darüber bin ich froh. Ich wäre ungern gestorben, ohne es erfahren zu haben. Ich kann mich nicht entsinnen, ob ich damals im Juni 1990 krank war, denn ich hatte nie ein gutes Gedächtnis, außer für Post und Gesichter. Wenn man mich allerdings in eine fremde Stadt versetzt, dann kenne ich diese Stadt, jeden einzelnen Briefkasten, innerhalb einer Woche wie meine Westentasche. Das kann nicht jeder Briefträger. Es ist eine Gabe.

Da steckst du also mit dem Arm bis an die Schulter im Postsack und wühlst herum wie ein Sturmvogel, der ein Junges aus einem Nestloch herauszerrt, und hoffst bei Jesus Christus, daß du nicht die Fänge einer giftigen Trichterspinne oder einer Tigerschlange zu spüren bekommst. Du summst ein Stück von Mahler und nimmst durch die offenstehende Tür des Motorradschuppens den Anblick der Kleinstadt in dich auf. Mit der freien Hand könntest du dir vielleicht ein Zigarettchen drehen oder die Asche von dem abstreifen, das du gerade rauchst. Und dann spürst du es. Da ist irgendwas. Fündig geworden bei einer ruchlosen Kulthandlung.

Postwurfsendung? Könnte sein. Allerdings ein bißchen voluminös für Werbematerial. Postgut, das hätte ausgeliefert werden sollen? Das bringt dich in eine mißliche Lage. Was machst du damit? Zustellen? Vernichten? Das wieder bringt jemand anderen in eine mißliche Lage. Das eine wie das andere könnte Schwierigkeiten nach sich ziehen. Allerdings habe ich einmal einen Scheck über Pfund, Schillinge und Pennies mit fünfundzwanzig Jahren Verspätung zugestellt, als es nur noch Dollars und Cents gab, und niemand verlor ein Wort darüber.

Angle es heraus wie ein Tier aus der Tiefe, wie einen orangefarbenen Rauhfisch von den Abhängen unter der Meeresoberfläche. Leg es auf die Betonstufe. Prüfe es.

Übergröße. Großer Standardumschlag, an den Rändern ausgefranst wie die Augen eines Rauhfischs. Hätte freigemacht werden müssen. Keine Briefmarke, vielleicht ist die Marke abgefallen. Kein Datumsstempel. Stöbere ein bißchen herum, versuche, die Marke zu finden. Wende den Sack, keine Briefmarke. Hat nie eine gehabt.

Kann die Anschrift nicht entziffern. Kein Absender. Das Handgeschriebene bleich und geisterhaft. Jetzt die Lesebrille herausgeholt, jeder Sinn für Zeit schwindet.

»An alle, die es angeht.«

Also, eigentlich möchte man schon, nicht wahr? Du würdest so etwas am liebsten wegschmeißen, wenn du schwere Post zu sortieren hast. Du möchtest sie in einen Sack werfen, und es würde dein Gewissen nicht sonderlich belasten, sie nie wiederzusehen.

Na ja, vielleicht sollte ich sie öffnen, dachte ich mir. Bloß um sicherzugehen.

Gedichte! Was für eine Enttäuschung, irgendwas aus dem verdammten Knast. Weh mir, zum Refrain des Selbstgerechten, der die Spitzen von Zeigefinger und Daumen als kleinstes Violinorchester der Welt aneinanderreibt. Wenn du deine Zeit nicht absitzen kannst, dann begeh doch das Verbrechen nicht erst.

Natürlich werfe ich einen Blick auf die ersten Zeilen, ganz wie ein geschäftiger Lektor. Durch die Lesebrille.

Hmm. Interessant. Lese weiter. Irgendwas daran fasziniert. Jetzt einen klaren Kopf behalten. Stecke es in die Hosentasche und nehme es mit auf meine Bude. Studiere es in Muße auf dem konkaven Bett in meinem Zimmer im Hotel Terminus. Redigiere es ein bißchen, aber nur dort, wo es nötig ist. Ein eigenartiges Werk. Ich bin mir nicht sicher, ob ich damals, 1990, die ganze Tragweite begriff. Doch seither habe ich an wenig anderes gedacht. Und Mysterien beugen sich dem Verstand nie gänzlich. Dazu sind sie nicht da. Das griechische Wort *mysterion* bedeutet: »Das, was nicht erörtert werden darf«. Doch den Papst hat es nicht abgehalten, also wird es auch mich nicht abhalten.

Ich glaubte, ein Argument gefunden zu haben, um zu beweisen, daß ich der Papst war. Ich schaute erneut hin und sah, daß es ein Stück fleckiger Seife war. Lewis Carroll.

Düstere Themen. Entmannung. Göttinnen. Ein Grünbrauner Mann, der in lebende Farne und Moose gehüllt zu sein scheint. Die Geschichte eines Sterblichen, den wir Attis nennen wollen, angetan von einer Göttin der Lichtung namens Brigid und den oberflächlich tragischen Folgen ihrer Liebe. All das anscheinend auf ganz unbefangene Weise von einem schwerlich wissenschaftlich gebildeten Geist hier vor Ort angesiedelt.

Nachahmungen höfischer Minne und ihrer heiligen Antithese.

Verschwommen erkenne ich eine griechische Sage, von den Romantikern unerklärlicherweise übersehen. Ist dies meine letzte Chance, es wiedergutzumachen? Am letzten Tag meiner Vertretung hier schlendere ich also zum Postmeister hinüber. Ganz beiläufig gewissermaßen.

»Erkennen Sie die Handschrift, Chef?« sage ich da und halte ihm den zerknitterten Umschlag hin.

Doch er bearbeitet gerade einen Reisepaßantrag für eine Frau, die ihren Namen fünfmal geändert hat. Er kann auch nicht helfen.

»Ja, die Frau, die auf dem Wasser am Wehr erschien, als Finn MacCool vorbeischaute, wurde hier ebenfalls gesichtet« – das ist eine Zeile aus dem Gedicht. Was wir in dieser Dichtung finden, ist eine weiße Traumzeitgeschichte, urverwandt mit der Landschaft der Aborigines, aber herausfordernd pastoral, so etwa wie die Hippies waren. Und die Iren kamen ja in beträchtlicher Zahl hierher, was vielleicht den Kontext erklärt. Es ist mir tatsächlich gelungen, den Mann aufzuspüren, der dieses Gedicht verfaßt hat, das beste Stück postalischer Detektivarbeit, das ich je geleistet habe.

Denn ich habe damit einen unabhängigen Informanten gefunden. Und Kimbo bestätigt, daß ihnen während einer Zeit, als sie in jenem Tal von dieser Welt faktisch abgeschnitten waren oder es hätten sein können – wenn sie klug genug gewesen wären, innerhalb ihrer Glaubensordnung, so etwa von Mitte 1979 bis Mai 1986, Stillschweigen zu bewahren –, eine Göttin namens Brigid erschienen war. Heute wollen sie nicht mehr über sie reden. Ihre Lippen sind versiegelt und die meinen auch. Wenn man auf seiner letzten Etappe ist, will man schließlich nicht das Risiko eingehen, über die Götter zu lästern. Brigid, vielleicht eine Erscheinung – der Blaue Schäbling, ein psilozinhaltiger Pilz, kam in jenem Tal einst im Überfluß vor, obwohl er jetzt ausgestorben ist –, Brigid jedenfalls überredete die Männer dazu, sich zu entmannen, obwohl es drei gab, die an dieser neuen Glaubenslehre nicht teilhaben wollten. Natürlich sind alle Kommunen zum Scheitern verurteilt, und auch diese, trotz offensichtlicher Vorteile, scheiterte, sobald erst einmal die Isolation endete und die jüngere Generation Zugang zum Fernsehen erlangte, auf die übliche Weise, und das Scheitern ging mit einer allmählichen Zermürbung der Visionskraft und der

Entschlossenheit einher, was sich im Verlangen nach Bargeld äußerte und dazu führte, daß immer mehr fähige Leute den Gelben Pfad hinauf aus dem Tal abwanderten. Bis zu dem Punkt, da die Kommune funktionsunfähig wurde. Der letzte Schlag war dann der Entzug der Kinder durch den Staat im Jahr 1989 um ihres eigenen Wohls willen. Nein, in den Zeitungen war nichts darüber zu lesen; Rupert Murdoch fand, es sei im besten Interesse der Kinder, den Leuten die Angelegenheit vorzuenthalten.

Eine Komplikation gab es allerdings: Während des Zeitraums der Autarkie unterzogen sich einige Kommunarden einer Metamorphose. Sie verschwanden, um als Bäume wiederzukehren. Also, man kann die Reaktion der Sozialbehörde verstehen, und auch für mich ergab es keinen Sinn, bis ich mich entsann, daß das Wort »Brigid« im Gälischen etymologisch mit dem Wort »phrygisch« verwandt ist. Könnte es sein, fragte ich mich, daß das, was in jenem Tal geschah, eine wenn auch fehlgeschlagene und abwegige Erscheinung des anatolischen Kults der Großen Mutter war? Wir wissen, daß er sich bis hin nach Helgoland ausgebreitet hatte. Und wir haben Grund zu der Mutmaßung, daß bestimmte irische Stämme von Anatolien her nach Irland gekommen sind. Die Galater waren Kelten.

Könnten wir mutmaßen, hätte ich sagen sollen; und besonders in der Provinz Phrygien. Der Leser wird sich entsinnen, daß Phrygien während der Jahre der griechischen und römischen Besetzung beträchtlich wuchs.

Was folgt, ist eine Glosse, eine Ergänzung zur *Ballade von Erinungarah*. Eine Sicht aus dem Verstand heraus, zu lesen in Verbindung mit der Sicht aus dem Herzen des Dichters, um ein stereoskopisches Sehen zu ermöglichen. Das Evangelium mit Kommentar versehen. Was die Ballade selbst betrifft, also, ich habe sie an eine Literaturagentur geschickt, aber die haben bisher noch nicht geantwortet. Ich selbst habe jetzt keine Zeit mehr zu verlieren.

Ich bin im Schreiben nicht sonderlich erfahren, von kurzen, scharfen Mahnungen abgesehen, in denen der Ausschluß von der Postversorgung als Folge nicht vorgenommener Wegsperrung von Hütehunden angedroht und Notmaßnahmen wegen chronischen Nichtbereitstellens eines Briefkastens dargelegt werden, aber ich habe einmal an einem Kursus für kreatives Schreiben teilgenommen und ihn erfolgreich abgeschlossen, was mir Zuversicht verleiht. Sollte sich diese Zuversicht als fehl am Platz erweisen, darf ich um Nachsicht bitten, um so mehr, als es mit meiner Gesundheit bergab geht, so schnell wie mit der Gesundheit der postmodernen nachchristlichen postwestlichen Kultur um mich herum.

Oh, warum habe ich mich nur darauf eingelassen, warum ärgere ich mich mit dieser bizarren und dürftigen Geschichte herum? Weil meine Recherchen darauf hindeuten, daß die Ballade eine historische Grundlage hat, und weil für diese unsere Kultur alles schrecklich falschgelaufen ist. Nach Ansicht von F. R. Lewis kann unser Wohlstand nicht als eine Angelegenheit zufriedener Beschaulichkeit angesehen werden. Kulte entspringen fruchtbarem Boden. Ich kann mich kaum dazu aufraffen, die gesegnete Kirche oben auf dem Berg zu besuchen, und man braucht doch einfach ein bißchen Trost, wenn man im Sterben liegt und keine Familie hat. Falls es wirklich zutrifft, daß sich in jenem Tal das zutrug, was sie behaupten, und selbst, wenn es *nicht* stimmt – jetzt ist es heraus –, sehe ich mich veranlaßt zu schlußfolgern, daß das Tal sieben Jahre lang ein Land der Ewig Jungen war. Und falls Brigids Gerede von einem »gebrochenen Versprechen«, von dem der Dichter immer wieder spricht, ernst zu nehmen ist, liegt der Schluß doch einfach nahe, daß die christliche Kirche bereits sehr frühzeitig auf Abwege geraten ist, geradeso wie ich. Ich vermute, Gibbon würde mich unter Bezugnahme auf jene frühe, verbotene kirchliche Sekte einen »Phryger« nennen. Doch bei allem, was heute passiert – dieser Überbevölkerung, diesem Herunterwirtschaften von Flur und Forst, diesen unrealistischen Forderungen, die an die Menschen gestellt werden, diesem Treibhauseffekt, diesem Versalzen der Böden, diesen Diakonissinnen, die ordiniert werden wollen, diesen Priestern, die verlangen, heiraten zu dürfen, diesem Body-Piercing und dem sexuellen Sadismus, die alle kein Ende zu nehmen scheinen, dieser Kaltschnäuzigkeit – es gibt einen Grund dafür. Er zielt auf etwas ab. Er zielt auf eine Lösung. Es gibt eine Lösung dafür. Ich habe diese Lösung gefunden. Ich glaube, in einem leblosen Poststück auf dem Grund eines nichtgewendeten Postsacks im Motorradschuppen eines Postamts, das seither in eine Agentur umgewandelt wurde, in Obliqua Creek, einer Kleinstadt am Arschende dieser Welt.

An alle, die es angeht. Christus war ein Eunuch.

Auf unserem wunderschönen Land
haben wir uns eine Kuppel gebaut,
und jetzt haben wir alle ein Heim
und gehören einer Familie an.
Gesang der Gemeinschaft der Oneida-Indianer
im Gebiet von New York, 1848

Quis tamen adfirmat nil actum in montibus aut in speluncis?
(Wer behauptet denn, in der hintersten Provinz hätten sie nichts erreicht?)
Juvenal

Alle diese Menschen stellen, von oben betrachtet, überwiegend eine trostlose oder lächerliche Komödie dar; und dennoch sind sie beeindruckend schlicht wie jene Galiläer, die einst als gesegnet bezeichnet wurden.
Carl Jung

Setzt eure Kriege nur fort, ihr Narren, wie ehedem.
Ich bin die Kultur, für die ihr kämpft.
Hugh MacDiarmid

Arbeiter der Welt, verstreut euch.
Fred Richardson, 1970

Inhalt

Akt 1– Szene 2

Akt 3

Akt 2– Szene 2

Akt 1– Szene 3

Akt 4

Akt 5

Epilog

Bibliographie

Die Hauptpersonen

So, wie es 1968 um sie stand. Soweit bekannt, ist in Klammern auch der Stand im Jahr 1995 angegeben.

Mutter und Vater der Revolution

Phryx Pfingstl: Ende sechzig. Fülliger, holzkohlegeschwärzter Eunuch mit gebrochener Nase, durch die Heilige Pumpe entmannt. Gatte von Gwendolyn der Hexe. (Von Mehmed ermordet.)

Gwendolyn Bletherstone Mayall: Ende sechzig. In der *Ballade* die Hexe, die, vom Heiligen Stein inspiriert, mit ihrer Visionskraft die Offenbarung deutet. (Von Mehmed ermordet.)

Diverse Einzelgänger

Michael Ginnsy: Mitte zwanzig. Rote, hüftlange Haare, große, ausgemergelte Gestalt. Gitarrist. Zylinderhut, dunkle Brille. Lange Arme. Hüter der Heiligen Pumpe. Ständig zugeknallt. Wurde zum Eunuchen. (Leidet an Alzheimer.)

Barbara Byng: Anfang zwanzig. Schmächtig, blond, Sommersprossengesicht, große Ohren, Zahnspangen. Studentenorganisatorin. Durch Derek Frodsham zukünftige Mutter von Morgenröte. (Gegenwärtig Senatorin und Ministerin.)

Derek Frodsham: Mitte zwanzig. Kleiner, dunkler, pickliger, unter vorzeitigem Haarausfall leidender, der Arbeiterklasse entstammender Naturwissenschaftler aus Nordengland. Nägelkauer. Trotzkist. Mit Barbara Byng zukünftiger Vater von Morgenröte. Wurde zum Eunuchen. (Zuletzt gesehen, wie er im Postzentrum von Westsydney als Sortierer arbeitete.)

Mehmed Contramundum: Anfang dreißig. Großer, harter, tätowierter Tschetschene. Überzeugter Umweltschützer und Söldner. Verteidiger des Hains. Führte die phrygische Mütze im Tal ein. Erscheint in der *Ballade* nach Jahren der Kasteiung als Eremit im Tal als der Grünbraune Mann. Mörder von Gwen und Phryx. Entmanner von Smitty. Adoptivvater des Attis. (Der Metamorphose verdächtig.)

Balthazar Beauregard: Mitte zwanzig. Braune Haare, muskulöser Soft-Drug-Dealer/Landschaftsgärtner und Goldschmied. Langjähriger Kommunarde. Lieferer des Penisrings an Mehmed. Jünger eines indischen Gurus. Mit Paula Zoshka zukünftiger Vater von Morgendunst, mit Schwester Annunciata von Galaxie und Nebula. Wurde zum Eunuchen. (Gilt als verschollen, vermutlich verstorben.)

Schwester Annunciata: Ende zwanzig. Nonne, die auf der Suche nach dem wahren Jesus der patriarchalischen Kirche den Rücken kehrte. Sie war es, die laut Kimbo als erste die Göttin Brigid erblickte. Durch Balthazar Beauregard zukünftige Mutter der Zwillinge Galaxie und Nebula. (Putzfrau in Leura.)

Johnny Dakota: Ende dreißig. Kanadischer Sänger mit Indianerblut in den Adern. Gast im Nachtclub Latin Quarter in Sydney. Setzte Michael Ginnsy bei den Aufnahmen zu einem seiner Alben ein. (Tauchte laut der *Herald Metro* kürzlich im Three Weeds Hotel in Rozelle auf.)

Maximilian Worboise: Mitte zwanzig. Übergewichtiger Atomwaffengegner, der das Tal im Mai 1986 verließ. (Noch immer übergewichtiger Atomwaffengegner. Bei Greenpeace aktiv. Besatzungsmitglied der *Rainbow Warrior.* Trägt sein fettiges Haar in einem Pferdeschwanz.)

Grainger: Mitte zwanzig. Verließ wie Maximilian das Tal am oder um den Tag der Passion herum. Der Schweiger. Legte ein Gelübde ab, bis zum Ende des Vietnamkriegs zu schweigen, doch als der Vietnamkrieg vorbei war, beschloß er, auch weiterhin zu schweigen. (Berater für Seniorenangelegenheiten bei der Antidiskriminierungsbehörde.)

Fiona: Mitte oder möglicherweise Ende zwanzig. Diabetikerin. Dickes, umgängliches Mädchen, von Schwester Annunciata gut gelitten. (Lebte in der Höhle und ist offenbar auch dort gestorben.)

Smitty: Ende zwanzig. Vorarbeiter in der Forstwirtschaft. Meisterlich im Umgang mit der Axt. Ehemann von Breda, Kimberley Moons ehemaliger Frau. Sie ließ die Ehe annullieren. Vormann auf dem Einschlagplatz, als Mehmed seinen letzten Mord beging. Von Mehmed entmannt und sexuell mißbraucht. (Beging Selbstmord.)
Wozza: 1968 Mitte siebzig. Pensionierter Goldschürfer mit einem klein bißchen Aborigineblut in den Adern. Lebte jahrzehntelang in Wozza's Camp auf der Fossicker's Flat, in jüngster Zeit jedoch in der Ruffit Lodge in Wozzawunwun. Blind. Weiß mehr über die Kommune als er aus Angst davor, daß seine Anmerkungen den Weg in die Abteilung für mündlich überlieferte Geschichte der Nationalbibliothek finden könnten, ausplaudern möchte. (Führt noch immer sein primitives Leben in der Ruffit Lodge.)

Monicas Sippe

Monica Ecks: Ende zwanzig. Grünäugige, blonde Südstaatenschönheit und ehemals Modell auf dem Ausfaltblatt des *Playboy*. Mutter von Alexander (durch ihren ersten Mann, der nicht in dieser Geschichte vorkommt), durch ihren zweiten Mann Calvin Ecks (der darin vorkommt) Mutter von Cindy Ecks und durch Darryl MacAnaspie zukünftige Mutter von Harley und Norton. Großmutter von Passionsblume. (Jetzt wiederverheiratet mit Wohnsitz in Florenz. Hierbei handelt es sich um das Florenz in Italien, nicht um die Stadt Florence in Alabama.)
Calvin Ecks: Ende zwanzig. Blonder, grünäugiger Biowissenschaftler aus dem Mittleren Westen der USA. Ehemann von Monica Ecks. Erfinder der Grünen Munga, einer nahrhaften, doch widerwärtig schmeckenden Paste aus den Blättern des Eukalyptusbaums. Mit Monica Ecks Vater von Cindy und mit Nisi Papadimitriou zukünftiger Vater von Pflaumenblüte. Großvater von Passionsblume. Wurde nie Eunuch. (Arbeitslos, wohnhaft Wooddenbong, PLZ 2476.)
Eugene Ecks: Anfang zwanzig. Calvins jüngerer Bruder, durch seinen Einsatz als Wehrpflichtiger in Vietnam traumatisiert. Machte während eines Wehrurlaubs von Sydney aus die Mücke.

Kuppelbauschwärmer und Verehrer von R. Buckminster Fuller. Heroinabhängig, ist nie Eunuch geworden. (Arbeitslos, wohnhaft Byron Bay. Bezieht im Rahmen des Methadon-Programms kontrolliert Drogen.)
Cindy Ecks: 1968 noch in der Vorschule. Schöne, reizende Tochter von Monica und Calvin Ecks. Verliebte sich in Timothy. Wurde von Timothy verlassen. Dadurch indirekt dafür verantwortlich, daß Timothy die *Ballade* geschrieben hat. Durch Timothy Mutter von Passionsblume. (Arbeitslos, wohnhaft Wooddenbong, keine Postleitzahl.)

Nisis Sippe

Nisi Papadimitriou: Ende zwanzig. Übergewichtiges Flittchen aus dem westlichen Teil von Neusüdwales, verfügte jedoch über eine gewisse sexuelle Anziehungskraft. Aktive Kriegsgegnerin. Pferdenärrin. Mutter des Dichters Orion (Timothy Papadimitriou), Mutter von Aloysius O'Looby, durch Olaf Abernathy zukünftige Mutter von Pinselschwänzchen, durch Calvin Ecks Mutter von Pflaumenblüte, durch Kimberley Moon von Terebinthe. Lebte in eheähnlicher Gemeinschaft mit Olaf Abernathy, der volle zehn Jahre jünger als sie ist. (Viehzüchterin in Camooweal.)
Olaf Abernathy: Zwanzig. Einfältiger bebrillter Versager. Großvaterbrille. Jedoch guter Handwerker. Als Wehrpflichtiger zum Dienst in Vietnam eingezogen. Beging Fahnenflucht. Lebte in eheähnlicher Gemeinschaft mit Nisi Papadimitriou; Stiefvater von Timothy Papadimitriou (Orion der Dichter) und Aloysius O'Looby. Mit Nisi Papadimitriou zukünftiger Vater von Pinselschwänzchen. Wurde zum Eunuchen. (Zuletzt gesehen, wie er als Lagerarbeiter und Packer im Gebiet von Cairns arbeitete. Jetzt Transvestit, nennt sich »Olive«.)
Timothy Papadimitriou: Vorschulkind. Orion der Dichter. Schrieb die *Ballade von Erinungarah.* Mit Cindy Ecks zukünftiger Vater von Passionsblume. Nachdem er hier vor Ort auf die High School geschickt wurde, brannte er mit diesem Johnsonbiest aus Bunoo Bunoo durch. Computerfreak. Diplomingenieur für Elektrotechnik. Wurde zum Eunuchen. (Jetzt Insasse des Bloomfield-Heims in Orange.)

Aloysius O'Looby: 1968 neun Jahre alt. Schwieriger, gestörter und antisozialer Typ. Mochte westindische Musik. (Konnte ihn nicht ausfindig machen, gehe aber noch verschiedenen Hinweisen nach.)

Dianes Sippe

Diane Zoshka: Um die sechzehn. Anarchistische High-School-Aussteigerin. Die treibende Kraft in der Kommune. Lebte in eheähnlicher Gemeinschaft mit Attis; Mutter seiner Kinder Abendröte und Sonne. Verteidigerin der Familie. Gemäß der *Ballade* dank der Gnade von Göttin Brigid selbst zur Göttin geworden. Todfeindin von Brigid. Entzündete das Feuer, das den Kuppelbau niederbrannte. (Verwandelte sich zusammen mit ihren Kindern zu einer nur in diesem Tal vorkommenden Waratah: *Telopea doliveresiana*, das »Trauerweib«.)

Paula Zoshka: Mitte zwanzig. Barfrau und Erbin. Ältere und im klassischen Sinn schönere der beiden hübschen Zoshkaschwestern. Hatte eine Schwangerschaft nach der anderen. Bedauerte es jedesmal aufs neue. Durch Brian Chegwodden zukünftige Mutter von Eukalyptusblüte und durch Balthazar Beauregard von Morgendunst. Fertigte die phrygischen Mützen an. (Arbeitslos, wohnhaft Double Bay.)

Brian Chegwodden: Ende zwanzig. Frustrierter Schriftsteller. Dunkelhaariger, gutaussehender, schiefgewachsener Journalist, dessen Mutter eine Geldheirat gemacht hat. Besuchte eine gute Schule. Liebt den Alkohol und die Frauen, aber geht uns das nicht allen so? Ein hoffnungsloser Fall, was manuelle Arbeit angeht, hatte aber einen grünen Daumen. Lebte in eheähnlicher Gemeinschaft mit Paula Zoshka; mit Paula zukünftiger Vater von Eukalyptusblüte. Wurde zum Eunuchen. (Gegenwärtig Redakteur bei verschiedenen Computerzeitschriften, wohnhaft in Hongkong.)

Die MacAnaspie-Sippe

Horrie MacAnaspie: Mitte sechzig. Erdbeweger, Sägewerker und Viehzüchter. Veteran des Zweiten Weltkriegs. Sohn von Charlie, Vater von Norman, Barnie, Darryl und Fergus. Adoptivvater von Attis. Haßt Ziegen und mag seine Nachbarn nicht sonderlich. (Verstorben.)

Iris MacAnaspie: Mitte sechzig. Ehefrau von Horrie. Mutter von fünf Jungen. Stammt aus dem Granitgebiet. Bäckt ständig Kuchen. Spült ständig Geschirr. Wünschte sich sehnlich, daß Attis Anwalt wird. (Hat Alzheimer und ist stocktaub.)

Charlie MacAnaspie: Anfang neunzig. Patriarch von Wonderview und Eigentümer des Tals. Veteran von Gallipoli. Trägt lediglich Unterwäsche. Selbstsüchtiger Geizhals. (Verstorben.)

Barney MacAnaspie: Anfang dreißig. Ältester der MacAnaspie-Jungs. Meldete sich freiwillig zum Einsatz in Vietnam. (Zur Zeit Kontraktarbeiter für Erdbewegungen, Viehzüchter und Vorarbeiter auf dem Holzplatz von Obliqua Creek, wohnt in Wonderview. Wehrführer der Buschfeuerwehr von Obliqua Creek. Vater von vier Töchtern. Zeigt kein Interesse am Tal.)

Darryl MacAnaspie: Ende zwanzig. Forstschlepperfahrer, Motorradfahrer. Rastus der Rodeo-Clown. Mit Monica Ecks zukünftiger Vater von Harley und Norton. Wurde nie zum Eunuchen. (Lebt mit seinen Söhnen noch immer im Tal. Wiederverheiratet. Schlägt im Tal weiterhin Holz ein.)

Fergus MacAnaspie: Ende zwanzig. Forstschlepperfahrer. Seines Vaters Liebling. Prügelt sich täglich mit Darryl. Wurde zum Eunuchen und zum ersten Abt des Klosters. (Beging im Juni 1987 Selbstmord.)

Norman MacAnaspie: Anfang zwanzig. In seiner Entwicklung zurückgeblieben. (Noch am Leben und noch immer eine Last für seine Familie.)

Attis MacAnaspie: Etwa sechzehn. Ungewöhnlich gutaussehend, doch fehlt es ihm an Persönlichkeit, zumindest im folgenden Werk. Honigjäger und hervorragender Buschkenner. Gut in der Schule. Wurde von Fergus MacAnaspie als Neugeborener im Sägewerk gefunden. Lebte in eheähnlicher Gemeinschaft mit Diane Zoshka; mit Diane Zoshka zukünftiger Vater von Sonne und Abendröte. Adoptivsohn sowohl von Horrie MacAnaspie als auch vom Grünbraunen Mann. Der von Brigid Auserwählte. Das Musterexemplar. (Verwandelte sich nach Selbstent-

mannung zu einem Mallee. DNS-Tests weisen auf einen Hybrid aus verschiedenen örtlich vorkommenden Arten hin.)
Kimberley Moon: Kimbo. Mein kleiner Kumpel. Mein kleiner Spezi. Ende zwanzig. Freund von Darryl und Fergus. Hypersensibler Reitersmann und Buschballadendichter. Rodeostar. Vertrat sein Land beim Offenen Ritt mit Sattel. Engstehende Augen, lahmt auf einem Bein. Warf seinen Sattel den Sunrise Lookdown hinunter. Ehemals mit Breda Smith verheiratet (die Ehe wurde annulliert). Mit Nisi Papadimitriou zukünftiger Vater von Terebinthe. Wurde zum Eunuchen, erhält jedoch eine Hormonbehandlung. (Betreibt den Laden von Wozzawunwun. Verkaufte dort phrygische Mützen.)

Euer Erzähler
D'Arcy D'Oliveres. 1995 Mitte sechzig. Friedensrichter, Abschlußzeugnis eines Kurses in kreativem Schreiben. Anglo-keltischer ehemaliger Postangestellter und früherer Wanderbienenzüchter. Erster Stellvertreter des Wehrführers der Buschfeuerwehr von Obliqua Creek. Erster Vizepräsident des Bowlingklubs von Obliqua Creek. Anatolienliebhaber. Entdeckte und überarbeitete die *Ballade von Erinungarah.* Eine Stimme des Skeptizismus im späten zwanzigsten Jahrhundert. (Verstorben.)

Prolog

Einführung: Die Flora von Chile

Jenseits der Mallee-Heide, über die Sandsteinklippen hinweg, die die Schornsteine der Leisure Coast säumen, erblicken wir landeinwärts die Hochebene des Monaro. Wir erkennen windschützende Reihen von Monterey-Zypressen, lärmende weiße Kakadus, die sich zu Anstürmen auf Getreidesilos sammeln.

Nachdem wir das Auto auf dem trostlosen Friedhof des Örtchens Delegate abgestellt haben, wollen wir zum Klang von Barbers *Adagio für Streicher* zum lockenden Tasman aufbrechen. Bald schon sehen wir in einem urwüchsigen Wald, in dem die Erde satt und tief ist, vor uns die größten blühenden Pflanzen auf dem Raumschiff Erde: Backsgenossen-, Berg-, Zucker-, Affeneukalypten und als allerschönste der 700 Unterarten des Eukalyptus den Glanzeukalyptus. Doch der Basalt geht bald zu Ende, der darunterliegende Basalt, und wir gelangen in rauheres Gelände. Zwischen der Küste und uns liegt eine Feste, eine Wildnis aus Wasserscheiden. Gäbe es an der Rodung dieses Gebiets auch nur einen Dollar zu verdienen, dessen darf man sicher sein, wäre die Rodung längst erfolgt. Wo kann man hier ein Päckchen Zigaretten kaufen, den Tank auffüllen? Gott sei Dank, da gibt es einen Gemischtwarenladen und hinter dem hochaufragenden Plateau im Osten Anzeichen von Ansiedlungen im nächsten Paralleltal. Richten wir unseren Besuch zeitlich so ein, daß er der Wiedereröffnung der Straße durch die Schlucht im Mai 1986 vorausgeht. Dem *coup de grâce*. Wir könnten jetzt mit einem Langholzlaster hineinfahren, was wir aber nicht tun werden; wir gehen zu Fuß hinein, wie es sich für ehrenwerte Herren gehört. Und Damen, soweit der Austragungsort es zuläßt.

Lilly-Pilly-Myrte und Brennesselbaumfarn, australischer Seidelbast – einer unter Myriaden –, Rapanea und Scheinolive. Der Regenwald, durch den wir hinabsteigen, beschwört einen unberührten Peleponnes herauf; er ist nicht nur zum Bewundern da, sondern wir fühlen uns hier richtig wohl. Unsere Vorväter verabscheuten den Busch von Sydney und bewunderten die Regenwälder von Wollongong. Unglücklicherweise stellte sich heraus, daß die Regenwälder leichter zu roden waren, da die in ihnen vorkommenden Arten mit einigen wenigen örtlichen Ausnahmen – Bolwarra, Falsches Rosenholz, australischer Lorbeer – keine unterirdischen Ausläufer bilden, nachdem sie abgebrannt worden sind. Ganz plötzlich ein Sommernachtstraum aus Zerr-Eiche und Edlem Lorbeer. Wir können die Spaltfußgänse hören, die auf der Bachebene ihre Diener machen und ihre Stimmen denen des rauschenden Bachs und der dezenten Glockenvögel hinzufügen. Ein Wasserdrachen sonnt sich auf einem Felsen, hält Aufsicht über das späte Licht. Die Zugänge zu dem schmalen Bach – ob nun als nachbrechendes schwarzes Ufer oder sandige Abschnitte – sind, wie wir sehen, von Spalthufern zerwühlt und mit Gemeiner und Breitblättriger Brombeere überwuchert. Das gegenüberliegende steile Ufer, einstmals Weideland, ist von Blasenkirsche und Feuerkreuzkraut befallen. Man kann den Motor, einen 3-PS-Ronaldson-Tippett für Benzin oder Petroleum, kaum erkennen, der die doppelt wirkende Kolbenpumpe am diesseitigen Ufer antreibt. Der umliegende Grund und Boden der üppig grünen Bachebene, örtlich mit Poleiminze überzogen, hier und da Spuren von Luzerne und Mauer-Erdrauch aufweisend, ist erst kürzlich mit Schößlingen von Glanzeukalyptus aufgeforstet worden, die mit Draht umwickelt sind, um sie vor Schädigungen durch wilde Ziegen zu schützen, die durch allmähliches und zielbewußtes Rückwärtstreten einen Baum bis zu einer Höhe von fünf Metern von seiner Rinde befreien können. Wenn wir uns in alle Richtungen umschauen, erkennen wir, daß jeder Winkel dieses Tals die Überreste ehemaliger Behausungen beherbergt, errichtet ohne Sinn für einen bestimmten Baustil. Einige, die an Häuser erinnern, wie sie von den ersten ionischen Kolonisten in Eile errichtet wurden, könnten von einem kräftigen Mann an einem einzigen Tag abgerissen werden. Um sie anzustreichen, bräuchte man keine Leiter. Bei anderen, noch unversehrten, steigt Rauch aus den Schornsteinen, und neben den jeweiligen Abfallhaufen ist ein Achtzylinderfahrzeug und gelegentlich ein Forstschlepper geparkt. Manch ein heruntergekommenes Beet ist zur Freude des Leierschwanzes geblieben, und Jonquillen, von Wombats verschmäht, kennzeichnen die Stellen, an denen sich einst prächtige Gärten mit Exoten befanden. Bis auf eins haben alle Häuser Böden aus gestampfter Erde, die mit Bienenwachs und Leinöl versiegelt sind, und alle außer einem sind aus Lehmziegeln und ergrautem, gut abgelagertem Rotem Flußeukalyptus erbaut, was einen Botaniker, dem sicher auch nicht bekannt ist, was für ein Loch ein Schienennagel hinterlassen kann, verwundern mag, da im Umkreis von hundertfünfzig Kilometern um dieses Tal kein Roter Flußeukalyptus wächst. Das einzige konventionelle Gebäude neben der Stelle, wo sich früher der größte geodätische Fünfachtelkuppelbau mit dreifacher Wiederholung auf der südlichen Halbkugel erhob – der insofern, als von seinen sieben Pfeilern aus Rot-Zeder, die einst den Fußboden trugen, nur noch einer übrig ist, Gedanken an jenes siebente Weltwunder der Antike heraufbeschwört, den Tempel der Diana in Ephesus nämlich, der in der heutigen Türkei als eine solitäre Säule mit einem Storchennest auf der Spitze fortbesteht –, dieses eine konventionelle Haus, mit Wombatbeere und Anwaltsrebe überwuchert, beherrscht von einer weitläufigen Veranda den besten Blick ins Tal, denn es steht so recht in der Mitte der Ebene, lediglich mit einer riesigen, majestätischen Schwarzakazie, deren Rinde durch das Scheuern des Viehs gezeichnet ist und die vor Filzfarn förmlich trieft, zwischen sich und dem Bach, der unterhalb der Wasserfälle von einer ungewöhnlichen Kombination aus Sassafras und Glanzeukalyptus, hier oben jedoch von Kanooka, Zuckereukalyptus und Eisenholz gesäumt ist und die grauen und weißen Steine eines einheimischen Zengartens überspült. Und wenn wir die Uhr auf einen Zeitpunkt zurückstellen könnten, als Koala Kottage mit zwei K noch das einzige Haus im gesamten Tal war und ein Großteil der Ebene ein Weingarten, dann könnten wir vielleicht ein älteres Pärchen beobachten, das im letzten Licht eines Spätoktobernachmittags auf der Veranda sitzt. Jeden Nachmittag sitzt es hier und lauscht dem nachahmenden Leierschwanz, wie er irgendwo oben auf dem westwärts gewandten Felsvorsprung in vollkommener Kopie jetzt den volltönenden rüpelhaften Ruf einer Würgerkrähe imitiert, jetzt die zurückhaltenden begleitenden Vokale eines Rosella, jetzt das »Iiie-tschong, scho-ie-scho-ie-scho-ie« des Schlichtmanteldickkopfs, jetzt das abfallende Trällern des Seidenlaubenvogels, dieses känguruhgleich hüpfenden Ruins eines jeden Gemüsegartens. Und während einer Pause in diesem Rezitativ wendet sich der alte Mann, der Phryx Pfingstl heißt, in einem BBC-Akzent an Gwen Bletherstone Mayall, die alte Frau.

»Du hattest prophezeit, ein farbiger Kleinbus würde ins Tal kommen, Gwen, doch jetzt ist der Ewige Friede gestört worden, so daß die Straße in die Außenwelt völlig blockiert ist und die Ernte den Würmern zum Opfer fallen wird.«

Der füllige Phryx hat die Angewohnheit, sich die Augenlider und die Augenbrauen mit Holzkohle zu schwärzen. Sein Gesicht ist glatt, wenn auch durch eine schlimm gebrochene Nase entstellt, und seine Stimme ist hoch. Den sonoren Bariton *de rigeur* mit dem BBC-Akzent gibt es nicht mehr. Er ist schon lange dahin.

»Noch haben wir Zeit, neu anzupflanzen«, erwidert die Alte. »Was diese anderen Sachen betrifft, so sehe ich sowohl Verwirrung als auch Polarisierung in den Städten voraus, Phryx, und ich entdecke manch selbstgerechten Zorn und manch selbstmitleidige Entrüstung. Doch zur gleichen Zeit sehe ich die Seelenmagie des Siebenten Strahls, die sich durch eine Stimulierung des Bewußtseins, der Heilenden Kraft, des Gruppenbewußtseins in ihrem höchsten Aspekt offenbart.«

»Aber das sind doch bestimmt keine integrierten Wesen«, protestiert der Alte. »Sie sind bestenfalls unreine Brüder des Schattens.«

»Trotzdem«, erwidert die Alte, »ein Dorf des Bewahrenden Lichts wird offenbaren, ob jedes Gruppenmitglied die dort herrschende Kraft akzeptieren kann, ohne eine Verpflichtung zu empfinden, sie auch bei jeder Gelegenheit zu zeigen. Doch bevor diese Transformation geschehen kann, müssen diese rein intellektuellen und physischen Wesen wieder und immer wieder geläutert werden.«

Gwendolyn verfügt über eine für eine Frau ihres fortgeschrittenen Alters außergewöhnliche körperliche Schönheit. Mit schönem Haar, hohen Wangenknochen und einer schlanken Figur gesegnet, hat sie sich ihr gutes Aussehen bewahrt. Das heißt, aus der Entfernung, von der Höhe eines Felsvorsprungs aus. Durchs Zielfernrohr eines Gewehrs gesehen.

»Es wird Zusammenkünfte geben, und sie werden die Aufgaben verteilen, Gwen.«

»Viele Verfahrenspunkte werden in diesem Tal zur Sprache kommen, Phryx. Es wird viele Tage lang tägliche Zusammenkünfte und Aufgabenverteilungen geben.«

»Und werden die Auserwählten zu diesen Zusammenkünften und Aufgabenverteilungen versammelt werden?«

»Wir haben zum Stein gebetet und die Geister purifiziert.«

»O Gwen, ich bin ja so müde. Dieses alte Farmhaus instandzuhalten, zehrt sehr an meinen Kräften, und es muß doch instandgehalten werden. Ich bin mir sicher, es wäre höchste Zeit, daß ein jüngerer Mann es übernähme.«

Phryx Pfingstl: Ende sechzig. Fülliger, holzkohlegeschwärzter Eunuch mit gebrochener Nase, durch die Heilige Pumpe entmannt. Gatte von Gwendolyn der Hexe.
Gwendolyn Bletherstone Mayall: Ende sechzig. In der *Ballade* die Hexe, die, vom Heiligen Stein inspiriert, mit ihrer Visionskraft die Offenbarung deutet.

Beide von Mehmed ermordet. Vermutlich unter dem Kuppelbau begraben.

> Es ist Winter hier in Obliqua Creek, doch das Wetter ist so wechselhaft, daß ihr schon ganz in der Nähe sein müßt, um das beste aus einem schönen Tag zu machen. Wenn ihr jedoch weit entfernt in einer Großstadt seid und eines

Abends vor dem Fernseher sitzt und euch die Nachrichten anseht und der Wettermann über der Südostecke des Inselkontinents ein Hochdrucksystem anzeigt, das sehr stabil ist, dann setzt euch doch einfach mal ins Auto, und wenn ihr die ganze Nacht durchfahrt, kommt ihr vielleicht in der Steppe an, noch bevor der blaue Himmel wieder sein übliches Grau annimmt und das Grieseln und der Regen und meistens noch ein Sturm einsetzen. Dann zieht unser Mannsvolk hinaus, um gefrorene Kiefernsetzlinge im Schnee zu pflanzen. Wie sehr wir diese schönen Junitage lieben! Erst wenn der Winter zu Ende geht, schreiben wir unsere Häuser zum Verkauf aus. Die durch die kleinen weißen Kumuluswölkchen hervorgerufenen Schatten über unserem kahlgeschlagenen Landstrich bewegen sich kaum, während die Blätter der wenigen verbliebenen Eukalypten doch tatsächlich glitzern. Die einzige Blume im Busch ringsum ist die Veränderliche Bossiaea. Und wenn wir vor einem nach Norden gehenden Fenster sitzen, hinter einer Hecke aus Kirschlorbeer, kann es geschehen, daß wir unseren milchweißen Körper bis auf Unterhemd oder BH entblößen, je nachdem. An einem solchen Tag wacht der Mann oder die Frau morgens halb sieben Ostaustralischer Standardzeit auf und denkt: O nein, schon wieder alles wolkenverhangen! Doch über diesem dicken weißen Nebel wird der Himmel in einigen der feuchteren Senken zum reinsten Blau, und der Dunst wird ausschließlich durch Rauch hervorgerufen. Ihr könnt diesen Rauch schmecken, wenn ihr nicht gerade selbst Raucher seid, und wenn doch, dann seid ihr wie ich verdammt idiotisch, denn ich rauche immer noch. Ja, ich war zeitweise so weit gesunken, mein eigenes Beinhaar mit einer kleinen Kokosfaserumhüllung, eingewickelt in Papier aus dem Gebetbuch, zu rauchen, doch die Whitehallstudie von 1968, die bis heute einzige jemals durchgeführte kontrollierte Untersuchung darüber, welche Auswirkungen es hat, wenn jemand mit dem Rauchen aufhört, hat keine statistisch erkennbaren Veränderungen in der Sterblichkeit durch Lungenkrebs gezeigt. Ahuh, ahuh, Entschuldigung.

An den stillen Tagen hängt in unserer Stadt der Rauch aus den Holzfeuern tief über den Häusern, da das Holz ganz allgemein gesagt feucht ist und erst vor kurzem aus dem Mulch herausgelesen wurde, statt ein oder zwei Jahre zuvor von einem freistehenden, abgestorbenen Schnee-Eukalyptus geschlagen worden zu sein. Dementsprechend schlecht ist der Zug am Spätnachmittag, wenn ein Feuer für das Wohnzimmer vorbereitet wird und der Junge im grauen Pullover und blauen Hemd immer wieder die Anweisung erhält, die Vordertür des schwarzen Herds zu öffnen, um das Feuer zu verstärken, entweder durch Pusten oder durch stoßweises Anfachen mit einem kaputten Blasebalg oder allgemeiner und mit gleichmäßigerem Luftstrom mit einem von der Schwester entwendeten Fön, falls eine geeignete Steckdose vorhanden sein sollte. Und die dichtgeschichteten Scheite fangen dann an zu glühen, und das feuchte Holz raucht eine Zeitlang sichtbar, doch nur so lange, wie diese Tür offenbleibt, denn wenn die Tür geschlossen ist, und ganz egal, wie der Schieber für die Luftzufuhr eingestellt ist, fängt das Holz, wie sehr es auch umgeschichtet wurde, an zu schwelen, so daß durch das getönte Glas oder den Glimmer der Tür keine rote Glut mehr zu sehen ist. Nicht, daß dem Jungen das auffallen würde, hat er doch seinen Blick fest auf *Monkey* oder *Teenage Mutant Ninja Turtles* oder deren Pendants geheftet – ich habe meinen Fernseher 1988 verkauft, bin also *demodé* –, und um die Wahrheit zu sagen, er kann die Notwendigkeit eines Feuers an einem solchen Abend gar nicht verstehen, da er doch im Bett sein wird, noch bevor der Tau anfängt, den Ruß auf den Blechdächern zu befeuchten. Er darf sich weder den Mittwochsfilm noch das Spiel der Rugbyliga um den Panasonic-Pokal ansehen, und das ist schon in Ordnung so, aber ihr werdet erleichtert sein zu erfahren, daß es nicht mein eigenes stumpfsinniges Leben in dieser bescheidenen Bleibe, in dieser öden böotischen Landschaft ist, von dem ich sprechen will, auch nicht davon, wie ich, der ich mich jetzt elegant zurückziehe, bevor mir noch das letzte Geld ausgeht, aus dem australischen Postdienst ausschied und in den vorzeitigen Ruhestand trat, einerseits um Bowls zu spielen – denn im Gegensatz zu Diokletian habe ich meinen Anteil an Kohl bereits gezüchtet –, aber auch, um ein *risorgimento* meiner lange vernachlässigten wissenschaftlichen Neigungen für die anstehende Aufgabe zu bewirken, denn im Gegensatz zu Descartes kann ich mich nicht rühmen, mein gesamtes Griechisch vergessen zu haben. Es ist nichts weniger als eine Art Saga, die ich hier nacherzählen muß, indem ich das Wort in seiner modernen Bedeutung einer eposähnlichen Familiengeschichte nehme, das heißt, nicht die Geschichte einer Gruppe isländischer Helden vor dem folgenschweren *Althing* vom Juni *anno domini* 1000, als Thorgeir, Priester des Leuchtwassers und Hüter des Gesetzes, einen Umhang über das Gesicht gezogen, den ganzen Tag lang (durchaus wie die skythischen Entdecker des Hanfs) auf den felsigen Gesetzeshügeln lag, bevor er sich erhob und laut der *Njálssaga* wie folgt sprach: »Jetzt sollen alle Menschen hier in diesem Land Christen sein und jeder Götzenanbetung entsagen und auch ihre Kinder nicht aussetzen und kein Pferdefleisch essen. Es soll als Gesetzesbruch gelten, wenn diese Dinge einem beliebigen Mann öffentlich nachgewiesen werden, doch werden diese Dinge heimlich getan, dann sollen sie ungesühnt bleiben.«

Die nordischen *Sagas* wurden wohlgemerkt etwa 200 Jahre später von Gelehrten mit untadeliger christlicher Erziehung verfaßt, denn Gelehrte und Christen sind, wie es scheint, gut geeignet, Material für *Sagas* zu sammeln, wenn sie auch selbst keine Rolle darin spielen, was mir Mut verleiht, denn die Helden meiner eigenen *Saga* oder Geschichte sind weder christlich noch gelehrsam, während ich auf meine Art und Weise beides gewesen bin. Und obwohl behauptet werden könnte, daß die Geschichte, die ich erzählen muß, insofern noch nicht abgeschlossen ist, als in diesem fernen, abgelegenen Tal von Erinungarah weiterhin Holzfäller und Wasserpumper leben, dann muß ich entgegnen, daß in Island noch heute Isländer leben, ebenso wie

Tommies im alten England, was lediglich beweist, daß der Körper den Geist überlebt.

Nein, mir geht es darum, daß diese Geschichte nicht einfach einem Textverarbeitungsprogramm übergeben wird und dadurch verlorengeht, denn es ist zu vermuten, daß diejenigen, die gewissermaßen »vom« Tal waren, zu den unmotiviertesten Anglo-Kelten zählen, die außerhalb der Nordküste von Neusüdwales oder der Appalachen in Tennessee zu finden sind; während diejenigen nicht vom Tal, die etwas darüber wußten, entweder die Bedeutung dessen, was dort drinnen vorging, nicht erfaßten oder ihnen aber die Fähigkeit abgeht, es in eine leserliche Handschrift zu bringen, von einer historischen Perspektive ganz abgesehen. Somit fällt es mir zu, die Arbeit zu erledigen, was vielleicht ebensogut ist, denn auch ich bin übers Meer gekommen (wenn auch nicht vor kurzem und wenn auch nicht nach Ionien), und ich bin verpflichtet, die der Geschichte angemessene Sprache und Stimmlage zu benutzen, denn, um Nietzsche zu paraphrasieren, es liegt in jedem Gerede ein Körnchen Verachtung.

Ich bedaure, aus dieser Geschichte kein *echtes* Epos in der Art der homerischen Odyssee machen zu können; Aristoteles, Schüler Homers, behauptet, wir zögen in unseren Schriften das, was unmöglich, aber plausibel ist, dem vor, was möglich, aber unglaubwürdig ist. Während des Winters 1794 wurde die holländische Flotte, im Eis eingefroren, von der französischen Kavallerie eingenommen; doch wer liest nicht lieber von einem Bogen, den nur ein einziger Mann spannen konnte, oder von einer Herde richtig wilder Brumbies, die von einem einzigen winzigen Knaben in den Pferch getrieben werden? Ich werde euch die Geschichte erzählen. Ein anderer erzählt uns die *Ballade*. Ihr mögt darüber urteilen.

Ich hoffe natürlich, daß wir den männlichen, ironischen Tonfall der Geschichte nicht mit dem niederen, unflätigen, geschmacklosen Ton der Satire besudeln werden; wenn es dennoch geschieht *(et quando uberior vitiorum copia?* –

und wann liefen schon schlimmere Schurken umher?), dann wird es trostreich sein zu wissen, daß die erste phrygische Antwort auf die hethitische Große Mutter (Kubaba) eine belustigende Statuette war, daß die Leiden Christi in der Farce von Aristophanes angekündigt wurden – obgleich wir keinen Beweis dafür haben, daß er so schrieb, wie Aischylos es tat und wie ich es tue, nämlich betrunken –, daß Apuleius halb ironisch beendete, was Homer begonnen hatte, und daß Juvenal gemäß keiner geringeren Autorität als Hume der letzte große geniale lateinische Schriftsteller war. Und dieser eingefleischte Junggeselle, zu seinen Lebzeiten von keinem anderen Schriftsteller erwähnt, in dem Augenblick vergessen, da er starb, und in der Folgezeit 200 Jahre lang unbeachtet – zu einem bestimmten Zeitpunkt wohl wie Geparden bis auf einige wenige Brutpaare reduziert –, schrieb, ihr entsinnt euch bestimmt (denn das Gedächtnis, sagt Aischylos, ist die Mutter der Musen), nicht zur Zeit Neros oder Domitians, wie man bei der Lektüre der Satiren vermuten könnte, sondern ein wenig später, in den nach Gibbons Meinung glücklichen Zeiten des Römischen Reiches, als es unter der Herrschaft Nervas und Trajans und Hadrians stand, als es sich mit seinen entferntesten Marken von Bengasi bis nach Eboracum erstreckte und nach außen hin sowohl Frieden wie auch vergleichsweisen Wohlstand kannte, innerlich jedoch äußerste Hoffnungslosigkeit, was dieser Tage so ungefähr auch meinem Geisteszustand und dem meiner Nachbarn entspricht, soweit ich das einschätzen kann. Wir alle aalen uns doch im gelben Unterseeboot des Altweibersommers von Welthistoriker Toynbee. Was noch hinzukommt, ist, daß ich einen todgeweihten Gott fürchte, während sie, du meine Güte, überhaupt keinen anerkennen! »Von allen Bräuchen«, meint Plutarch, »ist der erste und größte der Glaube an Götter ... man mag Gemeinwesen ohne Mauern, Briefe, Könige, Häuser oder Geld finden, ohne Kenntnis von Theatern oder Turnsälen; doch ein Gemeinwesen ohne heiligen Ritus, ohne einen Gott, eines, das weder Gebet noch Eid, weder Weissagung noch Opfergabe nutzt, hat noch kein Mensch gesehen und wird auch keiner je sehen.« Du liebe Güte. Wir müssen jedoch einräumen, daß von allen Barbaren mit sitzender Lebensweise der weiße Australier vielleicht der einzige ist, für den ein nächtlicher Friedhof keinen Schrecken darstellt, bisher jedenfalls.

Wo also beginnen? Beginne am Anfang, das hat sie uns geraten, als wir den Kursus für kreatives Schreiben besuchten, aber es geht doch immer weiter zurück, oder? Jeder halbwegs verständige Mensch merkt das ja. Wir sind ebensosehr das Produkt der von den Vorfahren ererbten Gene wie das einer sozialen Prägung, darum laßt uns jetzt beten.

Hermes, du wortreichster aller Götter, höre unser Gebet! Warst du es nicht, der in der Vorstellung von Lukian zu Charon sagte: »Einige gibt es, deren Augen offen sind, gut und böse zu unterscheiden. Sie stehen abseits vom Rest der Menschheit und spotten über alles, was vorgeht. Nichts ist so, wie sie es gern hätten.« Verleihe uns Verstand, um zu verstehen, Mittel und Leidenschaft, um zu streben, das Geschick, etwas zu bewirken, die Geduld auszuharren, und mögen sie ein für allemal begreifen, daß wir, obwohl wir ein ehemaliges Postmotorrad fahren und diese alte Postuniform tragen, nicht unbedingt gewillt sind, ihre postmoderne Korrespondenz dem Postamt zu übergeben.

Laßt uns beginnen.

Incipe, Calliope. Licet et considere. (Brechen wir auf, Musen. Erspart euch die Mühe, euch zu erheben.)

Die Westküste Südchiles, die mit der Südwestküste der Südinsel Neuseelands und der Südwestküste Tasmaniens das miserabelste Klima auf diesem Planeten gemein hat und vielleicht deshalb die letzte noch vorhandene Wildnis mit kühlgemäßigtem Regenwald ist – hauptsächlich Arten der Scheinbuche *Nothofagus*, wovon der Haspelfuß eine und die »Myrtenbuche« eine weitere ist –, wird von den »Brüllenden Vierzigern« heimgesucht, die fälschlicherweise auch Brave Westwinde genannt werden und Jahr für Jahr eimerweise sehr kalten, halbgefrorenen Regen ausschütten. Dennoch schneit es nur selten. Im Norden Chiles dagegen liegt die Atacamawüste, der trockenste Ort auf Erden, in der es Stellen gibt, wo noch niemals Regen verzeichnet wurde, ein interessanter, genaugenommen absoluter Gegensatz in den Niederschlagsmengen.

Bei einer Breite, die 400 Kilometer nie überschreitet, ist Chile 4280 Kilometer lang, obgleich sich kein vernünftiger Mensch dafür entscheiden würde, mehr als 300 Kilometer von Santiago, der zentral gelegenen Hauptstadt, entfernt zu wohnen. Um Santiago herum herrschen bis zum Pazifischen Ozean hin Niederschlagsmengen vor, die ansonsten lediglich in den Anden, auf dem Hochplateau der Kordilleren, zu finden sind, bis, während wir uns in Richtung Süden bewegen, aus überhaupt keinem Regen viel zu schnell zuviel Regen wird, als daß es uns angenehm sein könnte. In dieser fruchtbaren mittleren Region Chiles verzeichnen die Regenmesser zweihundertfünfzig bis zweitausend Millimeter jährlich, eine Niederschlagsmenge ganz nach dem Geschmack dieses Teils der immergrünen Hartlaubvegetation, die hier, mehr als 12000 Kilometer über den Pazifischen Ozean hinweg, ihrem berühmteren australischen Pendant gegenübersteht. Nach Norden hin verliert sie sich vermutlich gänzlich, nach Süden, wo der jährliche Niederschlag näher an zweitausend als an zweihundertfünfzig Millimetern liegt, wo Nebel und Dunst in Fülle vorkommen und wo Flüsse und Seen noch nicht zu vergletscherten Eismassen geworden sind, hat die immergrüne Hartlaubvegetation nasse Ohren und nasse Füße, ein Umstand, der zur Pazifikküste hin, von wo ich diese Zeilen niederschreibe, sicher Erinnerungen an Grauen Bergeukalyptus, Backsgenossen-, Streifenrinden- und Braunlaufeukalyptus wecken würde, letzterer unseren örtlichen Forstleuten als Stummelschwanz bekannt. Doch in Chile marschieren wir mit den Bewohnern des alten Inkareichs, die, wie andernorts bereits die Römer, als Markgrafen ihrer Kultur wirkten, gegen die gigantischen Regenwälder Gondwanas an, anfangs eher subtropisch als gemäßigt und verwurzelt in tiefen, fruchtbaren Böden, die das Produkt der zahllosen Vulkane dieser Gegend sind. Und für diejenigen, für die Zivilisation an jedem beliebigen Ort als erreicht gilt, an dem es möglich ist, die Knolle oder Kartoffel zu kultivieren, ist dies heiliger Boden, denn alles deutet darauf hin, daß *Solanum tuberosum*, ein Nachtschattengewächs, aus diesen Hochlandregionen Südchiles stammt – obgleich es wie seine Verwandten, Tomate und Paprika, anscheinend zuerst weiter nördlich kultiviert wurde, am Rand seines natürlichen Verbreitungsgebiets, denn am Rand des natürlichen Verbreitungsgebiets einer Art wird die Kultivierung begünstigt, weil hier größere Anstrengungen erforderlich sind –, über die hinweg die immergrüne Hartlaubvegetation und die Kultur der Anden gegen die Regenwälder und gegen die Wilden von Feuerland anmarschierten, die sich von Seeigeln und Magellanbeeren ernährten und im Einklang mit ihrer Umwelt lebten – all das zu einer Zeit, als ein seekranker Charles Darwin sie in den dreißiger Jahren des neunzehnten Jahrhunderts aufsuchte, zu einer Zeit, als die Hälfte der Einwohner Schottlands und sämtliche Iren neun Monate im Jahr von Kartoffelkost lebten.

Das vierzig Jahre währende Inkareich wurde 1530 von Pizarro unterworfen. Siebenundvierzig Jahre später entdeckte Sir Francis Drake die Kartoffel. Fünfundfünfzig Jahre später grub Sir Walter Raleigh sie auf seinem Gut in Cork in Irland ein, wo sie sich als unmittelbarer Erfolg erwies, da sie widerstandsfähig gegenüber dem feuchten Klima, den langen Sommertagen und den niedrigen jährlichen Durchschnittstemperaturen war, obwohl sie den ganzen Winter über bis hinein in die Tiefe der kleinen Knopfaugen an ihren Knollen danach verlangte, einen Blick auf ein immergrünes Hartlaubgewächs werfen zu können. Der Kartoffelbrand verursachte die Hungersnot des Jahres 1845 und führte zu der großen Auswanderung der Kelten nach Nordtasmanien, Nordkalifornien, nach Gippsland in Australien, nach Kanada, in den Staat Idaho – kurzum, überallhin, wo Bedingungen anzutreffen sind, die den Anbau des angestammten Nahrungsmittels ermöglichen.

Akt 1 – Szene 1

1

Ginnsy begegnet Barbara.

Ständig starren die Leute Michael Ginnsy wegen seiner hüftlangen roten Haare und seiner hochaufgeschossenen, ausgemergelten Gestalt an. Es ist etwas an ihm, das nicht aufgeht. Die Gleichgültigkeit des Süchtigen anderen gegenüber paßt schlecht zu seiner unterwürfigen Haltung. Obwohl er ständig Essen in sich hineinstopft, nimmt Ginnsy nie an Gewicht zu. Nur an Haaren. Große, schüchterne Jungs haben die Angewohnheit, sich nach vorn zu beugen, um höflich zu wirken, die Schultern sind gerundet, die irischen Locken fallen auf die Hühnerbrust. Dort kommen sie der suchenden Hand in die Quere, und er hat es nicht leicht, die Brieftasche zu finden. Doch das Leben soll eben nicht leicht sein, egal, wie lang die Haare auch sein mögen.

»Ja?«

»Einen kleinen Becher, nein, lieber doch 'nen großen Becher. Einen großen Becher Pommes und einen Kaffee mit Milch.«

»Zucker?«

»Vier Stück.«

Er setzt sich mit seinem Kaffee und seinen Pommes hin und nimmt sich die Studentenzeitung *Honi Soit*. Wir schreiben das Jahr 1968, eine Zeit, als in Australien Männer mit langen Haaren auf der Straße gewissermaßen gesteinigt wurden. Wenn es möglich ist, sucht sich Ginnsy einen freien Tisch, an dem er allein sein kann. Mit seiner dunklen, reflektierenden Brille und seiner dunklen, nicht reflektierenden Intelligenz lebt er hinter einem einseitig durchsichtigen Spiegel wie aus dem Inneren eines Krankenwagens heraus. Er kann andere Leute sehen, aber sie können ihn nicht sehen, können seine Augen nicht sehen, die ängstlich und unstet sind. Daher ist vieles, was Ginnsy sieht und hört, unwirklich.

Meidet weiße Pülverchen.

Es ist Mittagszeit, und die Cafeteria ist gedrängt voll. Die einzigen freien Plätze an den Tischen sind mit schmutzigem Geschirr übersät, doch das schreckt Ginnsy nicht. Er setzt sich und macht sich nicht einmal die Mühe, den Tisch abzuräumen. Die Reste von jemandes Mahlzeit vor sich – Plastikfolie von Sandwiches,

Milchshakebecher, die Überbleibsel eines Eclair –, breitet er die Studentenzeitung darüber aus und blättert sie kaffeeschlürfend durch. Während er liest, bewegen sich zwei äußerst schmale Lippen.

Mädchen gegenüber, die eine von ihnen Chinesin, starren ihn jetzt an. Er blickt auf, grinst affektiert, zeigt ihnen einen Stinkefinger, wirft eine Pommes hoch in die Luft, schnappt mit seinen grünen und gelben Zähnen, seinem Sieben-Kartoffeln-Maul danach, verfehlt sie. Er wendet sich wieder seiner Zeitung zu, doch während er sich über die Pommes hermacht, und sie sind gut – fettige, wellig geschnittene Pommes frites*, vollendet zubereitet und mit jeder Menge Salz und Essig –, brütet sein Verstand über einen Vorfall, der sich vor nicht allzu langer Zeit ereignet hat – und nicht mal im Zeugenstand, als Zeuge der Tötung seines eigenen Gehirns, könnte er sich klarer ausdrücken –, als er unterwegs war, um ein paar neue Saiten zu kaufen, und er beim Durchsuchen der Plattenregale in einem der größten Geschäfte der Stadt nicht ein einziges Exemplar …

»Hallo. Was dagegen, wenn ich mich dazusetze?«

Nicht ein einziges Exemplar. Barbara Byng, ein blondes, schmächtiges, sommersprossiges Mädchen mit großen Ohren und Zahnspangen ist Ginnsy vom Gratiskonzert auf dem Eingangsrasen hierher gefolgt, das nun ohne seine Hot-Club-of-France-Rhythmusgitarre weitertost, ein musikalischer Scherz, der voll in die Hose gegangen ist.

Ginnsy bewegt den Hals wie eine Schildkröte und mampft und kaut dabei seine Pommes. Versehentlich rülpst er dem Mädchen ins Gesicht.

»Da gibt es was, das ich mit dir diskutieren möchte«, sagt das Mädchen unbeeindruckt. »Das heißt, falls ich dich nicht störe, Michael.«

Er hört aufmerksam zu. Immer wollen sie was. Er langt nach

---

* Gab es die damals eigentlich schon? Mir ist ganz danach. Als ich beim Umzug meine Kühltruhe abtaute, entdeckte ich ein Geheimlager Tiefkühlkost, die meiner Schätzung nach aus den Sechzigern stammte. Ich bin sicher, ich habe ein Päckchen Birdseye Crinkle Cut gesehen.

unten und zieht den Reißverschluß seines Hosenschlitzes auf, jedenfalls so weit, wie es die darin eingeklemmten Haare, die keine Schamhaare sind, erlauben, zieht dann aus einer Innentasche ein mit großen Scheinen vollgestopftes Portemonnaie hervor und knallt es auf den Tisch. Dann wendet er sich wieder seiner Zeitung zu, die stinklangweilig ist. Normalerweise haben sie zu diesem Zeitpunkt soviel Anstand, aufzustehen und zu verduften, aber nein, sie beginnt mit einer Ansprache zur Lage in Vietnam und schließt mit dem Argument, wie notwendig es sei, daß Berühmtheiten wie er – ist das nicht gut gesagt? – das ihre tun und mithelfen.

»Ach, du möchtest, daß ich was sage, ist es das? In Ordnung, ich halte jetzt 'ne Rede. *Achtung!*«

Er klettert auf den Tisch und stößt dabei mit seinen handgenähten Stiefeln die Pappteller auseinander. Sein Hosenschlitz steht noch immer offen.

»Pah! Wir müssen endlich mit diesem Scheiß aufhören, mit diesem Krieg in Vietnam«, grölt er, von Natur aus schüchtern, unter dem Einfluß eines Verschnitts aus Bleichmittel und Angel Dust jedoch ganz wild. »Und jetzt alle für Ho Chi Minh. Ho ho ho ho, ha ha ha, 'ne Buddel voll Rum und 'ne Nummer für alle.«

Er klettert wieder herunter. Vor ein paar Jahren war er hier selbst Student, und niemand hat ihn damals beachtet, obgleich er ein viel besserer Gitarrist war als jetzt, ein viel besserer. Ist zweimal in Wirtschaft Eins durchgerauscht.

Er stößt die Faust in den Pommesbecher, um die letzten Krümel herauszusammeln, und zieht sich mit der freien Hand den Reißverschluß an der Hose zu. Die Mieze trägt einen indischen Kittel, man kann ihren BH sehen, wenigstens beinahe, und ihre Augen sind gerötet, und sie beißt sich dabei auf die Lippen; er hat sie aus der Fassung gebracht.

Sie erinnert ihn ein bißchen an seine Schwester Colleen, auch ein Gründungsmitglied der Liga der Busenlosen.

»He«, sagt er, »das war dir wohl peinlich?« Sein Tonfall ist jetzt warm und verführerisch. Ließe sich jedoch ermitteln, worauf seine Augen gerichtet sind, würde Barbara merken, daß er über ihre Schulter hinwegstarrt. Und zwar ziemlich beunruhigt.

Sie verneint jegliche Peinlichkeit. Der ganze Tisch schaut zu. Die ganze Cafeteria hört zu.

»He, zu dieser Tageszeit kann ich einfach nicht denken. Ich weiß nicht, was ich sage und tue. Ich sollte im Bett sein.«

Er zwinkert, was natürlich ohne jede Wirkung bleibt. Die Geistererscheinung.

»Tut mir leid, ich hätte dich nicht ansprechen sollen.«

»Nee, ist schon gut. Wie heißt du noch?«

»Ich hab dir meinen Namen bereits gesagt. Tut nichts zur Sache.«

Er sieht zu, wie sie hinausgeht. Episode abgeschlossen. Sie sieht aus wie seine Schwester Colleen, nur würde seine Schwester Colleen nicht im Gehen Joskes *Rechtslage und Verfahrensweise bei Versammlungen* lesen, sondern sie hätte vielleicht tatsächlich einen verspielten blauen Fleck auf dem Oberarm.

Die Mittagszeit ist fast vorüber. Die erste Nachmittagsvorlesung wird angefangen haben. Ginnsy schlendert an den Tresen. Die warme Sonne lugt durch die Fenster herein.

»Ja?«

»Wie heißt du?«

»Beeilen Sie sich. Was möchten Sie bitte?«

»Ich möchte zwei Kartoffelpuffer. Ich zahle hundert Dollar. Ich will sie jetzt, ich hab ’nen richtigen Jieper darauf. Hast du ’ne Reibe?«

»Ich habe zu tun.«

»Hier ist das Geld. He! Zähl’s nach. Fünfzig jetzt, fünfzig später. Du bist wunderschön.«

»Bitte, stehlen Sie mir nicht meine Zeit.«

»Braucht doch keiner zu wissen. Ich bin kein Student. Ich bin ein wohlhabender Ex-Student. Also, wo ist die Reibe? Ich sag dir, wie wir’s machen. Wir geben etwas Butter und Öl in die Pfanne, und inzwischen setzen wir die Kartoffeln auf.«

»Ich rufe den Chef.«

»Aber warum denn? Kartoffeln reiben, Salz, Pfeffer, etwas geriebenen Käse dazu. Was für Käse habt ihr da? Bräunen und Hochwerfen. Mmm, Baby, diese Puffer auf Omas Art. Hör mal, ich habe jetzt einfach keine Zeit, Einkaufen zu gehen. Verkauf mir bloß die Kartoffeln.«

»Also, ich muß schon sagen!«

»Du bist ja so umständlich. Müssen denn die Dealer mein *ganzes* Geld kriegen? Kann ich dir nicht was davon abgeben? Von Service hältst du wohl gar nichts? Ich meine, du siehst doch aus wie 'ne Frau aus der Arbeiterklasse. Bist du etwa beleidigt, daß ich dich nicht gleich vögeln will?«

»Okay, Freundchen, was ist hier eigentlich los?«

»Der will unbedingt 'n paar Kartoffeln kaufen. Ich sage ihm, wir kriegen die Pommes fix und fertig gefroren, aber er hört ja nicht mal zu.«

Michael Ginnsy: Mitte zwanzig. Rote, hüftlange Haare, große, ausgemergelte Gestalt. Gitarrist. Dunkle Brille. Ständig zugeknallt. Wurde später Eunuch.

Barbara Byng: Anfang zwanzig. Schmächtig, blond, Sommersprossengesicht, große Ohren, Zahnspangen. Studentenorganisatorin. Wurde später Senatorin.

2

Barbara leitet ein Meeting. Frodsham und Mehmed nehmen daran teil.

»Wir brauchen doch bestimmt eine polizeiliche Genehmigung?«

Wenn Männer anwesend sind, wendet sich Barbara Byng ausschließlich an diese. Andererseits jedoch kann das leicht zu Mißverständnissen führen, und von dem unerschrockenen Derek Frodsham, der nie jemandem direkt in die Augen sieht, wird das mit einem zustimmenden Schnaufen quittiert. Frodsham – ein kleiner, dunkler, pickliger Mann, der unter vorzeitigem Haarausfall leidet – hat Byngs Eifer zu gefallen entweder falsch verstanden, oder als relativer Neuling versteht er ihn überhaupt nicht, diesen Eifer, der durchaus nicht ironisch gemeint ist und sich Männern gegenüber in übertriebenem Mienenspiel, instinktiver Höflichkeit und Unterwürfigkeit äußert, Ideologen jeden Alters und jeder Richtung aber mit Sicherheit gefällt. Zusammen mit einer unbezweifelbaren, doch gut kaschierten Intelligenz, ihrer bürokratenhaften Effektivität, hat dieser Eifer aus nicht sehr vielversprechendem Rohmaterial eine sexuell verführerische Apparatschitza gemacht: Obwohl flachbrüstig, sommersprossig, mit hängenden Schultern und kurzsichtig, fehlt es Barbara Byng dennoch nie an Partnern, im Gegenteil. Ihre einnehmende »Persönlichkeit« – ihre Bereitschaft zuzuhören, ihr offenkundiges Interesse an dem, was Männer sagen, die Angewohnheit, sich auf dem Stuhl nach vorn zu beugen, verbunden mit einer tief verwurzelten sexuellen Verfügbarkeit – kompensiert die abstehenden Ohren, die Zahnspangen und ihren abscheulichen Geschmack bei Klamotten. Beim Sex geht es eben nicht bloß um Arsch und Titten, aber bis er auf einen Feger von der intellektuellen Sorte trifft, kann man es einem Mann schon verzeihen, wenn er anders darüber denkt.

Und wer ist dieser Frodsham, der weiblichen Verlockungen so abhold ist? Er ist Mitglied des Internationalen Komitees für die Wiedererrichtung der Vierten Internationale und ein begabter Physikstudent.

Die Antikriegsbewegung, seit dem Besuch von US-Präsident Johnson in Sydney vor achtzehn Monaten verstummt, schweigt nicht länger. Und dieses Meeting, abgehalten in einem getäfelten Besprechungsraum der Universität Sydney, kann sich zwar auf keinen historischen Vorläufer berufen, doch im Hinblick auf geweckte Leidenschaften – und Leidenschaften, könnte man behaupten, sind es letztlich, die zählen, wenn es wirklich darauf ankommt – steht es gleichartigen Meetings, die mit einem ähnlichen Verzicht auf Brimborium in den USA stattfinden, in nichts nach. Hier wie dort mischen sich Wehrdienstverweigerer, Arbeitsscheue, Drogenhändler, Aussteiger und Deserteure mit radikalen Nonnen, Maoisten, Stalinisten, Anarchisten, Trotzkisten und Quäkern. Und dann sind da noch die Studenten.

Arme, folgsame Kolonie, deren Bestimmung es zu sein scheint, daß sie niemals als erstes Taxi vom Stand losfährt. Und doch, welche Nation hatte je ein größeres Potential für Autarkie als Australien?

»Ihr habt uns alle verkauft!«

Diejenigen Anwesenden, denen ihr Gewissen sagt, daß sie sich gegen Gewalt wenden müssen, sehen sich mit *sicarii* konfrontiert, Fanatikern, die nichts gegen die Hinrichtung von Tyrannen einzuwenden haben. Diese beiden Parteien haben wirklich nichts im selben Zimmer zu suchen, geschweige denn im selben Ausschuß (Studenten für eine Gesellschaft der Wehrpflichtverweigerung), der denselben Protestmarsch organisiert. Das Einvernehmen, das daraus entsteht, daß sie beide ablehnen, was in Vietnam geschieht – und Australien, ein strammer Alliierter der USA, hat Wehrpflichtige als Bodentruppen dorthin geschickt –, entspricht dem Einvernehmen, das ein Vegetarier und ein Gourmet vor Harrys einzigartigem *Café de Wheels* in Woolloomooloo mit seiner Fleisch- und Erbsenpastete erzielen; dieses Einvernehmen wärmt zwar das Herz, doch nur, weil es vergänglich ist und nicht weiter verfolgt wird, so wie der flüchtige Blick, den eine junge Verlobte im Zug einem verheirateten Mann auf dem Bahnsteig zuwirft, aber erst, nachdem die Wagentüren fest geschlossen sind und der Bahnhofsvorsteher den Zug abgepfiffen hat.

Brüderliche und oft auch sexuelle Liebe in einer modernen Stadt ist nur eine Berührung, ein Wort, ein Blick. Diejenigen mit *savoir vivre* behalten ihre Körpersäfte für sich. Sie wissen, wann sie gehen müssen, und sie sind zufrieden damit.

»Das ist der Mann, möchte ich hinzufügen, der nicht den Mumm hatte ...«

»Wie bitte?«

»Nicht den verdammten *Mumm* hatte! Nicht mal den Schimmer von Höflichkeit hatte ...«

Sie lächeln, sie träumen, sie benutzen ihre Intelligenz. Sie kehren in die leere Wohnung zurück. Sie bewundern vom Fenster aus den Blick auf den Hafen. Sie fürchten Umarmungen, legen keinen Wert darauf, sich lange Tiraden von Leuten mit Arschlöchern anhören zu müssen.

Sie nehmen das Wochenendmagazin mit den Softpornos, dem sozialen Engagement zur Hand.

»Setz dich gefälligst, du Wichser. Typen wie du sind es doch, die immer wieder ...«

»Rufen Sie zur Ordnung, Frau Vorsitzende!«

Noch fünf Jahre, und es wird unten im Haus des Studentenvereins Unisex-Toiletten geben. Unisex-Toiletten mit Pissoirs. Wirklich ein tolles Signal.

Und dann, schwer ergründbar – *un ange passe* –, tritt wieder Ordnung ein. Das Meeting verstummt, als ein völlig Fremder auftritt, der keinem der Anwesenden bekannt ist, den aber trotzdem keiner für einen verkappten Polizisten hält. Ein stämmiger Mann, der eine komische Mütze, eine kugelsichere Weste, Springerstiefel und Jeans trägt. In Sibirien geboren, als Tschetschene jedoch aus dem Kaukasus stammend, trägt er an seiner Weste kein nordvietnamesisches Fähnchen, kein rotchinesisches Fähnchen, auch kein Black-Power-Abzeichen. Wie ein Zenturio hat er Metallstäbchen in beiden Brustwarzen, doch das weiß man erst, wenn man ihn gut kennt. Eine Messerwunde entstellt sein Gesicht am linken Wangenknochen. Am rechten Bizeps hat er eine Kugelnarbe von einer Kalaschnikow. Seine Arme sind mit vielen grinsenden Totenschädeln und Cartoon-Rennkuckucks tätowiert. Er wirkt selbst nicht viel anders als eine Comic-Figur und schaut sich stirnrunzelnd im Raum um, als suche er nach einer Nutte oder einer schweren Maschine mit V-Motor.

»Nehmen Sie meinen Stuhl«, flüstert einer der Akademiker, und mit einem würdevollen Nicken wird das Angebot angenommen. Mehmed Contramundum sitzt kerzengerade, die Hände unbeweglich auf den Knien, und ergreift von seinem Platz aus das Wort. Als überzeugter Umweltschützer und Söldner ist Mehmed prädestiniert, großen Einfluß auf die Antikriegsbewegung an der Uni zu nehmen, vor allem dadurch, daß er das allgemeine Diskussionsniveau hebt; von dem Augenblick an, als er an diesem Abend den Raum betrat, hat man kein einziges unflätiges Wort mehr gehört.

Barbara Byng: Anfang zwanzig. Schmächtig, blond, Sommersprossengesicht, große Ohren, Zahnspangen. Studentenorganisatorin. Zukünftige Senatorin.

Derek Frodsham: Mitte zwanzig. Kleiner, dunkler, pickliger, unter vorzeitigem Haarausfall leidender, der Arbeiterklasse entstammender Naturwissenschaftler aus Nordengland. Nägelkauer.

Trotzkist. Mit Barbara Byng zukünftiger Vater von Morgenröte. Späterer Sortierer bei der Post. Wurde zum Eunuchen.
Mehmed Contramundum: Anfang dreißig. Großer, harter, tätowierter Tschetschene. Überzeugter Umweltschützer und Söldner. Verteidiger des Hains. Erscheint in der *Ballade* nach Jahren der Kasteiung als Eremit im Tal als der Grünbraune Mann. Adoptivvater des Attis. Der Metamorphose verdächtig.

3

Monica bändelt mit Balthazar an. Calvin besucht die Shoalhaven-Schlucht.

Während der ersten Jahre ihrer zweiten Ehe reiste Monica Ecks viel. Ihr Mann Calvin, ein Yankee aus dem Mittleren Westen, studierte eine Zeitlang in Oxford, zog dann aufs europäische Festland und schloß seine Ausbildung an einem Max-Planck-Institut ab. Das Paar traf einige Jahre vor Derek Frodshams Ankunft aus London in Australien ein, und wie Frodsham flog es von Singapur kommend herüber: Nachdem er seine Finanzen überprüft und festgestellt hatte, daß sein Konto leer war wie eine Jim-Beam-Flasche auf der Geburtstagsparty eines Sechzehnjährigen – Monica wollte nicht arbeiten, hatte dafür aber ein Faible für Paris –, entschied Calvin, daß er es sich nicht mehr leisten könne, über die USA nach Australien zu fliegen. Das war ein Fehler, denn nicht lange nach der Ankunft dieses gutaussehenden amerikanischen Pärchens – einander so ähnlich, daß sie oft für Zwillinge gehalten wurden – in Canberra, wo Calvin eine Fünfjahresstelle als Assistent am John-Curtin-Institut für Medizinische Forschung antrat, starb Monicas Vater, nachdem er seiner Tochter einen merkwürdigen Brief geschrieben hatte, in welchem er die Absicht äußerte, sie in ihrem neuen Heim, einer Doppelhaushälfte in Canberras Vorort Campbell, zu besuchen. Was das bei einer Frau bewirkte, deren Beziehung zum Vater gestört war und die ihm nie schrieb, können wir nur vermuten, aber wir wissen, daß sie kurz darauf eine außereheliche Beziehung einging, die erste ihrer zweiten Ehe und ihre erste überhaupt mit einem Australier, denn nach der Festanstellung ihres Mannes in Sydney und dem Umzug dorthin mit der ganzen Familie, die jetzt den schwergeprüften, doch von ganzem Herzen geliebten zweiten Ehemann, ihre vierjährige Tochter Cindy und einen neunjährigen Sohn Alexander aus ihrer ersten Ehe umfaßte, raste Monicas Liebhaber, vielleicht von Gedanken an endlose R-Gespräche aus öffentlichen Telefonzellen gequält und als unterbewußte Strategie, die Aufmerksamkeit auf seine verzweifelte Lage zu lenken, mit dem Rennrad gegen den Zaun einer Botschaft (jedoch ohne ernsthafte Folgen), und unpassenderweise war die Polizei benachrichtigt worden. Monica hatte eine starke Wirkung auf Männer, denn obwohl sie in Kalifornien die Schule besucht hatte, war sie in Alabama aufgewachsen, und dieses erotische Südstaatennäseln hielt sich in ihrer Stimme bis zum Ende ihrer Tage im Tal, wo die Söhne, die sie dort einfach zurückließ, ihr Andenken noch immer bewahren.

Auch heute ist sie zweifellos noch eine schöne Frau, allerdings ist sie jetzt mit einem Franzosen verheiratet und lebt in Florenz. Als sie Mitte zwanzig war, muß sie mit Rüschenrock und Magnolien umwerfend ausgesehen haben. Die Koketterie südlich der Mason-Dixon-Linie, wage ich zu behaupten, ist von einer ganz eigenen Art, und man kann nicht erwarten, mit einem Mädchen aus den Südstaaten, das keine Party ausläßt, herumprotzen zu können, besonders wenn sie eine Belle aus Decatur mit großen weißen Zähnen und breiten, braungebrannten Hüften und großen braun-weißen Möpsen Größe vier und man selbst jener Typ von Depp ist, der alle Gespräche, die sich nicht um Jazz, um die Natur oder um Immunologie drehen, für reine Zeitverschwendung hält. Eine Ausländerin erfreut sich darüber hinaus bei australischen Schürzenjägern eines exotischen Rangs; sie zu besitzen, könnte manch einem durchaus irgend etwas beweisen. Wäre Monica, was mir erspart blieb, mein Mädchen gewesen, dann wäre ich wohl zu Hause geblieben oder zum Islam übergetreten. Sie hatte einen Überbiß wie Gene Tierney und eine Lücke zwischen den beiden Schneidezähnen, um besser Dixie pfeifen zu können.

Wir wollen die Geschichte von Monica Ecks und ihren vielen

Männern* an dem Punkt aufgreifen, als Balthazar Beauregard für ihr homosexuelles Nachbarpärchen ein Vogelbad anzulegen begann. Das muß so einige Monate nach Olaf Abernathys Einzug zusammen mit Nisi Papadimitriou und Nisis beiden Kindern Timothy Papadimitriou und Aloysius O'Looby gewesen sein. Und wenn ihr jetzt Schwierigkeiten habt, mit diesen Familiennamen mitzuhalten, dann denkt mal einen Augenblick lang an den Briefträger von damals, dessen einzige Unterbrechung von der Last seines Berufs eine gewisse Substanz ist, die die Wahrnehmung schärft, obwohl es schon erstaunlich ist, woran man sich alles erinnert, wenn man erst mal draußen auf seiner Runde ist. Die Leute finden nichts dabei, einen anzusprechen, bloß um zu fragen, ob vorgestern Post für die Schwiegermutter dabei war, und das verblüffende ist, daß man es ihnen normalerweise sagen kann, indem man es vor dem eigenen geistigen Auge noch einmal in Bilder umsetzt. Auch heute noch versuche ich, mir jede erdenkliche Anordnung bildlich vorzustellen, die geeignet ist, meine grauen Zellen anzuregen und fit zu halten, und einmal habe ich mir die Namen aller römischen Kaiser von Augustus bis Valentinian eingeprägt, indem ich jedem Briefkasten auf meiner Runde den Namen eines Kaisers zugeordnet habe.

Ich muß jetzt in meinen Notizen die näheren Umstände eines Akts der Unzucht beschreiben, der sich eines Morgens zwischen Monica Ecks und Balthazar Beauregard zutrug, während Calvin an einem seiner wenigen freien Tage auf einer Wanderung durch den Busch war, doch wäre es mir bei Calvin im Busch wohler, obwohl ich mich eigentlich überhaupt nicht wohlfühlen sollte. Ich bin kein Manichäer, aber wir werden jetzt nicht mit Balthazar und Monica zwischen die Bettlaken schlüpfen. Wir wissen ja, was da abläuft, und als spannende Lektüre hat es meiner Ansicht nach ohnehin nie getaugt. Zeigt mir das Video *Debbie auf Tour durch Dallas*, ein Gesetzloser mit einer Blondine auf einem Motorrad,

---

* *Nam ut se ament efflictim non modo incolae, verum etiam Indi vel Aethiopes utrique vel ipsi Antichthones.* Denn sie fasziniert nicht nur ihre eigene Art, sondern auch Inder, Schwarze, ja sogar Antipoden. Apuleius

und ich reagiere wie die meisten Männer, nämlich mit Interesse. Lest mir eine Beschreibung darüber vor, was irgend jemand mit irgend jemand anderem getrieben hat – als nächstes steckte er ihn ihr ins Nasenloch, dann schob er ihn ihr in die Achselhöhle –, und ich bleibe ungerührt. Ich bin zwar kein Abonnent der Herz-Schmerz-Hefte von Harlequin Mills & Boon, doch der Herrgott hat uns mit einer endlichen Anatomie ausgestattet, die noch so viele fetischistische Desiderate (um nicht zu sagen kontrazeptive Impedimente) nicht kaschieren können. Letztlich verfügen wir über drei oder vier anfeuchtbare Öffnungen, ein Dutzend Körperanhängsel zur Penetration, und da jener Teil des Hinterhirns oder limbischen Systems, der auf sexuelle Stimuli anspricht, sowohl illiterat – wie die Tatsache bezeugt, daß er nichts dazulernt – als auch irrational ist – wie die Tatsache bezeugt, daß er das auch gar nicht will –, möchte ich dem in dieser Geschichte nicht näher nachgehen, die allerdings in einiger Breite beschreiben wird, was geschieht, wenn der venerische Appetit gestillt wird. Kurzum, es ist an der Zeit, daß Cupido einmal eine Saison lang losgelassen wird, allerdings mit einer Trillerpfeife im Mund.

»Ich mache 'ne Buschwanderung«, sagt Calvin zu Monica. »Ich nehme das Zelt mit, denn es könnte sein, daß ich über Nacht draußen bleibe. Ich möchte erst 'n paar schöne Aufnahmen vom Weißkopfreiher machen, das ist der graue Vogel, der immer spätabends vorbeifliegt, wenn wir draußen kampieren, später dann im letzten Licht noch von der Holzente. Weißt du, welchen Vogel ich meine? So'n grauer Wasservogel mit 'nem durchdringenden Ruf. Kra-ark, kra-ark. Weißt du, welchen Vogel ich meine?«

Monica steht am Ausguß und beobachtet durchs Küchenfenster und über den ausgeblichenen Zaun hinweg Balthazar Beauregard, und die letzte Frage, die sie sich gerade stellt, ist die, ob dieser Junge eigentlich noch alle Tassen im Schrank hat.

»Weißt du, welchen Vogel ich meine, Weib? Ich fahre wahrscheinlich zum Shoalhaven rüber, dort gibt's viele davon, und ich nehme das Auto. Hast du was dagegen, wenn ich's nehme?«

»Nimm's nur, in Gottes Namen!«

»Brauchst du noch Geld?«

Calvin ist Vogelliebhaber. Er schmeißt seine Sachen und Kameras ins Auto und fährt am folgenden Tag um vier Uhr morgens mit einem Gefühl der Verärgerung los. Er hat den Kanal voll vom Leben auf den Antipoden*, ist es leid, sich immer wieder zu Ausflügen in den Busch zwingen zu müssen, seiner einzigen Aktivität im Freien. »Man erholt sich«, schreibt Nietzsche, »in seiner wilden Natur am besten von seiner Unnatur, von seiner Geistigkeit.« Auf diese Weise stellt selbst ihr Ehebruch noch eine Verbindung zwischen diesem postmodernen Mann und seiner Gattin her.

Während er durch den spärlichen Stadtverkehr fährt, denkt er an den Busch, der ihn heute erwartet, den Busch der Shoalhaven-Schlucht südlich von Sydney, doch ohne eine Spur jener Vorfreude, welche die Wälder Englands oder der Vereinigten Staaten oder Bayerns traditionell hervorrufen. Hier sind die Bäume immer gleich. Man kann nie sagen, welche Jahreszeit gerade ist.

»Gleich wie Blätter im Walde, so sind die Geschlechter der Menschen.« Homer. Aber die immergrüne Hartlaubvegetation steht nicht im Einklang mit Homer. Dieses Grün ist kein wahres Grün. Es gibt keine Jahreszeit, in der sich diese Blätter verfärben und abfallen. Es gibt keine Knospenexplosion im Frühling, keine Aureole von zart geädertem Frühlingsgrün, keinen Laubbaldachin im Hochsommer. Nicht einmal eine Winterperiode gibt es, in der diese Bäume ihres Laubs beraubt sind. Sie pfeifen auf die Sonnenwenden.

Also? Nein, die Frage ist nicht, ob dies eine Rolle spielt, sondern es gilt, über den Grad der Beunruhigung, die der Busch in uns allen hervorruft, zu ermessen, in welchem Maß es dennoch eine Rolle spielt, eine Rolle gespielt hat. Vor der hellenischen Kultur war ganz Europa – wenn man den mediterranen Anteil einmal ausklammert, die Pinien, Olivenbäume und Steineichen, die sich unter dem menschlichen Einfluß nach Norden ausbreiteten – mit riesigen Laubwäldern aus Eichen, Ulmen und Kastanienbäumen bedeckt. Ein Eichenwald, von dem ich mir vorstellen könnte, daß er aus Valoniaeichen bestand, wuchs noch bis ins

* Der irische Gelehrte Vergil aus dem achten Jahrhundert, Bischof von Salzburg, wurde von Papst Zacharias seines Amtes enthoben, weil er seinen Glauben an die Antipoden bekundete.

zweite Jahrhundert am Fuß des Kithärongebirges im Nordwesten Attikas. Einige Germanen, die Cäsar einst befragte, waren zwei Monate lang durch den Herzynischen Wald gezogen, der sich vom Rhein aus nach Osten erstreckte. Zu Zeiten des heiligen Patrick war Irland außerhalb seiner Sümpfe und Moore ein Wald von Traubeneichen ohne eine einzige Stadt. Doch am Ende des vierzehnten Jahrhunderts waren diese Wälder von der Atlantikküste bis hinüber zum Ural abgeholzt, und was in England und Irland die Köhler überlebte, konnte den Schiffbauern nicht entrinnen. Im achtzehnten Jahrhundert schließlich mußte Irland Holz für Faßdauben einführen.

Nun verehrten alle wichtigen arischen Völker Europas als höchste Gottheit jenen Gott des Donners und der Eiche, den die Römer als Jupiter kannten. Die Menschen sind nach römischer Überlieferung *rupto robore nati*, aus einer geborstenen Eiche geboren (Juvenal). Warum Donner und Eiche? Weil die Eiche dank ihrer Leitfähigkeit häufiger als jeder andere Waldbaum Europas vom Blitz getroffen wird, wie der Anthropologe Frazer ausführte.

Nehmen wir einmal an, ein Europäer geht im Herbst in einen Laubwald, und da der Mann schlechter Stimmung ist, wird der Wald mit ihm fühlen, seine Stimmung noch verstärken. Wenn er hingegen guter Stimmung ist, wird es zu einem Dialog zwischen dem Wald und ihm kommen. Egal, um welche Jahreszeit es sich handelt, wird so immer ein Austausch stattfinden, und ich glaube, erst als die immergrüne Hartlaubvegetation uns zu ignorieren begann, haben wir begriffen, wie wichtig diese Dialektik für uns geworden ist. Dem Kultus Christi nachzugehen, erfordert im heutigen Australien etwa den gleichen Grad an Inbrunst, wie ihn der Vespianskult in Antiochien oder der Domitianskult in Ephesus erforderte. Dies schreibe ich weniger der Tatsache zu, daß wir hier als Sträflinge und irische Emigranten angefangen haben, als vielmehr dem Umstand, daß alle Feste der christlichen Kirche (und obwohl Jesus auf dem Lande predigte, hat Paulus das Christentum in den Städten und für die Städte aufgebaut; und vergeßt darüber nicht, das Wort Heide ist gleichbedeutend mit Bauerntölpel) hier um sechs Monate versetzt gefeiert werden, was sie auf teuflische Weise unangebracht erscheinen läßt, denn eine Umkehrung der natürlichen Ordnung ist charakteristisch für den Satanskult, wie ihr wüßtet, wenn ihr jemals die Wintersonnenwende zur Zeit der Sommersonnenwende gefeiert* oder euch an einem düsteren Herbsttag über ein Fastnachtsküchlein hergemacht hättet.

Ich kenne Leute, die haben tatsächlich die Angewohnheit, Karten an entfernteste Bekannte mit der letzten Post vor Weihnachten abzuschicken.

Die Eukalyptusbäume werfen ihr Laub nicht *en bloc* ab, und wir können den einzigen verbliebenen australischen Laubbaum von Bedeutung (von Zedern abgesehen), die Haspelfußmyrte, eine Scheinbuche, hier außer acht lassen, da der Südwesten Tasmaniens, wo der Haspelfuß vorkommt, heute als antarktischen Ursprungs gilt. Vor sechzig Millionen Jahren waren wir über die Antarktis mit Südamerika verbunden. Man hat in Patagonien Schnabeltierzähne gefunden.

Ich habe gar nicht gewußt, daß Schnabeltiere Zähne haben.

Tannen werfen ihre Nadeln natürlich nicht ab, und unsere Verehrung des Weihnachtsbaums ist ein Ritus, den wir wie auch Ostern aus dem Kult der Kybele, der hellenisierten *Magna Mater* der hethitischen Kultur Anatoliens, übernommen haben. Wir können nicht länger zu einer Mitternachtsmesse gehen, aber den Tannenbaum stellen wir immer noch auf.

Ich will es klar und deutlich ausdrücken, soweit das bei einem Mysterium möglich ist: Das Christentum der westlichen Christenheit war »orientalisch«, und alle höheren Religionen des

---

* Das Weihnachtsfest wurde im vierten Jahrhundert der Anbetung des danubischen Sonnengottes *Sol Invictus*, Unbesiegbare Sonne, entlehnt. Der Mensch der gemäßigten Breiten neigt naturgemäß dazu, die Neugeburt des Jahres mitten im Winter zu feiern. Zu diesem Zeitpunkt ist die Lebenskraft zwar am schwächsten, doch kann man davon ausgehen, daß sie nun wieder wächst. Im Gegensatz dazu setzt im Mittsommer ein Niedergang ein. Das ist kein Anlaß zum Feiern. Der Mittsommertag, der Johannistag, war im heidnischen Europa ein Tag, der gefürchtet wurde. Dies war der Tag, da die Wassergeister der germanischen Flüsse Opfer durch Ertränken forderten, das keltische Beltanefest, da die Druiden Menschenopfer darbrachten, ein Tag der Schwermut, der Vorahnung.

»Orients« (Anatolien und Kanaan) leiten sich von dem her, was man gemeinhin als Baum- und Erntekult beschreibt, als seien diese beiden irgendwie vereinbar; alle entstammen der Verehrung von Tammuz und Ischtar in ihren verschiedenen Erscheinungsformen.

Nun ist die jährliche Wiedergeburt eines anscheinend toten Baums eine Zentralmetapher unseres nordischen Glaubens, und der Kulturhistoriker Spengler betrachtet diesen nördlichen Glauben, den er »faustisch« nennt, als eine Religion eigener Prägung, die nicht mit dem Christentum der Märtyrer und Eremiten zu verwechseln ist – und auch nicht wenn man das laut sagen darf, mit der keltischen christlichen Kirche Irlands vor der Synode von Whitby. Ich pflichte dem bei (heutzutage unterzieht sich selbst der Papst chirurgischen Eingriffen, während der Bischof von Canberra angesichts der Anschuldigung sexueller Übergriffe mit einer Herzattacke drohte und so davonkam), und ich behaupte weiter, daß das katholische Christentum ohne diese Metapher einer starken Versuchung ausgesetzt wäre, ja sogar zugrunde gehen könnte. Der »faustische Glaube«, der eine starke Beimengung von Jupiterverehrung enthält, erreichte, nebenbei bemerkt, seine Blütezeit gegen Ende des ersten Jahrtausends nach Christus hauptsächlich durch ein Aufwallen der mithraischen (kirchenmilitanten) Komponente im Christentum – Christus als der siegreiche Balg unter den vielen, die durch die Unzuchtshandlungen von Diovis, Jahwe und Ahura Masda mit Ma, Mut und Astarte im Reich des großen Kupplers Seleukos gezeugt wurden, und der sich seine Geschwister (Mithras, Attis, den hellenisierten Baal-Jupiter Dolichenus) gewissermaßen als eine Angelegenheit von weltpolitischer Tragweite einverleibte.

Während jetzt, am Ende des zweiten Jahrtausends nach Christus, die Reihe an Attis ist.

Ich weiß nicht, wo ich heute ohne den Amberbaum in meinem Garten wäre, der jährlich sein Laub abwirft. Kein Wunder, daß Calvin spürt, wie ihm sein Herz bis in die atheistischen Wanderstiefel sinkt, wenn er an einen weiteren Tag in dieser immergrünen Hartlaubvegetation denkt, weil die Bäume hier so gar kein Interesse an ihm zeigen und seine (nordeuropäische) Geistigkeit verachten. Und außerhalb des Tals von Erinungarah muß es dem Eukalyptus erst noch gelingen, die Tanne als Symbol des Ewigen abzulösen.

Mir wurde berichtet, daß Attis MacAnaspie, in der Tannenpflanzung aus einer Tanne geboren, sich hier in der Gegend in einen Eukalyptusbaum verwandelt hat. Ich habe seine linke Hand hier auf meinem Schreibtisch als Briefbeschwerer liegen. An seinem Zeigefinger fehlt die Kuppe.

Kimberley Moon, dieser krummbeinige kleine Eunuch, der den Laden in Wozzawunwun betreibt, er hatte sie beiseite gebracht. Hat mich meine halbe Rente gekostet. Er mußte mir angesehen haben, daß ich sie haben wollte.

Versteht ihr, wenn Attis zu einem Eukalyptus geworden ist, und wenn das Klima hier langsam wärmer wird, und wenn sich der Eukalyptus ausbreitet, dann hat die Landwirtschaft keine Zukunft mehr.

Daheim im Haus in Paddington ist inzwischen alles ruhig. Welcher Dämon es auch war, der gehört werden wollte, er hat gesprochen und ist gebührend zurechtgestutzt worden und ruht nun erschöpft.

»Du bist so süß«, sagt Monica nach einiger Zeit. »Ich muß dir ein Geschenk kaufen, wirklich. Du brauchst ein Paar Schuhe.«

»Leg dich wieder hin«, grinst der barfüßige Balthazar, aber Monica ist vom Bett herunter und schlängelt sich in ihre Patchwork-Pluderhose. »Steh auf«, sagt sie, »ich habe was zu erledigen. Muß meine Tochter vom Kindergarten abholen. Setz deinen hübschen Hintern in Bewegung.«

Es ist viel verlangt. Monica hat ihm keine Gelegenheit gegeben zu bereuen, was er getan hat, wozu er nur noch ein paar Minuten gebraucht und was obendrein nur noch wenige Minuten gedauert hätte. Der Anblick dieses strammen, wohlgeformten Hinterns, der sich in die Pluderhosen schlängelt, und dieser Geruch – so etwa wie ein tollwütiger Moschusochse während einer Dürrezeit, der auf einem frischen Lachs herumkaut –, sie haben ihre Wirkung nicht verfehlt, und er möchte, daß sie ins Bett zurückkommt. »Sieh mal her«, sagt er.

»Laß gut sein«, meint Monica, die davon schon einige gesehen hat, »wir müssen zu Fuß los. Mein Alter hat das Auto genommen.«

Das klingt nicht gerade nach weiblicher Besorgtheit, und Balthazar spürt diesen Mangel deutlich. Er möchte reden, aber sie will ihm nicht zuhören. Auf dem Weg zu den Läden – und sie scheint sich nicht daran zu stören, daß die Leute sie zusammen sehen; einmal bleibt sie sogar stehen, um mit Nachbarn zu tratschen – versucht er, ihr von sich zu erzählen, aber sie winkt ab, als hätte sie das alles schon einmal gehört.

»Ach, in so 'ner Phase bist du also«, sagt sie. »Ich dachte, das alles sei schon mit der Arche den Bach runtergegangen. Ich hatte dich für 'nen Kunststudenten gehalten. Wie alt bist du eigentlich?«

Flüsse und Wasserstraßen – Gott sei gedankt, daß es sie gibt. Bahnt euch nur einmal den Weg durch die immergrüne Hartlaubvegetation, bis ihr die Flüsse und Wasserstraßen findet, und sie werden zu euch sprechen und euch trösten und euch bedrohen, so wie sie es schon immer getan haben, zu allen Zeiten und an allen Orten, denn sie sind auf der ganzen Welt gleich. Sie sind das Meer, und wir sind Wasseraffen. Selbst die Vegetation hier, die, von den Hochwassern gezeichnet, an den Ufern wächst, ist interessanter, die gebeugten Kasuarinen, die wie Kiefern aussehen, die Flußeukalypten, die wie Oleander aussehen. Als er den steilen Assay Buttress halb hinunter ist und in Richtung Great Horseshoe Bend geht, spürt Calvin, wie seine Spannung zwar nachläßt, aber nicht verschwindet. Er sieht den großen Fluß jetzt zu beiden Seiten, und niemand ist heute hier draußen, keine Fahrzeuge auf dem Platz, der sonst zum Parken genutzt wird, niemand anderer auf dem Naturpfad.

Calvin, ein schlaksiger, gutgebauter Mann mit den blonden Haaren und der olivbraunen Haut eines Surfers, ist lange genug mit der Wildnis vertraut, um zu wissen, daß man sich dort nicht falsch verhalten darf. Man läßt sich in der Wildnis nicht einfach treiben. Wenn man die Wildnis betritt, dann mit Respekt und einem Ziel vor Augen. Man kann angeln oder Kanu fahren, nach Gold waschen, klettern, wandern oder paragliden, aber man muß sich hier draußen ein Ziel setzen, weil die Wildnis sich dem direkten Blick des Menschen nicht erschließt. Sie ist wie ein Berggorilla, man kann sie nicht anstarren. Sie ist scheu. Und außerdem sollten junge Männer aktiv sein. Sie müssen in der Wildnis Risiken eingehen, kleine, aber stetige Risiken, um die Gedanken auf etwas auszurichten. Nur wenn die Gedanken aufs Überleben gerichtet sind, kann sich der Geist entspannen. Die Wildnis erscheint uns dann im nachhinein, in Träumen, an den Rändern des Gesichtsfelds.

Wie die Falten eines großen samtenen Morgenmantels fließen die Graueukalypten vom gegenüberliegenden trigonometrischen Punkt herab. Früher trieben die Viehzüchter Rinder diesen abschüssigen Saumpfad hinab, um sie unten am Fluß zu tränken, nicht ohne den Neulingen zuvor zu raten, sich die Westentaschen zuzunähen, denn wenn sich ein Pferd auf dem Weg nach unten erleichterte, dann fiel sein Dung einem in die Westentaschen, und der Pfad ist jetzt mit Tierkot übersät, viereckigen Wombatfladen, die an Steinpyramiden aus Grauwacke kleben, um Wombatterritorium zu kennzeichnen, und, was nicht überrascht, mit Schafsköteln. Es gibt wilde Schafe in dieser Schlucht, dem Zusammentrieb entkommene Reste aus den alten Tagen, als die Herden noch frei herumliefen, schon damals die Wolle von drei Jahren tragend, vor Kletten starrend, Wollklunker hinter sich herschleppend, verwilderte Schafe eben. Calvin hat sie flußabwärts bei der Badgery-Furt gesehen. Dort hält sich stets eine kleine Horde wilder Schafe auf, die auf dem steilen, zu lachsroten Platten zusammengeschobenen Schiefer zwischen den Grasbäumen herumklettern.

Das Ausmaß der Landschaft ist beinahe piktisch, und unten, tief unten, wo er auf der Landkarte durch einen Winkel gekennzeichnet ist, stürzt der Fluß hinab und schickt ein weißes Glitzern herauf. Calvin will sich eines Tages ein Schlauchboot kaufen und es diese frühsilurische Felswand hinunterschleppen und sich dann bis zum Pazifik treiben lassen. Denn dies ist einer der wenigen Flüsse überhaupt, die quer zur Hauptwasserscheide fließen. Eine Zeitlang hat Calvin seine Familie zum Kampieren im Freien mitgenommen, aber es hatte den anderen keinen Spaß gemacht und ihm auch nicht. Abends gab es nichts zu tun, kein Fernsehen, und Calvin hat die Kinder ständig angeschrien, sie sollten still sein: Er mag es nicht, wenn man die Heiligkeit der Wildnis stört. Er mag in der Wildnis nicht laut sprechen – Monica würde ihm vorwerfen, eingeschnappt zu sein –, aber seine innere Stimme plappert immer weiter, aufgeregt, jetzt, in diesem Augenblick. Zu wenig Zeit, zwei Tage, um die innere Stimme zum Schweigen zu bringen. Vielleicht fährt er heute abend wieder nach Hause. Er marschiert auf einen Lagerplatz am Nerrimunga Creek zu, oberhalb des Little Horseshoe Bend, aber der Fluß steht hoch, also wer weiß? Es wäre vielleicht gar keine schlechte Idee, morgen mit den Kindern ins Kino zu gehen.

Dieser Gestank. Da ist er wieder.

Eine halbe Stunde später macht Calvin am Fluß die Quelle des widerwärtigen Geruchs aus. Es ist eine Mischung aus Putreszin, Kadaverin, Sterkobilin, Terpentin und Monica. Wilde Ziegen, eine kleine Horde von etwa einem Dutzend verwilderter Ziegen mit einem schwarzen Zicklein weiden auf und zwischen den Kasuarinen. Die Böcke sind imposante Tiere. Einer überlegt es sich sogar zweimal, bevor er zurückweicht, als Calvin sich nähert.

Als er später darüber nachdenkt, wird ihm klar, daß sie ihn hätten töten können. Dieser Gedanke kommt ihm am Abend, zu Hause, im Bett, wo er darüber schmunzeln kann. In der wilden Natur ist das Ziegengehörn länger und gerader, eher dem der schottischen als der irischen Wildziegen ähnlich, und die Leiber sind wuchtiger, obwohl die Tiere die ganze Zeit hier draußen auf steinigen Hängen sind und nicht in Hürden und Pferchen. Calvin verbringt den ganzen Tag damit, den Ziegen nachzuspüren. Verliert er sie, kann er sie am Gestank der Böcke wiederfinden. Er hat noch nie zuvor Wild mit der Nase verfolgt. Es ist ein neues Erlebnis, sich die Anosmie von diesen stinkenden Böcken vertreiben zu lassen. Hoch über ihm auf dem Felsvorsprung zwischen den dickblättrigen gelben Blutholzbäumen treten sie fortwährend Geröll los, das als Steinschauer niedergeht, zeitweise recht stark. So kommt er zu seiner körperlichen Betätigung, schönen Aufnahmen von den Ziegen, und da es ihm gelingt, bei der Verfolgung sich selbst zu vergessen, ist für ihn auch sein erklärtes Tagesziel erreicht. Nie wird einen die Wildnis in dieser Hinsicht enttäuschen, doch hat man sie erst einmal wieder verlassen, kann man sich dessen nicht länger sicher sein. Von Zeit zu Zeit fliegt der Weißkopfreiher auf mäanderndem Kurs den Fluß entlang, doch wie Calvin später am Abend erklärt, war der Vogel ohnehin nur ein Vorwand gewesen.

Spät kehrt er nach Hause zurück. Der Tag hat ihn stimuliert. Er hat etwas Unerwartetes gefunden. Er möchte die gemachte Erfahrung mit jemandem teilen.

»Hast du Lust auf Pfannkuchen?« will er von Monica wissen. »Gehn wir doch was essen, wo man Jazz dabei hören kann. Das heißt, wenn du nicht zu müde bist.«

»Gut«, stimmt sie zu und sucht nach ihrer Handtasche. »Glaubst du, daß es mit den Kindern gutgeht? Es ist nur australischer Jazz, weißt du.«

»Klar geht's gut.«

Und es geht gut. Den Kindern passiert nichts.

Monica Ecks: Ende zwanzig. Grünäugige, blonde Südstaatenschönheit und ehemals Modell auf dem Ausfaltblatt des *Playboy*. Mutter von Alexander (durch ihren ersten Mann, der hier nicht vorkommt), durch ihren zweiten Mann Calvin Ecks (der hier vorkommt) von Cindy Ecks und durch Darryl MacAnaspie zukünftige Mutter von Harley und Norton. Großmutter von Passionsblume, der Tochter des Dichters.
Calvin Ecks: Ende zwanzig. Blonder, grünäugiger Biowissenschaftler aus dem Mittleren Westen der USA. Ehemann von Monica und mit ihr Vater von Cindy und mit Nisi Papadimitriou zukünftiger Vater von Pflaumenblüte. Großvater von Passionsblume. Wurde nie zum Eunuchen.
Balthazar Beauregard: Mitte zwanzig. Braune Haare, muskulöser Soft-Drug-Dealer/Landschaftsgärtner und Goldschmied. Langjähriger Kommunarde. Jünger eines indischen Gurus. Mit Paula Zoshka zukünftiger Vater von Morgendunst, mit Schwester Annunciata von Galaxie und Nebula. Wurde zum Eunuchen. Gilt als tot.

4

Balthazar Beauregard.

»Hallo, mein alter Kumpel, meine Fresse, siehst du aber verfroren aus, du bibberst ja wie ’n Hund, der Rasierklingen kackt. Hier, nimm ’nen Pfirsich. Hab ich heute morgen erst mitgehen lassen. Sind doch zu schade zum Wegwerfen. Früher hat ’n alter Onkel von mir mal Pfirsiche im Garten gehabt, der war vielleicht ’n komischer Vogel. Hatte den Donnerbalken nach hinten raus, weißt du, wo einem die Goannas übern Weg laufen. Aber herrliches Obst, Kumpel, reif, wie man’s sich nur wünschen kann, echt, da schlabbert einem das Wasser in der Gusche.«

Es ist einer dieser bierbäuchigen, flachärschigen Typen, denen die Jeans immer vom Hintern rutschen, so daß die Arschkimme über dem Gürtel zu sehen ist. Eisenbahnarbeiter meistens. Der hier ist gestern abend zusammen mit den Säufern hereingeschneit. Er versucht gerade, einen durchdrehenden jungen Junkie zu trösten, dessen *modus vivendi* mittlerweile dieses Rattennest von einem besetzten Haus ist, diese stattliche Villa, die einmal bessere Zeiten gesehen hat und jetzt an Spekulanten verkauft worden ist. Kurz vor ihrem Abriß beherbergt sie nun Männer, die es nicht packen, in einem Land Arbeit zu finden, das sich immerhin der Vollbeschäftigung rühmt.

Das Haus trägt den merkwürdigen Namen *Fiddlewood.* Also, für mich ist das Geigenholz ein Baum der Gattung Citharexylum, Familie Verbenaceae. Was diese Familie betrifft, kann ich mich nicht erinnern, in Pyrmont je einen Geigenholzbaum gesehen zu haben, und das Wandelröschen, das hier aus Südamerika eingeführt wurde, ist eine bekannte Unkrautpflanze. Ihr solltet einmal sehen, wie das Zeug sich über Nimbin, Minnamurra und Apple Tree Flat am Shoalhaven ausgebreitet hat, aber in den Vorstädten ist es nun mal als Heckenpflanze beliebt, und ich selbst mag die kleinen roten und gelben oder purpurnen Blüten und den Duft ihrer Blätter.

Die einzige Wildpflanze hier ist das einheimische Eisenkraut, ein Strauch im Untergeschoß des feuchten Hartlaubwaldes. Wächst im Tal. Was sonst noch kann man dem Namen eines

Hauses entnehmen? Ein Stück weiter in meiner Straße gibt es ein Haus namens »LLYDALE«, von dem ich dachte, es gehört vielleicht einem heimwehkranken Waliser. Neulich fand ich heraus, daß es in Wirklichkeit »LILLYDALE« heißt und nur die beiden ersten Buchstaben abgefallen sind. Also, ich glaube, es ist vermietet, muß es wohl sein, denn ich habe gestern ein Pferd auf der Veranda gesehen, aber ich muß aufhören mit diesen Abschweifungen und lernen, mich auf das Wichtige zu konzentrieren, sonst kommen wir nie zum interessanten Teil der Geschichte. Ein Spezialist hat mir noch sechs Monate zu leben gegeben, und das ist jetzt zwei Jahre her.

Lungenkrebs. Inoperabel. Denn wen der Herr liebt, den züchtigt er; er schlägt aber jeden Sohn, den er aufnimmt.

Ich will es euch ganz ehrlich sagen. Ich verstehe nicht viel von Menschen. Ich verstehe nicht viel von den späten Sechzigern; ich denke oft, ich bin im fünfzehnten Jahrhundert steckengeblieben. Und ich verstehe auch nicht viel vom Stadtleben, ich habe meistens auf dem Land gewohnt. Dazu kommt noch, daß sich die Aktivisten aus den Sechzigern, die ich befragt habe – und es waren die Anarchisten, die es aufs Land verschlug, während die Sozialisten in den Städten blieben –, selbst nicht mehr an die Sechziger erinnern, womit wir ein Problem mit der Wirklichkeitstreue haben. Glücklicherweise haben sich diese Leute, als sie aufs Land zogen, so stark verändert, daß sie sich jetzt nach siebenundzwanzig Jahren von ihren hinterwäldlerischen Nachbarn kaum noch unterscheiden, und da fühle ich mich dann wieder auf sichererem Boden. Also habt Geduld und ertragt uns noch ein Weilchen, wie ein Ministerpräsident einst zu einer Journalistin sagte – wir wetzen bereits die Messer, während wir ihnen den Purpur verleihen, wir sind ein römischer Menschenschlag, wir Australier –, während ich fortfahre, unsere *dramatis personae* vorzustellen, jedenfalls diejenigen, die ich aufgespürt habe.

Also, eine Kommune ähnlich wie die von Erinungarah ist mir mal unter dem Begriff »ländliche Entwicklungsgesellschaft« beschrieben worden. Wie zutreffend. Zu Anfang führte unsere kleine Phalanstère tatsächlich den Namen *The Moody Valley Candle*

Company Co-op, der es übrigens nicht gelang zu florieren; es besteht einfach kein großer Bedarf an Bienenwachskerzen, wie insbesondere ich ihnen hätte sagen können – es liegt etwas Schauriges in ihrem Wachsgeträufel, läßt sie gut ins Bühnenbild vom *Phantom der Oper* passen. Doch eine der tragischen Gestalten, die die Kooperative damals aufbauten, war der Mann, den wir gleich kennenlernen werden, der multimediale Künstler Balthazar Beauregard.

Frontis nulla fides. Beurteile nie den Inhalt eines Briefes nach seinem Umschlag. Stellt euch einen eitlen, einsamen Mann von fast geschlechtslosem Äußeren mit einer bemühten Unschuldsmiene vor. Ich wünschte, ich könnte ihn als fies, brutal und kleinwüchsig beschreiben, aber das klingt eher nach mir. Die glänzenden braunen Locken fallen wie die eines Lebemanns zu Zeiten Georges IV. in langen Spiralen auf die Schultern, aber der Bauch ist muskulös, und der Oberkörper ist zwar unbehaart, doch unmißverständlich maskulin. Die Hüften sind die eines Negertänzers. Balthazar hat eine Vorliebe für feinen Schmuck, der im Unterschied zu einer rein ästhetischen Funktion hier eine Zauberkraft bewahrt – Ringe, Armreifen, Ohrringe und dergleichen –, von ihm selbst entworfen und auch von ihm selbst aus Sterlingsilber und Bronze ausgeführt, in letzter Zeit mit dekorativen Schnörkeln in der persischen Kurrentschrift des Urdu verziert. Er ist Maler, Bildhauer, Tänzer, doch notwendigerweise auch Landschaftsgärtner, und die vielen Stupas und Gebetsmühlen, die in den letzten Monaten in den inneren Stadtteilen aufgetaucht sind, tragen alle seine Handschrift. Wenn es darum geht, die typischen, im Föderationsstil der Jahrhundertwende erbauten Sydneyer Bungalows mit tantrischen Mahayana-Fischteichen zu schmücken, dann ist er euer Mann. Ich habe nie ein gutes Wort über ihn gehört, aber alle, mit denen ich über ihn sprach, hatten schon mit ihm »geschlafen«. Ich vermute, daß er wie der Komponist Purcell sowohl Baß als auch Countertenor sang.

In einen Sarong gehüllt, begrüßt er die Sonne, während wir unsererseits an diesem warmen Vormittag ihn begrüßen, der wie eine gelangweilte Katze die Bänder und Sehnen seiner geschmeidigen Glieder in der vom Hatha-Yoga* vorgeschriebenen Weise dehnt und mit halbgeschlossenen Augen und in Meditation versunken sanft atmend die elementaren Asanas durchprobiert, den Stoßzeitverkehr draußen dabei völlig vergessend, der verglichen mit dem Verkehr in Indien sowieso ein Nichts ist. Wenn er genügend Geld zusammengespart hat, will Balthazar zu seinem Guru zurückkehren, und in einem besetzten Haus zu wohnen ist für ihn bloß eine praktische Möglichkeit, Miete zu sparen.

Verkauf doch, sagt der Teufel. Verkauf doch und erwirb ein Grundstück am Wasser, wo du dich zurücklehnen und richtig entspannen kannst.

Ich habe ein Tagebuch von Balthazar Beauregard in meinem Besitz, und was für ein auserlesenes Stück Handarbeit im Oktavformat das ist! Mit seiner sauberen Kalligraphie und seinem Reichtum an handgemalten Illustrationen erinnert es mich an einen kufischen Koran aus der Schatzkammer des Topkapi. Hat sogar dasselbe trotzige Flair des überwundenen Dilettantismus. Und zu denken, daß er es aus wiederaufbereiteten Ausgaben des *Sydney Morning Herald*, wertlosen Blättchen Opalabfall und einem eingeschmolzenen Stück Kupferdraht gemacht hat, als Dauerleihgabe der Distriktsverwaltung Sassafras!

Wißt ihr, wenn ich so an diese jungen Balthazars denke, da fühle ich mich immer an den Wildwuchs abgestellter Kastenanhänger erinnert, die man auf Autohöfen herumstehen sieht, wie sie sich einem auf ihren Känguruhbeinchen entgegenstrecken.

---

* Man muß schon bis in die Zeit der Seidenstraße zurückgehen, würde ich sagen, um eine vergleichbare religiöse Promiskuität zu finden. Im Jahre 1253 stieß Bruder Wilhelm von Rubruk am Hof von Manghu Khan auf eine Art theosophischer Buchhandlung mit orthodox-christlichen Alanen, tibetanisch-lamaistischen Buddhisten, muslimischen Türken, monophysitischen Armeniern, nestorianischen Mongolen, manichäischen Uiguren, von chinesischen Taoisten und koreanischen Konfuzianern ganz zu schweigen.
In den letzten Tagen des fünften Jahrhunderts beging der neoplatonische Philosoph Proklos offenbar die heiligen Tage sämtlicher Religionen auf Erden.
Willkommen beim Festival von Körper, Seele und Geist.

Frisch lackiert, neu zugelassen, die Reifen geschwärzt, kein einziges Fleckchen Rost an den Federn, sehen sie aus, als warteten sie nur auf eine Kühltruhe oder einen Kompressor oder auch eine Riesenladung Brennholz, aber siebenundzwanzig Jahre später sind sie durchgerostet, und man hat Glück, wenn eine Blinkerbirne noch schläfrig zwinkert, die Kotflügel sind schon so oft gegen Torpfosten geprallt, daß sie kaum noch halten, und jetzt stehen sie trübsinnig auf dem Rasen herum und lassen ihre Zugstange wie einen Gänsehals in den Klee hängen. Alles – na ja, praktisch alles – wird härter, wenn man älter wird. Vor siebenundzwanzig Jahren war es hier so feucht, da brauchte man Gummistiefel, wenn man die Wäsche aufhängen wollte. Wenn man heute versuchte, mit der Hacke in den Boden zu schlagen, würde sie wieder hochspringen und einen ins Auge treffen. Trocken wie 'ne Nonnentitte.

Gottverdammte El Niños. Ich habe ein Geständnis zu machen: In Vers 84 der *Ballade* habe ich die Dürre herausgestrichen und die von jetzt eingesetzt, die Dürre von fünfundneunzig, welche die schlimmste ist, an die ich mich erinnern kann.

Also, ich glaube nicht, daß diese jugendlichen Beauregards oder Byngs oder Abernathys anders waren als meine Generation. Wir wollten auch nur, was sie wollten, aber ihnen ist es gelungen zu kriegen, was sie wollten. Uns hingegen, wage ich zu behaupten, ist es nicht gelungen. Intellektuelle Mäßigung verbunden mit gleichzeitiger sexueller Ausschweifung ist schon ein Kennzeichen des Niedergangs anderer Kulturen gewesen; insbesondere der hethitischen, der hellenischen und jener der Mayas. In diesem Fall hat es wohl mit der Schwäche der fraglichen Eltern zu tun, die sich durch den von ihnen vorgefundenen Zustand der westlichen Zivilisation in eine unhaltbare Situation versetzt sahen und ihr Leben als Glücksspieler verbrachten. Es ist sicher richtig, daß unsere postmoderne, nachchristliche westliche Zivilisation auf den Antipoden schon früh einen hohen Entwicklungsstand erreichte, sowohl technisch – man bedenke, daß Neuseeland, eine Nation von weniger als drei Millionen Menschen, sowohl die Büroklammer als auch den Briefmarkenautomaten erfunden hat – als auch materiell, denn Melbourne und Sydney haben die ersten hochentwickelten westlichen Freizeitgesellschaften hervorgebracht, und selbst jetzt hat Australien den höchsten Lebensstandard der Welt, wenn auch auf Pump, und scheiß auf die Zahlen.

Verzeihung. Ich hätte sagen sollen: »Die Statistiken können mich mal«, wäre ich dazu in der Lage gewesen.

Wo ist denn nur meine Schachtel mit den Büroklammern. Ich will mir mal die Frontplatte ein bißchen kratzen.

Balthazar Beauregard: Mitte zwanzig. Braune Haare, muskulöser Soft-Drogen-Dealer/Landschaftsgärtner und schürzenjägerischer Goldschmied. Jünger eines indischen Gurus. Mit Paula Zoshka zukünftiger Vater von Morgendunst, mit Schwester Annunciata von Galaxie und Nebula. Wurde zum Eunuchen. Verschwand in den späten Achtzigern auf einer Indienreise spurlos. Gilt als tot.

5

Ein australisches Mysterium.

Wo wir vom Spielen reden, so galt Konstantinopel den byzantinischen Griechen schlechthin als »die Stadt«, so wie Athen es einst gewesen war. Warum der Name Konstantinopel heute »unten durch ist« – um aus dem Text eines populären Schlagers zu zitieren, der zu den ersten gehörte, die Olaf Abernathy überhaupt kennenlernte –, so hat es den Anschein (siehe Peregrinus Wiccamicus), als sei die ottomanisch-türkische Bezeichnung »Istanbul« eine Verballhornung des megarisch-dorischen Griechischen »zur Stadt« (ausgesprochen: stambolin), die irgendein des Griechischen unkundiger Eindringling offenbar für den Namen der Stadt selbst hielt.

Der dardanische Soldatenkaiser Konstantin gründete die Stadt am Ort des alten Byzanz, eine megarisch-griechische Kolonie in Form eines Stadtstaates, nachdem er am Vorabend der Schlacht an der Milvischen Brücke im Jahre 312 eine Vision hatte, bei der er ein vor der Sonne stehendes Kreuz sah. Obwohl Konstantin mit hadrianischem *laissezfaire* noch zwölf Jahre lang Münzen prägen ließ, die das Abbild des mithraischen Gottes *Sol Invictus*, Unbesiegbare Sonne, zeigten (und Konstantins Sohn schrieb später der offiziellen Kirchenpolitik zum Trotz den Geburtstag dieses danubischen Sonnengotts dem vermeintlichen Mann aus Galiläa zu), bestimmte Konstantin auch, daß die Stadt von ihrer Gründung an eine christliche Stadt sein solle, obwohl zu jener Zeit weniger als ein Zehntel der Bürger des römischen Reiches Christen waren. Aber er zeigte große Voraussicht und Klugheit, indem er eine Ausnahme von dieser Politik machte; gewitzt ließ er den Menschen der Stadt einen Tempel der Tyche einrichten, der römischen Göttin der Schicksalsfügung, und dieser Tempel überdauerte nicht nur den eindeutigen Triumph des Christentums, den Toynbee auf die Regierungszeit des bigotten Theodosius *(imperabat* 379–395) datiert, sondern auch den endgültigen Zusammenbruch der hellenischen Zivilisation im späten sechsten Jahrhundert. Ich bin Toynbee dankbar für diese Beobachtung.

Mehr noch, die Tycheanbetung wird bis auf den heutigen Tag ausgeübt, der zufällig ein Zahltag im öffentlichen Dienst ist, und das in einer Kolonie mit einer Kultur, die sich als Nachfolgerin der hellenischen versteht, und zu einer Zeit, in der die christlichen Kirchen in dieser Kolonie zwar noch existieren, aber nahezu alle ungeheizt sind – und ich habe das große Glück gehabt, wenn ihr so wollt, die Einführung eines Postulanten ins Allerheiligste dieses Tempels beobachten zu dürfen, nicht nur einmal, nein, viele Male: ein australisches Mysterium also.

Der Postulant, der seine besten Klamotten trägt – Badelatschen oder kurze Hosen sind nicht gestattet –, wird, gewöhnlich von einem älteren Initiaten, zu einer Menschenschlange in der Eingangshalle des Tempels geführt. Von einer Vielzahl reflektierender Flächen, gläserner Trennwände und Wandspiegel geblendet, die das vergängliche und trügerische Wesen der materiellen Welt zum Ausdruck bringen, und während er prüft, ob seine Schultern frei von Schuppen sind, wird er sich hier vielleicht darüber klar, daß er die Gelegenheit verwirkt, seine unteilbare und unsterbliche Seele zu entfalten, wenn er seinen physischen Körper weiterhin als sein wahres Selbst ansieht.

Als nächstes muß er sich ins Besucherbuch eintragen (linke Spalte). Indem er dies tut, drückt er seinen Wunsch aus, in die Reihen der Unsterblichen (rechte Spalte) aufgenommen zu werden, während er durch seine Bestätigung, daß er volljährig und nach dem Gesetz berechtigt ist, alkoholische Getränke serviert zu bekommen, nun ganz und gar darauf eingestellt ist, die gefährlichen Prüfungen auf sich zu nehmen, die ihn erwarten.

In der Kammer der Niederen Mysterien herrscht strikte Geschlechtertrennung. Wenn er diese Kammer betritt – eine dunkle Höhle, welche die Fesseln materiellen Seins symbolisiert –, wird der Postulant vom Anblick einer ganzen Phalanx seltsam und furchteinflößend aussehender Spielautomaten geblendet und verwirrt. Während sich seine Augen an das trübe, chthonische Licht gewöhnen, sieht er, daß jeder dieser Automaten eine arme, gequälte Seele in seinen Bann geschlagen hat, deren entsetzliches Stöhnen, vermischt mit einem Piepsen in hohen Tönen und seltener mit einem metallischen Klappern, den ganzen Bezirk erfüllt.

Indem er den Kandidaten nun fest am Ellbogen faßt und ihn über den blutroten Teppich geleitet, der den Abgrund der Fleischeslust symbolisiert, welcher die Welt der Lebenden von jener der Toten trennt, führt der Oberpriester ihn einen schmalen Gang entlang, den die asymmetrischen Schultern der Verdammten flankieren. In ihrer Angst, dieser Eindringling könnte sich vielleicht eines ihrer Automaten bemächtigen wollen, beklagen die Verdammten, die Blicke um sich werfen wie päpstliche Sbirri, lautstark ihre Herkunft, die ihnen nur einen Kopf geschenkt hat und nicht drei. Ein weiterer Arm wäre ihnen auch sehr gelegen gekommen.

Am anderen Ende des Gangs steht, umgeben von Korkenziehern, eine Gestalt mit schwarzer Fliege, die Hades verkörpert, den Gemahl der Tyche. Sollte irgendein Automat seinen Dienst einmal versagen, so kann er, und nur er, ihn für defekt erklären. In der Hand hält er einen randvollen Kelch Lethe, die bernsteinfarbene Flüssigkeit, die alle, welche davon trinken, ihrem Los gegenüber unempfindlich macht.

Nachdem er ein Glas heruntergekippt und ein zweites bestellt hat, schlendert der Postulant, jetzt von einem unwiderstehlichen

Verlangen gepackt, seinen Wochenlohn zu verscherbeln, hinüber zu Persephone, der Kassiererin, und knallt ihr einen Blauen hin. Von Hades aus der örtlichen Sparkasse geraubt und gezwungen, seine Altardienerin zu werden, sitzt sie verlassen und zu Tode gelangweilt in einer winzigen Kabine und händigt Münzen in durchsichtigen Plastikzylindern aus.

In aller Feierlichkeit führt der Psychopompos seinen jungen Schützling an einen freien Spielautomaten. Er erläutert, daß dieser Automat entgegen der Meinung des Pöbels kein Kind des Zufalls ist, sondern seine Entstehung der Gewißheit verdankt, welche den Automaten – nachdem sie verzweifelt versucht hatte, Jupiter, den Gott der Lebenden, von seiner Wirksamkeit zu überzeugen – statt dessen im Zorn an Hades, den Gott der Toten, weitergegeben hat. So geschieht es, daß die Geheimnisse der Riten des Sabazios, des dodonischen Orakels et cetera ihren Weg in heutige Hände finden.

Die grundlegende Einheit hinter der scheinbaren Vielfalt der materiellen Welt zeigt sich in der Tatsache, daß es, während diese Automaten alle verschieden aussehen, zwischen Jumbo und Sonnenkrone keinen Unterschied gibt, was die ausgezahlte Geldmenge betrifft. Der Kandidat ist gezwungen, eine typisch vornehme Vierfachwalze anzustarren; Schneeball beispielsweise oder Wildgans. Zunächst bemerkt er die blinkenden Lämpchen, die die Auszahlungsöffnung umspielen; exoterisch gesehen ein Paradebeispiel klassischer skinnerscher Konditionierung, esoterisch aber stellen sie den ständigen Fluß materieller Phänomene dar, die das Gehirn so einlullen, daß es gar nicht mehr daran denkt, sich die naheliegendsten Fragen zu stellen, so beispielsweise, wieviele Könige, Damen, Buben, Achten und Sieben wir denn nun eigentlich auf diesen Walzen haben.

Als nächstes stellt er fest, daß er, obwohl außerstande zu erkennen, ob der Automat getürkt wurde, bei seiner Benutzung eine ganze Reihe ethischer Gebote beachten muß. Ein Spieler darf zum Beispiel nicht gleichzeitig an mehr als einem Automaten spielen.

Dies ist schlicht und einfach ein Appell an eheliche Treue und geistige Konzentration. Es mag leicht aussehen, doch sofern nicht die Dame gerade besonders willig und der Spieler mit seinem ganzen Wesen frei ist, sich auf dieses Fenster zu konzentrieren, wer mag dann schon sagen, daß er nicht mal eine siegreiche Kombination oder gar einen Jackpot wieder wegdrückt? Um das zu vermeiden, muß er jede Einwirkung von außen als Störung betrachten. Das beginnt damit, daß er den aus dem Spielsaal und von den anderen Automaten kommenden Lärm ausblendet. Auf einem fortgeschritteneren Niveau mag es ihm dann durchaus gelingen, die drückende Blase zu vergessen, und wer könnte schon die Geschichte vom großen Meister Jack Flynn vom Bowlingklub Como vergessen, der unerschütterlich an seinem Automaten weiterspielte, während das Klubhaus um seine Ohren herum und über ihnen niederbrannte.

Was wir hier sehen, ist genaugenommen unser eigener menschlicher Körper, der einem aufziehbaren Spiegel gegenübertritt, und wenn wir den Jackpot knacken wollen, wenn wir durch die Türen des Lebens nach draußen gehen und mehr mitnehmen wollen, als wir mit hineingebracht haben, wird uns nur völlige Hinwendung an unser Ziel zum Erfolg führen.

Seid ihr je versucht gewesen, eine Abkürzung mit Hilfe schädlicher Drogen oder okkulter Praktiken zu nehmen? Jeder, der erwischt wird, wie er die Walzen mit Fremdgegenständen manipuliert, wird aufgefordert, die Räumlichkeiten zu verlassen.

Gehört ihr zu denen, die immer, wenn es nicht nach ihrer Nase geht, auf Sauftour gehen? Mißbrauch der Automaten durch grobe Behandlung ist strikt verboten.

Habt ihr begriffen, daß ihr alles, was ihr nur wollt, Büchern entnehmen könnt und selbst keinen Finger krumm zu machen braucht? Nur als gesetzliches Zahlungsmittel zugelassene Münzen dürfen zum Spielen an den Automaten benutzt werden.

Wenden wir uns jetzt den Walzen selbst und den Spielkartensymbolen darauf zu. Die vier Farben stellen die Gralsheiligen dar. Was sonst die niedrigste und wertloseste Karte ist, das As, erweist sich als die höchste. Der König ist die Zeit, die omnipotente Herrscherin. In ihr erreichen alle Dinge einen Abschluß, und alle Verluste werden ausgeglichen. Man braucht nur immer weiter am Hebel zu ziehen.

Die Dame ist die Weisheit, die mit der Zeit unter einem Dach wohnt; Jackpots von 250 Dollar und höher sind dem Besucher als Scheck auszuzahlen. Wenn ihr euch nicht mit eurem richtigen Namen ins Besucherbuch eingetragen habt, dann habt ihr euch selbst um den Jackpot gebracht.

Der einfältig aussehende Bube ist in Wirklichkeit der Narr des alten Tarockblatts, also ganz und gar nicht närrisch. In dieser Karte liegt eine große geheime Kraft; sie wird nur von jenen voll und ganz verstanden, die sich ihr Leben, Zitat, durchs Glücksspiel ruiniert haben, Zitat Ende.

Beachtet auch, daß die 8 mehr wert ist als die 10, und die 7 mehr als die 9.

Die Acht war den Eleusinischen Mysterien heilig und leitet ihre Form vom Hermesstab ab. Ihr Schlüsselwort heißt »Zweckmäßigkeit«.

Die Sieben war den kabbalistischen Mysterien heilig, und ihr Schlüsselwort lautet »Urteilsvermögen«.

Der Neun fehlt eine Eins zur vollkommenen Dekade; ihr Schlüsselwort ist »Einschränkung«.

Die Zehn, normalerweise vollkommen, ist im besonderen Kontext dieser Kammer *manqué*. Ihr Schlüsselwort heißt »Halbherzigkeit«, denn sie ist jenen heilig, die eine Kletterrose spielen, während sie doch eine Superquadrille spielen könnten: jenen, die an den Zehn-Cent-Automaten spielen, während sie doch an den Zwanzig-Cent-Automaten spielen könnten. Jenen, die sich für Gewinner halten, wenn sie am Schluß nur halb soviel verloren haben, wie sie hätten verlieren können. Leuten mit negativer Denkweise.

Wie es um die Kammer der Höheren Mysterien bestellt ist? Nun, neue Angebote werden gern entgegengenommen.

6

Olaf Abernathy besucht die Blue Mountains und lernt Nisi kennen.

Es ist, erinnern wir uns, das Jahr, als das Holzspanwerk Eden eröffnet wurde, das Jahr, als die Australische Umweltstiftung die Erweiterung des Südwest-Nationalparks in Tasmanien forderte. Achtundsechzig, der Anfang vom Ende. Das Jahr der Tet-Offensive, des Prager Frühlings. Das Jahr, in dem Apollo 8 uns die ersten Bilder unseres Planeten vom Mond aus lieferte, das Jahr, in dem uns die Ledermänner von San Francisco eine völlig neue sexuelle Perversion boten, den Faustfick.

Olaf Abernathy, ein neunzehnjähriger Gelegenheitsarbeiter, ohne einen Schimmer von den Klassikern oder der Bibel, kurzum, ein Mitglied der ersten völlig illiteraten Generation in der westlichen Welt, zögert auf dem Weg zur Haustür und noch einmal, als er ins Schlafzimmer zurückgeht, um seine Großvaterbrille zu suchen, die er verlegt hat. Er öffnet die Haustür, die klemmt, und die grelle Sonne, die, da es schon spät ist, bereits über die Krone der nächsten London-Platane gestiegen ist, schlägt ihm ins Gesicht und läßt ihn blinzeln. Er hat ein Sommersprossengesicht. Die weißgestrichene Wand des Reihenhauses gegenüber, an der einen Ecke von einem Dickicht aus dunklem Bambus verdeckt, reflektiert und strahlt die subtropische Sommerhitze zusätzlich ab. Eine Frau, die einen großen schwarzbraunen Hund an einer Würgekette zurückhält, spaziert vorbei. Abernathy wirft ihnen einen flüchtigen Blick zu, ohne daß ihm der Gedanke käme, einen von beiden zu befreien. Wir sind in Sydneys Stadtteil Balmain, mitten in der Woche, mitten am Vormittag, es ist Januar, mitten in einem Poststreik und mitten in einer Hitzewelle, einfach zu spät, um eine größere Reise anzutreten. Abernathy hatte gehofft, früh genug aufzustehen, um vom Reiz der Morgenstunde zu profitieren und den schlimmsten Verkehr zu vermeiden, doch er kennt sich selbst zu gut, um den Wecker zu stellen.

Sein zur Gewohnheit gewordenes Zögern ist in diesem Fall der Befürchtung zuzuschreiben, er könne diese Unternehmung bereits eine Stunde nach der Abfahrt bereuen. Klar, es gab mal eine Zeit, da konnte er sich auf eine solche Fahrt richtig freuen. Ebenso klar, daß danach eine Zeit kam, da eine solche Fahrt zu einer lästigen Pflicht geworden war, der man mit nicht mehr Vergnügen entgegensah als einem Besuch im Supermarkt. Wenn er sich dennoch auf diese Fahrt freut – und dessen ist er sich keineswegs sicher –, dann geschieht es trotz der Tatsache, daß jüngste Erfahrungen ihn zu einer Vorsicht gemahnt haben, die, in körperliche Bewegung umgesetzt, seinen Gang schleppend und zögernd macht, dem Anschein nach entspannt, doch in Wirklichkeit genau das Gegenteil. Er fährt, als hätte ihn ein entgegenkommendes Fahrzeug gerade angeblinkt und er könne sich nicht entscheiden, ob das nur ein Versehen war. Im Gespräch mit flüchtigen Bekannten zeigt sein Tonfall – neutral, zurückhaltend – ebenso eine leidenschaftslose Beherrschung, die in Wahrheit aber eher ein emotionales Patt widerspiegelt, ein Gleichgewicht, das sich zwischen den Erwartungen einer jetzt weit zurückliegenden Vergangenheit und denen einer jüngeren Vergangenheit einstellt. Olaf Abernathy wurde in Mount Gambier in Südaustralien geboren, wo sein Stiefvater Lehrer war, und die Familie zog später in den mittleren Westen von Neusüdwales. Er hat normalerweise nicht die Angewohnheit, diese Kindheit, die damals und im großen und ganzen für ihn schmerzlich war, nochmals Revue passieren zu lassen, aber er hat einen immer wiederkehrenden Traum, der sich um ein großes Gebäude dreht, sehr wahrscheinlich eine High School, neben einer Bahnlinie in einer Stadt, die man über eine endlos lange Abfahrt einen Hang hinunter auf einer glatten, abschüssigen Straße erreicht. Egal, was auch geschieht, die Landschaft in seinem Traum scheint sich nie zu ändern, und weil Olaf die Landschaft nicht wiedererkennen kann, obwohl ihm bewußt ist, daß sie eine Bedeutung haben muß, verwirrt ihn beim Erwachen die Erinnerung an den Traum, und diese Verwirrung ist ihm sowohl Anregung und Entspannung als auch Quelle eines vorsichtigen Optimismus, denn Olaf bewundert seine Fähigkeit zu unschuldiger Träumerei sehr, besonders wenn sie ihn keine Mühe kostet. Der Traum war vergangene Nacht wiedergekehrt und hat ihn heute morgen in eine gute Stimmung versetzt; es zeigt, daß da etwas an ihm ist, das er nicht versteht, er, der sich meistens so gut verstehen kann. Mit anderen Worten, es besteht Hoffnung, wenn auch vielleicht nicht viel.

Das Auto ist im Augenblick sein größtes Problem. Kein Monaro GTS, es ist im Gegenteil eine von diesen undefinierbaren grauweißen Dreigangmühlen, bei denen ich immer an Frauen in schlabbrigen indischen Kaftans denken muß. Wenn es so lange in der Sonne gestanden hat, daß sich die Rinnsteinabfälle zu einem Damm aufgestaut haben, stinkt es in ihm wie auf einem Schulhof unter einem ausladenden Moreton-Bay-Feigenbaum. Und vorausgesetzt, es springt an und hüllt die Straße in eine blauschwarze Rauchwolke – so wie früher die alten Landrover, die mit dem gußeisernen Motorblock –, dann kann Olaf sich zurücklehnen, was er auch tut und sich dabei eine Chesterfield Kingsize anzündet und die Scheibenwischer einschaltet. Außerhalb der Segmente, die die Wischer freigekratzt haben, liegt ein Bereich, der so finster ist wie sein eigenes Unterbewußtsein. Springt es nicht an, dann gilt es, die Karre anzuschieben und wie ein Känguruh hineinzuhüpfen. Im Kofferraum liegen Starthilfekabel, doch die sind dann nutzlos, wenn das Fahrzeug eingekeilt ist. Und da die Handbremse nicht funktioniert, kann auch das Anschieben zu einer heiklen Angelegenheit werden. Die Straße ist abschüssig – Olaf zieht in keine Straße, die nicht abschüssig ist –, und es könnte dauern, bis eine tatkräftige Mannschaft beisammen ist, wenn es nicht ganz und gar an Freiwilligen fehlt. Es liegt einfach daran, daß das hier eine ruhige Straße ist. Olaf zieht in keine laute Straße.

Es ist jetzt beinahe halb elf, und Olaf fährt am Riverview Hotel vorbei, biegt in der Darling Street rechts ab und überquert die Iron Cove Bridge. Eine Stunde später hat er den Verkehr von Parramatta hinter sich und fährt nun in Richtung Richmond am Nepean. Nach einer Pause für eine dringend benötigte Coke und etwas Benzin am BP Supermix klettert er über die Bell's Line of Road die Steigungen der Blue Mountains hinauf, eine verschlungene Route, auf der es gefährlich sein kann, langsame Fahrzeuge zu überholen, und Olaf hält den ganzen Verkehr auf. Er könnte ja eine Reifenpanne kriegen, ihm könnte bei dieser Hitze die Kopfdichtung durchbrennen, und wo wäre er dann? Es ist eine mutige, tollkühne Tat, diese alte Karre hier heraufzubringen, was er sich bei eingehenderem Nachdenken darüber sicher zweimal überlegt hätte. Wenn er angestrengt über ein Vorhaben, das er plant, nachdenkt, kommt er dieser Tage kaum voran. Im übertragenen Sinn hat Olaf die Flußebenen verlassen und ist auf felsige Hänge aufgestiegen, wo Brombeere und Adlerfarn zahlreich sind. Nahrung gibt es hier, aber man muß sie ausfindig machen, und da Olaf wie jeder gute Landwirt davon ausgeht, daß jede Veränderung nur eine Verschlechterung bringt, wandert er nicht aus, will nichts lernen und weigert sich zu heiraten, obwohl er oft verliebt ist, verabscheut Sydney und beklagt die reichlich späte Affigkeit des Kulturbetriebs in der Kolonie.

Um die Schlange vorbeizulassen, sieht er sich schließlich genötigt, an den Rand zu fahren, und er hätte das auch schon eher getan, wenn er schon eher eine Stelle gefunden hätte, wo er sicher anhalten kann. Endlich entdeckt er eine Schotterpiste, wie eine Sicherheitsrampe, die links abzweigt. Er beschließt, anzuhalten und einen kurzen Spaziergang zu machen, denn er gefällt sich in der Vorstellung, den Busch zu lieben, und er verachtet sich, weil es ihm anscheinend nicht gelingt. Er befindet sich an der Nordseite des majestätischen Grose Valley, das eines der wildesten Plateaus der Großen Küstenkordillere in den gemäßigten Breiten durchzieht. Natürlich ist er schon einmal hiergewesen, doch nur als Kind und meist, wenn es dunkel war. Weil dieses Gelände zerklüftet und gering besiedelt ist, würde ihn das Abschleppen zur nächsten Werkstatt mehr kosten, als seine Kiste wert ist. Im Gegensatz dazu fuhr sein Stiefvater ein außerordentlich verläßliches Fahrzeug.

Warum nur, Olaf? Wo doch sonst der Great Western Highway deine Heimstrecke ist, eine gutbefahrene Straße durch unzählige kleine Bergnester, die wie Nebeltröpfchen auf einem Spinnennetz an einem Märzmorgen aufgereiht sind. Weil er aber in seiner üblichen Benommenheit losfuhr, war er durch Kurrajong bereits durch, bevor er überhaupt wußte, was er eigentlich tat. Als käme es ganz plötzlich, kurbelt er das Fenster an der Haarnadelkurve herunter, wo die Glockenvögel ihren unverwechselbaren Ruf erklingen lassen.

Zu einem späteren Zeitpunkt in seinem Leben, als er versucht, diesen bedeutsamen Tag zu verstehen – denn er stellt einen Wendepunkt dar –, ist er zu der Schlußfolgerung gezwungen, daß es mit einem Flüchtigkeitsfehler anfing (wie bei so vielen folgenschweren Verkettungen, einschließlich dem Urknall, falls es je einen gegeben hat): mit einem Fehler, den zu korrigieren seinem inneren Autopiloten nicht gelang.

Nun ist es ein Unterschied, ob man die Blue Mountains anstarrt oder ob man aufs Meer starrt. Das Meer ist ein Kontinuum in Zeit und Raum, und wir kennen das Meer. Und ob wir das Ägäische Meer, die Nordsee oder die Tasmansee anschauen und ob es das dunkle Südmeer ist oder der blaue Pazifik, die wir betrachten, so bleibt das Meer eine Lebensader für uns und eine Fahrstraße und ein vertrauter Anblick, denn jedes Meer ist alle Meere. Von einer Insel oder einer Landzunge oder einem Seefahrzeug oder einem Appartement in Strandlage aus aufs Meer zu schauen, ist beruhigend (Algenblüte mal außer acht gelassen) und ein Trost in unserem Exil, und wir ziehen es vor, am Meer zu wohnen, und wir lieben Meeresfrüchte. Ein Immobilienmakler aus Sutherland Shire in Sydney – mit dem ich einmal wegen eines Privathauses zu tun hatte – vertraute mir an, daß die Pärchen in diesem Stadtteil in ihrer häuslichen Geschichte einen seit undenklichen Zeiten unveränderten Weg gehen. Wenn sie sich verloben, mieten oder kaufen sie eine Zweizimmerwohnung ohne Blick aufs Wasser; bei der Geburt ihres ersten Kindes verbessern sie sich und erwerben ein Haus ohne Blick aufs Wasser oder eine Dreizimmerwohnung mit einem solchen; wenn die Kinder alt genug sind, daß die Frau wieder arbeiten gehen kann, ziehen sie in ein Haus mit Blick aufs Wasser um; und wenn das Glück ihnen hold ist, beschließen sie ihre Tage in einem Haus, das sich einer echten Uferlage erfreut, von dem aus dann, wenn sie senil werden, für sie ein Umzug wieder nur in ein Appartement direkt am Wasser oder in ein Pflegeheim am Wasser in Frage kommt. Das Ganze hat nur ein einziges Ziel, nämlich so nahe wie möglich ans Wasser zu kommen und so weit wie möglich weg von den anderen Bewohnern der Kolonie Australien, und die Preise auf dem Immobilienmarkt spiegeln, so wird mir versichert, dieses intelligente Verlangen wider. Zu keiner Zeit in diesem Prozeß ist es übrigens erforderlich, Sutherland Shire zu verlassen, und kein moderner Bewohner tut das jemals, es sei denn ganz in Lycra gekleidet auf dem Sitz eines chromblitzenden Motorrads, denn hier liegt effektiv die Stelle, wo unsere Nation geboren wurde, wo Kapitän James Cook seinen Fuß auf das setzte, was heute eine heilige Stätte ist und an die dritte und jüngste Übernahme dieses Kontinents erinnert. Zuerst die Eukalypten, dann als zweiter der Javamensch vor vierunddreißig Millionen beziehungsweise einhunderttausend Jahren. Ich kam dreiundfünfzig her.

Kennt ihr die zweite Strophe unserer Nationalhymne? Sie wird hierorts nicht oft gesungen:

When gallant Cook from Albion sailed
To trace wide oceans o'er
True British courage bore him on
Till he landed on our sho'er.
Then here he raised old England's flag
The standard of the brave
For all her faults, we love her yet
Britannia, rule the waves!
For all her faults, we love her yet
Britannia, rule the waves.

Ein Engländer wird übrigens das Wort »britisch« nicht gebrauchen, es sei denn, ein Schotte stünde neben ihm, was hier bei uns normalerweise immer der Fall ist.

Cook (dieser Anhänger des Kommaanschlusses): »Die Wälder bringen keine große Vielfalt an Bäumen hervor, es gibt nur 2 oder 3 Arten, die als Nutzholz bezeichnet werden können; der größte ist der Eukalyptusbaum, der überall in dem Lande wächst, das Holz dieses Baumes ist zu hart und zu schwer für die meisten der gewöhnlichen Anwendungen.«

Nein, es gibt kein besseres Heilmittel für die seelisch Kranken als das Meer (was allerdings nicht für diejenigen gilt, denen leicht im Magen übel wird), und Sutherland Shire ist hier wie auch in anderer Hinsicht typisch für Sydney. Bloß zu wissen, daß das

Meer da ist, reicht allerdings nicht: Man muß es riechen, man muß es hin und wieder hören, man muß einen Blick darauf werfen können; und dann kann Staubsaugen, Bügeln, Rasieren, Schwimmbeckenreinigen und alles zu einem Ritual der Verehrung werden. Sie ist unbestreitbar, diese beruhigende Wirkung des Meeres, der großen blauen Urmutter, des Busens der Urahnin, der stets veränderlichen, niemals sich ändernden Göttin des Geistes, der Shakti von Großsydney.

John White, Generalstabsarzt zur Zeit der ersten weißen Besiedlung: »Das Holz in diesem Lande ist für die Errichtung von Gebäuden sehr ungeeignet. Ich kenne auch keinen anderen Zweck, dem es sonst dienen könnte, von der Verwendung als Brennholz abgesehen; und dafür ist es hervorragend geeignet; doch in anderer Hinsicht ist es das schlechteste Holz, das irgendein Land oder Klima je hervorbrachte.«

Dahingegen stellen die Blue Mountains die Antithese des Meeres dar. Sie sind nicht blau, wenn wir unter Blau die Farbe verstehen, die das Hemd des Briefträgers hat oder die eines ausgewachsenen männlichen Seidenlaubenvogels oder die des sich im sommerlichen Meer spiegelnden Himmels, vielmehr ist es so, daß aus der Ferne betrachtet das natürliche Grün der Chlorophyllmoleküle in den Blättern durch die Eukalyptusöltröpfchen, die aus ebendiesen Blättern austreten, zum blauen Ende des sichtbaren Spektrums verschoben wird, so daß es sich bei diesem Blau um nicht mehr als eine Andeutung, eine Spur von Blau handelt, wie in den Blättern des »blaublättrigen« Streifenrindeneukalyptus, *Eucalyptus agglomerata*, oder den Stämmen des »Blue-Mountain-Blaueukalyptus«, *Eucalyptus deanei*. Dennoch ist die Wirkung erstaunlich und weckt Erinnerungen an die blauen Hügel der Türkei (wo es durch die Terpene der Kiefern hervorgerufen wird) und macht die Andersartigkeit einer Landschaft, die von jeder vergleichbaren englischen Landschaft ohnehin in dem Maße abweicht, wie sich ein australischer »Gum tree« oder Eukalyptus von einem Myrtenbaum unterscheidet, noch deutlicher. Ansonsten sind heute, nach fünftausend Jahren Zivilisation, läßt man Çatal Hüyük einmal außer Betracht, nur noch Flicken der trockenen, immergrünen Wälder des Mittelmeerraums übrig, während jene in Kalifornien und Chile und in Südafrikas Kap-Provinz größtenteils zu Gestrüpp verkümmert sind. Hier hingegen finden wir in der Tat das schönste noch existierende Exemplar des immergrünen Hartlaubbioms, für unsere Geschichte ein bedeutsamer Umstand. Ja, Olaf kann nicht an einer Absperrung aus Rohren und Spanndraht an einem der vielen Aussichtspunkte, die in einer Höhe den dichter bewohnten Bergkamm nach Süden hin schmücken, stehen und die Wildnis des Hartlaubwalds betrachten, die sich vor ihm bis zum Horizont erstreckt, nur von Sandstein- und Schieferwänden, die zu steil für Bewuchs sind, und passim vom satteren Grün eines Regenwalds entlang eines Wasserlaufs unterbrochen, ohne über die eigene Traurigkeit nachdenken zu müssen, die er empfindet, weil er diesem Schauspiel, das so anders ist als das, was ihn in den Schweizer Alpen oder auch nur in den Malvern Hills erwartet hätte, so gleichgültig gegenübersteht. Dies ist eine Landschaft, in der die Arten Namen führen, die nur den Klassifizierern bekannt sind, Namen, die einem, der nicht in Latein oder attischem Griechisch geschult ist, nichts bedeuten, Sprachen, die von der Heimat auf den Antipoden unermeßlich weit entfernt zu sein scheinen, und klimatisch noch viel mehr. Warum wurde kein Dichter unter den Sträflingen beauftragt, den Blumen im Busch von Sydney normale Namen zu geben? Sofern ihr über die schlichte Keilerbse hinausgehen wollt, brecht ihr euch die Zunge an *Gompholobium*. Selbst die wunderschöne goldgelbe Guineablume der Spezies *Hibbertia* trägt nicht den angemessenen Spitznamen. Heute bekäme man für sie keine Guinea mehr.

Es gibt hier herzlich wenig eßbare Pflanzen und auch nicht viel Wild, und die meisten Tiere sind nacht- oder dämmerungsaktiv, außer den Spinnen und Schlangen. Durchziehende Aborigines würden hier wohl kaum verweilt haben, außer, um Feuer anzuzünden. Nicht viel an lohnendem, zugänglichem Nutzholz, zuviel Frost. Die sandigen Bergrücken sind als Farmland wertlos, die Schwarzerdetäler im Nationalpark der Nutzung verschlossen. Die Obstgärten bleiben ohne Erträge. Die einst mächtigen Flüsse, die tiefe Rinnen auswuschen, sind über die Äonen hinweg zu dreckigen Bächen verkommen. Die Bergkuppen, uralt, sanft ansteigend, selten steil, sind verwittert und abgeflacht, mehr ein Trümmerplateau als eine richtige Bergkette. Die Natur hier ist eher distanziert als ehrfurchteinflößend, und während ein Tourist völlig zufrieden zu seinem Reisebus zurückkehren mag, so bleibt für die, deren toilettenpapierübersätes Erbe dies zufällig ist – und dazu gehört Olaf –, diese Landschaft noch immer ein Rätsel. Olaf vermißt zwar die Pennantsittiche, doch dem stachligen, tristen, senkrechten Buschwuchs dieser Sandsteinböschungen, mit dem man sich so schwer abfinden kann, so unwirtlich für den Menschen, scheint ein Leitmotiv zu fehlen. Nie träumt er davon. Nie hat er Sehnsucht danach. Diese Buschlandschaft hat Stimmungen, derer er sich vage bewußt ist, doch ihn betreffen sie nicht. Der Busch hat nie Anspruch auf ihn erhoben, und wie es scheint, kann auch er ihn nicht für sich in Anspruch nehmen. Ja, erst kürzlich wurde von den einfältigeren der einheimischen Literaten die Falschmeldung verbreitet, D. H. Lawrence' Bekenntnis seiner gänzlichen und völligen Unwissenheit und Entfremdung sage alles, was über das abgedroschene Thema australischer Busch zu sagen ist. Wenn das Meer auf einen Stadtbewohner beruhigend vertraut wirkt, so wirken die Blue Mountains entsprechend befremdlich, und ein Kind aus Sydney, das gut in seine Umwelt hineinpassen soll, sollte eigentlich möglichst ebensoviel seiner Freizeit am Echo Point wie an der Pier von Manly verbringen. Erst wenn der Strand von Manly geliftet und versteinert ist – so wie die alternden Revuegirls dort –, können die beiden miteinander versöhnt werden, von der vermittelnden Rolle des Nebels abgesehen, der als eine kimmerische Segnung des Meeres diesen Blue Mountains ein Gefühl der Vertrautheit verleiht, das das Herz derjenigen erfreut und beruhigt, die hier wohnen.

Aber wir bekommen nicht mehr viel Nebel ab, wegen diesem verdammten El Niño.

Den Verkehrslärm noch laut in den Ohren, geht Olaf Abernathy den kleinen Pfad hinauf, der 200 Meter von der Straße eine scharfe, nicht einsehbare Biegung macht. Da er kein Botaniker ist, hat er keine Ahnung, was für Bäume das sind, doch wirken sie ziemlich groß, und manche haben anscheinend gezackte Blätter. Nach der Biegung fällt der Weg steil ab. Olafs Stimmung bessert sich. Er durchquert ein Stück warmgemäßigten Regenwald, und die Spezies mit den Sägezahnblättern sind Kutschenholz, Sassafraslorbeer und Schwarzakazie.

Als der alte Superkontinent Gondwanaland auseinanderbrach und sich in Afrika, Australien, Antarktika und den Rest aufteilte, hat wahrscheinlich ein gewisser Anteil seiner Flora überdauert und die Evolution modernerer Pflanzen überlebt; er ist noch immer, auf kleine Gebiete beschränkt, an vielen Stellen der Großen Australischen Küstenkordillere* zu finden, wo er unter dem Sammelnamen »Regenwald« bekannt ist. Es könnte sich sehr wohl um subtropischen Regenwald – Palmen, Feigenbäume – handeln, der aus Malaysia eingewandert ist, aber ebensogut könnte die Vorstellung von der Evolution auch falsch sein. Bestimmt haben da mal wieder diese besserwisserischen Wanderprediger an meine Tür geklopft, um mir das einzureden.

Wer einmal in England (im Sommer) von Minehead in Somerset auf den Nebenstraßen nach Tiverton in Devon gefahren ist, der wird ungefähr wissen, um welche Art von warmgemäßigtem Regenwald es sich handelt, denn er ähnelt einem Wald im englischen West Country sehr. Die Blätter dieser hier kleineren Bäume sind grün und glänzend, und ihre Stämme sind wie die von Birnbäumen gesprenkelt und schlank. Regenwälder benötigen eine feuersichere Nische, ununterbrochene Wasserversorgung und schiefer- oder basalthaltigen Boden, daher wachsen sie in den Blue Mountains normalerweise nicht bis in diese Höhen. Ohne es zu merken, ist Olaf auf das höchste Stück Regenwald in dieser Gegend gestoßen, doch die Straße zeugt davon, daß er nicht der erste war, eine Straße, die, wie er feststellt, nur für Motorräder und Fahrzeuge mit Allradantrieb geeignet und möglicherweise, wie er nun glaubt, eine Feuerschneise ist. Ein kleiner Bach stürzt die sandigen Rinnen hinab und spült sie aus. Die pfeifenden Flügel eines schopftragenden Vogels sind zu hören, und dort, wo ein kleiner, erst kürzlich erfolgter Erdrutsch teilweise den Blick unterhalb des abschüssigen Wegs geöffnet hat, bleibt Olaf stehen,

* und andernorts: Neukaledonien, Südamerika, Lord-Howe-Insel, Neuseeland, Neuguinea.

vom besten Bergblick, den er je erlebt hat, überwältigt, das heißt, eine Sicht, die ihn an einen Ausblick erinnert, den er bereits einmal in jungen Jahren gehabt und inzwischen vergessen hatte, falls wirklich er es gewesen war, der dieses Bild sah, und nicht einer seiner Vorfahren. Hohe Eukalyptusbäume, vielleicht Blaueukalypten, bedecken die unteren Hänge des Bergs, und ein Wald aus Baumfarn wächst unter ihnen*, doch was Olafs Aufmerksamkeit erregt hat, ist eine grüne Lichtung dort mitten im Busch, in weiter Ferne auf dem Grund des Tals. Es kann sich nur um eine Farm handeln.

Er hält inne und bewundert unbefangen zwei Minuten lang den Anblick. Wenn ihr ihn später gefragt hättet, was er daran am meisten bewundert hat, er hätte es nicht sagen können. Wenn ihr ihn gefragt hättet, was an diesem Anblick nicht stimmte, er hätte es euch nicht sagen können, und dennoch hegt er eine tiefempfundene spirituelle Abneigung dem immergrünen Wald gegenüber, eben weil er immergrün ist. Jetzt, da er weitergeht, ist sein Gang von einem Schwung und einer Entschlossenheit, die er vorher nicht hatte. Bildet er sich ein, daß die Straße, wenn er nur ausreichend kräftig und schnell ausschreitet, ihn zu der Lichtung führt? Wohl kaum. Doch in der zeitweiligen, unterbewußten Illusion, ein Ziel zu haben, hat er sich selbst einen Augenblick lang vergessen. Er holt einen Joint aus der Tasche, zündet ihn an und inhaliert. Stellt euch seine Freude vor, als er kurz darauf nach einer Biegung auf ein Haus stößt, von der Straße zurückgesetzt, und, was schwieriger ist – so etwa, als fände man in der Post einen an sich selbst adressierten Umschlag –, stellt euch weiter seine Überraschung vor, als er ein an einem nahen Lilly-Pilly-Baum angebrachtes Pappschild sieht, das aus dem Boden eines Bierkartons gemacht ist und auf das jemand mit dickem schwarzem Filzstift einen Pfeil gemalt hat, der ihn zum Haus weist, und an dem Schild hängen an einer Schnur ein Dutzend knallbunter, jedoch völlig schlaffer Luftballons.

---

* Einen wehmütigen Anblick bieten im County Kerry die australischen weichen Baumfarne *Dicksonia antarctica*, die in verlassenen Gärten auf der Insel Valentia in der Dinglebucht hoch aufragen.

Im Haus findet eine Geburtstagsfeier für Timothy Papadimitriou statt. Olaf schlendert hinein, wird gebeten, sich wie zu Hause zu fühlen, und verliebt sich in Nisi Papadimitriou, Timothys Mutter.

Olaf Abernathy: Zwanzig Jahre alt. Großvaterbrille. Einfältiger Versager. Jedoch guter Handwerker, dessen Fähigkeiten außerhalb des Tales nicht zum Tragen kamen. Lebte in eheähnlicher Gemeinschaft mit Nisi Papadimitriou. Wurde zum Eunuchen.

7

Brian Chegwodden besucht die Southern Highlands und verliert wegen Paula die Beherrschung.

Die Wärme, die Anmut, die Schönheit, die Zuwendung seiner Mutter umfangen Brian Chegwodden, einen schiefgewachsenen Mann, dessen rechte Schulter fünfzehn Zentimeter niedriger ist als seine linke – er machte einen schweren Schulranzen dafür verantwortlich, bis Besuche beim Orthopäden ihn eines Besseren belehrten, während er den Kopf wie zum Ausgleich immer in die andere Richtung neigt –, und geborgen in der unerschütterlichen Liebe seiner Mutter ist er frei, wie üblich unwirsch mit der Schulter zu zucken. Sie hat ihn gerade gefragt, wie die Dinge stehen. Hinter ihr, durch die Kolonialstilfenster ihrer Villa, sieht er eine Gruppe Goldulmen, deren Blätter die Farbe von Zitronen haben und ihn aus irgendeinem Grund an die Schulzeit erinnern, und unter der Baumgruppe einen antiken Springbrunnen oder vielleicht eine auf alt getrimmte Nachbildung, dessen Stil und Wert ihn, besäße er das *savoir vivre*, das das zu seiner Ausbildung aufgewendete Geld von Rechts wegen hätte garantieren sollen, durchaus zu einer beiläufigen Bemerkung hätten veranlassen und dadurch dem Zwiegespräch jenen Ton des Besonderen, den der Kultiviertheit, hätten verleihen können, den der Schauplatz, die teuren Drucke an den Wänden, die antike Einrichtung, die Kleidung seiner Mutter alle verdienen, der ihnen jedoch so unübersehbar abgeht.

»Geht es unserer Kleinen auch gut?«

Sie vermochte auch nicht die belangloseste Bemerkung zu machen, ohne Widerspruch herauszufordern.

»Sie ist neulich heulend aus dem Kindergarten heimgekommen, sagt die Frau.«

»Du meine Güte! Warum denn das?«

Egal, wie ihr Bridgepartner eine solche Erwiderung mit hochgezogenen Augenbrauen auch formuliert, Brians Mutter beugt sich auf der Chaiselongue nach vorn, die Augen von echter Sorge durchdrungen.

»Es war wegen ihrer roten Lippen. Die Jungs haben sie deswegen gehänselt. Du hast Lippenstift drauf, jetzt mußt du heiraten. Irgendwas in der Art.«

»Die arme Kleine.«

Aus der Küche ist das Geräusch eines gekünstelten Lachens zu hören. Hervorgerufen durch irgendeine Bemerkung Prims, Brians Frau. Bestimmt auf meine Kosten, denkt Brian.

»Der Garten sieht gut aus. Möchtest du mit mir einen Spaziergang durch den Garten machen?«

Am glücklichsten bist du in Gesellschaft deines Balgs, das sagt Nigel, sein Stiefvater, immer, und es mag durchaus stimmen. Andererseits ist er ein netter junger Mann, auf den jede (taube) Mutter stolz sein könnte. Brians Mutter nimmt Brian am Arm und weist auf diesen und auf jenen Aspekt des Gartens hin. Die Gestaltung des Gartens dieser Villa im Hochland ist zur Domäne dieser Frau geworden. Auf Grund der Stellung ihres Ehemanns müssen sie häufig Gäste bewirten. Er spricht sogar davon, seine Stadtwohnungen zu vermieten, oder wenigstens eine davon.

»Habe ich dir erzählt, daß Nigel daran denkt, Elizabeth Bay zu vermieten? Glaubst du, daß deine Freunde noch Interesse haben?«

»Ich bezweifle, daß sie sich die Miete leisten können, Mum.«

»Nun, wir würden sie natürlich nicht vermieten, wenn wir jemanden wüßten, der sich für uns um sie kümmern könnte. Mit Mietern gibt es doch nur immer wieder Ärger.«

»Ich kenne jede Menge Leute, die sich für euch drum kümmern könnten.«

»Ich glaube, du weißt schon, was ich meine. Schau mal! Sieht dieser Seidelbast nicht phantastisch aus? Es ist so schwer, ihn zum Austreiben zu bringen.«

Seine Gedanken wandern, während sie einen Vortrag übers Veredeln hält. Für die größeren Arbeiten beschäftigt sie einen Gärtner, einen Ortsansässigen, wacht aber eifersüchtig über die kleineren und kniet sich zum Unkrautjäten auf ein turfrasengrünes aufblasbares Halbkreiskissen, das ein Heidengeld gekostet haben muß. Ihre Gartenhandschuhe sind aus Glacéleder.

Brian hat eine neue Frau kennengelernt, und allein zu sein, um von dieser Frau zu träumen, ist zu diesem Zeitpunkt sein Hauptbedürfnis, daher seine Gereiztheit. Immer wieder probt er im Geist die Inszenierung der Paarung mit der neuen Frau, in der naiven und unaufrichtigen Annahme, daß er, weit davon entfernt, einem sexuellen Reiz zu erliegen, sich bloß einem harmlosen Hirngespinst hingibt. Paula, eine üppige Brünette mit grauen Augen, arbeitet hinter dem Tresen einer Bar, die er häufig besucht, und deswegen kann er nicht ohne weiteres sagen, ob sie in ihm etwas Besonderes sieht.

»Beneidest du mich um mein Leben hier mit Nigel, Brian?«

»Nein. Ich bin froh, daß du es bist und nicht ich. Was würden die Nachbarn sonst denken?«

»Oh, ich bin ein kleines Dummchen. Nie gelingt es mir zu sagen, was ich sagen will. Aber manchmal glaube ich, es ist nicht sonderlich fair dir gegenüber.«

»Äh?«

»Nun, Nigel könnte es sich sehr wohl leisten, dir etwas stärker unter die Arme zu greifen, glaube ich.«

»Ich will seine verdammte Hilfe nicht!«

»Oh, mein Gott, jetzt habe ich dich verärgert.«

»Sieh mal, ich weiß ja, daß du es gut meinst, Mum, und du hast es in der Vergangenheit schwer gehabt, und wir sind alle froh, daß sich die Dinge gewandelt haben. Aber offen gesagt, ist das hier nicht ein bißchen obszön? Ich will sagen, wie groß muß der Garten denn noch sein, den eine Frau braucht?«

»Ich verstehe dich nicht. Wenn du damit meinst, Nigel hätte zuviel Grundbesitz, dann stimme ich dir voll und ganz zu. Das meine ich doch, wenn ich sage, wir könnten es uns durchaus leisten, dir dabei zu helfen, dich etwas besser zu stellen.«

»Ihr habt genug getan. Ich komme zurecht.«

»Aber es muß für Prim doch langweilig sein, wenn du immer so lange arbeitest, Brian. Und bald wirst du noch ein weiteres Maul zu stopfen haben.«

»Das gehört einfach mit dazu.«

»Ich weiß, daß es so ist. Ich glaube wirklich nicht, daß er etwas dagegen hätte. Soll ich ihn mal für dich daraufhin ansprechen?«

»Nein, Mum! Ich möchte keine Hilfe mehr von Nigel.«

»Du magst Nigel nicht, oder?«

»Wenn du glücklich bist, bin ich glücklich, daß du glücklich bist.«

»Liegt es an ihm, daß ihr uns nicht besucht?«

»Was soll das heißen, wir besuchen euch nicht? Wir sind doch gerade bei euch zu Besuch.«

»Ich wünschte mir nur, ich könnte Felicity öfter sehen.«

»Ja, und wir wünschten uns, wir hätten einen Babysitter. Du bist es doch gewesen, die aufs Land hinaus gezogen ist.«

»Das ist nicht wirklich auf dem Land. Wir sind nur zwei Autostunden von Sydney entfernt.«

»Das ist auf dem Land. Dieser Garten braucht Schafe. Warum besuchst du uns nicht? Du hast sogar den armen verdammten Nigel dazu gebracht, daß er pendelt.«

»Dieser Garten erfordert ständige Pflege, Brian. Außerdem macht es ihm nichts aus. Er nimmt den Jaguar und arbeitet jetzt nur noch drei Tage in der Woche.«

Brian schleudert sein Wermutglas an den Wunschbrunnen. Später, wenn er gereifter ist, wird er besser verstehen, daß der Sirenengesang zwar nie nachläßt – Stimmen der Eltern, Stimmen der Kinder, Stimmen von Ehefrauen, Stimmen von Kollegen –, in Abwesenheit beseelter Stimmen und wegen des Babels innerer Stimmen, die die allmähliche Zerstörung ankündigen, die eloquentesten Stimmen aber, die jemand vernehmen kann, die schweigenden Stimmen sind, die stummen Epiphanien, nämlich dann, wenn man nach einem ersten oder zweiten Glas, stets jedoch vor dem dritten, anfängt, über einen Pflasterstein oder einen

Baum oder eine Flechte auf einem Dachziegel oder einen Moosflecken auf einem Briefkasten nachzudenken und man vorübergehend mit der Kürze und Inhaltslosigkeit des Lebens auf Erden konfrontiert wird. Ein Zelt nur ist's.

»Entschuldige, Mum. Ich stehe unter starkem Streß.«

Mehr als dir bewußt ist, alter Junge. Du kannst über die wichtigen Fragen nicht nachdenken, weil deine Eltern nie versucht haben, sie zu stellen, aber sie werden trotzdem auf deiner Seele lasten, bis dir dann eines Tages in mittleren Jahren der lange unterdrückte Kummer als durchbrechendes Magengeschwür wieder ins Bewußtsein gerufen wird. Und dann wird deine Mutter ihren Freundinnen anvertrauen, daß du einen (leichten) Nervenzusammenbruch erlitten hast, dich aber schon wieder viel besser fühlst.

»Sollen wir umkehren und wieder zu den anderen gehen?«

Das wird dann die Frage sein.

Brian Chegwodden: Ende zwanzig. Frustrierter Schriftsteller. Dunkelhaariger, gutaussehender, übellauniger Journalist, dessen Mutter eine Geldheirat gemacht hat. Besuchte eine gute Privatschule. Liebt den Alkohol und die Frauen. Ein hoffnungsloser Fall, was manuelle Arbeit angeht, aber kein schlechter Gärtner. Erbaute im Tal den Bacchusbrunnen. Lebte in eheähnlicher Gemeinschaft mit Paula Zoshka; mit Paula zukünftiger Vater von Bergeukalyptus. Wurde zum Eunuchen.

8

Monica lernt durch die Vorschule Nisi kennen. Calvin begegnet Frodsham in der Physikalischen Fakultät der Universität Sydney.

Sowohl Monica Ecks als auch Nisi Papadimitriou finden es belustigend, daß Cindy und Tim, ihre beiden Vorschulkinder, am liebsten zusammen sein wollen. Kaum erblickt Cindy Tim, läuft sie auch schon strahlend auf ihn zu. Auch damals schon.

»Uh, oh, auf den fliegen die Mädchen aber«, lacht Monica. »Ist das Tim? Cindy redet ständig von Tim und hofft, daß er eines Nachmittags mal zum Spielen vorbeikommt. Vielleicht könnten wir das vereinbaren.«

Nisi, die trotz ihrer Pummeligkeit und ihres Übergewichts einen Minirock aus weißen Vinyl trägt, der kaum ihren Hintern bedeckt, fühlt sich gehemmt, als sie dieser amerikanischen Blondine gegenübersteht, deren Akzent, hüftlange, ungespaltene Haare und übertrieben gelber Teint so beeindruckend sind.

»Das wäre wunderbar«, stimmt Nisi zu. »Das Problem ist nur, daß wir nicht mehr hier wohnen.«

»Oh? Wo wohnen Sie denn jetzt? Cindy, Cindy, schlag deinen kleinen Freund nicht! Es ist komisch, sie will immer alles haben, wenn sie hier ist. Zu Hause würde sie sowas nie tun.«

»Es muß für alle ziemlich belastend sein. Ich überlege, ob ich Tim im nächsten Jahr in die Schule geben soll.«

»Warum das, meine Liebe?«

»Na ja, wissen Sie, sie nimmt ihnen irgendwas fort. Ich glaube, es zwingt sie, sich anzupassen.«

»Ja, stimmt. Wo wohnen Sie jetzt?«

»Wir wohnen in den Blue Mountains.«

»Toll, das muß wirklich schön sein.«

»Na ja, in vielerlei Hinsicht ist es gar nicht so schön. Im Winter ist es sehr kalt und feucht, und dann kann es Buschbrände geben. Ich hatte Tim hier in der Vorschule schon angemeldet, als wir noch in Paddington wohnten, daher dachte ich mir, wir sollten das ausnutzen.«

»Nur freitags? Junge, er muß wirklich ein Mädchenschwarm sein. Auf Cindy jedenfalls hat er großen Eindruck gemacht.«

»Ist sie nicht hübsch? Ich wünschte, ich hätte eine Tochter wie sie.«

»Sagen Sie, wollen wir nicht 'nen Kaffee zusammen trinken? Ich wohne gleich gegenüber. Ich heiße übrigens Monica oder ›Mon‹, wie ihr Australier sagt. Ich kann mich einfach nicht dran gewöhnen.«

»Ich heiße Nisi. Berenice. Ja, das wäre nett, Mon, danke. Ich würde gern 'nen Kaffee trinken. Ich finde die Zugfahrt so ermüdend.«

»Oh, Sie sind mit dem Zug hier runtergekommen?«

»Nur zum Teil. Ich habe zwar 'n Auto, aber es ist nicht besonders zuverlässig.«

Monicas Wände sind mit primitiver Kunst bedeckt. Keine Poster von Che oder Jimi oder der Vietcongfrau mit dem Kegelhut.

»Ist Tim Ihr einziges Kind, Nisi? Möchten Sie vielleicht 'nen Keks, meine Liebe?«

Als Monica nach der Keksdose über dem Ausguß langt, sieht sie sich Angesicht zu Angesicht mit Balthazar Beauregard, der unerlaubt in ihre Privatsphäre eindringt und mit flehendem und verständnislosem Gesichtsausdruck über den Nachbarzaun starrt. Monica lächelt ihm zu, winkt mit den Fingern und läßt die Jalousie zuschnappen.

»Oh, dieser Kerl geht mir wirklich auf den Geist. Ich habe den Fehler gemacht, vor einiger Zeit mit ihm zu bumsen, und jetzt läßt er mir keine Ruhe. Was machen Sie am Freitag in der Stadt? Einkaufen?«

Nisi, die heftig schlucken muß, nippt an ihrem Kaffee und spricht dann ohne aufzublicken.

»Ich mache bei der Anti-Vietnam-Bewegung mit, Monica. Ich gehöre dem Aktionskomitee für Vietnam an. Wir haben ein kleines Büro in der Goulbourn Street hinter Bob Goulds Buchhandlung. Kennen Sie die?«

»Goulbourn Street, Goulbourn Street ... Nein, glaube nicht.«

»Am Freitagnachmittag demonstrieren wir immer, aber wegen des Zugfahrplans kann ich leider nicht dran teilnehmen. Deshalb bin ich am Freitag normalerweise im Büro und schicke unsere Protestinformation raus.«

»Mann, seit der Tet-Offensive hat es sich richtig aufgeheizt, nicht wahr? Mein Mann hat zur Zeit 'nen jüngeren Bruder in Vietnam. Ist bloß 'n Sandlatscher. Kommt auf Fronturlaub hierher. Ist der Kaffee in Ordnung, Liebes?«

»Wunderbar! Das ist der beste Kaffee, der mir jemals serviert worden ist. Und haben Sie noch weitere Kinder, Mon?«

»Ich habe 'nen Sohn von neun.«

»Meine Güte! Ich auch.«

»Wir haben beide zu jung angefangen. Wir müssen uns irgendwann wiedertreffen. Anscheinend spreche ich zu wenig mit anderen Frauen. Vielleicht habe ich Unrecht, Nisi, aber ich habe den Eindruck, australische Frauen mögen Amerikaner nicht.«

Nisi überlegt gerade die angemessene *démarche*, als ein merkwürdiger Laut sie aufblicken läßt. Die Augen ihrer neuen Freundin füllen sich mit Tränen, aber es steht noch schlimmer um sie, viel schlimmer, das merkt sie sofort, und bevor Nisi so recht weiß, was sie da tut, und rein aus Instinkt reagierend, hat sie sich mit einem Seufzer der Anstrengung auf die Füße gekämpft und umarmt Monica, die jetzt hemmungslos drauflosheult.

»Na, na«, meint Nisi. »Es stimmt, daß einige von uns die Amerikaner für das verantwortlich machen, was in Vietnam passiert, aber Menschen sind nun mal Menschen.«

»Mein Gott, es tut mir so leid. Das ist mir so peinlich. Mein Daddy ist kürzlich gestorben, Nisi, und ich habe nicht ... ich will sagen, ich kann anscheinend nicht ... mmbrraa!«

»He, ist doch schon gut.«

»Mmmprrra!«

»Na, na, ist doch alles gut.«

»Nnnnggha!«

»Das ist schon besser.«

»Hrrra. Du bist so lieb. Willst du meine Freundin sein? Auch 'ne Schlampe braucht doch 'ne Freundin. Ich habe so viele von den anderen Müttern eingeladen, aber keine wollte mich besuchen kommen. Mmpffaa.«

»Wir haben ja ein bißchen Angst vor Amerikanern. Und du bist so wunderschön. Sie haben sich wahrscheinlich von dir bedroht gefühlt, Monica.«

»Oh, Nisi, ich bin ja in so 'nem schlimmen Zustand. Ich muß ganz dringend mit 'ner andern Frau reden.«

»Nur zu. Dann rede.«

»Aber du mußt doch zur Arbeit.«

»Nein, muß ich nicht. Ich bin nur 'ne Freiwillige. Ich muß gar nichts. Ich kann den ganzen Vormittag hierbleiben. Möchtest du, daß ich dir noch 'ne frische Tasse Kaffee mache?«

»Oh, Nisi, Liebes, du bist ja so ein Engel.«

Nisi Papadimitriou: Ende zwanzig. Aktive Kriegsgegnerin. Pferdenärrin. Mutter des Dichters »Orion« (Timothy Papadimitriou), Mutter von Aloysius O'Looby. Lebte in eheähnlicher Gemeinschaft mit Olaf Abernathy.
Monica Ecks: Ende zwanzig. Schillernde blonde amerikanische Nymphomanin. Mutter von Cindy, Mutter von Alex. Ehefrau von Calvin Ecks, mit dem sie sich jedoch auseinandergelebt hat.

An jenem Nachmittag ist an der Tür zu der Kammer im Physikgebäude, in die sich Derek Frodsham, ein pickliger Theoretiker, zurückgezogen hat, ein Klopfen zu hören.

»Einen kleinen Augenblick, ja?«

Calvin Ecks auf dem Gang flucht, seufzt, schüttelt den Kopf und richtet sich auf eine kurze Wartezeit ein. Er ist heute ohnehin nicht in der Lage zu arbeiten. Durch eine vom Gang abgehende Tür beobachtet er eine Gruppe Physikstudenten aus dem ersten Semester, die auf altmodischen Holzschemeln an altmodischen Holzbänken sitzen und durch Wiederholung des Millikanschen Öltropfenexperiments die in einem Elektron gespeicherte Ladung bestimmen. Daheim küssen die Studenten noch immer die Nase von Millikans Büste, damit es ihnen Glück bringt.

Frodsham ist ganz vertieft. Die Freitagnachmittage hat er für das reserviert, was er »Angewandte Physik« nennt, und da er die meisten Abende bis zehn und sonntags den ganzen Tag arbeitet, kann er die Zeit erübrigen. In einen Overall mit zugenähten Taschen gekleidet wird er dann später die Tür abschließen und sich zu Bob Goulds Buchhandlung aufmachen, doch in der Zwischenzeit entwirft er seinen unregelmäßigen »Brief aus dem Ausland« an den Herausgeber der *Neuen Linken Revue*.

»Unter Aarons«, schreibt Frodsham (und das ist bloß ein Entwurf), »steht die Kommunistische Partei Australiens dem Konzept einer Selbstverwaltung aufgeschlossener gegenüber und neigt weniger dazu, für die Verteidigung der niederträchtigen Verbrechen der parasitären maoistisch-stalinistischen Oligarchie einzutreten. Sie haben es zum Beispiel gewagt, die Verhaftung von Ginsburg und Galenskow zu kritisieren. Es kann nur eine Frage der Zeit sein, bevor Sydney über sein eigenes Institut für Arbeiterkontrolle verfügt.«

Jemand an der Tür. Aber laß ihn ruhig warten, schließlich muß Lenin auch auf seine Beisetzung warten.

»Bedauerlicherweise ist die Trotzkistische Gruppe Balmain unmittelbar nach ihrem Ausschluß aus der Australischen Labor-Partei durch die revisionistische Mandel-Frank-Bande auch von der Vierten Internationale in Paris ausgeschlossen worden und hat auf einer im Rathaus von Annandale abgehaltenen Versammlung dafür gestimmt, sich – im Prinzip – Pablos revolutionärer marxistischer Tendenz anzuschließen. Es wurde die Ansicht geäußert, daß Australien das erste fortgeschrittene kapitalistische Land sein wird, in dem eine Revolution stattfindet. Mit Sicherheit ist eine wachsende Unzufriedenheit der Arbeiter zu spüren. Weitverbreitete Korruption bei der Polizei, Einbeziehung von Wehrpflichtigen in die kriminellen Machenschaften der amerikanischen Abenteurer ...«

»He, hören Sie mal da drin, ich habe nicht den ganzen Tag Zeit. Sind Sie das mit dem freien Zimmer?«

Über die Dreistigkeit des Mannes schmunzelnd und daran denkend, daß der CIA besser gedient wäre, wenn sie Einheimische als Operativkräfte rekrutierte, versteckt Frodsham sein Typoskript unter einem Stapel von Streuungs-Matrizen, holt aus einer Schublade eine Plakette, auf der steht »Zerschlagt den US-Imperialismus«, steckt sie sich an die Krawatte und öffnet die Tür.

»Tut mir leid, daß ich Sie so lange warten ließ.«

»Kein Problem. Sind Sie das, der ein Zimmer zu vermieten hat? Wieviel?«

»Formell wird keine Miete gefordert.«

»Wie darf ich das verstehen?«

»Es ist ein Gemeinschaftshaus. Sie zahlen, was Sie sich leisten können. Und es ist ziemlich primitiv. Ich bezweifle, daß es das ist, was Sie suchen.«

»Ich brauche bloß was Billiges, und es muß günstig zum Royal Prince Alfred Hospital liegen. In erster Linie brauche ich 'nen Ort zum Schlafen.«

»Schlafen könnten Sie auch auf einer Parkbank. Ich selbst habe auf Parkbänken übernachtet.«

»Letzte Nacht habe ich in 'nem Buswartehäuschen zugebracht. Viel geschlafen habe ich nicht.«

»Merken Sie vielleicht, daß Sie Ihre Zeit verschwenden? Wir benutzen den Ort lediglich zum Schlafen und Kochen.«

»Ich bin mir nicht sicher, ob ich Sie richtig verstehe.«

»Ich bin mir selbst nicht sicher, ob ich mich richtig verstehe! Ich nehme an, Sie arbeiten an der Universität?«

»Ich bin drüben bei der Medizinischen Fakultät. Geben Sie mir jetzt die Adresse oder wie?«

»Zunächst muß ich Ihren Beitrittsantrag dem Hauskomitee vorlegen. Das könnte ein Weilchen dauern.«

»Oh, das ist nicht gut. Verstehen Sie, ich stecke gewissermaßen in der Klemme. Ich habe kein Bett, kein Geld, und mein Gehalt kriege ich erst im nächsten Monat.«

»Könnte nicht ein Kollege Sie aufnehmen?«

»Ich kenne niemanden in Sydney näher. Ich habe ein Zelt. Gibt es hinter Ihrem Haus irgendein Fleckchen, wo ich ein Zelt aufstellen könnte?«

Frodsham kaut auf seinen Nägeln. Calvin seinerseits ist müde, und dieses ganze Schauspiel ist ihm ziemlich peinlich. Er greift nach Strohhalmen.

»Woher wissen Sie von dem Zimmer?«

»Ich hab's in der Studentenzeitung gelesen.«

»Aber es hat gar nicht in der Studentenzeitung gestanden.«

»Nun ja, es stand in irgend 'ner Zeitung, die aufgeschlagen auf 'nem Stuhl in der Cafeteria der Medizinischen Fakultät lag. Ich hatte angenommen, es sei die Studentenzeitung.«

»Es war genauer gesagt eine Zeitung mit dem Namen *Sozialistische Perspektive*. Wissen Sie, was das bedeutet?«

»Nein, könnte ich nicht sagen. Ich bin sehr müde.«

»Es bedeutet, daß die Bewohner des Hauses den Vietnamkrieg aus Prinzip ablehnen.«

»Das ist mir schon recht. Ich habe 'nen Bruder, den sie zur Zeit nach Vietnam eingezogen haben. Er haßt jede Minute, die er dort sein muß.«

Frodsham kaut seine Nägel noch tiefer ab.

»Sind Ihre Eltern vielleicht zufällig in jüngster Zeit aus Europa eingewandert?«

»Nein. Wir sind Amerikaner seit eh und je. Sehen Sie, ich habe keine politischen Ansichten, wenn es das ist, was Ihnen Sorge macht. Ich interessiere mich nicht für Politik. Ich bin bloß Wissenschaftler. Wenn Sie es wissen müssen, ich habe da ein häusliches Problem.«

»Könnte ich Ihre Frau anrufen, um mir das bestätigen zu lassen?«

»Warum glauben Sie mir nicht einfach?«

Frodsham, ein Mann, der seine eigenen politischen Ansichten von Grundprinzipien ableitet, schmunzelt. Er vertraut auf niemandes Wort.

Und welcher wahre Doktor der Philosophie, insbesondere welcher amerikanische Wissenschaftler rühmt sich eines Desinteresses an Politik? War nicht die Aufklärung das Produkt wissenschaftlichen Denkens? Waren nicht Diderot, Descartes, Bacon, Newton, Leibniz, Kepler auf ihre Art Wissenschaftler? Ist nicht die amerikanische Verfassung – obwohl von einem Mann entworfen, der sich 200 Sklaven hielt und mit den hübschesten seiner Sklavinnen schlief – das Produkt der Philosophie? Eben weil sich die Wissenschaftler zu früh von der Aufklärung abwandten, kam im Westen, in dieser Liberaldemokratie, die bei richtiger Auslegung nicht mehr als eine Zwischenetappe auf dem Weg vom Feudalismus zum Sozialismus ist, das Staatswesen zu einem Stillstand. Wissenschaftliches Eigeninteresse verleiht den widerwärtigen Gebäuden von Locke und Adam Smith ein falsches Gewicht, doch jetzt, erfrischt vom Sieg über regressive stalinistische Elemente im Osten, jetzt ist es an der Zeit für die Wissenschaft – die von der Kultur unabhängig bleibt –, ihr aus der Hand gelegtes Szepter wieder zu ergreifen, und lang lebe der Philosophenkönig! Laßt uns um Gottes willen jemanden von algorithmischer Komplexität und thermodynamischer Tiefe am Ruder haben.

Calvin Ecks: Ende zwanzig. Gebeutelter amerikanischer Biowissenschaftler, wegen dauernden Fehlverhaltens seiner Ehefrau unfähig, sich auf seine Forschungsarbeit zu konzentrieren. Hingebungsvoller Vater von Cindy, unwilliger Stiefvater von Alex.
Derek Frodsham: Mitte zwanzig. Intellektueller. Nägelkauer.

Trotzkist. Hat keine Zeit für Amerikaner. Möchtegern-Liebhaber von Barbara Byng, zuletzt gesehen, wie er als Postsortierer arbeitete.

9

Eine Gedenkfeier für Martin Luther King in Balmain.

Ain't No More Cane ist ein Lied der Kettensträflinge. Was also in Gottes Namen könnte Michael Ginnsy veranlaßt haben, dieses Band heute abend mitzubringen? Ist er denn verrückt? Selbst wenn unter den Kettensträflingen Weiße wären. Wollte er einfach nur seine Begeisterung für die Musik zeigen? Oder kann es sein, daß er mit Aristoteles die primäre Bedeutung der musikalischen Erziehung sieht? Wie dem auch sei, es handelt sich um Musik, die nicht durch eine zynische, urbane Weltanschauung beeinträchtigt ist. Es ist reiner Mississippidreck.

Ain't No More Cane ist, so sollten wir festhalten, ein Lied aus Arkansas *ante bellum*, und wir hören es uns gespannt an. Es ist natürlich The Band, *The Hawks*, aufgenommen auf irgend jemandes privatem Recorder mit einem einzigen Mikro irgendwann zwischen Juni und Oktober des vergangenen Jahres im Kellergeschoß von Big Pink, ihrem Haus in West Saugerties in New York, und ihr Südstaatennäseln auf dieser Aufnahme, eine australische Premiere, ist unverwechselbar.

Ain't No More Cane ist ein Arbeitslied. »Rockmusik«, schreibt der weltmännische Allan Bloom, dessen Ansichten ich im großen und ganzen angemessen finde, »appelliert nur an das eine, und zwar auf barbarische Weise, nämlich an die sexuelle Begierde. Die jungen Leute wissen, daß der Rock den Rhythmus des Geschlechtsverkehrs hat.« Wie ein echter Chicagoer Jude gesprochen. Bei allem Respekt, dies ist der Kommentar eines Mannes, der nie mit dem Hammer einen Schienennagel eingeschlagen hat. Im Rock liegt mehr als nur Unterleibsbewegung, Allan. Mars stolziert zu seinem Rhythmus in die Schlacht, und Hermes hält den Rhythmus mit seinem Datumsstempel. Rock ist der Rhythmus unserer Herzen, der Rhythmus des Joggens, der vier Jahreszeiten. *Solvitur saltando,* Tanzen ist die Antwort. Wir sind für Rock genauso vorprogrammiert, wie wir es für Sprache sind, und eben darin liegt das Problem.

»Zuhören!« befiehlt Ginnsy, und die Leute hören zu, obwohl der Ton sehr leise ist. Sie hören zu, weil diese Leute offen sind für Erfahrung, und obwohl der Abend eigentlich eine Gedenkfeier für Martin Luther King, das schwarze Aprilopfer weißer Südstaatenunterdrückung, sein soll, sieht niemand ein Problem darin, sich zurückzulehnen, um weißen Südstaatenjungs beim Musizieren zuzuhören, weil es prima Musik ist und Aussieland genau wie Dixie einmal als Unterlegener angefangen hat. Von keinem der Anwesenden wird Ginnsys Geste, heute abend diese Musik beizusteuern, mißverstanden, denn so etwas wie Geschmack gibt es nicht, jetzt, da das alchemistische Lösungsmittel zu wirken begonnen hat. Geschmack unterliegt der Neuformulierung, Antworten werden gesucht, Instinkte werden erkannt, und man geht ihnen nach: In jener Morgenstunde am Leben zu sein, bedeutete Glückseligkeit; doch jung zu sein, war der reine Himmel. Es übertraf die Fünfziger eindeutig.

Wir befinden uns an der Ecke der Cameron Street in Balmain, dort, wo die Buslinie 441 links abbiegt, in einem zweigeschossigen Gebäude, das einst ein Eckladen mit einer Wohnung darüber für die Familie des Ladenbesitzers war. Der umlaufende Balkon, in einem derartigen Zustand, daß er bei nach oben blickenden Passanten Unsicherheit hervorruft, ragt über den Fußweg hinaus und wird nur von ornamentiertem Gußeisen von der Art zusammengehalten, wie es in viktorianischen Zeiten als Schiffsballast den Weg in die Kolonie fand. Die Brüstung besteht aus einem Gesims mit gemauerten und säuberlich farbig ausgefugten Pfeilern an Stelle von Karyatiden. Über dem Balkon werden die rostenden und blasenwerfenden Wellblechtafeln mit jeder vorbeiziehenden Brise lockerer und leiten den Regen in eine Dachrinne, die von einem Fünfjährigen mit bloßen Händen in Minutenschnelle abmontiert werden könnte. Der Eingang auf Straßenniveau verläuft schräg zum Bordstein, und die alten Sandsteinstufen unter den zweiflügligen Türen sind genauso abgetreten wie der Bordstein selbst; die gleichen müden, behausschuhten Füße, die den Bordstein abwetzten, haben genausooft den Laden betreten, doch 1968 ist der Laden zu einer Wohnung geworden, und die Ladenfenster sind mit schweren Vorhängen verhüllt, und durch die Ritzen zwischen den Vorhängen kann man nachts manchmal Kerzenschein sehen.

Ein Symposium ist von Barbara Byng, die zu den Ladenhausbewohnern gehört, anberaumt worden, um gegen die Ermordung des Reverend Dr. Martin Luther King Jr. zu protestieren, der in Memphis, wo er geplant hatte, einen Streik der Müllmänner anzuführen, erschossen worden war. Man hofft, Wege zu finden, wie die weißen Australier ihre Solidarität mit ehebrecherischen Klerikern und schwarzen amerikanischen Müllmännern zum Ausdruck bringen können*. Zu den programmatischen Rednerinnen gehören unter anderem Barbara, die ein besonderes Interesse an Blues und Bürgerrechten hat, Nisi Papadimitriou, die soeben *Seele auf Eis* von Eldridge Cleaver zu Ende gelesen hat, und Nisis neue Freundin Monica, die in Alabama aufgewachsen ist und schon viele Neger gesehen hat.

Es haben sich enttäuschend wenige in die Liste eingetragen, findet Barbara, die wohl gehofft hatte, daß sich die Leute bis auf den Fußweg drängen würden. Gewiß, der Laden ist voll, und die Musik aus der Hi-Fi-Anlage des Ladens ist ganze Straßenblocks weit bis hin zur Polizeiwache zu hören. Die Musik enthält ein stark westafrikanisches Element (übermäßiges *portamento* bei den Vokalpartien, die Suche nach einer leicht abgeflachten Terz, die hier um Längen verfehlt wird), doch die Bluesmundharmonika hat die Schärfe einer Oboe, und die Rhythmusgitarre ist ein gälisches Geklimper. Es ist diese jüdische Einmannband, der Junge aus Duluth in Minnesota, »wo« – um aus dem Text auf der Hülle

* Und dafür den einheimischen Schwarzen einen Tritt in den Hintern geben. Charlie Perkins' Fahrt für die Freiheit ausgenommen, Paul Coes Ausbruch nach dem Moratorium von 1970 läßt hier die erste Ahnung aufkommen, daß Wohltätigkeit zu Hause anfängt. In den Worten von Emerson: »Übertünche nie deinen lieblosen, hartherzigen Ehrgeiz mit diesem unglaubwürdigen Mitgefühl für tausend Meilen entfernte Schwarze. Deine Liebe in weiter Ferne ist Gehässigkeit daheim.«

von *Planet Waves* von 1974 zu zitieren – »Baudelaire wohnte und Goya seine Spielmarken einlöste, wo Josua das Haus einstürzen ließ!«

Zu früh für *Hurricane, They Killed Him, George Jackson* – Songs, die mit dem Gedanken an die schwarze Bürgerrechtsbewegung geschrieben wurden –, doch genau richtig für *Oxford Town*, von James Meredith inspiriert; und *Blowin' in the Wind* ist eine Hymne der Sechziger, und sie ist auf der Platte, die jetzt immer und immer wieder gespielt wird: *The Freewheelin' Bob Dylan*.

Dies sind die Schlachthymnen der Revolution. Könnt ihr den Sklaven nicht in seiner Hütte schreien hören? Könnt ihr denn diese Tschuh-tschuh-Eisenbahn nicht hören, wie sie um die Biegung kommt? Ich weiß nicht, ob Bob wirklich jemals auf Maggies Farm gearbeitet hat, sein Mentor Woody Guthrie aber hat es getan.

Nun wußten, wie Allan Bloom unterstreicht, bereits die alten Griechen um die Bedeutung der Musik für die Zivilisation, und sie benutzten die Musik als ein Mittel, die barbarischen Elemente in der menschlichen Seele zu bändigen in ganz ähnlicher Weise, wie Balthazar Beauregard, der Yogi, die Atmung benutzt, um die Kontrolle über sein autonomes Nervensystem zu erlangen. Platons *Politeia* (»der Geist des Gesetzes muß ihnen durch Musik vermittelt werden«) und Aristoteles' *Politica* erörtern musikalische Bildung sehr ausführlich. »Wir Arkadier«, prahlt Polybios von Megalopolis, »sind von Kindheit an zum Singen erzogen, und wenn wir feiern, dann spielen wir die Musik selbst; wir mieten keine Musiker an.« Von der arkadischen Stadt Kynaetha ist belegt, daß sie durch Vernachlässigen der arkadischen Einrichtung einer universellen Pflicht zur Erziehung zum gemeinschaftlichen Singen in die Barbarei zurückfiel.

Im Gegensatz dazu verwendeten die Semiten und die Troglodyten Streichinstrumente, Becken und Trommeln, um eine Art wilder, ekstatischer Trance herbeizuführen, wie sie auch durch die holotropischen Atemtechniken von Leonard Orr bewirkt wird, der sie bei der Wiedergeburt und der Wieder-Irdischwerdung einsetzt. Die musikalische Treppe, die von der Passion zur Vernunft emporführt, kann noch leichter wieder nach unten führen, wenn man am Ende dieser Treppe einen Fahrstuhlschacht oder eine Tür ohne Klinke vorfindet.

Facilis decensus Averno
Noctes atque dies patet janua Ditis
Sed revocare gradum, superasque evadere ad auras
Hoc opus, hic labor est.
(Leicht ist es, bergab zu gleiten;
die Höllentüren stehen offen Tag und Nacht.
Doch den Weg zurück nach oben sich zu bahnen,
ist weitaus schwieriger vollbracht.)

Vergil

Erinnert ihr euch noch an den alten Led-Zeppelin-Klassiker *Stairway to Heaven?* Würdet ihr aber, wenn ihr jemals im Belmore Hotel Poolbillard gespielt hättet. Na ja, diese Treppe in den Himmel gleicht wohl eher einer eingefetteten Kletterstange. Wenn ihr *Stairway* und *The House of the Rising Sun* nicht kennt, dann geltet ihr in Obliqua Creek nicht als Gitarrist.

Nach dem Zusammenbruch der hellenischen Kultur durch den athenisch-peloponnesischen Krieg beklagten die Alten viele Generationen lang die Vulgarisierung der Musik und die verderbliche Wirkung, die die Korrumpierung dieser schöpferischen Kunst auf ihren hellenischen Ethos hatte.

Wenn wir weiterblättern, stoßen wir im ausgehenden neunzehnten Jahrhundert auf den syphilitischen Wahnsinnigen Nietzsche, der ebensogut einen Briefträger als »Mittler ungebührlichen Eindringens« bezeichnen wie er Reverend Little Richard dazu animieren konnte, nun einmal ordentlich loszulegen. »Wie wenig gehört zum Glücke!« meint Nietzsche, der über kein feineres Gehör als eine Kohlenschütte verfügte. »Der Ton eines Dudelsacks. Ohne Musik wäre das Leben ein Irrtum.«

Hört, hört. Ich glaube, keine vernünftige Seele könnte sich mit diesen Songs von Bob Dylan (eigentlich Robert Zimmermann) befassen, ohne von Entrüstung erfüllt zu sein und von dem Verlangen, auf einer offenen Veranda mit einem schönen Ausblick zu sitzen, statt umgeben zu sein von ländlichen Juden*, äh, Buden. Klar doch, und es ist die heimatverbundene Musik eines Einwanderers aus Ulster in der fünften Generation mit einem Schuß der Verzweiflung eines Negersklaven und dem flitterhaften Credo des Berlin der Weimarer Republik. Trotzdem sind es Bobs Mundharmonika und Bobs Stimme und Bobs Gitarre, die den Soundtrack zu unserer Geschichte von Erinungarah liefern, diese quengelnde, nörgelnde, halb ironische Stimme, diese fremdartige Stimme, von einer verstimmten Mundharfe begleitet. Bob kann einfach nicht singen, und spielen kann er auch nicht; wer also könnte demokratischer sein als Bob?

Andererseits ist er ja ein großer Songschreiber. *Poeta nascitur, non fit.* Poeten werden geboren, nicht gemacht. Es liegt nichts Demokratisches in der Gabe melodiöser Erfindung. Wie die Griechen wußten, ist es die seltenste und kostbarste aller Gaben, welche die Götter zuteil werden lassen. Orpheus gewann die Herzen der Barbaren durch den Klang seiner Leier, und der Orphismus war eine Religion, die die Griechen erfunden und nicht ererbt haben.

Bob verfügt über die Gabe. Sie ist so selten wie mathematisches Talent und hängt nicht mit technischem Können zusammen. Sie äußert sich am vollkommensten in Melodien, die sogar ein kleiner Briefträger pfeifen kann und tatsächlich auch pfeift. Gott hat Bob Dylan ein Lächeln geschenkt, trotz der großen Hakennase, die übrigens hethitisch ist, nicht jüdisch. Man sieht sie ebenso bei Türken und Armeniern.

Barbara Byng: Zukünftige Senatorin. Wollte unbedingt des Todes von Martin Luther King gedenken. Wie würden ihre Wähler reagieren, wenn sie erführen, daß sie ein Kind weggegeben hat?
Michael Ginnsy: Ausgemergelter Musiker, ständig zugeknallt. Lange Arme, kann im flachen Teil eines Schwimmbeckens keinen Freistil schwimmen. Aber anscheinend im Big Pink dabeigewesen, als The Band ihre Musik hinlegte.

---

* Leo Trotzki (eigentlich Leib Bronstein) war ein ländlicher Jude.

Akt 2 – Szene 1

10

Wonderview. Die MacAnaspies. Attis schickt einen Brief, doch nicht an Diane. Horrie erleidet einen Rückschlag.

Ich bezweifle, daß es sich verändert hat. Ich bezweifle, daß man seine Phantasie braucht, um Wonderview so zu sehen, wie es damals vor siebenundzwanzig Jahren gewesen sein muß, weil sie sich einfach nicht sehr verändern, diese Orte, nicht, weil sie nicht auch ihre Sternstunden hätten, sondern weil sie keine Notwendigkeit sehen, sich zu verändern. Ihre unbezwingbare Kraft liegt in innerer Stärke und Beständigkeit. Und jeder Bewohner, der mit den Dingen, so wie sie sind, nicht zufrieden ist, weiß, wo er hinzugehen hat.

Jeder Tag auf Wonderview beginnt mit einem Disput über die korrekte Aussprache des Familiennamens des Besitzers. »Mc Mc Mc Mc Mc Mc Mc Mc*Gark*« ist die nachdrückliche Ansicht der einen Partei, während »Mc Mc Mc Mc Mc Mc Mc Mc*Gerk*« seinen gleichermaßen lautstarken Befürworter hat. Ich würde sagen, beide sind sie Lichtjahre von der richtigen Aussprache entfernt, die, soweit man nach dem stark zerfledderten und vergilbten Papier urteilen kann, das an der Wand der Postagentur von Obliqua Creek hängt, »MacAnaspie« lauten müßte.

MacAnaspie, H. J. und I. C., Herford-Gestüt Wonderview.

Im Oktober 1990, als ich das erste Mal nach Wonderview fuhr, das in einer sehr isolierten Ecke unserer heimischen Wälder liegt, war es neblig und feucht, wie es heutzutage nur noch selten ist. Der ockerfarbene Sand auf der kürzlich geglätteten Zufahrtspiste wurde unter den Schutzblechen meines Hühnerschrecks hochgeschleudert, und als ich wieder zu Hause war, stellte ich fest, daß es ganz schön viel Arbeit machte, mein kleines Motorrad sauberzukriegen. Eingebettet in den sandigen Lehm und die Gerberlohe von den Viehhöfen war eine Art weißlicher Ton, den ein professioneller Töpfer bestimmt kneifen, beschnuppern und zwischen den Fingern rollen würde. Doch ich konnte lediglich an Darryl MacAnaspie denken – euch vielleicht als Rastus, der Rodeo-Clown, besser bekannt –, wie er auf seinem Motorrad, einer Bonneville Triumph, die Piste entlangraste. Es mußte schon auf Mitternacht zugegangen sein, wenn Darryl auf dieser Schotterpiste unterwegs war, da er, wie mir gesagt wurde, jeden Abend bis zur Sperrstunde im Terminus Hotel trank; nicht, daß er ein Säufer gewesen wäre, nein, er war ein Mann, der Freude an einem bißchen intelligenter Unterhaltung hatte. Um seine Heimfahrt zu rekonstruieren, genügt mir ein Blick auf die Karte. Die Nebelfelder mußten in dieser Senke hier am Stadtrand angefangen haben, doch die einzigen Bäume an dieser Stelle sind Pappeln, die die Bachläufe säumen, wie in der anatolischen Steppe. Der richtige Busch beginnt erst hier. Zu dem Zeitpunkt, als Darryl auf diese Schotterpiste auffuhr, bestand sein »Wonderview«, sein wundervoller Ausblick, aus einem Scheinwerferstrahl, der sich einen Meter vor seinem Gesicht zu einem Strahlenkranz auffächerte.

Herrgott, wie er wohl jedesmal gerast sein und dabei vor Kälte gebibbert haben mußte. Dann, bevor er ins Bett ging, stand er sicher noch etliche Minuten vor dem Kanonenofen, Hände und Lenden diesem zugewandt, und dachte dabei entweder über einige der Gespräche nach, an denen er früher am Abend seine Freude gehabt hatte, oder summte sich den letzten Hit der Everly Brothers Don und Phil vor, während Wassertröpfchen aus seinen Haaren und von seinem klammen Wollhemd (denn er trug nie Ledersachen) zischend auf die Ofenplatte trafen. Überall mußten feuchte Kleidungsstücke herumgehangen haben, damals 1968, an den Ablagen, an den Topfhaken, an den Tassenhaken, über den Stuhllehnen, und einige davon mußten die abgelegten blauen Hemden und grauen Shorts der Schuluniform von Attis MacAnaspie gewesen sein, dem jüngsten MacAnaspie, der einen acht Kilometer langen Fußweg in kurzen Hosen, winters wie sommers, zum Schulbus zurückzulegen hatte. Schon merkwürdig zu denken, daß es dort unten in diesem Tal noch heute Leute gibt, die, hielte man ihnen den Fetzen eines Kleidungsstücks hin, das Attis MacAnaspie nachweislich getragen hatte, diesen nachdenklich oder beeindruckt, wenn nicht gar ehrfürchtig berühren würden.

Was da liegt, das ist seine linke Hand.

Dies ist das Haus, in dem er aufwuchs, der junge Attis MacAnaspie, und dies sind die außergewöhnlichen Leute, die ihn aufgezogen haben, doch haben sie nie behauptet, er sei einer der ihren. Er war ein Findling, der, wie die ganze Gegend wußte, von seiner Mutter – wahrscheinlich einem Schulmädchen aus der Gegend – auf dem feuchten Holzmehl am Sägewerk ausgesetzt worden war, nackt wie ein Spartaner oder ein Wikinger, aber noch putzmunter, als sie ihn fanden, und Fergus MacAnaspie, der damals als Elektromonteurslehrling im Sägewerk arbeitete, eine anstrengende Arbeit, und der ständig Katzenjunge und Elstern mit gebrochenen Flügeln und verwaiste Wombats heimschleppte, brachte ihn mit nach Hause, denn es war Herbst – man kann nicht im Hochsommer im achten Monat schwanger sein, ohne daß die Mutter es merkt –, und durch irgendein Versehen wurde seine Geburt nie offiziell eingetragen. Es war Blut auf den Sägespänen, und die Nachgeburt wurde in der Nähe einiger aufbereiteter Windbruchstämme gefunden.

Wenn man nachts die Piste nach Wonderview fährt, muß man sich schon sehr genau auskennen. Es gibt keine Leitpfosten, und überall ist schweres Gerät abgestellt. Viele B-Modell-Macks, der Sechstonnenkipper für den Grabenaushub, der alte Studebaker mit dem Sechsradantrieb – das ist das Mistding mit dem Gaspedal zwischen Kupplung und Bremse –, die biberschwänzigen Tieflader für die Grabenbagger und die Bobcats: Aus den Macks sind heute Superliner geworden, Barney hat kürzlich modernisiert, doch davon abgesehen glaube ich nicht, daß sich viel geändert hat. Barney sorgt dafür, daß alles so weiterläuft. Forstschlepper, die von den Achsschemeln aus ihre Laderungen wie Arme nach abgelängten Altwuchsstämmen flehend emporrecken.

An dem Tag, als ich hinausfuhr, steckte ein Tieflader mit einer D8-Planierraupe darauf, beide schlammbedeckt, mitten auf der Piste fest und wurde von einer Schar halbzahmer Gänse bewacht. Nicht gerade der Ort, wo man nur einen Kricketballwurf von der Hintertür entfernt eine Auswahl von Champagnerkorken erwarten würde, obwohl davon etliche herumlagen, und sie datieren aus den späten Sechzigern, der Ära, auf die wir uns hier ebenfalls beziehen, genaugenommen gehen sie alle auf den gleichen Tag zurück. An dem Tag, als ich hinausfuhr, döste auf dem Bulldozer etwas, das wie ein Staffordshire-Terrier mit einem nietenbesetzten Halsband aussah, und obwohl sie sehr angenehme Tiere sein können, habe ich ihn nicht näher in Augenschein genommen, habe aber den D8 erkannt, wie jeder andere auch, der jemals gesehen hat, wie hier ein Wasserreservoir ausgehoben wird.

Dieser große Atkinson-Sechsradkipper, der voll mit Brennholz beladen herumkurvt, der gehört Barnie, doch unser Darryl arbeitet seit jeher meist für die Forstwirtschaft, transportiert oben in den Bergen Baumstämme, und seinen Schlepper, also den bekommt man eigentlich nie zu Gesicht, es sei denn, man hat das Pech, einen rutschigen Forstweg in entgegengesetzter Richtung herunterzukommen, denn er geht bereits um vier Uhr morgens aus dem Haus, um beim ersten Licht am Einschlagplatz zu sein, und er ist bis nach Einbruch der Dunkelheit auf den Küstenstraßen unterwegs. Es ist ein verdammt langer Weg vom Tal bis zum Holzspanwerk.

Gelegentlich laden die MacAnaspies an Pferchen im Busch, die in vergessenen Feuerschneisen eingerichtet wurden, auch Vieh.

Sie sind eine eigenartige Familie. Ein bißchen ausgefallen, das waren sie immer schon. So ist zum Beispiel der richtige australische Name für einen Besitz in der Nähe eines Sumpfes »Springvale«, also Quellengrund, oder »Hillview« wie Hügelblick, falls er Ausblick auf einen Hügel bietet, doch Wonderview, obwohl es unmittelbar am Rand des Plateaus liegt und theoretisch eine wundervolle Aussicht auf das Tal von Erinungarah bieten sollte, bietet lediglich einen Ausblick auf aufgeforsteten Bergeukalyptus mit gelegentlich eingestreutem schmalblättrigem Pfefferminzeukalyptus und vereinzelten zottligen Monterey-Kiefern und einigen stillgelegten Wildgehegen, von denen später noch die Rede sein wird, so daß man sich bei Nebel und wenn man das Geräusch unbeachtet läßt, das von den Kiefernzapfen herkommt und wie Dampfloks klingt (wobei es sich aber eigentlich um kleine Familiengruppen unserer Gelbohrkakadus mit piepsenden Jungen handelt), in Kalifornien wähnen könnte, oben im Norden, irgendwo in der Nähe von Eureka, in welchem Fall unsere Eukalypten eingeführt und die Radiatakiefern bodenständig wären.

Ist unsere Geschichte damit also eine panpazifische Geschichte, eine Geschichte, die sich ebensogut auf der anderen Seite hätte zutragen können? Wie sehr wünschte ich mir, es wäre so. Aber ich sehe keine Möglichkeit, wie ich diese Geschichte verpflanzen könnte. Das Leben meiner Protagonisten ist von einer Hoffnungslosigkeit heimgesucht, die mit einem kalifornischen Milieu nicht in Einklang zu bringen ist. Wenn wir hier bereits eine ziemliche Strecke vom Holzspanwerk entfernt sind, so ist es doch noch verdammt viel weiter, bevor Silicon Valley in Sicht kommt. Nein, ich glaube, ich muß die Geschichte so erzählen, wie sie sich zugetragen hat, und sie dort handeln lassen, wo sie sich tatsächlich abgespielt hat. Tut mir leid.

Jetzt holt mal tief Luft. Rückblende. Anfang 1968. Iris MacAnaspie hat keine Töchter, daher wird Attis der jüngste ihrer fünf Söhne. H. J. MacAnaspies Vater, C. K., wohnt ebenfalls bei der Familie, und H. J. und C. K., beide ehemalige Sägewerker, verfügen zusammen über vierzehn ganze Finger und Daumen. Barkeeper beklagen sich, daß sie nie wissen, ob Horrie vier Bier will oder zwei. Charlie, obwohl ein fürchterlicher Hypochonder, der jede Woche einmal zum Arzt rennt, um sich untersuchen zu lassen, und in der Woche vor dem Anzac-Gedenktag zweimal, läßt seine schwergeprüften Enkelsöhne, die nicht zurückschlagen möchten, sich aber sehr zurückhalten müssen, ständig die Macht des Schwachen und Wehrlosen spüren. Der alte Charlie ist berüchtigt dafür, daß er nie vollständig angezogen ist. Die Polizisten erzählen mir, daß er jedesmal, wenn sie den alten Geizkragen zur Seite winken – und obwohl er hoch in den Achtzigern ist, fährt er noch immer einen B-Modell-Mack –, nichts weiter anhat als ein Jacky-Howe-Unterhemd* und Unterhosen. Im Sägewerk tragen sie zwar auch Unterhemden, aber dazu Arbeitshosen, und wenn es besonders kalt ist, ziehen sie auch schon mal ein Hemd oder eine Strickjacke über. Nicht so Charlie: Ich habe Fotos von der Feier zu Normans einundzwanzigstem Geburtstag gesehen, die hier im Saal des Landfrauenvereins stattfand, und das einzige, was Charlie bei dieser feierlichen Gelegenheit trug, waren Unterhemd und Unterhose. Der Mann hatte eine Phobie, aber man konnte seine

---

* Jacky Howe schor 1892 auf der Alice Downs Station mit einem Handscherer an einem einzigen Tag 300 Schafe. Wie die Australier nun mal sind, ist natürlich niemand zu ihm gegangen, um ihm zu gratulieren.

Schwiegertochter andererseits auch verstehen, wenn sie nicht wollte, daß er sich über die Arztpraxis hinaus – wo er stets an die Spitze der Warteschlange ging, ganz egal, wie viele warteten – in der Öffentlichkeit zeigte.

Und dann prangten auf dem Nachbargrundstück, das jahrzehntelang verlassen gewesen war, plötzlich Schilder mit der Aufschrift »Betreten verboten!« und Warnungen, Zuwiderhandlungen würden strafrechtlich verfolgt. Da die MacAnaspies es als Teil ihres Grund und Bodens ansahen und auf dem Gelände Holz einschlugen und im Frühjahr ihr über den Winter abgemagertes Vieh darauf weiden ließen, schickten sie augenblicklich Barney, den Ältesten, zur Stadtverwaltung, um festzustellen, was hier vorging, denn sie hielten nichts von Telefonen; wenn man sie für eine bestimmte Arbeit brauchte, hinterließ man im Sägewerk eine Nachricht. An jenem Abend, während Mrs. MacAnaspie ihrer Sippe das Abendessen aufträgt, übermittelt Barney den übrigen die Informationen, die er gesammelt hat.

»Ziegenkontrolle Total«, erzählt er ihnen. »So nennt sich der Typ.«

»Ziegenkontrolle Total«, ruft Charlie vom Kanonenofen her, von dem man ihn alle dreißig Sekunden vertreibt. »Sowas wie totale Kontrolle von Ziegen gibt's nicht.«

»Du Idiot!« sagt H. J. zu Barney. »Ich hatte dir gesagt, du sollst die Namen der neuen Besitzer des Nachbargrundstücks herausfinden, und nicht mal das kannst du richtig erledigen.«

Barney runzelt die Stirn, wie er es immer tut, wenn er angegriffen wird, und zutscht das Mark aus dem Knochen seines T-bone-Steaks. »Dann mach's doch selber«, schlägt er vor.

»Werd ich auch«, bestätigt H. J., und am nächsten Morgen steht H. J. dem städtischen Angestellten, einem alten Kricketkollegen, persönlich gegenüber. »Hat er überhaupt die ausstehenden Abgaben bezahlt, Mick, dieser Kontrolleur der Ziegen, denn ich schätze, es werden noch etliche Dollar fehlen? Ich hatte geglaubt, das alles sei Land der Krone. Herrgott, ist das heute windig. Ein Tag, an dem einem ständig die Querhölzer von den Kricketstäben runterwehen.«

»Nein, nein, es ist dieses Grundstück hier, siehst du? Gleich neben eurer Zufahrt. Ist das denn nicht alles eingezäunt?«

»Eingezäunt würde ich es nicht nennen. Ein bißchen Lattenzaun. Nichts, was 'ne Ziege zurückhalten würde. Hör mal, wir wollen nicht, daß Ziegen unser Land verwüsten. Wir brauchen seinen Namen und die Anschrift. Wohnwagen steht keiner da.«

»Hier ist die Anschrift. Erinungarah Road. Klar, er hat das Grundstück ja gerade erst gekauft.«

»Wer hat es ihm denn verkauft?«

»Die Stadt hatte es vor Jahren übernommen, weil die Grundsteuer nicht bezahlt wurde. Seitdem stand es jedes Jahr zur Versteigerung. Hab ich dich nicht mal auf einer gesehen?«

»Möchte ich bezweifeln. Jetzt hör mal zu, Mick, wir wollen keine Ziegen in unserm Distrikt.«

»Es gibt kein Gesetz gegen Ziegen. Du wirst mit deinen Nachbarn auskommen müssen, Horrie. Du bist einfach verwöhnt, Kumpel. Jeder andere hat Nachbarn.«

Zunächst nichts. Dann ein Brief von Ziegenkontrolle Total in der Post. »Wären Sie daran interessiert«, heißt es darin, »gegen Barzahlung einen größeren Einzäunungsauftrag zu übernehmen?«

»Ich glaube, wir sollten das machen«, meint Fergus. »Wenn wir den Zaun ziehen, brauchen wir nur uns selbst die Schuld zu geben, wenn die Ziegen ausbrechen.«

»Nun ja, das zeigt nur, wie wenig du über Ziegen weißt.« H. J., obwohl vorher überhaupt nicht mit ihnen vertraut, betrachtet sich jetzt als einen Experten. »Er hätte herkommen können, dieser Mann, um sich vorzustellen und, ums genau zu sagen, er hätte um meine Erlaubnis bitten sollen, sich dort niederzulassen, die ich ihm aber nicht gegeben hätte. Und ich weiß nicht, wie jemand Ziegen unter Kontrolle halten will, der nicht mal seinen eigenen verdammten Zaun ziehen kann! Klingt mir 'n bißchen nach 'nem Dummschwätzer. Wahrscheinlich irgend so'n Stadtmensch, einer, der nur mit den Händen in den Hüften rumsteht.«

Also, ein Zaun wurde rechtzeitig gezogen, dank eines Trupps aus irgendeinem fremden Landkreis, und es war ein umfangreiches Vorhaben, und dann, eines Tages, als alle außer Haus waren, trafen die Ziegen ein. Mohairziegen, und zwar Tausende. Die ersten hier im Distrikt. Mit die ersten im Bundesstaat.

»Es sind sehr gutaussehende Tiere, Dad. Hast du sie schon gesehen?«

»Laß mich bloß noch diesen Schampus austrinken. Ja, Iris, ich habe sie gesehen. Ihren Kontrolleur allerdings hab ich noch nicht zu Gesicht bekommen.«

»Na ja, wir haben jetzt an anderes zu denken, nicht wahr, Charlie?«

»Ich halte die Angelegenheit noch nicht für erledigt, Iris. Sie ist bei weitem noch nicht erledigt.«

»Warum? Was meinst du damit?«

»Also, ich habe noch keine Entscheidung getroffen. Es kann durchaus noch passieren, daß ich die Zäune niederreiße und die Ziegen rauslasse. Ich habe mich noch nicht entschieden.«

»O Dad! Du machst mir Kummer, wenn du so redest.«

»Du verschwendest mein verdammtes Geld nicht mit Bußgeldern.«

»Ich kann nicht mehr richtig schlafen, Charlie. Jetzt kann ich in meinem eigenen Haus keine Ruhe mehr finden.«

»Du hast noch nie zuvor Nachbarn gehabt, Horrie, nicht wahr?«

»Du weißt das genausogut wie ich. Und ich will auch jetzt keine haben; ich bin zu alt dafür.«

»Der Herr sagt, wir müssen unsere Nachbarn lieben.«

»Der Herr war jemand, den es nirgends lange hielt, Iris. Das ist genauso, wie wenn Salomon zu uns sagt, wir sollen keinen Ehebruch begehen. Und hab ich nicht den Jungen aufgenommen? Ihn wie einen meiner eigenen aufgezogen? Mein Gewissen ist rein.«

»Mach bloß keine Dummheit, Horrie. Ich könnte die Schande nicht ertragen.«

Nur Attis und seine Mutter waren daheim, als einige Monate später das Polizeiauto vorfuhr. Iris pusselte wie gewöhnlich über dem Ausguß umher, während Attis am Tisch seine Hausaufgaben machte. In der Schule schildert er seine Mutter immer, als sei sie ständig über einen Ausguß gebeugt.

»Mein Gott, er hat's doch tatsächlich getan«, war alles, was sie sagen konnte, denn die Polizei, obwohl sie oft berechtigten Grund hatte, kam sonst nie nach Wonderview hinaus. Wie die meisten Einheimischen hatten auch die Polizisten ein ungutes Gefühl, denn die MacAnaspies waren als so etwas wie Menschenfresser verschrien, was belegt ist. Aus den vom Landwirtschaftsministerium herausgegebenen Statistiken ist ersichtlich, daß die MacAnaspies im Jahr 1965 allein 149 Stück Vieh zum persönlichen Verbrauch geschlachtet haben. Eine Hekatombe. Mein Gott, sie hätten den Sechstonnenkipper gebraucht, bloß um die Knochen und Abfälle zu beseitigen.

»Geht's um Darryl?« will Mrs. MacAnaspie von dem jungen, grünuniformierten Konstabler wissen, der den Streifenwagen, einen Cooper S, hier herausgefahren hat, kein Fahrzeug, das für Morast geeignet ist.

Eigentlich sehen sie hier draußen die Dinge ziemlich locker. Das einzige Mal, daß ich je eine Sirene gehört habe, war, als sie den Nikolaus zur Weihnachtsfeier in die Vorschule gebracht haben. Ich habe mein Haus in Obliqua Creek gekauft, das muß so im August 1991 gewesen sein.

»Horrie«, erwidert der Polizist kreidebleich. »Ich habe hier eine Vorladung wegen einer Geldbuße für falsches Parken, die offenbar nie bezahlt wurde.«

»Also, dafür werden Sie ihn doch nicht verklagen«, sagt sie. »Er hat nur 'nem alten Soldaten 'nen Gefallen getan. Sie kennen doch den alten MacAnaspie. Na ja, er hat sich kürzlich entschlossen, den Arzt zu wechseln, weil er auf Dr. Phoukas böse ist, denn Dr. Phoukas behauptet, sein Magengeschwür käme daher, daß er in der Lotterie gewonnen hat, und nicht vom Ersten Weltkrieg. Horrie hat mit dem Tieflader bloß vor der Praxis geparkt, um die Unterlagen seines Vaters abzuholen.«

Charlie MacAnaspie: Anfang neunzig. Patriarch von Wonderview. Veteran von Gallipoli. Trägt lediglich Unterwäsche. Selbstsüchtiger Geizhals.

Horrie MacAnaspie: Mitte sechzig. Erdbeweger, Sägewerksarbeiter und Viehzüchter. Sohn von Charlie, Vater von Barney, Norman, Darryl und Fergus. Adoptivvater von Attis. Haßt Ziegen und mag seine Nachbarn nicht.

Iris MacAnaspie: Mitte sechzig. Ehefrau von Horrie. Mutter von fünf Jungen. Typische Landfrau, bäckt ständig Kuchen. Leidet jetzt unter den Folgen einer Diät aus Toast und Tee. Zeigt nach Osten, wenn sie von Wonderview spricht, obwohl es südlich vom Pflegeheim liegt.
Darryl MacAnaspie: Ende zwanzig. Schlepperfahrer, Motorradfahrer. Rastus, der Rodeo-Clown. Prügelt sich täglich mit Fergus. Mit Monica Ecks zukünftiger Vater von Harley und Norton. Wurde nie zum Eunuchen. Öffnete die Straße durch die Schlucht im Mai 1986 wieder. Ist Eigentümer des Tals und schlägt im Tal noch immer Holz ein. Eindringlinge sind ihm nicht willkommen. Haßt ganz besonders Briefträger.
Fergus MacAnaspie: Ende zwanzig. Schlepperfahrer. Seines Vaters Liebling. Prügelt sich täglich mit Darryl. Wurde zum Eunuchen. Erster Abt des Klosters.
Barney MacAnaspie: Anfang dreißig. Ältester der MacAnaspie-Jungs. Meldete sich freiwillig zum Einsatz in Vietnam. Jetziger Eigentümer von Wonderview.
Norman MacAnaspie: Anfang zwanzig. In seiner Entwicklung zurückgeblieben.
Attis MacAnaspie: Etwa sechzehn. Ungewöhnlich gutaussehend, doch fehlt es ihm in meiner Darstellung an Persönlichkeit. Aber dafür gibt es einen Grund. (Angst. Ehrfurcht.) Honigaufspürer und hervorragender Buschkenner. Auch in der Schule gut. Wurde von Fergus MacAnaspie als Neugeborener im Sägewerk gefunden. Lebt in eheähnlicher Gemeinschaft mit Diane Zoshka; mit Diane Zoshka zukünftiger Vater von Sonne und Abendröte; Adoptivsohn sowohl von Horrie MacAnaspie als auch vom Grünbraunen Mann (Mehmed Contramundum). Der Auserwählte Brigids. Das Musterexemplar. Der erste Kommunarde, der sich selbst entmannte.

Wir sind in die Zeit zurückgekehrt, als der Briefträger ein Fahrrad mit Gesundheitslenker fuhr. Es war eine großartige Zeit.

Als Heranwachsender neigt Attis dazu, seine Briefumschläge so zu schmücken, wie Mädchen es gern tun, obwohl er nicht besonders viel Privatpost bekommt oder verschickt; es besteht eben eine

Übereinstimmung zwischen dem Augenschein, was andere Menschen als normal betrachten, und den eigenen Erwartungen. Wenn ihr wie ich in einer Straße gewohnt habt, wo es normal ist, daß der Briefträger den Motor bei jedem zweiten Einwurf abstellt, dann wird sich eure Einstellung zur Kunst des Korrespondierens über die jenes privaten Postschließfachbesitzers erheben, dessen Angewohnheit es vielleicht ist, sein Fach einmal im Monat morgens um halb fünf zu leeren, alle Reklame voller Verachtung direkt in den Müllschlitz zu werfen und den Rest – der ihm durch das Fensterchen entgegenblickt – in die vibrierende Kabine eines vibrierenden Fahrzeugs, wo es vielleicht unter den Hamburgerverpackungen und neben dem Notreparatursatz (Pfefferminzbonbons für undichte Treibstofftanks, Wrigley's Kaugummi für Kühlerreparaturen; Dosenbier, um es nach dem Schütteln als Feuerlöscher zu gebrauchen) bis zu einem Monat lang liegenbleibt. Mit anderen Worten, manche Leute wissen einfach nicht, was ihnen da entgeht, und das wunderbare ist, daß Attis überhaupt erkannte, daß man Post zu höheren Zwecken verwenden kann, denn seine gesamte Adoptivfamilie hatte davon nicht die leiseste Ahnung, wenn auch, um fair zu sein, Darryl, als er 1988 fort war, ein paar recht armselige Zeilen nach Hause zusammenkritzelte, und zwar vom Postfach 32 in Cessnock aus.

Das ist der Knast. Es sitzen eine Menge prima Dichter im Knast.

»Fährst du heute in die Stadt, Mum? Könntest du das bitte für uns aufgeben?«

»Als hätte ich nicht schon genug zu tun. Was ist das, was du da auf die Rückseite des Umschlags gemalt hast, Attis?«

»Kannst du's denn nicht erkennen?«

»Na ja, das ist irgendein Possum.«

»Das ist ein Gelbbauch-Flugbeutler, Mum, schau. Siehst du? Da sind seine Flughäute.«

»Und warum hast du lauter kleine blaue Streifen am Umschlagrand gemalt, mein Sohn?«

»Damit er aussieht wie 'n richtiger Luftpostumschlag.«

»Nein, sowas! Und dann auch noch nach Neukaledonien. Schau mal, was er hier gemalt hat, Dad! Ist doch gut, nicht?«

»Ich hoffe, du bezahlst für die Briefmarke. Bis nach Neukaledonien rüber. Wem schreibst du denn dort?«

»Seiner neuen französischen Brieffreundin in Nouméa.«

»Na ja, paß nur auf, daß er auch für die Briefmarke bezahlt. Jetzt wissen wir ja, was er treibt, wenn er eigentlich Hausaufgaben machen soll. Schreibt an Frauen überall auf der Welt. Guck dir nur mal an, wie er übers ganze Gesicht grinst.«

»Du weißt doch, daß er sein Geld für Normans Geburtstagsgeschenk ausgegeben hat. Ich finde es wunderbar, daß er Briefe schreibt.«

»In seinem Alter habe ich schon gearbeitet, für weniger als er Taschengeld bekommt. Hab niemals gelernt, wie man Briefe schreibt, obwohl ich sie noch immer lesen kann, nur keine Sorge. Wie hast du dieses französische Mädel kennengelernt, Att? Du hast dich doch hoffentlich nicht am Hafen rumgetrieben, während du eigentlich in der Schule sein solltest?«

Nur an dem auffälligen Zwinkern, zu dem sich Horrie mit unbewegter Miene einem Gesprächspartner gegenüber vielleicht herabläßt, kann dieser erkennen, daß er es gar nicht so meint. Bei dieser Gelegenheit zwinkert er nicht. Sein Umgang mit Menschen besteht weitgehend aus Sticheleien; wenn er ein Geschäft für Herrenbekleidung betritt, kann es passieren, daß er sich mit einer Bemerkung wie der folgenden einführt: »Was macht ihr hier eigentlich, ihr faulen, tunichtguten Säcke, wollt ihr uns gefälligst bedienen oder was?« Echter australischer Humor eben, der so oft, besonders während der Happy hour im Black Stump, in Faustkämpfe ausartet.

»Er wird rot, sieh ihn dir an. Mein Gott, wie alt ist der Junge eigentlich?«

»Laß ihn in Ruhe. Mach schon, Attis, beeil dich, sonst kommst du zu spät.«

»Was, hat er den Schulbus verpaßt?«

»Nur dieses eine Mal.«

»Von dem wir wissen.«

»Hast du dir die Zähne geputzt, mein Junge?«

»Ja.«

»Daß du mir ja nicht wieder den Schulbus verpaßt. Mach schon, fort mit dir, aber dalli.«

»Was ist heute bloß los mit dir? Die ganze Zeit fauchst und knurrst du nur.«

»Such dir doch ’nen andern Mann, wenn ich dir nicht gut genug bin. Such dir ’nen kaledonischen Brieffreund. Frag Fergie, wenn er nach Hause kommt, er wird dir’s schon sagen. Er war dabei, hat den ganzen Schlamassel mit angesehen.«

»Was, du hast wieder nichts gewonnen?«

»Hab keine einzige Karte bekommen. Ich bin an ’nem Punkt angekommen, wo ich was tun muß. Hab im Pub mit Didier Lovaduk gesprochen und ihm gesagt, daß ich nicht begreifen kann, wieso dieses rote Junghahnpärchen nichts gekriegt hat oder dieser kleine Seidige, und weißt du, was er gesagt hat? Er hat zufällig mitgehört, wie dieser Idiot Isbester zum Richter Mr. Safehouse gesagt hat: ›Ich erkenne alle Vögel von den MacAnaspies, und von denen kriegt keiner von mir ’ne Karte.‹«

»Was?«

»Gibt ihnen einfach keine verdammte Karte! Genau das hat er gesagt. Ich weiß nicht, warum ich mir die Finger noch krumm mache. Ich bin froh, wenn ich nicht mehr auf dieser Welt bin. Mach schon, gib mir noch ’ne Tasse Tee, damit mein Ende schneller kommt. Ist der Junge nun endlich auf dem Weg zur Schule? Attis?«

»Laß es bitte nicht an ihm aus. Er ist fort. Dort läuft er. Siehst du?«

»Er ist ein verdammter Träumer, sieh ihn dir an. Kann mir nicht vorstellen, daß er ’nem Arbeitgeber mal Nutzen bringt. Lebt in seiner eigenen Welt.«

»Du vergißt, daß er in der Schule gut ist, er ist gerade sechzehn, und er versorgt dich mit Honig.«

»Wird am Ende noch Imker. Wenn das kein Job ohne Zukunft ist.«

»Du könntest nicht vielleicht jemand finden, der ihn zu sich nimmt, bloß während der Schulferien? Er könnte lernen, wie man die Bücher führt. Gehst du heute zur Arbeit?«

»Nein.«

»Warum nicht?«

»Weil ich an der Anlage zu tun habe, oder? Und offen gesagt, selbst wenn ich nie wieder arbeiten würde, ich habe meinen Anteil geleistet, Iris. Die meisten Männer haben sich zur Ruhe gesetzt, wenn sie mein Alter erreicht haben. Was wir in diesem Haus brauchen, ist 'n Dieselmechaniker.«

»Fang nicht an so zu reden. Der Junge wird kein Mechaniker. Es kommt alles nur von diesen blöden Hühnern. Da wir davon reden, du könntest eins schlachten, wenn du schon den ganzen Tag hier herumhängst.«

»Du kannst die beiden roten Junghähne kriegen. Ich will sie nicht mehr.«

Attis geht um sechs Uhr morgens aus dem Haus, um seinen Schulbus vor neun zu erreichen. Der Schulbus verlangsamt seine Fahrt, aber nur, wenn Attis wartet, und zwar genau dort, wo die Erinungarah Road von der Küstenstraße abzweigt, unmittelbar oberhalb der Stelle, wo das Schild steht, das die Verengung auf eine Fahrspur anzeigt und dessen Aufschrift »Form One Lane« jemand beim dritten Wort mit einem P am Anfang und einem T am Ende ergänzt hat, und wenn er spät von zu Hause losgekommen ist oder auf dem Weg getrödelt hat, nimmt er eine Abkürzung durch den Wald, die keiner seiner Brüder als eine solche ansehen würde, weil sie auf dieser Strecke länger gebraucht hätten. Ein ordentliches Stück Sumpf liegt hier, eine Menge Stachelbartheide und Dolchhakea wächst da, doch Attis geht auf allen vieren und folgt einem Wombatpfad durch die Melaleukas. Selbst im tiefsten Winter ist es um sechs hell genug, um zu sehen, wo man entlangmuß, wenn man weiß, wo es entlanggeht, und der große Vorteil, um diese Zeit abseits der Straße zu sein, liegt darin, daß man die heimatliche Fauna kennenlernt.

»Im ersten Morgengrauen in den Bergen von Erinungarah, noch bevor die Farbe in die Schlucht sinkt, beginnt das Singen, und viele Stimmen gewahren den neuen Tag. Zum Mittag hin kann es sehr heiß werden, und dann ist jene Stunde, die Stunde der Morgendämmerung, bereits vergessen.

Farbe ergießt sich jetzt über das Plateau, und all die Tiere, die sonst frei umherlaufen, liegen in der Hitze des Tages still danieder. Erst zur Abenddämmerung, wenn die Farbe verblaßt, werden sie wieder zu sehen und zu hören sein.«

Das stammt aus dieser Ballade von Timothy Papadimitriou, die ich im Postsack gefunden habe. »Orion«, um ihn mit seinem *nom de plume* zu würdigen, und der australische Balladendichter muß einen *nom de plume* haben. Ihm wurde sein *nom de plume* von einer Nonne verliehen, der ersten Frau, die Brigids ansichtig wurde. Ob sie wohl von den Pilzen gegessen hatte? Ich kann mir keine Nonne vorstellen, die Pilze ißt.

Unter einer kleinen Trommelschlegelpflanze haltmachend, die auf halber Höhe das verlassene Nest eines Weißwangenhonigfressers birgt, das wie so häufig aus Kuhhaar gebaut ist, holt Attis, noch keine fünf Kilometer von zu Hause und spät dran und schwitzend und mit blutenden frischen Kratzern, aus seiner Tasche all die blaßblauen Briefe hervor, die er bisher von seiner Brieffreundin erhalten hat, und liest und liest sie immer wieder auf neue. Sie sind wahrscheinlich in dem geschrieben, was ich immer als Postkartenpidgin bezeichne (»Mein Bruder besucht in diesem Jahr die High School« usw.), doch mit Sicherheit können wir es nicht sagen, da wir keine Post öffnen, es sei denn, sie ist an den Weihnachtsmann oder den Osterhasen gerichtet. So bin ich eben. Die Briefe kräuseln sich wie eine blaue Kunstfaserfahne, die man nach einem heißen, windigen Tag zusammenfaltet, denn der Junge kann sie keine zehn Minuten lang in seiner Tasche oder unter seinem Kopfkissen lassen. Das Adrenalin der Erwartung, das Endorphin heiterer Gelassenheit, die den Verstand und den Körper des Jungen abwechselnd prickeln und wieder zur Ruhe kommen lassen, erwecken die Seiten zum Leben. Diese Gefühle sind neu für den Jungen, der von Fleischlichkeit bisher unberührt ist, und daher völlig tugendhaft und voller Wonne. Am erstaunlichsten ist, daß er nicht begreifen kann, wie seine neue französische Brieffreundin überhaupt an seinen Namen gekommen ist.

»So ist es auch mit den Stimmen unserer Herzen. Still in der Nacht und unter der Mittagssonne, am lautesten in der Abenddämmerung und im ersten Morgengrauen.«

Eros.

Horrie MacAnaspie: Mitte sechzig. Enttäuschter Geflügelzüchter, vom modernen Leben ernüchtert. Ein netter, liebevoller Mensch, jedenfalls einigen gegenüber.

Iris MacAnaspie: Mitte sechzig. Schwergeprüfte *mater familias*. Bedacht darauf zu erleben, daß ihre Jungs vorankommen, d. h. in die Großstadt ziehen und es zu etwas bringen. Hätte sie nur ihr eigenes köstliches Eingemachtes gegessen, dann hätte sie ihre Sinne noch beieinander. So aber wurde es wohltätigen Zwecken zur Verfügung gestellt und hier vor der Postagentur von Klapptischen herunter verkauft.

Attis MacAnaspie: Etwa sechzehn. Im gleichen Land in etwa der gleichen Weise wie der Journalist Wilfred Burchett aufgewachsen. Aber Christus wollte nicht zum Makkabäer werden, und Attis war niemals ein Anarchist. Allerdings hat er eine Anarchistin geheiratet, nämlich Diane Zoshka.

11

Fergus findet seinen Vater im Traktorschuppen. Darryl trifft ein, rauft mit Fergus. Kimberley Moon versucht, einen Schlauch zu schnorren. Phryx und Gwen. Ein Zusammentrieb von Brumbies ist geplant.

Ein neuer Tag, ein neuer Dollar, April 1968. Etwa zu der Zeit, als Barney zum Einsatz in Vietnam fortging. Fergus fährt auf den Platz und springt vom Sitz des großen Fünfachsers, noch bevor er völlig zum Stillstand kommt. Staub hängt in einer Wolke. Unterwegs innehaltend, um sich eine Zigarette anzuzünden, schreitet er an einem Haufen Abbruchholz vorbei zu dem auf Buschpfählen stehenden Traktorschuppen, der auch als Werkstatt dient und in dem sein alternder Vater entmutigt Zuflucht gesucht hat. So viele Rohr- und Leitungsstücke sind unter dem Blechdach verstaut, daß man schon ziemlich lange und angestrengt hinschauen muß, um die Dachpfetten zu erkennen, die aus Baumschößlingen bestehen.

»Du kommst früh nach Hause.«

»Bin heut morgen kaum den Einschlagplatz raufgekommen, Dad. Nach dem Regen ist es aussichtslos.«

»Ich werd mal mit dem Mann dort reden. Dir geht auf dieser Straße zuviel Zeit verloren, Fergus.«

Die Wände des alten Traktorschuppens bestehen aus Wellblechtafeln, die an terpentinbehandelte Pfosten genagelt sind, die durch doppelt gezogenen Zaundraht verbunden sind, der mit Spannern von Cobb & Co. festgezurrt ist. Große, breite Meisterschaftsschärpen, leuchtend grüne, purpurne und blaue Staubfänger, zieren die Wände. Etwa ein Dutzend gelbe oder rote sind in einem Karton verstaut. Wir erfahren, daß Horries Jungrinder (wie Juvenals Satiren) besser am Fleischhaken aufgehoben wären. Ein kleiner Vorkriegslaster, wechselweise von Rostflecken und Staub und Schlamm überzogen, lagert auf roten Blöcken aus Streifenrindeneukalyptus, die Ladefläche mit dickem hellem Schichtholz bedeckt, das sich an den Nähten wellt. Über diese Pritsche gebeugt könnte Horrie, ohne groß von seiner Arbeit aufzublicken, seine verstümmelte Hand umherschweifen lassen, um auf eine Flasche Methylalkohol oder einen Senkhammer oder einen Bakelitschalter oder einen Kippkübelaufzug zu stoßen oder eine Kanisterhälfte berühren, die Vaseline, Fugenzement und Steckverbinder enthält, oder sich mit einem Hufschmiededorn kratzen oder einen schwarzen Schweißerhelm streicheln oder sich über das eine oder andere Laubsägeblatt oder einen Saugheber ärgern oder in einer entwendeten Milchkiste schnüffeln, die mit Zollstökken, Klauenhämmern und vor Holzleim starrenden Pinseln vollgepackt ist, oder an die Obstkiste stoßen, die mit Schweißhandschuhen und Elektroden angefüllt ist, während er mit der verstümmelten linken Hand den Anlasser betätigt oder auf dem Schabebaum eine Tierhaut ausbreitet, um sie mit einem Gerbermesser zu bearbeiten.

»Wo bist du denn gerade bei?«

Scheußlich, ich kann mir die amputierten Finger einfach nicht ansehen. Ich hasse den Anblick, wie sich die Haut über den Stummeln kräuselt.

»Dieses verdammte Ding hier. Warum paßt das denn nur nicht drauf, Fergie?«

»Linksgewinde?«

»Ich will doch verdammt sein.«

Zwischen dem Fordson und dem Dodge steht eine uralte Bodenfräse, die jetzt als Regal für Reste von verbrauchtem Auskleidematerial dient. Hinter dem Traktor, an den ein alter selbstgebauter Hänger aus Kutschenholz angekuppelt ist, liegen der Kolben eines Dampfrasenmähers, eine mechanische Erntemaschine, die aussieht wie die, von der Plinius berichtete, sie sei im ersten Jahrhundert in Gallien in Gebrauch gewesen, ein Stapel vom Wachsfraß durchlöcherter Bienenkästen, schmierige Esso-Ölfässer und eine Werkbank, die mit Schubladen aus alten Tretnähmaschinen bedeckt ist, die säuberlich beschriftet sind: »Autoelektrik«, »Gebrauchte Zündkerzen«, »Türgriffe«, »Decksnägel«, »Torriegel«. Eine Tischschleifmaschine und eine Bohrmaschine mit regelbarer Drehzahl konkurrieren auf dem ölgetränkten Lehmboden mit Preßlufthämmern, LKW-Wagenhebern, Kisten mit Gewindebohr- und Gewindeschneidsätzen, doch das *pièce de résistance,* mit dem unverwechselbaren Kühlwasserbehälter, dem Schalldämpfer in Form eines napoleonischen Zweispitzes und dem Kühlwassermantel um Kurbelgehäuse und Tankauflage, zwischen zwei großen Schwungrädern von fünfundfünfzig Zentimetern Durchmesser auf dem kleinen Fahrgestell mit den mit Läufern für das Zuggeschirr ausgestatteten Hartholzdeichseln, zwei seiner vier gußeisernen Räder windschief und in den Dreck eingegraben, ist der tragbare Zweitaktbenziner der MacAnaspies Marke Sunshine mit sieben Pferdestärken, der mittels eines Riemens wie ein Möbiusband früher einmal den Häcksler antrieb, damals in den Zeiten, bevor Quotenregelungen eingeführt wurden, um die führende Rolle dieses Landes auf der Welt bei landwirtschaftlicher Technik zu zerstören, als Straßenhobel noch mit Häcksel liefen und Luzerne in der Ebene wuchs und die Männer Westen und weiße Hemden und schmalkrempige Hüte trugen, während sie ihrer körperlichen Tätigkeit nachgingen. Die Ölkanne und der Trichter, die Ersatzmembranen für den Vergaser und die vielen nichtmetrischen Schraubenschlüssel sind aus der Werkzeugkiste unter dem Fahrersitz längst verschwunden; von den vier Tropfölern scheinen drei zu fehlen; die Kette, die den Magnetzünder antreibt, hängt von der Kurbelwelle herab frei in der Luft, während der Zündmagnet selbst verschwunden ist; doch die Bolzen sehen gesund aus, und auf dem Gußeisen befindet sich nur wenig Rost, und es sind keine Wurmlöcher im Holz. Selbst die

Schläuche am Thermosiphon, zum und vom Zylindermantel, vom und zum Ausgleichbehälter sind unversehrt. Und wenn man die Inspektionsklappe vorn am Kurbelgehäuse entfernte, was ohne Mühe möglich wäre, könnte man das Pleuellager aus Phosphorbronze sehen – bei dem Abnutzung auf einfache und patentierte Weise ausgeglichen werden kann, indem man die Muttern anzieht und löst, die die Lagerflansche an den Kurbelgehäuseflanschen halten, im Unterschied zu dem üblichen Umstandskram, den man am besten von einem erfahrenen Dreher ausführen läßt – also, es sieht so gut wie neu aus, und die Stoßfugen scheinen luftdicht zu sein.

»Was machst du da unten eigentlich, Dad? Wenn dir was runterfällt, findest du's nie wieder.«

»Ich finde es, genauso, wie du deinen Arsch wiederfindest. Die Frage ist bloß, wonach man sucht.«

Am Rauch fast erstickend, fährt Fergus hoch. Mit neunundzwanzig Jahren ist er noch immer ein bißchen ein Vatersöhnchen. Kam mal aus Sydney zurück und hatte das Wort »Dad« auf den Arm tätowiert. War betrunken und konnte sich an nichts erinnern. Als er aufwachte, klebte ihm das Laken am Arm fest, und er fragte sich, warum.

Ich habe mir am gleichen Tag, als ich im Juli 1991 in den Ruhestand trat, eine Tätowierung machen lassen. Von Dutchy, unten am Liverpool-Bahnhof, dem Comanchero-Treff. Bloß das Emblem der Australia Post und darunter in einem Schnörkel die typische Tätowierung. Ich bin hart, und ich habe es bewiesen.

»Herrgott, hast du dort 'ne Menge Zeug.«

»Ja, und ich weiß auch, wo alles liegt. Ich benutze das gleiche System wie für den Paketversand am Hauptbahnhof. Schau mal, ob du für diese Mutter 'ne Unterlegscheibe findest, mein Sohn, dann muß ich nicht erst meinen Hintern heben. Bin wie dieser verdammte Groucho Marx rumgelaufen, heute morgen, nachdem ich mit der Rammpumpenventilfeder rumgemacht hatte. Wirf mir auch mal den verstellbaren vierziger Schlüssel rüber, ich glaube, ich habe ein bißchen Arthritis. Du findest die Schale mit den Unterlegscheiben über den Sattelbäumen, hinter den Fahrradlagern, zwischen den Toastern und hinter den Keilriemen.«

»Mein Gott, sieh dir die vielen Strangledergeschirre an, die ganze Ausrüstung. Ist Jahre her, seit ich das letzte Mal hier reingesehen habe.«

Unterhalb eines staubigen Abschlußdiploms der Akademie der Empirie hängen an diversen Haken Kummete, Kummetbügel, Ristpolster, Zaumzeug, Futterbeutel, alles bis vor kurzem gut gepflegt.

»Glaubst du, daß du dieses Zaumzeug nochmal brauchst, Dad?«

»Na ja, ich hoffe nicht, aber so wie sich die Welt entwickelt, würde es mich nicht überraschen. Deine Mutter macht mir immer Vorhaltungen, weil ich alles aufhebe, aber bei mir erlebst du nicht, daß ich Benzin verschwende, weil ich wegen jeder Kleinigkeit in die Stadt fahre. Wenn ich feststelle, daß ich 'ne Raspel oder 'n Teil für 'nen Detektorempfänger oder das Trittbrett für 'nen siebenundzwanziger Chevy brauche, dann hab ich das griffbereit daliegen. Was hältst du von was zu essen? Wir machen in Kürze 'nen Auftrieb und bringen die zwanzig Stück Vieh ein, die uns noch fehlen. Er kann sie sowieso nicht zusammenhalten, und so, wie er veranlagt ist, als einer, der dir deine Augäpfel stehlen, in die Höhlen spucken und bei Gott schwören würde, daß du blind geboren worden bist, wird er selbst einen Zusammentrieb planen, um sie für sich zu behalten. Sie kriegen noch Krämpfe, wenn wir sie nicht bald woandershin treiben. Entweder das, oder sie suchen sich den Weg ins Tal und bringen Unruhe unter die Mieter.«

»Und fressen auch noch den Adlerfarn, ja, Dad. Uh oh, sieh mal, wer da reingeschneit kommt.«

Ein zweiter Schlepper, der gleiche wie der erste, kommt auf den Platz gefahren und wendet. Der Holztransporter gibt mächtig was her, ebenso der Fahrer.

»Hier rüber, kleiner Bruder!«

Roy Orbison der Zweite mit dunkler Brille, das angenehme Erscheinungsbild durch den abgeschürften Bast an den Fingerknöcheln und die beständigen Halbmonde von Ölschlamm unter den Nägeln beeinträchtigt, schlendert herbei.

»Du machst wohl auch zeitig Feierabend, wie, Darryl?«

»Muß nochmal beim Motorradladen vorbeischauen und 'n paar Filter und Ritzel abholen. Ich dachte mir, vielleicht geh ich auch noch 'n bißchen einkaufen.«

»Hätte deine Mutter das nicht für dich tun können? Sie ist heute in der Stadt gewesen. Hätten dich Sturmlampe nennen sollen, bist nicht sehr helle. Bei meiner Seele, du kannst ja nie zu Geld kommen, wenn du ständig zwischen Wonderview und der Stadt hin- und herpendelst, Darryl, siehst du das nicht ein? Jeder Abend, den du in der Kneipe dort verbringst, bedeutet obendrein noch zwei Tage weniger Lebenserwartung. Als ich 'n Junge war, war 'ne Fahrt in die Stadt von hier aus 'ne Expedition. Und man sitzt nicht in 'nem Wagen und hat 'ne dunkle Brille auf, wenn man Ochsen treibt. Frag mal Charlie. Man läuft nebenher, oder die Hälfte von ihnen zieht nicht mit.«

»Ja, ja, also, diese Zeiten sind vorbei, Paps, und wir wollen sie nie wiederhaben.«

»Sprich nicht so zu deinem Vater, du unwissendes Arschloch! Ein Mann, der nicht furzen und gleichzeitig Kaugummi kauen kann, sollte etwas mehr Respekt zeigen.«

»Wer hat dir überhaupt gesagt, du sollst dich hier einmischen, Gus? Zügle deine Zunge, oder ich prügle dich windelweich, bis es dir aus der Nase rauskommt!«

»Immer hübsch ruhig, Jungs.«

»So lasse ich nicht mit mir reden, Dad.«

»Versuch's doch, du Blödmann! Das heißt, wenn du noch mehr willst, als du beim letzten Mal abbekommen hast.«

»Tatsächlich?«

»Hört mal, Jungs ...«

»Gleicher Ort, gleiche Zeit?«

»Warum nicht gleich hier und jetzt?«

»Jungs, zieht euch die Hemden aus, wenn ihr nichts dagegen habt, und wascht euch, bevor ihr wieder ins Haus kommt. Ich warte mit was zu trinken auf euch.«

Horrie MacAnaspie: Mitte sechzig. Vater der sich prügelnden Brüder. Sammelt jede Menge Werkzeug bei sich an.
Fergus MacAnaspie: Ende zwanzig. Schlepperfahrer und gar

kein schlechter Reiter. Prügelt sich täglich mit Darryl, weil Darryl ihn einmal bei einem Murmelschluckwettkampf des Betrugs bezichtigt hat.
Darryl MacAnaspie: Ende zwanzig. Schlepperfahrer und Doppelgänger von Roy Orbison. Fährt jeden Abend auf seiner Bonneville Triumph in die Stadt, um im Terminus zu trinken.

Mai 1968.

»Kimberley Moon ist uns besuchen gekommen, Dad.«

»Was will er denn? Wenn er wegen Werkzeug gekommen ist, das kriegt er nicht.«

Die Moons sind notorisch knapp an Werkzeug. Schlimmer als Klempner.

»Sie haben ein krankes Kalb. Er möchte wissen, ob wir irgend ’nen großen Autoschlauch haben, den wir nicht brauchen.«

»Oh, na schön, bitte ihn rein. Hallo, Kimberley, mein Junge, wie geht’s dir? Setz dich und trink ’ne Tasse Tee mit uns.«

Kimberley, ein drahtiger, dunkelhaariger kleiner Bursche mit fünf Neffen, die älter sind als er, von affenartiger Erscheinung, doch sehr sensibel, nickt Iris MacAnaspie – »Seidene Purpurfahne« nennt er sie – einen kurzen Gruß zu, sagt Attis, er solle die Bücher beiseitenehmen, und setzt sich, um Horrie trotzig anzustarren, die unbeschwerte australische Art eben, sich zu begrüßen, der in einem Pub stets vorausgeht, daß man sein sämtliches Kleingeld auf den Tresen knallt.

»Ich habe gehört, du bist fortgewesen, Junge.«

Kimberley neigt den Kopf zustimmend und gibt ein unverbindliches Grunzen von sich.

»Was, du hast wohl wieder im Norden gearbeitet, nicht wahr? Beim Viehauftrieb? Und was macht ihr in der Regenzeit? Buddelt euch ein?«

Ein weiteres Neigen des Kopfes, kein Grunzen. Kimberleys Augen, unter dicken Augenbrauen tiefliegend und eng beieinanderstehend, sind von beängstigender Intensität. Es sind verletzte Augen, und sie weichen nicht von den Augen des Gesprächspartners.

»Ich werde nie die Zeit vergessen, als er zum Bombala-Treffen mit seinem Pferd auf der Ladefläche auftauchte, erinnerst du dich,

Mum? Keine Seitenwände oder sonstwas. Blechpritsche. Das Pferd war auch noch beschlagen und voll aufgesattelt, fertig zum Losreiten. Da blieb den Lackaffen vom Dressurreiten die Spucke weg.«

»Da hat es gleich gelernt, das Gleichgewicht zu halten.«

»Klar hat es das. Die Leute unterschätzen Pferde. Wenn Hunde auf dem Tank von Motorrädern mitfahren können, warum können Pferde dann nicht auch machen, was sie möchten? Schreibst du immer noch Gedichte, Kimbo?«

Es ist Attis, den Kimberley mit einem Lächeln unendlichen Mitgefühls fixiert, obgleich sein Blick durch die Hauswand hindurchgeht, um sich am Tal festzuheften, während er verneinend nickt.

»Man will meine Gedichte nicht.«

»Klar will man die nicht. Aber es muß sehr schwer sein.«

Der alte Charlie, hustend und bellend, taucht aus dem Flur auf, um ins Feuer zu spucken. Er hat jenes Alter erreicht, wo ein Mann aus Angst, daß ihm die Gelenke einfrieren, keine fünf Stunden mehr hintereinander schlafen kann. Hauptsächlich seinetwegen wird der Herd der MacAnaspies jeden Morgen als allererstes angeheizt und bleibt jeden Tag den ganzen Tag in Gang, bis Darryl ihn mit entsprechender Schlagseite gegen Mitternacht ein letztes Mal schürt. Charlies fleckige Haut unter dem weißen Unterhemd ist lose wie die Haut bei einem gekochten Hasen, und seine Handflächen, als er sie über der Kochfläche aneinander reibt, sind rissig wie der Schlamm in einem ausgetrockneten Wasserreservoir.

»Hast du die Miete unten vom Tal schon bekommen?« will er wissen und ignoriert den Besucher dabei.

»Nicht diesen Monat. Ist sowieso nicht viel.«

»Sie sind 'nen Monat im Rückstand.«

»Was, du glaubst, irgendwas könnte mit ihnen passiert sein, willst du das damit sagen?«

»Als ich heute morgen beim Doktor war, hat er mich gefragt, ob ich Fricks Frau gesehen habe, weil Fricks Frau vorige Woche mit 'ner Untersuchung dran war und nicht gekommen ist. Sonst kommt sie immer einmal im Monat in die Stadt, um die Miete zu hinterlegen.«

»Verstehe. Ich hatte nicht gewußt, daß sie nicht in die Stadt gekommen ist.«

»Wer ist das, von dem da die Rede ist, Boß?«

»Phryx Pfingstl und Gwen Bletherstone Mayall, Kimberley. Sie wohnen im Tal, im alten Farmhaus.«

»Du bist doch der Junge, der immer den nassen Fleck an seiner Hosentasche hatte, nicht wahr? Leidest an Katarrh, nicht? Wie deine Onkel.«

»Ich habe oft auch 'nen nassen Fleck im Schritt, Chef, vom Reiten im Regen. Läßt mich aussehen, als hätte ich mich eingepinkelt.«

»Zuerst laufen einem die Stiefel voll, dann läuft es den Nacken runter und schließlich in den Schritt. Wie du gesagt hast. Kimberley ist viehtreiben gewesen, Dad.«

»Wann hat er jemals 'nen Auftrieb im Hochland mitgemacht? Würde ihn nicht gerade als 'nen Viehtreiber bezeichnen. Wo denn, drüben im Westen?«

»Oben am Golf von Carpentaria, Chef. Normanton.«

»Huh. Hatte gehört, du bist drüben im Westen, schlägst dich so durch. Ist dort draußen auch ziemlich trocken geworden. Weißt du, es kommt der schlimmsten Dürre, die wir je hier hatten, schon ziemlich nahe. Jedesmal, wenn jemand in den Krieg zieht, kriegen wir 'ne Dürre.«

»Überall herrscht Dürre, Mr. MacAnaspie.«

»Trockener als jetzt war's 14/15, als ich in den Krieg ging. Sehr trocken dann wieder 19/20. Ich erinnere mich, daß es hier am 25. Juni geregnet hatte, und zum August hin liefen dann die Flüsse über.«

»Möchtest du noch 'ne Tasse Tee, Kimberley?«

»Hatten dann bis 29 'ne Reihe guter Jahre. Während der Dreißiger war's auch nicht schlecht, sehr trocken dann wieder Mitte der Vierziger. Das war, als Horrie und seine Brüder in den Krieg zogen, und nur Horrie kam zurück. Vierundvierzig, erinnere ich mich, da starben die ganzen schmalblättrigen Pfefferminzeukalypten ab, und diese große Japanische Zeder vorm Rathaus, das war das Jahr, wo auch die abstarb. Alles was recht ist, man sollte sie dort wegnehmen. 1944 war auf der Numeralla-Ebene kein zweiter Schnitt möglich, aber die höchste Niederschlagsmenge, die wir hier je hatten, fiel 1950. Sechstausendfünfhundert Millimeter, und die Schafe krepierten an den Leberegeln.«

»Ich hatte schon vor, ins Tal hinunterzugehen, weil ich mir sicher bin, daß es das Vieh bei der Dürre dorthin zieht. Attis sagt, er hat auch ’nen farbigen Kleinbus in die Richtung fahren sehen, mit irgend so ’nem Langhaarigen drin. Hab ihn nicht wieder rauskommen gesehen.«

»Wann wollen wir das Vieh raustreiben?«

»Sehr bald schon, Dad, obgleich ich bei deinen Enkeln auf etwas Widerstand gestoßen bin. Wir müssen Pferde benutzen, da wir sie ja alle finden wollen, und wir wollen doch nicht, daß dieser Blödmann von Nachbar mitkriegt, wie wir durch seine Zäune preschen.«

»Ich komme mit.«

»Prima, Kimberley. Ich hatte gehofft, daß du das sagst. Du bist der beste Jungreiter hier im Distrikt, seitdem Barney nach Vietnam gegangen ist. Und ich möchte, daß auch Attis mitkommt, damit er den Kopf mal aus den Büchern rauskriegt. Ich glaube, er hat auf keinem Pferd mehr gesessen, seit er den Jugendwettbewerb beim Omeo-Rodeo gewonnen hat.«

»Was für Pferde nehmen wir, Boß?«

»Oh, da sind schon einige da draußen, irgendwo. Hast du am Montag was vor? Ich denke, wir sollten die Pferde am Dienstag zureiten und sie am Montag einfangen. Das wird ’n langer Tag werden. Am Mittwoch reiten wir dann los. Norman, ist das nicht heute dein Badeabend? Meinst du nicht auch, daß es höchste Zeit ist, die Wanne rauszuholen, mein Sohn?«

Kimberley Moon: Ende zwanzig. Ein Moon – die Moons sind gemeinsam mit den MacAnaspies die Pioniere dieses rauhen Gebiets zwischen Obliqua Creek und der Küste. Meisterlicher Reiter und eine ziemliche Enttäuschung, da er das Schreiben von Buschballaden ernst nimmt. Räumt ein, daß er es war, der den jungen Orion für die Ballade interessiert hat. Paranoider, leicht zu verletzender Bursche. Mit Nisi Papadimitriou zukünftiger Vater von Terebinthe. Wurde zum Eunuchen, bereute es jedoch später und unterzieht sich heute im Krankenhaus einer Hormonbehandlung. Betreibt den Laden von Wozzawunwun. Hat mir meine phrygische Mütze und die heilige Hand verkauft, die er aus dem Kloster hat mitgehen lassen.

12

Beschreibung eines Landes der Ewig Jungen.

Nordöstlich der verschütteten Schlucht, die ins Tal von Erinungarah führt, liegt der südlichste Ausläufer jener winzigen vulkanischen Basaltkappe aus dem Tertiär, von dem den MacAnaspies einzig die alte Kartoffelanbaufläche geblieben ist. Zwischen dem Zweiten Weltkrieg und dem Vietnamkrieg kauften sie Kartoffeln im Laden. Der restliche Teil, einschließlich des Regenwaldfetzens auf dem Plateau, den ihr vom Talboden aus sehen könnt, befindet sich in den Händen der Bunoo-Bunoo-Weidegesellschaft (ausgesprochen Bunabunuh) mit Verwaltungssitz in Fivedock. Dieses Johnsonmädel, Timothy Papadimitrious Frau, kam von dort. Somit ist dafür gesorgt, daß auf einem Stück Land, das die Snowy Mountains ernähren könnte, wenn es in einen Terrassengarten umgewandelt würde, nichts als Gras wächst, um damit die schön anzuschauenden Angusrinder zu mästen. Vereinzelt sind als Schattenspender ein paar riesige Zuckereukalypten stehengeblieben.

Der Rest des Tals wird beherrscht von rauhem, unfruchtbarem Permsandstein, der sich überwiegend im Besitz der Nationalparks und der Forstwirtschaft befindet, und der gleich oberhalb der Geröllhalde in blauen Schiefer aus dem Perm und ein schmales Kohlenflöz übergeht. Das Plateau, in welches das Tal eingeschnitten ist, liegt 600 Meter über dem Meeresspiegel, und der harte Boden des Tals, obwohl er abfällt, auf der Hälfte bis einem Drittel dieser Höhe. Die Hauptstraße zur Küste hinüber hat früher einmal durchs Tal geführt, doch dann wurde die neue Straße gebaut, und anschließend errichteten sie den Staudamm. In der frühen Epoche des Silur, als dieses Gebiet überflutet war, muß das Tal und seine Umgebung Teil der abgrundtiefen Schlammebene gewesen sein, die vor dem flachen Kontinentalschelf lag, das sich zu jener Zeit rings um Murrumbateman erstreckte, während der australische Kontinent noch mit der Antarktis verbunden war. Die gemeinsame Küste reichte nicht weiter östlich als bis nach Wantabadgery. Eine Phase der Instabilität in der Mitte des Devon, unter dem Namen »tabberabberische Orogenese« bekannt, führte hier an den Rändern vulkanischer Tätigkeit zur Ausbildung vereinzelter Felder goldhaltigen Erzes, sparte Erinungarah jedoch aus, wie wir annehmen können, denn es sind keine hiesigen Goldfunde bekannt, und es gibt wohl keine Erosionsrinne und keinen Bachlauf an der gesamten Ostküste dieses Landes, die nicht von irgendeinem abgerissenen armen Schlucker mit Bowyangs, den Knieriemchen, gewissenhaft auf Gold untersucht worden wären. Dreimal drang das Meer während der Permformation in dieses inzwischen angehobene Flußtal ein, und ein gewaltiges Flußdelta des Perm lagerte Ton aus dem Hinterland ab. Heute ist dieser Ton zu Schiefer geworden, doch noch nicht zu Platten, der Sand zu einem harten Sandstein, doch noch nicht zu Quarzit, die organischen Rückstände aus den mutmaßlich dazwischenliegenden Torfsümpfen zu Kohle, doch noch nicht zu Öl. Es gab Bäume, doch hatten sie damals keine Blüten, und die Reptilien hatten weder Federn noch Fell.

Hier, wo ich wohne, befinden wir uns gewissermaßen auf im Karbon durch Intrusion entstandenem Granit. Der rechte Arm des Wozzawunwun Creek fließt in Sandstein, und unterhalb des Damms ist Schlammstein, doch der Boden der Erinungarah-Schlucht, der vom Reservoir natürlich überflutet wurde, ist ein Konglomerat aus dem frühen Devon, und oberhalb der weißen Zeder hinter der Ebene mit dem Narrenhanf findet man Kalkstein aus irgendeinem uralten Korallenriff. In der Nähe der Stelle, wo Mehmed sich seinen Unterschlupf gebaut hat.

Geologisch ist das Tal eine vierzig Kilometer lange Kuriosität, doch nahezu fünfzehn dieser vierzig Kilometer sind überflutet, weitere zehn sind schroffe Felswand; es ist wärmer, als es von Rechts wegen sein sollte, und voller biologischer Emporkömmlinge, um lediglich die Pflanzen zu erwähnen. Auf der Karte könnt ihr sehen, daß die kleingeschriebenen p, die die Grenze des Nationalparks markieren, genauso verlaufen wie der Steilhang. Der Beirat des Nationalparks sähe es liebend gern, wenn das Tal dem Park amtlich eingegliedert würde. Leider ist es freier Grundbesitz, der den MacAnaspies gehört, und die wollen nicht verkaufen.

Mehmed: Flüchtete ins Tal und verbarg sich hier, nachdem er einen einheimischen Holzfäller ermordet hatte. Taucht in der *Ballade* als der Grünbraune Mann wieder auf. Eine der Gottheiten des Tals, deren andere Attis, Diane und Dianes Kinder. Abendröte und Sonne sind. Sie verschwanden am gleichen Tag wie ihre Mutter, um als Waratahs wiederzuerscheinen.

Akt 1 – Szene 2

13

Timothy Papadimitriou und Aloysius O'Looby. Olaf und Nisi treffen zu früh zur Gedenkfeier ein.

Mai 1968. Die Gedenkfeier für Martin Luther King. Der Referendar, der die Tür öffnet, weiß nichts von einer angesetzten Versammlung, obwohl sie mit Hilfe von Barbaras stark beanspruchtem Vervielfältigungsapparat weithin bekanntgemacht wurde. Die Luft riecht nach Kohlenstaub und Seife.

»Sind Sie auch sicher, daß Sie die richtige Anschrift haben?«

»Das ist doch die Wohnung von Barbara, nicht wahr? Wir wissen, daß wir etwas zu früh kommen.«

Anderthalb Stunden zu früh für die Gedenkfeier für Martin Luther King. Olaf Abernathy distanziert sich von dem jämmerlichen Reinfall. Das tut er, indem er einen gequälten Gesichtsausdruck aufsetzt und seiner Dame den Rücken kehrt.

Olaf trägt das, was er zu einer Show mit Gesangseinlagen im Arbeiterklub Blacktown tragen würde: enganliegendes kremfarbenes und blaues Hemd mit Paisleymuster, purpurne Presley-Hosen mit ausgestellten Beinen, getüpfelte ochsenblutfarbene Schuhe mit Plateauabsätzen; Maestro, bitte den *Swinging Shepherd Blues*. Weil keins dieser Kleidungsstücke eine Tasche hat (um zu vermeiden, daß die pralle männliche Geldbörse die optische Linie stört), ist er in Übereinstimmung mit den revolutionären Grundsätzen bestimmter Herrenmodeschöpfer mit schlaffen Gelenken genötigt, sein Geld und seine LSD-Briefchen in einem handgenähten Täschchen aufzubewahren, das er sich quer über den Oberkörper geschlungen hat. Seine weibische Erscheinung wird auf ulkige Weise durch einen Backenbart wettgemacht. Das Auto hat vorgestern seinen Geist aufgegeben.

Nisi, viele Jahre älter als Olaf, hat einen kurzen und ausgestellten, nicht gerade schmeichelhaften Minirock mit falschen Wimpern und haufenweise Make-up kombiniert, die Haare aber nicht hochtoupiert. Ihre Vinylstiefel taugen nicht zum Laufen. Keiner von beiden verspürt das Bedürfnis nach einem Pullover in diesem, wie sie es empfinden, milden Klima von Sydney, und zusammen erwecken sie den Anschein schäbiger Armut. Sie sehen aus wie ein minderbemitteltes und heruntergekommenes bürgerliches Pärchen. Sie sehen sogar aus, als beabsichtigten sie, hier einzuziehen; jeder von ihnen trägt einen billigen gesteppten grünen Baumwollschlafsack, anscheinend aus ausgesonderten Armeebeständen, ebenso die Jungs, und Nisi hält zusammen mit ihrem Engelshaar-Haarspray und einigen in weißes Metzgerpapier verpackten Lebensmitteln auch noch ein Päckchen Maggi-Hühnersuppe mit Nudeln (elf Cents bei Moran und Cato), eine Flasche Johannisbeer-Apfel-Saft, etwas Cheddar in der blauen Verpackung von Kraft und eine elektrische Bratpfanne der Marke Sunbeam in den Händen. Die Bratpfanne ist soeben in einer Pfandleihe am Hauptbahnhof erstanden worden, doch ein sechster Sinn mahnt den Mann zur Vorsicht, bevor er diese Leute hereinläßt.

»Ist Barbara zu Hause?«

Der Mann im Eingang weiß es nicht und möchte auch die Tür nicht verlassen, um es herauszufinden. Die Tür läßt sich nämlich nicht so einfach verriegeln. Er hat das Gefühl, am Ende könnte bei seiner Rückkehr aus dieser Bratpfanne ein Sturm losbrechen.

Jetzt versucht ein anderer Mann, der im Haus wohnt, hineinzugelangen. Ein Rechtsanwalt, allerdings nicht im Anzug, und er kann an Aloysius, der ihm gegenüber augenblicklich Abneigung verspürt, nicht vorbei. Wohin der gutmütige junge Bursche sich auch wendet, Aloysius versperrt ihm den Weg.

»Könntest du bitte ein Stück mit ihm spazierengehen?« fleht Nisi. In ihrem Blick drückt sich für Olaf ein seit vier Monaten bestehendes intimes Verhältnis aus und das Versprechen nach mehr. Sie ist sich bewußt, daß Aloysius schwierig ist, und Olaf ist schließlich nicht der Vater des Jungen.

»Komm, Aloysius.« Olaf packt den kleinen Lümmel, der beim Umdrehen einen wirkungslosen Fausthieb austeilt. Der Anwalt wehrt ihn mit seiner Aktentasche ab.

Zwei Schritte vor Aloysius, dem gegenüber er Abscheu und gleichzeitig Schuld empfindet, geht Olaf Abernathy in Richtung seiner ehemaligen Wohnung. Seit dem Tag von Timothys durch Luftballons angezeigter Geburtstagsfeier – in die Olaf von seinem gewundenen Bergpfad kommend uneingeladen hineinschneite – gilt Olafs ganze Aufmerksamkeit allein Timothys Mutter, Nisi Papadimitriou. Dank eines grundlegenden Mißverständnisses ist Olaf von dieser Frau besessen. Zum zweiten Mal in seinem Leben hat er nun das Gefühl einer eindeutigen, wenn auch eher zufälligen inneren Verbundenheit. Die erste verspürte er, als er wie alle Menschen den Eltern geboren wurde, die ihm das Schicksal zugedacht hatte. Er ist kein Engländer. Er ist kein weibliches Wesen, auch kein kleiner dunkelhaariger Mann, aber auch wieder kein großer blonder. Wir dürfen berechtigterweise annehmen, daß Olaf, hätte er entscheiden können, welcher Rasse, welchem Geschlecht er angehören und wie groß er sein wollte, noch immer über dieses Problem grübeln würde. Doch irgendwie haben wir ja alle die im *Bardo Thodol** beschriebene Lösung des wiedergeborenen Geistes gefunden, der sich den Weg in den Mutterleib sucht, nachdem es ihm nicht gelungen ist, im Augenblick des Todes auf den großen geraden Weg nach oben zu gelangen. Und nur wenige sind zu diesem Zeitpunkt so schlagfertig zu erklären: »Ah! Eigentlich sollte ich nun als Herrscher des Universums oder als Brahmane wie ein großer Sal-Baum oder als Sohn eines Adepten mit siddhischen Kräften oder als Landbriefträger geboren werden.« Und zwar in Varanasi. Es ist trostreich, daß das Erlöschen der Flamme allen irdischen Verlangens, das Nirwana also, vom *Bardo* aus oder von diesem Leben oder vom Himmel oder von der Hölle aus erreicht werden kann: Fragt Balthazar Beauregard. Wenn es jedoch darum geht, sich zu entscheiden, welcher Mutterleib aus der Vielzahl der verfügbaren der Wahl am würdigsten sei, dann wendet das Bewußtsein – das nach den lamaistischen Lehren neunundvierzig Tag nach dem Tode weiterlebt, und eben da liegt der Haken – kein anderes Kriterium an als die geschlechtliche Anziehung gepaart mit Eifersucht, und ist nicht dieses *Sidpa Bardo*, dieses letzte und niedrigste verbliebene Stadium nach dem Tod, das dem *Chikhai Bardo*, dem Reinen Licht, folgt, welches auch aus dem Reich des klinischen Todes heraus erblickt werden kann – gefolgt von der Zwischenstufe des *Chonyid Bardo* der karmischen Illusion, dem Reich der Alchemie –, ist nicht dieses *Sidpa Bardo* genau jene Region des nietzscheschen

* Tibetisches Buch der Toten

Id, das von Freud als die irrationale Quelle unserer Angst, Findigkeit und höheren Religion identifiziert worden ist? Und sind nicht die von Freud als »polymorph und infantil« beschriebenen Vergnügungen eben jene, die unserer achtundsechziger Generation nach ihrer unumgänglichen Revolution versprochen wurden? Für diese Beobachtung bin ich Allan Bloom sehr verbunden.

Für Olaf Abernathy bieten sich anscheinend unendliche Möglichkeiten zur Auswahl. Er könnte überall wohnen, jeder beliebigen Tätigkeit nachgehen (vorausgesetzt, er entschlösse sich zu arbeiten), sich mit jedem zusammentun, für den er gerade eine Vorliebe hat – nun ja, nicht ganz, noch nicht; es ist bestimmt hilfreich, daß er eine Frau gefunden hat, die hier in einer abgelegenen Feste wohnt –, anziehen, was er will, leben, wie er will. Die Folgeerscheinung dieser überwältigenden Freiheit ist paradoxerweise eine Lähmung des Willens.

Geschmack als die Fähigkeit zur Unterscheidung ist nach Bloom ein Attribut der Aristokratie; er beruht in seiner Entwicklung auf einem Traditionsverständnis, das nicht als arbiträr, sondern als lapidar angesehen wird. *Ipse dixit*. In einer Demokratie ist nichts notwendig, und uns quält, daß viele Leben den gleichen Verlauf nehmen. Wie zuerst von Toqueville angemerkt und von Saul Bellow bestätigt wurde, äußert sich die Macht doktrinärer Abstraktion in Demokratien in der Tatsache, daß dort, wo der Vater Schweißer, der Sohn Anwalt, der Enkel Koch ist, diese keine andere Wahl haben, als sich über ihren Weihnachtsnäschereien ruhig abwartend den Zeitumständen zu fügen.

»Die Verbannung ländlichen Lebens bei einem Volk«, meint Hume, »geht selten mit irgendeiner bemerkenswerten Vervollkommnung einzelner Menschen einher.« Im Gegenteil, Ulpian schreibt, daß es bereits im dritten Jahrhundert nach Christus selbst in so fernen Gegenden wie Ägypten Dorfschullehrer gegeben hat. Doch diese Ausbreitung der Grundschulerziehung über das gesamte Römische Reich war nicht bloß von der Auslöschung einer selbstsüchtigen intellektuellen Tradition begleitet, die bis nach Milet zurückreichte, sondern, wie Toynbee hervorhebt, auch vom Untergang der *Pax Augusta*. Ein bißchen lernen ist eben eine gefährliche Sache.

Als Olaf mit Aloysius dann zurückkommt (der jetzt das neueste Heft von *MAD* umklammert), ist Barbara Byng gefunden worden, und sie und Nisi haben sich auf der Seegrasmatte in die Sitzkissen aus Baumwollsamt versenkt und sich über eine Riesenflasche mit dem fürchterlichen Orlando-Coolabah-Rotwein hergemacht.

»Hallo, Olaf«, sagt Barbara. »Hast du schon 'nen neuen Motorblock für dein Auto gefunden?«

Olaf Abernathy: Linkische, verlorene Seele mit Großvaterbrille. Von den Auswahlmöglichkeiten der Demokratie überwältigt. Von Nisi Papadimitriou betört. Von ihrem üppigen Busen getröstet. Unwilliger Stiefvater des schwierigen Aloysius O'Looby. Allerdings guter Handwerker; hat früher als Hilfsarbeiter auf dem Bau gearbeitet.

Nisi Papadimitriou: Ende zwanzig. Übergewichtige Mitarbeiterin eines Kreises aktiver Kriegsgegner. Alptraum eines jeden Sozialarbeiters. Stand am Ende mit fünf Kindern von fünf verschiedenen Männern da und mußte sie alle weggeben. Armer Orion.

Timothy Papadimitriou: Zu diesem Zeitpunkt vier Jahre alt, der zweite Sohn von Nisi. Ein aufgeweckter Junge, der sich die Schuld an dem zu geben scheint, was im Tal geschah. Als Orion schrieb er die *Ballade,* bevor er sich entmannte. In der *Ballade* ist auch ein gut Teil von Bob enthalten und ein Hauch von Kimberley Moon. Tim hat die *Ballade* in den Briefkasten von Obliqua Creek geworfen, und hätte er das nicht getan, wer könnte dann schon sagen, ob diese Geschichte jemals aufgezeichnet worden wäre? Er ließ Cindy Ecks im Stich, als er auf die High School kam, und brannte mit diesem Johnsonbiest aus Bunoo Bunoo durch. Computerfreak. Diplomingenieur für Elektrotechnik. Wurde zum Eunuchen. Sie haben ihn in ein Heim für geistig Behinderte gesteckt, wo ich ihn nicht besuchen kann, jetzt, da mir das Reisen nicht mehr möglich ist.

Aloysius O'Looby: 1968 neun Jahre alt, ältester Sohn von Nisi. Eine richtige Plage. Haßte das Leben im Tal, mochte aber westindische Musik. Kumpel von Alexander, dem Sohn Monicas vom Mittelfaltblatt; allerdings kann ich Aloysius nicht ausfindig machen, und ebenso geht es mir mit Alex. Soviel über den freien

Zugang zu Informationen. Alexander war einer jener Menschen, die niemandem auffallen.
Barbara Byng: Zukünftige Senatorin und ineffiziente Ministerin für Wohnungswesen. Wohl für immer mit dem Senat verbunden.

14

Barbaras Beobachtungsgabe.

Also, Barbara ist Olaf noch nie begegnet, und trotzdem kennt sie seinen Namen und hat auch erraten, was in seinem Kopf vorgeht. Wir können das einem phänomenalen Gedächtnis zuschreiben, dem Zwang, den Menschen die Befangenheit zu nehmen, doch manche argwöhnen, es stecke mehr dahinter. Es steht fest, daß es für Politiker eine unabdingbare Fähigkeit ist, einem Gesicht den richtigen Namen zuzuordnen, und Barbara ist mit dieser außergewöhnlichen Gabe gesegnet. Für sie sind Menschen eine Obsession. Sie führt dicke Notizbücher und schneidet Artikel aus den großen Tageszeitungen und auch den Lokalblättern aus. Von besonderem Interesse sind Mannschaftsspiele, Orchester, Klassentreffen, Konferenzen, Beerdigungen, Hochzeitsempfänge. Als sie Sprecherin einer großen, angesehenen Mädchenschule war, kannte sie den Namen jedes Mädchens, das während ihrer Zeit dort die Schule besuchte, und die Namen aller Schulpräfektinnen und -sprecherinnen bis in die Zeit des Ersten Weltkriegs zurück und die Namen sämtlicher Mitglieder des Lehrkörpers, die noch am Leben waren, ob sie nun unterrichteten oder nicht, und ausgehend von diesen Namen hat sie bereits damals angefangen, den Kreis derer, die sie kennt, ständig zu erweitern. Bald kannte sie die Namen der Eltern und Geschwister jedes Mädchens in der Oberstufe und die Namen ihrer Freunde, verflossene wie gegenwärtige, und ihrer Brieffreundinnen und ihrer Freundinnen außerhalb der Schule und die der Freundinnen ihrer Brüder und der Freunde der Freundinnen ihrer Brüder und die Ehemänner und Kinder der verheirateten Mitglieder des Lehrkörpers. Bei Schulkonzerten war sie in der Lage, jeden Anwesenden mit seinem richtigen Namen anzureden, und sie kannte ihre Interessen genau genug, um ein paar ausgewählte Worte wechseln zu können, ob sie nun ihren Krankenhausaufenthalt vor kurzem betrafen oder die Darbietung der Nichte beim letzten Konzert oder die Aussichten des Schwiegersohns bei der bevorstehenden Regatta oder die Wahrscheinlichkeit, ob der entsprechende städtische Ausschuß der Grundstücksteilung ihrer Nachbarn zustimmen würde. Alle diese Themen wählte sie mit einem verblüffenden, wenn auch anscheinend unbewußten Taktgefühl aus. Niemals vergriff sie sich. Niemals brachte sie jemanden bezüglich der Verflossenen oder der Verstorbenen oder der Behinderten in Verlegenheit. Ich habe keine Zweifel, daß sie eine vorzügliche Postbotin abgegeben hätte, doch sie hatte höhere Ambitionen als ich.

Nachdem sie mit der eigenen Familie und den Freunden begonnen und sich zuversichtlich nach außen vorangearbeitet hat, versucht sie nun mit einundzwanzig, ihren Bekanntenkreis an einer Universität auszudehnen, die das Kinderzimmer der Babyboomer-Generation war, und da wir gerade davon reden, also, an deren Schaffung habe ich nie mitgewirkt. Lediglich die weit abgelegenen Ingenieure und Veterinärmediziner erweisen sich als schwer erfaßbar. Es wird behauptet, sie kenne jeden Einwohner von Darlington und Chippendale vom Sehen, wenn auch nicht beim Namen, alle Ladenbesitzer von Newtown beim Namen und vom Sehen, sämtliche Gastwirte von Glebe, dazu noch ihre Mitarbeiter und Stammgäste, jedes Mitglied der Antikriegsbewegung in seinen verschiedenen Erscheinungsformen und die meisten Einwohner von Balmain, Rozelle, Leichhardt, Lilyfield und Annandale, Eastwood, Epping, Denistone, West Ryde, Ermington, Cheltenham und Thornleigh. Während der Universitätsferien arbeitet sie als Busschaffnerin. Ich habe gehört, sie sei dafür bekannt gewesen, sich in angeheitertem Zustand auch völlig Fremden gegenüber zu versuchen. »Hallo, Claude«, mochte sie dann gesagt haben, »geht's deinem Hündchen wieder besser?« Also, ich kann eine Rayleen oder eine Prudence oder eine Lisa wohl auseinanderhalten, das kann ja schließlich jeder Mann, aber ich bin ganz schön aufgeschmissen, wenn es um die feinen Unterschiede zwischen den Waynes, Shanes, Dwaynes und Jasons geht. Und auf einen Fremden zuzugehen, als wäre es ein alter Bekannter …

Vermutlich würde Barbara am liebsten Namen und Interessen eines jeden Einwohners Australiens kennen. Es ist eine Schande, daß sie im Senat gelandet ist. Ich bin mir nicht mal sicher, ob sie Premierministerin werden will, obgleich es schwerfallen dürfte, sie davon abzuhalten. Es ist wohl eher ein echtes Interesse an Menschen, das Barbara Byng motiviert. Sie mag die Menschen. Sie möchte den Menschen helfen, soweit sie kann, und zwar allen Menschen, überall. Allen Menschen, ohne Unterschied. Nordvietnamesischen Menschen. Afroamerikanischen Menschen.

Nicht sicher, ob er es würde ertragen können, unbekannten Menschen nüchtern gegenüberzutreten, hat Olaf sich am Stadion durch einen heimlich reingezogenen Joint ein wenig high gemacht. Allerdings ist es richtig, daß Pot 1968 überwiegend auf die Welt der Surfer und des Show-Business beschränkt ist.

Barbara Byng: Sollte sie zur Premierministerin aufsteigen, wird dieses Buch ihre nichtautorisierte Biographie.

15

Cindy Ecks. Calvin und Monica erneuern ihre Beziehung.

Es ist zwei Uhr morgens nach der Gedenkfeier, und Monica Ecks ist ins Reihenhaus in Paddington zurückgekehrt. Der kleine Alexander liegt im Bett und schläft fest, aber die vierjährige Cindy ist zu aufgeregt, um zu schlafen, konnte auf der Party nicht schlafen, hat den ganzen Abend nicht geschlafen. Kann einfach nicht einschlafen.

»Mami!« kreischt sie zum zigsten Mal.

Monica hebt den zerzausten Kopf vom Kissen. Sie ist müde, betrunken und möchte von zu Hause träumen.

»Hör mal, Cindy, du mußt jetzt aber wirklich schlafen! Sonst bin ich bald ganz böse auf dich. Es ist zwei, und du hast die ganze

Nacht noch kein Auge zugemacht, Kind. Du mußt morgen wieder zum Kindergarten.«

»Kommt Tim auch hin?«

»Das weiß ich nicht. Mußt du mal pipi? Willst du ’nen Schluck Wasser?«

»Daddy ist da, Mami.«

»Was zum Teufel machst du denn hier, Calvin? Was willst du eigentlich zu dieser Nachtstunde? Wieso bist du im Kinderzimmer?«

»Ich wollte meine Tochter sehen.«

»Sie muß jetzt weiß Gott schlafen.«

»Und ich hatte geglaubt, du hättest die Schlösser ausgewechselt, Monica.«

»Können wir nicht irgendwoanders hingehen, um zu reden, Calvin?«

»Du tauschst doch sonst immer die Schlösser aus.«

»Das heißt, falls wir reden müssen. Also, Cindy, wenn du jetzt nicht ganz still bist und einschläfst …«

»Ich will ’nen Schmatz.«

»Schlaf gut, Cindy.«

»Daddy, weißt du, Tim hat ein richtiges Pferd, und er nimmt mich zum Reiten mit.«

»Das ist wunderbar, Liebling. Jetzt mußt du aber schlafen. Gute Nacht.«

»Daddy, bist du zum Frühstück da?«

»Ich weiß nicht. Das hängt von Mami ab.«

»Herrgott, bist du ein Scheißer. Gehn wir ins Wohnzimmer.«

»Willst du dir nicht lieber was weniger Bequemes anziehen, Monica?«

»Ich weiß gar nicht, warum ich derjenige bin, der immer wieder die Segel streicht.«

»Du könntest doch ein Segel nicht mal von ’nem Mast unterscheiden, Calvin.«

»Er war heute abend hier.«

»Nicht, daß ich wüßte. Habe nichts davon gemerkt.«

»Zu beschäftigt, um die Augen von ’nem anderen Mann zu lassen.«

»Hör mal, Calvin, wenn du hergekommen bist, um zu stinken und zu stänkern ...«

»Komm mir bloß nicht noch frech, du Miststück. Deinetwegen schlafe ich in 'nem beschissenen Zelt, drei Meter neben den Eisenbahngleisen. Davon habe ich jetzt einfach genug.«

»Das ist nicht die richtige Zeit, Calvin. Mir ist wirklich nicht danach, mich jetzt zu streiten. Ich bin zu müde und betrunken.«

»Monica, warum tust du das bloß?«

»Ich weiß nicht. Kein Mensch weiß wohl so richtig, warum er was tut, außer dir.«

»Jawohl, ich weiß, warum ich es tue. Ich tue es, um meine Liebe zu einer bestimmten Frau auszudrücken.«

»Du bist zu gut für mich, Calvin. Das wissen wir doch beide.«

»Sag nicht, daß ich zu gut für dich bin. Aber ich muß dich schließlich verstehen können, Monica.«

»Ich versteh mich ja selbst nicht. Und warum muß das ausgerechnet jetzt sein?«

»Ich will dir nur da raushelfen.«

»Das geschieht schon, wenn das Drogenkommando vorbeikommt.«

»Ich werde keine weitere Nacht in diesem Hundezelt schlafen. Du vergißt, daß ich ein gestandener Forschungsassistent bin. In der vergangenen Nacht ist mir sogar 'ne Ratte übers Gesicht gelaufen.«

»Ich bin drauf und dran, morgen in die Staaten zurückzufliegen. Ich glaube, wir sollten's aufgeben, Calvin. Ich bin nicht für die Ehe geschaffen. He, ebensogut könnte ich mich auch umbringen. O weh.«

»Ich möchte dir helfen, Monica. Wenn wir dich nur verstehen könnten.«

»Ich kann von dir nicht verlangen, daß du meinetwegen die Hölle durchmachst, Liebling.«

»Bedeutet es dir denn überhaupt etwas, verheiratet zu sein?«

»Ja, durchaus. Du bist ein guter Mann, Calvin, und du sorgst für die Familie und bist ein guter Vater, du hast Besseres verdient. Ich versuche doch nur, dir zu helfen, du Dummkopf, indem ich aus deinem Leben verschwinde.«

»Ich möchte nicht, daß du aus meinem Leben verschwindest. Ist es dir denn gleichgültig, was ich möchte?«

»Du bist ein Narr. Und ich habe dich noch nie soviel reden hören. Hast du etwa eine von diesen Strawberry fields genommen? Ich hab den Stoff rumgehen sehen.«

»Bloß ’n kleines Stück Löschpapier zu nehmen, hatte eben keine Wirkung.«

»Herrgott, Calvin, was tue ich dir da bloß an.«

»Ich wüßte schon, was ich gern möchte, daß du es mir antust, Monica.«

»Nein, nein, das ist falsches Mitgefühl. Nutzt sich ab, glaub mir.«

»Monica, ich liebe dich noch immer.«

»Bitte, Calvin. Nein!«

»Erzähl mir bloß nicht, daß du mich nicht auch ’n bißchen liebst.«

»Du bist einer von drei Männern, die ich je geliebt habe.«

»Warum läßt du dich dann mit diesen schrägen Typen ein?«

»Fühlst du dich nicht auch von anderen Frauen angezogen?«

»Wenn wir alle jedem Impuls nachgeben würden, den wir verspüren, dann wäre die ganze Welt wie diese Freaks da draußen in Balmain. Vielleicht könntest du wenigstens dieses eine Mal mit mir drüber reden.«

»Nein, weil du mir das alles später nur wieder vorhalten wirst. Das machen die Männer immer.«

»›Das machen die Männer immer.‹ Ich kann es nicht ertragen, wenn du mich behandelst, als sei ich bloß ’n anderer Mann.«

»Du bist bloß ’n anderer Mann, Baby, und ich bin bloß ’ne andere Frau. Du hast das Leben besser im Griff als ich, Calvin. Das schuldest du deiner Mutter und dir selbst. Wie du schon sagst, du bist ’n gestandener Forschungsassistent. Das ist durchaus kein Scheiß, und ich bin doch bloß ’ne Schlampe.«

»Ich frage dich ja gar nicht, ob sein Schwanz größer ist als meiner.«

»Gut. Calvin, es tut mir echt leid. Wie immer wär’s mir lieber, ich hätte es nicht getan. Ich begreife nicht, warum ich es dir gesagt habe, aber ich habe Angst, daß ich es vielleicht wieder tue, und ich kann dich das alles nicht noch mal durchmachen lassen, Liebling. Dazu bist du ein zu guter Mann.«

»He, willst du denn nicht, daß Cindy von ihrer richtigen Mutter großgezogen wird?«

»Du weißt selbst, daß ich das möchte. Was willst du damit eigentlich sagen?«

»Gemeinsam können wir's durchstehen.«

»Du denkst eingleisig, und du bist auf 'nem Trip, Calvin. Ich glaube nicht, daß du schon mal auf 'nem Trip gewesen bist. Nochmal sechs Monate deiner Eifersucht, das verkrafte ich einfach nicht.«

»Ja, ja, aber wieviele Fehltritte muß ein Ehemann denn wohl verzeihen?«

»Warum verpaßt du ihm nicht einfach 'ne Tracht Prügel. Darin liegt nämlich dein Problem. Du bist feige.«

»Ich bin weder dein erster Mann noch dein liebevoller Daddy. Ich wurde als Christ erzogen. Ich erledige die Dinge nicht auf so 'ne Weise, denn damit löst man nichts.«

»Dieses Ding lösen, dieses Ding verstehen. O Junge. Wir sind hier wohl in der Mathestunde. Ich brauche 'nen Drink.«

»Willst du statt dessen nicht lieber eine durchziehen?«

»Eine was?«

»Ich habe etwas Gras.«

»Herrgott, Calvin, du wirst noch zum Drogenscheusal.«

»Wenn du in Rom bist. Übrigens, mein Bruder kommt hierher, und ich muß sehen, daß ich in Form komme. Ich würde sagen, ich bringe ihn hier unter, in meinem eigenen Heim. Er hat die Hölle durchgemacht.«

»Ich gehe. Ich möchte dir keine Schande machen.«

»Ich möchte, daß du bleibst. Und wenn es passieren sollte, daß du meinen Bruder attraktiv findest, dann nur immer zu. Du hast mein Wort drauf.«

»Hör mal, du Verrückter, ich rauche das nur, wenn du mir versprichst, daß wir über was anderes reden, okay? Abgemacht?«

»Ich werde dich später vögeln, Baby. Das weißt du doch.«

»Ich schätze, du hast das Recht dazu. Aber erst später, okay? Es wird 'n richtiger Trip, dich auf 'm Trip zu sehen.«

»Dein Gelaber heute nacht hat mir richtig gefallen, Monica, um mal kurz von was anderem zu reden. Deine Lobeshymne auf die Familie und den alten Süden. Ich muß gestehen, dein Daddy fehlt mir.«

»Lügner. Ja, weil sie keine Ahnung haben, wie schwer es ist. Ich bin es leid, immer nur die Prügel zu beziehen, Calvin.«

»Klar doch. Geht uns allen so. Sie begreifen nicht, daß sich die Dinge seit den Anfängen der Bürgerrechtsbewegung geändert haben. Teufel, ich war selbst an den Fahrten für die Freiheit beteiligt.«

»So haben wir uns kennengelernt.«

»So haben wir uns kennengelernt. Heute ist es eine Sache des schwarzen Stolzes, Bruder. Die Panther wollen mit Weißen, Onkel Toms oder sonst jemand anderem nichts zu tun haben. Weißt du, daß sie dieses Zehn-Punkte-Programm im Zentrum zur Armutsbekämpfung in Nordoakland aufgesetzt haben? Das wird von der Regierung finanziert.«

»Sie wollen bloß gleiche Rechte, Calvin. Genau wie du.«

»Nein, Monica. Sie haben seit dem Bürgerrechtsgesetz von 1957 *de jure* gleiche Rechte und *de facto* seit den Fahrten für die Freiheit von 1961. Die Schwierigkeit liegt darin, daß gleiche Rechte zu haben noch nicht bedeutet, daß auch alle bereit sind, das gleiche dafür zu tun. Daß alle Menschen gleich sind, ist ein demokratisches Vorurteil.«

»Es ist die Grundlage unserer amerikanischen Verfassung, Calvin.«

»Blödsinn! Die Verfassung garantiert Freiheit für die Vernunft. Von Unvernunft ist keine Rede.«

»Also, du hast versprochen, du würdest nicht wieder damit anfangen.«

»Dann laß uns mal deine Möpse sehen.«

»Mami!«

»Ach du lieber Himmel, das Kind ist ja noch immer wach.«

»Ist er 'n netter Bursche, dieser Balthazar Beauregard?«

»Er ist äußerst ichbezogen, Schatz. Er ist 'n komplettes Arschloch. Hat er dir dieses Gras verkauft?«

»Teufel, nein, ich hab es auf dem Fußboden gefunden, gleich

neben dem Zylinderhut. Ich vermute, diese Esse raucht ganz ordentlich.«

»Ich hoffe, der Qualm ist nicht ansteckend. Also, daß du mir jetzt nicht wieder wegläufst, Calvin.«

»Sieh dir mal die Wand an. Mein Gott, sie bewegt sich ja.«

Monica Ecks: Hat alles, was nötig ist. Gesellschaftliche Stellung, Aussehen, Selbstvertrauen, Bildung. Orgasmen mit völlig Fremden. *Calvin Ecks:* Ihr männliches Pendant. Wird häufig für ihren Zwillingsbruder gehalten. Ein kultivierter, gutaussehender, gutgebauter Mann, doch im Gegensatz zu Monica von Zweifeln geplagt. Sich als heterosexuellen Mann und Wissenschaftler verstehend, ist er der Fluch des Raumschiffs Erde. Sporadisch impotent, vom Zeitgeist gehaßt. Wurde aber nie zum Eunuchen.

Ich würde es gern sehen, wenn er Geld verdient, ja, würde ich wirklich. Ich habe ihm geschrieben, postlagernd nach Mullumbimby, und eine literarische Zusammenarbeit zwischen uns vorgeschlagen: *Wenn man selbst altert, der Partner dagegen nicht* von Dr. phil. Calvin Ecks. Von mir zu redigieren.

16

Ginnsys Raubkopie wird auf der Gedenkfeier für Martin Luther King abgespielt.

Ginnsy war's, Ginnsy hatte den Zylinder zur Gedenkfeier für Martin Luther King getragen. Michael Ginnsy, der bohnenstangenlange Gitarrenspieler mit dem übelriechenden Atem. Die Esse war der Hut, den er dann trug, wenn er nicht gerade seine altmodische Fliegerkappe aufhatte.

Irgendwann im Verlauf des Abends erkennt Barbara, daß sie durchgreifen muß. »Schweigen ist strafbar« sagt das Abzeichen an ihrer Brust, doch sie befiehlt, die Hi-Fi-Anlage abzustellen, ohne erst groß darüber abstimmen zu lassen. *Bringing It All Back Home* heißt das Album, das Bobs Bekehrung zum elektronisch verstärkten Rock mit dem Sound ankündigte, mit dem er beim

1965er Newport Folk Festival von der Bühne gebuht wurde. Die Hälfte der Trauergäste sind auf den Beinen und tanzen zu seinem *Subterranean Homesick Blues*; es wird eine Party. Pot macht überall die Runde, und Pot hatte es in jenen Tagen in sich. Es ist eine Tatsache, wenn auch eine schreiende Schande, daß unsere so abgeklärte eine Million anscheinend nicht aus sich heraus kann, bevor sie ganz weggetreten ist. Die höheren Talente stehen der freien Bewegung der Hüften im Weg. Als Martin Heidegger unser Bedürfnis verkündete, »locker«, »wir selbst« zu sein, redete er, ohne es zu wissen, in der Sprache des Heulenden Wolfs.

Nisi Papadimitriou, die Pot mißbilligt, ist aufgestanden und steht dem zugedröhnten Olaf Abernathy gegenüber, der die Air-Guitar mit der Spastizität eines Joe Cocker in Woodstock spielt. Etwas Zierliches und seltsamerweise Sittsames liegt in ihren putzigen kleinen Schulterbewegungen und -zuckungen, obgleich es unangemessen wäre, sie nach diesen unbeholfenen Bewegungen zu beurteilen, die weder Kunstfertigkeit noch Werben sind, sondern die Suche nach jener uneingeschränkten Bewegung des Körpers, dem Herzschlag des Lachenden Gottes (120 Schläge pro Minute) folgend, der vielleicht das erste Opfer der Kulturen der zweiten Generation war. Dieser Rhythmus fand sich in den griechischen Bacchanalen als Riten des Dionysos wieder, ausschließlich als Tanz, was die Römer im Jahr 186 v. Chr. als ausreichend ansahen, diese in ihrer Hauptstadt zu verbieten. Also, geschah ihm ganz recht. Sie hatten ja bereits die berenikischen Mysterien. Der pessinussche Stein der Großen Mutter, ein schwarzer Meteorit, wurde von fünf Quinquérèmes aus Anatolien herbeigeschafft und während der Punischen Kriege durch *vir optimus Romae*, den besten Mann in ganz Rom, P. Cornelius Scipio Nasica, im Siegestempel auf dem Palatinischen Hügel aufgestellt. In der Anbetung der Kybele lag allerdings insofern ein Problem, als sie Eunuchen am liebsten mochte und ganz besonders ihre Eunuchenpriester, bei den Römern als *galloi* bekannt.

Hic turpis Cybeles. Heil dem Unflat der Kybele. Juvenal. Doch er dachte eher an den Sleaze Ball und den Mardi Gras der Schwulen und Lesben. Die Eunuchenpriester der syrischen Göttin werden auch von Apuleius sehr kurz abgetan. Genaugenommen begann die Schwulenbewegung im Westen neun Monate nach der Frauenrechtsbewegung im Juni 1969, als die Polizei in der Schwulenbar The Stonewall in Greenwich Village eine Razzia durchführte und die Kunden zurückschlugen. Also, einer der Polypen hat da doch tatsächlich einer Drag queen ins Gesicht gefaßt, so was tut man einfach nicht. 1981 dann unterwies ein früherer Mitstreiter Martin Luther Kings die New Yorker Schwulen in Methoden des zivilen Ungehorsams. Und 1991 konnte die pädophile »Nordamerikanische Vereinigung für die Liebe zwischen Männern und Knaben« (in ihrem Antrag auf UNO-Anerkennung) erklären: »Unterschiede im Alter schließen gegenseitige Liebeshandlungen ebensowenig aus wie Unterschiede der Rasse oder gesellschaftlichen Stellung.«

Willkommen in der säkularen Demokratie.

»Also gut«, sagt Barbara Byng, »ich glaube, wir alle sind der Meinung, daß es an der Zeit ist anzufangen, darf ich also alle Versammelten hiermit um Aufmerksamkeit bitten?«

»Mein Gott«, flüstert Olaf Abernathy Nisi Papadimitriou zu, »ist das nicht Michael Ginnsy?« Der Gegenstand seiner Ehrfurcht ist in einheimischen Lorbeer gehüllt, nachdem er kürzlich mal bei Taj Mahal mitgespielt hat.

»Wir sollten Monica Ecks bitten, als erste zu sprechen, und das wäre meiner Meinung nach ganz angebracht, weil Monica, die kennenzulernen ich bisher noch nicht das Vergnügen hatte, Amerikanerin ist.«

Doch es ist Ginnsy, ein Australier, der das Podium betritt, wenn auch in einem Zylinder mit *stars and stripes*.

Indem ich meinen eigenen Hellseherhut aufsetze, der ebenfalls ein paar Sterne und Streifen aufweist, gehe ich so weit vorherzusagen, daß in späteren Jahren und wenn der Mond im siebenten Haus und Jupiter in einer Linie mit Mars steht, viele der heute hier Anwesenden bei der Erinnerung an einen Mann in Jeans und Zylinder schmunzeln werden, lange, nachdem sie jedes ländliche Festvergnügen vergessen haben, von dem sie je ein Bild gesehen haben.

Habt ihr euch schon einmal gefragt, warum Hexen, Ketzer, Schwachköpfe und Astrologen den Spitzhut des Ku Klux Klan tragen? Dieser hohe, spitz zulaufende Kegel, so mit Schimpf und

Schande bedeckt, strenggenommen eine Kapuze, taucht zum ersten Mal auf den Köpfen von Kriegern auf dem Fries des hethitischen Heiligtums in Yazilikaya oberhalb der hethitischen Hauptstadt Hattusa in der Nähe der heutigen türkischen Stadt Boğazkale auf. Er wurde von ottomanischen Palastbediensteten und den Mewlewi-Derwischen von Anatolien bis 1925 getragen, als der Orden auf Anweisung Atatürks, des die westliche Ordnung einführenden Helden von Gallipoli, aufgelöst wurde. Die Mewlewije, die sich zu den Klängen von Handtrommel und phrygischer Flöte im Kreise drehten und tanzten, waren eindeutig Erben der Korybanten (griechisch für »hohe Hüte«), was der den bekanntermaßen ausgelassenen Priestern der römischen/lydischen/phrygischen Muttergottheit von Ungläubigen verliehene Beiname war, die selbst zu den Klängen einer ganz anderen Zimbel tanzten. Der von Toynbee angeführte Beweis legt nahe, daß der Anstoß für die Bacchanten, die Korybanten und die jüdischen Propheten aus Anatolien kam. Und der seherische Impuls brach zu der Zeit, von der wir sprechen, achtundsechzig also, erneut durch.

Ausgesteift wird die Kapuze zu den roten Hexenhüten aus Plastik, wie sie euer örtlicher Straßenbautrupp aufstellt, abgeknickt zur phrygischen Mütze, wie sie von den sieben Zwergen getragen wird, zum Hahnenkamm, noch schlaffer zum mittelalterlichen *liripipium* auf der Dose Dante*-Olivenöl aus dem Supermarkt, schließlich dann, gänzlich abgeplattet, zu dem zur akademischen Kleidung getragenen Doktorhut, und es wird wohl nicht viele spitzköpfige Intellektugenzler geben, die nicht das Recht hätten, einen zu tragen.

Ekstatische Prophezeiung? Ja, wir versuchen's mal damit. Warum sollten nur die seherischen »Weltdenker« von Findhorn, die prophetischen »Hoffnungsfreaks« des Big Sur ihren Spaß daran haben? Reich uns doch mal die Haschpfeife. Schnips uns mal den Joint rüber. Gib uns doch mal eine von diesen irren Pillen.

Sankt Peter wurde über dem Tempel der Kybele auf dem Vatikanshügel erbaut. Die Riten der Kybele wurden in Rom mindestens 400 Jahre lang praktiziert, nachdem sie durch Kaiser Clau-

---

* Dante war Toskaner, d. h. ein Etrusker oder kolonialisierter Hethiter.

dius in die anerkannte Religion Roms eingegliedert worden waren. Aufzeichnungen über die Ausübung des Ritus des Tauroboliums brechen im Jahr 241 n. Chr. ab, doch die Priester des Attis waren zu jener Zeit noch immer tanzend und singend und Handtrommeln und Zimbeln schlagend – kommt euch irgendwas bekannt vor? – in den Straßen von Karthago zu sehen, und zwar sehr zum Mißvergnügen von Augustinus.

Die Etrusker waren kolonialisierte Hethiter. Die Anbetung Mariens, die nicht die Anbetung der Isis ist, ist eigentlich die Anbetung der Kybele, der etruskischen *haruspex*, der Großinquisitorin; beide tragen die konische Mütze. Die etruskische *bulla* zur Abwendung des bösen Blicks, wie die Römern sie trugen – Ursprung des Kruzifixes?

Der Hexenhut, wie er von Yoko Ono getragen wurde, von Madonna in der Musiksendung *Rage* und an der Wand des Gemüsehändlers, Bob Dylans große Hakennase, das *liripipium* auf dem Abbild des Dichters auf den Dante-Olivenöldosen im verchromten Einkaufswagen an der Kasse, der Hut auf der Disneyfigur, die akademische Kleidung auf der Kodakreklame in der Apotheke, der von künstlichen Kerzen erhellte Plastikweihnachtsbaum im gleichen Laden – alles Überreste der hethitischen Kultur. Doch die Korybanten waren unten im Tal, und obwohl sie phrygische Mützen trugen, mußte der einzige steife hohe Hut, den sie besaßen, meiner Schätzung nach der sein, den wir jetzt bewundern, nämlich Ginnsys Uncle-Sam-Zylinder, der einen Gewehrschuß abbekam. Er wurde zum Gemeinschaftseigentum. Für die Kinder war er ein großer Lacher. Ginnsy hat ihn jetzt abgesetzt und legt ihn auf einen Stuhl, von wo die Vierjährigen, Tim und Cindy, ihn wegnehmen. Elf Jahre später trägt Cindy ihn vielleicht in der Nacht, als sie ihre Tochter Passionsblume empfängt. Schuldgefühle darüber, daß er Cindy sitzengelassen hat, die ihn von dem Augenblick an anbetete, als sie ihn zum ersten Mal sah, haben Tim aus der Bahn geworfen. Aber jeder, der sich dort unten im Tal selbst entmannte, hatte Frauen gegenüber ein schlechtes Gewissen; geht's uns etwa besser? Es ist der ständige Verrat an der Frau, der den Mann in unserer monogamen Kultur charakterisiert, denn die männlichen und die weiblichen Sehnsüchte überschneiden sich zwar, decken sich aber auch nicht annähernd. Monogamie bei einem Mann ist ein Zeichen von Opferbereitschaft, nie jedoch, denke ich, von Seelenverwandtschaft. Und wer kann schon ein Opfer verlangen, der nicht selbst bereit ist, eins zu bringen? Daran liegt es, daß wir Dramatiker nie brotlos sein werden. In ihrem Kampf um Gleichstellung übersehen die Frauen, daß männliche Treue in der Ehe widernatürlich ist – genauso widernatürlich übrigens wie die Unterordnung des Willens einer Frau unter den eines Mannes. Die Männer von Erinungarah haben sich ihren Frauen in einer Rebellion gegen die Natur angeschlossen, denn tragischerweise streben Männer, obwohl nicht dazu imstande, nach Monogamie. Das wird in der *Ballade* sehr deutlich gemacht, wo der Kandidat zur eigenen psychischen Einstimmung auf die Tat mit der Schäbigkeit des Geschlechtlichen hadert und sich als jemand betrachtet, der die Frau in sich durch die Frau da draußen verraten hat. Wie Kimbo hervorhebt, reichte ein sexuell aktiver Mann aus, um alle Frauen in diesem Tal zu bedienen, und Darryl und Eugene, gleichgültig gegenüber dem Verlust ihrer Unsterblichkeit, stellten sich dieser Herausforderung. Was die restlichen Männer für den höheren Ruf der Göttin Brigid freimachte.

Jetzt zu meinen Prophezeiungen. Der kohlenstoffhaltige Chondrit der Kaaba und der Kalighat, ebenfalls als die Diapete *(Die vom Stein)** verehrt, wird zum Allerheiligsten unseres dritten Mil-

---

* Ein 16 kg schwerer Meteorit, der im Juni 1993 in der Provinz Phetchabun im Königreich Thailand auf die Erde stürzte, wurde vor seiner Beschlagnahme durch den örtlichen Gouverneur augenblicklich zum Gegenstand der Verehrung durch die buddhistischen Dorfbewohner. Die Dimensionen der schwarzen Kybele sind verlorengegangen; vielleicht liegt sie unter dem Vatikan begraben. Der Stein, den Saturn ausstieß und der in der Kaaba in Mekka verwahrt wird, muß einen Durchmesser von mehr als einem halben Meter haben, urteilt man nach der Größe seiner ursprünglichen Goldeinfassung, die im Reliquiar des Kalifen in Stambul ausgestellt ist. In der Tat ist die Verehrung von Steinen uralt. Die Numen des Sonnengottes Elagabolus und des antiken römischen Gottes der Grenzen Terminus waren Steine.
Ich erinnere mich, die *Ballade* zum ersten Mal im Terminus Hotel gelesen zu haben, während ich an einer tödlichen Krankheit litt.

leniums. Sinfonie präsolaren Sternenmaterials, Mutter der Götter dort, wo die Party ihren Anfang nahm.

Und, mit einer eher prosaischen Note, der australische Eukalyptus, der in die Fußstapfen der australischen Krähe tritt, wird eine sich erwärmende Erde kolonialisieren.

Michael Ginnsy: Verwirrter Musiker. Zylinder, dunkle Brille. Wurde zum Eunuchen.
Barbara Byng: Studentenorganisatorin. Schmächtig, blond, Zahnspangen. Zukünftige Senatorin.
Nisi Papadimitriou: Untersetzt, dick, keine besonders gute Tänzerin. Kann es nicht ertragen, wenn Olaf am Pot hängt.
Olaf Abernathy: Nisis Freund. Spielt ebenfalls Gitarre, jedoch nur Titelmelodien.
Timothy Papadimitriou: Orion der Dichter, Nisis Sohn. Kleiner Frechdachs, voller Streiche. Mir wäre wohler, wenn ich früher mehr auf Kinder geachtet hätte, so daß ich Tim hier besser mit Leben erfüllen könnte. Da ich's aber nicht getan habe, kann ich's auch nicht.
Cindy Ecks: Ein reizendes Kind, die Tochter von Monica und Calvin. Ein solches Kind treibt einem die Tränen in die Augen, wenn man daran denkt, daß seine Eltern nicht mehr miteinander auskommen. Sie und Tim wurden ermutigt zu heiraten, als sie gerade vierzehn waren, und ihre Tochter Passionsblume war 1979 zwei Jahre alt und auch 1986 zwei Jahre alt, wenn meine Berechnungen stimmen.

17

Brian besucht Paulas Cocktail-Bar. Diane Zoshka.

Neunzehnachtundsechzig, obgleich man vom Wetter her schwerlich auf den Monat schließen könnte. Es ist immer so mild in der Stadt Sydney, obwohl damals nicht so warm, wie es heute ist.

»Hi. Du kommst aber früh.«

»Wollte die Stoßzeit vermeiden.«

»Was möchtest du?«

»Das Übliche. Was hast du denn von der Gedenkfeier für Martin Luther King gehalten?«

Brian, der einen Safarianzug aus Gabardine trägt, ist in seinem Sunbeam Alpine nach Balmain gefahren.

»Ich war nur wegen Diane dort.«

»Ich hab gar nicht gewußt, daß sie noch so jung ist.«

»Sie ist fünfzehn. Ist 'n schönes Alter. Angezogen wie 'ne Erwachsene, aber rutscht noch immer jede Böschung auf dem Hosenboden runter. Du kannst dir nicht vorstellen, wie sie sich ereifern kann.«

»Ich hab's gesehen. Ihre Augen glänzten. Sie sprach zu sich selbst. Ich habe sie beobachtet.«

»Ich weiß. Sie ist 'ne Fanatikerin. Und dabei so überzeugend. Sie gibt mir das Gefühl, daß ich mich nur ungenügend um alles kümmere. Auf dieser Welt.«

»Ich weiß, was du meinst.«

»Wie könntest du das? Glaubst du, sie sieht aus wie ich?«

»Eigentlich nicht. Ihr seid zwar unverkennbar Schwestern, Paula, aber nein, das würde ich nicht sagen. Sie ist keine jüngere Ausgabe von dir. Sie ist nicht so hübsch wie du.«

»Ich glaube, sie ist sehr hübsch. Sie hat Feuer!«

»Ich habe nicht gesagt, daß sie nicht hübsch ist. Es ist nur so, daß du meiner Ansicht nach außergewöhnlich bist.«

»Uh oh. Da fängt dieser Mann schon wieder an. Ich tue lieber, als sei ich beschäftigt.«

»He …«

»Nein, wirklich, Brian, ich muß gehen. Ich stehe hier nämlich unter 'ner dunklen Wolke.«

»Was meinst du damit?«

»Sag ich dir 'n andermal.«

»Nein! Sag's mir jetzt, Paula! Ich möchte noch 'nen Drink.«

»Brian, ich bin kein asiatisches Barmädchen. Du solltest nicht trinken, bloß um mit mir reden zu können.«

»Es ist nicht bloß, um mit dir reden zu können. Ich habe hier schon getrunken, bevor du hier gearbeitet hast. Wir können uns aber auch außerhalb treffen. Dann bräuchte ich nicht zu trinken.«

»Nein«, sagt sie, aber sie sagt es mit einem Schmollmund, wie ein unartiges kleines Mädchen, und weckt damit Hoffnung. Und das Wecken von Hoffnung wurde an den mittelalterlichen Minnehöfen als der erste Liebesbeweis angesehen.

»Warum nicht?«

»Weil du verheiratet bist. Hör mal, das haben wir doch alles schon mal gehabt.«

»Wie hast du noch gesagt? Das mit dem unter einer dunklen Wolke stehen?«

Er sieht gut aus und ist reich. Ehestand taugt nicht als Bollwerk gegen Liebe. Wir können nie sicher sein.

»Oh. Na ja, da spielt schon wieder meine Schwester mit rein. Also, ich erzähl dir's. Sie hat mir eingeredet, der Büstenhalter sei ein Zeichen weiblicher Versklavung, und wir sollten keinen tragen.«

»Du machst Witze!«

»Also bin ich eines Tages ohne BH hierhergekommen wie das Mädchen in *Außer Atem*, und der Geschäftsführer hat sich aufgeregt. Von der Gewerkschaft könnte ich keine Unterstützung erwarten.«

»Wann war das denn?«

»Als du in London warst.«

»Du willst damit sagen, du hast tatsächlich den ganzen Tag hier in aller Öffentlichkeit halb angezogen gearbeitet? Ich kann's einfach nicht glauben.«

»Es war nur für ein, zwei Stunden. Ich wurde nach Hause geschickt. Hör mal, ich muß jetzt wirklich ...«

»Nein, ich möchte noch einen Drink. Drambuie. Im Schwenker.«

»Es ist deine Beerdigung.«

»Warum nur? Wie konntest du nur ohne BH zur Arbeit kommen, Paula? War viel los an dem Tag?«

»Nein, es war ruhig. Vielleicht nicht ganz so ruhig wie heute.«

»Verstehe. Die Männer haben dich also gesehen. O mein Gott. Was für 'ne Bluse hast du angehabt?«

»Die gleiche wie heute, glaube ich.«

»Durch die kann man durchsehen.«

»Nicht wirklich. Glaubst du? Weißt du, daß du genau wie der Geschäftsführer reagierst? Warum regst du dich eigentlich darüber auf?«

»Du weißt es wohl nicht, oder? Mein Gott. Wie konntest du mir das nur antun, Paula?«

»Dir? Also wirklich! Ich frage mich, wie du dich fühlen würdest, wenn du jeden Tag diese Sachen tragen müßtest, Brian, Schuhe wie diese – schau sie dir doch bloß an –, die dir den Hintern rausdrücken, und enge, unbequeme Unterwäsche. Ich frage mich, wie du dich damit fühlen würdest, Brian. Wenn die Woche vorbei ist.«

»Du bist unaufrichtig, Paula. Du weißt, daß es nicht darum geht.«

»Oh, ich glaube aber doch, daß es darum geht. Ich glaube, Diane hat recht. Weißt du, daß sie weder BH noch Hüfthalter trägt?«

»Sie braucht keinen. Dürr wie 'n Kleiderständer.«

»Ich will mich nicht mit dir streiten.«

»Du darfst dich nicht mit der Kundschaft streiten. Du bist allerdings nicht bei deinem Standpunkt geblieben, Paula. Du hast 'nen Rückzieher gemacht.«

»Und? Ich bin ein Feigling. Ich bin ein Mädchen.«

»Du kannst doch 'nen besseren Job kriegen als den hier. Ich verstehe nicht, warum du noch immer hier arbeitest.«

»Ja, ja, also du hast ja 'nen ziemlich ruhigen Job, muß ich sagen. Du kannst schon um zehn Uhr morgens anfangen zu trinken.«

»Brian, du wirst dich noch vollends betrinken, und ich habe jetzt keine Zeit, mit dir zu reden.«

»Warte! Geh nicht davon aus, daß du weißt, was ich trinken will. Bitte frag mich vorher immer erst, Paulie.«

»Sehr wohl, Brian. Was möchtest du jetzt trinken?«

»Ein großes Glas Advocaat, bitte. Paulie?«

»Ja, Brian?«

»Ich habe dir soviel zu sagen, und du behandelst mich bloß mit Verachtung, ja.«

»Es liegt nicht in meiner Absicht, dich mit Verachtung zu behandeln. Du bist einer unserer geschätztesten Kunden.«

»Also, das ist es ja gerade, was ich meine. Das war nicht sehr nett.«

Alle Männer, die du je geliebt,
verkörpern sich in mir.
Sie sprechen mit Stimmen, die ich nicht hör,
sie lächeln mit Augen, die ich nicht seh,
und wenn wir uns küssen, dann küssen auch sie.
Sie liegen neben uns in der Nacht
und hören dich ihre Fehler aufzählen
und warnen mich vor deiner Gehässigkeit.

Wenn ich jemals erfüllt bin von Stolz,
daß ich hier bin, und sie sind es nicht,
sagen sie mir, daß sie ebenso empfanden
und mein Los viel besser verstehen
als ich das ihre je verstehen könnt,
denn erst wenn der Tag zu Ende geht,
merkt man, wie das Spiel eigentlich läuft,
*nach Regeln, die man anfangs nicht versteht.**

»Ein Heineken bitte, Paula. Merkst du denn nicht, was du mir antust?«

»Ich würde sagen, du hast es dir selber angetan. Im Ernst, kannst du es dir leisten, den ganzen Tag hier rumzusitzen und zu trinken?«

»Ich kann mir nicht leisten, es nicht zu tun.«

»Was meinst du damit?«

»Ich muß die Dinge klären. Und zwar heute. Ich möchte nicht, daß du mich für 'nen Trunkenbold hältst.«

»Das ist jetzt dein letzter Drink.«

»Was könnte dich dazu bringen, dich mit mir zu treffen? Eine Tasse Kaffee mit mir zu trinken? Hm?«

---

* Das ist ein Stück aus der *Ballade,* das ich herausstreichen mußte. Paßt hier aber ganz gut hinein.

»Ich gehe nicht mit verheirateten Männern aus. So einfach ist das.«

»Aber Diane würde es tun.«

»Da hast du wohl recht. Sie würde es wahrscheinlich tun. Warum fragst du sie nicht einfach?«

»Du bist nicht sehr nett.«

»Ich glaube eher, du bist es, der nicht sehr nett ist. Zufälligerweise weiß ich, daß du daheim 'ne schwangere Frau sitzen hast, weil du es mir selbst gesagt hast, und unterdessen, so wie ich verstehe, bist du, wie wollen wir's nennen? Einsam?«

»Miststück. Bloß 'n weiterer Besoffener, wie?«

Am Abend des gleichen Tages läutet auf einem spärlich beleuchteten Korridor das Telefon. Triefend naß läuft Paula auf den Flur.

»Hallo?«

»Paula.«

»Wer spricht dort?«

»Brian, der Trunkenbold. Hör mal, ich weiß zwar, es ist sicher nicht ganz richtig, wenn ich dich zu Hause anrufe, aber, äh ... ich dachte, du solltest wissen, daß ich meine Frau verlassen habe.«

»Sag das nochmal.«

»Ich habe meine Missus deinetwegen verlassen. Verstehst du, ich kann doch in 'ner Bar nicht ›Ich liebe dich‹ sagen.«

»O scheiß. Du kennst mich doch kaum, Brian.«

»Wir kennen kaum jemanden. Liebe heißt nicht, jemanden zu kennen, jedenfalls nicht für mich. Eher das Gegenteil. Bei mir ist es eine Sache des Augenblicks. Nicht, daß ich verallgemeinern möchte, weil es mir nur einmal oder vielleicht zweimal passiert ist. Verstehst du, in dem Augenblick, als ich diese Möpse sah ... also, hör zu, mir ist nicht ganz wohl dabei, am Telefon so zu reden. Willst du dich nicht mit mir treffen, bitte?«

»Ich weiß nicht. Du mußt ja völlig betrunken sein.«

»O Gott. O Herrgott.«

»Brian, was du da tust, ist 'ne ganz schlimme Sache.«

»Es ist geschehen. Ich habe es bereits getan. Ich habe es getan, damit du dich mit mir treffen kannst, Paulie, nicht mehr. Es tut richtig weh, daß diese anderen Kerle, die immer an der Bar rumhängen und dich nicht lieben, deine Titten gesehen haben. Das, vermute ich, hat wohl den Ausschlag gegeben. Hör mal, ich verstehe, daß es für dich vielleicht ganz anders aussieht und daß du wahrscheinlich mehr Zeit brauchst.«

Diane, die auf dem Weg ins Bad gerade vorbeigeht, spürt, daß etwas im Busch ist, und zieht ihre spitze Nase kraus. »Wer ist das?« will sie wissen.

Paulas Hand legt sich über die Sprechmuschel. »So 'n Kerl von der Arbeit. Behauptet, er sei verknallt in mich. Hat seine Frau meinetwegen verlassen.«

Dianes Augenbrauen heben und ihre Augen weiten sich. Schwarze Augenbrauen, Sommersprossengesicht, große Nase. Aber seltsam schön.

Paulas Augenbrauen tun das gleiche. Sei doch gefälligst beeindruckt, flehen Paulas Augenbrauen.

Paula Zoshka: Mitte zwanzig. Barfrau und Erbin. Ältere und im klassischen Sinn schönere der beiden hübschen Zoshkaschwestern. Durch Brian Chegwodden zukünftige Mutter von Bergeukalyptus und durch Balthazar Beauregard von Morgendunst. Mußte beide an die Fürsorge abgeben. Bei Frauen wie Paula und Monica, die ebenso hübsch wie promiskuitiv waren, kann man die Anziehungskraft verstehen, die das Leben im Tal auf die hiesigen Forstschlepperfahrer ausübte.

Diane Zoshka: Etwa fünfzehn. Anarchistische High-School-Aussteigerin. Die treibende Kraft hinter der *Moody Valley Candle Company*. Lebt in eheähnlicher Gemeinschaft mit Attis; Mutter seiner Kinder Abendröte und Sonne. Verteidigerin der Familie. Dank der Gnade von Göttin Brigid selbst zur Göttin geworden. Todfeindin von Brigid. Entzündete das Feuer, das den Kuppelbau zerstörte.

Brian Chegwodden: Ende zwanzig. Frustrierter Schriftsteller. Gutaussehender schiefgewachsener Journalist – die Unvollkommenheit (schlechte Haltung) machte ihn attraktiver und erhöhte seine Verletzlichkeit. Seine Mutter hatte eine Geldheirat gemacht. Aus seinem Akzent ist für Paula, wenn auch nicht für mich, ersichtlich, daß er eine gute Schule besucht hat. Im Tal widmete er sich der Gartenarbeit und legte den Hain mit Exoten an, von denen die meisten erhalten geblieben sind. Mit Paula Zoshka zukünftiger Vater von Bergeukalyptus. Wurde zum Eunuchen.

18

Frodsham ist anderer Meinung als Diane. Schwester Annunciata.

August 1968. Barbara Byng, die sich in Balmain darauf vorbereitet, den Vorsitz in der Versammlung am heutigen Abend zu führen, war niemals Mitglied der Kommunistischen Partei. Wäre sie es gewesen, hätte man sie ausgeschlossen, weil sie, was Ungarn betraf, nicht der Parteilinie gefolgt ist. Sie kann deshalb nicht als Mitläuferin bezeichnet werden, obwohl Derek Frodsham, der an ihr Gefallen findet, sie für eine solche hält. Ihre Zahnspangen sind soeben entfernt worden, und in der Tat verurteilt sie Gewalt und wendet sich gegen Zensur jeder Art. Was noch wichtiger ist, sie versteht, was Derek Frodsham nie gelingen wird, nämlich wie gänzlich unaustralisch der Kommunismus ist, der sich mehr mit seinem eigenen Idealismus als mit dem Wesen dieser Ideale befaßt. Wenn man verallgemeinern darf, und man muß verallgemeinern, wenn ich es auch ungern tue: ständig verleumdet man jemanden; die Australier sind naive Pragmatiker, die den Ideologen mißtrauen, so daß Barbara in ihrer instinktiven politischen Klugheit aus Furcht, ihre potentielle Wählerschaft zu verprellen, nicht wagt, allzu »politisch« zu werden oder zu wirken. Wie ein Demagoge früherer Tage (Cleon) bemerkte, stellen Beschränktheit und Gefühl in der Politik eine nützlichere Kombination dar als Klugheit und Handlungsfreiheit. Folglich gesteht sich Barbara ihre politischen Ambitionen auch im Gespräch mit sich selbst nicht ein. Gleichzeitig gefällt es den Männern, eine Frau zu haben, die die Rolle eines Laienschlichters spielt. Wie im Parlament, wo jeder den Vorsitzenden anspricht, während er jemand anderen anblickt, ist Barbara eine unentbehrliche Galionsfigur, die keinen Mann bedroht und von keinem Mann ernstgenommen wird. Kein einziges Mitglied der verschiedenen und durchaus mitgliederstarken Komitees, denen sie vorsitzt, verdächtigt sie auch nur im entferntesten, einfach nur der Dinge zu harren, die da kommen.

Jeff Grono, ein rotblonder Unabhängiger mit gerötetem Gesicht, trifft früh am Versammlungsort ein. Bei jedem Marsch zum 1. Mai ist er in der ersten Reihe dabei.

»Guten Tag, Schwester«, sagt Jeff höflich, denn obwohl er mit Vorliebe Lenin zur Geißel des Aberglaubens zitiert, und zwar mit Angabe der genauen Fundstelle (»Die Religion ist eine der Formen der geistigen Unterdrückung – peng! –, die überall schwer auf die Volksmassen drückt – peng! –, die durch ihre fortwährende Arbeit für andere, durch Mangel und Isoliertheit ohnehin überladen sind«), verrät nichts an der Art, wie er diese Nonne begrüßt, von seinem sündigen Herzen. Doch bringt ihn zum Vatikan und stellt ihn dort dem reichsten Junggesellen der Welt vor und seht euch mit an, wie wütend er werden kann.

Schwester Annunciata ist in Zivil, wie immer. Wäre sie eine Priesterin, würde davon nichts als ein winziges schlichtes Kreuz am Aufschlag ihrer sportlichen Jacke künden, dessen Querbalken vor Verzweiflung nach unten hängen würden, um das Motiv vom Tod des Menschen in das Emblem der Bewegung für nukleare Abrüstung aufzunehmen. Sie würde fluchen und saufen und zokken.

»Kommt Archie auch?« will sie wissen.

Es war etwa um diese Zeit, daß Nonnen anfingen, sich von den Klostern zu lösen, um mit ehemaligen Seminaristinnen zusammenzuziehen.

»Archie?«

»Archie, ja. Kommt er heute abend, wissen Sie das?«

»Ich habe außerhalb dieser Meetings keinen Kontakt zu ihm, Schwester.«

»Ich dachte, jemand hätte mir erzählt, Sie wohnten zusammen, Mr. Grono. Entschuldigen Sie.«

»Wollten Sie schon reingehen?«

»Ich glaube, wir sind ein bißchen zu früh.«

»Ich habe Barbara reingehen sehen.«

»In Ordnung. Wissen Sie, Mr. Grono, es ist schrecklich, daß man Sie festgenommen hat.«

»Ja, warum denn, Schwester?«

»Weil Sie ein verheirateter Mann mit Familie sind.«

»Bin ich nicht.«

»Entschuldigen Sie bitte. Ich dachte, jemand hätte mir erzählt, Sie seien verheiratet und hätten Familie.«

»Ich merke doch, wo der Papst die Geburtenkontrolle abgelehnt hat. Ich frage mich, ob ihm klar ist, daß die Weltbevölkerung jedes Jahr um fünfzig Millionen Menschen wächst.«

»He! Diane! Hierher!«

Viel später, nach dem Erdulden vieler Absurditäten, darunter Diane Zoshkas Tirade, steht Derek Frodsham auf.

»Ich möchte mich gern«, sagt er, »die Nachsicht der Vorsitzenden vorausgesetzt, gegen den soeben gestellten Antrag aussprechen.

Wohl niemand, der dieser eloquenten jungen Frau gerade zugehört hat, kann an der Stärke ihrer Überzeugungen zweifeln. Sie ist eine Anarchistin und stolz darauf und möchte der Welt zeigen, daß sie es ernst meint. Doch hat bereits ein größerer Mann als der bekannte Sexualwissenschaftler Dr. Comfort, nämlich Lenin, darauf hingewiesen, Gott habe verfügt, daß die Jüngeren dumm sein sollen. Denn für eure Sache zu sterben ist, wie ich vermute, weniger ruhmreich als euer Ziel zu erreichen, Diane, und wenn ich hier so sagen darf, ohne jemand zu beleidigen, eine irgendwie typisch australische Art von Aktivität. Die Gefahr, daß du heute abend noch sterben könntest, meine Liebe, besteht einzig und allein, wenn du diese Arbeit selbst übernimmst. Natürlich gibt es Präzedenzfälle dafür, doch bitte ich dich zu bedenken, daß Miß Malpas aus Halstead, ein Mitglied der Abrüstungsbewegung, als sie sich umbrachte, nachdem die Großmächte die Atomwaffenversuche wiederaufgenommen hatten, im Vergleich zu der Frauenrechtlerin Emily Davison in der Öffentlichkeit so gut wie unbekannt blieb. Das war damals 1962.

Ich kann bezeugen, Frau Vorsitzende, gesehen zu haben, wie diese junge Frau am 4. Juli die Polizeiabsperrung vor dem amerikanischen Konsulat durchbrach, und während ich keine Zweifel an ihrem Mut hatte, konnte ich niemanden aus der Menge sehen, der von ihrem Geist und Beispiel inspiriert hinzugeeilt wäre, um bei dieser Gelegenheit zu ihr in die Grüne Minna zu steigen. Der Kurs, den sie vorschlägt, wird wohl eher dazu führen, daß irgendwelche Zivilpersonen sie festsetzen, als daß diese sie mit Pflastersteinen unterstützen. Tatsache ist, Diane, daß du die dir von der Bourgeoisie auferlegten Einschränkungen anerkennst, wenn du auf eine so kindische Art und Weise Gesetze brichst. Sie wären nur zu froh zu sehen, meine Liebe, wie du dich aufopferst, und dein Vertrauen darauf, daß andere von gleicher Gesinnung sich in dem Chaos an deine Seite stellen, ist schon grotesk. Trotzdem: Dürfen diesen Bürgern, nur weil man ihnen eingeredet hat, sie seien Feiglinge, ihre demokratischen Rechte vorenthalten werden? Dürfen sie auf den Schlachtfeldern Asiens abgeschlachtet werden, nur weil man sie glauben gemacht hat, sie wollten sich die Köpfe nicht von Schlagstöcken einschlagen lassen?«

»Chinaagent.«

»Schnauze.«

»Thermidorianer. Kleinbürgerlicher Anhänger der Restoration.«

»Halt dein dumme Klappe, du Gans. Und du, Diane, solltest dich deines geistigen Hochmuts schämen. Ihr seid doktrinäre Elitedenker und Abenteurer. Ihr werdet nie die Grenzen der Erfahrungen von euresgleichen überschreiten! Indem ihr euch isoliert, so wie ihr es heute abend getan habt, habt ihr gezeigt, wie wahnwitzig eure kriminelle Einbildung ist. Der Lackmustest eines aktiven Kämpfers besteht, wie du, Diane, eines Tages lernen wirst, darin, ein Problem zu finden, das wie Vietnam für die Volksmassen bedeutsam ist, und die Menschen um dich herum zu sammeln, nicht hinter dir. Um Trotzki bei dem Prozeß zu zitieren, der ihm ein Lebenslänglich in Sibirien einbrachte, obwohl der prompt entkam: ›Meine Herren Richter, ein Volksaufstand kann nicht inszeniert werden, er kann lediglich vorhergesehen werden.‹ Die wahre Demokratin trachtet danach, dem Willen des Volkes zu folgen. Ihr ist es nicht darum zu tun, dem Volk Vorschriften zu machen wie ein gewöhnlicher Geschäftsmann.«

»Oder ein Papst.«
»Oder ein Papst.«

Venceremos, Towarischtsch.

Barbara Byng: Zukünftige Senatorin. Führt den Vorsitz in jedem Komitee.
Derek Frodsham: Trotzkist. Hat in Aldermaston mit all den alten Mitgliedern des Linken Buchklubs am Marsch gegen die Bombe teilgenommen.
Diane Zoshka: Anarchistin mit irrem Blick, die nie ihr Selbstvertrauen verlor.
Schwester Annunciata: Ende zwanzig. Harte, weltliche Nonne, kurz davor, sich mit der Kirche zu überwerfen. Sie war es, die laut Kimbo als erste die Göttin Brigid an der Stätte des Heiligen Steins erblickte. Durch Balthazar Beauregard zukünftige Mutter der Zwillinge Galaxie und Nebula. Sie waren eineiige Zwillinge, und ich glaube, sie wurden von der Fürsorge getrennt. Wenn nur jemand sie ausfindig machen könnte ...

19

Nisi streitet sich mit Olaf wegen Aloysius O'Looby.

Winter 1968. Einen trostloseren Winter als den, welchen die Australier im Hochland zu ertragen haben, kann es nicht geben. Das liegt daran, daß es in seinem ganzen Verlauf keine Weihnachtszeit gibt, auf die man sich freuen könnte. Er zieht sich bloß dahin und dahin.

Dennoch haben uns, wie ich glaube, die törichten Väter unserer Ersten Flotte einen ungewollten Gefallen erwiesen: indem sie nämlich unseren verkrusteten Brauch durchbrachen, indem sie uns hier auf den Antipoden die Möglichkeit arischer Götterverehrung verwehrten, indem sie uns zwangen, der Geburt »unseres Herrn« (Adonis) aus dem »Haus des Brotes« (Bethlehem) mitten im Sommer zu gedenken. Sie haben uns, allen anderen voran, in den nietzscheschen Abgrund getrieben. Sie zogen unseren Erlöser aus seinem Himmel herab, wohin ihn ein Kaiser gesetzt hatte – und offen gesagt, wir verspüren kein großes Bedürfnis, die Sonne hier abzuschwächen –, um ihn wieder im Kornfeld beizusetzen, seiner rechtmäßigen und herkömmlichen Heimstatt. Die Riten des Adonis, zumindest in Athen, wurden im Mitsommer begangen. Ein zweitausend Jahre alter Fehler richtiggestellt, mit numinosen Erfolgen.

Nisi Papadimitriou schlüpft zurück ins Bett zu Olaf Abernathy, der seinen Traum in der vergangenen Nacht erneut geträumt hat, und seufzt; es ist ein bedeutungsvolles Seufzen. »Jack knabbert an der Futterkrippe.«

»Ich weiß nicht, warum wir das Pferd nicht verkaufen«, meint Olaf, der ein bißchen zu schnell darauf eingeht. »Es kann sich dort draußen im Schatten nicht wohlfühlen. Ich glaube, es ist nicht fair ihm gegenüber.«

»Ich bitte dich doch auch nicht, mit dem Rauchen aufzuhören.«

»Ich denke dabei nicht an dich, Liebling. Ich denke an das Pferd. Ich meine, im Sommer, wenn das Gras wächst ...«

»Er braucht mehr Auslauf. Aloysius! Würdest du bitte den Herd anzünden?«

»Hat er das verdammte Feuer noch nicht angemacht? Aloysius! Komm sofort her!«

»Red nicht auf diese Weise mit meinem Jungen. Was glaubst du, wer du bist? Seit du hier im Haus bist, hast du allen das Leben nur schwergemacht.«

»Na schön, ich gehe. Ich gehe noch heute morgen. Nach dem Frühstück packst du meine Sachen.«

»Du machst dir doch selbst was vor. Warum mußt du immer damit drohen wegzugehen? Kann ich nicht mal meine Meinung sagen, ohne daß du wie 'n Kind reagierst?«

»Es ist doch klar, daß dir gestern abend nichts bedeutet hat. Oh. Aloysius.«

»Hast du nicht eben gesagt ...«

»Steh auf. Beeil dich. Mach das Feuer an! Das ist deine Aufgabe! Wie oft denn nur noch?«

»Rede nicht so mit ihm, Olaf.«

»Du bist zu nachgiebig mit dem Jungen, Nisi. Daran liegt es, daß er nicht tut, was du ihm sagst.«

»Er ist bloß 'n ganz normaler Junge. Du wirst dir mit den beiden einfach mehr Mühe geben müssen.«

»Jetzt sei bitte nicht eingeschnappt. Er wird schon werden. Jungs brauchen 'nen Vater, damit sie stramm heranwachsen.«

»Wie konntest du nur sagen, gestern abend habe mir nichts bedeutet? Du bist so grausam und so tyrannisch, und ich glaube nicht, daß du dir echte Sorgen um das Pferd machst.«

»Wir sind kein einziges Mal alleingewesen, um Himmels willen! O Gott, was ist denn jetzt los?«

»Es ist kein trockenes Papier da und auch keine Zweige.«

»Habe ich dir gestern abend nicht gesagt, du sollst welche reinholen, Junge? Nimm Stroh.«

»Ich glaube nicht, daß das so hinhauen wird, Olaf.«

»Aber es klappt doch, Liebling. Es klappt doch prima.«

»Aber es ist so schrecklich, nicht? Es gibt so viele Dinge an dir, die ich nicht ausstehen kann, und du mußt doch das gleiche Gefühl haben.«

»Nein. Also, wenn du sagst, die alte Schindmähre knabbert an ihrer Krippe, was genau meinst du damit?«

»Wechsle doch nicht das Thema. Und faß mich bitte nicht hier an. Ich bin nicht in der Stimmung dazu. O Gott, es regnet ja. Ich habe deine Uniform für heute abend noch nicht gewaschen.«

»Dann solltest du lieber aufstehen und sie sofort waschen. He, komm her.«

»Nein.«

»Komm her, du Miststück.«

»Nein.«

Nisi Papadimitriou: Übergewichtige *femme fatale*, die sich in die Blue Mountains verkrochen hat. Pferdenärrin.
Olaf Abernathy: Einfaltspinsel. Kein schlechter Handwerker, hat den Baustellen jedoch den Rücken gekehrt, um für das Gebiet von Blacktown in einer Band zu Ehren der Shadows zu arbeiten.
Aloysius O'Looby: Nisis ältester Junge. Wenn er in der großen Stadt Sydney ist, fährt er eine dieser Lautsprecherboxen auf Rä-

dern, eins dieser Fahrzeuge, die »Tschuwadippa tschippadippa tschippadippa tschipp« machen, wenn sie mit zurückgeklapptem Verdeck an den Ampeln anhalten müssen.

20

Dianes Festnahme. Brian maßgeblich an ihrer Freilassung beteiligt. Johnny Dakota.

Am 2. Juli 1968 werden fünfzig Studenten und Schüler, darunter Paula Zoshkas Schwester Diane, bei einer Friedensdemonstration in der Innenstadt von Sydney festgenommen. Zwei Tage später, am Donnerstag dem Vierten, werden weitere fünfundvierzig Protestierer, darunter erneut Diane Zoshka, vor dem amerikanischen Konsulat festgenommen.

Es ist ein Winter der Unzufriedenheit gewesen. Bobby Kennedy, Befürworter von Waffenlieferungen an »Israel« (sollte besser Juda heißen), wird von einem Palästinenser erschossen. Der britische Komiker Tony Hancock begeht in einem Hotelzimmer in Sydney Selbstmord.

Erschöpft liegt Brian Chegwodden, der über die Belagerung des Schießwütigen von Glenfield berichtet hatte, in seinem Motelzimmer in Campbelltown auf einer Chenille-Tagesdecke und sieht sich im Fernsehen *Dornenvögel* an, als das Telefon läutet.

»Chegwodden.«

»Oh. Bist du's, Brian?«

»Paula! Was für eine angenehme Überraschung!«

»Man hat mir auf deiner Arbeitsstelle gesagt, daß du unter dieser Nummer zu erreichen bist. Ich hoffe, du hast nichts dagegen, daß ich dich anrufe. Brian, ich habe ein Problem. Ich hatte gehofft, daß du mir vielleicht helfen könntest. Es geht um meine Schwester.«

»Diane? Warum, was hat sie angestellt?«

»Oh, sie hat sich bloß zum zweiten Mal in dieser Woche festnehmen lassen.«

»Großer Gott.«

»Bei einer Demo gegen den Vietnamkrieg. Du wirst sicher davon wissen. Nachdem sie am Dienstag am Kriegerdenkmal festgenommen wurde, hatte man sie gegen Kaution freigelassen.«

»Einen Augenblick mal. Hast du die Kaution gestellt?«

»Nein. Da war jemand von den Organisatoren, der für alle die Kaution gestellt hat, am Dienstag.«

»Ja.«

»Brian, ich hatte geglaubt, sie sei in der Schule.«

»Mußtest du ja.«

»Man wird sie von der Schule werfen, aber das macht mir am wenigsten Sorgen.«

»Das können sie doch nicht tun, Paula.«

»Doch, das können sie. Es sieht so aus, als ob sie die Schule schon seit Wochen nicht mehr besucht hat. Morgens geht sie immer in ihrer Schuluniform fort, also habe ich angenommen, daß sie zur Schule gegangen ist. Ich weiß nicht, wo sie hingeht.«

»Wie solltest du auch? Und sie wohnt also jetzt bei dir?«

»Als Dad sie rausschmiß, hatte sie niemand anderen, zu dem sie gehen konnte.«

»Verstehe. Und jetzt machst du dir verständlicherweise Sorgen, daß sie von der Schule fliegt.«

»Schließlich ist sie doch meine Schwester. Ihr Foto war am Dienstag in der Zeitung, wie sie in Schuluniform auf 'nen Bullen einboxt. Hast du's gesehen? Natürlich bestreitet sie, ihn mit der Faust geschlagen zu haben. Sie behauptet, daß er sie am Arm gepackt hatte und daß sie sich losreißen wollte und daß es, wenn jemand 'nen festgehaltenen Arm plötzlich losläßt, auf dem Foto oft so aussieht, als ob der eine auf den anderen einschlägt. Die Pressefotografen tun das in einem fort, sagt sie, stimmt das? Hast du das Foto gesehen?«

»Äh, nein, ich hatte zu tun. Also du machst dir jetzt natürlich Gedanken, was sie der Direktorin sagen soll?«

»Ganz und gar nicht. Das ist die geringste meiner Sorgen. Sie kann sich zur Hölle scheren, zum Teufel mit ihr. Sie ist heute schon wieder festgenommen worden, Brian, und man hält sie auf dem Polizeirevier fest. Man will sie nicht gehenlassen.«

»Aber das können sie doch nicht tun.«

»Bist du sicher?«

»Na ja, sie können die Dinge hinauszögern, Paula, und oft machen sie das auch, wenn sie besonders übel gelaunt sind, aber früher oder später müssen sie sie gehenlassen. Vierundzwanzig Stunden maximal. Es ist eine Frage der bürgerlichen Freiheiten. Ist von einer Kaution die Rede gewesen?«

»Ich hatte 'nen Anruf von 'nem Sergeanten, der behauptet, daß er sie festgenommen hat, und er möchte, daß ich hinkomme. Brian, du weißt ja nicht, wie sie sein kann.«

»Möchtest du, daß ich aufs Polizeirevier mitkomme?«

»O Brian, würde dir das nichts ausmachen? Verstehst du, du hast Erfahrung, und es gibt niemanden, an den ich mich wenden kann, und ich habe, ja so 'nen Zorn auf das Mädel, wegen dem vielen Kummer, den sie mir gemacht hat, und ich komm damit einfach nicht zurecht.«

»Okay. Bleib, wo du bist. Ich bin in ein paar Stunden da.«

Der Sergeant, der die Festnahme vorgenommen hat, ist anfangs freundlich zu ihnen beiden.

»Möchten Sie 'ne Tasse Kaffee?« will er wissen.

»Nein, danke. Brian?«

»Ja, bitte.«

»Bedienen Sie sich. Er steht dort drüben.«

»Paula. Du trinkst auch eine Tasse Kaffee mit.«

»Wo ist meine Schwester?«

»Alles zu seiner Zeit. Sie sagen also, Sie sind ihre Schwester. Wo sind die Eltern?«

»Sie wohnt bei mir.«

»Ich glaube, ich verstehe. Diane Zoshka ... sie war am Dienstag schon mal hier. Sie wären in Lachen ausgebrochen, wenn Sie das gesehen hätten, Paula. Alle sind sie kreuz und quer durcheinandergerannt und haben versucht festzustellen, wer wen festgenommen hat.«

»Ja, das wissen wir bereits alles, Sergeant. Wenn Sie nichts dagegen hätten, es wird schon ganz schön spät. Können wir Diane bitte sehen?«

»Sind Sie der Freund?«

»Haben Sie ein Recht, sie festzuhalten? Was genau wird ihr vorgeworfen?«

»Habe ich gesagt, daß sie beschuldigt wird?«

»Nein, aber wir haben angenommen …«

»Haben Sie also. Als ich am Telefon mit der jungen Frau gesprochen habe, habe ich da zu Ihnen, Paula, gesagt, Ihre Schwester werde irgendeiner Sache beschuldigt?«

»Nein.«

»Was habe ich denn gesagt?«

»Sie haben bloß gefragt, ob ich vorbeikommen möchte.«

»Stimmt genau. Ich habe Sie gefragt, ob Sie vorbeikommen möchten. Also, ich verstehe nicht, warum dieser junge Mann …«

»Ich bin ein Freund der Familie.«

»Freut mich, das zu hören, Mr. Chegwodden. Damit haben wir das also geklärt. Paula, Sie wissen doch, daß Ihrer Schwester erst vor zwei Tagen mehrere ernsthafte Vergehen zur Last gelegt wurden? Wenn ich hier einen Blick auf das Festnahmeprotokoll werfe, sehe ich: ›widersetzte sich der Festnahme‹, ich sehe: ›griff einen Polizeibeamten bei der Ausübung seiner Pflicht an‹, ›aggressives Verhalten‹ …«

»Kommen Sie schon, Sergeant. Lassen Sie das Mädchen laufen. Sie ist gegen Kaution freigelassen worden, und eine Anklage stellt noch keine Verurteilung dar.«

»Sie klingen wie ’n Anwalt, mein Sohn. Was sind Sie denn von Beruf?«

»Journalist.«

»Ich verstehe. Na gut, wenn Sie das Spiel also auf diese Weise spielen wollen …«

»Er kann rausgehen, wenn Sie das möchten. Ich bin es, mit der Sie reden sollten. Warum halten Sie meine Schwester fest? Warum darf sie nicht nach Hause?«

»Sie ist in Schutzgewahrsam genommen worden. Meines Wissens ist sie noch keine sechzehn.«

»Warum haben Sie sie in Schutzgewahrsam genommen, Sergeant?«

»Um sie davon abzuhalten, sich in Schwierigkeiten zu bringen. Zweimal hat sie jetzt unsere Absperrung durchbrochen, indem sie zwischen jemandes Beinen durchgetaucht ist, und ich habe noch nie so 'ne Ausdrucksweise von 'nem Mädchen gehört, das 'ne Privatschule besucht. Ich lasse mich nicht von 'ner fünfzehnjährigen Privatschülerin 'nen Scheißpisser nennen. Ihnen ist doch wohl klar, daß ich daraus den Vorwurf aggressiven Verhaltens ableiten könnte?«

»Sehen Sie, warum versuchen wir, diese junge Frau noch weiter aufzuregen, Sergeant? Es hat doch nichts mit ihr zu tun.«

»Ich fürchte, das hat es doch. Wenn sie der Vormund des Kindes ist und eingesteht, ihrer Aufsichtspflicht nicht nachkommen zu können, dann ist ihre Schwester ein schwererziehbares Kind. Sie sollte zu einem Mündel des Staates gemacht und in ein Mädchenheim gesteckt werden.«

»O bitte, dafür besteht doch überhaupt kein Grund, bitte. Kann ich sie jetzt mit nach Hause nehmen?«

»Nehmen Sie sie mit nach Hause, und behalten Sie sie zu Hause.«

»Du verdammtes Miststück! Du kleines Drecksding, ich könnte dich umbringen. Ich könnte dir den Hals umdrehen, Diane. Das meine ich ernst.«

»Guck mal.«

»Was?«

»Kaugummi in meinen Haaren. Guck mal, Brian, er läßt sich nicht rausmachen. Die kauen Kaugummi, und wenn sie einen in ihren Schleppwagen werfen, dann schmieren sie einem den Kaugummi in die Haare. Damit man ihn nicht wieder rauskriegt. Scheißschweine.«

»Halt den Mund, Diane.«

»Gib ihr bloß nichts Alkoholisches, bitte, Brian. Sie kriegt 'ne Coke.«

»Paula! Guck mal, wer grade reingekommen ist.«

»O mein Gott. Auch das noch.«

Brian findet es beschämend zu sehen, wie seine Begleiterinnen einen Mann anstarren, der anscheinend an der Tür steht. Entsetzt beobachtet er den zombiehaften Gesichtsausdruck, den die beiden Düpierten ehrerbietig annehmen. Jetzt kann er sie als Schwestern erkennen. Es ist klar, daß sie einen »Star« anglotzen, irgendeinen völlig Fremden, der ihnen anscheinend so vertraut ist wie ein alter Freund. Niemand könnte sich wünschen, bei einer Australierin ein höheres sexuelles Ansehen zu genießen als ein ausländischer Star, es sei denn, er wäre ein Superstar, und das haben wir den Medien zu verdanken. Als er einen mürrischen Blick durchs Zimmer wirft, macht der »Star« – der sich als ein stämmiger Mann mit den orientalischen Augen eines Indianers erweist – Brian aus und geht direkt auf ihn zu.

»Brian! Wie geht's Ihnen, Mann? Sie sind doch Brian, nicht wahr? Sie haben mich für dieses Blatt interviewt, neulich erst. Johnny Dakota, der Sänger.«

»O natürlich, Johnny. Wollen Sie nicht Platz nehmen? Johnny, die Andrew Sisters kennen Sie doch bestimmt. Ich möchte Ihnen hier die Zoshka Sisters vorstellen. Das ist Paula, und das ist Diane.«

»Hi, Mädels.«

»Also was gibt's Neues bei Johnny Dakota? Was bringt Johnny in diesen Teil der Stadt?«

»Oh, Arbeit, wissen Sie, Brian. Endlose Arbeit.«

»Sind die Konzertauftritte alle vorbei?«

»Teufel, nein, Mann, das geht immer so weiter. He, was trinken wir, Mädels? Kann ich euch zu 'nem Drink einladen?«

»Nein, danke.«

»Ich möchte 'nen großen Scotch.«

»Untersteh dich!«

»Kommen Sie schon, lassen Sie sie doch einen trinken. Seien Sie kein Partymuffel.«

»Sie ist gerade fünfzehn, Johnny.«

»Ich bin noch minderjährig, Johnny, kommen Sie mir also lieber nicht zu nahe. Wie denken Sie eigentlich über Vietnam?«

»Keine Ahnung. Ich bin Kanadier.«

»Aber sind Sie froh über die Lage in Vietnam?«

»Ich glaube, wir haben uns da in 'nen ganz schönen Schlamassel reingeritten.«

»Paula und ich holen die Drinks, Johnny. Sie reden mit Diane über Vietnam. Sie ist bei der heutigen Demo festgenommen worden. Wir haben sie grade wieder dort rausgeholt.«

»Vierter Juli. Ich verstehe. Übrigens, Brian, ich trinke nicht. He, bevor ihr geht, habt ihr zufällig ’nen Mann mit roten Haaren bis runter zur Taille gesehen?«

»Glaube nicht.«

»Ich trete im Latin Quarter stellvertretend für Ricky auf. Mein neuer Gitarrist sollte eigentlich heute abend anfangen, hat sich aber bisher noch nicht gemeldet. Irgendwie glauben die anderen, er soll hier irgendwo sein, daher sind wir alle ausgeschwärmt, um ihn zu suchen.«

»Vielleicht könnte Diane Sie begleiten, Johnny.«

»Was sagst du da, Brian? Was für ’ne unverantwortliche Bemerkung war das denn bloß?«

»Tut mir leid, Paula. Ich bin sehr müde. Es sollte ein Witz sein.«

»War aber nicht witzig.«

»He, Johnny. Ich stehe auf Ihre Version von *Let’s Have a One Night Stand.*«

»Danke sehr, Diane. Wißt ihr eigentlich, daß sie das Stück in England verboten haben? In dem Land verboten, das Abtreibungen und die Abgabe von Drogen an registrierte Süchtige zugelassen hat. Was für ’ne Welt.«

»Sie sollten sich beschweren. Sie haben auch Che Guevara umgebracht.«

»He, das Mädchen gefällt mir echt. Muß wieder los, aber habt doch ein Auge auf den Burschen mit dem tizianroten Pferdeschwanz. Falls ihr ihn seht, erinnert ihn an seine Verpflichtungen. Scheiß Musiker! Entschuldigung für meine Ausdrucksweise. Habe ihn schon mal bei meinem letzten Album eingesetzt. Hatte ihn in den Ozark Mountains gefunden, wo er in einer dieser futuristischen finnischen Plastikhüllen gewohnt hat. Ich müßte eigentlich sagen, er sieht aus wie ’ne frisch geräucherte Mumie, von vorn gesehen. Ein Kopf wie ’n Langhaus der Dayak. Läßt sich gehen, wißt ihr? War auch schon mal in Schwierigkeiten. Hat seine Aufenthalts- und Arbeitserlaubnis für die Staaten verloren.«

»Du erinnerst dich sicher an ihn, Paula. Er war auf der Gedenkfeier für Martin Luther King. Ich wußte nicht, daß er berühmt ist.«

»Ist er ja gar nicht.«

Paula Zoshka: Erbin und Barfrau, doch mangelt es ihr an Selbstbewußtsein. Promiskuitiv, geringe Selbstachtung. Als Kind sexuell belästigt worden? War bloß so 'n Gedanke.
Brian Chegwodden: Journalist. Paulas Freund, obwohl er verheiratet ist. Jene Art von Mann, den (um Agatha Christie zu zitieren) Frauen mögen, für den Männer jedoch keine Zeit haben.
Diane Zoshka: Paulas jüngere Schwester, der jeglicher Takt fehlt. Haßt das US-Militär. Der Typ, den wir theoretisch bewundern, praktisch aber mit einem Schulterzucken links liegenlassen.
Johnny Dakota: Ende dreißig. Kanadischer Sänger mit Indianerblut in den Adern. Hatte mal einen Hit mit einer Cover-Version von Crash Craddock; wie war doch gleich noch der Titel? Gast im Nachtclub Latin Quarter in Sydney. Tauchte in den Neunzigern im Three Weeds Hotel in Rozelle auf. Braucht einen neuen Agenten.

21

Brian in einem Landhaus. Paula macht einen Anruf. Brian sucht Johnny Dakota auf, wobei Ginnsy von einer Lichtung in einem Hain spricht.

August 1968 in Burradoo. Ihr würdet es mir nicht glauben, wenn ich euch die Anzahl der Briefträger nenne, die von Bowral aus arbeiten. Die feineren Leute müssen ihre Post schließlich schon beim Frühstück lesen können.

»Ich habe dich im Stich gelassen, Brian. Du hättest einen Vater gebraucht.«

»Hör mal, ich kann nicht hierbleiben, wenn du immer wieder damit anfängst, Mum. Du gibst mir das Gefühl, ich könne nicht ehrlich sein.«

»Nun, wenigstens sind wir immer ehrlich zueinander gewesen, mein Junge. Und ich war auch nur ehrlich zu dir, als ich dir gesagt habe, ich glaubte, du seist zu jung, um zu heiraten. Aber du wolltest ja nicht warten und wolltest dir nichts sagen lassen.«

»Ja, schön, ich wollte eben verheiratet sein.«

»Du glaubst also noch an die Ehe?«

»Es ist doch natürlich, wenn man jemanden liebt, dann will man ihn auch heiraten. Alles, was weniger ist, ist ein Kompromiß. Du hast ja auch wieder geheiratet.«

»Aber nicht aus Liebe. Ich kann das so sagen, weil ich Nigel gegenüber nie etwas anderes behauptet habe. Was ich gesagt habe, war, daß ich glaubte, ich könnte ihn mit der Zeit lieben. Er hat nie wieder gefragt.«

»Ich glaube nicht, daß die Zeit dabei eine Rolle spielt. Und ich glaube nicht, daß irgend jemand weiß, was unter dem Wort ›Liebe‹ eigentlich zu verstehen ist, du etwa?«

»Frauen wissen, was darunter zu verstehen ist. Brian, ich möchte, daß du versprichst, ganz egal, was du Prim gegenüber im Augenblick empfindest, nichts zu sagen, was sie noch weiter aufregen könnte. Ich habe gestern abend mit ihr gesprochen.«

»Was? Hat sie angerufen?«

»Ich habe sie angerufen. Sie ist meine Schwiegertochter, und ich fühle mich ihr gegenüber verantwortlich. Sie ist in meinem Haus stets willkommen.«

»Prima. Ich bin froh. Ich glaube, das ist eine sehr kultivierte Einstellung.«

»Telefonanruf für Mr. Brian.«

»Danke, Lorraine. Ich nehme ihn im Wohnzimmer entgegen. Ist es eine Dame?«

»Klang nicht wie eine.«

»Aha. Eine Nutte.«

»Brian, früher oder später wirst du mit Prim reden müssen. Ich will nicht, daß dieser Unsinn endlos weitergeht. Ich begreife nicht, wie du zulassen kannst, daß eine derart idiotische Meinungsverschiedenheit in einer Zeit wie der heutigen so aus dem Ruder läuft. Nur weil ich das Gefühl habe, daß die Schuld nicht bei dir allein liegt, kann ich dich überhaupt noch hier dulden.«

»Hallo?«

»Hi, Brian. Hier ist Johnny Dakota. Erinnern Sie sich an mich?«

»Natürlich, Johnny. Was kann ich für Sie tun?«

»Ich habe soeben die gestrige Zeitung gesehen. Sie haben meinen Namen in den Dreck gezogen, Mann.«

»Ach ja. Wer hat Ihnen gesagt, Sie sollten diese Nummer anrufen?«

»Tut mir leid. Ich verstehe, in Ihre Privatsphäre darf man nicht eindringen. Ich sag Ihnen was, ich weiß durchaus Bescheid, aber ich bin noch nie so runtergemacht worden. Ich beabsichtige, 'nen Anwalt aufzusuchen.«

»Tun Sie das nur, Johnny. Ich glaube, Sie werden feststellen, daß Sie Ihre kostbare Zeit und Ihr Geld verschwenden. Aber davon haben Sie natürlich genug. Und Talent auch.«

»Ich sollte zu Ihnen rauskommen und Sie ...«

»Mach mir keine Drohungen, Freundchen. Ich mach dich für jeden Cent haftbar.«

»Also, du beschissener ...«

»Bye, Johnny.«

»Wer war das denn?«

»Oh, bloß so 'n Arschloch, das ich für die Zeitung interviewt habe. Haut dich das nicht um?«

»Brian, ich ertrage diese unanständige Redeweise einfach nicht länger. Sie ist so ärgerlich. Es gab einmal eine Zeit, da hat ein Mann eine solche Sprache einfach nicht benutzt, nicht einmal gegenüber einem Barmädchen. Ich bin das nicht gewöhnt. Und die Leute sagen immer, du seist so negativ, in allem, was du schreibst.«

»Ja? Was für Leute sind das denn?«

»Freunde von mir, die sehr belesen sind.«

Purpurblattpflaume und Eschenahorn verfärben sich sehr schön und werfen die Blätter früh ab, daher sind dies die Arten, die Brians Mutter hinter ihren Beeten mit den gelben Narzissen angepflanzt hat. Für die wahre Herbstfärbung hat sie sich Ahorn, Rotesche und persische Zaubernuß ausgesucht. Besonders charakteristisch für den Herbst im Hochland sind die Scharen nach Beeren suchender Helmkakadus, die sich an den alten Weißdornhecken gütlich tun, die von Withycombe noch unbeschadet übriggeblieben sind. Eberesche und Feuerdorn in ornamental geschnittener Form, die an die Bürsten einer Autowaschanlage erinnern, sind entlang der Einfahrt und neben den Tennisplätzen gepflanzt. Doch Herbst ist es längst gewesen, und die Frühlingsblumen sind verblüht, obwohl es noch nicht Frühling ist. Die Osterglocken haben, wie sie es hier so oft tun, zusammen mit den Jonquillen im Herbst geblüht, doch durch eine glückliche Fügung war der Pflaumenbaum vom Lochfraß befallen, so daß sie wenigstens etwas Sonnenlicht bekamen, das man als »Streulicht« bezeichnen könnte.

Einige Tage zuvor hatte ein Lastwagen eine Ladung mit angeblich naturverwittertem Buschsandstein abgeladen, und Brian wird ihn jetzt unter der direkten Aufsicht seiner Mutter verteilen. Eigentlich handelt es sich überwiegend um ein Steingemisch.

»Also, wollen wir anfangen? Ich hoffe, du hast nichts dagegen, daß ich Jock diese Woche freigegeben habe, Brian. Ich dachte mir, wenn du schon einmal hier bist ...«

»Keine Sorge, Mum. Bin froh, dir helfen zu können. Ich brauche körperliche Betätigung. Du mußt wirklich glücklich sein, so wie dein Garten aussieht.«

»Er kommt selten richtig zur Geltung. Heute zum Beispiel sieht er ziemlich gewöhnlich aus, so trocken, wie er ist. Aber manchmal, wenn das Licht richtig ist, wenn es kräftig geregnet hat und die Sonne beim Untergehen unter den Wolken hervorkommt und den ganzen Garten in dieses sanfte Licht taucht, dieses Licht, das den Dingen soviel Tiefe verleiht, also, dann solltest du die Farben sehen. Einfach bezaubernd. All die Blumen kommen dann zur Geltung. Das ist der Hauptgrund, weshalb ich Withycombe nie verlasse. Ich könnte es nicht ertragen, verstehst du, wenn das Licht herauskäme und ich nicht da wäre. Man kann nie vorhersagen, wann das Licht gestattet, daß alles richtig wirkt, und obwohl es nie öfter als zwei- oder dreimal im Jahr richtig einfällt und obwohl es nie länger als zehn oder fünfzehn Minuten anhält, wenn ich dann in meinem Garten sein kann, also, das ist alles, was ich wirklich vom Leben erwarte. Bin ich damit selbstsüchtig? Ich hoffe so sehr, daß du es eines Tages sehen wirst und gemeinsam mit mir diese Erfahrung machen kannst, dieses Licht. Dann wirst du verstehen. Wie alles realer, tiefer wird, wenn das Licht richtig einfällt. Es ist ganz erstaunlich.«

»Ich verstehe. Und das ist es, wofür du lebst, nicht wahr, Mum?«

»Das und natürlich meine Familie. Ich kann mich nicht so beredt ausdrücken wie du, aber es ist mehr als bloß die Farbe bei den Blumen.«

»Das schätze ich auch. Wo soll dieser Brocken hin?«

Brian, ein Büromensch, überanstrengt seinen Rücken und hat am nächsten Morgen Schwierigkeiten sich aufzurichten. Statt im Garten zu schuften, macht er darum mit seiner Mutter einen Ausflug mit dem Cresta.

»Sieh dir die Stare an. Millionen von Staren. Welcher Witzbold von Tommy hat die bloß in unser Land mitgebracht?«

»Vielleicht waren sie schon von Anfang an hier, Brian. Ich habe neulich erfahren, daß das Braunheil eine einheimische Pflanze ist. Brian, bitte stell das Radio ab. Sich diesen Blödsinn anhören zu müssen, kann einem die ganze Fahrt verleiden.«

»Die Welt ist dabei, verrückt zu werden, Mum. Ich glaube nicht, daß ich dieses Geschmiere noch länger mitmache. Irgendwann reicht's mal.«

»Was willst du damit sagen, Brian?«

»Na ja, immer verärgert man irgendwelche Leute. Verstehst du, jedesmal, wenn man was schreibt, das ehrlich ist oder eine wahrheitsgetreue Darstellung der Dinge, so wie sie sind, fühlt sich jemand auf den Schlips getreten. Ich beneide Musiker, weißt du warum? Weil sie nicht verantwortlich gemacht werden. Sie können wie wild herumspringen und ihre Musik unmittelbar aus der Hölle heraus spielen, und niemand zieht sie zur Verantwortung, weil sie keine Worte gebrauchen müssen. Sie haben Glück. Sie können kein Mißfallen erregen.«

»Oh, das würde ich nicht sagen. Ich glaube, wir verstehen, was gemeint ist. Ich jedenfalls. Brian, halt bitte mal an den Läden an. Ich möchte etwas Eiskrem, für die Zeit, wenn das Baby kommt, und Champagner. Kaufst du den Champagner?«

»Gut.«

»Ich weiß, wenn du das Baby erst einmal siehst, wird alles wieder in Ordnung kommen.«

»Da war ein Anruf für Sie, während Sie unterwegs waren, Sir.«

Das Hausmädchen ist hereingekommen, um den Teller mit farbigen Cocktailzwiebeln auf Zahnstochern zu entfernen.

»Bitte nennen Sie mich nicht ›Sir‹, Lorraine. Wir sind hier in einem Land der Freien. Hat der Anrufer eine Nummer hinterlassen?«

»Es könnte das Krankenhaus gewesen sein, Brian.«

O mein Gott, es ist ihre Nummer. Schnell die Tür geschlossen, es war Paula.

Wählen. Das kann doch nicht wahr sein.

»Brian?«

»Paula, ich hatte nicht damit gerechnet, von dir zu hören. Paula, ist zwischen uns noch alles in Ordnung? Ich muß es wissen.«

»Das werden wir sehen. Aber das war's nicht, weshalb ich angerufen habe.«

»Erzähl mir bloß nicht, daß Diane schon wieder in der Klemme steckt.«

»Also, ich mach mir Sorgen um sie. Was gibt's sonst Neues? Wo hältst du dich auf?«

»Ich halte mich bei meiner Mum auf, draußen auf dem Land. Gott, wie sie mich langweilt. Warum langweilen sie einen eigentlich nur so? Wer hat dir die Telefonnummer gegeben?«

»Tut nichts zur Sache. Brian, was weißt du eigentlich über Kommunen?«

»Kommunen? Hör mal, ich kann am Telefon nicht über Kommunen reden. Du wirst dich mit mir treffen müssen, würde ich sagen.«

»Diane denkt daran, einer beizutreten.«

»Das wäre das Richtige. Eine Rebellin im Teenagealter kann sie ja nicht ewig bleiben, also muß sie irgendeinen völlig unannehmbaren Weg finden, um erwachsen zu werden.«

»Ist es auch sicher, was glaubst du, für 'n junges Mädchen?«

»Nicht übers Telefon, Paula, bitte. Kann ich nicht zu dir in die Wohnung kommen?«

»Ich glaube schon. Brian, ich habe Angst, es ist so, als ob man mit ansehen muß, wie 'ne gute Freundin sich völlig verändert.«

»Fehle ich dir wenigstens ein bißchen?«

»Ich glaube schon. Brian, du kannst aber nicht hierbleiben.«

»Natürlich nicht. Hätte ich auch nie vorgeschlagen. Jedenfalls nicht, solange Diane noch da ist. Sie ist doch noch da, oder?«

»Im Augenblick ja. Brian, das war aber 'n schonungsloses Stück, das du da über Johnny Dakota geschrieben hast. Der arme Johnny! Warum hast du ihn nur so runtergemacht? Es war grausam.«

»Ich weiß nicht. Streß. Es ist mein Job. Ich habe mich geärgert, und er ist mir in die Quere gekommen. Es stimmt jedenfalls alles. Wer weiß? Glaubst du, ich sollte ihn anrufen, um mich zu entschuldigen?«

»Ja, das glaube ich. Wir sehen uns später, aber nur, wenn du versprichst, daß du zuerst Johnny anrufst.«

»He. Das sollte ein Witz sein!«

Das ist ja albern. Brian *ne regret rien*. Dakota kannte das Risiko, das er einging, als er mit einem australischen Journalisten sprach. Sie machen es ja nur, um sich selbst herauszustellen.

»Oh, hi. Hören Sie, ich versuche, Johnny Dakota zu erreichen. Ist er da?«

»Palooka! Telefon! Was soll ich sagen, wer anruft?«

»Tut nichts zur Sache.«

»Ich glaube, er ist auf dem Klo.«

»Hören Sie, es spielt keine Rolle. Es ist nicht so wichtig. Ich komme vielleicht später vorbei. Sagen Sie ihm das. Ist er am Nachmittag da?«

»Wenn er nicht inzwischen ausgeht.«

»Ich komme vielleicht vorbei, auf gut Glück.«

Die Band blödelt herum, nachdem sie einen Cocktail aus importiertem Listerin mit Orangensaft konsumiert hat.

»Wer war das denn?«

»Wollte keinen Namen nennen. Hat gesagt, er käme vielleicht später vorbei.«

»O nein. Du hättest ihn abwimmeln sollen. Wie fühlst du dich, Mann? Cool?«

»Ja, fühle mich gut, fühle mich prima. Kein schlechter Atem.«

»Ginnsy?«

»Keine Sorge. Für mich ist das bloß 'n weiterer Trip. Ich habe Millionen davon gehabt.«

»Nein, das ist nicht bloß ein weiterer Trip. Sogar einer, der ganz hip ist, verliert bei diesem Stoff den Bezug zur Realität. Das ist ein Wahnsinnsrhythmustrip. Die machen es in Newark, und ich habe 'nen Bezugsschein drauf. *Get Down Dust* wird es genannt, und du flippst total aus.«

»Scheiß! Spürt ihr Burschen das etwa schon? Worum ging's hier eigentlich, mein Freund?«

»Jeder, der nur halbwegs ausgeschlafen ist, würde die eiserne Rute erkennen. Und nun, meine Jungs, so wahr mir Gott helfe, werden wir diese ganze Bude hier im Takt dieser eisernen Rute synchronisieren. Gerry, du übernimmst die Herdplatte, die, die so knistert, wenn du sie einschaltest, Kumpel. Ginnsy, du übernimmst den tropfenden Wasserhahn, den, der ›plitsch, platsch‹ macht, altes Haus. Denkt dran, wir haben den ganzen Tag und die ganze Nacht, um wieder runterzusteigen, und das ist ein Versprechen. James Brown, ja sogar Les Brown, dieser alte Clown, wird uns nichts anhaben können.«

»Und was machst du, während wir auf den Tüllen blasen?«

»Ich werde auf dem Staubsauger herumrasen.«

Brian bringt von unterwegs eine Pizza mit, Familiengröße, und sie essen die Pizza, und die Mozzarellafäden, die sie aus ihren Mündern ziehen, lassen sie bescheuert aussehen. Bereits nach der kurzen Abwesenheit nimmt ihm Paula wieder den Atem und bestätigt sein gutes Urteilsvermögen.

Oder vielleicht war es diese Flasche Mateus Rosé, die ihm den Atem nahm. Mir jedenfalls hat er immer den Atem genommen. Der Gipfel der Raffinesse, die gedrungene, unverwechselbare Form, und *de rigueur*, wenn man beim Preis einer dieser Chiantiflaschen zusammenzuckte, die, leer in ihrem Flechtkörbchen, die Wohnzimmer junger Damen schmückten.

»Du wohnst also jetzt bei deiner Mutter, Brian?«

Paula hat sich für samtene Schlaghosen, bloße Füße, weiße Organzabluse entschieden, Diane für zerschlissene und verblichene Männerjeans, etliche Nummern zu klein, und einen Herrenblazer mit Fischgrätenmuster, etliche Nummern zu groß.

»Bloß eine vorübergehende Sache, Diane. Bloß, bis sich die Dinge geregelt haben.«

»Oh, die Dinge regeln sich also von selbst? Wie praktisch. Ich dachte immer, die Menschen hätten 'ne Rolle dabei zu spielen.«

»Bitte, Diane. Wenn dir schon jemand 'ne Mahlzeit spendiert, dann sei doch wenigstens so gütig, sie ohne Kommentar runterzumampfen. Sei ein braves Mädchen. Schöne Pizza, ja. In Sydney machen sie die beste Pizza.«

»Oh, hoi, Paula, wie konntest du dir diesen Burschen nur durch die Lappen gehen lassen? Er ist 'ne wahre Fundgrube an Verbraucherinformationen. Wen stört's denn, wenn er außerdem noch 'n Schuft ist, der gerade seine schwangere Frau sitzengelassen hat?«

»Laß uns mal 'n Weilchen allein, Diane. Wolltest du nicht zu 'ner Versammlung?«

»Mit Vergnügen, meine Lieben, aber erst muß ich mal meine Pizza runtermampfen. Mampf, mampf! Hat Paula dir schon erzählt, daß ich dabei bin, mich 'ner Kommune anzuschließen, Brian?«

»Das schon, aber sie hat nicht gesagt, wo.«

»Ich weiß ja selbst noch nicht Bescheid.«

»Das stimmt. Du weißt noch nicht Bescheid, Diane, und zwar über dich selbst, und ich glaube, du solltest warten, bis du älter bist, so etwa einundzwanzig, bevor du diese wichtigen Entscheidungen triffst. So viele Leute haben sich Kommunen angeschlossen und festgestellt, daß es bloß eine Einbahnstraße ins Nirgendwo ist.«

»Wie war das nochmal? Eine Einbahnstraße ins Nirgendwo! Bist du noch von dieser Welt, Brian?«

»Wie wollen wir denn die Probleme der Welt lösen, von einem abgelegenen Kaff aus, Diane?«

»Wer sagt denn, daß wir die Stadt verlassen?«

»Ich dachte, der ganze Zweck von Kommunen bestünde darin,

zu den Ursprüngen zurückzukehren. Du weißt doch, Schlamm. Kuhmist.«

»Wir müssen bei uns selbst anfangen, Brian. Wir fangen damit an, unsere eigenen Pizzas zu backen.«

»Oh, verschone mich damit. Und das, nachdem du gerade mehr als die Hälfte von der gegessen hast, die ich gekauft habe!«

»Ich bin im Wachstum. Natürlich erwarte ich nicht, daß du das verstehst. Du hast ja gerade deine eigene Tochter im Stich gelassen. Schuft.«

»Ich verstehe mehr von Gartenarbeit als du, Kindchen. Ich habe die ganze letzte Woche mit dem Umlagern von Buschgestein zugebracht, und was meine eigene Tochter angeht, da will ich dir nur mal sagen ...«

»Tut mir leid, ich muß jetzt los. War sehr beeindruckend. Danke für die Pizza. Paula, kannst du mir bitte fünf Dollar leihen? Ich bin zu meiner Versammlung. Seid brave Kinder. Ich bin gegen zehn zurück.«

»Ist das 'n Versprechen? Hier, nimm das. Behalt das Wechselgeld, und kauf dir 'n bißchen Make-up.«

Wieviele Kerle haben schon daran genuckelt? Er wünschte sich, er bräuchte das nicht zu fragen.

Und sie kann sich nicht erinnern. Ist ihr egal. Zuckt bloß mit den Achseln, wenn er darauf beharrt.

Er beschließt, sich mit einer kleinen Geschichte zu amüsieren. Sie liegt oben und preßt ihren vollen roten Mund auf seinen, wenn er sie läßt, doch er drückt lieber ihre Schultern zurück und schiebt sie hoch, so daß ihre großen, prallen Brüste, deren eine gleich neben der Brustwarze ein Haar aufweist, auf seinen Mund herabhängen. Weil er die Geheimnisse der Götter preisgegeben hatte, wurde in der Orpheussage der phrygische Tantalus einer Tortur unterzogen, die darin bestand, daß eine Traube köstlicher Früchte so aufgehängt war, daß er sie gerade nicht erreichen konnte. Und selbst wenn es ihm gelang, seinen Mund um die Frucht zu legen, befand sie sich noch immer außer Reichweite, und er stellte fest, daß der bittersüße Saft, den er heraussaugte, statt seinen Durst zu stillen ihn noch durstiger machte.

Paula hat sich bis zur Taille entkleidet, doch es wird sich nichts unterhalb der Gürtellinie abspielen, jedenfalls nicht heute abend. Es war dies eine Zeit, als Mädchen noch nein sagen konnten und Jungs dieses Nein akzeptierten.

»Hmmblier. Hab ich dir schon gesagt, daß ich wie gewünscht bei Johnny Dakota vorbeigegangen bin? Hmpf.«

»Nein. Oh, was machst du denn jetzt? Mach das nicht. Ich kriege 'nen Krampf.«

»Ich massier dich auch an der Stelle. Es war eine ganz erstaunliche Szene. Ich muß da bei ihnen in irgendwas hineingeplatzt sein, aber was? Hmpfuhf.«

»Hör auf, das reicht jetzt. Ziehen wir uns an. Mir ist kalt.«

»Okay. Ja, sie hatten alle Küchengeräte rausgeholt, und sie liefen umher und schlugen Dinge an und strichen Dinge an, und die ganze Zeit horchten sie aufmerksam, und alle Wasserhähne in der Wohnung tropften, und alle Geräte waren eingeschaltet. Es ging zu wie im Irrenhaus. Sie hatten Mundwasser getrunken. Sie rochen danach. Der Kerl mit den langen roten Haaren war da, voll dabei. Hatte eine Fliegerkappe auf. Du weißt doch, der, der verlorengegangen war. Ginnsy.«

»Hast du dich entschuldigt?«

»Ja, ja. Johnny war eigentlich ganz freundlich. He!«

»Hmm?«

»Ich liebe dich.«

»Du liebst doch nur die da. Jetzt, nachdem du mal probiert hast, erwarte ich nicht, dich nochmal wiederzusehen. Mach hier mal zu, bitte.«

»Oh, du bist so ungerecht. Ja, sie wollten alle auf einmal reden. Mein Gott, sie wollten einfach nicht die Klappe halten! Als sie hörten, daß ich Journalist bin, fing der Kerl mit den langen roten Haaren an, von einem geheimen Tal zu schwärmen, das er entdeckt hat, irgendwo weit unten an der Südküste oder im östlichen Gippsland, und wie isoliert er dort unten gewesen sei und abgeschnitten von der Welt und die ganzen verrückten Sachen, die ihm passiert seien, und wie schön es sei und, oh, die wunderbaren Menschen, die dort wohnten, und natürlich ließ mich das an Diane denken. Ein Enthusiast. Er hat seinen Hund irgendwo dort verloren. Der Kleinbus ist liegengeblieben. Er ist absolut scharf darauf, wieder dorthinzukommen.«

»Was hält ihn davon ab?«

»Er kann die Stelle nicht wiederfinden. Kann sich nicht erinnern, wo es gewesen ist.«

Brian Chegwodden: Hatte, wie mir berichtet wird, einen verklärten Blick, wie jemand, der gerade den City-to-Surf-Lauf hinter sich hat. Was erklären könnte, warum Paula so in ihn vernarrt ist. Läßt durch seinen Hang zum Petting seine gesellschaftliche Herkunft durchblicken.

Paula Zoshka: Hinreißend, zugänglich, aber irgendwas ist irgendwo bei ihr nicht in Ordnung; ihre Brustwarzen werden nicht hart, wenn man daran saugt. Das mag natürlich auch nur bei Kimberley Moon so gewesen sein. Kimbo hat mit Paula geschlafen. Jeder schlief dort draußen mit jedem, außer Attis und Diane. Das gleiche passierte in allen diesen Kommunen, nach allem, was ich gehört habe. Was blieb noch von der Seele, fragen wir uns, wenn das Küssen aufhören mußte? (Browning)

Diane Zoshka: Von jenem kriegerischen Geist besessen, der die besten Demonstranten gegen den Krieg abgibt.

Johnny Dakota: Führte *Get Down Dust* in Australien ein. Unter dessen Einfluß redet der Benutzer wie unter einem Zwang stehend im Viertaktmaß, dem gleichen Rhythmus, den Orion benutzt, um die *Ballade von Erinungarah* zu schreiben. Dieser Rhythmus ist nicht willkürlich; es ist der Rhythmus des Herzschlags, des grundlegendsten aller Rhythmen. Hymnen an Kybele in antikem Griechisch wurden im galliambischen Versmaß geschrieben. Das ist das Versmaß, das der römische Dichter Catull vor zweitausend Jahren in der letzten noch vorhandenen Hymne auf Kybele verwendet, die vor derjenigen von Orion geschrieben wurde. Ich glaube, es ist gerechtfertigt, Orions *Ballade* eine Hymne auf Kybele zu nennen.

Super alta vectus Attis celeri rate maria
Phrygium ut nemus citato cupide pede tetigit (et cetera)

Sieben Betonungen mit einer Atempause für die achte. Blöde Akademiker, haben keinen Rhythmus, erkennen den achten Schlag einfach nicht. Sie verwechseln das galliambische Versmaß mit einem Siebentaktmaß, dabei sind es natürlich acht. Der klassische Bluesrhythmus, der klassische Reelrhythmus. Der ursprüngliche Rhythmus von Rock, Samba, Reggae.

Sämtliche römischen Schriftsteller, nicht nur Juvenal, versuchen, die Große Mutter herabzuwürdigen. Der Priester des Attis, nach Catull oben zitiert, ist zu bedauern. Orion hat nicht nur die einzige Hymne auf Kybele im Verlauf von zweitausend Jahren geschrieben; die seinige ist auch die erste positive Darstellung der Entmannung in der gesamten Literatur. Weil die geheiligten Originale nicht überlebt haben.

Das gibt einem zu denken, äh, läßt einen innehalten. Wir leben in schrecklichen Zeiten.

Akt 3

22

Die Notlage zivilisierter Völker. Kommunen. Mehmed bestellt bei Balthazar einen Ring.

»Als Folge der fortgesetzten gewaltigen Überschwemmungen, die sich im Verlauf der vergangenen 9000 Jahre ereigneten«, schreibt Platon in den *Critias*, »ist ein ständiger Abtransport von Erdreich aus den Höhenlagen erfolgt, und da die Küste steil abfällt, ist diese Erde, statt alluviale Ablagerungen zu bilden, wie es anderswo geschieht, unentwegt in das das Land umgebende tiefe Meer geschwemmt worden, mit anderen Worten, sie ist verlorengegangen, so daß Attika den gleichen Vorgang durchlaufen hat, der sonst bei kleinen Inseln zu beobachten ist, und das, was von Attikas Substanz übrigblieb, ähnelt im Vergleich zur ursprünglichen Form dem Skelett eines von Krankheit ausgezehrten Körpers. All die fruchtbare lockere Erde ist verschwunden und hat ein Land aus Haut und Knochen hinterlassen. Zu der Zeit allerdings, von der wir sprechen, nämlich als Attika noch unversehrt war, waren das, was jetzt kahle Berge sind, aufstrebende, erdbedeckte Erhebungen, waren die sogenannten Kiesebenen der heutigen Zeit voll fruchtbaren Bodens, und die Berge waren dicht bewaldet, ein Umstand, von dem bis heute sichtbare Spuren künden. Es gibt Berge in Attika, die jetzt lediglich als Bienenweide taugen, bis vor nicht allzu langer Zeit jedoch mit hochwertigen Bäumen bestanden waren, die Bauholz lieferten, mit dem selbst die größten Bauwerke überdacht werden konnten; die aus diesem Holz errichteten Dächer bestehen noch immer. Die jährlichen Niederschläge gingen nicht verloren, wie es heute der Fall ist, da sie über die abgeholzten Flächen ins Meer abfließen können, sondern sie wurden in all ihrem Überfluß vom Land aufgefangen, in seinen Schoß aufgesogen, wo sie in des Landes undurchlässiger Tonerde gespeichert wurden, so daß das von den Höhen abfließende Wasser in Form von Quellen und Flüssen in großer Menge und weiträumig verteilt in die Senken abgegeben werden konnte. Die noch heute an den Stätten erloschener Wasserspender bestehenden Heiligtümer liefern den Beweis für die Richtigkeit meiner gegenwärtigen Hypothese.«

Genaugenommen war es Themistokles, der die Wälder von Athen abholzte, um seine Flotte zu bauen. Die öffentlichen römisch-kaiserlichen Bäder vernichteten, was noch verblieben war.

Platon war den Berichten seiner Landsleute nach ein von einer Jungfrau geborener göttlicher Mann.

Diese Reduzierung der attischen Halbinsel etwa im vierten Jahrhundert vor Christus zu lediglich einem weiteren Olivenhain (das gleiche geschah mit Palästina als Folge von Josuas Verfügung an die Juden) – und vergeßt darüber nicht, daß der Messias buchstäblich der »Christus« ist, der Gesalbte, der Mann mit dem Olivenöl auf seinem Haupt –, diese Reduzierung stimuliert Solons wirtschaftliche Revolution, die Ablösung der Subsistenzwirtschaft durch den Anbau zum Verkauf bestimmter landwirtschaftlicher Erzeugnisse, die Herausbildung von Geld, einer Handelsflotte, von Töpfereien, um die Krüge zum Export des Olivenöls herzustellen, und erklärt auch, warum das Parthenon aus Stein errichtet wurde: wegen des fehlenden Nachschubs an libanesischer Zeder. Weiter im Norden kann der Sieger der pythischen Spiele der Amphiktyonie von Delphi, ursprünglich ein Heiligtum der Kybele, nicht länger mit Eichenlaub bekränzt werden, sondern muß mit einem Lorbeerkranz vorliebnehmen.

Hört euch dies an; laßt mich mal frei von der Leber weg reden, wie man sagt. Ich behaupte, daß die Zivilisation, so wie wir sie kennen, eine List ist, um den Folgen der Vernichtung der Wälder zu begegnen. Die Zivilisation als eine Ungeheuerlichkeit anzusehen, als Antwort darauf, daß Gott die Menschheit im Stich ließ, ist das Thema von Moses' *Genesis*, Platons *Politicus* und Vergils *Vierter Eloge*. Im Westen äußert sie sich am energischsten in den gegen die Aufklärung gerichteten Gedanken Rousseaus, doch ist mir nicht bekannt, daß irgendeiner dieser Philosophen die Entwaldung als das grundlegende Übel ermittelt hätte. Sollte dies der Fall sein, überrascht die Feststellung kaum, daß unsere wachsende Verehrung für Bäume und Wälder, die mit dem allgemeinen postmodernen Rückfall in eine Barbarei westafrikanischen Ursprungs einhergeht, selbst die angemessene Folge des neuzeitlichen westlichen Sklavenhandels ist. Nicht das Abholzen von Bäumen bedroht die Zivilisation; vielmehr kann die Zivilisation nicht beginnen, bevor nicht die Bäume verschwunden sind.

In wenig mehr als 200 Jahren haben wir Europäer und (in jüngster Zeit) die Japaner etwa achtzig Prozent des Baumbestands in Australien abgeholzt, dem Land, in dem der Pflug erfunden wurde, der Baumstümpfe überspringt, doch dadurch, daß wir heute viel weniger abholzen und obwohl diese (Un-)Entschlossenheit vielleicht auch Vorteile hat, haben wir das Recht verwirkt, so wage ich zu behaupten, von unseren Schutzgöttern Trost zugesprochen zu bekommen. Theoretisch sind Wälder erneuerbar; praktisch sind sie aber nie erneuert worden. Da wir nicht ewig auf unserer Unentschlossenheit beharren können und während wir noch immer den Großteil unseres Olivenöls importieren – wie Calvin zu seiner Bestürzung herausfand, existiert hingegen kein Markt zum Export der Grünen Munga –, müssen wir daher entweder in eine Barbarei der Ureinwohner zurückfallen (die selbst die Aborigines nicht wollen) oder eine neue Form der westlichen Zivilisation erfinden oder, was wahrscheinlicher ist, akzeptieren, daß unsere eigene Zivilisation, wenn nicht gar jede Zivilisation, dem Untergang geweiht ist, und uns der Herausforderung stellen, in unbekannte Gebiete vorzustoßen, so wie sie es im Tal von Erinungarah getan haben, und eine Glaubensrichtung entwerfen oder ans Licht bringen, die kommenden Generationen als Kokon dient.

Kommunen: Der Postmeister von Nimbin behauptet, neunzig Prozent der aus rund 4000 Seelen bestehenden örtlichen Bevölkerung lebten 1984 von Arbeitslosengeld oder der Unterstützung für alleinerziehende Mütter oder einer anderen Form von sozialer Hilfe. Damals, 1968, als die Einwohnerzahl wohl eher bei 400 lag, lebten meiner Schätzung nach nicht mehr als fünfzig Prozent von öffentlichen Wohlfahrtsmitteln.

Nun war das Gebiet von Northern Rivers in Neusüdwales das erste in diesem Land, das von den jungen Leuten besiedelt wurde, die Zablocki (1981) so eloquent als »klassenlos, weiß, städtisch, liberal erzogen, jedoch ohne berufliche Ausbildung und weder einer echten Gefahr ausgesetzt, in Armut zu verfallen, noch mit einer wirklichen Gelegenheit, in eine anstrengende und lohnende berufliche Laufbahn hineingezogen zu werden« kategorisierte. Nichts, was ein Abschluß in Soziologie oder ein Motorradführerschein nicht hätte wieder in Ordnung bringen können.

Aktien der Kommune Tuntable Falls, 200 Dollar das Stück, wurden der Öffentlichkeit erst 1973 zugänglich gemacht, und es ist nur gerecht zu erwähnen, daß diese Kommune in der Nähe von Nimbin mit ihren etwa 300 Mitgliedern auch weiterhin sowohl die bekannteste als auch eine der größten und ältesten in der Gegend ist. Was jedoch nicht überall so bekannt ist, ist die Tatsache, daß es laut der Postmeisterin von Tabulam 1968, also zur gleichen Zeit wie *Oz* in Pennsylvania und die *Paper Farm* in Kalifornien im Happy Valley am Upper Duck Creek von Old Bonalbo, eine noch größere Kommune gab, doch sie bestand nur zwei Monate lang, und die Mitglieder dieser Gemeinschaft (der *Happy Valley Candle Company Co-op*, wie sie sich nannten) – die natürlich lediglich dem Namen nach eine Kommune war, da das Gesetz zur Förderung von Kleinsiedlungen, dieses Rezept zur Selbstbeobachtung, erst in den Siebzigern verkündet wurde – hatten ihre Bienenwachskerzen, ihren Flußeukalyptushonig, alles geerbt oder gekauft, in den Channon mitgebracht und dort während ihres kurzen Aufenthalts in der Sonne an Samstagvormittagen ihre Erzeugnisse (Rettiche), ihre farbigen Steine, ihre Rattanflechthüte auf Klapptischen vor der alten Molkerei feilgeboten, und von weither waren die Leute vorbeigekommen, um zu kaufen.

Einige Zeit nach der Gedenkfeier für Martin Luther King in Balmain ist Balthazar Beauregard an die Nordküste von Neusüdwales zurückgekehrt. Er hat seinen Schmuckstand am Channon aufgestellt, und Mehmed Contramundum ist auf der Suche nach einem Ring, also ist es unvermeidlich, daß die beiden miteinander ins Gespräch kommen. Sie kennen sich flüchtig, nachdem sie sich auf Barbara Byngs Gedenkfeier für Prediger Dr. King gesehen haben, als sie unabhängig voneinander bei einem ihrer häufigen Besuche in der »Stadt der Ebene« waren, wie sie in der *Ballade* mit Bezug auf Sodom genannt wird. Sie hatten im Tal nämlich auch eine Bibel.

Balthazar hat sich durch Flucht und schnelles Eingehen einer eheähnlichen Gemeinschaft mit irgendeiner farblosen Person von seinem Verlangen nach Monica Ecks geheilt, wie er glaubt. Seine Standgehilfin Regenbogen, wenn auch ein durchaus angenehmes Mädchen, ist keine, nach der ein Mann sich umdreht. Keine leuchtendroten Lippen, weder Kaschmirpullover noch enge Jeans mit hochhackigen Schuhen, um ihren Hintern herauszustellen, keinerlei Make-up, dafür eine abgewetzte Baumwollkittelschürze mit Blumenmuster und Ledersandalen an Füßen mit schmutzigen Zehennägeln. Entscheidend aber, kein abwegiges und geschickt herbeigeführtes Spielen mit ihrer Wirkung auf Männer, denn eine solche gibt es nicht; Mehmed schenkt ihr keinen zweiten Blick.

Mehmed Contramundum trägt seinen schweren Rundhut, den Telpek, der aus Ziegenfell gefertigt ist, zu einer verblichenen Lederjacke und einer in weiche Schafslederstiefel gesteckten Kasachenhose. Er hat sich kürzlich eine Schale Joghurt einverleibt, und Joghurtklümpchen, und zwar nicht unbedingt vom kürzlich verzehrten Joghurt, kleben ihm in Kinn- und Schnurrbart. Es ist dies der Bart eines Mannes, der nie eine Frau küssen oder einen Spiegel befragen wird, und das Wasser in der Schüssel, in der er sich morgens wäscht und später am Tag das Geschirr und die Löffel vom Vortag spült, wird nicht wirkungsvoll genug aufs Gesicht aufgetragen und ist nicht warm genug, um die Reste einer Kost zu lösen, die auf Molkereiprodukten und Kürbissuppen beruht. Während er eine Attacke plant, blickt er oft von seiner Karte auf, als sei er ganz in Gedanken, und dann geschieht es, daß seine Zunge, soweit sie reicht, ihre genießerischen Vorstöße unternimmt. Mehmed ist soeben von einer Sauftour zurückgekehrt. Als Quartalssäufer der alten Schule taucht er während einer Sauftour ab und macht sich hinterher bittere Vorwürfe. Während der Sauftour trinkt er kübelweise Wodka und ißt nur Hammelpilau.

Er nimmt einen Armreif und wiegt ihn kritisch am Zeigefinger. Danach sucht er ein silbernes Kettchen heraus und hält es sich vor die Nase. Schließlich schöpft er mit der Hand eine Anzahl Marihuanakippenclips, und während er diese hinter seinem Rükken versteckt, hebt er den Blick zu Balthazar, der hofft, es werde nicht zu Schwierigkeiten kommen.

»Können wir Ihnen helfen?« erkundigt sich Balthazar.

Mehmed denkt nach. Während er das tut, schaut er sich die Szenerie hinter dem *suk* an und bedankt sich. Mehmed sieht wie einer aus, der zwei dieser Clips nimmt und sie sich an die Brustwarzen klemmt, oder an deine. Er ist nie einer gewesen, der sich an Menschen orientiert, eher ein reibungslos funktionierender Automat, doch jeder Baum stellt für ihn ein Wunder dar. Das Paradies (altpersisch: *pairidaeza*, ein Garten) existiert für Mehmed hier und jetzt, und wie der primitive muslimische Araber trägt er unter einem schlichten grünen Banner den rechtschaffenen Kampf aus.

»Stellen Sie das alles selbst her?« will er wissen.

Balthazar hat ihn nur das eine Mal gesehen, und er ist kein Mann, den man so leicht vergißt, selbst wenn man es versucht. Tätowiert wie ein assyrischer *gallus*. Sein Auftreten, sein Gebaren, seine Narben sprechen dem Zeitgeist Hohn, so wie er hier verstanden wird. Begreift er nicht, daß er unerwünscht ist?

»Einiges importiere ich aus Indien.«

»Im Handgepäck von Freunden?«

»Einiges wird aus Indien eingeführt, ja.«

Mehmed blickt nach links und nach rechts, wie ein Mann, der im Begriff ist, am Straßenrand zu pinkeln. »Sagen Sie dem Mädchen, es soll weggehen«, sagt er. »Ich möchte mit Ihnen reden, von Mann zu Mann.«

»Warum?«

»Schwären auf Ihre Seele, tun Sie einfach, was ich sage. Hier, Mädel. Kauf drei Stück Karottenkuchen davon.«

»Geh nur, Regenbogen. Ist schon in Ordnung.«

»Sie glauben, Sie hätten gut lachen mit Ihrem Handel hier. Zählen Sie mal Ihr Bargeld nach, und Sie werden das Weinen kriegen, ich aber gebe Ihnen die Chance, echt Geld zu verdienen. Haben Sie Penisringe?«

»Penisringe. Fallen die denn nicht ab?«

»Nicht, wenn sie richtig eingesetzt werden.«

»Eingesetzt.«

»Ja, man setzt sie ein. Natürlich fallen sie ab, wenn man sie aufsetzt. Sie fertigen keine an?«

»Bisher nicht.«

»Und doch sagen Sie, Sie kennen Indien?«

»Fahre oft dorthin. Regenbogen und ich planen grade 'ne Reise.«

»Einen Ampallang haben Sie wohl noch nicht gesehen?«

Mehmed drückt die vier Finger seiner linken Hand mit dem linken Daumen zusammen. Er könnte hundert Briefe in dieser Hand halten und dabei noch Motorrad fahren. Dann legt er den rechten Mittelfinger oben über die nachgebildete Eichel.

»Es ist ein Stäbchen mit einem Gewinde. Es geht durch den Kopf, hier, und normalerweise wird es mit flachen Elfenbeinknöpfen abgeschlossen. Wenn man dann mit einer Frau schlafen will, tauscht man die Knöpfe gegen kleine Kugeln aus. Manchmal gegen gar nicht so kleine.«

»Wenn Sie darauf aus sind, warum versuchen Sie's dann nicht gleich in der Eisenwarenhandlung in Casino?«

»Ich habe es nur erwähnt, weil Sie Indien erwähnt haben, Schwären auf Indiens Seele.«

»Ich habe nie 'nen indischen Penis gesehen. Sie drehen einem den Rücken zu oder hocken sich hin, wenn sie pinkeln.«

»Ich habe einen ganzen Haufen davon gesehen. Viele von ihnen mit Ampallangs.«

»Ach wirklich, wissen Sie ...«

»Haben Sie doch die Güte, mich ausreden zu lassen. Es ist nicht meine Sache, Frauen zu befriedigen, aber es gibt Zeiten, da ein Mann aus praktischen Überlegungen heraus seine Regung bändigen muß. Wie Ihnen vielleicht bekannt ist, trug Prinz Albert bei feierlichen Anlässen einen Penisring.«

»Nein, das habe ich nicht gewußt.«

»Der Prinz Albert ist ein Nasenring, aber er geht direkt durch die Spitze der Harnröhre, nicht durch die Nasenscheidewand. Fertigen Sie Bullenringe an?«

»Bisher nicht.«

»Nun reißen Sie sich aber mal zusammen. Mitten in einem Gebiet mit Schlacht- und Milchvieh müssen Sie doch Bullenringe anfertigen. Hören Sie, ich sag Ihnen was, ich kaufe Ihnen beim Tierarzt einen Bullenring, und Sie fertigen mir ein Duplikat an, aus Gold. Die Größe dürfte etwa richtig sein.«

»Hören Sie, Freundchen, haben Sie sich das mal überlegt? Ich will damit sagen, wenn Sie zwei Löcher in Ihrem Schwanz haben, was passiert, wenn Sie pinkeln?«

»Und was passiert bei einem Bewegungsmelder, wenn man nackt von Baum zu Baum eilt? Versuchen Sie nicht, mich für dumm zu verkaufen. Sind Sie von Frauen so besessen, daß Sie glauben, eine Penishülle diene der Schicklichkeit?«

»Karottenkuchen.«

»Danke sehr, Regenbogen. Wie heißt das Ding da, meine Liebe?«

»Das sind Regenbogenrunen. Die sind nicht zu verkaufen.«

Balthazar Beauregard: Guter Goldschmied. Zur gleichen Zeit, als ich mich tätowieren ließ, habe ich mir ein Ohr durchstechen lassen, und ich trage einen von Balthazars Ohrsteckern. Also, wenn man nicht bereit ist, mit der Zeit zu gehen, wie kann man dann hoffen, sie zu verstehen?

Mehmed Contramundum: Der Grünbraune Mann. Kimbo, der meine hauptsächliche Informationsquelle gewesen ist – ich habe versucht, mit Darryl MacAnaspie zu reden, aber der droht mir mit der Schrotflinte; Harley und Norten, seine Jungs, interessieren mich, und Darryl muß mich wohl für einen Päderasten halten –, also Kimbo war sich nicht sicher, zu welcher Art von Baum Mehmed geworden ist, meint aber, es sei eine Kasuarine gewesen.

Ich hätte Kimbo die *Ballade* nie zeigen sollen. Zu spät. Und was hat es mit Mehmeds »letztem Stand« auf sich? Das mag sich darauf beziehen, was er mit Smitty getan hat oder was Attis mit ihm getan hat; ich weiß es nicht. Ich weiß aber, daß alle unten im Tal eine Scheißangst vor ihm hatten, außer Diane. Vor der hatte er eine Scheißangst.

23

Die Obergurgl-Lodge. Die phrygische Mütze. Kimberley Moon in Wozzawunwun. Calvin und Monica besuchen Nisi und Olaf.

Während ich über diese Stände am Channon spreche, erinnere ich mich daran, wie ich auf die phrygische Mütze stieß. Wie ich bereits erwähnte, habe ich jahrelang als Vertretungsbriefträger gearbeitet, was eine große Belastung ist – wenn man den Mädchennamen einer Frau nicht kennt, kann man seine Arbeit nicht richtig tun –, jedoch nur in Neusüdwales und Victoria. Das Faß kam zum Überlaufen, als ich aufgefordert wurde, am Fahrsicherheitstraining teilzunehmen, wenn ich meinen Job behalten wollte. Fahrsicherheitstraining, sagte ich, Sie machen wohl Witze! Wie sich herausstellte, machte er keine, und er war sowieso bloß irgend so ein Clown, der sich aufspielte. Unterhemd nannten wir ihn, weil er einem nie vom Leibe ging.

Ich sprach sogar mit einen Vertreter der Gewerkschaft, aber er hat nichts unternommen. Ihn nannten wir Nachläufer. Er versprach ständig, der Sache nachzugehen.

Ich war seit etwa einem Jahr im Besitz der *Ballade* und zerbrach mir den Kopf über sie. Orion hatte die Namen der Hauptpersonen geändert, was sicher ein kluger Schritt war, mir jedoch nicht half. Ich trug noch immer Post aus, daher war meine Zeit für detektivische Tätigkeiten in Obliqua Creek beschränkt. Ich konnte nicht oft genug dorthin zurückkehren, und meine Nachforschungen waren ins Leere gelaufen. Offen gesagt fing ich an zu glauben, die *Ballade* sei das Produkt einer verschrobenen Phantasie.

Ich sehe mich zu der Schlußfolgerung veranlaßt, daß die *Ballade* nicht früher als eine Woche, bevor ich sie fand, aufgegeben worden war, obgleich ihre unklare Chronologie nahelegt, daß sie über einen Zeitraum von mehreren Jahren entworfen und aufgeschrieben wurde. Das Tal wurde Mitte 1979 durch einen Felssturz von der Außenwelt abgeschnitten. Orion spricht von einem »Altweibersommer«, was in meinem Buch April oder Mai bedeutet, doch es gibt da im weiteren Verlauf eine leichte chronologische Inkonsequenz, wenn er davon spricht, daß sein erster Ausflug zurück am »Wochenende des Geburtstags der Queen« stattgefunden habe. Cindy spricht am nämlichen Tag davon, daß die Kommunarden bei einer Sonnenwendfeier betrunken gewesen seien. Diese beiden Ereignisse fallen in den Juni, wenn er auch die Reihenfolge durcheinandergebracht hat, aber ich glaube, wir können mit ziemlicher Sicherheit schlußfolgern, daß die Göttin Brigid irgendwann in jenem Monat erschienen ist. Die Straße durch die Schlucht wurde von Darryl und seinem Trupp im Mai 1986 wiedereröffnet. Timothy Papadimitriou wurde im Herbst 1990 mit der Diagnose Schizophrenie in die Irrenanstalt Bloomfield in Orange eingeliefert.

Ich kann ihn dort nicht besuchen. Sie lassen mich nicht rein.

Im Winter 1991 machte ich Urlaub in der Obergurgl-Lodge, dem Heim des Postverbandes in Thredbo, sehr beliebt und auf Jahre im voraus ausgebucht. An jenem schicksalsschweren Morgen war es klar und heiter, also fuhr ich mit dem Crackenback-Sessellift auf den Gipfel hinauf. Wißt ihr, daß ich in der Nacht nicht hatte schlafen können? Ich hatte Fieberphantasien gehabt. Mein Laken mit einem Bogen Briefmarken verwechselt.

Ja, irgendwas, das ich auf den Hängen gesehen hatte, hatte ein Gefühl des Unbehagens in mir hinterlassen. Ich hatte keine Ahnung, was es gewesen sein könnte, also machte ich mir so gut es ging den Kopf frei und versetzte mich bei einem großen schäumenden Glas oder auch vier in Engelslaune. Wie bei einer Adresse, an die man sich nicht erinnern kann, hat es keinen Zweck, sich zu quälen: Aus Angst, daß es verschwindet, muß man das Problem jedoch auf anderem Weg angehen.

An meinem vorletzten Tag in Thredbo, als ich mich vom Fieber erholt hatte, kam ich gerade mit dem Sessellift wieder nach unten, als dieser anhielt, damit ein Skifahrer mit gebrochenem Bein zusteigen konnte. Ich wurde an die Zeit erinnert, als ich einer Wette wegen auf dem Jahrmarkt mit der Krake fuhr. Der Mann vom Bedienungspersonal, der glaubte, mir einen Gefallen zu tun, ließ mich ein halbe Stunde lang dort oben. Nun hing ich schwebend über dem Bach, und während ich zitternd dort hockte – denn ich stellte fest, daß die Regenkleidung der Australia Post für diese Verhältnisse ungeeignet war –, sah ich sie erneut und erkannte in dem Augenblick, als ich sie zum zweiten Mal sah, jenes Mädchen, das mein Unbehagen hervorgerufen hatte.

Es war nicht so sehr sie selbst als vielmehr die Kopfbedeckung, die sie trug. Ich bin zu alt für die Liebe. Auf euch hätte es vielleicht den Eindruck eines Stücks schicker Skikleidung gemacht; der Weihnachtsmann trägt die phrygische Mütze ebenso wie die sieben Zwerge. Und da es ja mitten im Winter war, sah die phrygische Mütze *à propos* aus. Denn hier war es kein *libertinus*, der eine *pileus* trug, der römische Freigelassene in seiner phrygischen Mütze aus rotem Filz, die zum *bonnet rouge* des französischen Revolutionärs wurde. Unsere fragliche Mütze war keine Nachtmütze, denn sie hatte keinen weißen Bommel, und es war kein Filz, sondern Samt, und sie war nicht rot, sondern himmelblau und sternenübersät wie das Dach der Kapelle von Hampton Court. Es mußten die Sterne gewesen sein, die diese Reaktion bei mir auslösten. Sie leuchteten im Schnee, wie ich mich erinnere. Ich erinnere mich auch, daß Attis eine ebensolche Mütze von seiner Gemahlin Kybele erhalten hatte.

Der ursprüngliche Attis.

War dies womöglich eine jener Mützen, die ich von der *Ballade* her so gut kannte? Als ich das Mädchen später eingeholt hatte, fragte ich sie, ob sie die Mütze selbst angefertigt habe. Nein, antwortete sie, ich habe sie aus dem Laden von Wozzawunwun. Kennen Sie den Ort?

Nur von der Postleitzahl her, bekannte ich und spielte wie im Comicstrip gegenüber Blondie den Briefträger Mr. Beasley.

Am nächsten Tag fuhr ich dorthin, und ich fand Wozzawunwun am Ende einer langen gewundenen Schotterpiste, voller Schlaglöcher, und es sah mir aus wie ein Ort, der vor die Hunde gegangen war, und zwar nicht zum ersten Mal. Ein aufgegebener Verladebahnhof an einer verfallenen Nebenstrecke mit einem stillgelegten Sägewerk, der einem fahruntüchtigen Ford-Blitz-Laster Trost zusprach und durch dessen Fenster die Brombeeren wucherten, und eine Hauptstraße, unbefestigt, gesäumt von staubgrauen Bhutan-Zypressen. Ich war aufgeregt; ich wußte, Post, die hier geschrieben wurde, fiel in den Zuständigkeitsbereich von Obliqua Creek, das in der Luftlinie nicht weit entfernt liegt. Ein verödeter Jahrmarktsplatz. Verfallene Tennisplätze. Ein paar Wohnbaracken aus Asbestzement und jede von ihnen mit einem dreieckigen Loch mit gezackten Rändern neben der Eingangstür, und sie waren mit Schlamm und Moos und Motoröl beschmiert. Die Kirche aus Wellblech war rot angestrichen wie die von Golspie. Eine angepflockte Ziege von Stadt, eine Plastikrose von Stadt in einem Glas Vegemite-Brotaufstrich. Das einzige Merkmal, das für sie sprach, war die Aussicht nach Osten auf das Plateau von Erinungarah, das über dem Wozzawunwun Creek schroff aufsteigt. Ein paar Kilometer weiter in Richtung der Lichter irgendeiner Küstenstadt blickt man, wie man mir erzählt, in den Rachen der Schlucht hinab. Ich kann es nicht wissen. *Non scire fas est omnia.* Man kann von einem Mann nicht erwarten, daß er alles weiß. Nicht mal von einem Briefträger.

Doch hinter der Zapfsäule auf dem Fußweg stand ein Avalon-Café mit einer verblichenen regenbogenbunten Markise, diese Art von königsblau gestrichenem Gemischtwarenladen mit Cafeteria, wie üblich zum Verkauf stehend, in dem mit Büchern aus zweiter Hand, Devonshire-Tees, Kitsch, Brot in Scheiben, aquarischen Restposten und Erinnerungsstücken, Pepsi und sonst noch allem möglichen gehandelt wurde. Heutzutage muß es wohl voller Videos sein. Der Laden war geschlossen, doch die Nippes, auf Klos sitzende ausgestopfte Riesenkröten, veranlaßten mich zur Umkehr. Dabei hörte ich jemanden mit einem schlimmen Knie eine Treppe hinuntersteigen.

»Wünschen Sie etwas?« rief er mir nach, Verzweiflung in der hohen Stimme.

»Nein, ist schon in Ordnung«, erwiderte ich. »Ich habe mich nur mal kurz umgesehen.« Zu diesem Zeitpunkt hatte ich mich entschlossen, zu meinem angestammten Sitz zurückzukehren. Man kann eben nur ein bestimmtes Maß ertragen.

Aber während ich zum Motorrad zurückging, folgte er mir, und er mußte mich aufmerksam beobachtet haben, denn als ich nach meinem gelben Helm griff, stemmte er seinen gesunden Fuß auf meinen Mittelständer.

Kimberley Moon, der einstige König des Steigbügels. Er trieb diesen Mittelständer zwei Zentimeter tief ins Erdreich.

»Komm schon, mein Sohn«, sagte ich, »nimm deinen Fuß da runter. Du solltest mich nicht unterschätzen. Zu meiner Zeit habe ich's mit mehreren von deiner Sorte aufgenommen.«

»Sie sind ein Mann, der liest«, verkündete er, nachdem er meine Bifokallinsen von der Stärke einer Cokeflasche bemerkt hatte. »Sie möchten sich nicht vielleicht noch 'n paar leicht verschossene gebrauchte Bücher ansehen?«

»Ich würde mir viel lieber eine sternenübersäte Skimütze ansehen«, sagte ich ihm. »Sie haben nicht zufällig eine, die im Dunkeln leuchtet?«

»Oh, es könnte noch eine da sein«, meinte er. »Ich kriege sie einfach nicht mehr. Das Mädchen, das sie angefertigt hat, ist weggezogen.«

Paula. Sie ist jetzt wieder in Double Bay, verbringt viel Zeit in Kaffeestuben damit, mediterrane Typen anzumachen.

Also, es war noch eine da, die grüne, die ich trage, während ich diese abschweifenden Zeilen zu Papier bringe, und ich glaube sogar, sie gehörte eigentlich Kimbo, aber er hat sie mir trotzdem verkauft. Er mußte gemerkt haben, daß ich berappen würde. Hat mich meine halbe Rente gekostet. Wir bleiben in Verbindung. Erst neulich hatte ich einen Anruf von ihm.

»Es ist gerade was reingekommen, das mich an dich hat denken lassen«, sagte er mit all der Überzeugung, die Leute in den Ausspruch »Wie gut, wenigstens keine Rechnungen« legen können, wenn man keine Post für sie hat. Leider besaß ich bereits zwei Exemplare des *Srimad Bhagavatam* von Seiner Erhabenheit A. C. Bhaktivedanta Swami Prabhupada.

Kimberley Moon: Hat den Laden in Wozzawunwun gekauft und kann den Kram nun nicht loswerden. Fährt von dort einmal in der Woche querfeldein zur Hormonbehandlung im Krankenhaus. Macht auf den Skipisten ein paar kleinere Geschäfte. Ist mir beim Abfassen dieser Geschichte eine große Hilfe gewesen. Als wir uns kennenlernten, war natürlich alles schon vorüber. Das Ende der Geschichte könnte man auf die Wiedereröffnung der Schluchtstraße durch Darryl und seinen Trupp im Mai 1986 datieren. Ich werde euch bis dorthin begleiten. Drei Jahre später hat dann die

Fürsorge einen dicken Schlußstrich gezogen, indem sie die Kinder fortnahm, weil diese die Angewohnheit hatten, sich in die Stadt davonzuschleichen, um dort Fernseher anzuglotzen und zu klauen. Mir wurde erzählt, daß sie die Hauptstraße entlangschlenderten und zum Vergnügen Fenster einschlugen. Sie waren eben naiv. Und hier kommt etwas Komisches: Diese Kinder – mit Ausnahme von Terebinthe – wurden laut Kimberley Moon alle in den frühen Siebzigern als Ergebnis dieser Explosion des Eros geboren, die der Gründung jeder Kommune folgt. Was bedeutet, daß Bergeukalyptus zu der Zeit, als sie in Obhut genommen wurden, stark auf die Zwanzig zuging. Natürlich wußten sie nicht, wie alt sie waren, und auch niemand anderer wußte es, da ihre Geburten nie registriert worden waren und das Erinnerungsvermögen im Tal gelitten hatte, um es milde auszudrücken. Daher fiel es den ihre Fälle bearbeitenden Sozialarbeitern zu, ihr Alter zu schätzen. Und darin liegt ein wirkliches Mysterium; darin liegt das Mysterium der Mysterien: Selbst bei Berücksichtigung der notorischen Unfähigkeit von Beamten hätte man annehmen sollen, daß die Fürsorge nicht mehr als ein Jahr danebenliegen würde, da es ja physiologische Indikatoren des Älterwerdens gibt, auf die wir hier nicht eingehen wollen; dennoch wurde jedes einzelne jener Kinder aus dem Tal im Jahr 1989 auf nicht älter als zwölf Jahre geschätzt.

Olaf Abernathy war im Februar 1968 bei Nisi Papadimitriou eingezogen. In der Mitte des Winters hat Nisi dann das Gefühl, es sei an der Zeit, ihre sozialen Kontakte einmal aufzufrischen. Wegen ihres Altersunterschieds haben sie keine Gemeinsamkeiten, auch keine Freunde, daher hat Nisi Monica und Calvin Ecks zu einem Besuch zu sich und Olaf in die Hütte in den Blue Mountains eingeladen, die sie sich mit Nisis Buben Timothy Papadimitriou und Aloysius O'Looby teilen. Dieser Besuch findet Mitte 1968 statt, etwa zu der Zeit, als Diane in Sydney wegen Verunglimpfung des Alliierten festgenommen wird.

»Ich bin«, ergeht sich Nisi in Erinnerungen, »in 'ner Kleinstadt auf dem Land draußen im Westen aufgewachsen, und meine Pferde liefen mir immer aus der Koppel davon, auf der ich sie hielt. Ich hielt sie auf diesen kleinen brachliegenden Grundstücken, die es in jeder Stadt draußen auf dem Land gibt, diesen kleinen, verlassenen Koppeln mit ihren primitiven, behelfsmäßigen Zäunen. Das erste Pferd, das ich besaß, hieß Prinz. Es war 'n alter Bauerngaul von dreiundzwanzig Jahren.«

»Mann, das ist vielleicht alt.«

»Es war ganz weiß vor Alter, Mon, und es hatte 'ne römische Nase und große, häßliche Ohren. Und wie es schnaubte, wenn es in leichtem Galopp ging. Ha! Ha! Ganz egal, wieviel Draht ich auch in den Zaun steckte oder wie straff ich ihn spannte, es kam einfach raus. Einmal habe ich es dabei ertappt, wie es sich auf den Knien unter dem untersten Strang durchschlängelte.«

»Cindy, schlag dir nicht die Knie auf, wenn du das tust.«

»Ich bin ein Pferd, Mami. Guck, wie ich laufe. Wieh-ieh-ieh!«

»Cindy, mir gefällt dein Benehmen nicht. Ich werde dich einfach nicht beachten. Oh, es ist so schön, hier draußen auf dem Land zu sein. Laß uns doch auch aufs Land ziehen, Calvin.«

»Es ist nicht immer so, Monica. Normalerweise haben wir keine Zeit, uns zurückzulehnen.«

»So 'n Mist!«

»Glaubt ihr, daß Olaf zurechtkommt? Vielleicht sollte ich mal nach ihm sehen.«

»O nein, er kommt schon zurecht. Macht doch 'nen Spaziergang, wenn ihr mögt, aber er müßte inzwischen eigentlich schon zurück sein, Calvin. Ich hatte geglaubt, er würde um diese Zeit wieder da sein. Er muß ja heute nacht arbeiten. Ich habe ihm gesagt, daß ihr kommt.«

»Er wird uns nicht verpassen, Nisi, denn wir bleiben bis ziemlich spät. Ich werde bald nicht mehr fahren können. Habe die Absicht, mich vollaufen zu lassen.«

Olaf bleibt im verborgenen, wartet auf die Worte, die bestätigen, wie unwichtig er doch ist. Als Monica und Nisi in die Küche gehen, um zum Mittag eine Suppe zu bereiten, konzentriert er sich auf Calvin. Calvin rülpst. Wie entspannt der Mann wirkt. Redet mit der Sicherheit eines Paul Ehrlich.

Ich wünschte, ich könnte so sein, denkt Olaf. Ich wünschte, ich wäre berühmt oder aus Kalifornien oder beides.

»Hallo!«

»Oh, hi, Mann! Wir haben uns schon Sorgen um Sie gemacht. Sie müssen Olaf sein. Ich bin Calvin, Monicas Mann.«

Calvin streckt eine muskulöse Hand mit dem Griff eines Drahtspanners aus. Olaf hält einen toten Fisch dagegen. Olaf hat jeden Mut verloren.

»Hab 'n paar Bier für euch mitgebracht.«

»Danke.«

»Ein hübsches Fleckchen habt ihr hier.«

»Es gehört nicht uns. Wir haben's bloß gepachtet.«

»Nisi sagt, Sie haben den Stall gebaut.«

»Ja. Warum ist das Pferd draußen?«

»Die Kinder haben's wohl rausgelassen. Sie wollen's nur nicht zugeben. Ich schätze, es geht schon wieder rein, wenn es Hunger hat.«

»Ich hoffe nicht.«

»Oh?«

»Ich hasse das blöde Pferd.«

»Ja, ich mag auch keine Pferde. Sie sind zu 'ner richtigen fixen Idee geworden. Ich konnte erst gar nicht glauben, als Nisi Monica erzählte, was es frißt.«

»Ist das Ihre Tochter?«

»Ja, das ist Cindy. Sie redet ständig von Ihrem Tim.«

»Der ist nicht meiner. Ermuntern Sie sie nicht, reiten zu wollen.«

»Werd ich nicht. Keine Sorge.«

»Und dann die versteckten Kosten.«

»Kann ich mir denken. Trinken Sie doch 'nen Schluck.«

»Danke.«

»Das Bier steht im Kühlschrank.«

»Später. Weidegeld, Zaunziehen, Tränken, Beschlagen. Futter. Stallkosten.«

»Stimmt. Tut mir leid zu hören, daß Sie eingezogen werden, Mann.«

»Schwere Decke für den Winter. Leichte Decke für den Sommer. Kapuze, Zaumzeug. Sattel, Halfter.«

»Klingt ja so, als ob es nie aufhört.«

»Leine, Striegel, Shampoo. Peitsche, Reitstunden, Longe. Reithosen, Reitstiefel, Reitrock. Handschuhe. Miete für den Pferdeanhänger.«

»Um von den Erstkosten für den Kauf des Pferdes gar nicht zu reden.«

»Das ist die geringste der Sorgen. Die Leute verschenken sie.«

»Übrigens, Mann, laß mich nicht mit deinem Mädel allein, wenn ich blau bin. Mir darf man nämlich nicht trauen.«

Nisi Papadimitriou: Pferdenärrin. Wenn ihre Väter sie nur öfter auf den Schultern getragen hätten, als sie noch kleine Mädchen waren.

Olaf Abernathy: Die Großvaterbrille stellt sich jetzt als eine Marotte heraus. Wurde als militärtauglich eingestuft.

Calvin Ecks: Mit Nisi Papadimitriou zukünftiger Vater von Pflaumenblüte.

Akt 2 – Szene 2

24

Der Brumby-Auftrieb. Kimberley wirft seinen Sattel den Sunrise Lookdown hinunter.

Die Straße ins Tal von Erinungarah wurde 1968, einige Zeit nach der Totenfeier für Martin Luther King in Balmain, durch einen Felssturz blockiert. Dies ereignete sich, als Michael Ginnsy, voll unter Stoff stehend, das Tal gerade besuchte. Phryx und Gwen, diese beiden Veteranen, die dort auf der Ebene wohnten – also, bitte bringt jetzt die beiden Felsstürze nicht durcheinander: Es gab einen Felssturz, der die Straße durch die Schlucht versperrte (1968) und einen Felssturz, der die Piste blockierte (1979) –, waren zu diesem Zeitpunkt zwar noch am Leben, doch daran gehindert, ihre Miete zu bezahlen. Ginnsy, der gezwungen war, seinen Kleinbus im Tal stehenzulassen, kehrte nach Sydney zurück und vergaß nicht nur, wo er gewesen war, sondern auch, wo er seinen Bus abgestellt hatte. Wir wissen, daß er im August mit Johnny Dakota im Nachtclub Latin Quarter auftauchte. Es war in der Zeit zwischen April und August, während sich sein Kleinbus zwar im Tal befand, Michael, der Mann selbst, jedoch nicht, daß die MacAnaspie-Sippe beschloß, ihre Brumbies einzufangen, weil sie die Pferde benötigten, um das durchzuführen, was der letzte große Rinderauftrieb werden sollte.

Unser Trupp potentieller Pferdezureiter legt eine Pause ein, bevor er Wonderview verläßt, um sich der Dose mit Corned-Beef-Sandwiches zuzuwenden, die jemand vorbeigebracht hat. Sie haben nicht die Absicht, die Nacht im Freien zu verbringen. Zwei große Auffangflügel aus Schnüren und Zeitungspapier sind errichtet, um die Pferde in die Pferche des Anwesens zu leiten, und es ist früh am Morgen. Kookaburras beginnen gerade zu singen, sofern man das singen nennen kann. Fledermäuse schwirren umher. Das Gras ist feucht, der Sand klebt an den Reitstiefeln, obgleich gar keiner reitet. Darryl und Fergus tragen nämlich Reitstiefel in ihren Langholzlastern. Kimberleys zäher kleiner brauner Bergwallach, der auf dem Tieflader herübergebracht wurde, ist reitfertig angebunden. Laut Horrie sind diese Pferde der MacAnaspies so gut abgerichtet und verfügen über ein so langes Gedächtnis, daß es ausreicht, ein- oder zweimal in die Hände zu klatschen und »hallo« zu rufen, um sie zu diesen Koppeln stürmen zu lassen, sobald der Zaun erst einmal steht.

Der Auslauf, auf dem sich die Pferde befinden, deckt sich aus ihrer Sicht insofern mit dem Areal, das den Rindern als Weideland dient, als daß kein Zaun, kein natürliches Hindernis den einen von dem andern trennt. Auf beiden wachsen alle fünf oder zehn Meter Urnenfrucht-Pfefferminzeukalypten und Silberkroneneschen aus einer Bodendecke von Stechginster-Bittererbse, stachligem Sonnenbusch, australischer Stechpalme und Stachelmoosen. Zu bestimmten Jahreszeiten weiß vor *Platysace*, Bartheide und Bergflanell und Pimelien, stellt das Gelände beim Durchqueren hohe Anforderungen an den Wanderer, ist ein für den herkömmlichen Hütehund nahezu undurchdringliches Dickicht, ein geschützter Zufluchtsort für den seltenen bedrohten Pinselschwanzbeutler und ein Motocrossgelände und eine Altreifenhalde für Darryl MacAnaspie. Erosionsrinnen mit Terebinthe und Spiralpalmen, die in ihrer Trockenheit im krassen Gegensatz zu den Glanzeukalyptus- und weichen Baumfarnbeständen im feuchten Hartlaubwald weiter unten stehen, fallen links und rechts, wo auch australische Fuchsie und Trauerbaeckea vorkommen, steil ab.

»Wir versorgen sie mit Futter, mußt du wissen. Darryl wirft hin und wieder 'n Bündel Heu hier ab. Stimmt's, Darryl?«

Darryl gibt keine Antwort. Fergus grinst Attis an, und Horrie greift das Grinsen augenblicklich auf.

»Du fütterst sie doch, Darryl, nicht wahr?«

»Nee, eigentlich nicht. Ist zu schade für sie.«

»Was meinst du damit? Du bist doch derjenige, der mit seinem Motorradklub hierherkommt! War es nicht schon immer klar, daß es deine Aufgabe ist, die Pferde zu versorgen?«

»Barney hat das immer gemacht.«

»Barney! Barney ist schon seit Monaten fort. Willst du damit sagen, daß die Pferde seit Monaten kein Futter mehr bekommen haben? Du Idiot! Du Blödmann! Du müßiggängerischer, tunichtguter, stinkfauler Mistkerl, dir sollte man eins mit dem Rohrstock überziehen!«

»Versuch's doch.«

»Was machen wir jetzt, Boß?«

»Na ja, macht nichts. Dann fressen wenigstens die nutzlosen Tiere nicht das ganze Heu auf; hätte ja auch sein können, daß es an 'ner gefährlichen Ecke abgeworfen wird.«

»Weiß nicht, Kimberley. Weiß nicht. Vielleicht gehen wir mal 'n Stückchen in den Busch hinein, um zu sehen, ob wir 'ne Fährte aufnehmen können. Da sie nie gefüttert worden sind, können sie inzwischen überall auf dem Anwesen sein. Du verdammter Idiot!«

»Es geht vielleicht schneller, wenn ich zu uns zurückgehe und 'n paar Pferde von dort hole.«

»Nehmt doch Motorräder.«

»Ja, das könnte dir so passen. Du willst die Pferde wohl auf deinem Motorrad herholen, Darryl, steig doch auf dein Motorrad! Deine Pferde würde uns bei dem, was wir vorhaben, nichts nützen, Kimberley. Vielen Dank für dein freundliches Angebot, aber du kennst dieses Anwesen nicht. Diese zwanzig Stück Vieh werden sich den verwilderten Rindern angeschlossen haben. Es hat schon immer viel verwildertes Vieh hier draußen gegeben, nicht, Dad?«

»Die gibt es schon seit den Dreißigern hier.«

»Seit den Dreißigern. Stellt euch das vor. Verstehst du, was ich sagen will, Kimberley? Wir sind seit den dreißiger Jahren des vorigen Jahrhunderts hier. Kennen uns hier aus. Denk dran, wir waren es, die dieses Land mit Rindern bestückt haben, wir waren vor euch Moons hier, und es ist unsere Überzeugung, daß nur Pferde, die auf diesem Anwesen gezüchtet worden sind, 'nen Auftrieb hier durchführen können. Zu unwegsam für jedes Pferd, das kein erinungarahisches Uganda-Arbeitspferd ist. Ein alter Onkel von uns hat von der Königlich Ugandischen Kavallerie 'n paar Arbeitspferde mitgebracht, oh, die kommen mit unwegsamem Gelände einfach prima zurecht. Das war nach dem Sudankrieg. Die Jungs haben immer die Motorräder genommen, mir aber ist egal, was ihr da sagt, es gibt Stellen, wo ein Pferd hinkommt, ein Motorrad aber nicht.«

»Aber nur, wenn es vor sich das Hufeklappern eines anderen Pferds hört. Werd doch vernünftig, du alter Narr.«

»Oh, glaubst du, wie? Seitdem du den Zusammentrieb mit

dem Motorrad machst, Darryl, bringst du jedesmal immer weniger Tiere zusammen. Sie sind dir nämlich auf die Schliche gekommen. Und du mußt auf 'nem Pferd sitzen, um 'nen Hengst einzufangen. Ich spreche von einfangen, nicht von vorsichherjagen. Ein Viehtreiber auf 'nem Motorrad kann nicht mal eine von diesen kleinen japanischen Kisten einholen. Ich mag gar nicht dran denken, wieviele verwilderte Tiere wir da draußen haben, aber eins ist sicher, wir treiben sie diese Woche zusammen, die verwilderten und den ganzen Rest, und deshalb nehmen wir keine Motorräder. Vor dem Lärm, den ihr macht, haben sie keine Angst, was macht ihr also? Steigt ab und schlagt ihnen eins über den Kopf? Versteht ihr, eure Wahlmöglichkeiten sind begrenzt. Man braucht immer beide Hände und Füße. Ein zusätzliches Paar Füße käme sehr gelegen, wie ihr noch feststellen werdet oder vielleicht auch nicht, denn das ist der letzte Auftrieb auf diesem Anwesen. Ja, ob es euch gefällt oder nicht, wir können dieses Anwesen der MacAnaspies nicht länger als das unsere ansehen. Die Wahrheit ist, daß sich das Anwesen – außer dem Paddock am Haus, und der liefert Futter für höchstens 'n Dutzend Rinder und lohnt nicht, gerodet zu werden, jedenfalls werde ich es nicht tun – in den Händen von Nachbars Ziegen befindet, soweit es nicht der Naturschutzbehörde gehört. Also müssen wir die Nutzung des Weidelands aufgeben und zusehen, wie wir in Zukunft klarkommen.«

»Aber das Tal gehört uns doch trotzdem noch, nicht wahr?«

»Ja, aber das Weideland gehört uns nicht, und die Tiere werden sich ungehindert zwischen beiden hin- und herbewegen, wenn es ihnen zu eng wird.«

»Bergziegen, Kumpel. Warte, bis du sie erst mal siehst.«

»Wollen es euch abkaufen, nicht wahr?«

»Ja, und wir verkaufen auch, wenn der Preis stimmt. Nicht wahr, Dad?«

»Ich weiß nicht. Die müssen erst mal 'nen anderen Ton anschlagen, bevor ich mit Forsthütern Geschäfte mache. Beschweren sich ständig über die Hunde! Ich sage zu ihnen, also ich frage sie, wie sollen wir denn ohne Hunde unsere Rinder zusammentreiben?«

»Was sind das denn für Hunde, Mr. MacAnaspie?«

»Die treiben sich draußen auf dem Weideland rum. Du wirst sie noch sehen.«

»Weißt du, Kimberley, du bist der erste, der kein MacAnaspie ist und auf ’nen Viehauftrieb der MacAnaspies mitgenommen wird. Du wirst noch alle unsere Berufsgeheimnisse kennenlernen. Wir sind die einzigen Männer, die es noch gibt, die in diesem Gelände Rinder züchten können.«

»Zu spät, als daß es mir noch was nützen könnte, Boß.«

»Das ist der einzige Grund, weshalb wir dich mitnehmen.«

Bald schon wird klar, daß das, was man in ein paar Tagen zu erledigen gedachte, Wochen dauern könnte. Die selbstauferlegte Last des ganze Kerle erfordernden und die Ehre kitzelnden Viehauftriebs legt sich auf diese Männer, ganz wie der Regen, der die Dürre nicht brechen kann. Nebel senkt sich. Felswände glitzern im Dunst. Die Flüche eines Kunden mit einem halbausgehobenen Wasserreservoir, Drohungen vom Holzspanwerk, sogar Appelle von der High School, die Attis eigentlich besuchen sollte – die Hunde bellen, doch die Briefträger ziehen weiter.

Und je mehr Regen, desto problematischer der Auftrieb. Mitten im Winter, zur morgendlichen Teezeit um neun, triefend naß in ihren Drizabone-Umhängen, die Augen vor Rauch tränend, versammelt sich die sechs Mann starke Truppe zu einer stärkenden Tasse Tee am Lagerfeuer, das ums Überleben kämpft. Der Teekessel hängt an einem Stück Draht an einer umgedrehten Marmeladendose auf einem Dreibein aus Stöcken. Herrgott, ist es kalt! Atem von den Pferden und Dampf aus den Auspuffanlagen der beiden Motorräder vermischt sich mit dem Nebel, von dem diese Männer keine größere Notiz nehmen als ein Briefträger von einer Direktive über Postwurfsendungen. Gibbon schreibt unter Anspielung auf die Kavallerie des römischen Kaisers Licinius: »Da die Kavallerie aus Phrygien gezogen wurde, gelangen wir vielleicht zu einer höheren Meinung über die Schönheit der Pferde als über die Tapferkeit und Geschicklichkeit ihrer Reiter.« Hier trifft das Gegenteil zu.

»Hast du dran gedacht, den Hühnern ein Ameisennest und den Schweinen ein Wallaby vorzuwerfen, Darryl? Es amüsiert mich, daß mein Hahn weiß, daß er der Vater aller meiner Hennen ist, aber keine der Hennen hat die geringste Ahnung, von wem sie die Mutter sein könnte. Hast du das Natron mitgenommen, Fergie, für die Damper, unser Buschbrot, und auch zur besseren Verdauung danach?«

»Ja, Dad.«

»Meint ihr nicht auch, es wäre besser, wir hätten ein Packpferd, Jungs? Noch ist es nicht zu spät, zurückzugehen und eins zu holen.«

Beide Motorräder, große, selbstgebaute Maschinen mit Einlitermotoren und eingebeulten Langstreckentanks und Schwerlastgabeln und Stollenreifen, tragen beidseitig überquellende Packtaschen, aus denen jeweils ein Klappersack und eine Buschsäge herausragen. Die Pferde tragen lediglich Deckenrollen. Ob Kimberleys Pferde mit davonstürmenden Pferden mithalten können, ist fraglich; Horries Plan ist es daher, die Pferde mit den Motorrädern vor sich herzutreiben, während die berittenen Männer Pferche errichten, und dann, wenn die Pferde halb zugeritten sind, die frischen Pferde zu benutzen, um die Rinder aufzutreiben. Voll zugerittene Pferde können das nicht oder wollen nicht.

Nachdem der Trupp den hauseigenen Paddock erkundet und kein einziges Stück Vieh angetroffen hat, ist er jetzt auf die eigentliche Weidefläche weitergezogen, jenes wilde Plateau, nahezu fünfzig Kilometer lang und mehrere Kilometer bis kaum hundertfünfzig Meter breit. So etwas wie ein Pfannenstiel, wobei die Pfanne zum größten Teil dem Nachbarn und der staatlichen Forstwirtschaft gehört und im Osten durch die 600 Meter tiefe Erinungarah-Schlucht begrenzt wird und im Westen durch den linken Arm des Wozzawunwun Creek, nicht so tief, aber ebenso steil; das Anwesen streckt zahlreiche bis zu anderthalb Kilometer lange Finger aus, die als schmale Landzungen hinausreichen und als wellige Bergkämme hinabführen. Ist man erst einmal an der Furt bei den Wasserfällen vorbei, beginnt der Nationalpark, doch Parkhüter kommen niemals hier hinaus. Da gibt es eine Art Feuerschneise, die von der Erinungarah-Straße oberhalb der Schlucht abzweigt, aber sie ist ausgewaschen und mit großblättriger *Persoonia*, Haarnadelbanksien und lieblich duftendem Teebaumsträuchern überwuchert, unter denen sich Stümpfe von Blutholzeukalypten verbergen, die dem letzten Tanklastzug der Feuerwehr, der sich hier hineingewagt hat, die Ölwanne aufrissen. Die örtliche Buschfeuerwehr möchte, daß der Straßenhobel einmal durchgeht, und zwar möglichst bald, aber die Park- und Naturschutzbehörde will hier aus Angst vor einem störenden Eingriff in den Lebensraum des Pinselschwanzbeutlers, der sich anscheinend aus dem Schutz des Regenwalds hierhergewagt hat, nichts unternehmen. Jedenfalls wollen sie keine Feuerschneisen in der Wildnis. Das ermutige nur Vandalen.

»Sieh mal«, sagt Charlie, »die Nebel steigen. Man kann ins Tal sehen.«

Tatsächlich hat sich der Nebel momentan gelichtet, und Kimberley kann zwar nicht so sehr das Tal sehen, das noch immer in Nebel gehüllt ist, aber durchaus das Lagerfeuer, einen Meter von der Schlucht, und auch, daß sein Pferd von einem breit grinsenden Darryl an einen verkümmerten Streifenrindeneukalyptus, der sich an einen Felsvorsprung klammert, angebunden worden ist.

»Klugscheißer.« Mit klirrenden Sporen schreitet Kimberley krummbeinig wie ein Cowboy zu diesem Vorsprung, dem Sunrise Lookdown.

»Ich glaube, es ist sein Sattel, um den er sich Sorgen macht, Jungs. Für den Gaul würde ich keinen Heller mehr geben.«

»Ja, das ist ein wunderschöner Sattel, Kimberley. Ich habe ihn schon den ganzen Vormittag bewundert. Der ist handgenäht, nicht wahr?«

»Hab ihn aus Texas, Boß. Hab ihn von dort mitgebracht, als ich zum Rodeoreiten drüben war.«

»Und was wird er wohl wert sein?«

»Weiß nicht. Hab damals zwei Riesen bezahlt.«

»Hast du jemals dran gedacht, beim Reiten ohne Sattel mitzumachen, Junge? Ich weiß, daß du mit Sattel unschlagbar bist, aber glaubst du nicht, daß ein Mann, der auf 'nem Bronco 'nen Sattel braucht ...«

»Hör schon auf damit, Dad, um Himmels willen. Was zum Teufel verstehst du denn davon?«

»Nein, nein, lassen Sie ihn ruhig seine Meinung sagen. Was meinen Sie, Mr. MacAnaspie?«

»Nichts.«

»Mir ist das völlig klar. Er meint, ein Mann, der auf 'nem Pferd 'nen Sattel braucht, ist, also, du weißt schon, 'ne Art Waschlappen. Stimmt's, Opa?«

Jahre später entdecken ein paar Kinder in phrygischen Mützen – unter dem Zauber stehend, nie zu altern, nie zu sterben – beim Auseinanderziehen der weißen Rispen eines Possumholzbaumes auf der Geröllhalde diese wunderschöne Handarbeit, die tief in einem Baum nistet; jetzt aber nimmt Kimberley, dessen schwarze Augen glühen, seinem Pony den Sattel wieder ab und zieht ihn zunächst vom Felsüberhang zurück, aber jetzt höher hinauf. Dann befindet er sich in der Luft, segelt über die Schlucht hinaus, weiter, höher, taumelt am zweistufigen Grau der weißen Aushöhlung in der westwärtigen Talwand vorbei, und die Truppe trinkt in gläserner Stille wieder ihren restlichen Tee mit Rum und zieht in den Nebel davon, der sich erneut über Kimberley senkt, der jetzt auf dem nackten Pferderücken reitet.

Charlie MacAnaspie: Zu alt, in den Neunzigern, um noch an einem Viehauftrieb teilzunehmen. Dabei hätte ich zu gern gesehen, wie er sein Bein in die Luft und übers Pferd kriegt. Versteht ihr, ich besitze eine Honda zum Durchsteigen, daher habe ich dieses Problem nicht.
Horrie MacAnaspie: Wuchs nicht so sehr im Sattel als vielmehr neben einem Gespann gehend auf. Kein sonderlich guter Reiter, hat laut Kimbo zuviel Fleisch am Hintern.
Kimberley Moon: Ein erstklassiger Reiter, der nun auf einem ungesattelten Pferd reitet, obgleich er meint, ein Sattel würde ihm jetzt nicht mehr so unbequem sein wie früher. Wie gut, daß er sich selbst zum besten halten kann! Hart zu sein, war für diese Männer aus den Bergen – Darryl, Fergus, Kimberley – unabdingbarer Bestandteil des Kults von Erinungarah. Sie brauchten Schneid, um das zu tun, was sie taten, denn Betäubungsmittel gab es dort draußen keine. Wo der Schneid herkam? Von Schlappschwänzen aus der Stadt? Von wegen.
Fergus MacAnaspie: Wie sein Bruder Barney und Kimbo ein echter Pferdekenner. Außer zum Einsammeln beim Rodeo ist er aber nie wieder geritten, nachdem er ins Tal gezogen war.

Darryl MacAnaspie: Ein sehr verbitterter Mann, seitdem er aus dem Knast wiederkam. Säuft nicht mehr im Pub, und wenn er jetzt mal in die Stadt kommt, läßt er sich die Haare schneiden, und bei seinen Auftritten vor Gericht trägt er stets seinen Anzug. Wenn er dann von einer Anklage wegen Überladens seines Langholzschleppers oder gefährlichen Fahrens wie üblich freigesprochen wird, verläßt er die Stadt mit einem solchen Wutausbruch, daß die Alarmanlage im Auto des Richters anspricht.

Dabei fällt mir ein, also, ich muß unbedingt mit Harley und Norton reden, aber Darryl hat versprochen, mich zu erschießen, wenn ich das tue. Von ihm nehme ich eine Drohung ernst. Es wurde zwar keine Anklage erhoben, aber er ist es gewesen, der das Greenpeace-Lager in der Nähe von Eden zerstört hat.

25

Fortsetzung des Brumby-Auftriebs. Kimberley erleidet einen verhängnisvollen Sturz.

Da es Wasser vorübergehend im Überfluß gibt, steht es außer Frage, einen Pferch als Lockfalle herzurichten. Während also Fergus und Darryl auf ihren Motorrädern davonbrausen, um die Umgebung weiter zu erkunden – gelegentlich auf den Fußstützen stehend von Grat zu Grat zu springen gehört mit dazu –, macht sich der Rest des Trupps daran, auf einem von Sumpfeukalypten, *Eucalyptus ovata*, gesäumten Stück Riedgrasland, wo die Quellwässer eines Bachs aus einer schlecht entwässerten Heide entspringen, Einzäunungen zu errichten. Es ist dies eine traditionelle Stätte, an der die MacAnaspies Pferche errichten, eine von zwanzig oder mehr, die sich über das Anwesen verteilen. Pferde, die über das Heideland getrieben werden, laufen immer auf das Riedgras zu, da die mit Buschwerk bestandene Heide hier den Kopf eines Pferdes meist überragt. Ein nach Kompaßangaben marschierender Mann würde sich ertappen, wie er nach Wombatpfaden sucht.

»Wie wär's, wenn wir zwei Pferche bauen?«

»Zwei Pferche?«

»Ja, sie in 'nen zweiten Pferch zu treiben, macht es leichter, die Stange vorzulegen. Ich möchte die Stange nicht schließen müssen, wenn gerade 'n Hengst darauf zuprescht.«

»Wir werden keine Hengste in den Pferch treiben. Die müssen müdegejagt werden. Wenn man sie frisch in so 'nen Pferch steckt, bringen sie sich um, trampeln sich zu Tode. Hab's als Kind gesehen. Wilde Burschen. Der hier ist für die schnelleren Stuten. Wenn sie auf die Höhe der Flügel kommen, dürften die anfangs vornliegenden Stuten inzwischen abgefallen sein. Dad läuft rein und legt die Stange vor, nicht wahr, Dad, nachdem sich der Hengst verzogen hat. Er braucht zehn Sekunden auf die beste Stute, daher bauen wir 'nen großen Pferch, und er muß hoch sein. Sonst setzen sie nämlich den Fuß drüber, machen 'nen Purzelbaum nach draußen und brechen sich dabei das Genick.«

»Und diese Wildpferde wollen wir dann reiten.«

»Wir brauchen bloß draufzuspringen und uns oben zu halten. Die Hunde erledigen das meiste der Arbeit. Verstehst du, sie können zwar ihr Maul nicht gebrauchen, aber aufbäumen werden sie sich nicht. Jedes Pferd, das jemals Anstalten gemacht hat, sich aufzubäumen, haben wir an Ort und Stelle erschossen. Hat die Hunde bei Laune gehalten. Natürlich werden sie versuchen, dich bei jedem Felsvorsprung oder tiefhängenden Ast abzuwerfen, aber ich wage zu behaupten, ein so guter Reiter wie du ist durchaus in der Lage, damit fertigzuwerden. Nimm diese Buschsäge, Attis, und fälle ein paar Sumpfeukalypten für die Pfosten. Bist du sicher, daß eine Stange ausreicht, Dad? Sollten wir nicht lieber 'n Gattertor bauen? Wir vier würden dazu nicht länger als 'nen Tag brauchen.«

Attis hat keine Skrupel, Sumpfeukalypten zu fällen, da sie neu ausschlagen. Um einen zum Absterben zu bringen, muß man ihn entweder gürteln, vergiften oder entwurzeln. Sie mögen Feuer und Dürrezeiten, solange sie nicht gleichzeitig von Bechermottenlarven befallen werden; man soll sie aber nicht in ihrem Wachstum stören, weshalb manch alter Knacker wie Charlie das Baumsterben für die beste Sache seit fertig geschnittenem Brot hält.

Pferde werden gesichtet und einige Pferche mit zwei riesigen Auffangflügeln aus Schnur entsprechend errichtet. Dann eines Morgens, während der Nebel unter den hohen Bäumen als Regen niedergeht und sobald sie sich erleichtert und mit dem Fuß ein paar Blätter übers Toilettenpapier geschoben haben, geht es an die eigentliche Arbeit. Das Geschick, das erforderlich ist, um konzentriert mit Motorrädern über dieses Gelände zu fahren, übertrifft reiterliches Können. Einem Motorrad kann man nicht einfach freien Lauf lassen, weil es nach dem Tod strebt, und zwar bis zum bitteren Ende. Doch die zerstrittenen Brüder, die sich täglich geprügelt haben, seit der eine den anderen beschuldigte, beim Murmelschluckwettkampf gemogelt zu haben, können auf ihren Öfen nahezu jederzeit regungslos stehenbleiben und das Vorderrad in die Luft strecken. Jeder der Fahrer wird sich hierbei seine Reitstiefel abwetzen. Wie der Lärm, den diese Motorräder machen, von den Hängen dieser Festung widerhallt!

Sie entdecken einen Harem, die Köpfe gesenkt, auf einer Grünfläche von knotigem Riedgras und gemaserter Leckorchidee neben einem Gesims aus glitzerndem Sandstein. Die Nebel steigen; glasklare, bebende Tröpfchen haben sich in den Vertiefungen gebildet, wo die Blätter an die Stengel ansetzen. Die Blumenkohlpflanzen auf dem Hühnerhof werden jetzt funkeln. Die Tiere auf diesem Plateau, sowohl die einheimischen als auch die verwilderten, sind an die Verbrennungsmotoren gewöhnt, und erst als der mißtrauische Hengst die auf ihn zurasenden Motorräder sichtet, unternimmt er etwas. Er jagt mit seiner Herde in vollem Galopp davon, und da sie zweihundert Meter Vorsprung haben, besteht für die Motorräder keine Aussicht, sie quer durchs Gehölz einzuholen, aber sie müssen Druck machen, denn sonst kann eine behelfsmäßige Einfriedung die Stuten nicht aufhalten, und sie gehen drunter, drüber oder hindurch.

Zu Beginn befindet sich der Hengst hinten und zwickt Nachzügler ins Hinterteil. Bald jedoch fällt eine trächtige Stute ab und schert mit ihrem Fohlen aus. Als Darryl und Fergus dies sehen, stoßen sie unwillkürlich einen Jagdschrei aus. Fergus vollführt eine waghalsige Wendung auf der Stelle, denn er weiß, daß der Hengst gezwungen sein wird, sich an die Spitze zu setzen, was er auch tut. Als dann die Flügel des Pferchs in Sicht kommen, sind die schwächeren Tiere mit den Fohlen zurückgefallen, so daß nur die drei schnellsten Stuten übrigbleiben, die den Hengst noch begleiten, und weiß Gott, er rast förmlich.

Horrie flucht, als er sieht, mit welcher Geschwindigkeit die Brumbies in die Pferche drängen. Die Hunde sollten sie eigentlich noch ein bißchen weiter umherhetzen. Apropos, wo stecken die verdammten Hunde eigentlich? Attis, hinter einem Baum verborgen, springt hervor, um die Stange vorzulegen, aber er ist zu langsam, und eine Stute entkommt mit dem Hengst, so daß lediglich zwei Pferde zurückbleiben. Die Pferche beben.

Horrie galoppiert herbei, um sich an die Fersen des Hengstes zu heften. Die Stute hatte wohl nicht auf der Rechnung stehen sollen, aber kein Auftrieb geht jemals ganz nach Plan. Horrie will die Stute, doch obwohl er ein Seil bei sich hat, wagt er nicht, es zu werfen. Kimberleys zweites Pony ist ein hübsches Pferdchen, das mit einem Affentempo läuft, doch Horrie hält es halbwegs zurück. Alter, Verletzung und Ernüchterung kaufen einem Mann den Schneid ab.

Abgesessen und hinter einem schmalblättrigen Streifenrindenbaum verborgen, hört Kimberley die drei Pferde ankommen. Er drückt seine Kippe aus und sitzt auf, als er den Hengst sieht, dem die Leitstute und Horrie folgen, der seinen Hut verloren hat. Kimberley springt hervor, und als der Hengst den Hinterhalt erkennt, biegt er in einem stumpfen Winkel ab. Horrie ruft etwas, das Kimberley nicht verstehen kann, irgendwas wegen der Stute. Mehr als drei Kilometer weit verfolgt und bedrängt Kimberley sie, sich halb bewußt, daß Horrie ihm nachkommt, obwohl er nicht zurückblickt. In Einerreihe schlagen sich die Brumbies durch eine dichtbewachsene Erosionsrinne, dann an der anderen Seite wieder hinauf. Hier erweitert sich das Plateau. Erschöpft ist die Stute in einen Handgalopp zurückgefallen, als sie auf einen vor ihr liegenden Baum stößt, mehr als ein Meter Terebinthenstamm, von parasitärer Teufelsrebe überwuchert. Der Hengst überspringt ihn, ohne daß ihm das Herz stockt, doch die Stute, weniger glücklich, verfängt sich in einem Ast und geht mit dem Bauch nach oben zu Boden. Sekunden später leistet Kimberley ihr auf seinem rechten eingeknickten Arm Gesellschaft, als sich sein eigenes Pferd bei dem langen Sprung verschätzt. Innerhalb von Sekunden steht er wieder grinsend auf den Beinen, hätte aber vielleicht besser daran getan, sich durch die Teichbinsen abzurollen.

»Bist du in Ordnung, Junge?« Horrie wirft der benommenen Stute sein Seil um den Hals und runzelt die Stirn, als er einen Vorderhuf anhebt.

»Keine Sorge. Ich reite ihm lieber weiter nach, bis später bei den Pferchen, he! Geben Sie mir Ihre Viehpeitsche.«

Drei Stunden später ist Kimberley mit dem Hengst am bißlosen Zaumzeug im Schlepp wieder bei den Pferchen und muß sich dort der Hackordnung stellen, indem er beinahe zu Tode gedrückt und immer wieder aus dem Gleichgewicht geschubst und mit dem Peitschenknauf auf den Kopf geschlagen wird. Ein beachtliche Meisterleistung reiterlichen Könnens war das, ohne Sattel. Die sich prügelnden Brüder, vom Bau eines Flügels für die Rindereinfriedung zurück, spenden ironisch Beifall. Er ist immer ironisch, der Beifall hier.

In den Pferch hinein freigelassen, wird der Hengst von seinen Stuten begrüßt, die er attackiert, so daß sie gegen die Stangen treten.

»Du gehst nach Hause, Kimbo, und du kannst Norman gleich mitnehmen.« Anweisung vom Boß des Auftriebs, während der Teekessel kocht. Norman ist ungebeten aufgekreuzt. Er streift außerordentlich gern mit zurückgelegtem Kopf durch den Busch und starrt die Sterne an.

»Was soll das heißen, Boß? Ich gehe nirgendwohin.«

»Du gehst nach Hause. Du gehst noch heute abend nach Hause. Ich hab gesehen, was mit dir passiert ist. Du bist zu Boden gegangen, direkt auf den Arm da, und du hast dich nicht mal abgerollt. Laß mich mal deine rechte Schulter sehen. Da hast du's! Was hab ich dir gesagt? Sitzt aufrecht da wie 'n Känguruh bei Sonnenaufgang. Ich würde sagen, du warst nahe dran, dir die Schulter auszukugeln. Du hast zumindest 'ne Subluxation des Schultergelenks.«

»Fühlt sich in Ordnung an. Bloß 'n bißchen Bast ab, schätze ich.«

»Natürlich fühlt es sich prima an. Ich würde sogar sagen, es fühlt sich besser als prima an. Glaubst du, ich kenne dieses Gefühl nicht? Glaubst du, ich kenne dieses Jubelgefühl nicht, wenn man nach so 'nem Sturz vom Pferd oder Motorrad, der einen hätte umbringen können, wieder aufspringt, und man ist trotzdem nicht tot, und es tut nicht mal weh? Halbwegs der Grund, weshalb wir uns auf die verdammten Dinger draufsetzen. O sicher, du hast dich in dem Augenblick gut gefühlt, und du fühlst dich auch jetzt recht gut, und du würdest dich heute abend, nach ein paar Bier, sogar noch besser fühlen, wenn du sie bekommen würdest. Aber du weißt ebensogut wie ich, daß die Geschichte am folgenden Morgen ein ganz klein wenig anders aussehen wird. Dir sind so ziemlich alle Bänder in dieser Schulter gerissen, mein Sohn. In diesem Zustand reitest du mir kein Pferd. Du wirst stöhnen, wenn du aus deiner Bettrolle steigst, und die Besserung wird Wochen, wenn nicht gar Monate auf sich warten lassen. Jeder Schritt wird dir Schmerzen bereiten. Geh nach Hause, solange du noch kannst. Um in deinem Zustand zu reiten, müßte man schon ein ganz außerordentlich guter Reiter sein, einer von dem Schlag, den wir heutzutage nicht mehr erwarten.«

»Ich gehe nicht nach Hause, solange die Arbeit nicht getan ist.«

»Na schön, dann nimmst du 'nen hinteren Flügel. Fergus, du kannst 'nen vorderen Flügel nehmen. Ich folge am Schluß. Attis kann führen. Dad kann mit Norman und den anderen Pferden nach Hause gehen und Darryl mitnehmen, der so erpicht darauf ist, wieder zur Arbeit zu gehen oder, was wahrscheinlicher ist, in den Pub. Ich lege mich jetzt ins Bett. Dann bis morgen früh.«

»Wer sagt denn, daß ich nach Hause gehe?«

»Du gehst nach Hause, weil ich dich nicht ohne Sattel reiten lassen werde, Dad. Und du hast gar keine andere Wahl, wie du selbst wissen mußt, wenn du 'n richtiger Mann bist.«

Das zahle ich dir heim, denkt Charlie. Ich werde jetzt nicht sagen, was ich an der Schlucht gesehen habe.

»Hört mal!«

Ubi cymbalum sonat vox, ubi tympana reboant. Wo die Becken ihre Stimme ertönen lassen, wo die Trommeln widerhallen. Catull. Über den Ruf der Würgerkrähe und des Leierschwanzes im Zwielicht hinweg ist eine barbarische, von Menschen gemachte Musik zu hören, von irgendwo unten im Tal. Es sind Phryx Pfingstl und Gwen Bletherstone Mayall, die in ihre religiösen Riten versunken sind, wobei ihnen die Dingos und die verwilderten Hunde, die eigentlich beim Auftrieb hätten dabei sein sollen, zusehen und mit einstimmen.

Norman MacAnaspie: Ich hätte mehr aus Norman machen sollen. Ich hätte mehr aus Attis machen sollen. Sobald es über einige wenige Standardabweichungen vom Durchschnitt hinausgeht, verliere ich das Selbstvertrauen in meine Charakterzeichnungen. Tut mir leid.
Phryx und Gwen: Dito. Ich stelle mir Gwen und Phryx immer als altmodische Okkultisten vor, die spiritistische Sitzungen in alten Herrenhäusern abhalten. Loge der Goldenen Morgendämmerung, Madame Blavatsky, diese Art von Sachen. Séancen über Tarockkarten in zweiteiligen Kostümen und Strickjacken. Wer mit Findhorn vertraut ist, wird die Verbindung hier sehen. Aber dieses hartnäckige Bild in meinem Kopf stimmt nicht mit den Vorstellungen der *Ballade* überein, in der Gwen als keltische Hexe und Phryx als Trunkenbold dargestellt werden. Ich passe.

26

Fergus und Attis beschließen, von zu Hause fortzugehen.

Nun gilt für die Behandlung einer ausgekugelten Schulter oder Subluxation im Busch das gleiche, worauf unabhängig davon die moderne Physiotherapie gekommen ist.

In Bewegung halten, arbeiten lassen. Sie unter keinen Umständen steif werden lassen. Das Schultergelenk neigt bei der Heilung dazu, klebrige Narben zu bilden, und um die Bewegungsfähigkeit der Schulter zu verlieren, gibt es nichts Besseres – wie ich auf meine Kosten selbst erfahren habe –, als den Arm in eine Schlinge zu legen, um eine gebrochene Elle zu pflegen. Das letzte Mal, daß ich je zu einem Quacksalber gegangen bin.

Es versteht sich von selbst, daß eine schwer verletzte Schulter nie wieder die alte wird. Bei der Heilung wird nichtelastisches Narbengewebe gebildet, daher ist die Schulter hinterher stets schwächer, als sie vorher war, und anfälliger für weitere Verletzungen. Aber wenn alles gutgeht, wenn das betroffene Gelenk am Anfang gut in Bewegung gehalten wird, kann man erwarten, daß nahezu die volle Bewegungsfähigkeit wiedererlangt wird. Dann blickt man zurück und lacht über diese Wochen voll unerträglicher Schmerzen, die man erduldet hat, als die Verletzung frisch war, und man konnte zwar darüber sprechen, konnte aber nicht darauf schlafen, und von dem Mahlen und Knirschen abgesehen, das man jedesmal hören oder spüren konnte – schwer zu sagen, was von beiden –, wenn man den Arm nach vorn ausstreckte, um den Warmwasserhahn in der Badewanne abzustellen, oder sich reckte, um den Gravensteiner zu beschneiden, oder versuchte, eine Decke zu streichen, ohne eine Leiter zu benutzen – was man in den meisten nach modernen Gesichtspunkten gebauten Häusern ohne große Schwierigkeiten tun kann –, wie gesagt, von diesen kleineren Unannehmlichkeiten abgesehen ist man hinterher fast wieder so gut wie zuvor. Jedoch nur, wie ich nicht genug betonen kann, wenn man von Anfang an hart zu sich selbst ist und daran denkt, dieses schmerzende Gelenk in Bewegung zu halten, und zwar in jeder Stellung, die es ursprünglich einnehmen konnte.

Und ich nehme an, je älter man ist, und je näher man sich dem Grab fühlt, desto schwerer wird es und desto länger dauert es und desto weniger Ansporn wird man verspüren, es zu tun, weshalb wir Charlie MacAnaspie, der die *Gallipoli Gazette* bezieht, dafür bewundern müssen, daß er ebenso entschlossen ist wie Kimberley Moon, ein Mann Ende der Zwanzig, von einer Schulterverletzung zu genesen, die er sich während des letzten mißlungenen Auftriebs – bei dem kein einziges Stück Vieh in den Pferch getrieben wurde – zugezogen hat, im Verlaufe dessen sie beide von ihren Pferden stürzten, die sie in ihrer Tollkühnheit ohne Sattel über unwegsamen Boden ritten. Was bedeutet, daß, während Charlie noch immer ungewollt stöhnt und aufschreit und vor Schmerzen wie ein kleiner Junge flennt, während er seine Schulter trainiert – was er alle drei Stunden, Tag und Nacht, eine geschlagene Stunde lang tut –, Kimberley so weit wiederhergestellt ist, daß er nicht mehr vor Schmerz zusammenzucken muß, wenn er stolpert oder einen Schreck bekommt, obgleich er noch immer diesen merkwürdigen körpereigenen Reiz verspürt, der ihm sagt, daß das Gelenk noch nicht wieder »richtig« ist, dieses unheimliche, direkte, abgrundtiefe Gefühl, das man dort verspürt, wo eigentlich kein Gefühl sein sollte. Ich glaube, das Wort »Vertrauen« hat keine grundlegendere Bedeutung als diese – das Zutrauen, das ein Mann in die Heilungsmechanismen seines Körpers setzen muß, über die er größere Kontrolle hat, vermute ich, als er sich eingestehen möchte. Und Frauen brauchen nicht erst schwanger zu werden. Wie sie im Tal bewiesen haben, zum Ende hin. Jedenfalls ist über Charlies Genesungsprozeß bereits einige Zeit dahingegangen, und Fergus seinerseits hat den Kanal voll. »Gib's doch auf!« ruft er, als er durch seines Opas Stöhnen im Nachbarzimmer aus dem Schlaf geweckt wird. Als er auf seine Armbanduhr blickt, sieht er, daß es drei Uhr morgens ist. Als er auf die gegenüberliegende Lagerstatt blickt, sieht er, daß sein jüngerer Bruder wach ist.

»Das kann so nicht weitergehen«, sagt er zu Attis. »Uns reicht es jetzt.«

Und während des Essens an jenem Abend, als die ganze Familie versammelt ist und sogar an Barneys üblichem Platz für ihn gedeckt ist, der ja drüben in Vietnam ist, erläutert Fergus seinen Standpunkt insbesondere Horrie gegenüber, aber auch gegenüber Charlie und Iris.

»Ich bestehe darauf, daß alle lernen müssen, auf die Bedürfnisse anderer Rücksicht zu nehmen! Das geht so nicht weiter, Dad. Du weißt so gut wie ich, daß unsere Familie es nur aus einem einzigen Grund so weit gebracht hat, nämlich dem, daß wir gewillt sind zu arbeiten. Aber um zu arbeiten, braucht man Schlaf.«

»Das hier ist mein Zuhause, und ich gehe nicht draus fort. Ich habe mitgeholfen, dieses Haus zu bauen. Mich werden keine blöden, jammernden Kinder aus meinem eigenen Haus vertreiben, in meinem Alter.«

»Du bist es doch, der jammert. Das Problem ist ja dein verdammtes Gejammer. Keiner kriegt nachts mehr ein Auge zu, und wir müssen morgens um vier wieder auf der Straße sein.«

»Augenblick mal, Augenblick mal. Vielleicht können wir zu 'nem Kompromiß kommen. Ich will sagen, der Junge hat ja recht, Dad. Als du dieses Haus gebaut hast, da hast du die Innenwände zu dünn gebaut, und du hättest dafür nie Woollybutteukalyptus nehmen sollen. Wir haben in diesem Haus keine Geheimnisse voreinander. Verstehst du, es ist dir vielleicht selbst nicht bewußt. Es ist ihm womöglich selbst nicht bewußt, Fergie. Er wälzt sich wahrscheinlich im Schlaf bloß auf seiner Schulter hin und her.«

»Nein, er ist auf und übt mit dem Arm. Ich kann ihn rumlaufen hören.«

»Stimmt das, Dad? Stehst du etwa mitten in der Nacht auf, um die Schulter zu trainieren?«

»Gib ihm doch 'nen Schlaftrunk.«

»Stört er dich auch, Darryl?«

»Nee. Ich hör nie was. Sobald ich den Kopf aufs Kissen lege, bin ich weg. Schlafe wie 'n Toter.«

»Du hast doch gesagt, du würdest nicht mehr trinken, Sohn.«

»Du hast doch gesagt, du würdest keine Weihnachtskarten mehr schreiben, Mum.«

»Ich weiß nicht recht. Was meinst du, Dad? Wärst du bereit, 'ne Zeitlang im Schuppen zu schlafen? Bloß, bis die Schulter ausgeheilt ist.«

»Die Schulter heilt nie aus.«

»Was?«

»Oh, um Himmels willen, wie alt ist dieser Mann jetzt? Wozu braucht er seine Schulter denn noch? Er hebt doch gar nichts Schweres mehr.«

»Ho, was weißt du denn schon? Wer, glaubst du, versorgt die Hühner und Enten mit Wasser, wenn du zur Arbeit bist?«

»Hör mal, wenn du es schon nicht für mich tust, dann denk doch mal an Attis. Wie kann der Junge denn lernen, wenn dieses Kreischen und Stöhnen endlos lang weitergeht? Wie kann er zu seinem verdienten Schlaf kommen?«

»Wieviel Schlaf braucht ihr eigentlich, ihr Schlappschwänze?«

»Wir sind eben nicht wie du, Darryl. Du hättest Fischer werden sollen. Die meisten Menschen brauchen fünf Stunden.«

»Ja, also, ich muß mir die Schulter auskurieren, wenn ich diese alten Leute aus dem Tal entfernen soll.«

»Alte Leute? Wen nennst du alte Leute? Die sind doch bestimmt zwanzig Jahre jünger als du.«

»Und noch eins. Niemand außer mir kennt den Weg dort rein und wieder raus.«

»Du könntest es uns sagen. Wir würden sogar zuhören.«

»Das ist meine Aufgabe. Ich habe die Absicht, ins Tal runterzugehen und sie rauszuweisen, sobald ich wiederhergestellt bin. Wollen die Miete nicht bezahlen.«

»Können die Miete nicht bezahlen. Das Wundersame ist, daß sie dort unten nicht verhungern.«

»Sind auch noch ständig besoffen.«

»Du bist 'n sturer alter Narr.«

»Red nicht so zu deinem Opa! Man muß dir wohl erst noch Respekt vor den Älteren beibringen, wie ich sehe.«

»Ich ziehe hier aus. Ich kann nicht den ganzen Tag mit dem Langholzschlepper auf gefährlichen Bergstraßen fahren ...«

»›Gefährliche Bergstraßen‹, was bist du eigentlich? Der Kerl ist 'n Schlappschwanz, Dad, soll er nur gehen. Ich bleibe.«

»Weiß nicht recht. Das gefällt mir nicht, Charlie. Die Familie bricht deinetwegen auseinander. Die Jungs ziehen von zu Hause weg. Was meinst du, Mutter? Was ist deine Meinung dazu?«

»Wenn Fergus Attis mitnimmt, dann tut er Att zu diesem Zeitpunkt 'nen Gefallen. Dann braucht Att während seiner Abschlußprüfungen nicht mehr soviel Zeit im Schulbus zu vergeuden. Ich könnte einmal in der Woche vorbeikommen und ihnen die Wäsche waschen und kochen und saubermachen.«

»Ich weiß nicht. Ich schätze, in diesen Städten gibt es zuviele Versuchungen. Ich habe gehört, die Leute gehen zu jeder Tag- und Nachtzeit in den Bowlingclub. Ihr könnt mir nicht weismachen, daß die beiden jungen Männer nicht in allen möglichen Unfug reingezogen werden. Wie denn, wollt ihr euch etwa 'ne Wohnung mieten?«

»Ja, 'ne Wohnung mieten. Ein Haus mieten. Bloß vorübergehend, gewissermaßen. Bloß, bis Opa auskuriert ist.«

»Niemand hier außer mir kennt diesen Rutsch-aufm-Arsch-Paß.

Dad und ich haben diesen Paß seinerzeit gefunden. Ich wette, das ist auch die Stelle, wo die Rinder rauf und runter gehen. Der Rutsch-aufm-Arsch-Paß, der einzige Weg ins Tal rein, jetzt, wo die Straße unpassierbar geworden ist. Wir wollen doch noch immer die Rinder zusammenkriegen, nicht wahr?«

»Ja, also, ich habe mit jemand von der Stadt über die Straße gesprochen. Und jemand von der Naturschutzbehörde hat wegen der Rinder mit mir gesprochen.«

»Was haben die von der Stadt dazu gesagt?«

»Sie wollen sich der Sache annehmen. Steht ziemlich hinten auf der Liste. Also, Jungs, zieht mir bloß nicht in diese Armensiedlung, die sie Graceland nennen. Ein Haufen Nichtsnutze dort unten. Jemand hat mir erzählt, daß einer aus den Wohnungen dort beim letzten Aufräumen 'nen ganzen Stapel *National Geographic* weggeschmissen hat. Also, ich meine, auf welch niedrigem geistigen Niveau muß man denn stehen, um sowas zu tun?«

Charlie MacAnaspie: Harter alter Knacker. Es ist eine Tatsache, daß diejenigen, die vom Leben am wenigsten zu erwarten haben, am entschlossensten sind, nie zu sterben.

Horrie MacAnaspie: Hier in versöhnlicher Stimmung zu sehen gewesen. Wenn es zu einer Kraftprobe mit den Nachbarn käme, würde er keine Versöhnlichkeit dulden. Inkonsequent? Nein. Nur ein Eunuche kann seine Nachbarn so lieben, wie er sich selbst liebt. Der Mann, der für seine Familie keine größere Liebe empfindet als für die Familie seines Nachbarn, sollte erst gar nicht das Recht haben, eine Familie zu gründen.

Fergus MacAnaspie: Seine Liebe zu Attis, die Tatsache, daß er Attis am Sägewerk gefunden hatte, veranlaßte ihn, Attis in dessen Fußstapfen ins Tal zu folgen. Laut Kimbo war Fergus nach Attis der nächste, der sich selbst entmannte. Gott, wie tapfer sind sie nur gewesen, obwohl Kimbo sagt, daß es gar nicht so weh tut. Ohne mikrochirurgische Behandlung ist es jedoch auf Dauer. Ob Fergus geglaubt hat, daß auch er deshalb zu einem Baum werden würde, ist nicht klar. Klar ist jedoch, daß er das Kloster einrichtete, das bloß eine Lehmhütte mit einer hübschen Flaschenwand ist, und dort versammelten sich die Eunuchen jedesmal, um zu feiern, wenn ein anderer sich entschloß, es ihnen gleichzutun. Kimberley ist ein bißchen zurückhaltend über die Einzelheiten der Zeremonie – oder vielleicht hat er sie völlig vergessen, und ich meinerseits kann seine Erinnerung nicht wachrufen –, aber er hat erzählt, daß der alte Wozza einmal mitten in eine Zeremonie reingeplatzt ist. Ich muß das noch nachprüfen.

Ich könnte beinahe darauf wetten, daß Ochsenblut dabei verwendet wurde. Und ich meine richtiges Ochsenblut, nicht diesen widerwärtigen bulgarischen Rotwein, der sich in London so großer Beliebtheit erfreute, als ich das letzte Mal dort war.

27

Graceland. Fergus am Einschlagplatz. Smitty. Attis wird gebeten, beim Rodeo mitzuhelfen.

Jede Kleinstadt auf dem Land hat ihr Graceland. Im südlichen Teil von Neusüdwales datieren sie aus der Mitte der Fünfziger und bestehen aus einer Asbestzement-Eisen-Konstruktion auf einem Ziegelsteinfundament. Als in den Achtzigern ein Graceland mit Asbestdach in Canberra abgerissen wurde, um Platz für eine Institution zu schaffen, wurde es von Arbeitern abgetragen, die wie Raumfahrer aussahen, und unter Polizeieskorte nach Queanbeyan abtransportiert. Ich habe zugesehen und dabei einen *Reader's Digest* in einen Briefkasten gesteckt – nahezu jeder Haushalt dort bekommt den *Reader's Digest*. Trotz dieser Vorsichtsmaßnahmen sind seitdem fünf Passanten mit Schmerzen in der Brust erkrankt, und über ihre Schadensersatzklagen erfolgt vor Richter Safehouse vom Obersten Gericht eine Anhörung. Ich hätte mir diesen Roßhaarhut selbst aufsetzen können, wenn ich ein Mann mit weniger Skrupeln und weniger Wissen wäre. Ich habe den nötigen Verstand, darüber erhaben zu sein.

Falls oder sobald ein Graceland aufgemöbelt wird, stets kurz vor einem Verkauf – denn sie wechseln ständig die Hände, und keiner der Mieterwünsche wird erfüllt –, hat man das Gefühl,

Missionsbraun* sei hier die Norm für die Fenster und das Blechdach, während sich der Asbestzement doch so hübsch mit ein bißchen Farbverdünner säubern läßt; von der für die Wände bestimmten Farbe ist bekannt, daß sie den Weg auf den Schwarzmarkt findet. Niemand weiß, wer eigentlich in diesen Mietwohnungen wohnt, nicht einmal die Mieter. Wenn ein Vertretungsbriefträger an seinem zweiten Tag in einer neuen Stadt durch sein Rundenbuch blättert, notgedrungen gründlicher als sonst, erwartet er nie, daß eine der Wohnungen im örtlichen Graceland mit einem Namen gekennzeichnet ist. Ein zukünftiger Premierminister mag den Adressaten mit Bleistift auf die letzte Stromrechnung gekritzelt haben, aber so offenkundig das Palimpsest auch sein mag, wir schenken ihm keine Beachtung. Post für jede Wohnung in Graceland wird so ausgetragen, wie die Anschrift lautet, und man sieht sie nie wieder. Sie taucht nicht wieder auf, um deinen Datumsstempel in Frage zu stellen. Auch keinerlei Beschwerden von irgend jemandem, wenn mal eine Kleinigkeit verlorengeht. Sie sind nicht die Typen, die sich auskennen, und sie sind nicht die Typen, die sich beschweren, wenn sie es doch sind. So wie ich haben auch sie aufgegeben.

Trostlose Orte, feucht im Winter. Ständig von Monterey-Kiefern beschattet. Wäschedieben wäre es die Mühe nicht wert. Die einzige Farbe ist der Autolack und die Hochglanzreklamesendungen, die in den Briefkästen liegen. Niemand kümmert sich um die Grünanlage, die aus Liguster und Kampferlorbeer besteht mit einem Gartenzwerg hier und da wie eine junge Rafflesiablüte oder einer Wandmalerei an einem fetten Bobcattank oder einem Escort-Lieferwagen, und ich erinnere mich auch, manch eine bezaubernde Tätowierung am Unterarm schmächtiger Männer gesehen zu haben, die unter den Augen von dicken, fetten de-facto-Aufpasserinnen fluchend unter ihren HQ Holden lagen.

Und stets etwas abseits gelegen und anscheinend so lange unauffällig im Hintergrund, bis in der Dose nicht mehr genug Missionsbraun enthalten war, um den Pinsel anzufeuchten, liegt Wohnung Nummer eins oder Wohnung Nummer zehn als freistehendes Haus.

---

* Ein handelsüblicher Farbton

Aluminiumfenster in den westseitigen Schalbrettern, die bis aufs Holz verwittert sind. Anbau aus sehr unterschiedlichen senkrechten Brettern, gefirnißte Zypresse, die Nagellöcher schwarz. Gemauerter Schornstein mit zwei rostigen Rauchrohren und eine Reihe von Erweiterungen aus Asbestzement nach hinten hinaus, außer der letzten, die ein Pultdach hat, alle von einem gewissen wohlbekannten mit Kettensäge und Winkelschleifer wirkenden Zimmermann und Steinmetz erbaut.

»Das muß es sein«, meint Fergus, der die moderne, der Massenproduktion entstammende Ziffer, die sich an der Holztür schwarz gegen silberfarbenen Untergrund abhebt, mit offensichtlicher Befriedigung betrachtet. »Wohnung Nummer eins. Sogar ’n Stapel Feuerholz, oder vielleicht sind das die Seitenbretter. Wir müssen den Verwalter wegen der Gazetür rankriegen. Sonst kommen uns im nächsten Sommer die Fliegen rein. Ich hoffe, dir gefällt es hier, gefällt es dir, Attis? Ich wollte etwas, das uns an zu Hause erinnert, weil ich weiß, wie wichtig es ist, daß wir gleich einziehen, wo doch die Prüfungen bevorstehen. Also dann, wo ist der Sattelschuppen? Der dort, da drüben? Nein, das muß ’ne ehemalige Molkerei sein. Derjenige, der das Butterfaß zuletzt benutzte, hat es jedenfalls nicht ausgewaschen.«

Attis ist schon bald mit dem besten Platz zum Lernen versorgt, dem Küchentisch nämlich, neben sich eine Asservatensammlung der maßgeblichen Mittelmäßigkeiten englischer Prosadichtung: ein langweiliger Orwell, ein einfältiger Conrad, eine beschränkte Woolf, kein einziger Conan Doyle.

Fergus kann den Mack auf dem unbebauten Nachbargrundstück parken, das für ihn einen Anziehungspunkt der Gegend darstellt. Und was die Nachbarn selbst betrifft, deren Sicht er bei den seltenen Gelegenheiten verstellt, wenn er zu Hause ist, so hätte es schlimmer kommen können: Schließlich fährt er ja keinen Möbelwagen mit einer Reklameaufschrift von der Länge eines Hängers. Und falls sie sauer sein sollten, vor vier Uhr morgens geweckt zu werden, so hält das nicht an. Das hier ist keine Sauberstadt. Das ist eine Holzfällerstadt, wie das Schild am Stadtrand trotzig verkündet.

Holzfällerstadt Obliqua Creek, wo Grüne Arbeitsplätze kosten.

Doch das ist heute. Kehren wir zurück ins Jahr 1968. Nachdem er die befestigte Straße verlassen hat, klettert Fergus eine Stunde lang eine wie ein Korkenzieher gewundene Piste hinauf. Er hat die Scheinwerfer noch an, als er den Einschlagplatz erreicht, und er ist nie der erste Transporter vor Ort. Der Holzfällertrupp – heutzutage Mitte der Neunziger zwei Fäller, ein D7-Raupenfahrer und ein Rückerfahrer – lagert am Einschlagplatz. Fergus stellt den Motor des Holzschleppers ab, stülpt sich einen Schutzhelm über und schlendert dann davon, um eine Zigarette zu rauchen und zu pinkeln.

Spätwinter 1968. Wenn Fergus das Tal sehen könnte, so würde er merken, wie auch aus dem Tal Dampf aufsteigt, doch man kann das Tal von dort, wo er steht, nicht sehen. Was ein 80 Hektar großer Einschlagplatz werden soll, ist eben erst aufgelassen worden. Die Holzfäller – zwangsläufig junge Männer – setzen keine Muskelkraft ein. Eine Kettensäge kann man mit einer Hüftdrehung nach oben schwenken und greifen lassen, so daß der Zweitaktmotor die Arbeit tut. Dieser tiefe Basalthang, von mächtigen Bäumen bedeckt, würde bei Regen sehr schlammig werden, und es ist eine gute Wahl, an diesem Platz, der zu anderen Zeiten womöglich nicht bearbeitbar wäre, Holz während einer Trockenperiode einzuschlagen. Der Langholzlaster mit der Aufschrift *Simply the Best* steht in einem behelfsmäßigen Schuppen, der jedem Freizeitfarmer Herzschmerzen bereiten würde.

Einer um den anderen werden die altwüchsigen grauen Bergeukalypten und Backsgenossen-Streifenrindenbäume gefällt, jedoch nicht alle: Nach einer jüngsten und anschließend zu Papier gebrachten Verfügung bleiben pro Hektar zwei oder drei Bäume stehen, und theoretisch ist es lediglich eine Frage, aus der Luft neuen Samen zu säen, damit man sehen kann, wie die Bäume auf dem Einschlagplatz wieder nachwachsen. Aber es ist kalt in dieser Gegend, wo die Gebirgswälder längs der Wasserläufe wachsen. Könnt ihr 200 Jahre lang warten? Es wird angenommen, daß es so lange dauert, bevor ein Baum den Umfang dieser Riesen erreicht, wobei die Forstleute meinen, es werde nicht gelingen, mehr als ein Drittel dieser Abholzflächen wieder aufzuforsten. Ein Problem besteht darin, daß die Praktik des heißen Abbrennens in diesem *arrondissement** die botanische Vielfalt verringert, ein weiteres, daß auf einem Hang wie diesem der Mutterboden davongespült wird. Kommt in fünf Jahren wieder vorbei, und wahrscheinlich werdet ihr dann ein Dickicht aus grüner Wattleakazie auf einer Lehmpfanne vorfinden.

Bedrohlicher ist jedoch, daß sich das Klima selbst verändert, wenn der Wald abgeholzt wird. Das Wetter in Irland hat sich im Verlauf der vergangenen tausend Jahre ständig verschlechtert, und

---

* Es hat den Anschein, daß Eukalypten das heiße Abbrennen dem kühlen Abbrennen, d. h. einen Feuersturm (mit der Zivilisation unvereinbar, bringt die Tragekonstruktion eures Wassertanks zum Verbiegen) einer risikomindernden Gefahrenreduzierung vorziehen. Eine Praktik der systematischen und regelmäßigen Gefahrenreduzierung durch Abbrennen verringert den Eukalyptusbestand und beseitigt das Unterholz. Das tun wir jedoch selten, weil unser Gedächtnis kurz ist und es harte Arbeit bedeutet und Luftverschmutzung verursacht. Daher treten Feuerstürme auf. Der sogenannte Aschermittwoch im Januar 1994 in Neusüdwales. Ein gutes Frühjahr ging dem voraus, ein hervorragendes Frühjahr 1993. Ich erinnere mich, daß die Bienen vom Klee so hohe Erträge einflogen, daß ich vor Weihnachten geschleudert habe. Doch in der Woche nach Weihnachten gab es Tage mit heftigen, kalten Starkwinden, Schnee in den australischen Alpen, und der gesamte üppige Neuwuchs brannte ab und blieb abgestorben an den Hängen. Danach setzte Winterwetter ein, stürmische Winde aus Nordwest, hundertprozentige Luftfeuchtigkeit, anschließend Hitze mit Temperaturen von über 36 Grad und weitere Stürme. Der ganze Staat ging in Flammen auf, außer an den Stellen, wo es Brandstiftern nicht gelang, ihre Feuer anzuzünden. Einen Feuersturm kann man nicht bekämpfen. Das Feuer springt in die Baumkronen, Flammenwände mit einer Höhe von über sechzig Metern und kilometerbreit. Bis zu zehn Kilometer vor dem Wind ist die Luft mit Asche und Glutbrocken angefüllt. Der Windstoß stürzt die Bäume um, noch bevor das Feuer zuschlägt. Hubschrauberpiloten haben 1994 von Feuerbällen in einer Höhe von 400 Metern berichtet. Ich war in meinem gelben Overall als stellvertretender Wehrleiter von Obliqua Creek dabei. Barney, der Wehrleiter ist, kann sich an das Feuer, von dem Orion spricht, nicht erinnern; es klingt von der Beschreibung her wie ein Feuersturm, muß aber auf ungewöhnliche Weise begrenzt gewesen sein. Gewiß, die Urnenfrucht-Pfefferminzeukalypten dort draußen sind pechschwarz, aber andererseits sind sie das ja immer.

die Baumgrenze ist seit Ankunft des Kelten mit seiner Eisenaxt tatsächlich um dreihundert Meter gesunken.

Nun sind alle diese Männer hier Kettenraucher, und jeder von ihnen fängt damit schon vor Tagesanbruch an. Das den ganzen Tag anhaltende Dröhnen ihrer Motoren ist so laut, daß sie ein Pausensignal überhaupt nicht hören, was jedoch ihre geringste Sorge ist. Die größten Stämme, von denen häufig nur einer auf den Forstschlepper paßt, werden zu Kantholz verarbeitet, während die kleineren zerspant und als Holzspäne unmittelbar nach Japan verschifft werden. Uns gefällt zwar die Vorstellung von Anpflanzungen, aber wir haben nicht die Zeit abzuwarten, bis sie wachsen.

Omnis enim populo mercedem pendere iussa est arbor. Laßt uns die dummen Bäume als Geschenk für das Volk abschlagen. Juvenal.

»Sind Samenpflücker bei der Arbeit?« will Fergus wissen, der sich mit dem Mann unterhält, der ihn beladen wird. »An diesen Backsgenossenbäumen hängen jede Menge Samen.«

»Ach, wenn du 'n Stück weiter reinfährst, siehst du vielleicht 'n paar. Ich glaube, aufm letzten Einschlagplatz muß ich wohl einen untergepflügt haben. Jedenfalls ist einer verlorengegangen. He! Da hab ich 'nen schönen Stamm für dich, Junge. Das ist vielleicht 'n Kaventsmann. Was hältst du von dem?«

»Scheiß! Da krieg ich ja nicht mal die Ketten drum.«

»Darryl hat gemeint, heb den für meinen großen Bruder auf. O ja, er hat auch noch gesagt, du sollst Kimberley Moon mal anrufen. Irgendwas wegen dem Rodeo.«

»Machst du dieses Jahr auf dem Ostermarkt beim Wettbewerb im Holzhacken mit, Smitty?«

»Vielleicht steig ich statt dessen lieber auf die Missus.«

»Schade. Einer mit deinen Fähigkeiten.«

»Blödsinn! Ich scheine nie das richtige Ende vom Stamm zu erwischen. Vergrößere nur jedesmal mein Handicap.«

Später am gleichen Abend.

»Tut mir leid, dich zu unterbrechen, Attis, aber was hältst du davon, wenn du zusammen mit mir beim Rodeo aufsammeln hilfst? Ich habe heute nachmittag mit Kimberley gesprochen, und er glaubt nicht, daß seine Schulter bis Oktober wieder in Ordnung kommt. Wenn du es machst, wirst du natürlich dafür bezahlt, und es ist keine so schwere Arbeit, Kumpel. Ein Reitersmann wie du macht das mit links. Ich übernehme das Absitzen. Du hast mich doch mit Kim arbeiten gesehen, nicht? Wir warten beiderseits der Rutsche, und wenn das Tor aufgeht, behalten wir den Bronco im Auge, und wenn der Mann seine Zeit durchsteht, preschen wir rein, jeder an eine Seite, und ich hebe den Reiter runter, während du den Sprungriemen losmachst. Wenn er die Zeit nicht durchhält, geht es natürlich darum, das Pferd von seinem Kopf fernzuhalten. Gesunder Menschenverstand. Darryl wird auch mit dabeisein. Schätze mal, es wird unserm alten Herrn außerordentlich gefallen, daß die ganze Helfersarbeit von MacAnaspies gemacht wird. Darryl hat den härteren Job, denn der Clown muß beim Bullenreiten aufsammeln helfen, und die wikkeln sich das Seil so fest um den Handschuh, daß er schon mal 'n paar Finger abschneiden mußte. Das ist 'n richtiger Hammer für die Kinder, schätze ich, wenn ein Clown 'nem Mann die Finger von der Hand schneiden muß. Kriege ihn seitdem in kein Mackas* mehr rein. Weißt du was? Mir fehlt der kleine Scheißer irgendwie. Du hast nicht zufällig Lust, vor dem Schlafengehen noch 'n bißchen mit mir zu boxen, oder? Nein? Ist schon in Ordnung. Du wirst dafür ja auch Anwalt. Ich sag dir was, ich gehe rüber in den Pub und stell den Burschen dort. Wie spät ist es jetzt?«

Neunzehnhundertachtundsechzig, am Donnerstag vor dem letzten Oktoberwochenende (das heißt, dem Wochenende nach Paulas Verlobungsparty weiter im Norden), kehren auf dem Plateau von Erinungarah, das außer im seltenen Fall eines Nordwestwinds aus Richtung der Satellitenbodenstation Tidbinbilla unter dem Wind liegt, auf Wonderview, einem alleingelegenen Wohnsitz, der von Raupenschleppern auf Tiefladern mit aufgerichteten Biber-

* Eine Ungereimtheit. Das erste Mackas-Restaurant in Australien war das Yagoona Mackas, das dem Schild an der Wand zufolge im Februar 1972 eröffnet wurde. Es waren die Kentucky Fried Chicken, die 1968 eröffnet wurden.

schwänzen umgeben und das Zuhause von vier starken Persönlichkeiten ist, Fergus und Attis MacAnaspie auf Drängen ihrer Mutter nach Hause zurück, um einmal wieder was Ordentliches zu essen.

»Hallo, Fremdlinge! Kommt schon rein. Dad! Wo steckt er denn nur?«

»Ist Darryl auch da, Mum?«

»Nein, der ist grade weg. Wird langsam nervös, ihr wißt ja, wie er vorm Rodeo immer ist. Was macht Kimberleys Schulter, mein Junge?«

»Oh, ach, es wird schon werden.«

»Schulter ausgeheilt? Norman, du gehst bitte mal deinen Vater suchen, aber weck Großvater dabei nicht auf. Sag ihm, die Jungs sind hier. Wie lebt sich's so in der Stadt, Jungs?«

»Ach, du weißt doch, Mum, wir halten uns in Trab. Gehst du dieses Jahr zum Rodeo?«

»Ich gehe immer zum Rodeo, Fergus. Warum fragst du? Ich hoffe, ihr habt Attis nicht mit in die Helfersarbeit reingezogen, wo ich euch doch gebeten habe, es nicht zu tun.«

»Ja, also, ich habe Darryl ja gefragt ...«

»Oh, Schluß damit! Sprich's nicht aus! Ich möchte kein Wort mehr hören. Er ist in seinem Abschlußjahr, Fergus.«

»Irgend jemand muß es doch machen, Mum. Ich habe den Blödmann Darryl gefragt, aber er hat gesagt, er würde's nur tun, wenn wir beide es mit dem Motorrad machen. Also, ich will damit sagen, hallo, wenn man vom Teufel spricht. Erzähl deiner Mutter mal, warum du nicht mit mir zusammen als Helfer arbeiten wolltest, du mit nichts als Scheiße statt Hirn im Kopf.«

»Fergus! Norman, hast du gehört, was ich dir grade gesagt habe?«

»Ich hab eben mehr Grips als du, ja. Mich kriegst du nicht auf so 'n verdammtes Pferd, nicht, nachdem ich mit angesehen habe, was eins mit Opa angestellt hat. Viel zu gefährlich.«

»Da ist euer Vater ja. Jungs! Ich möchte keinen Streit an diesem Tisch.«

»Wer hat denn bloß seine verdammte Kiste mitten auf der Einfahrt abgestellt? Da kommt man ja nicht mal mehr mit dem Traktor vorbei. Darryl, hast du den Schweinen ein Wallaby vorgeworfen? Die Schweine klingen, als ob sie Hunger hätten.«

»Du meine Güte, schau dich bloß mal an. Du bist ja ganz mit Schlamm und Öl verschmiert. Geh dir das Gesicht und die Hände waschen, bevor du in meine Küche kommst.«

»Ich will erst mal 'n Glas Bier trinken.«

»Na, du bist ja in 'ner schönen Stimmung, um deine Jungs zu begrüßen.«

»Hab schließlich grade 'ne halbe Stunde damit zugebracht, das blöde Gatter aus den Angeln zu heben, oder nicht? Hatte mich eingesperrt. Wagt bloß nicht zu lachen.«

»Letzte Woche hat er seinen Traktor im Schlamm festgefahren. Ich mußte ihn da rausziehen.«

»Ah! Danke sehr, Fergie. Auf euch alle.«

»Dad, du schließt doch nicht etwa die Gatter ab?«

»Ganz recht, ich schließe die verdammten Gatter ab, Frau. Den alten Moon haben sie erst neulich geklemmt. Hat zwölf Stück Vieh verloren, schätzt er. Ich glaube, er weiß nicht mal, wieviele er eigentlich besitzt.«

»Was heißt hier ›geklemmt‹? Drück dich vor den Jungs gefälligst etwas gewählter aus, vielleicht mal 'n bißchen in der Art der Queen.«

»Erzähl mir bloß nichts von dieser Kreatur mit dem türkisfarbenen Hut wie 'ne Pillenschachtel.«

»Oh, du hast vielleicht 'ne Laune.«

»Die Laune hätte jeder, der das gesehen hat, was ich heute gesehen habe. Eine meiner Färsen hat grade 'n Kalb geworfen, und zwar 'n halbes Angus. Also, welcher Bulle hat bloß die ganze Strecke von Bunoo Bunoo zurückgelegt, um diese Färse zu dekken? Durch wieviele Zäune muß der durchgegangen sein?«

»Wann ist denn das gewesen, Dad?«

»Oh, was glaubst du denn wohl? Vor zweihundertdreiundachtzig Tagen, meinst du nicht auch, plus minus eine Woche? Und sie müssen hiergewesen sein und ihn zurückgeholt haben – denn, wie du selbst weißt, sie kommen nie raus, obwohl sie immer reinkönnen, im Gegensatz zu Hühnern, die immer rauskommen, aber nie wieder reinkönnen –, ohne daß sie es jemand gesagt haben. Um auf den Punkt zu kommen, man kann hier einfach kein Gestüt betreiben. Habt ihr mitgekriegt, an wen das Nachbaranwesen verkauft worden ist? Totale Ziegenkontrolle ist weggezogen, und Better Fritter Batter aus Melbourne ist eingezogen. Better Fritter Batter ist einfach losgegangen und hat sich 'ne Wagenladung friesischer Jungochsen gekauft. Huh! Der alte Batter wird für sie in zwei Jahren das gleiche bekommen, was er jetzt für sie bezahlt hat.«

»Oh, jetzt reicht's aber, Dad. Die Jungs wollen das alles gar nicht hören.«

»Nein, ich glaube gern, daß sie's nicht hören wollen. Att und Norm sind sowieso die einzigen, die jemals das geringste Interesse an dieser Farm gezeigt haben. Habe ich das etwa verdient? Also, hört mal, ich rackere mich dafür ab, ist das der Dank dafür?«

»Ich würde mich gern eines Tages um dein Vieh kümmern ...«

»Ausgerechnet du, Darryl. Also, da bist du aber zu spät aufgestanden. Die gehen am Montag auf die Auktion. Ich kann schließlich nicht alles allein machen. Ich löse die Herde auf.«

»O Dad! Was fängst du dann bloß mit deiner Zeit an, wenn du dich zur Ruhe setzt?«

»Stelle mich vor meinen Kanonenofen und treibe dich in den Wahnsinn. Es hat keinen Zweck, Iris, mein Entschluß ist gefaßt. Ich habe sie bereits in den Pferch gebracht.«

»Ich hatte gehofft, du würdest zum Rodeo mitkommen, Dad. Die ganze Helfersarbeit wird dieses Jahr von deinen drei Söhnen getan.«

»Kann mir nicht vorstellen, daß Darryl dabei mithilft. London-Nebel hätten wir ihn nennen sollen, er steigt nie auf. Nein, ich glaube nicht, daß ich die Zeit dazu haben werde, Fergus. Ich pflüge noch diese rote Erde um, wenn ich den Scheibenpflug finden kann, und lege dort Kartoffeln.«

»Hast du aus dem Scheibenpflug nicht 'ne Grillvorrichtung gemacht, Dad?«

»Das war die Scheibenegge.«

Iris MacAnaspie: Sitzt hier im Pflegeheim am Stadtrand fest. Barney hat nicht die Zeit, um sie zu besuchen, Norman – von Arthritis geplagt – kann sich nicht bewegen, und Darryl kommt nur dann in die Stadt, wenn er vor Gericht erscheinen muß. Sie ist stocktaub, die arme alte Seele, aber sie versucht sich im Lippenablesen. Das bringt einen bei Darryl nicht sonderlich weit.

28

Wiederbelebung des Leibes. Ein jahrtausendealtes Geheimnis.

Uno itinere non potest perveniri ad tam grande secretum. Ein Weg reicht nicht aus, um zum Herzen eines so großen Geheimnisses vorzudringen. Symmachus, der letzte Apologet des heidnischen Rom, wie er von Toynbee zitiert wird. Symmachus hielt sich als Haustier ein Krokodil, das starb, weil es nicht fressen wollte.

Komisch, was einem so im Gedächtnis haften bleibt.

Allmächtiger Gott, sofern es einen gibt – so lautete das stoische Gebet –, ich erwarte nicht länger dein zweites Kommen in einer Form, die ich zu erkennen vermag, das muß ich mir von der Seele reden. Ich fühlte mich zum Evangelium nach Markus hingezogen, obgleich der heilige Severinus mein Hauptheiliger ist. Ich erinnere mich noch daran, wie fasziniert ich war, bei Eugippius zu lesen, wie Severinus unbewaffnet durch die Schwerter der Barbaren schritt und den König der Alemannen angesichts seiner Unerschrockenheit erbeben ließ. Ich habe ihn auf den Postgängen wiederaufleben lassen.

Markus ist ein Erzketzer, findet ihr nicht auch? Nach Markus, und sein Evangelium war das erste Evangelium, das auftauchte, ereignete sich Christi Fleischwerdung im Augenblick der Taufe, und Markus' adoptianistische Christenlehre, im Gegensatz zu Lukas' konzeptionistischer Sichtweise – obgleich sowohl Markus wie auch Lukas interessanterweise Jesu Genealogie auf Joseph zurückführen –, wirkt sich so aus, daß auch ich womöglich wie Christus sein kann *(et ille Christus, et nos Christi)* und daß man, sollte Christus nicht gottgeweiht geboren worden sein, die ausklappbare Darstellung der Geburt Christi vergessen kann. Seine Mutter kümmert mich nicht mehr als die Frau nebenan.

Wo der Wurm nicht stirbt und das Feuer nicht gelöscht wird.

Ich sterbe somit als entfremdeter Anglo-Protestant, weil ich meine Zunge nicht für die Oblate einer Frau ausstrecken will. Im todgeweihten Hellenismus des vierten Jahrhunderts übernahmen Frauen die Vorherrschaft im philosophischen Leben. Denkt nur an eine Hypatia, eine Sosipatra.

»Der unsichtbare Geist, den sie entfacht hatten«, meint Gibbon unter Bezug auf die übel verleumdeten Katharer, »lebte und atmete in der westlichen Welt weiter. Im Staat, in der Kirche und selbst im Kloster wurde eine latente Nachfolge der Jünger des Paulus aufrechterhalten, der gegen die Tyrannei von Rom* protestierte, sich zur Bibel als Glaubensregel bekannte und ihren Glauben von allen Vorstellungen der gnostischen Theologie läuterte. Die Kämpfe von Wycliff in England, von Hus in Böhmen waren verfrüht und unwirksam, doch die Namen von Zwingli, Luther und Calvin werden als die von Erlösern von Nationen mit Dankbarkeit ausgesprochen.«

Verfrüht und unwirksam. Worte, die gebraucht werden könnten, um die Hölle auf Erden zu definieren.

Nationen zudem, die in Gibbons Zeit einzig und allein die Domäne von Männern waren.

»Schon wieder Männer«, höre ich die liebliche Stimme der geneigten Leserin einfallen. »Wie paternalistisch und patriarchalisch. Zunächst einmal diese Arroganz. Er kann wie Christus sein, und da Christus ein Mann ist, wo, bitte sehr, bleiben dann die Frauen?« Außen vor. Geradeso wie in der alten Welt hatten die Frauen kein Stimmrecht, Bürgerrechte wurden als zum Preis des Militärdienstes erworben angesehen, welch grandioser Witz. Und zweitens die Auswirkungen auf diesen Planeten und die Arten (obgleich die Biologie, wie wir heute wissen, keine schicksalhafte Bestimmung ist), die es hatte, daß die Gemahlin einer nichtjüdischen Gottheit weggestrichen wurde (Tammuz für diejenigen, die

---

* Wie Toynbee hervorhebt, wurde den ikonoklastischen, islamischen und insbesondere protestantischen Angriffen auf den Marienkult in Rom durch das Aufstellen der Thesen von der Unbefleckten Empfängnis und Mariä Himmelfahrt begegnet. Reine Ausgeburt der Phantasie ...

Augen haben, um zu sehen: Von den allseits bekannten Griechen abgesehen, die zu Göttern wurden – Herkules, Dionysos, Ganymed, Äskulap –, ist es interessant, wie Toynbee feststellt, daß dem Gebiet von Galiläa nicht eine, sondern drei Religionen entsprangen, die göttliche Männer anbeteten). Zu Christi Zeiten entstand in Samaria der Kult des Simon Magus, verantwortlich für die gefürchtete irische Tonsur, der bis ins dritte Jahrhundert überlebte, während tausend Jahre später der schiitische Ketzer Hakim zum Begründer eines abweichlerischen Kults wurde, der bei den Drusen im Libanon noch heute lebendig ist. Ist es Campsie, wo die Maroniten sind, in Lakemba die Hisbollah? Ich könnte nie Taxifahrer in Sydney sein; indem sie die Gemahlin eines nichtjüdischen Gottes wegstrichen, um ihn besser mit seinem vermeintlichen hebräischen Vormund, dem Kriegsherrn Jahwe, zu identifizieren, traten die Galiläer, die Nichtjuden waren, während der Herrschaft von Alexander Jannai, ganze 100 Jahre vor Christus, durch das Schwert zum Judaismus über.

Denn es sind etliche verschnitten, die sich selbst verschnitten haben um des Himmelreichs willen. Wer es fassen kann, der fasse es. Matthäus. Siehe auch Jesaja.

Und diejenigen, die es nicht fassen konnten, haben das Wort als bildlichen Ausdruck gelehrt. *Phrygio quos tempus erat iam more supervacuam cultris abrumpere carnem.*

Die Zeit ist längst vobei, da sie den alten Burschen auf phrygische Art hätten beschneiden sollen. Juvenal.

Markus zeugte Paulus von Samosata, der Arius von Alexandria zeugte – zu dessen Anhängern auch der Kaiser Valens und die Vandalen, Goten und Lombarden gehörten, die das Römische Reich plünderten und die an Christus nicht als Gott glaubten, sondern ihn eher als einen Propheten ansahen; Augustinus berichtet, wie Alarich, der Westgotenkönig, der Rom im Jahr 410 plünderte, denjenigen aus dem Volk Asyl gewährte, die in christlichen Kirchen Zuflucht gesucht hatten –, und Arius zeugte Nestorius, der auf dem Konzil von Ephesus exkommuniziert wurde, weil er es gewagt hatte, den Gedanken zu äußern, daß Maria zwar die Mutter Jesu sei, sie jedoch schwerlich die Mutter Gottes sein könne –, und Nestorius zeugte Luther, und Luther zeugte Descartes, der an dem Punkt weitermachte, wo die präsokratischen Ionier aufgehört hatten. Der Weg des nichtkastrierten Mannes ist Macht, Krieg, Selbsterkenntnis, Herrschaft über die Natur; deiner hingegen, liebste Dame? Die Chance, mich überwiegend geboren zu haben. Was mehr könntest du verlangen? Oder kann es sein, daß du es ebenso überdrüssig bist, mich überwiegend geboren zu haben, wie ich es bin zu versuchen, das launische Auge des restlichen geringeren Teils auf mich aufmerksam zu machen?

Leider hast du ja kein Y-Chromosom, meine Liebe. Daher kannst du auch in mir enthalten sein. Ich jedoch kann niemals in dir enthalten sein. Das Männchen unserer Spezies ist ein spezialisiertes Weibchen, und das Männchen unserer Spezies lebt parasitisch vom Weibchen.

Ich habe gehört, Sex sei eine Taktik, die uns dem Wimperntierchen stets einen Schritt voraus sein läßt.

Invokation der Unbefleckten Jungfrau, Unserer Lieben Frau immerwährender Beistand, Mater Dolorosa, Mystische Rose, Königin des Himmels und all das Übrige war etwas, das ich nie verstanden habe, und, offen gesagt, nicht etwas, das ich bewunderte. Ich kann keine Göttin anbeten. Blind mag ich zwar sein, aber ein Maulwurf bin ich deswegen nicht. Ich bin auch kein Anatolier. Ich könnte nicht meine eigene Mutter anbeten, was womöglich der Schlüssel zu allem ist. Wir haben uns nur bei drei Anlässen getroffen, doch da – nein, ich erzähle eine Lüge, es waren vier – konnte ich meinen eigenen Vater nicht verehren, und daher glaube ich, es hätte dazu führen können, daß ich mein eigenes Potential anbete, doch mein Potential für was, in Anbetracht der unzweifelhaften und allumfassenden Tatsache, daß meine Leistungen hinter meinen Fähigkeiten zurückbleiben?

Männlichkeit? Mangel daran? Grauenhaft, in meinen letzten Tagen oder Stunden daran zu denken, daß diese Frage, provoziert von einer verweichlichten Bruderschaft postmoderner, in den Wäldern hausender Außenseiter, eine große Rolle spielt.

Doch ein Glaube ans Überleben erfordert Sendungsbewußtsein: Ein geschlossener Orden von Eunuchen, die nach Poleiminze und Eukalyptusöl stinken, wird nicht genügen, das erwünschte Ziel zu erreichen.

Ich habe in dem vergangenen Jahr zu viel kostbare Zeit mit dem Studium der Werke von Abelard und Origenes vergeudet. Ich habe das getan, weil sie beide Eunuchen waren und beide christliche Theologen. Die einzige interessante Übereinstimmung, die ich gefunden habe, ist die, daß beide meinen, Gott habe das, was er nicht getan hat, schlechthin nicht tun können, d. h. daß er nicht frei gewesen sei. Der unbestimmbare Dritte ist dann als realer Mann in der Tat nicht von dem Gedanken gequält, was hätte sein können.

Da sind diese vier späten Votivreliefs der Kybele, die sich jetzt im Seldschukenmuseum befinden. Jedes stellt eine Dreifaltigkeit dar. Sie steht in der Mitte, zu ihrer Rechten von einem jüngeren Mann im Profil flankiert. Zu ihrer Linken steht ein älterer vollbärtiger, patriarchalischer Typus.

Attis, Kybele, Zeus?

Christus, Maria, Gottvater?

Mir schwebt da eher folgender Gedanke vor: Eunuch, Frau, Mann. Dann fängt es alles an, etwas Sinn zu ergeben.

Akt 1 – Szene 3

29

Olaf schreibt vom Ausbildungslager Puckapunyal aus an Nisi. Brian begegnet dem völlig abgerissenen Eugene in Woolloomooloo.

2. Rekruten-Ausbildungs-Bataillon
Puckapunyal
26. Oktober 1968

Liebe Nisi!

Hier also werde ich in den nächsten 9 Wochen zu Hause sein, und obwohl es hier wärmer ist als in den Blue Mountains, ist es doch ein ziemlich freudloses Loch. Unser 2. RAB ist vom Rest des Lagers getrennt, zu dem noch das Panzerkorps und ein paar Infanteriebataillone gehören. Die Mannschaftsbaracken und Verwaltungsgebäude sind grau gestrichen, der Exerzierplatz und alle Freiflächen zwischen den Baracken bestehen aus grauen Steinen, und die Fußwege sind graue Betonplatten. Als wir morgens um sechs in unseren Bussen reinfuhren, drehten gerade 2 Burschen Runden auf dem Exerzierplatz und schleppten Felsbrocken. Sie waren einen Tag vor uns angekommen und bestraft worden, weil sie sich die Gamaschen verkehrtrum angelegt hatten. Einer hat seitdem eine eidesstattliche Erklärung abgegeben, daß er WDV-G (Wehrdienstverweigerer aus Gewissensgründen) ist.

Ich bin in der C-Kompanie, auch Charlie genannt (das interessiert vielleicht gar keinen, aber mir fällt nichts anderes ein, was ich schreiben könnte. Gehirnwäsche). Die Farbe unserer Kompanie ist Blau. Alpha hat Rot, Bravo Gelb, Delta Grün. Wir haben eine blaue Fahne auf unserem Exerzierplatz und blaue Aufschriften in unseren Baracken, was gut zu dem Grau paßt. Mein Zug stammt größtenteils aus Perth und Adelaide. Zu einem Zug gehören 32 Mann, ungefähr 5 Züge zu einer Kompanie (glaube ich wenigstens). Wir wohnen mit je 16 Mann in der Baracke. Die Baracken sind nach dem Alphabet angeordnet. Ich bin in Baracke A-B. A ist an dem einen Ende, B an dem anderen. Wir haben jeder ein Bett, einen Spind und einen Stuhl und Tisch zum Schreiben, alles grau gestrichen. Während ich diese Zeilen schreibe, sitze ich auf meinem grauen Stuhl an meinem grauen Tisch.

Unser Zugführer ist ein Unterleutnant oder Einsterner, der selber Wehrpflichtiger ist, ein 90-Tage-Wunder (wie die Absolventen von Duntroon und Parksea sie nennen) von der Offiziersausbildungseinheit (OAE) in Scheyville. Nach 4 Wochen hier oder in Kapooka, wo das 1. RAB stationiert ist, werden die Jungoffiziere versetzt. Sie nehmen sich selbst ziemlich ernst. Alles ehemalige Schulpräfekten oder Offiziersanwärter. Arschlöcher.

Als nächster in der Kommandostruktur kommt der stellvertretende Zugführer, ein Sergeant, danach die AUOs, die Ausbildungsunteroffiziere. Ich bin die meiste Zeit auf die Gnade dieser Schwachköpfe angewiesen. Sie stehen schon vor uns auf und trommeln morgens um sechs von außen an unsere Baracken. Einer droht immer, mir seinen Stiefel Größe 10 in den Arsch zu schieben, und zwar bis zum sechsten Schnürsenkelloch, und erzählt mir, daß ich beim Exerzieren dahänge, als hätte ich Pudding in Armen und Beinen. Wir haben in der Kompanie einen Stabsfeldwebel (Spieß), der auch ein komplettes Arschloch ist, einen Major als Kommandierenden Offizier (KO) und ein paar Hauptleute. Der KO unseres Bataillons ist Oberst, daher kriegen wir ihn nicht sehr oft zu sehen.

Kaum waren wir angekommen, da wurden uns allen erst mal die Haare geschnitten, ob wir es nötig hatten oder nicht, und eine Reihe von Spritzen verpaßt, und wir mußten einen IQ- und Persönlichkeitstest absolvieren. Es geht das Gerücht, daß jeder, der intelligent ist oder eine gesunde Persönlichkeitsstruktur hat, entlassen wird. Danach wurden wir eingekleidet. Ich bin der stolze Besitzer von 2 Paar Stiefeln, 1 Paar Gamaschen, 3 Paar Socken, 1 Paar Turnschuhen schwarz, 2 dschungelgrünen Kampfanzügen, 2 wollenen Kampfanzügen, 1 Pullover (khaki), 3 Sätzen Unterwäsche (khaki), 1 Paar Drillichshorts, 2 Hemden (khaki), 1 Schlips, 1 Schlapphut, 1 Baskenmütze, 1 Gürtel aus Webmaterial – khaki, aber unsere erste Aufgabe war es, ihn mit Schuhkrem und Brennspiritus schwarz zu färben –, Gewehr, Bajonett, Reinigungszeug und so weiter. All das muß jeden Tag auf Hochglanz poliert werden und wie geleckt aussehen.

Falls du glaubst, eine Baskenmütze sieht gar nicht schlecht aus (wie auch ich gedacht habe), warte mal ab, bis du meine siehst.

Sie sieht grauenhaft aus. Groß und schlappig, und sie geht mir ganz über das eine Ohr. Die Kavallerie trägt kleine schwarze Baskenmützen, die eigentlich ganz schick aussehen, daher haben ein paar Burschen in meinem Zug beschlossen, ihre einzuschrumpfen, um wie die Kavallerie auszusehen. Sie wurden beim Appell gehörig bestraft und mußten sich neue kaufen.

Jeden Morgen werden wir um sechs von einer zerkratzten Platte mit einem Hornsignal geweckt, und der Zapfenstreich ertönt abends um zehn. In Mantel und Badelatschen – ich glaube, die habe ich vergessen zu erwähnen – treten wir zum Zählappell an und müssen uns danach bis zum Frühstück halb sieben rasiert, schamponiert, geduscht und ausgeschissen haben. Das Essen ist nicht schlecht. Sonntags dürfen wir bis sieben schlafen, und abgesehen vom obligatorischen Kirchenappell, der stinklangweilig ist, haben wir den Tag frei, aber es gibt hier nichts zu tun, und man kann nirgendwo hingehen.

Die Grundausbildung bestand bisher größtenteils aus Exerzieren mit Waffen und aus Körperertüchtigung. Ich merke jetzt, wie wenig fit ich eigentlich bin, und es fällt mir schwer. Später sollen wir interessantere Sachen zu tun bekommen, wie Kartenlesen. Nach 5 Wochen kriegen wir 4 Tage frei, und ich freue mich weiß Gott schon darauf. Ein Sonderzug wird uns nach Melbourne bringen, und ich habe die Absicht, gleich nach Sydney weiterzufliegen. Eigentlich sollte ich ja in Kapooka sein, wie du weißt. Ich hoffe, daß wir die Zeit miteinander verbringen können, Nisi, kann Mon sich vielleicht um die Jungs kümmern? Ich werde dir später schreiben, wann genau das sein wird.

Wenn wir mit der Grundausbildung zur Hälfte fertig sind, müssen wir unsere erste und zweite Wahl für die weitere Ausbildung in einem Truppenteil angeben. Von der Tatsache mal abgesehen, daß wir alle Anspruch auf billige Darlehen zum Hauskauf haben, habe ich als einzige erfreuliche Nachricht gehört, daß ich mich als Mitglied der Infanteriekapelle bewerben kann. Alle Armeekapellen, außer der vom Panzerkorps, gehören zur Infanterie, aber wenn ich in eine Kommandokapelle käme, von denen es in jeder Hauptstadt der einzelnen australischen Staaten eine gibt, bräuchte ich nicht nach Vietnam zu gehen. Verstehst du, wenn ich es nur bis in die Bataillonskapelle schaffe, dann muß ich vielleicht als Krankenträger nach Vietnam, und die haben eine ebensogroße Chance, erschossen zu werden, wie jeder andere auch. Wenn ich zu keiner Kapelle komme, habe ich als zweites natürlich Infanterie (Vietnam) angegeben. Keiner, der bei vollem Verstand ist, würde die Infanterie als erste Wahl angeben. Daher sollte ich vielleicht bloß Technische Truppe, Medizinischer Dienst oder sowas ähnliches angeben, was meinst du? Es ist ein bißchen wie Glücksspiel.

Ja, ich weiß, in den Militärkapellen gibt es keine Gitarren, bisher wenigstens, aber ich habe gehört, daß sie Keyboard-Spielern und Gitarristen eine Klarinette in die Hand drücken und sie von Null anfangen lassen. Es ist erstaunlich, wie schnell du lernst, wenn dein Leben davon abhängt.

Hast du von diesem Briefträger aus Melbourne gehört, der zu 2 Jahren Gefängnis verurteilt worden ist, weil er seinem Einberufungsbescheid nicht gefolgt hat? Dabei ist er nicht mal Pazifist. Offenbar hat er dem Richter gesagt, daß er was gegen die Rolle hat, die Australien in Vietnam spielt. Also, ich weiß nicht, ob es im Knast von Pentridge schlimmer sein kann als hier, aber wir brauchen ja, schätze ich, auch bloß 10 Wochen lang hierzubleiben. So Gott will.

Bete für mich, Nisi, und grüß das Pferd und Aloysius und Tim von mir. Ihr alle fehlt mir, und vergiß nicht, was ich über Calvin Ecks gesagt habe. Ihm kann man nicht trauen.

Olaf Abernathy: Gilt jetzt als Frau, nennt sich »Olive«. Bedauert heute wahrscheinlich, daß sie nie in Vietnam gekämpft hat. Alle diese Babyboomer bedauern doch heute, daß sie nie in Vietnam gekämpft haben.

Patria, o mei creatrix!
Patria, o mea genetrix!
Ego quam miser reliquens,
dominos ut erifugae
Famuli solent …
O Heimat, du meine Schöpferin!
O Heimat, du mein Lebensborn!

Ein elender Feigling bin ich,
der sich davongestohlen hat
wie ein entlaufener Sklave …
Catull

Australien ist so beschränkt, so rückständig, fremden Strömungen so zugetan; sobald sich die Möglichkeit bietet, zeigt sich der eifrige Kopist, um diese Strömungen um so beflissener nachzuäffen; während wir, um unseren Stolz auf das Kopieren zu zeigen und unsere von Herzen kommende Dankbarkeit auszudrücken, den Namen des Kopisten in eine Messingtafel gravieren und ihm oder ihr auch noch das hochgeschätzte Verdienstkreuz verleihen.

Was für Leute sind wir eigentlich, *au fond?* Angesichts unserer Staatsverschuldung können wir wohl mit Sicherheit von uns behaupten (wie der Zyniker zu Licinius sagte), daß uns nicht genügt, was wir im eigenen Land erzeugen, sondern die Welt als unser Lieferant herhalten muß, daß unser Heimatland und seine Meere völlig unzureichend sind, daß wir unsere Vergnügungen an den anderen Enden der Welt einkaufen, das Exotische dem Selbstgezogenen vorziehen, das Kostspielige dem Preiswerten, das Seltene dem Normalen, ja, daß wir eigentlich die Schwierigkeiten und Komplikationen suchen, statt sie zu vermeiden.

Patriotismus? Die letzte Zuflucht des alten Schurken, mein Sohn. Laut so einem aufgeblasenen, kariösen, von sich selbst überzeugten Schreiberling aus der Fleet Street, dessen dämliches Apophthegma höher geschätzt wird als die eigentlichen und natürlichen Stimmen der Götter des Herdes. Pionierarbeit zu leisten ist nie ganz leicht gewesen. Auszuverkaufen? Das ist immer ganz leicht.

Und glaubt bloß nicht, daß wir keine Snobs wären, denn wir sind Narren, und wir sind Narren, weil, wie Lukian sagt, diejenigen, denen ihr Land die wahre Mutter ist, das Land lieben, auf dem sie geboren und aufgewachsen sind, mag es noch so schmal und rauh und unfruchtbar sein.

Das Royal George ist das Hauptkotzloch dieses Haufens von Arschlöchern, dieses Zirkels freidenkerischer Sydneyer Beatniks und ihrer bourgeoisen Beifallsklatscher, doch Brian Chegwodden, der der Versuchung des Fleisches nicht erliegen möchte, verkehrt heutzutage im Criterion, wo er mit dem Bier Philosophien aufsaugt, die noch freisinniger sind als jene, die für individuelle Freiheiten eintreten. Wie Mum vorhergesagt hat, ist er zu seiner Frau zurückgekehrt und hat an seiner neugeborenen Tochter viel Freude. In gewisser Weise bedauert er, was mit Paula Zoshka gewesen ist, aber er würde es wieder tun. *Que sera, sera.*

An diesem späten Oktoberabend beschließt er, einen kurzen Bummel zu machen, sobald der Pub schließt, um auszunüchtern. Die Stimmung der Stadt ist ebenso schwarz wie Brians Rollkragenpullover; Ron Clarke hat im 10 000-Meter-Lauf versagt, und Jackie Kennedy hat Ari Onassis geheiratet, warum eigentlich? Weil sie spürte, wie unaufhaltsam das Altern voranschreitet. Das geht mir runter wie Öl.

In den Blue Mountains sind Feuer ausgebrochen, und Brian Chegwodden hat über diese Feuer seine Tinte verspritzt, wenn auch nicht, um sie zu löschen. Glücklichere Lohnschreiber sitzen in Mexiko und probieren dort den Meskal. Ron Clarke mag uns zwar im Stich gelassen haben, doch Ralph Doubell hat soeben einen umwerfenden Sieg über 800 Meter erzielt. Nur im Sport, wo es unzweifelhaft ist, wer gewonnen hat, gelten Australier noch weltumfassend als erwähnenswert, und weil wir so vorausdenkende Leute sind, trifft uns das hart, jedenfalls einige von uns.

Denn wir sind einzigartig und wissen es auch. Obwohl wir uns als Hinterwäldler überführt haben, sind wir eigentlich die Avantgarde der westlichen Welt. Nietzsches letzter Mensch ist in Europa und den USA kaum vor dem polnischen Papst angekommen. Wie Peter Coleman hervorhebt, kam er nach Australien bereits 1788 mit der Ersten Flotte.

Das Verhängnis des Tithonos. Doch ist es möglich, daß sich zum ersten Mal seit 200 Jahren, plus minus ein japanisches Zwerg-U-Boot, hier etwas rührt? Irgendeine äußere Kraft, die eine Antwort aufdrängt, eine Mobilisierung des sozialen Knochenmarks, die ein Alexin erzeugt?

Wartet mal, das muß 1968 sein, das ist doch ein GI, der da aus dem Eingang von Jimmy Carruthers Pub tritt. Er ist auch noch in Uniform. Betrunken.

»He, Kumpel.« Er winkt Brian zu. Ist das ein Schlepper? Wo sind denn die Mädchen?

»Hast dich wohl verirrt, Kumpel?«

»Ja, aber ich könnte direkt Gefallen dran finden. 'ne schöne Stadt habt ihr hier.«

»Danke. Was können wir für dich tun?«

»Oh, ich weiß nicht. Was hast du denn? Hast du was zu rauchen?«

»Ich hatte gedacht, ihr seid die Jungs, die das Kraut haben.«

»Ich habe mein Kraut zu Hause gelassen, Mann. Ich spreche nicht von Kraut. Rauchst du gern?«

»Manchmal. Wo bist du untergebracht? Ich glaube, wir sollten dich in ein Taxi setzen. Du siehst müde aus.«

»Ja, ich bin müde. Wie heißt du eigentlich, Kumpel?«

»Brian. Brian Chegwodden.«

»Wie interessant. Was machst du so?«

»Nicht viel. Schreibe ein bißchen fürs Radio.«

»Ich bin ein Krieger. He – geh doch nicht fort, Kumpel. Quatsch noch 'n bißchen mit mir.«

»Klar. Wie lange bist du schon hier?«

»Zwei Tage. Zwei Tage lang bin ich aus dieser Bar nicht rausgekommen. Mann, früher hab ich nie so gesoffen. Was ist bloß los mit mir?«

»Du bist müde, Mann. Aber du bist hier auf Urlaub von Vietnam, nehme ich an, also ist das in Ordnung. Entspann dich.«

»Freisein von Angst, Mann. Du weißt ja nicht, was das bedeutet. 'n kaltes Bier, 'n weiches Bett, aber Freisein von Angst ist wichtiger.«

»Unbedingt. Hättest du Appetit auf Fleischpastete mit Erbsen? Hast du Hunger?«

»Lächelnde freundliche Gesichter. Der Klang von Englisch auf den Straßen. Aber noch wichtiger als diese beiden ist Freisein von Angst. Du weißt nicht, was das bedeutet.«

»Nein, du hast recht, ich weiß es wahrscheinlich nicht. Du mußt verstehen, ich habe nie in einem Krieg gekämpft.«

»Dann tu's auch nicht. Ich bin abgeschossen worden, während der Tet-Offensive. War ganz hübsch verwundet.«

»Du hast Glück gehabt. Okay, gehen wir ein Stückchen. Magst du Zoos? Wir haben einen prima Zoo hier. Wunderschöne Ausblicke vom Taronga Park aus auf den Hafen.«

»Ich könnte es nicht ertragen, Mann. Versteh doch, ich war in 'nem Käfig, vor kurzem erst. Wurde über 'nem nordvietnamesischen Regimentsstützpunkt abgeschossen. Das war während der Tet-Offensive. Das sind vielleicht zähe Mütter, Mann. Ernähren sich von dem, was das Land hergibt. Das einzige, was sie mit sich führen, ist 'ne Schaufel und 'ne Hacke sowie 'n paar Blechtöpfe. Essen Blätter. Die Schuhe sind aus Reifengummi. Das einzige, was ich zu essen bekam, war Salzwasser und Kürbis.«

»Großer Gott.«

»Ja, aber ich bin geflohen. Ich hab's getan. Und jetzt bin ich hier und will bei meinem Bruder bleiben.«

»Was? Du hast einen Bruder in Sydney?«

»O ja. Ich hab 'nen Bruder in Sydney. Er arbeitet an der Wissensfabrik.«

»Dann ist es ja kein Problem. Wir bringen dich zu deinem Bruder nach Hause. Na komm. Wie lautet die Anschrift?«

»Weiß nicht. Vergessen. War in meiner Brieftasche, aber meine Brieftasche ist weg. Ich glaube, die haben mich ausgenommen. Na, macht nichts.«

»Ich würde meinen, doch! Was ist mit deinem Geld und deinen Papieren?«

»Es macht 'nen Scheißdreck, Mann. Was ist schon Geld? Freisein von Angst ist die Hauptsache. Gehn wir doch einfach los und genießen das Freisein von Angst.«

»Ich würde den Unterschied bestimmt nicht mal merken. Kommt dir das nicht komisch vor?«

»Nein. Ich kann mich noch gut dran erinnern. Wir sehen alle unsere Freiheiten als selbstverständlich an.«

»He, du bist schon ein erstaunlicher Bursche. Ich mag dich. Wie heißt du?«

»Wen kümmert das 'nen Scheißdreck?«

»In Ordnung, aber wir könnten das Haus deines Bruders finden, wenn du mir deinen Nachnamen sagen würdest. Hat er dich erwartet?«

»Nein. Wo's denn mein Feuerzeug?«

»Du hast es fallengelassen. Hier.«

»Lies mal, was da draufsteht.«

»Wir werden aufs Dienen und Sterben getrimmt, doch zum Rauchen und Highsein sind wir bestimmt.«

»Jeder Mann, der Bescheid weiß, hat so 'n Ronson Adonis. Gehört dir, als Geschenk. Ich brauche bald was zu rauchen, Mann.«

»Ich glaube, ich kann etwas Kraut auftreiben.«

»Ich spreche nicht von Kraut. Was ist das überhaupt für 'n Scheißkraut? Willst du wissen, wie ich entkommen bin?«

»Na klar.«

»Ich auch. Kann mich nicht erinnern. Erinnere mich allerdings, warum. Gab nichts zu rauchen in dem Käfig.«

»O Herrgott, du meinst wohl Opium? O nein ...«

»Bist du nie dem Drachenmann nachgejagt, dann urteile auch nicht darüber. Hat mir das Leben gerettet.«

»Blödsinn, du steckst jetzt mitten in der Scheiße. Du bist süchtig. Du solltest auch vorsichtiger sein mit dem, was du sagst, ich könnte einen Artikel drüber schreiben. Wieviele wie dich gibt es da noch, um Himmels willen?«

»Was kümmert mich das, Mann? Ich stehe in der Schußlinie. Warum sollte ich mich 'nen Scheiß um irgendwas kümmern?«

»He, he, he, beruhige dich doch! Wir wollen doch nicht, daß die Militärpolizei vorbeikommt. Jetzt hör mal zu, ich glaube, ich kenne jemand, der dir vielleicht etwas Stoff besorgen könnte, obwohl ich es nicht garantieren kann, und dann gehen wir zu deinem Bruder nach Hause. Wie klingt das?«

»Sehr interessant. Ich gehe nicht wieder nach Vietnam zurück. Give peace a chance. Was sagt du dazu?«

»Ja, scheiß drauf. Das ist's, was ich dazu sage.«

Eugene Ecks: Zeugte während seines Aufenthalts im Tal keine Kinder und wurde wie sein älterer Bruder Calvin nie zum Eunuchen. Ihr werdet euch ebenso wie ich vielleicht fragen, woher sie wußten, wer dort wen gezeugt hat, doch Kimbo beteuert, für die Frauen bestanden nie Zweifel, da habt ihr's also. Geheime Frauensache. Vielleicht war Eugene unfruchtbar. Laut Kimbo wurden die Männer während der Periode der Autarkie, als das Tal nach dem zweiten Felssturz von der Außenwelt abgeschnitten war, zu Eunuchen. Das geschah in den Achtzigern. Die Passion ereignete sich der *Ballade* nach, als Tim hier die High School besuchte, was bedeutet, es muß so etwa um 1980 passiert sein. Die Schluchtstraße wurde durch Darryl und seinen Trupp im Mai 1986 wieder geöffnet. Während der Periode der Autarkie, die Mitte 1979 begann, fand das in der *Ballade* beschriebene Geschehen entweder statt oder auch nicht, fest steht aber, daß sich im Verlauf dieses Zeitraums von sieben Jahren sechs männliche Kommunarden – Attis und Fergus MacAnaspie, Michael Ginnsy, Derek Frodsham, Olaf Abernathy und Kimberley Moon – entmannten. Wurde ein Bann gebrochen, als einer der Männer versäumte, seiner göttlichen Pflicht nachzukommen, und ein Jahr verstrich, ohne daß dem Hain sein jährlicher Tribut gezollt wurde? Bloß so ein Gedanke. Jedenfalls machte dieser ansteckende Wahnsinn der Männer, sich ihrer Verantwortung zu entziehen, die Frauen, die das als Vernachlässigung auslegten, anfangs wütend. Aber wieviele Männer braucht man eigentlich? Wir sind doch bloß ein lästiges Ärgernis. Wie aus der *Ballade* zu schließen ist, kapitulierten die Männer sowieso; Grainger und Max machten sich offenbar während des Passionsfeuers davon. Von denjenigen, die dablieben, fing Calvin, ein Feigling, an, sich fürs Zölibat einzusetzen, während sich Darryl und Eugene bei Versuchen, in den Harem des jeweils anderen vorzustoßen, völlig verausgabten. Doch die Frauen hatten getrocknete Telopeas in den Hütten, daher konnten keine weiteren Schwangerschaften auftreten, und die im Tal bereits geborenen Kinder wurden nicht mehr älter. Die Frauen und die Eunuchen alterten nicht mehr. Nur die überlebenden Männer alterten. Das mögen zwar die Männer im allgemeinen nicht wahrgenommen haben, doch Tim mußte es bestimmt aufgefallen sein. Passionsblume noch immer im Alter von zwei Jahren, als ihr Vater sie sieben Jahre später sieht! Wir wissen, daß irgend etwas ihn ausflippen ließ. Er erwähnt nicht, was es gewesen ist.

Gegen Ende seiner *Ballade* unterstellt er, daß auch die Jüngeren entmannt wurden, doch das ist, dessen bin ich mir sicher, dichterische Freiheit. Sonst hätte die Sozialbehörde Anklage erhoben. Nein, die Jüngeren stimmten mit den Füßen ab. Nachdem der Bann gebrochen war, wollten sie als typische Kommunenkinder nichts mehr mit dem Tal zu tun haben. Fühlten sich dort zu eingeschränkt. Während Tim, der der neuen Ordnung als erster den Rücken kehrte, Wiedergutmachung leistete, wurden die anderen – die sich zu diesem Zeitpunkt in Obliqua Creek unbeliebt machten –1989 vom Staat vereinnahmt und erhielten Familiennamen und Schuhe und eine postmoderne Bildung. Lediglich Harley und Norton kehrten ins Tal zurück, um dort nach Holzfällerart zu leben; um ihnen Gerechtigkeit widerfahren zu lassen, muß man jedoch erwähnen, daß sie die Ebene mit Eukalyptus wiederaufgeforstet haben. Mit Glanzeukalyptus.

30

Nisi trifft mit den Kindern ein und will bei Monica in Paddington bleiben. Monica streitet sich mit Brian. Balthazars Dilemma. Frodshams Dilemma.

»Oh, du hast hergefunden, oh, Gott sei Dank. Wir waren schon so besorgt. Cindy ist heute seit früh um vier auf und wartet drauf, daß Tim kommt. Hallo, Aloysius. Kommt doch rein, Jungs. Habt ihr Schlafsäcke mitgebracht?«

»Mon, wir können nicht bleiben.«

»Natürlich könnt ihr das, und ihr werdet es auch. Wir haben Olaf so viel zu verdanken. Calvin hat nichts dagegen. Er weiß, wie das mit Waldbränden ist. Allerdings nicht mit denen hier.«

»Ich weiß trotzdem nicht.«

»Du überlegst dir's, Liebes, während ich 'ne Kanne Tee ansetze. Aloysius, wenn du gern nach oben gehen möchtest, das Zimmer von Alex ist links. Es ist das mit dem Poster von Jimi Hendrix. Stellt die Stereoanlage aber jetzt nicht so laut. Cindy ist drüben in der Vorschule, Nisi, aber die Lehrer wissen von den Bränden, und Tim ist wirklich willkommen, ich habe gefragt. Ist euer Haus bedroht?«

»Eigentlich nicht, jedenfalls nicht im Augenblick, denn das Feuer ist unten im Tal, aber der ganze Park ist 'ne Zunderbüchse, Monica. Ihr habt es ja gesehen.«

»O ja, wir haben's gesehen. Calvin hat uns erzählt, daß diese Eukalyptuswälder eigentlich Brände mögen. Gespenstisch.«

»Es ist das Pferd, um das ich mir Sorgen mache. Rauch macht ihm unheimliche Angst. Das Haus haben wir bloß gemietet, und wir besitzen nichts von Wert. Ich habe es gestern in den Stall zurückgebracht, aber der Rauch war dort sogar noch dichter, und dann merkte ich, daß ich den Pferdeanhänger nicht mehr den Berg raufbekam. Weil der Kühler anfing zu kochen. Und dann wurde es plötzlich kalt und fing an zu schneien, und als ich versuchte, es aus dem Hänger rauszukriegen, weil er sich quergestellt hatte, als ich probiert habe, zurückzustoßen, konnte ich den Hänger hinten nicht absenken, weil die Bolzen in diesen Mietanhängern immer so festgerostet sind, und es wurde ganz wild. Glücklicherweise hielt die Buschfeuerwehr an, und ein paar von den Burschen halfen, bevor es den Anhänger mit seinen Hufen zertrümmern konnte. Ich glaube, ich muß mir 'nen eigenen Pferdeanhänger kaufen, und dann brauche ich 'n Auto, das ihn ziehen kann.«

»Und hast du denn das Geld für das alles?«

»Ich glaube, wenn man es braucht, treibt man das Geld schon irgendwie auf. Für 'ne Beerdigung reicht's ja auch immer.«

»Das glaube ich auch. Wie geht's Olaf?«

»Ich denke, es wird ihm in der Armee gefallen, Mon. Ja, das glaube ich wirklich.«

»Oh. Sollen wir Klein Tim jetzt nach drüben schicken?«

»Mach dir keine Sorgen um ihn. Er wird wahrscheinlich wieder einschlafen. Er hat in der letzten Zeit nicht sonderlich viel Schlaf gekriegt. Keiner von uns hat das.«

»Erzähl mir darüber. Cindy wird wie 'ne Rakete angeschossen kommen, wenn sie sieht, daß euer Auto draußen steht. Wo hast du's geparkt?«

»Um die Ecke. Ich hab den Anhänger mit dem Pferd drin noch dran. Es macht mir echt Sorgen, Monica. Ich muß für Jack 'ne neue Koppel finden, und Gras gibt's sowieso keins, und bald werden sie überall abgebrannt sein. Ich hatte ihn 'ne Zeitlang auf 'ner Koppel, die 'ner alten Dame gehörte, aber ihre kleinen Plastikblumentöpfe wurden immer wieder über den Zaun geweht, und er hat sich mit den Füßen in sie reingestellt. Und bei ihr mußte ich immer Unmengen von Tee trinken, so daß meine Blase bei den Ausritten ganz voll war. Und wenn du 'nen Hund hast, dann kann die Katze der alten Dame deinen Hund sowieso nicht ausstehen. Es ist immer dasselbe mit diesen alten Damen.«

»Wir werden eines Tages auch alte Damen sein. Nisi, hier in Paddington kannst du dein Pferd aber nicht lassen.«

»Ich bringe es später rüber auf den Rummelplatz. In Randwick haben sie auch Ställe. He! Neulich nacht hatte ich 'nen seltsamen und wunderschönen Traum. Darf ich dir davon erzählen?«

»Okay. Aber nur so weit, wie er mich nicht aufregt.«

»Ich bin mir sicher, daß er dich nicht aufregt, Monica. Meine Träume sind nicht so wie deine.«

»Ich träume immer vom Einkaufen.«

»Darauf wette ich. Ja, also, ich habe geträumt, ich war in 'nem ganz erstaunlichen Tal, das einfach ideal für Pferde war. Ich ritt gerade durch dieses wundervolle ...«

»O mein Gott, da ist jemand an der Haustür. Entschuldige bitte. Ob Cindy schon nach Hause kommt? Ich hoffe doch nicht. Vergiß nicht, was du sagen wolltest, Nisi. Ich komme!«

»Hallo auch!«

»Hi. Ihr Burschen seid wohl Mormonen, ich glaube, ihr verschwendet eure Zeit.«

»Nichts von alledem. Erkennen Sie diesen Mann nicht wieder? Wie wär's, wenn ich Ihnen sage, daß er auf der rechten Schulter ein Marihuanablatt tätowiert hat?«

»Oh, gütiger Himmel, das ist doch nicht etwa ...«

»Hallo, Monica.«

»Eugene! Du bist es tatsächlich. Aber wir haben doch gehört, daß du vermißt seist, Mann! Seit der Tet-Offensive. Komm doch rein.«

»Ich bin schon wieder weg.«

»Nein, bitte komm herein. Ich hab grade 'ne Kanne Earl-Grey-Tee aufgebrüht, Nonnenpisse, wie mein Mann ihn nennt. Nisi, sieh mal, wer hier ist! Mein Schwager Eugene zusammen mit 'nem Freund. Ich habe ihn gar nicht wiedererkannt. Jungs, das ist Nisi.«

»Freut mich, Sie kennenzulernen, Madam.«

»Ich hole noch 'n paar Tassen.«

»Sind Sie auf Urlaub von Vietnam hier, Eugene? Mein Mann ist grade im Ausbildungslager. Seit gestern. Na ja, eigentlich ist er gar nicht mein richtiger Mann.«

»Mmhuh … bin fix und … mzz.«

»He, was ist denn hier los? Ist er umgekippt?«

»Könnte ich Sie mal einen Augenblick allein sprechen, Mrs. Ecks?«

»Oh, ich hatte ja keine Ahnung. Hier kann er nicht bleiben.«

»Das wird er aber müssen.«

»Nein, Sie bringen ihn dorthin zurück, wo Sie ihn aufgelesen haben. Ich habe Kinder hier wohnen, die vor den Buschfeuern geflüchtet sind. Glauben Sie etwa, daß Sie richtig daran getan haben, ihn herzubringen, damit er sich hier mit Drogen zudröhnen kann? Ich glaube das nicht. Ich glaube, Sie sind ein opportunistischer kleiner Scheißer.«

»Bitte haben Sie doch etwas Mitgefühl mit den Mann. Wer weiß denn, ob sie nicht inzwischen alle so sind?«

»Mach halblang, Junge, dieser Bursche ist schon seit vielen Jahren drogensüchtig. Eugene ist das schwarze Schaf der Familie. Er ist zum Highsein geboren. Er wäre nicht aus dem College ausgestiegen …«

»O mein Gott, sind Sie aber herzlos.«

»Und Sie sind bloß ein barmherziger Samariter, vermute ich. Gehen Sie, scheren Sie sich hier raus, und nehmen Sie Ihren Junkiekumpel mit. Ich möchte keinen von Ihnen hier in meiner Nähe haben.«

»Ich verstehe. Na gut, kann ich wenigstens die Nummer von der Arbeitsstelle Ihres Mannes haben?«

»Nein, das können Sie nicht.«

»Hören Sie, er hat seine Brieftasche verloren, er hat kein Geld, und Sie wollen ihn einfach auf die Straße setzen? Damit er verhaftet wird?«

»Damit haben Sie verdammt recht.«

»Also, ich bin nicht davon überzeugt, daß Ihr Ehemann das seinem in der Armee dienenden Bruder wünschen würde. Ich verlange, mit ihm zu sprechen.«

»Wer zum Teufel glauben Sie, daß Sie sind?«

»Ich bin Journalist bei einer großen Tageszeitung, meine Dame. Möchten Sie vielleicht, daß diese Geschichte mit einem Foto von Ihnen dort veröffentlicht wird?«

»Auf die Art können Sie mir keine Angst einjagen. Ich war Modell auf dem Ausfaltblatt des *Playboy*.«

»Entschuldige die Störung, Monica, aber Cindy ist soeben von der Vorschule nach Hause gekommen, und dein Schwager hat sich seinen ganzen Anzug mit Erbrochenem vollgesudelt. Kannst du mir sagen, wo ich das Desinfektionsmittel* finde?«

»O Gott, ich glaube, ich gehe wieder ins Bett.«

»Hören Sie, das alles tut mir schrecklich leid, ganz ehrlich. Aber ich glaube, Ihr Mann sollte lieber herkommen.«

»Okay, ich rufe ihn jetzt an. Sie haben recht. Ich passe. Ich geb's auf.«

Inzwischen ist Balthazar in der klassischen Zwickmühle eines Feldfrüchteanbauers: Wenn er die Rispen, die er von der Ernte aus dem zum Dürrejahr erklärten Vorjahr zurückbehalten hat, nicht bald verkauft, um für sie auf dem Frühjahrsmarkt einen höheren Preis zu erzielen, dann besteht die Gefahr, daß er sie selbst mit seinen Freunden rauchen muß, und dann hat er nicht das notwendige Kleingeld, um den Flug nach Indien zu bezahlen. Oder zumindest wird er zwar Geld genug für den eigenen Flug haben, aber Regenbogen – die eine große Hilfe gewesen ist, indem sie vier Pflanzen vor ihm versteckt und seine Wutausbrüche ausgehalten hat, die traditionelle Rolle der Gemahlin eines Feldfrüchteanbauers im Winter – wird ihn nicht begleiten können, und was

---

* Als Australierin würde sie bestimmt die Verkleinerungsform gebraucht und »Desso« gesagt haben. Aber Monica als Amerikanerin hätte dann nicht gewußt, was sie meinte, und ich brauche so meine Dialoge nicht in die Länge zu ziehen.

ist schon ein Süchtiger ohne seinen Saki? Fragt mal bei Omar Khayyam nach. Schließlich seinem guten Gespür folgend und bereits das Wohlbehagen und die Kraft verspürend, die dich überkommen, wenn du womöglich ein bißchen zu viel geraucht hast, vielleicht etwas zu lange, und voller Angst mit angegriffener Lunge und Prostata und Kehle lebst, doch jetzt im Wissen, daß dein geheimes Vorratslager, wenn auch nicht dein raffinierter Kick, bald schon in eine in breiteren Kreisen akzeptierte Währung gewandelt wird, trifft sich Beauregard mit einem alten Freund, der so ganz nebenher manchmal auch ein paar kleine Geschäfte macht.

Sollen wir denn Wasser trinken und es ablehnen, bei der Dionysia weibliche Kleidung anzulegen? Ist es ein derartiges Verbrechen, das grüne Kraut zu rauchen? *Loripedem rectus derideat, Aethiopem albus.* Es soll der Aufrechte den Lahmen verlachen, und der Weiße den Schwarzen. Juvenal.

Bedenkt doch, daß, während Jesaja die Juden seiner Zeit als Trunkenbolde beschreibt, zur Zeit von Klemens diejenigen, die in der Eucharistie Wasser verwenden, als Ketzer geächtet werden. Wie kriegen wir denn nun die Zahnpasta zurück in die Tube? Statistisch gesprochen ist es nicht schädlich und muß wohl die winterhärteste dem Menschen bekannte Pflanze sein. Balthazar hat diese Pflanzen übrigens am Rand eines Staatsforsts gezogen – er besucht die Nordküste schon seit Urzeiten –, und sie sind nicht einmal gewässert worden, von Jäten oder Düngen ganz zu schweigen. Ein paar wurden von Wallabys aufgefressen. Jeder kann sie ziehen, nahezu überall. Die Polizei sollte sich lieber damit beschäftigen, über die eigene Glaubwürdigkeit nachzudenken, wenn sie nicht zugelassenen Autoanhängern nachspürt, und ansonsten die wirklichen Verbrechen verfolgen und die wirklichen Kriminellen, und sie sollte die Bürger in Ruhe und in der Privatsphäre ihrer eigenen vier Wände, ja, durchaus auch an öffentlichen Orten, das rauchen lassen, was und wie es ihnen gefällt; dennoch befürworte ich keine Entkriminalisierung: Wer den Anbau legalisiert, macht die Landwirtschaft kaputt.

»Zeit für 'nen kleinen Halb-und-Halb, während wir das wiegen, Mann?«

»Klar doch. Oh, du hast ja die Waage rausgeholt. Ich hab's bereits gewogen.«

»Ja, weiß ich doch, aber diese Säcke werden einfach mit jedem Mal schwerer, findest du nicht auch? Es wird keine Probleme geben.«

»Ich hoffe nicht. Es ist alles Sinsemilla. Das ist erstklassiger Stoff, Mann.«

»Riecht auf jeden Fall stark. He, du hast diesen großen Müllsack doch nicht etwa den ganzen Weg vom Hauptbahnhof hergeschleppt, hoffe ich?«

»Doch.«

»O nein. Also, glaubst du etwa, das war klug?«

»Was meinst du damit?«

»O Herrgott! Ist dir jemand gefolgt?«

»Um Himmelswillen, beruhige dich doch. Was soll das denn?«

»Du bist aus dem Zug von der Nordküste gestiegen! Mann, ich kann einfach nicht glauben, daß jemand so blöd sein kann.«

»Was meinst du eigentlich? Wovon redest du bloß?«

»Du bist zu lange in der hintersten Provinz gewesen. Du weißt nicht, wie es heute ist. Herrgott nochmal, dabei sind John und Yoko gerade neulich erst aufgeflogen.«

»So? Auch Dr. Spock ist seinerzeit ins Gefängnis gekommen. Was beweist das schon?«

»Pst. Ich muß mal 'nen Blick durch die Jalou ... o nein. Wer ist der Mann da? Kennst du ihn? Ich nicht ... o nein, jetzt kommt er über die Straße. Ich möchte, daß du jetzt gehst.«

»Was?«

»Ja, geh jetzt, geh weg! Geh durch die Hintertür. Nimm das mit. Nimm alles wieder mit, nimm deinen Sack.«

»Ach, reg dich doch nicht auf, Mann, du leidest ja an Verfolgungswahn.«

»Scher dich fort, na los! Nimm den Sack mit.«

»Verfluchte Scheiße ...«

Auch am Steuer des Morris Oxford, mit Dreiganglenksäulenschaltung und abgefahrenen Latschen, ist Barbara Byng als Fahrerin schnell und sprunghaft. Ihr Leben lang wird jeder Fahrtantritt von einem Getriebeknirschen und Aufblitzen der Rückfahrscheinwerfer begleitet. Als sie Balthazar entdeckt, der tieftraurig dahinschlendert und ein Pflaster am Finger inspiziert, wo sein Zwergpossum ihn gebissen hat, prescht sie wie ein Taxifahrer, der an einem regnerischen Montagabend im Winter einen Kunden ausgemacht hat, an den Straßenrand. Für seinen Teil findet Balthazar die unerwartete Aufmerksamkeit verwirrend und unerwünscht. Er weicht an die Ziegelmauer zurück. Das Auto ist voller gestikulierender Leute, doch die Fenster lassen sich nicht herunterkurbeln, daher ist es für sie schwierig zu verstehen, was ihnen über das Zetern der Hupen hinweg von Leuten zugerufen wird, die zweifellos dagegen protestieren, daß eine in die Stadt führende Hauptverkehrsader während des Berufsverkehrs am Spätvormittag blockiert wird.

»Balthazar, nicht wahr? Balthazar Beauregard?« Die zukünftige Senatorin erinnert sich an alle Namen. Sie hat die Fahrertür aufgestoßen und steht auf dem Bremspedal. Wir können ihr reizendes sommersprossiges Gesicht sehen, das wie eine Sonnenblume übers Autodach ragt.

»Hast du was Bestimmtes vor? Willst du zu einem Sit-in mitkommen?«

Bei ihr klingt das alles ganz toll. Na ja, ich vermute, sie hatten jede Menge Spaß damals, den ganzen Spaß eines Vergnügungslaufs, sofern man Paraden, Märsche, Wacheschieben, Streiks, Postenstehen, Abordnungen, öffentliche Versammlungen, Pamphlete, Boykottaktionen, flotte Sprüche, Lieder und all diesen Kram mag. So also sammelt sie ihre Truppen, liest sie auf der Straße auf. Und obwohl man glauben sollte, das Auto sei mit fünf Leuten, die sich auf den Rücksitzen zusammendrängen, ziemlich voll, gelingt es ihnen irgendwie, für Balthazar und seinen Müllsack Platz zu machen, und sie sind nicht weit gefahren, als Barbara jemand anderen erkennt und wieder mit beiden Füßen auf dem Bodenblech steht. Die Bremslichter funktionieren nicht, daher ist die ganze Übung mit schrecklichen Gefahren verbunden. Aber irgend etwas in der Kombination von Frottage mit tödlichem Schrecken, in einem Morris Oxford ausgeführt, ist genau das richtige, um eine glühende Verfechterin der Sache des Subkontinents nach einer schlaflosen Nacht, die sie auf Gleisanlagen sitzend verbracht hat, wieder zum Leben zu erwecken. Als die Gewächshäuser der Universität von Sydney in Sicht kommen, befinden sich inzwischen neun im Fahrzeug, und Barbara könnte leicht noch eine Ladung vollbekommen, aber das ist ihre dritte Fahrt heute vormittag, und fünfundzwanzig Leute reichen wahrscheinlich, um die Vorzimmer eines Vizekanzlers zu besetzen.

Dem Mann am Kontrollpunkt, einem sehr guten Freund, unbekümmert zuwinkend, fährt Barbara geradewegs durch und schlägt um den Sportplatz Nummer Zwei herum die Richtung zum Lehrerseminar ein. Hier wird sie mit einem streng dreinblickenden Derek Frodsham konfrontiert, der seinen Demo-Overall trägt, mit den Händen gestikuliert wie ein Parkplatzwächter und durchs Fenster spricht wie ein Gast des Gouverneurs im Gefängnis von Long Bay, jedoch mit einem Yorkshire-Akzent. »Ist abgeblasen«, verkündet er. »Vizekanzler ist einverstanden, Abordnung des Studentenkörpers zu empfangen, behält sich jedoch Recht der Fakultäten vor, südafrikanische Bürger zuzulassen, und hier müssen wir sehr sorgfältig darüber nachdenken, welche Vorgehensweise wir vorschlagen, Barbara. Übrigens, könntest du mitkommen und mal mit ein paar von den Mädchen reden? Sie haben sich anscheinend ans Eingangstor gekettet, ich weiß nicht warum. Sie wollen mir die Schlüssel nicht rausrücken.«

So vielfältig sind die Ungerechtigkeiten, die zu diesem Zeitpunkt um Frodshams Aufmerksamkeit wetteifern, daß er kaum weiß, in welche Richtung er seine symbolischen Molotowcocktails werfen soll. Naturgemäß ist er in das heillose Durcheinander in der örtlichen Kommunistischen Partei verwickelt. Der Einmarsch in Prag hat die Kommunistische Partei Australiens derart gespalten, daß die nationale Exekutive eine förmliche Protestnote nach Moskau losgelassen hat. Das mußte die Mitglieder des Politbüros bis in die Stiefelspitzen erzittern lassen. Eine von der KP Australiens einberufene Versammlung, um gegen den Verrat an Dubček zu protestieren, zog über tausend Menschen ins Untergeschoß des Rathauses von Sydney; heutzutage besser bekannt als Einschreibeort für den City-to-Surf-Vergnügungslauf (die Zeiten variieren, wenn auch nicht die Notwendigkeit, die Durchgangsstraßen zu sperren: Die *Médecins sans Frontières* ausgenommen, wo ist der *élan* von Paris 1968 geblieben?). Doch im Interesse der freien Meinungsäußerung druckt die *Tribune* die Breschnewsche Rechtfertigung ab, und die altgedienten stalinistischen Hardliner kämpfen mit Tritten ans Knie und Schlägen in die Eier ums Überleben. An anderer Stelle, an der örtlichen Front, ist soeben der erste erfolgreiche Streik in der Geschichte der Lehrergewerkschaft organisiert worden, während in Übersee der Rüpel aus Austin in Texas in einem verspäteten Ukas befiehlt, die Bombardierung von Nordvietnam einzustellen, um die Pariser Gespräche voranzubringen. In London marschieren einhunderttausend Salonsozialisten gegen den Krieg, und sie kämpfen in diesem verdammten Krieg nicht einmal mit. Das bewahrt sie natürlich nicht davor, auf dem Grosvenor Square verprügelt zu werden.

Wie bitterlich Frodsham doch bedauert, in der Kolonie zu stekken, als er vom Londoner Marsch hört.

London! Paris! Prag! Oh, in Europa zu sein, jetzt, da der Frühling angebrochen ist.

Eigentlich hat Frodsham für die örtliche Antikriegsbewegung kaum Zeit übrig. Hat seit Monaten auch in Physik nichts getan. Man muß das Eisen schmieden, solange es heiß ist, und während Frodshams bevorzugte Ordnung sehr stark der ähnelt, die auf der heliopolischen Wandmalerei in der Hafenarbeiterkantine abgebildet ist, wirkt sie sich für die Studenten der Universität Sydney in mehr Mitspracherecht bei dem aus, was sie gelehrt wird. Um sicherzugehen, kehrt er noch immer jeden Freitagnachmittag an die Basis zurück und nimmt als Mitglied des Vietnam-Aktionskomitees am wöchentlichen Marsch teil, doch der scheint nie mehr als die gleichen rund tausend Getreuen anzuziehen, was vielleicht oder auch wieder nicht daran liegt, daß die Hauptaktivisten damit beschäftigt sind, anderen Interessen nachzugehen. Die Sache beginnt sich zuzuspitzen, versteht ihr? Alles beginnt sich jetzt zuzuspitzen. Der Impuls verlagert sich sowieso auf Wehrdienstverweigerung. Rettet unsere Söhne! Stellt euch nur mal die Politisierung all dieser apathischen Hausfrauen vor. Der *soi-disant* Liberaldemokrat würde sich im Parlament die Hosen vollmachen.

Ist es möglich, daß Frodsham es erleben sollte, an der ersten

Revolution teilnehmen zu dürfen, die nicht versaut wird? Das Proletariat wird seiner Avantgarde folgen, das Herz schreit nach nichts Geringerem. Mögen die Völker sich erheben! Ihr Wille geschehe! Mögen sie sich die Scheiße von den halberblindeten Glotzern wischen, das eigene Schicksal mit beiden Händen pakken und die Verantwortung für das eigene Verhalten übernehmen. Und ein dreifaches Hoch rufe ich aus, wenn das bedeutet, daß sie, wenn sie sich aus ihrem Auto ausgesperrt haben, nicht länger von einem vorbeikommenden Briefträger verlangen, er solle mit dem aufhören, was er gerade tut, und nach Hause rennen und einen Kleiderbügel holen.

»Ist jemand dran interessiert, hiervon was zu kaufen?« will Balthazar wissen, während er seinen Müllsack öffnet. Er hat ein Loch, wie er jetzt sieht.

Barbara Byng: Anfang zwanzig, schmächtig, blond, sommersprossig, mit Zahnklammern. Fährt mit unter der Fahrertür heraushängendem und flatterndem Rock umher.

Nun sind zwei der Mädchen, die sich ans Eingangstor gekettet haben, Anfängerinnen, die mit einem Bolzenschneider, den ein Demonstrant von der Chemischen Fakultät schwingt, schnell losgeschnitten werden. Diane Zoshka jedoch hat ein bei einem jüdischen Schlosser gekauftes Kombinationsschloß aus Stahl genommen, der so fest und hart ist, daß es mit einem Schweißbrenner aufgetrennt werden muß, und da das Schloß ihr vor der Kehle sitzt, scheint der Einsatz von Schweißgerät nicht praktikabel. Nach einer Diskussion herrscht Übereinstimmung, daß es nicht anders geht, als die Kette zu durchtrennen, und das wird dauern, denn es ist ein Stück Eisenbahnsicherheitskette mit Gliedern so groß, daß sie kaum zwischen die Öffnungen im Tor passen, und so schwer, daß sie Diane zu erdrosseln drohen. Lediglich den Einzelanstrengungen mehrerer Männer, die die Kette abwechselnd fernhalten, ist es zu danken, daß sie noch Luft holen kann. Es wird reichlich Zeit zur Verfügung stehen, damit die Medien sich einfinden. Eine Menschenmenge hat sich bereits versammelt – Studenten, Bowlsspieler von der nahegelegenen Bahn, Schwimmer vom nahegelegenen Olympischen Becken –, und viele äußern ihre Zustimmung zu Dianes Weigerung, die Schloßkombination preiszugeben. Als ein mutiger Mann in Uniform versucht, seine Hände an die Schloßwalzen zu legen, wird er beinahe gelyncht: Jede versuchte Belästigung eines angeketteten Halses durch eine Person in Blau ruft bei den Bürgern von Sydney die alleratavistischsten Feindseligkeiten hervor. Eigentlich sind Barbara Byng und Derek Frodsham, die zuschauen, trotz ihrer Ablehnung beeindruckt. Wie schade, daß Diane nicht die Sanktion älterer, klügerer Köpfe gesucht hat. Selbst die Kittelschürze, die anzuziehen sie sich entschlossen hat, eine von ihrer Schwester Paula – durchsichtig und präraffaelitisch –, und die sie normalerweise nie tragen würde, kündet von Talent und instinktiver politischer Klugheit.

»Ich frage mich, was sie damit sagen will«, meint Barbara und bringt damit Frodshams Besorgnis präzise zum Ausdruck.

»Ja«, erwidert Frodsham. »Jemand hat das Fernsehen angerufen. Sie müssen jeden Augenblick hier sein, zusammen mit der Presse. Hast du, äh, in der letzten Zeit mit Diane gesprochen? Weißt du, was das bedeuten soll? Ich kann mir nicht vorstellen, daß es irgendeinen Bezug zu dem hat, was wir für heute geplant hatten.«

»Nein, aber eins weiß ich, nämlich, daß sie bald wieder vor Gericht stehen wird. Ich glaube, es hängt mit den roten Farbbeuteln zusammen, die man auf die Fakultät für Veterinärmedizin geworfen hat.«

»Ich hoffe, es hat nichts damit zu tun. Du denkst doch nicht etwa, das könnte es sein, oder?«

»Ich weiß es nicht. Was glaubst du?«

Balthazar, der stark gebaut ist, Schultern wie ein Zimmermannslehrling hat, ist als nächster dran, die Kette zu halten, und er ist übrigens auch der Mann, der die Kette hält, als sie durchtrennt wird, und ihm brennen die Hände. Und weil Diane im Augenblick des Ruhms, als die Kameras auf sie gerichtet sind und die Menge schließlich still ist, feststellen muß, daß sie völlig und gänzlich sprachlos ist, außerstande, ein Wort herauszubringen, findet er sich wieder, wie er mit ihr zusammen im Morris Oxford in die Wohnung ihrer Schwester zurückfährt, denn Diane ist so enttäuscht, daß sie nur noch sterben will und sich deshalb weigert, das Schloß zu öffnen; also hängt da dieses potentiell tödliche Stück Kette, so schwer, daß Balthazar es mit dem einen Arm gerade noch halten kann, während er mit dem anderen seinen Müllsack umklammert, an ihrem Hals, der inzwischen vor Staub und Ruß und Druckstellen und Verbrennungen ganz rot und schwarz und blau ist, als Paula Zoshka die Tür öffnet, nicht nur für ihre Schwester, die sie kürzlich vor die Tür gesetzt hat, und Balthazar Beauregard, der die Kette hält, sondern auch für Derek Frodsham und Barbara Byng, die mitgekommen sind, um ihren weisen Rat anzubieten, und Brian Chegwodden, der, man glaubt es kaum, hingeschickt wurde, um über die Sache zu berichten, und der soeben entschieden hat, daß er Dianes Schwester schließlich doch liebt und sich in dieser Hinsicht wegen seiner Kolitis nicht länger selbst etwas vormachen kann; und später im Verlauf eines Abends, der sich als beinahe ebenso bedeutungsvoll erweist wie jener, an dem die Gedenkfeier für Martin Luther King abgehalten wurde, gesellen sich noch Michael Ginnsy, der, nachdem Brian Chegwodden ihn auf Balthazar Beauregards Bitte hin angerufen hatte, befindet, daß er am Inhalt des Müllsacks geschäftlich interessiert ist, und Eugene Ecks zu ihnen, der, als er aufwachte, gleich wieder in Michael Ginnsys Wohnung zurückgegangen war, und dann Calvin Ecks, der vorbeikam, um seinen jüngeren Bruder im Auge zu behalten, und später auch noch Monica Ecks, weil Calvin Ecks, ihr Ehemann, sie anrufen muß, um ihr zu sagen, wo sie sind, und übers Telefon klingt es für sie, als sei eine Party im Gang, was inzwischen auch der Fall ist, und Monicas gute Freundin Nisi Papadimitriou, die gegenwärtig bei ihnen wohnt und die Barbara Byng und Derek Frodsham ohnehin vom Vietnam-Aktionskomitee her kennen, und Dutzende von anderen Leuten, zu zahlreich, um sie hier zu erwähnen.

Balthazar Beauregard: Der persönliche Gebrauch von Marihuana, heute als ein minderes Delikt betrachtet, wurde 1968 als eine auf gleicher Stufe mit Sodomie stehende Verderbtheit angesehen. Doch in den siebenundzwanzig Jahren, die seither vergangen sind, ist Diskriminierung von einer einstigen Tugend zu einem Laster geworden, auf die gleiche Weise, wie Enthusiasmus, einst ein Laster, zu einer Tugend geworden ist.

31

Ginnsy lädt Eugene und Brian auf seine Bude ein.

»Nicht schlecht«, verkündet Michael Ginnsy, »aber ihr solltet mal den Muskateller bei mir probieren.«

»Warum gehen wir nicht gleich jetzt zu dir?« meint Eugene Ecks konspirativ. »Calvin ist weggetreten.«

»Tut das«, befiehlt ein fröhlich gestimmter Brian Chegwodden, dem eine Idee fürs Radio gekommen ist. Drei Musketiere, einer mit Zylinder, verlassen die Party und winken sich ein Taxi heran. Bald schon sind sie vor dem Royal Sydney Golf Course in der Nähe des Wintergarden-Kinos.

»Entrez«, sagt Ginnsy und geleitet sie die Treppe eines alten Nachkriegshauses aus rotem Ziegelmauerwerk hinauf.

»Hübsch hier«, flüstert Eugene, »wie im Mutterleib. Hier fühlt man sich sicher. Guckt euch bloß mal den Plüschteppich an.«

Eugene hat die Uniform gewechselt. Sein T-Shirt stellt die Frage: Lee Harvey Oswald, wo steckst du jetzt, da wir dich brauchen?

»Hast du nicht das Gefühl, das sei riskant, Ginnsy? Ich will damit sagen, hier müssen doch 'ne Menge Leute herkommen.«

»Hier entlang, Jungs, kommt nur immer rein. Bitte entschuldigt die Unordnung.«

»Erregt das nicht Verdacht bei den Nachbarn?«

»Sieh mal, ich bin der beste Gitarrist der Welt. Ich sehe mich nicht als Dealer, und wenn ich es wäre, dann würden mehr Weisheitsapostel durch die Straßen laufen als Drogenhändler, und die bringt niemand hinter Schloß und Riegel.«

»Recht so«, sagt Eugene, »denn wenn jemand was hat, das 'n anderer braucht, wer kann dann schon sagen, daß nicht irgend jemand vielleicht zu irgend 'nem Zeitpunkt was hat, was dieser

Jemand braucht? Ratet mal, was ich damit sagen will! Nämlich, daß ihr Burschen die beiden besten Kumpel seid, die ich je hatte. Ihr habt mir in 'nem fremden Land gezeigt, was Freundschaft heißt, und wißt ihr was? Das will ganz schön was heißen. Ich glaube, im Augenblick trinke ich lieber Tee als Muskateller. Wo kommt der her?«

»Oh, ah, von dieser großen Insel nördlich von Australien. Du kennst sie doch. Wie heißt sie noch gleich?«

»Neuguinea.«

»Nee. Na, macht nichts. Hier, riech mal, Mann.«

»Hoi! Riech das mal, Brian. Ich habe 'ne ganze Menge Zeit in Vietnam damit zugebracht, nach 'ner seltenen Kamelie zu suchen.«

»Mmm! Ein feiner Duft, Mann. Soll ich 'ne Kanne Tee machen?«

»Ja, wir haben grade noch Zeit für 'ne Tasse Tee, dann müssen wir wieder zurück.«

»Ich setz das Wasser auf.«

»Und du willst dich also verloben mit dieser, äh, wie heißt sie noch?«

»Mit der hinreißenden Paula. Es war ihre Idee.«

»He, guck dir mal an, wie groß diese Blätter sind. Wo würdest du diesen Stoff einordnen, Mann?«

»Achtunddreißig DD, 24, 25. Hältst du mich für blöd?«

»Oh, ah, die gibt's in diesen, äh, diesen kleinen, äh, runden Dingern mit Flügeln. Weißt du, wie die heißen?«

»Mensch, hier könnte aber auch mal wieder saubergemacht werden. Was sind das für ölverschmierte Hanteln?«

»Das sind Gelenkwellen von 'nem ehemaligen Kleinbus. Die sind immer unglaublich schnell hinüber. Ja, ich hatte übrigens bis vor kurzem 'ne Biene hier bei mir wohnen. Go-Go-Tänzerin. Nettes Mädel, hat aber nicht hingehauen.«

»Natürlich hat es nicht hingehauen. Wann hat es denn schon jemals hingehauen? Die machen doch bloß die Beine breit, damit sie was haben, worüber sie mit ihren Freundinnen quatschen können.«

»Laß den Tee nicht zu lange ziehen, Mann.«

»Nein, nein. Der Tee dürfte jetzt richtig sein. Probiert mal, Jungs.«

»Oh, das ist wunderbar, Mann, das ist richtiger Tee. Womit ist der aromatisiert?«

»Ja, also, ich weiß es zwar, Mann, aber ich vergesse es immer wieder. Ich kann es dir im Moment nicht sagen. Probier mal, Brian. Das ist richtiger Tee. Ja, zum Schluß hat sie mir noch was Schlimmes angetan, diese Biene. Hat Besitzansprüche gestellt, und dann, als ich eines Nachmittags verspätet vom letzten Auftritt nach Hause komme, war sie ausgezogen, aber bevor sie gegangen war, hatte sie noch meine Twinings-Tees genommen – die Russische Karawane, den Orange Pekoe, Lapsang Souchong, alles –, hat alle meine Teepäckchen genommen und sie in die Badewanne gekippt, Mann, und ihr solltet die Wanne jetzt mal sehen. Ich weiß nicht, was ich dagegen machen soll. Ihr hättet das Badewasser sehen müssen!«

»Hast Glück gehabt, daß sie diesen Stoff nicht gefunden hat.«

»Oh, das konnte sie nicht, weil ich ihn immer versteckte, denn ich hatte Angst, daß sie davon trinken könnte, wenn ich unterwegs war. In Zukunft werde ich alle meine Tees verstecken. Wenn man bedenkt, Mann, daß Tee 'ne Droge ist und mit Respekt behandelt werden sollte.«

»Weißt du, Ginnsy, daß die Leute sich früher, als Kakao und Tee und Kaffee zum ersten Mal in die westliche Welt mitgebracht wurden, an Kakao berauschten und Puritaner sich über die Teeläden beklagten?«

»Das kann ich mir vorstellen, Brian. Aber heute nimmt niemand mehr Notiz von den Wirkungen des Tees, weil er Teil der Kultur geworden ist, genauso wie Alkohol. Mit Pot wird es ebenso werden, warte mal ab. Merkst du, wie Pot jetzt schon immer weniger Wirkung hat? Deshalb ziehe ich Junk und Coke und Peyote vor.«

»Ich dachte, du hättest gesagt, dieser Tee sei eingeschmuggelt worden?«

»O klar, Mann, aber ja doch. Dieser Tee ist ganz illegal. Laß ihn dir schmecken. Indonesien! Das ist der Name, der mir nicht einfallen wollte.«

Das reicht für den Augenblick. Hier ist es jetzt Juni 1995. Wir lassen es fröhlich ausklingen. Ich muß ins Tal hinuntergehen und fürs Atrium des Bangkok Oriental ein paar »Trauerweiber« holen. Das sind *Telopea doliveresiana,* die neueste und exklusivste Proteenart der Welt. Wächst, soweit wir wissen, nirgendwo anders, und für mich ist sie immer eine gute Einnahmequelle gewesen. Für jedes Exemplar bekomme ich, was ich verlange, und wir nehmen auch japanische Yen. *Omnia praeclara rara,* alles Kostbare ist selten. Von Pinselschwanzbeutlern fast bis zum Eingehen abgefressen, aber ich lasse sie einfach daran herumknabbern. Ein halbes Dutzend Pflanzen reichen mir im Moment erst mal.

Meine Aussichten sind nicht gut. Bin wieder auf Antimetaboliten gesetzt. Ich werde den Blaueukalyptuswald nicht wiedersehen, und dabei bin ich von dort aus in weniger als einer Stunde zum Perry's Lookdown hinaufgeklettert. Gebt mir doch mal die Strickmütze und fragt bei O'Rourkes Bestattungsunternehmen in Queanbeyan nach. Findet raus, ob sie Mitgliedern des Australischen Postverbands noch immer fünf Prozent Rabatt geben.

Lumpige fünf Prozent. Bei Arthur Murray bekam ich früher zwanzig Prozent.

32

Diane verliert den Mut.

Wir sind in der Woche vor dem Wozzawunwun-Rodeo 1968. Paulas Party.

»Nimm mal 'nen Zug hiervon«, sagt Balthazar Beauregard zu Diane Zoshka, die die Augen nicht öffnen will. »Ohne das gibt's keine Hoffnung.«

»Was für'n Narr du doch bist«, erwidert Diane. »Hast du denn nichts von den Schwarzen Panthern gelernt?«

»Meine Anweisungen bekomme ich von Babaji, Baby, und ich habe nicht die Absicht, den ganzen Abend hier rumzustehen. Du bist diejenige, die der Realität aus dem Weg geht. Was ist, wenn ich die Kette einfach fallenlasse?«

»Dann laß sie doch fallen. Wer hat dich denn überhaupt gebeten, sie zu halten?«

Das saß.

»Ist doch gut, Leute. Das heißt bloß, daß sie von ihrer Palme erst mal wieder runter muß. Hat nichts zu bedeuten.«

»Danke dir, Balthazar. Du bist so geduldig gewesen. Liebling, ist es dir recht, wenn ich mich neben dich auf den Fußboden setze? Ich bin's, Nisi. Berenice.«

»Es ist alles so sinnlos, Nisi. Wir kommen einfach nicht voran.«

»Oh, ich glaube, wir haben einiges bewirkt. Vielleicht nicht ganz so viel, wie ...«

»Das ist es ja grade. Wir haben keine Zeit mehr! Es ist nicht bloß Vietnam, Nisi. Es geht tiefer und weiter zurück und noch weiter und tiefer, je weiter zurück und tiefer man blickt. Wir werden alle noch sterben.«

»Liebste, warum nehmen wir nicht die Kette ab? Dein Hals fängt an, ganz wund zu werden.«

»Weil ich in einer Welt wie dieser nicht leben will und ich sie anscheinend nicht ändern kann. Wir sollten alle frei sein. Außerdem verstehe ich nicht, daß jemand nach dieser jämmerlichen Sache noch Spaß an 'ner Party haben kann. Das ist so unmoralisch.«

»Es ist Zeitverschwendung, mit ihr zu reden. Was ihr nicht paßt, will sie einfach nicht hören. Macht ständig solche Zicken.«

»Ja, Paula, du mußt es ja wissen. Hat mich aus der Wohnung rausgeschmissen, Nisi. Aua! Zieh mich nicht an den Haaren, du Nutte!«

»Du verdammtes Miststück! Das sollte meine Nacht werden!«

»Aua!«

»Paula! Paula!«

»Du weißt ja nicht, Nisi, wie es ist, so 'ne Schwester zu haben. Sie hat sich einfach vor den Kautionsauflagen gedrückt, hat mich drei Wochenlöhne gekostet. Ich hoffe, sie weiß, wie man Lockenwickler aus Zigarettenschachteln macht.«

»Hast du ihr erzählt, daß dein Verlobter 'n verheirateter Mann mit zwei Kindern ist? Soviel zu Ringen und Rosen. Au! Wie mitleiderregend.«

»Willst du damit sagen, daß Diane von der Polizei gesucht wird?«

»Aber sicher.«

»Laß mich mit ihr reden. Diane, hier spricht Derek Frodsham. Du erinnerst dich doch an die kleine Unterhaltung, die wir neulich übers Durchbrennen einer Sicherung hatten? Ich würde sagen, dir ist einfach eine Sicherung durchgebrannt, meine Liebe. Meinst du nicht auch, Barbara? Da geht sie hin, die Anarchistin. Wie Trotzki sagt, eine Theorie, absolut umwerfend in ihrer verbalen Ablehnung, doch ohne Leben und feige in ihren praktischen Schlußfolgerungen.«

»Sie kommt wieder. Muß ja immer im Mittelpunkt der Aufmerksamkeit stehen.«

»Ich scheiß auf dich, Paula. Aua!«

Derek Frodsham: Kleiner, unter vorzeitigem Haarausfall leidender Trotzkist. Mitglied des Internationalen Komitees für die Wiedererrichtung der Vierten Internationale. Er war der letzte Abt. Ich habe Kimbo gefragt, wie es geschehen konnte, daß ein redlicher Physiker in einen religiösen Kult hineingezogen wird. Wißt ihr, was er geantwortet hat? Er antwortete: »Wenn du gesehen hättest, was wir gesehen haben, Kumpel – wenn du gesehen hättest, wie diese Zeichen auf allen Baumstämmen auftauchten, wenn du gesehen hättest, wie der Bach sich rot färbte, als ob er Blut führte, wenn du die Vögel so kreischen gehört hättest, wie sie an jenem Tag kreischten, und es lag nicht bloß am Feuer, das sie bedrohte –, wenn du die Gestalt eines Mannes gesehen hättest, den wir ebensogut kannten, wie wir wußten, daß Att zu einem Baum geworden war, und aus dessen Leisten sich ein Strom von Eukalyptusharz ergoß und von dessen Messer sich ein Strom von diesem Harz ergoß und von dessen Geschlechtsteilen, die er in seiner Hand hielt, sich ein Strom von Harz ergoß – ein Strom, der wie Blut floß und die Erde davonspülte, und wie aus allen Eukalyptusbäumen dort auf dem Plateau aus großen Karbunkeln das Harz quoll –, also, dann würdest du diese Frage nicht stellen.«

33

Diane unternimmt einen Selbstmordversuch. Maximilian. Suche nach dem Erinungarah-Tal. Das Tal gefunden. Krise im Busch. Attis und Diane lernen sich kennen.

»Warum hast du nichts davon gesagt, daß sich Diane im Bad die Pulsadern aufgeschnitten hat, Ginnsy? Du warst doch drin. Du mußt doch gesehen haben, wie rot das Wasser war.«

»Na ja, ich bin drauf geeicht, bei Frauen in der Wanne wegzusehen, Paula. Kommt davon, wenn man 'ne Menge Schwestern gehabt hat.«

»Aber dir muß doch aufgefallen sein, wie rot das Badewasser war, oder?«

»Ja, das schon, also, ich dachte, ich sah da was, was rotes Badewasser hätte sein können. So aus dem Augenwinkel.«

»Aber warum hast du nichts gesagt?«

»Weil ich gedacht habe, ich hätte es mir vielleicht nur eingebildet, und ich wollte keinen Wirbel machen und die Party schmeißen. Ich war der Meinung, daß nach mir noch jede Menge anderer Leute ins Bad gehen würden. Wenn es also stimmte, dann sollte ein anderer es berichten. Was auch ja geschehen ist.«

»Oh, ich kann diesem Kerl nicht glauben. Wo kommen solche verrückten Typen eigentlich her, Brian?«

»Bitte nenn mich nicht 'nen verrückten Typen, Paula. Andere Menschen haben auch Gefühle.«

»Aber meine Schwester hätte verbluten können, nur weil du so leichtfertig bist. Begreifst du nicht, wie ernst es war?«

»Oh, nichts ist so ernst, oder? Leben, Tod, reg dich nicht auf. Deine Schwester kommt schon durch.«

»Ja, sie hat mehr als 'nen halben Liter Blut verloren, aber man erwartet von ihr, daß sie durchkommt. Dein Verdienst war's jedenfalls nicht.«

»Nun man ganz ruhig, Paula, das ist doch keine große Sache. Ich habe haufenweise junge Frauen erlebt, die sich in der Wanne die Pulsadern aufgeschnitten haben. Wie du gesagt hast, es ist bloß ihre Art, die Aufmerksamkeit auf sich zu lenken.«

»Da hat er recht, Paula. Diane wußte, daß jemand sie finden

würde, und zwar schon ziemlich bald. Ich meine, man nimmt doch nicht einfach während einer Party ein Bad, jedenfalls nicht, wenn sich die Toilette im Badezimmer befindet. Und nicht, bevor man nicht zuerst die Tür abgeschlossen hat.«

»Na ja, mir hat es den Abend gründlich verdorben, Brian. Könntest du diese Leute bitten, jetzt zu gehen?«

»›Diese Leute‹! Jetzt halt aber mal die Luft an. ›Diese Leute‹ sind unsere Brüder und Schwestern, Paula. Vertreibt uns nicht. Wir wollen den Schmerz gemeinsam tragen.«

»Sieh zu, daß du ihn loswirst. Ich mein's ernst, Brian.« Und sie stürmt davon.

»Sie ist ein bißchen erregt, Ginnsy. Verstehst du doch.«

»Klar, kapier schon, Mann. Und mir ist jetzt schrecklich zumute. Ich hätte Diane diese Quaalude-Pillen nicht geben sollen.«

»Du hast Diane Quaalude gegeben! O nein! Ich hab dem Sani gesagt, sie hätte nicht mal was getrunken. Wie läuft's, Eugene?«

»Du klingst, als stündest du schon unterm Pantoffel, Brian. Mach 'nen Rückzieher, bevor's zu spät ist.«

»Könnte ich dich bitten, deinen Bruder hier wegzubringen, Eugene, bitte? Laß ihn wenigstens von Paulas Bett aufstehen. Bitte.«

»Also er ist derjenige, der die Quaalude genommen hat, Mann. Wenn du über Quaalude-Pillen sprechen willst, sprich mit ihm. Der schläft tagelang, falls er überhaupt wieder aufwacht.«

»O Herrgott, Ginnsy!«

»Ja, ich weiß, Mann. Das gibt 'nen ordentlichen Dämpfer, wenn 'ne Puppe sowas auf 'ner Party macht. Und die machen das ja immer wieder, ey.«

»Ich muß versuchen, es von der guten Seite zu sehen. Wenigstens hat sie sich die Kette vom Hals genommen.«

»Ja, also, ich glaube, ich sollte sie jetzt im Krankenhaus besuchen. Wie heißt übrigens die Frau da drüben?«

»Die, mit der Barbara redet? Das ist Nisi.«

»Ich bitte sie mitzukommen. Sie ist 'ne sehr mitfühlende Frau.«

»Bitte, Ginnsy, nein, tu das nicht, Kumpel. Bitte.«

»Es macht keine Umstände. Ich mag Diane wirklich. Ich bewundere Idealismus. Diane ist genau die Art von Mädchen, die wir unten im Tal brauchen.«

»Was?«

»Ja, wir ziehen alle runter ins Tal, Mann. Du solltest mitkommen. Du weißt doch, wo mir mein Hund weggelaufen ist. Du weißt doch, dieses Tal, von dem ich dir erzählt habe. Warst du's nicht, dem ich von dem Tal erzählt habe?«

»Klar hast du das. Er erzählt doch jedem von dem Tal.«

»Ach Mann, du solltest dieses Tal mal sehen. Einfach alles wächst dort. Blaue Schäblinge, wie du sie noch nie gegessen hast. Ja, ich erzähle jedem von dem Tal, aber ich glaube nicht, daß mir jemand glaubt. Ich mache ihnen keinen Vorwurf. Ich würde mir ja selbst nicht glauben, und ich glaube doch sonst jeden Scheiß.«

»Weck deinen Bruder auf, Eugene, oder zieh ihn wenigstens vom Bett runter. Bitte.«

»Siehst du den Mann dort drüben? Er hat Bienenkästen und sucht 'nen Platz, wo er sie aufstellen kann. Er und ich und Eugene werden an diesem Wochenende nach dem Tal suchen, aber weißt du was? Ich habe das Gefühl, daß es dem Hund gutgeht. Ist aber bloß so 'n Gefühl. Kann's nicht begründen. Wollt ihr mitkommen? Du und Paula, ihr solltet mitkommen, Brian. Ich bewundere Paula wirklich. Ich bewundere praktische Veranlagung. Ich wünschte, ich wäre selbst etwas praktischer veranlagt.«

»Ich weiß nicht, Ginnsy, wir werden sehen. Ich nehme an, es wird davon abhängen, wie es mit Diane ausgeht.«

»Ich werde Diane vorschlagen, auch mitzukommen. Wir müssen aus dieser Großstadt raus, Mann, die ist nämlich ein verdammtes Irrenhaus. Sie treibt uns alle in den Wahnsinn.«

»Was ist mit deinem Auftritt?«

»Ja, ich weiß. Scheiß auf den Auftritt.«

»Und wenn das passiert«, fährt Derek Frodsham fort, von Maximilian Worboise gestellt, der sich nicht von ihm fernhalten kann, »wenn ich von dir, der du annimmst, ich sei im Begriff, dich in Selbstverteidigung umbringen, glauben würde, du wärst gerade im Begriff, mich in Selbstverteidigung umzubringen, dann könnte ich zu dem Schluß kommen, keine andere Wahl zu haben, als dich in Selbstverteidigung umzubringen, und daher wärst du gut beraten, als erster zuzuschlagen, jedenfalls könntest du das annehmen. Starke Abschreckung basiert auf der sicheren Annahme, daß man sich gegenseitig vernichtet. Bei einer Strategie der Abschreckung ist meine Sicherheit, die weit davon entfernt ist, bedroht zu sein, wenn deine Atomwaffen die gleiche Stärke wie meine erreichen, genaugenommen garantiert, denn wenn meine Atomwaffen stärker sind als deine, dann könnte ich vielleicht versucht sein, sie einzusetzen, was sicherstellen würde, daß ich um den Preis, dich zu vernichten, selbst vernichtet werde.«

»Ich kann das immer noch nicht begreifen«, meint der Gesprächspartner. »Hilf mir. Wenn wir, wie du sagt, dieses Gleichgewicht jetzt haben, warum können wir dann nicht abrüsten, Zug um Zug?«

»Max, wir halten uns gegenseitig das Messer an die Kehle. Wenn du jetzt merkst, daß meine scheinbare Entschlossenheit, dich früher oder später mit aller Macht anzugreifen, auch nur im geringsten nachläßt, könntest du versucht sein, mit deinem Messer voll zuzustechen, und so würden wir beide sterben, denn ich, obwohl durch dich tödlich verwundet, hätte noch immer die Kraft, dich mitzunehmen und noch jeden anderen Schweinehund in diesem Zimmer dazu. Zu deinem Vorteil, Max, und zu ihrem, kann ich den Druck des Messers nicht verringern, das ich dir an die Kehle halte. Mein Messer ist deine Sicherheitsgarantie, oder jedenfalls finde ich das.«

»Was für eine absurde Situation.«

»Laß dich nie mit höheren Mächten ein, Max. Ich glaube, das ist die Moral von der Geschichte. Nicht so leicht, wieder loszukommen, wenn man sich erst mal in der Gewalt einer höheren Macht befindet.«

»O Gott. Was kann man denn tun?«

»Zunächst einmal, sich von der Satellitenbodenstation Tidbinbilla aus gesehen unter den Wind begeben.«

»Morgen abend findet im Yellow House ein D.-H.-Lawrence-Happening statt«, sagt Balthazar zu Monica. »Hast du Lust hinzukommen? Kennst du Aggy und Alby? Martin Sharp ist vielleicht auch da. Er hat die Hülle für das Album von *Cream* entworfen.«

»Das wird bestimmt toll«, erwidert Monica Ecks. »Kann durchaus passieren, daß ich vorbeischaue, Cassidy.«

Maximilian Worboise: Mitte zwanzig. Übergewichtiger Atomwaffengegner. Von Darryl MacAnaspie, der meinte, er stünde kurz vor einem Zusammenbruch, »Abschleppwagen« getauft.

Paula Zoshka kann sich kaum einen weniger verlockenden Ausflug vorstellen, als ein Wochenende in der Gesellschaft von fünf schwachen Charakteren zu verbringen, aber als sie erfährt, daß ihre bleiche, matte Schwester beabsichtigt, nach Süden zu fahren, hat sie das Gefühl, als Aufpasserin oder Anstandswauwau mitkommen zu müssen.

»Was hast du deiner Frau gesagt?« will sie aus der orangefarben fluoreszierenden Kochnische heraus von Brian Chegwodden wissen, während sie gemeinsam gegen fünf Uhr morgens ein Lunchpaket für drei packen. Wenn sie von seiner Frau spricht, liegt eine Wehmut in ihrem Ton, die er nicht begreifen kann.

»Oh, ich habe ihr bloß gesagt, ich müßte zu einem Reportageauftrag fort. Für mich ist es kein Problem wegzukommen. Und wer weiß, wenn die Hälfte von dem stimmt, was Ginnsy Diane über dieses Tal erzählt hat, könnte daraus ein interessantes Feature oder ein Hörspiel werden.«

»Was, du würdest der ganzen Welt davon erzählen?«

»Nicht in einem Rundfunkbeitrag.«

»Keine Sorge. Es gibt gar kein Tal. Ich hoffe nur, daß die Landschaft schön ist. Wir haben Frühling.«

»Ja, ich glaube, eigentlich haben wir eher 'ne Dürreperiode. Ich habe wirklich Mitleid mit Diane. Sie ist diejenige, die Ginnsy glaubt, und ich hatte immer gedacht, sie sei so dickköpfig.«

»Sie möchte ihm glauben, Brian. Außerdem ist sie dabei, wegzulaufen, erinnerst du dich? Und sie ist nicht dickköpfig. Bevor sie anfing, sich mit den falschen Leuten einzulassen, war sie das süßeste kleine Mädchen.«

»Sie sind alle süß, wenn sie kleine Mädchen sind. Ha.«

»Ach, hör auf, Liebster. Verschon mich damit. Du mußt doch gewußt haben, daß es hier nicht leicht sein wird. Stell diese Thunfischkasserolle wieder in den Kühlschrank. Ist da jemand an der Tür?«

»Ich seh mal nach.«

Es ist Michael Ginnsy, der eine Baskenmütze trägt, an die er sein Abzeichen mit der Aufschrift »Stoned Again« gesteckt hat, das wie ein großer Poststempel aussieht.

»Guten Morgen, Ginnsy. Du bist ja schon ziemlich früh auf den Beinen.«

»Ich komme direkt von der Arbeit, Mann. Startbereit für die große Expedition? Eugene hat 'nen Kombi.«

»Ich dachte, Eugene hätte seine Brieftasche verloren.«

»Ich glaube, er muß sich wohl 'nen Riesen von Calvin geborgt haben. Spielt keine Rolle, die Hauptsache ist, daß wir jetzt Räder haben. Hi, Paula! Wo ist Diane?«

»Wir wollten sie schlafen lassen, bis du kommst. Du hast sie zu sehr aufgeregt, Mann. Das einzige, wovon sie jetzt noch redet, ist dieses Tal. Freiheit, mit ganz großen Buchstaben geschrieben. Wieviele Leute kommen nun eigentlich mit?«

»Na ja, da seid ihr, und da bin ich, da sind Eugene und Balthazar, das macht drei Leute von hier, und wir müssen Nisi am Stall abholen. Eugene und Balthazar waren gestern abend bei mir zu Hause und sind wahrscheinlich immer noch dort. He, es ist prima, daß wir jemand haben, die sich mit Pferden auskennt, Mann. Und Bal ist Bienenexperte. Es hat einfach so kommen müssen.«

»Sieben Leute. Hoi, das wird aber ganz schön eng werden in dem Kombi.«

»Sie werden's schon aushalten. Paula wird sich eben auf deinen Schoß setzen müssen.«

»Ich schlafe hier auf der Couch, Ginnsy.«

»Na klar doch. Bei 'ner Puppe wie sie? Kommt schon, auf geht's. Wir müssen aufbrechen. Wir werden etwa zwölf Stunden brauchen, und ich hoffe, daß wir vor Einbruch der Dunkelheit dort ankommen.«

»Aber ich dachte, du wüßtest gar nicht, wo es ist?«

»Weiß ich auch nicht. Aber ich hoffe, noch vor der Dunkelheit dort zu sein.«

Sie befinden sich auf dem Hume Highway, und zu dieser Stunde kommen ihnen die Sattelschlepper entgegen. Picton. Tahmoor.

»Läuft doch gut, Eugene.«

»Nicht schlecht für 'ne sechzehnhunderter Maschine mit bloß siebenundfünfzig Pferdestärken. Eugene, hast du die Gelenkwelle ausgetauscht, wie ich vorgeschlagen habe?«

»Hatte keine Zeit dazu, Michael. Die Militärpolizei war gestern abend im Haus meines Bruders.«

»Oh, das ist schade. Denn ich kann hören, wie es jedesmal, wenn du links abbiegst, anfängt zu schlagen. Es ist die Gelenkwelle rechts.«

»Zieht aber immer noch gut an.«

»O scheiß, ja. Nur keine Panik. Kein Grund zur Sorge bisher. Verstehst du, die Kugeln im Lager schleifen Rillen ins Lager, Paula, und mit der Zeit ist alles so voller Krater, daß das Fahrzeug schon bei geringer Geschwindigkeit anfängt zu vibrieren. Aber bis jetzt vibriert ja noch nichts. Meins war wirklich schlimm. Ich konnte kaum noch im zweiten Gang bergab fahren.«

»Ich komme nicht wieder mit zurück nach Sydney, Ginnsy. An diesem Wochenende hätte ich wieder in Vietnam sein sollen.«

»Aber entschuldige mal. Was willst du damit sagen, Eugene? Wie sollen wir denn dann zurückkommen?«

»Ihr könnt das Auto haben. Setzt mich nur an irgend 'nem sicheren Ort ab.«

»Dann bist du jetzt also ein Deserteur.«

»Jawohl. Ich habe keinen Streit mit den Gelben.«

»Ich bewundere dich ja so.«

Eugene Ecks wirft einen kurzen seitlichen Blick auf Diane Zoshka, die ein hübsches Mädchen ist, sich aber so amerikanisch aufführt.

»Glaubst du, daß die Kiste okay ist, Ginnsy? Oder hab ich mir 'ne Zitrone eingehandelt?«

Na schön, er ist geklaut. Aber keine Sorge, das sieht man ihm schließlich nicht auf den ersten Blick an, und es kümmert auch niemanden. Irgendwie ist ja alles geklaut.

»Der ist schon gut oder war's zumindest. Schiebetüren, achtundsechziger Modell. Der gleiche wie meiner. Doppelgelenkachsen. Das Schaltgestänge ist vielleicht 'n bißchen ausgeschlagen. Wer fährt eigentlich diese Kleinbusse, wenn sie neu sind, mit maximaler Drehzahl und macht sie so fertig? Italiener? Ich merke, daß es schwierig ist, beim Runterschalten den zweiten Gang zu finden. Springt der Rückwärtsgang raus? Ich hoffe, das Getriebe ist in Ordnung.«

»Kein Grund zur Beunruhigung. Sitzt du bequem dort hinten auf der Spüle, Paula?«

»Ich hätte eigentlich erwartet, daß hier hinten Sitze drin sind, Eugene. Ich will sagen, wenn ich gewußt hätte, daß er zum Camping gedacht ist, hätte mein Verlobter ja mit seinem Auto fahren können.«

»Eugene wird vielleicht in dieser Karre wohnen müssen, Paula. Hast du daran mal gedacht?«

»Und du wirst ihm vielleicht Gesellschaft leisten müssen, Diane. Hast du daran mal gedacht? Du wirst auch gesucht, von der Polizei und von den Sozialarbeitern vom Krankenhaus, erinnerst du dich? Oder hast du das in der Aufregung vergessen?«

»Man könnte die Lebensdauer noch etwas verlängern, Mann, wenn man das komplette Gelenk rausnehmen und umgekehrt herum wieder einbauen würde, aber es ist wirklich nicht ratsam, denn wenn es ganz kaputtgeht, könnte es das Differential total ruinieren.«

»Oh, zum Teufel, laß mich doch damit jetzt in Ruhe, Mann! Wenn's sein muß, laß ich ihn stehen. Du kannst ihn haben. Du fährst ihn zurück und kannst ihn ja wegwerfen. Was kümmert mich das schon?«

»Hoho. Von wegen Autos wegwerfen.«

»Sprich nicht von Wegwerfen, Mann. Autos haben auch Gefühle. Es ist doch 'n prima Auto, echt. Meinst du nicht auch, daß es prima Autos sind, Nisi, so wie sie einfach dahinrollen. Gib mir doch bitte meine Gitarre. Danke. Ja, die fühlen sich doch ganz solide an, ey. Ich habe da so 'ne Theorie, daß es daran liegt, daß sie eigentlich gar kein richtiges Fahrgestell haben. Der Unterboden ist an den Hilfsrahmen geschraubt, der einfach aus zwei Schwellern besteht, die unterm Auto verlaufen, und weil alle Seitenteile einen Teil der Last aufnehmen, hat man das Gefühl, daß alles so solide ist. Hmm, ja, hmm, solide, hoi ...«

»Du willst jetzt Gitarre spielen? Willst du nicht lieber etwas schlafen?«

»Nein, nein. Ich schlafe selten. Wo ich wohne, da ist's zu laut. Da kriegt man auf 'ner nächtlichen Party mehr Schlaf. Ist sowieso nur Zeitverschwendung. Ich nehme einfach noch 'n paar Muntermacher, wenn ich müde werde. Sagt mir, wenn wir nach Cooma kommen. Brauchst du noch 'n paar Muntermacher, Eugene?«

»Nein, aber 'n kleiner Joint käme nicht ungelegen.«

»Tut mir leid, Mann, aber der Helle Libanese ist mir ausgegangen, und an Mull geh ich nicht ran.«

»Ich kümmere mich drum«, sagt Balthazar Beauregard. Zu Paula Zoshkas Bestürzung macht er sich mit Lakritzpapier und Rispen ans Werk, um einen Joint zu rollen, der einen Ostindienfahrer erschüttert hätte.

»Hier wird's wieder kälter. Wir hätten woanders abbiegen sollen. Fahr nach Nimmity zurück.«

Sich ausschließlich auf seinen Instinkt verlassend, blickt Ginnsy nur selten aus dem Fenster. Statt dessen sitzt er, Kinn auf der Brust, zusammengekauert wie eine Gottesanbeterin da. Es besteht eine Beziehung zwischen dem Menschen und seiner Umgebung, die sich dem Verständnis entzieht.

»Hast du 'ne Karte oder sowas dabeigehabt?«

»Oh, das schon, Diane, aber das ist alles im Kleinbus geblieben. Verstehst du, während ich mich im Tal bei diesem Pärchen aufhielt, von dem ich dir erzählt habe und das immer noch so gut drauf ist, gab's 'nen Erdrutsch. Nein, ganz im Ernst. Es ist kaum zu glauben, es ist lachhaft, aber die Erde suchte sich ausgerechnet den Zeitpunkt aus, als ich dort war, um ins Rutschen zu kommen, und jetzt ist die Straße völlig versperrt. Wir haben es mit Hunderten und vielleicht Tausenden von Tonnen Gestein zu tun.«

»Und wie bist du dann rausgekommen?«

»Zu Fuß. Und per Anhalter. Phryx und Gwen haben mich an 'ne Stelle gebracht, wo man 'ne Felswand hochkraxeln kann. Ihr müßt wissen, daß das Tal von Felswänden umgeben ist. Die einzige andere Möglichkeit, um rauszukommen, besteht darin, den Fluß runterzuschwimmen. Dann kommt man an irgend 'nem Staudamm raus.«

»Oh, warum hast du uns das denn nicht gleich gesagt, du Idiot? Gib mir mal die Karte dort. Herrgott, ich weiß ja nicht. Menschen gibt's.«

»Was meinst du damit bloß, Brian? Was hast du denn vor?«

»Ist dir denn nicht aufgegangen, du Blödmann, daß wir herausfinden könnten, wo das Tal ist, wenn wir nur wüßten, wo der Staudamm ist?«

»Ach, hör doch damit auf, wir sind hier in den Snowy Mountains, Brian. Ich habe mich ausreichend damit beschäftigt. Hier gibt's überall Staudämme.«

»Irgendwo müssen wir ja anfangen. Gott, diese Landschaft deprimiert mich! Zäune, die von Gras überwuchert sind. Weit und breit kein Baum.«

»He, warte mal!«

»Was?«

»Sind wir da hinten nicht grade an 'ner Abzweigung vorbeigekommen?«

»Ich glaube, ja.«

»Kehr um und fahr da rein! Ich hab da so 'ne Eingebung, Mann. Es ist, als ob ein Hund irgendwo durchzukommen versucht. Schmeiß die blöde Karte weg.«

»Nein! Ich würde sagen, wir suchen hier danach, Eugene. Siehst du den kleinen Staudamm da?«

»Und welche Straße sollten wir nehmen, Brian?«

»Oh, na schön. Dann diese, wie der Zufall es will.«

Zwei Stunden später ist es kühl, und es wird immer kühler. Hier draußen braucht man nachts einfach ein Feuer. Jedes Haus hat im ausgedienten Zweitausend-Liter-Zinkblechtank seinen Brennholzvorrat liegen, und in manch einer Winternacht muß die Buschfeuerwehr bei Sturm ausrücken, um einen Schornsteinbrand zu löschen und sich dabei rösten zu lassen. Völlig durchnäßt in den Wehrschuppen zurückgekehrt, folgt dann die Tiefkühlung.

»Können wir nicht mal irgendwo anhalten, was essen und uns für die Nacht in 'nem Motel einquartieren?« Das klingt wie Musik in Brian Chegwoddens Ohren.

»Wir sind fast da, Paula. Ich kann es spüren. Das alte Pärchen hat gesagt, sollte ich je den Wunsch haben, mit Freunden zurückzukehren, wären wir außerordentlich willkommen.«

»Was denn, wollen wir etwa die Felswand im Dunkeln runterklettern?«

»O Mist, das stimmt. Die Straße ist doch versperrt, nicht. Das hatte ich ganz vergessen.«

Er verfügt nicht über das Gedächtnis des Schuhwächters in der Mewlana-Moschee in Konya, der die Schuhe entgegennimmt, ohne einen Beleg auszuhändigen, sie auf einen riesigen, chaotischen Haufen wirft und sie einem dann, wenn man geht, wieder aushändigt, ohne daß ein einziges Wort gesprochen wird.

»Ich schlage vor, wir nehmen die nächste links, Eugene. Dort entlang kommen wir ins Tal von Erinungarah.«

»Das ist es! Das ist es! Erinungarah, das ist es, Mann! Du hast es soeben gefunden. Ich danke dir, Brian. Wir haben hergefunden.«

Zwanzig weitere Minuten vergehen, und der Tag ist fast vorüber. Die Straße an Wonderview vorbei windet sich durch ein Röhricht von Sägezahnriedgras, Dolchhakea und stachligem Teebaum.

»Das ist aber eine saumäßige Straße. Bist du sicher, daß es keine Feuerschneise ist? Diese vielen Querrillen!«

»Du mußt sie schneller nehmen, Eugene. Über Querrillen muß man mit Tempo drüberfahren.«

»Ja, also, dafür sind wir zu schwer beladen, und außerdem wird es dunkel.«

»Tatsächlich? Dann muß ich meine Augen mal wieder aufmachen. O Mist, Mann, das Licht ist ja so hell!«

»Was meinst du damit, die Sterne? Die Sonne? Den Mond?«

»Nein, nein, die Scheinwerfer. Hast du 'nen Ersatzregler mitgenommen? Wie lange ist eigentlich die rote Lampe schon an?«

»Seht mal, dort unten ist 'n Haus. Wir könnten in dem Haus mal fragen gehen.«

»Was, das mit den Bulldozern davor? Kommt nicht in Frage! Die da haben Kröpfe und Hasenscharten, Mann. Das müssen doch richtige Hinterwäldler sein.«

»Ich glaube, wir sollten umkehren.«

»Das könnte dir so passen. Gott, über deine Feigheit kann ich mich nur wundern, Paula.«

»Diane, es wird bald dunkel. Wenn wir uns hier draußen in der Dunkelheit festfahren, also, du weißt schon. Alles mögliche könnte passieren.«

»Ja, wir könnten anfangen, das Leben richtig auszukosten. Wäre das nicht furchtbar?«

»Alles ist in bester Ordnung, meine Damen. Ich verspüre ein ausgesprochenes Freisein von Angst. Wir fahren weiter. He, was ist denn das, was da vorn auftaucht, Ginnsy?«

»Ich weiß nicht. He, wenn alles so richtig vielversprechend aussieht, ist das meistens bloß ein Zeichen, daß es kurz vorm totalen Zusammenbruch steht. Fahr weiter! Wir haben vielleicht grade noch soviel Glück übrig, um ins Tal zu kommen.«

»Bist du verrückt geworden? Dreh sofort um, Eugene! Oh, Brian, wir hätten nie mit diesen Junkies hier rausfahren sollen. Denen ist alles einfach scheißegal!«

»Verfall nicht in Panik, Liebling. Schließlich werden wir ja wohl eine Taschenlampe haben, und Ginnsy kennt sich mit Kleinbussen aus.«

»Jawohl, fahr weiter, Kamerad ›Junkie‹. Wie ist das eigentlich mit diesem ›Junkie‹, Paula, ist das 'ne Art ekelhaftes wildes Tier? Denn genauso klingt es, so, wie du das sagst. Es könnte ja auch bloß was sein, na ja, du weißt schon, etwas, auf das man zwar nicht unbedingt stolz ist, aber trotzdem gelassen hinnimmt. Ja, das ist 'n kleiner Damm, 'ne kleine Furt aus Beton, Mann. Der Bach fließt drüber, ins Tal rein. Es ist übrigens ganz in der Nähe der Wasserfälle. Hier ist es, ganz bestimmt. Oh, nochmals vielen Dank, Brian. Allein hätte ich es nie gefunden. Zu blöd.«

»Ich wünschte mir, ich könnte so Gitarre spielen wie du, Ginnsy.«

»Ich bring dir was davon bei. Ist kein Problem.«

»Du hast doch eine Taschenlampe mitgenommen, nicht wahr, Eugene?«

»Nein.«

»Sollte Michael dann nicht lieber die Scheinwerfer in Ordnung bringen, bevor es zu dunkel wird, um noch was sehen zu können?«

»Es liegt vermutlich nicht an den Scheinwerfern, Nisi. Die kriegen ihren Strom direkt von der Lichtmaschine. Wahrscheinlich ist es der Regler, verstehst du, der Regler, der in 'nem kleinen silberfarbenen Kästchen etwa 'ne Armlänge hinter der Batterie sitzt, und wenn der kaputtgeht, dann liefert die Lichtmaschine konstant maximalen Strom, so um die fünfzig Ampere, so daß sie mit der Zeit durchbrennt. Ist auch schwierig, daran was einzustellen. Im dreiundsechziger Modell haben sie ihn von oben auf der Lichtmaschine an die Motorraumseite verlegt. Man muß den Luftfilter ausbauen.«

»O scheiß, wir müssen doch was tun, Brian! Diane! Wir wollen raus!«

»Wo willst du denn hin, Paula? Aber ja, laßt uns mal aussteigen und die Beine vertreten. Man kann das Tal sehen, von gleich dort drüben.«

»Oh, Scheißdreck, jetzt hab ich mich festgefahren, Kumpel. Ich komme nicht mehr weiter. Kann weder vor noch zurück.«

»Du bist mit 'nem Rad in ein Loch im Damm gekommen. Laß den Bus im Augenblick einfach hier stehen, Eugene, wir wollen aus dem letzten Licht noch das Beste machen. Laß die Zündung an. Falls die rote Lampe anbleibt, wenn du sie abstellst, dann möchte ich es lieber nicht wissen. Kommt schon, Leute! Zieht eure Schuhe und Socken aus und folgt mir, und ich werde euch etwas zeigen, das euch den Verstand rauben wird.«

»Brian, haben wir nicht schon genug Schwierigkeiten?«

»Ich weiß wirklich nicht, Paula. Ich würde genauso denken, aber bei so vielen gegensätzlichen Meinungen weiß man nicht, was richtig ist. Ich glaube, wir haben ja immer noch dieses Haus dort hinten, an dem wir vorbeigefahren sind. Die Leute auf dem Land sind freundlich, und die Nacht ist klar. Nicht zu kalt. Ich denke, im Augenblick folgen wir einfach Ginnsy, schwimmen mit dem Strom, ich meine, was sonst können wir denn tun? Wir sind hier am Arsch der Welt.«

»Was hab ich euch gesagt? Seht euch diese Aussicht an, Leute!«

Jahre später sind es die Geräusche dieses Augenblicks, an die Nisi Papadimitriou sich erinnert. Eine Buschfliege, die am Talrand entlangsurrt, ist zu einer kurzen Inspektion einen Umweg geflogen. Die Wasserfälle sind wegen der Dürre ziemlich leise; der Bach fließt kaum. Würgerkrähen und Glocken- und Diamantvögel kommen an der Ostküste regelmäßig vor, aber eine Wongataube hört man hier nicht oft. Weil sie gut schmecken, wurden sie von den Moons und MacAnaspies zu Tausenden geschossen. Ein klagender, sich rasch wiederholender Ruf, wie ein Autoalarm, wie ein Bullenschrei schwillt auf einem Luftstrom an, der am Talrand, wo sich so gut wie kein Lüftchen regt, nicht zu spüren ist.

Die westwärts gewandten Felswände glühen im letzten Tageslicht. Dort, wo sich das Tal öffnet, viele Kilometer entfernt, sind Weideland und eine Rauchfahne zu sehen. Über der Schlucht kreist mit bewegungslosen Schwingen ein Keilschwanzadlerpaar.

»Alles das habe ich neulich nacht geträumt«, sagt Nisi. »Das ist schon mal passiert.«

»Hier bleibe ich für den Rest meines Lebens«, erklärt Diane Zoshka. »Fragt mich nicht, woher ich das weiß.«

»Was hältst du davon?« Der unbekümmerte Michael Ginnsy stößt den unbekümmerten Eugene Ecks an. »Das ist doch 'n guter Platz, um sich zu verstecken, oder was?«

»Ideal. Bist du sicher, daß es nicht an der Zündung liegt? Ginnsy, ich denke, es wird ziemlich schwierig sein, am Kleinbus was zu machen, dort, wo er jetzt steht.«

»Ja. Ich bräuchte 'ne Stroboskoplampe, um sicherzugehen, aber ich würde sagen, es ist der Regler. Wenn's der Keilriemen wäre, müßte das Licht dunkler werden, und der Motor wäre heiß, weil der Lüfter vom Keilriemen angetrieben wird. Aber die Lichtmaschine wird bald durchbrennen. Und die Lichtmaschine sitzt in 'nem Blechgehäuse hinterm Motor, und wegen des Lüfters braucht man 'ne Stunde zum Ausbauen und Wiedereinbauen. Das heißt, wenn man auf dem Trockenen steht. Wie ist das, haben wir 'nen Schnorchel und 'ne Ersatzlichtmaschine?«

»Warum bauen wir nicht die Lichtmaschine aus deinem Bus aus?«

»Ah, stimmt. Gut mitgedacht, Mann. Allerdings gibt's mehr als nur einen Typ.«

»Zeit für 'nen Joint, Ginnsy. Hast du 'ne Probe mitgebracht?«
»Machst du Witze? Ist der Papst katholisch?«

»Nur keine Sorge«, erklärt Michael Ginnsy, die Zähne an der Aderpresse. »Sobald ich und Eugene erst mal unten in diesem Tal sind, brauchen wir solches Scheißzeug nicht mehr. Gewissermaßen freuen wir uns schon drauf, damit aufzuhören.«

Und so war es, und sie haben aufgehört. Aber Eugene Ecks ist rückfällig geworden, wie ich höre, fährt immer nach Nimbin, wenn er einen Schuß braucht. Und zwar 1995.

»Wo ist denn der Bus? O Mist, er ist vom Damm runtergespült worden, sieh doch. Wie konnte das nur passieren?«

Augen werden angestrengt, um den verlagerten Kleinbus in dem Zwielicht auszumachen, das der frühen Morgendämmerung ähnelt. Der Zeitpunkt ist jetzt erreicht, an dem jemand, der lange Drahtzäune zu ziehen hat und seine Arbeit noch gern zu Ende gebracht hätte, fluchend aufgibt.

»Nein, geh nicht in die Nähe, Paula. Könnte wacklig sein. Dieser Felsen ist rutschig. Ich hätte den Gang drinlassen sollen, Mann.«

Der Wagen ist vielleicht zehn Meter vom Beton entfernt, steht halbwegs auf einer grünen Sandsteinplatte, die vom Wasser freigespült wurde, das gleich dahinter weiterfließt, bevor es sich unmittelbar oberhalb der Wasserfälle in einen Tümpel ergießt, der von Kutschenholzbäumen und Baumfarnen und dem umstanden ist, was wir hier Schwarzakazie nennen, obwohl wir die Grünakazie ebenfalls Schwarzakazie nennen. Während sie zuschauen, bewegt sich der hintere Teil des Kastenwagens, in dem sich der Motor befindet, ein Stück weiter bachabwärts.

»Den kriegen wir nie wieder dort rausgefahren, Mann.«

»Du hast recht. Der muß rausgeschleppt werden.«

»Du meinst, wir können nicht im Auto schlafen? O Brian, was sollen wir nur tun? Ich habe solche Angst.«

»Wovor hast du denn Angst, Baby? Sieh die Dinge doch mal im richtigen Licht. Keine Skorpione. Keine Nigger mit Kalaschnikows. Du lachst ja schon wieder.«

Brian Chegwodden hört es nicht gern, wenn andere Männer seine Paula »Baby« nennen, doch um zu protestieren ist jetzt nicht die richtige Zeit, und sie zittert wie eine Waschmaschine.

Michael Ginnsy zündet sich eine Zigarette an. Beim Aufleuchten des Streichholzes kommt dem scharfsinnigen Balthazar Beauregard, der systematisch mit den Füßen umherzuscharren beginnt, ein Gedanke. Nisi Papadimitriou schaltet schnell, und bald schon sammelt auch sie Feuerholz. Mit den Händen. Sie geben ein gutes Gespann ab.

»Es kommt schon alles wieder in Ordnung«, stößt Ginnsy hervor. »Hilfe ist schon unterwegs.«

»Was denn, du glaubst, die Leute dort hinten im Haus werden unser Feuer sehen? In dem Fall zünden wir lieber keins an. Könnte sein, daß wir auf ihrem Besitz sind.«

Das sind sie auch. Irgend jemand, der hinter einem Schreibtisch sitzt, hat diese Unterteilungen vorgenommen, und die Grundstücksgrenzen verlaufen in Nordsüdrichtung, ungeachtet der eindrucksvollen natürlichen Konturen. Die Zaunrechnung für Totale Ziegenkontrolle hätte keiner von euch bezahlen wollen. Aber diese Furt ist nicht Teil von Wonderview; im Grunde ist sie Teil des Tals, aber erst dort, wo die Linie auf der Karte auf die Felswand trifft, wird der Verlauf der Steilwand zur Grenze, und das ist gut einen Kilometer weiter südlich.

»Vielleicht besteht absolutes Verbot, Feuer anzuzünden. Auf jeden Fall lenken wir die Aufmerksamkeit auf uns. Oder denkst du etwa an die Leute im Tal, Ginnsy, könnten die uns hier sehen?«

»Die würden nicht nach uns schauen, Mann. Ich habe den Hund gemeint. Mein Hund wird schon bald unterwegs sein. Fats! Ja, er ist hier irgendwo. Ich werde den Hund jetzt herbeipfeifen. Ich muß mir bloß die Pfeife holen, die ich in der Gitarrenkiste habe, glaube ich. Bildet eine Kette, na, macht schon! Faß mich am Handgelenk, Diane, ja, so ist's recht. Mensch, hast du 'n hübsches weiches Handgelenk. Oh, das ist ja der Verband, natürlich. Ja, was für 'n Glück, daß ich dran gedacht habe, die Pfeife mitzunehmen. Sie verteilen diese Pfeifen in der Hundeschule, wo wir den Lehrgang mitgemacht haben, damit er aufs Wort gehorcht. Fats ist drauf abgerichtet, auf 'ne Pfeife zu hören, die nur

Hunde hören können. Erinnert ihr euch, wie wir diese Taube gehört haben, die kilometerweit entfernt im Tal war? Ja, so ist das Tal nun mal. Ich habe Fats nie fröhlicher gesehen. Man singt in der Badewanne oder bellt den ganzen Tag. Voller Echos und fließendem Wasser. Ich bin mir sicher, der Kamm des Wasserfalls ist einer dieser Rufplätze der Würgerkrähen, weil die Würgerkrähen von dort gerufen haben, nicht wahr? Ja, die Würgerkrähen haben von dort gerufen, oder nicht? Von vielen Stellen aus kann man überall gehört werden. Sich zu verständigen ist kein Problem. Wenn Phryx sich mit Gwen verständigen will, geht er zum nächsten Rufplatz und brüllt. Allerdings braucht man gute Lungen dazu.«

»Die Privatsphäre könnte ein Problem sein.«

»Wir können im Dunkeln nicht zum Wasserfall gehen, Mann.«

»Müssen wir aber. Ich erinnere mich, daß der Pfad nach unten irgendwo auf dieser Talseite ist, aber nicht genau, wo. Ich weiß, er ist nicht weit von der Schlucht entfernt, und um dahin zu kommen, gibt's 'ne Abkürzung.«

»Warum brauchen wir denn den Hund, der doch bloß ein weiteres hungriges Maul ist, das gestopft werden muß?«

»Ist doch klar. Fatsy weiß, wo der Pfad ist, denn er muß ihn ja raufkommen, Mann. Er kann uns zeigen, wo der Pfad ist.«

»Aber im Dunkeln können wir nicht runterklettern, und morgen müssen wir wieder in Sydney sein, einige von uns wenigstens. Haben wir die Zeit dazu?«

»›Haben wir die Zeit dazu.‹ Wo kommt dieser Mann eigentlich her? In der Felswand gibt es oben am Pfad 'ne Höhle, Brian, wo wir ganz behaglich schlafen könnten. Es soll Glühwürmchen drin geben, aber ich hab bisher keine gesehen.«

»Glühwürmchen kann man nur im Dunkeln sehen, du Dummkopf. Wenn sie leuchten.«

»Ach so? Na ja, das erklärt ja alles.«

»He, während du dort nach der Pfeife suchst, Mann, kannst du uns nicht die Orangensaftflasche mitbringen? Verstehst du, wenn wir die Flasche mit Glühwürmchen füllen.«

»Geht klar.«

»Und was zu essen, bitte, Michael.«

»In Ordnung.«

Auf die Pfiffe seines Herrn hin taucht der Hund zwar gehorsam auf, doch in Gesellschaft weiterer Hunde – halbwilder, der Pariameute der MacAnaspies, mit der er sich herumtreibt –, und die Gruppe, nachdem sie ausgehungert und erschöpft das Feuer gelöscht und eine geschlagene Stunde lang hinter Fats durch den Busch gestolpert ist, haut sich spätestens gegen acht Uhr abends zum Schlafen in der Höhle hin, wo die Glühwürmchen etwa so hell leuchten, wie es in einem Juweliersladen in einem Einkaufszentrum während eines Stromausfalls leuchtet. Wäre das Leuchten der Glühwürmchen hell genug gewesen, was es dankenswerterweise nicht ist, hätte man gegen zehn nach acht Paula Zoshka und Brian Chegwodden das tun sehen können, was sie, wie sie sich versprochen hatten, nicht tun wollten, bevor sie nicht verheiratet sind. Eugene Ecks, der sich einredet, er sollte Sex haben, eigentlich aber gar keine Lust dazu hat, betatscht inzwischen Diane Zoshka mit vermutlich einem ähnlichen Ziel vor Augen. Aber sie will nicht, daß seine Hände ihren Hintern oder gar ihre Titten begrapschen. Nisi Papadimitriou und Balthazar Beauregard gehen völlig in dem allgemeinen orgiastischen Beben auf. Balthazar kann jetzt seiner beeindruckenden Sammlung den Skalp dieser ehemaligen Miß Wohltätigkeitskönigin der Westdistrikte hinzufügen. Ein vorbeikommender Viehtreiber würde vor dieser Höhle bestimmt vom Pferd springen, weil er dächte, er habe eine Kuh gefunden, die gerade gekalbt hat: Es klingt, als würde eine Nachgeburt aufgefressen. Und für Michael Ginnsy ist das alles einfach zuviel, denn als die anderen am Morgen aufwachen, ist er fort und hat die Hunde mitgenommen.

»Ich muß schrecklich aussehen«, erklärt Paula, die vergeblich versucht, sich vor der feuchten Felswand zurechtzumachen.

»Für mich siehst du großartig aus, Baby«, versichert Eugene, der selbst den Eindruck erweckt, als habe er gerade tausend Liegestütze gemacht.

Die Morgendämmerung ist eigentlich schon vorüber, und ein heftiger Frühjahrswind weht, tost über das Plateau und läßt die Kronen der Silberkopfeschen und die Unterseiten der Sumpfbanksien im Licht glänzen. Es ist ein Tag, an dem man sich nicht entschließen kann, ob man auf seiner Postrunde einen Pullover anziehen soll oder nicht. Der Wind ist kühl, doch unter dem Wind ist Wärme in der Luft zu spüren. Maestro, ein Cembaloarpeggio, wenn Sie so freundlich wären.

Spät ist der Frühling ins Hochland eingezogen. Buschkuckucke stoßen ihr verzweifeltes Stöhnen aus, mit dem sie ihr schuldbeladenes Gewissen beruhigen, und ein brauner Schwertgrasschmetterling flattert vorbei, und die pinkfarbene Bartheide geht in Weiß über, während sich die winzigen Glockenspiele öffnen.

»Muß ins Tal runtergegangen sein«, meint Balthazar Beauregard, »wir sollten zusehen, daß wir diesen Pfad finden. Mädels, schwärmt aus, ja, aber seht zu, daß ihr auch den Weg hierher wiederfindet, sagen wir, in zwanzig Minuten?«

›Das Haus das glüht‹, nannten die Kinder die Höhle. Es steht inmitten drahtigen Korallenfarns am nordwärts gewandten Ufer eines Bächleins. Unter einem Felsüberhang gelegen wird sie im Osten, wo sich der Pfad durch die Stinkholzbäume windet, von einer Verwerfung eingeschlossen. Seit langer Zeit verlassen, als ich sie sah, überblickt sie einen großen Buschzitronenbaum auf einem Hang mit Goldspitzbusch und Flußpfefferminzeukalyptus, und der untere Teil eines dieser eisenrindenbaumähnlichen Stämme steht nahe genug, um ihn vom Höhlenboden aus zu erreichen. Das muß derjenige sein, den die Kinder hinaufkletterten, wenn sie schnell hineingelangen wollten. Das Haus das glüht war eine Kuschelecke, nachdem die dicke Fiona gestorben war; dann zog Balthazar Beauregard ein, und es wurde zu einer Einsiedlerklause.

Der mit Nut und Feder gefügte Holzfußboden ist noch vorhanden und wird von Pfeilern aus einzementiertem Buschgestein getragen, und von dort aus verlaufen die Träger in den hinteren Teil der Höhle, was einem Bauinspektor zu grauen Haare verhelfen würde. Drei Tassen und ein geschwärzter Kessel, alle durch Gewitterregen mit Erde bespritzt, brüten düster vor sich hin. Vom Felsgesims, auf dem kremfarbenes Calvertheidekraut (meine Lieblingsepakride, von Pandanusgewächsen einmal abgesehen) wächst, tröpfelt es herab und hat den äußeren Rand des Bodens faulen lassen. Mir fällt auf, daß die Muster, die die Schatten der Blätter auf diesem Fußboden bilden, jedes Kleinkind in Entzücken versetzen würden. Der große Fußabdruck – das heißt, der Fußabdruck eines Bigfoot –, garantiert aus der Urzeit, beherrscht den Höhleneingang, ein Hauch antikes Griechenland, und im Erdboden rund um die Höhle sind Fußabdrücke, die 100 000 Jahre zurückreichen, und Asche und würfelförmige Wombatkötel. Zwei rostige alte Betten, jedes mit einer feuchten Matratze, sind noch da und außerdem eine eiserne Backplatte, ein Autositz, ein verbeulter Aluminiumkochtopf und Bücher.

Literatur von Castaneda und R. Buckminster Fuller (ErrBucky-Eff). Metallbearbeitungstechniken für Handwerker. Wie baue ich meine Möbel selbst. Die Technik des Schmiedehandwerks. Knoten und Spleiße. Handspinnen daheim. Einsatzmöglichkeiten von Schäumen im Bauwesen. Kunststoffe für Architekten und Baumeister. Wie baue ich mir ein Betonboot. Die Hütte in der Wildnis. Das indianische Tipi. Technik des Kaminbaus. Grundlagen des Zimmermannshandwerks. Farbglastechniken. Psylozybinpilzführer. Tierärztliche Ratschläge für Pferdebesitzer. Wie züchte ich Kaninchen. Ziegenhaltung. Ein modernes Kräuterbuch. Handbuch der Bienenzucht. Organischer Pflanzenschutz. Kompostierwirtschaft. Ökologische Konzeptionen. Überlebenshandbuch. Jemand hat das Zweihundert-Liter-Faß entfernt, in dem die Frauen die Windeln auskochten.

Während die drei Männer eine halbe Stunde damit verbringen, einen Goanna, einen Waran, den sie einen Terebinthenbaum hinaufgescheucht haben, in eine Falle zu locken, debattieren die Frauen, ob man darauf vertrauen könne, daß Michael Ginnsy zurückkehrt. Sie kommen zu dem Schluß, daß man es nicht kann, und während jemand etwas am gegenüberliegenden Rand des Plateaus sehen kann, was sie für einen Mann halten, der mit einem Pferd ein Feld pflügt, kann niemand etwas erkennen, das wie ein Pfad nach unten aussieht, und die Frauen wollen vernünftigerweise nicht weitergehen, bis sie sicher sind, daß sie den richtigen Weg gefunden haben. Es bleibt nichts anderes übrig, als loszugehen und zu hoffen, dabei den Pfad ins Tal zu finden.

»Ich hätte nicht geglaubt, daß er das tun würde«, sagt Paula, während sie sich durch buschige Dillwynien schlängelt, die mehr stechen als die stachlige Art. »Wir sind schließlich mitgekommen, weil er uns eingeladen hat.«

»Ich glaube, im Grunde ist er anständig«, meint Nisi Papadimitriou. »Wir müssen von seiner Tierliebe ausgehen.«

»Die Gegend ist rauher als ich mich erinnern kann«, sagt Eugene Ecks. »Wir sind mit Sicherheit nicht hier entlang reingekommen. Ich glaube, wir halten uns lieber ein bißchen weiter westlich und versuchen, aus diesen Stachelbüschen rauszukommen. Übrigens, Baby, laß die Zweige nicht los, bevor du nicht sicher bist, daß sie mir nicht ins Gesicht schlagen.«

»Warum gehst du denn nicht voran?« fragt Brian Chegwodden, der Eugene Ecks am liebsten eine vors Maul gegeben hätte.

»Warum hältst du nicht deine Klappe?« antwortet Eugene. Am Ende des Tages wird er in noch schlechterer Stimmung sein.

Gegen elf schläft der Wind ein. Die Kadenz des fünften Brandenburgischen Konzerts geht in Delius' *In den Hohen Bergen* über.

»O nein. Da ist ja wieder das Tal. Wir müssen in einem großen Kreis gegangen sein.«

»O Gott, wir haben uns verlaufen. O Gott, wir haben uns total verirrt.«

»Ich glaube nicht, daß dies das Tal von Erinungarah ist. Ist zu breit. Das muß eine andere Stelle sein. Soweit ich mich von der Karte her erinnere. He! Was ist das dort drüben, Eugene?«

»Sieht ja beinahe wie 'ne Ansiedlung aus.«

»Wo denn?«

»Schau mal. Siehst du? Dort drüben, Nisi. Auf der großen Ebene.«

»Ich glaube, das ist irgendein Volksfest. Ist das nicht 'n Zirkuszelt?«

»Siehst du, Paula? Dort drüben. Jawohl, das ist ein Zelt. Das ist die Straße, die hineinführt. He, das ist ja eine richtige kleine Stadt!«

»Oh, Gott sei Dank. Oh, Gott sei Dank.«

»Danke ihm noch nicht. Wir sind noch sehr weit weg. Schwer zu sagen, wie weit genau. Was schätzt du, Bal?«

»Wenigstens haben sie jetzt ’ne Richtung, in die sie gehen können, und ich kann etwas sehen, das wie PKWs und LKWs und Pickups aussieht.«

»Ich glaube, das Haus, an dem wir gestern abend bei der Fahrt hierher vorbeigekommen sind, liegt viel näher. Es wäre doch sinnvoller, dorthin zu gehen, oder nicht?«

»Nein. Weil sie von hier aus ihren Zielort sehen können. Von hier aus haben sie was, das sie motiviert. Wir müssen auf die Frauen Rücksicht nehmen.«

»Hast du dir das mal genauer angesehen, Mann? Ich will sagen, diese Felswand ist noch steiler als die letzte.«

»Dann glaubst du also, wir kommen da nicht runter?«

»Wir haben ja kein Seil.«

»O ja, ich verstehe, was du sagen willst. Dieser Scheiß-Ginnsy! Dieser blöde Vollidiot!«

»Bitte«, fragt Paula Zoshka, »ihr wollt doch Männer sein. Fällt euch denn gar nichts ein?«

»Paula«, flüstert Diane Zoshka, »warum denke ich nur immer wieder, ich bin der Löwe Pookie im Zirkus? Warum bin ich bloß so aufgekratzt?«

»Pssst. Hör mal!«

Als sie ihre Ohren anstrengen, können sie das pfeifende Rückkoppeln einer Lautsprecheranlage hören und zucken zusammen, als der letzte Aufruf für die Teilnehmerinnen am Damenwettbewerb im Stierabschmücken ertönt. Wenn sie diesen letzten Aufruf nicht gehört haben, diese Teilnehmerinnen, dann sind ganz allein sie selbst daran schuld.

»Rodeo«, lacht Eugene Ecks.

»Also, ich bin schon mal geklettert«, meint Balthazar Beauregard, »und dieser Abstieg ist keineswegs schwierig. Dort ist ein Übergang. Man steigt da runter, und dann steigt man dort runter und dann dort und dann da. Also eher ’n Runterkraxeln als ’n richtiges Absteigen, aber wir haben ja sowieso kein Seil. Seid ihr Mädels sicher, daß ihr’s riskieren wollt? Jeder, der abstürzt, könnte euch mitreißen.«

»Das kann doch einfach nicht wahr sein, Brian. Ich möchte nicht, daß so geredet wird.«

»Sag uns, was wir tun müssen, Balthazar. Ich habe Kinder, die auf mich angewiesen sind.«

»Es ist ganz einfach, Nisi. Jeder von uns hier kann das schaffen. Jedes Kind könnte das. Wir können es uns nicht leisten, es zu verkorksen, das ist alles. So einfach ist das. Denkt nur immer dran, keinen Fehler zu machen, und bleibt auf gar keinen Fall stehen, denn wenn ihr die Nerven verliert und glaubt, nicht mehr vor oder zurück zu können, dann habt ihr tagelang oder vielleicht auch nur 'n paar Stunden lang Zeit, um über euer vergangenes Leben nachzudenken und darüber, wie ihr es vermasselt habt. Wenn ihr dagegen abstürzt, ist es bloß 'ne Sache von Minuten oder Sekunden. Ich kann auch nichts dran ändern.«

»Gehen wir.«

Diane, quicklebendig, führt, und die anderen, weniger quicklebendig, folgen. Es ist erstaunlich, was man alles kann, wenn man glaubt, sein Leben hinge davon ab. Drei Stunden später reißen sie Witze, als sie den linken Arm des Wozzawunwun Creek durchwaten und auf den Rodeoplatz zugehen, wo der dritte Wettbewerb des Großen Rodeo-Fünfkampfs, das Offene Kälberfesseln, gerade beginnen soll.

Eugene Ecks: Calvins jüngerer Bruder, durch den Militärdienst in Vietnam traumatisiert. Was für die anderen hier eine Tortur war, war für ihn nichts als ein angenehmer Ausflug. Es hängt eben alles davon ab, worauf man aus ist und wo man herkommt.

Akt 4

34

Das Rodeo in Wozzawunwun. Rastus, der Rodeo-Clown.

Sollten Sie die zweite Ehefrau eines Termingeschäftsmaklers aus Burradoo sein und sollten Sie sich unter reiterlichem Vergnügen vorstellen, in Frack und Zylinder gekleidet einen deutschen Warmblüter im Kreis zu reiten und dazu Ihren Schmuck und Ihre Sonnenbrille zur Schau zu stellen, während Ihnen eine alte Schachtel unentwegt zuruft: »Mehr Druck mit den Schenkeln, er läßt sich gehen«, »Hände unten lassen, er muß sich mehr ins Zeug legen« oder »Du meine Güte, er hat Sie ganz schmutzig gemacht, Sie müssen ihm auch im Sommer eine Decke auflegen«, dann gebe ich Ihnen den guten Rat, um das Rodeo von Wozzawunwun einen großen Bogen zu machen, was nicht schwerfällt, da es nicht mehr stattfindet.

Sollten Sie jedoch bloß ein kleines Mitglied im Ponyreitklub sein, das vor lauter Ehrgeiz die ganze Nacht vor einem Sportereignis kein Auge zukriegt und noch vor dem Morgengrauen aufsteht, um seine Schwester zu wecken, und sich über Reithosen und weißes Hemd einen Trainingsanzug zieht und eine Mütze übers Haarnetz und anschließend darangeht, ein kräftiges Pferdchen einzufangen, das vom Schamponieren gestern abend ganz wollig ist und glitschig vor Gras und Melasseflecken, die Sie noch entfernen müssen, während Sie ihm den Schwanz zu einem französischen Zopf flechten und ihm die Hufe schwarz anmalen und die Nase mit Babyöl einreiben und ihm die Barthaare stutzen, bevor Sie mit dem gemieteten Pferdeanhänger zum Springen über Fässer und Hürden aufbrechen – falls Sie also, wie gesagt, bloß eine hartnäckige kleine Pferdenärrin sind, so wie Nisi eine war, und es unbedingt einmal probieren wollen, dann kriegen Sie beim Rodeo von Wozzawunwun Ihren Nervenkitzel und können so richtig ausflippen, aber wenn Sie auch nur halbwegs daran denken, an unserem Anfängerwettbewerb teilzunehmen, dann lassen Sie bitte Ihre Reithosen zu Hause und widmen sich der Sache ernsthaft. Geradeso, wie ein Harleyfahrer mit etwas Selbstachtung nicht einmal tot mit Vollhelm und ohne seine Sonnenbrille und Bluejeans gesehen werden möchte, so wird auch von den

Mitgliedern der Australischen Rauhreitervereinigung ein gewisser Stil erwartet: zunächst einmal ein Hut von der Größe eines Wagenrads, dann Schlangenlederstiefel, Silberschnallen und ein Sattel mit Sattelhorn, aber laßt euren Araber oder Vollblüter lieber zu Hause, und bringt den Pinto oder Appaloosa mit und auch euer Geld, denn das kann ich euch versichern, der Duft vom Steaksandwichstand läßt einem das Wasser im Mund zusammenlaufen und hat schon manchen Reiter vom Bierzelt weggelockt – denn wir essen, wie die homerischen Helden, hier nur Brot und Rindfleisch, und zwar mit den Fingern –, und um mit den alten Kumpels mitzuhalten, wird euch eine Schachtel Zigaretten nicht reichen, und was könnte wohl angenehmer sein als ein lockerer Plausch, während man selbst leicht angeschnasselt ist, ein schläfriges Pferd am Ellbogen hängen hat und einem eine junge Dame beim Vorübergehen schöne Augen macht. Ich jedenfalls finde das großartig.

Nebenbei gesagt kostet die Teilnahme an einem Einzelwettbewerb eine Kleinigkeit, und es ist gewissermaßen alles vorüber, noch bevor es angefangen hat, aber wer weiß? Reite hart, trinke lange, und falls dein aufgemotztes Gefährt Gefallen findet – sorg aber dafür, daß auch alles andere stimmt: Aufkleber, Viergangknüppelschaltung, Fluppe, Musik, Fahrtwind, lässige Haltung und verspiegelte Sonnenbrille –, dann fallen vielleicht alle deine Geburtstage auf einen Tag, auf Samstagabend nach dem Ball. Es hilft natürlich, wenn du dir vorher die Haare kämmst und die Nase richtest; es hilft sogar noch mehr, wenn du Kimberley Moon bist oder irgendein anderer Star oder einstiger Star des Großen Rodeo-Fünfkampfs: Offenes Bullenreiten, Offenes Sattelreiten, Offenes Kälberfesseln, Offenes Stierniederringen, Offenes Reiten ohne Sattel. Ein motivierter Darryl hätte sie alle gewinnen können.

Nun könntest du ja vielleicht ein Menippos sein und annehmen, wenn du ein Rodeo gesehen hast, hast du sie alle gesehen. Mein Freund, ich habe eine Schwäche für dich, also offenbare ich dir, daß Wozzawunwun anders war. Es war stets eines der beliebteren Treffen unter den Turnieren, erzählt man mir, was aber noch wichtiger ist, allerdings ohne daß man darin einen Zusammenhang sehen muß, es diente als eine Art Saturnalie für unsere hartarbeitenden, geduldigen, wenn auch nicht immer gottesfürchtigen Einheimischen.

Keine echte Saturnalie, denn es wurde im Oktober abgehalten und nicht in jenen Tagen, die die Ungleichheit zwischen dem Mondjahr und dem Sonnenjahr widerspiegeln. Eher ein Volksfest also.

Ein Mann aus den Bergen durfte während des Rodeos zwei Tage und drei Nächte lang betrunken sein. Seine erwachsenen Töchter durften ihm offen sagen, was sie von ihm hielten. Händler durften seine Unbeholfenheit in der Öffentlichkeit verspotten. Der Rodeo-Clown durfte zum Vergnügen der Schwiegersöhne dieses Mannes dessen Gang vom Bierzelt zum Pissoir beschatten. Etwas düsterer ist schon, daß er sich einbildete, jede, derer er habhaft werden konnte, nach dem Ball abschleppen zu können. Und stellt euch nur vor, genau das haben sie auch gemacht. Respektable Matronen aus dem Landfrauenverein, die sich mit Cowboys im Heu vergnügten, während sich die monogameren, beziehungsweise weniger begünstigten in irgend jemandes Haus zurückzogen, um sich schmutzige Videofilme anzusehen.

Und es gab keine gegenseitigen Schuldzuweisungen, und die Disziplin unserer ländlichen Gemeinschaften damals in den Zeiten handgreiflicher Auseinandersetzungen war so groß, daß auch keine geäußert wurden; es stand ja auch kein Sündenbock zur Verfügung, der als erste Tat am Montagmorgen als Rodeokönig zu Tode gebracht werden konnte, obgleich es nicht an Freiwilligen gefehlt hätte, wenn man nach den Bitten um Orangensaft im Club urteilen konnte. Schließlich sind wir Demokraten, die die Todesstrafe ablehnen und damit, wie ich glaube, unserem Immunsystem ein schlechtes Beispiel geben (wie oben, so auch unten; und unten, wo die Natur Schicksal bedeutet, herrscht die Meinung vor, daß lieber die Unschuldigen sterben sollen, als daß die Schuldigen davonkommen).

Wozzawunwun war der Schauplatz, Rodeo der Vorwand, um einmal im Jahr verrückt spielen zu können, doch war es nicht immer so, und am Ende schafften es die Spaßverderber doch tatsächlich, daß es ganz eingestellt wurde. Ich glaube, das letzte Rodeo wurde 1992 abgehalten, ein Jahr, nachdem ich nach Obliqua Creek gezogen bin. Daraufhin ging Wozzawunwun gänzlich vor die Hunde, bis heutzutage nur noch der Laden übrig ist.

Leb wohl, Wozzawunwun! Leb wohl, Rastus, Rodeo-Clown. Wir werden euresgleichen nicht noch einmal zu sehen bekommen.

Ich selbst habe ihn nur einmal erlebt, bei seinem letzten Auftritt im Oktober 1991, und ich hielt Rastus für einen großen Rodeo-Clown, obwohl er doch bloß am Wozzawunwun-Rodeo teilnahm. Darryl MacAnaspie, sein Alter ego, weilt noch unter uns, doch Rastus ist tot. Rastus war für seine Taschenspielerkünste berühmt, ohne daß ihm die üblichen Fähigkeiten fehlten. Setzt ihn zusammen mit einem gefährlichen Stier in einen Pferch, und euch stockt der Atem bei seinen Bravourstückchen. Ich bin der Meinung, es ist ein Jammer, daß er nie in den Vereinigten Staaten war, aber andererseits bin ich auch der Meinung, es ist ein Jammer, daß ich nie in den Vereinigten Staaten war. Am Rio Grande hätten sie ihn verehrt. Überall, wo nur ein Tropfen spanischen Blutes fließt, wäre er ebenso stürmisch wie ein illegaler mexikanischer Einwanderer begrüßt worden, der zu Pferd eintrifft. So wie er jede Bewegung des Stiers vorausahnte, hätte er einen Toreador wie einen Pajero aussehen lassen. Früher zu Zeiten der ägäischen Kultur wäre er ein kretischer Nationalheld gewesen. Niemals, weder vorher noch nachher, ist ein Mann so wie er über einen Stier gesprungen. Es ließ einem das Herz bis zum Hals schlagen, wenn man sah, wie sich seine roten Hosenträger in den Hörnern verfingen, nachdem er versucht hatte, über den Kopf des Bullen zu hechten oder einen Bocksprung über den Bullen zu machen, wie er es hatte aussehen lassen. Dann machte er sich einfach ganz locker, und der Bulle warf ihn von einer Seite auf die andere und schleuderte ihn umher wie eine Lumpenpuppe im Maul eines Hütehundwelpen oder wie einen Käfer im Schnabel eines australischen Rollers. Wenn er in den Dreck geschleudert, gegen das Geländer geschmettert wurde, konnte man die Neulinge dabei wegschauen sehen. Nach einer gewissen Zeit dann, wenn er glaubte, seinem Gegner genügend Schaden zugefügt zu haben, und das Interesse verlor, wie es allen männlichen Tieren geht, wenn sie spüren, daß ihrem Willen keinerlei Widerstand entgegengesetzt wird, schlenderte der Stier davon und ließ Rastus zu Boden geschmettert, bewegungslos und mit in alle erdenklichen Richtungen weisenden Gliedmaßen im Dreck liegen, und da er so außerordentlich gelenkig war, konnte er gleichzeitig chiropraktische Übungen vornehmen und sich die Prostata massieren. Und dann konnte man sehen, wie sich die kleine Hand hob, halb im Nelson-Stil, um nach der Melone zu greifen und zu prüfen, ob sie ihm noch wie anfangs im keckem Winkel auf dem Kopf saß (was unweigerlich der Fall war), und dann klopfte er sich den Staub von den Kleidern, richtete seine Genitalien, und der kleine Schlingel schnellte sich auf die Füße und stolzierte in seinen überdimensionierten Stiefeln in einem unbeschwerten Gang davon, den er zu Hause und bei der Arbeit durch ständiges Wiederholen perfektioniert hatte, und er ging schnurstracks auf irgendein altes Muttchen zu und wiederholte alles, was sie gerade über ihn gesagt hatte, Wort für Wort, und dann brachte er irgendeinen persönlichen Gegenstand von ihr zum Vorschein, den er zuvor in der Handfläche verborgen hatte, und machte eine Bemerkung über diesen – er brachte es auf wunderbare Weise fertig, den Damen BHs und Korsetts abzunehmen, ohne daß sie es merkten –, und danach tanzte er ab, nicht ohne das Kleidungsstück irgendeinem Taugenichts um die roten Ohren zu wickeln, einem von der Sorte, die es für witzig hält, im Club einen Bierkrug wie ein Glas in der Hand zu halten, und dabei lauthals zu lachen. Bei Gott, ihr würdet euch in die Hosen machen.

Und er hatte wirklich etwas zu bieten. Er sah das Aufsammeln, die Arbeit im Ring, als einen unabdingbaren Bestandteil des Jobs an. Er hatte an dem betreffenden Wochenende uneingeschränkte Handlungsfreiheit, so schien es wenigstens, und er schöpfte sie voll aus. Ihr kennt doch sicher diese Hütehunde, die beim Rodeo immer unter Lastern hervor auf einen zugerannt kommen und einem nicht von den Hacken gehen? Wenn Rastus nichts anderes zu tun hatte, dann versteckte er sich unter einem Laster, und er bot die brillanteste Imitation eines solchen Hütehunds. Der Typ, der auf Bäume klettert, der auf einen Kipplaster hochsteigen kann, der sich unter Zäunen hindurchschiebt oder einen Balanceakt auf einer LKW-Pritsche vollführt, er kannte alle ihre Eigenheiten haargenau, und wißt ihr, daß ich ihn gesehen habe, wie er, wenn er sich unbeobachtet fühlte, Hunde fortgeschafft hat? Er hatte schon Talent, dieser Darryl*. Und wenn ich an all das denke, was er bis 1991 gesehen und gemacht hatte, dann bin ich wirklich von den Socken. Und ich glaube, auch neidisch.

Oh, mit schopenhauerschem Stolz verachtete er Tiere, alle ohne Ausnahme, einschließlich des dritten Schimpansen, und das sind wir, der Wasseraffe mit dem subkutanen Fett. Natürlich tat er beim Aufsammeln seine Arbeit so großartig, daß er nie einen zweiten Schimpansen beschäftigte und auch, als er seine Zeit in Cessnock (1988) absaß, nicht an einen Ersatzmann für sich dachte. Rastus hätte das nicht geduldet, und ich glaube nicht, daß ein anderer Rodeo-Clown am Vergleich mit ihm Freude gefunden hätte. Die meisten von ihnen sind überhaupt keine Clowns, sondern bloß Krethi und Plethi. Ihre Einlagen sind so platt wie eine Boxerschnauze; sie können nicht improvisieren. Lustig sind sie auch nicht. Ihnen fehlt die Schlagfertigkeit. Sie sind Rinderhirten mit weißgeschminktem Gesicht, Wagehälse, Draufgänger sicherlich, die selbst Rodeos geritten haben und sich in europäischer Zirkustradition als Clowns verkleiden, weil irgend jemand irgendwann einmal damit angefangen hat und es jetzt Teil des Jobs ist. Sie haben keinen Sinn dafür, was es heißt, ein Clown zu sein. Ein Clown hat eine Wunde, die nicht verheilen will. Ein Clown ist zu ernst, um einen so einfach davonkommen zu lassen. Ein Clown ist ein Recke, der auf seine Gaben pfeift. Das Leben ist ein Clown. Kein Clown stirbt einen Clownstod.

---

* Die Etrusker und nach ihnen die Römer glaubten, jeder Mensch habe eine Reihe von Talenten, die alle sieben Jahre wechselten und im Alter von 70 Jahren völlig versiegten, was den biblischen Spruch »Unser Leben währet siebzig Jahre« in einem neuen Licht erscheinen läßt.
»Es gibt da einen Unterschied zwischen uns Römern und den Etruskern«, sagt Seneca. »Wir glauben, Ereignisse haben eine Bedeutung, weil sie sich zugetragen haben. Sie glauben, Ereignisse tragen sich zu, um eine Bedeutung zum Ausdruck zu bringen.«
Daß eine derartige Aussage heute keinen Sinn ergibt, wirft ein Licht darauf, was aus der westlichen Welt geworden ist.

Darryl MacAnaspie: Rastus der Clown. Die Männer aus dem Tal waren auch während der Autarkie nicht völlig isoliert, und das führte zu ihrem Untergang. Die Autarkie im Tal war nicht komplett und absolut. Über die Fossicker's Flat bei Wozzas Lager gab es einen halsbrecherischen Weg hinein. Doch dieser Pfad war abschüssig und gefährlich, und die Männer wollten den Frauen nicht sagen, wo er verlief. Diesen Pfad benutzte Timothy Papadimitriou, Orion, um die High School hier zu besuchen. Dies war der Pfad, auf dem mit Maultieren und Motorrädern unregelmäßige Besuche im Laden von Wozzawunwun gemacht wurden. Sie mußten ja das Marihuana hinausschaffen, denn ihre Frauen verlangten Annehmlichkeiten. Es war dies die Route, der Kimbo und Fergus, bevor sie sich entmannten, und Darryl, bevor er den Paß wieder befahrbar machte, und auch Attis vor seiner Passion einmal im Jahr folgten, um zum Rodeoplatz zu gelangen. Ich habe von den Streitigkeiten erzählen gehört, die sie auf den Rodeoveranstaltungen mit ihren aufgebrachten Verwandten hatten. Dann kam als erster Attis nicht mehr, danach Fergus, dann Kimbo, und dann schließlich, als Darryl aufhörte, Rastus zu sein, kam das Aus für das Rodeo. Weil das Rodeo ohne den unvergleichlichen Rastus nicht mehr dasselbe war.

Diese Fahrten zum Laden und zum Rodeo brachen den Bann, glaube ich doch. Als dann die Straße durch die Schlucht wieder geräumt war, hatte die Cooktown-Fäule die Pflanzen befallen, und das Land der Ewig Jungen war dem Tod geweiht.

35

Attis und Diane verlieben sich.

Sind wir nicht darauf dressiert, in jedem Merkmal unserer Umgebung nach einem Gesicht zu suchen? An Felswänden und in Wolken und an Tapeten und in Wasserflecken, vom ersten Tag an Gesichter – in meinem Fall eher verzerrte, aufgeblasene, groteske dickenssche Matronen als die Besetzung der Fernsehserie *Nachbarn*, aber wie dem auch sei, wenn zum ersten Mal das Gesicht vor uns auftaucht, nach dem wir unwissentlich gesucht haben, hat es den Anschein, als könnten wir uns einige Stunden später nicht mehr daran erinnern, können es nicht zurückrufen, können es nicht wiederaufleben lassen. Hierin liegt vielleicht ein Anhaltspunkt, denn unter all den menschlichen Gesichtern, die wir gesehen haben oder zu sehen glaubten, gab es nicht eins, das, statt uns vorgegeben worden zu sein, nicht von uns selbst erstellt worden wäre, und daher ist es dabei geblieben, daß wir unausweichlich knorrige Baumstämme und die ominösen Zigarettenbrandflecke auf den Teppichen von Salons und Bars auf der Suche nach dem mustern, was nur die Götter schenken können, bis er oder sie uns schließlich in natura erscheint, falls uns dieser Segen überhaupt zuteil wird. Allerdings tauchen die Gesichter noch immer schicksalhaft auf, ungeachtet unserer vermeintlichen Bedürfnisse und Ängste und Hoffnungen und eigentlich immer etwas im Gegensatz zu ihnen, denn ebenso wie ein Australier den Namen eines Mannes, den er wirklich beneidet, auch unter Eid nicht preisgeben, sondern den eines anderen nennen wird, dem er sich in mindestens einem belanglosen Detail überlegen weiß (und wie ganz anders würden unsere Gallup-Umfragen dastehen, wie anders unsere sogenannten sozialen »Wahrheiten«, unsere Grundprinzipien, wenn die Daten, auf denen sie beruhen, nicht als Protokoll schmuckloser Vernunftschlüsse zusammengetragen würden, sondern auf der Basis der unfreiwilligen Bekenntnisse des autonomen Nervensystems, der Pulsfrequenz, des Blutandrangs in den Geschlechtsorganen, der Erweiterung der Pupillen – L. Ron Hubbard, treten Sie mal beiseite –, deren Aussagekraft zu leugnen wir so sehr zu unserem perversen Geschäft hier auf den Antipoden gemacht haben), so auch, wenn der postmoderne Mann seine Frau findet oder, um seinem Geschmack besser gerecht zu werden, seinen »Partner« *(Dedit hanc contagio labem et dabit in plures;* die Geißel der Schwulheit entstand durch Ansteckung und wird sich mit Sicherheit weiter ausbreiten. Juvenal). Und sollte es Liebe sein, wird sich dieser Partner doch von dem unterscheiden, den Körper und Geist auswählen würden, und wenn es einen süßeren Beweis als diesen für die Existenz der Seele und den Mangel an Souveränität gibt, dann kenne ich ihn nicht oder habe ihn vergessen oder wage aus Angst, mißverstanden zu werden, nicht, ihn hier anzuführen. Weil romantische Liebe, wie bereits Mani wußte, die gemeinsamste Art der Offenbarung darstellt und vielleicht die einzige Offenbarung, die dem letzten Stadtmenschen der Postmoderne noch zugänglich ist. Venus lebt, und von ihr mit einem unwiderlegbaren Beweis unserer geistigen Unzulänglichkeit ausgestattet, ist es da nicht belanglos, daß wir das Gesicht des zwiegeborenen Wesens, von dem sie stammt, nicht wiederaufleben lassen können? Zwiegeboren, weil Kybele lebt. Origenes, ein Eunuch, lieferte die erste allegorische Interpretation von Salomons Lied. Eunuchen lieben Allegorien, aber Eunuchen sind keine Allegorien. Alte und Weise, Verheiratete und Arme buchen eine Kreuzfahrt, wenn sie sich verlieben, oder, wenn sie sich das Verreisen nicht leisten können, stürzen sich ins Alltagsleben und vertrauen darauf, daß das *Donum Dearum*, Geschenk der Göttinnen, wenn es mit Mißachtung behandelt wird, sehr schnell verfliegt. Doch für die Jungen, die Närrischen, diejenigen, die auf den Köder anbeißen, für sie nimmt die wahre Liebe für die nächsten etwa vierzehn Jahre ihren unwiderruflichen Lauf, und zwar ungeachtet, ob es auf Kosten anderer oder auf Kosten des Planeten geschieht. Denn bis zu diesem Zeitpunkt führt Venus, die junge Ehefrau, das Zepter über Kybele, die Jungfrau, doch muß sich dies ändern.

Höchste Zeit zu bekennen, daß Mani das menschliche Herz besser verstand als Paulus. In diesem angelaufenen silbernen Zeitalter, in dem die Demokratie in ihrer reinsten Form (der australischen: Wir sind so demokratisch wie Rupert Murdoch, und demokratischer als Rupert kann man einfach nicht mehr werden) die Bindung zwischen Mann und Frau, Gatte und Gattin nahezu aufgelöst hat, wird Christentum zum Witz, während die Allerheiligkeit romantischer Liebe von allen bekräftigt wird und eine Unzahl schriller Stimmen ihre sozialen Permutationen auskosten, ihre begrenzten fleischlichen Möglichkeiten erweitern und Schadenfreude daraus ziehen, welch auffällige Rolle sie durch unsere Protagonisten dabei spielt, die Reichen und Berühmten zu ruinieren, denen wir in dieser Geschichte nicht begegnen werden. Sie hatten jedoch genügend Geld, um an jenem Abend im Terminus

Hotel abzusteigen, nachdem sie per Anhalter in einem Viehtransporter mitgefahren waren.

»Was für ’ne Absteige«, meint Paula Zoshka, als sie das fadenscheinige und hängemattenartige Bett auf den blanken Brettern knufft, und es ist ein Einzelzimmer, nicht weil sie und Brian Chegwodden sich darauf verständigt hätten, in getrennten Zimmern zu schlafen, sondern weil die Wirtin so tat, als höre sie nicht, wie sie nach einem Doppelbett fragten. Wenn sich natürlich unverheiratete Pärchen mit unterschiedlichen Nachnamen ins Zimmer des anderen schleichen wollen, dann ist das ihre Sache. Wir alle können schließlich mal großzügig sein, im presbyterianischen Sinn.

»Diese Pubs sind gesetzlich verpflichtet, eine bestimmte Anzahl Zimmer zum Vermieten bereitzuhalten, Paula. Sonst verlieren sie ihre Konzession zum Alkoholausschank. Wie du siehst, scheint davon nicht viel Gebrauch gemacht zu werden.«

»Ich frage mich, wie das Frühstück wohl ist. Wahrscheinlich Eier und fettige Würstchen.«

»Hast du noch Hunger?«

»Du meine Güte, nein! Dieses Steaksandwich beim Rodeo hat mich völlig gesättigt. Es war ja auch riesig.«

Mit grauen Augen, die glutvoll leuchten, starrt sie ihn an, und sie umarmen sich gerade, als Diane das Zimmer betritt.

»Entschuldigung.«

»Hättest du nicht anklopfen können?«

»Tut mir leid. Eugene ist an die Bar runtergegangen, um zu versuchen, ’nen Mechaniker zu finden. Bal und Nisi lassen fragen, ob ihr zum Essen mit uns in den Greasy Spoon mitkommen wollt. Anscheinend bleibt der Speisesaal am Sonntagabend hier geschlossen.«

»Nein, danke. Ich könnte nichts mehr runterkriegen. Außerdem hasse ich griechische Cafés, obwohl ich das vor Nisi nicht laut sagen würde.«

»Brian?«

»Die Stadt könnte voll von rauhen Burschen vom Rodeo sein, Diane. An deiner Stelle wäre ich vorsichtig.«

»He, was hältst du von dem Jungen auf dem weißen Pferd, der mich vom Boden hochgerissen hat, Paula? Glaubst du nicht auch, er war süß? Ich muß einfach immer nur an ihn denken. Wenn ich nur seinen Namen wüßte.«

»Wozu?«

»Damit ich ihn anrufen kann! Ich möchte ihn wiedersehen.«

»Sei nicht so verdammt albern! Hast du denn keinen Sinn für Anstand? Hast du nicht schon genug Schwierigkeiten?«

»Ich verstehe. Für dich ist es ja in Ordnung, mit verheirateten Männern rumzubumsen.«

»Was willst du damit sagen?«

»Ach, tu doch nicht so, Paula, sei nicht kindisch. Hältst du mich denn für blöd? Hältst du mich für taub?«

»Mit so großen Ohren wie deinen kannst du nicht taub sein, meine Liebe. Daß du blöd bist, wissen wir.«

»Ja, also, dann gehe ich vielleicht nach unten und trinke mit Eugene einen Schluck, Mädels. Dein Zimmer ist okay, Diane? Das ist gut.«

»Was, die Bar ist am Sonntagabend geöffnet?«

»Nein, aber sie scheint zum Platzen voll zu sein. Hörst du sie denn nicht? Proppenvoll. Alles Hausgäste.«

»Vorsicht, Brian. Du siehst ganz und gar nicht wie 'n Junge vom Lande aus.«

Obwohl Attis sich nichts sehnlicher wünscht, als in Frieden gelassen zu werden, um über Diane nachzudenken und sie gewissermaßen auszubrüten, kann er, während er mit seinem Bruder zu dieser Cafeteria geht, seiner Träumerei von dem Mädchen kein Gesicht verleihen. Wie seltsam. Denn das Haar ist da, diese blauschwarze Haube aus Schraubenlocken, die so eigenartig verstümmelt sind, und die großen Ohren, und der Hals, so schlank, und die Hände, weich und an den Gelenken verbunden, und die ausgeblichenen und zerrissenen und schmutzigen Bluejeans an den langen, dünnen Beinen und dem niedlichen Hintern und der Busen, bei jedem anderen Mädchen enttäuschend klein, doch hier so wunderbar passend, und kein Gesicht.

Kein Gesicht bei einer gesichtslosen Gestalt, die er sich nicht aus dem Sinn schlagen kann? Bestimmt war es das Gesicht dieses Wildfangs ebenso wie ihre Gestalt und ihre Furchtlosigkeit gewesen, die ihn fasziniert hatten, als er sie packte und sie trotz ihrer Tritte und Protestschreie auf den Widerrist seines Pferdes warf, während das Kalb, das sie zu retten versucht hatte, seinerseits mit seinen Tritten und Protestschreien fortfuhr, denn wir suchen ja nach Gesichtern.

»Das hier muß die Cafeteria sein.«

Diane wirft ihre Zigarette in den Rinnstein und stößt, die Hände in den Gesäßtaschen, die Pendeltüren mit den Knien auf. Die Wirtsleute an der Kasse mustern sie von oben bis unten, während Attis vor Schreck seine große Flasche Coke fallenläßt. Fluchend und stöhnend begutachtet Fergus den Schaden an seinen Chaparajos, und während er das tut, verschüttet er ein halbes Dutzend Pommes aus dem Einwickelpapier, das er hochhält.

Sich die Lippen anfeuchtend geht Diane schnurstracks auf Attis zu und schüttelt ihm die Hand.

»Wir haben uns wiedergefunden!« ruft sie aus. »Gut. Wir sind die einzigen wirklichen Menschen hier. Komm mit mir in mein Hotel, oder nimm mich mit dorthin, wo du wohnst.«

»Hör bloß auf damit«, grinst Fergus und lacht Con im blauen Staubmantel peinlich berührt an. Zu Nisi sagt er: »Bringen Sie sie lieber ins Bett, meine Liebe. Sie ist ganz verwirrt. Steht sie unter Drogen?«

»Nein«, erklärt Attis. »Sie hatte recht. Sie hatte recht, als sie versuchte, dieses Kälbchen zu schützen, und du hattest kein Recht, sie auszulachen.«

»Was denn? Das tut ihnen doch nicht weh.«

»Und ob es das tut«, wendet Nisi ein, und während sie und Con die Entscheidung nicht akzeptieren wollen, schlüpfen Attis und Diane durch die Tür, und Fergus stürzt ihnen halbherzig nach. Hoffnungslos verliebt tauchen sie am nächsten Morgen zum Frühstück im Hotel wieder auf, nachdem sie die ganze Nacht durch die Stadt gewandert sind, behaupten sie wenigstens.

Das ist das eine Gute an Obliqua Creek. Die Stadt kommt erst richtig zur Geltung, sobald die Straßenlampen verlöschen.

36

Diane zieht nach Graceland. Paula und Brian trennen sich.

Fergus MacAnaspie ist sprachlos, als er die junge Frau jetzt schlafend auf der klumpigen Couch vorfindet. Er könnte das nicht.

Sie sind so hübsch, wenn sie schlafen. Auf Zehenspitzen trippelt er zum Kühlschrank und holt leise eine Flasche Bier heraus. Mit dem Bier in der Hand setzt er sich an die Couch, um schlückchenweise zu trinken und dieses fremde Mädchen anzustarren.

Das so groß ist, daß es sich zusammenrollen mußte, um überhaupt auf die Couch zu passen. Diane hat das Gesicht zur Lehne gewandt, und von hinten würde man sie nicht als weibliches Wesen erkennen. So zierlich und schmal. Dunkelhaarig, doch von jener keltischen Dunkelhaarigkeit, die mit Sommersprossen einhergeht. Außerordentlich attraktiv. Beim Ausatmen hebt ihr Atem eine Locke, die ihr übers Gesicht gefallen ist. Ihr Kopf ist beinahe kahlgeschoren, doch vorn sind ihre Haare lang.

Sie wirkt völlig entspannt. Kam von der Straße hereinspaziert wie eine Katze.

Der gesamte Abwasch ist erledigt. Die ganze Wohnung ist sauber. Es mußte das Mädchen gewesen sein, denn Mum kommt nicht vor Dienstag vorbei. Es wäre egal, an welchem Tag Mum wäscht, jetzt, da sie den Staubsauger hat, aber auf Wonderview war Montag immer Waschtag. Als sie Kinder waren, zu klein für die Schule, gab ihnen die Mutter mit dem Frühstück einen Schlaftrunk. Gegen drei am Nachmittag wachten sie dann auf, und die Wäsche hing auf der Leine.

Die Küche hat nie besser aufgeräumt ausgesehen. Sogar das Geschirrtuch ist zusammengefaltet und ordentlich über den Porzellanausguß gehängt.

Also gut. Wenn Attis nach Hause kommt, muß sie gehen, und mehr gibt es darüber nicht zu sagen.

Leise öffnet sich die Gazetür – ist das Cilla Black, die doch gerade erst beim Damespiel eröffnet hat? Nein.

»Entschuldigen Sie, daß ich hier so eindringe«, sagt Nisi Papadimitriou beim Eindringen.

Fergus, einen Finger an den Mund gelegt, deutet ihr an, daß er nach draußen kommt, um mir ihr zu reden. Auf leisen Sohlen in seinen klettenbehangenen Socken gehend, nimmt er schweigend seinen breitkrempigen Hut ab.

»Gar kein so schlechter Tag«, bemerkt er mit der angestrengten Höflichkeit eines betrunkenen Schafscherers, »obwohl wir vielleicht noch Regen kriegen. Vor einigen Wochen ist etwas Schnee gefallen, hat aber den Boden kaum benetzt.«

»Du meine Güte«, ruft die Frau aus, »dort, wo ich herkomme, ist es so trocken, daß wir mit 'nem schlechten Sommer rechnen. Stürmische Winde. Wir hatten schon ein paar Buschfeuer.«

»Sieh an. Und woher kommen Sie dann?«

»Aus den Blue Mountains.«

»Verstehe. Aus welchem Teil?«

»Bell's Line of Road. Kennen Sie die?«

»Bell's Line of Road? Nein, ich glaube nicht, daß ich diese Straße kenne.«

»Landschaftlich sehr schön. Haben Sie schon mal vom Zig Zag gehört?«

»Zig Zag? Sie meinen das Zigarettenpapier?«

»Eine alte Eisenbahnlinie führt dort oben entlang.«

»Also, wir haben ja heutzutage keine Eisenbahnstrecke mehr. Die blöden Politiker haben sie uns weggenommen.«

»Oh, erzählen Sie mir bloß nichts über Politiker. Einer ist so schlimm wie der andere.«

»Mein Dad meint, ganz egal, wen man wählt, die Politiker schaffen es immer wieder. Ich heiße übrigens Fergus. Fergus MacAnaspie.«

»Nisi. Berenice. Papadimitriou.«

»Freut mich, Sie kennenzulernen, Nisi. Habe ich Sie nicht in der Milchbar gesehen? Waren Sie etwa auf dem Rodeo?«

»Wir haben gestern nachmittag ein bißchen davon mitgekriegt, Fergie, aber wir waren sehr müde. Wir hatten 'ne Buschwanderung gemacht.«

»Oh, ich verstehe. Ich habe auch 'ne ganze Menge Zeit im Busch zugebracht, Nisi, aber ich laufe zu schnell, um ihn mir anzuschauen. Das ist mein Langholzlaster dort drüben. Habe heute bloß eine Tour gemacht. Hab 'n bißchen Kopfschmerzen.«

»*Simply the Best!* Du meine Güte, ist der groß. Ja, die Wildblumen sind hübsch. Heißt es nicht, das bedeutet Buschfeuer?«

»Ich glaube, es bedeutet wirklich Buschfeuer, Nisi. Viele der Pflanzen im Busch brauchen Feuer, um sich zu regenerieren. Deshalb brennen wir auf den Einschlagplätzen auch den Kleinwuchs ab. Kann ich Ihnen 'ne Tasse Tee machen? Möchten Sie gern 'n Täßchen?«

»Nein, ich kann wirklich nicht bleiben, Fergus. Ich bin nur vorbeigekommen, weil das Mädchen auf der Couch 'ne Freundin von mir ist.«

»Ah.«

Unterdessen im Hotel.

»Wo bist du gewesen, Brian? Warst du draußen?«

»Hmmm?«

»Du bist doch grade draußen gewesen.«

»Oh. Ja. Stimmt. Ich bin ganz high. Ich war draußen und habe mir die Stadt angesehen.«

»Hast du Prim angerufen?«

»Hmm?«

»Deine Frau. Hast du sie angerufen?«

»O bitte, Paula, nicht jetzt, bitte. Verdirb doch nicht, was ...«

»Was was, Brian? Was unser letztes und einziges schmutziges Wochenende sein könnte? Ist es das, was du sagen wolltest? Du Arschloch. Du Scheißkerl, du Drecksack. Ich hätte es wissen sollen.«

»Hoho! Was für eine Ausdrucksweise.«

»Ich habe sie von Männern gelernt. Hast du vom Postamt aus jemand angerufen?«

»Du fühlst dich des Glücklichseins nicht wert, Paula, daher strafst du dich, indem du alte Wunden aufreißt.«

»Lügner.«

»Wie bitte?«

»Ach so, natürlich, du merkst es ja gar nicht. Lügner merken's selber ja nie.«

»Sprich dich ruhig aus.«

»Dein ganzes Leben ist 'ne Lüge, Brian. Alles an dir. Diane

hatte recht. Und du hast doch jemand angerufen, denn ich bin dir gefolgt. Ich hab gesehen, wie du in die Telefonzelle gegangen bist und Geld eingeworfen und Knopf A gedrückt hast. Erzähl mir also nicht, daß du deine Frau nicht angerufen hast.«

»Okay, Snoopy, ich habe also Prim angerufen. Was soll's?«

»Ich hatte dich gebeten, es nicht zu tun, du Windhund, das ist alles. Ich hatte dich gebeten, bloß dieses eine Mal, es nicht zu tun. Ich hab gesehen, wie du beim Reden gelächelt hast. O Gott.«

»Herrgott nochmal.«

»Ahuh. Ahuh.«

»Ist das solch ein schreckliches Verbrechen? Ist es ein so schreckliches Verbrechen, einer Frau zu sagen, daß sie sich nicht zu beunruhigen braucht? Ich habe ihr gesagt, daß mein Mietwagen eine Panne hat und ich irgendwo in der Nähe von Yass festsitze und ich nicht wüßte, wann ich zurück bin.«

»Ahuh. Warum habe ich mich bloß mit 'nem Lügner eingelassen? Und jetzt mache ich mir solche Sorgen um meine Schwester und ...«

»Oh, du und deine blöde Schwester. Wie ich dich und deine verdammte Schwester satt habe! Wenn ich dich jemals heiraten würde, dann ...«

»Mich heiraten? Du würdest mich nicht heiraten, du hast nie die Absicht gehabt. Du bist ein Betrüger. Du hältst mich nicht für gut genug.«

»Tu ich doch. O Paula, bitte. Ich mußte zu Hause anrufen, okay? Bitte, Baby.«

»Nein. Nein. Nicht okay. Nimm diesen Ring zurück.«

»Bitte sei vernünftig, Paula. Werd nicht bockig, Liebling. Baby, Baby, he he he. Komm her, daß ich dir die Tränen fortküssen kann.«

»Geh doch, und küß deinem Baby die Tränen fort. Geh doch, und leck deiner Frau die Möse. Ich kann Lügner nicht ausstehen, Brian. Ich habe zuviele davon geliebt.«

»O ja? Dann hast du mich angelogen. Du hast mir gesagt, daß du noch nie verliebt warst. Ich nehme an, du hast auch gelogen, als du mir gesagt hast, daß du mich liebst?«

»Ich liebe dich nicht.«

»Aber du hast doch gesagt, daß du mich liebst, Paula.«

»Was denn, als du mich gevögelt hast? Dann würde ich jedem alles gestehen. Es ist genauso, als ob man gefoltert wird.«

»Danke sehr. Ich glaube, ich gehe jetzt. Möchtest du, daß ich die Zimmerrechnung begleiche, bevor ich gehe?«

»Warum nicht? Ich habe ja auch bezahlt. Du hast so oft mit mir gepimpert, daß ich wohl noch 'ne Blasenentzündung kriege.«

»Ich freue mich schon richtig drauf, mit meiner Arbeit weiterzumachen und meine kleinen Mädchen wiederzusehen. So ein guter Fick bist du nun auch wieder nicht. Was bist du eigentlich, frigide oder was?«

»Bei Versagern kann ich halt nicht in Fahrt kommen. Du kannst ja nicht mal richtig küssen. Leb wohl, Brian. Lügner.«

»Leb wohl, Paula. Also, ich glaube, es ist besser so.«

»Bestimmt. Hübsch und sauber. Wenn's zu Ende geht, wird's immer so unschön. Wir haben gewußt, daß es nicht halten wird, Brian. He, wir haben doch unseren Spaß gehabt.«

»Klar doch. Dafür hat Diane gesorgt. Leb wohl, Paula.«

»Leb wohl, Brian. Paß auf dich auf.«

»Du auch. Ciao.«

Puh.

Venus bietet ihren Anhängern ewiges Leben, ebenso Kybele. Liegt es daran, daß es heute so außerordentlich schwer ist, sich zu trennen, so außerordentlich leicht?

Jede Gottheit, die auf sich hält, hat ein Leben jenseits des Grabes zu bieten. Sogar mein eigener Schutzheiliger Hermes. Denkt mal darüber nach. Gar nicht so schlecht zu sterben, nicht wahr, wenn man immer noch Post bekommt. Der alte Cuth Cruikshank, der starb 1953, aber er bekam noch immer Post, als ich in den Ruhestand ging. Und wieviel besser als Leben jenseits des Grabes ist doch Ewigkeit hier und jetzt, und die besaßen sie. Sie besaßen sie in jenem Tal, und sie haben die Sache vermasselt! Monica Ecks, sie muß jetzt zweiundfünfzig sein. Ich frage mich, ob ihr neuer Mann eine Ahnung hat, wie alt sie eigentlich ist.

37

Paula und Eugene besuchen Diane, um eine Mitfahrgelegenheit zu ergattern. Wozza von der Ruffit-Lodge. Kurze Historie von Erinungarah.

Nachdem sie Nisi Papadimitriou in den Bus Richtung Stadt gesetzt haben, von der aus Brian Chegwodden abgeflogen ist, gehen Paula Zoshka und Eugene Ecks in Graceland vorbei, um Diane Zoshka zu besuchen. Es ist acht Uhr morgens, aber sie finden Diane an der ausgespannten Wäscheleine, wo sie, einen Blütenzweig des schnell verblassenden Känguruhapfels an ihr Mieder geheftet, in ihren knielangen Stiefeln die Wäsche aufhängt. Schwierige Sache, ein Paar Chaparajos mit normalen Klammern aufzuhängen.

»Sieh dir das doch bloß mal an!« meint Paula und faßt Eugene am Ellbogen. »Wie in Gottes Namen sieht sie nur aus!«

Eugene Ecks, dem der Hals einer Schnapsflasche vorn aus dem Hemd guckt, ist zu diesem Zeitpunkt weder an Paula Zoshka noch an Diane sonderlich interessiert. Doch verwirrt von dem, was er als eine ambivalente Antwort auf seinen amerikanischen Akzent ansieht, möchte er sobald wie möglich ins Tal. Und dazu, so folgert er, braucht er Paula, da sie eine ist, der die Männer zuhören.

»Hi, Liebes! Wo sind denn Lockenwickler und Fluppe geblieben?«

»Hi, Paula. Hi, Eugene. Ich hänge grade Wäsche auf.«

»Das sehen wir. Für mich hat sie das nie gemacht, Eugene. Also, was geht hier vor, Kindchen? Bist du hier fest eingezogen oder was? Was ist eigentlich los?«

»Wir müssen jetzt los und die Karre holen, Diane.«

»Fergie ist derjenige, den du danach fragen solltest, Eugene. Und der ist zur Arbeit.«

»Wer ist Fergie, Schwesterherz?«

»Einer der Burschen, die hier in der Wohnung wohnen.«

»Wie bitte?«

»Nur keine Sorge. Att und er sind Brüder. Also, sie sind keine richtigen Brüder. Ich will sagen, sie sind eigentlich mehr als Brüder und doch weniger als Brüder. Könnt ihr euch vorstellen, daß Fergus Attis tatsächlich im Sägewerk auf 'nem Haufen Sägespäne gefunden hat? Er war dort offenbar von seiner Mutter ausgesetzt worden.«

»Was du nicht sagst. Hat Fergie denn 'nen LKW?«

»Und ob. Den solltest du mal sehen, Mann. Einen Big Mack.«

»Und er ist nicht zu Hause? Wann kommt er wieder?«

»Erst spätabends.«

»Mist. Ich möchte nicht noch 'nen Tag verlieren. Ich glaube, ich bitte meinen Bruder, mir telegrafisch Geld zu überweisen.«

»Ich denke, wir könnten Att nach seiner Meinung fragen.«

»Ist er denn zu Hause?«

»Klar, er lernt gerade. Die Prüfungen fangen bald an. Ich möchte aber nicht, daß ihr ihn jetzt stört. Seine Mutter flippt aus, wenn er durchfällt.«

»Das ist ja stark. Du solltest dieses Jahr eigentlich auch deinen Abschluß machen, Diane. Und deine eigene Mutter ist dir völlig egal.«

»Atts Mutter ist ja auch keine bourgeoise Spießerin, Paula.«

»Hör mal, ich möchte diesen Jungen nicht stören, aber macht er nicht mal irgendwann Pause für 'ne Tasse Kaffee? Herrgott, wir müssen hier doch was organisiert kriegen, Diane.«

»Ich wollte ihm grade 'ne Tasse Tee machen, wenn ich mit dem Wäscheaufhängen fertig bin.«

»Da bleibt mir ja glatt die Spucke weg. Du hast doch noch nie in deinem Leben jemand 'ne Tasse Tee gemacht, Diane. Ich glaube, du weißt nicht mal, wie man Wasser kocht.«

»Ich bin dabei zu lernen, okay? Hör zu, ich war ja auch nicht in dich verliebt, Paula. Jetzt ist alles anders.«

»Huh. Wenn du diesen Burschen so sehr ›liebst‹, warum wolltest du ihn dann in dieser kritischen Phase stören? Du bist so kalt wie 'ne Hundeschnauze, Diane. Und du kennst ihn erst einen Tag.«

»O Gott, Paula, du kannst einen ja so runtermachen. Du verstehst es einfach nicht. Es ist so viel los, überall um uns herum, und du siehst es nicht mal. Arme Paula.«

»Hört mal, Mädels, kann ich bitte mal mit Att reden? He, ich muß irgendwie zum Auto hinkommen.«

»… und daher, Attis, muß ich Sie hier also ehrlicherweise ins Vertrauen ziehen und Ihnen sagen, daß ich einfach nicht wieder nach Vietnam zurück kann, und also suche ich nach 'nem Ort, wo ich mich verstecken kann, bloß bis 'ne Amnestie verkündet wird oder für den Fall, daß keine Amnestie erlassen wird, um Zeit zu schinden, schätze ich. Meine Ansprüche sind gering, und weil ich in den Tropen die Bedeutung eines kühlen Klimas schätzen gelernt habe, würde mir diese Gegend recht gut passen. Haben Sie irgend 'ne Ahnung, wie ich zu unserem Wagen hinkommen könnte?«

»Atts großer Bruder ist in Vietnam, Eugene. Dient bei den Australiern.«

»Tut mir leid, Mann, voll ins Fettnäpfchen getreten. Da hab ich mir ja was Schönes eingebrockt. Hab gar nicht gewußt, daß die Australier da auch mitmachen.«

»Das stimmt. Wir sind jetzt Amis. Das Erste Australische Sonderkommando steht unter dem Befehl der Zweiten US-Feldtruppe. Und Sie sagen also, dieses Tal sei hier irgendwo in der Nähe?«

»Ja. Wir vergessen den Namen immer wieder, nicht wahr, Paula? Es war ein australisch klingender Name.«

»Können Sie es beschreiben?«

»Es war auf der anderen Seite dieser Bergkette, nicht weit von dem Ort, wo das Rodeo stattfand, Mann. Wissen Sie, welches wir meinen? Von 'nem Erdrutsch abgeschnitten, sagt der Mann, der uns dort rausgebracht hat.«

»Erinungarah?«

»Das klingt ganz danach. So hat es doch geheißen, nicht wahr, Paula?«

Balthazar Beauregard, der vor einem Regenschauer davonläuft, taucht an der Gazetür auf und bestätigt, daß es so hieß.

»Das Tal gehört meiner Familie.«

»Verstehst du nun, was ich meine, Paula? Da geht was ab, und du hast nichts anderes im Sinn, als über Prüfungen zu reden, die doch bloß 'ne weitere Form staatlicher Unterdrückung sind. Bildung findet dort jedenfalls nicht statt.«

Hiermit schließt Diane als weiblicher Justinian die Schulen und durchtrennt die goldene Kette kolonialer platonischer Erbfolge.

»Ich verkünde es im voraus«, schreibt Spengler 1920. »Das gegenwärtige Jahrhundert wird nicht vergehen, ohne daß die westliche Seele erkennen wird, wie sich ihr Willen, Siege für die Wissenschaft zu erringen, überlebt. Die europäische Wissenschaft befindet sich auf dem Weg der Selbstzerstörung durch Überfeinerung des Intellekts.« Und vielleicht ist das auch gut so, denn sonst würden wir heute so leben, wie die Experten es uns in den Sechzigern vorhergesagt haben, nämlich in elektronischen Häuschen aus Plastik, die über papierlose Postämter miteinander in Verbindung stehen, wenn wir nicht gerade Ferien auf dem Mond machen.

»Oh, klasse, Mann, wo habt ihr bloß diesen Honig her?« ruft Balthazar, zutiefst beeindruckt und den Teelöffel in der Hand, von der Speisekammertür her. Er hatte Heißhunger.

Ich glaube, Diane hat recht. Ich denke, es spricht vieles dafür, mit vierzehn Jahren und zehn Monaten von der Schule abzugehen, um als Telegrammausträger zu arbeiten. Viele von uns sind zu Höherem aufgestiegen. 1950 fand im Australia Hotel ein hochformelles Treffen fünfzehn ehemaliger Telegrammbotenjungen statt, darunter Kardinal Sir Bluey Gilroy, der Ampol-Vorsitzende Sir Stuart Thorpe, Generalgouverneur Sir Billy McKell, der Vorstandsvorsitzende der Baumwollspinnerei Bradford, Sir Robert Webster, Radrennchampion und Kabinettsminister Sir Hubert Oppermann und der stellvertretende Minister für Post- und Telegrafenwesen von Neusüdwales, Sir John Jensen. In seiner Eröffnungsansprache sagte der Privatsekretär des Generalgouverneurs, Sir Murray Tyrrell: »Man hatte zweieinhalb Minuten, um in der Stadt einen Häuserblock weit zu gehen. Wenn man mehr als sechs Kilometer zurückzulegen hatte, bekam man eine Eisenbahnfahrkarte zweiter Klasse bis zum Bestimmungsort und mußte das Fahrgeld beim Telegrammempfänger einziehen. Das diente der Ausbildung eines starken Charakters.«

Und gesunder Füße. Hätten die australischen Postbediensteten an den Commonwealth-Spielen 1994 als Nation teilgenommen, dann hätten wir in der Goldmedaillenwertung den fünften Platz belegt.

Als er jung war, wollte auch Wozza reich und berühmt sein, wette ich. Als er dann mein Alter erreichte, hatte er sich, so wage ich zu behaupten, damit abgefunden, reich und unbekannt zu sein. Heute – was übrigens ist heute? Freitag? Ich weiß, wir haben 1995. Ich weiß, es ist Winter 1995. Na, jedenfalls ist er jetzt in den Neunzigern, arm wie eine Kirchenmaus, aber so bekannt, daß ein Bach und eine Stadt nach ihm benannt sind; er dürfte der bekannteste Mann im Distrikt sein. Was ist schon ein Schmetterling oder eine Waratah im Vergleich zu einem Bach und einer Stadt? Dennoch kann ich über Wozza nicht schlecht reden. Die Striche auf seinen Briefumschlägen zieht er mit dem Lineal. Hat in irgend so einem Nationalkomitee zur Versöhnung mitgearbeitet. Er ist der einzige überlebende Nachfahre der Aborigine-Bevölkerung*, und wenn er seine Ansprüche nach dem Mabo-Richterspruch** auf dieses Anwesen erhöbe, bräuchte er es mit keiner einzigen Seele zu teilen. Sofern er nicht heiratet, fällt es bei seinem Ableben an die Krone zurück. Seine Urgroßmutter war eine reinblütige Dame des Wun-Wun-Volks aus dem Südosten, obgleich man ihm das durchaus nicht ansieht, bei seinem roten Gesicht und den blauen Augen und dem lockigen weißen Haar, das früher so blond war. Andererseits, sollte er tatsächlich heiraten, wer kann schon sagen, ob das Balg nicht

* »Es ist ein sonderbares Phänomen, von dem es viele Beispiele gibt, daß Staaten und Völker ihren kulturellen und geistigen Einfluß erst dann wirkungsvoll aufbieten, nachdem sie selbst zusammengebrochen sind.« A. von Gall

** Schuldgefühle. Wir Engländer ziehen es in aller Regel vor, die Eingeborenen zu vernichten. Wie Toynbee hervorhebt, ist dies der Grund, weshalb nach dem Zusammenbruch des Römischen Reiches die lateinischen Dialekte auf dem Kontinent überlebten, während in Britannien die barbarische englische Sprache die Vorherrschaft übernahm und bis zum heutigen Tage in Oxford erlernt werden muß. Vandalen, Westgoten, Gepiden, Berber gaben sich damit zufrieden, lediglich die römischen Beamten auszuwechseln. Angeln und Jüten metzelten die römische Bevölkerung nieder. In Amerika taten wir das gleiche mit den Indianern, beziehungsweise wir überließen diese Arbeit den britischen und irischen Kelten als Alternative dazu, selbst von uns vernichtet zu werden.

schwarz wie ein Eimer Altöl wäre? Aber ich glaube, er ist ein eingefleischter Junggeselle.

Bei diesen vielen eingefleischten Junggesellen, wo sollte da genug Nachkommenschaft herkommen, um die Kühlschranktür zu füllen? Man sollte glauben, wir hätten statt dessen ein System häuslicher Sklaverei, wie es im alten Rom bestand, doch das haben wir nicht; es ist bloß so, daß wir die Oberflächlichkeit erkennen, einen Mann nach der Kleidung zu beurteilen, die er trägt.

Das dort muß es sein. Ruffit-Lodge, großer Gott, seht euch doch mal diesen Schornstein an. Ein Wunder, daß die blöde Leiter nicht Feuer fängt. Man sieht heutzutage wirklich nicht mehr viele Schornsteine aus Wellblech. Es sei denn, man hat ein dazu passendes Wellblechhaus, obgleich es sich im Stil doch etwas vom Meisterwerk des Architekten Glen Murcutt in Moruya unterscheidet. Ich erwarte nicht unbedingt, über Wozza irgend etwas zu erfahren, was ich nicht bereits weiß, doch andererseits erwarte ich eigentlich nie, etwas über irgend jemanden zu erfahren, was ich nicht bereits weiß. Ich muß mich vor dieser Einstellung hüten.

Wozza ist bestimmt der einzige Mensch, der nicht zum Tal gehört und dennoch viel darüber weiß, und daß ich nicht vorher mit ihm geredet habe, spricht Bände über meine Nachlässigkeit. Ich bin ein bißchen schlampig gewesen, ein bißchen saumselig. Eifersüchtig vielleicht.

Wir lassen ihn die Geschichte erzählen, so wie sie ihm über die Lippen kommt, mit seinen eigenen Worten. Überprüft doch noch mal das Tonbandgerät für uns, ja? Eins, zwei, ran an die Arbeit und die Klappe gehalten, ja, es funktioniert. Jedenfalls schlägt der Zeiger aus.

»Ah, Wozza! Wie geht's dir, alter Kumpel? Vermißt du das Rodeo sehr?«

»Warum fragst du das? Ich bin nie in die Nähe dieses verdammten Rodeos gegangen, D'Arcy. Hatte anscheinend nie Bedarf an anderen Leuten, außer wenn ich mal meine Bremsen entlüften mußte. Den einzigen Wettkampf, der mich vielleicht interessiert hätte, haben sie anscheinend nie durchgeführt. Ich hätte gern mal meine Chancen im Offenen Maultiertauziehen ausprobiert. Was, hast du etwa 'nen Brief für mich?«

»Nein. Ich bin inzwischen im Ruhestand, seit du das letzte Mal Post bekommen hast. Ich bin hier, um mit dir übers Tal zu sprechen, erinnerst du dich? Wir haben's doch übers Telefon so abgemacht.«

»Ich schätze, du bist wie 'ne Apotheke im Nachtdienst. Machst die Klappe nie zu.«

»Ach, was wären wir schon ohne Worte, Wozza? Uns Menschen sitzt der Kehlkopf tiefer im Hals als anderen Tieren. Muß wohl 'nem höheren Zweck dienen. Ich schalte bloß mal das Tonbandgerät an. Kann ich dir 'ne Tasse Tee oder Kaffee holen?«

»Sehr freundlich, D'Arcy. Wenn es Abend ist, 'ne Tasse heiße Schokolade, wenn es Morgen ist, 'ne Tasse heißen Tee. Ich bin heutzutage wie 'n altes Wombat, weiß nicht, ob's Nacht oder Tag ist. Was, erzähl mir bloß nicht, du bist Mitglied der Historischen Gesellschaft der Australischen Alpen geworden. Die streiten sich doch bloß immer nur darüber, nach wem die neuen Straßen benannt werden sollen.«

»Nein, nein, Wozza, nichts derartig Langweiliges. Es geht um 'ne Angelegenheit von größerer Tragweite. Laß uns mal deine berühmte Aussicht betrachten, bevor wir anfangen. Wo ist sie eigentlich?«

»Geh auf die Veranda, und richte deine Augen nach Südosten. Es hat vergessen, wie es regnet, D'Arcy.«

»Es mag nicht, wenn es so genannt wird, Wozza.«

Meine Güte, seht euch das an! Ich verstehe, welche Anziehungskraft dieser öde Höhenrücken auf den armen alten Burschen hat. Wenn er nicht erblindet wäre, weil er im Wind eine Kettensäge benutzt hatte, könnte er von hier aus jede Lagerstätte und jeden Claim, jede Ader und jedes Einsprengsel sehen, an denen er sein Leben lang mit Schürfen, Schachtgraben und Stollentreiben zugebracht hat. Doch man schätzt, das Gold reichte nicht einmal aus, um damit den Lauf eines Vorderladers zu füllen. Noch dazu ist er vom Lärm seiner Stampferbatterie fast taub. Seht ihr den Metalldetektor im Flur, der, den er weiß angestrichen hat wie einen Spazierstock?

»Das Tal von Erinungarah. Der einzige Ort, wo man die schwarzäugigen Susannen und auch die Schokoladenlilien in

Weiß sehen konnte. Ja, also, es gehörte den MacAnaspies, D'Arcy, aber sie haben nichts daraus gemacht, von ein bißchen Luzerneanbau abgesehen. Typisch. Es stand ein Haus dort, auf der Ebene, und sie wollten ein Wirtshaus errichten, um aus dem durchfahrenden Kutschhandel Nutzen zu ziehen, aber dann wurde diese andere Straße zur Küste hin eröffnet, und das hat den Plan zunichte gemacht. Die Straße durch die Schlucht war stets in Gefahr, bei schweren Regenfällen zugeschüttet zu werden. Als dann die alte Mrs. Cooper – erinnerst du dich an sie? –, als sie mit ihrem Mann und sechzehn Kindern in dem Haus wohnte, das muß wann gewesen sein? Ich glaube, in den Dreißigern. Na, jedenfalls wollte sie die Straße durch die Schlucht nicht raufgehen, also sind sie immer zur Küste runtergegangen, um sich zu versorgen. Als die Coopers auszogen, nachdem sie gestorben war – man erzählt, sie sei von 'ner Schlange gebissen worden, aber das erzählen sie einem ja immer, wenn sie die Todesursache nicht sicher feststellen können; schade nur, daß nicht er's gewesen war, ihn hätte keiner vermißt –, zog ein schottisches Pärchen ein, und die waren nicht mal miteinander verheiratet. Sie haben hier gewohnt, oh, viele Jahre lang. Könnten noch immer da sein. Sie hatte private Einkünfte. Setzten Weinstöcke auf der Ebene, und sie bauten auch etwas Luzerne an und, warte, bis du das hörst, sie aßen die Luzerne selbst!«

»Was denn, du willst doch nicht etwa sagen, daß du noch nie was von eßbarer Luzerne gehört hast, Wozza? Du lebst ja im Mittelalter. Bevor wir jetzt weitermachen, könnten wir mal darüber sprechen, was die Aborigines damit zu tun haben?«

»Was?«

»Deine eigenen Leute, Kumpel. Was es mit den Aborigines auf sich hat.«

»Früher bin ich zur Schlucht immer den Damm raufgegangen, und da gibt's noch 'ne Traumzeitstätte des Diamantpython in dem Tal.«

»Wo? Erzähl uns darüber.«

»Nein, kann ich nicht. Also, bevor der Staudamm gebaut wurde, bin ich zu meinem Lager immer durchs Tal von Erinungarah gegangen, und ich habe gelegentlich bei den Coopers reingeschaut, denn sie war außerordentlich gastfreundlich. Aber sie waren bereits fort, als der Damm dann höher und immer höher wurde, und den MacAnaspies liefen die Rinder bis auf die Veranda. Oh, es war 'ne verdammte Schande. Sie waren auch bloß Siedler, mußt du wissen.«

»Wann war das?«

»Das kannst du dir ausrechnen. Also, mein Lager war am Fuß des Plateaus von Erinungarah, dort, wo es schroff abfällt, an einem Ort namens Fossicker's Flat. Dort hatte ich auch die *Golighty*, meine Steinstampferbatterie, und meinen Einflammrohrkessel. Sie liegen jetzt unter Wasser, zig Meter darunter, wenn nicht gar Hunderte.«

»Großer Gott.«

»Die Leute denken, ich hätte nach Gold gesucht, D'Arcy, haben mich für 'nen Narren gehalten. Ha! Also, ich hatte daran gedacht, auf die andere Seite des Sees zu ziehen, den der Damm aufgestaut hatte, wodurch ich Zugang zur Küste gehabt hätte. Als es soweit war, bin ich bergauf gezogen, aber ich konnte die Schlucht nicht mehr benutzen, weil die Straße durch die Schlucht dem Ostufer des Flusses folgte und vor dem Zusammenfluß des Erinungarah-Bachs mit dem linken Arm meines Bachs auf das Westufer zurückführte. Daher mußte ich durch dieses Tal, wenn ich hinwollte, und dann habe ich mir den Saumpfad von meinem Lager aus geschlagen, der hier rauskommt, und wenn ich auf die andere Seite der Gewässer wollte, habe ich 'n Floß benutzt. Habe größtenteils dort auf der anderen Seite geschürft.«

»Ich verstehe. Wann also sind die jungen Leute ins Tal eingezogen, Wozza, und hattest du mit ihnen irgendwas zu tun?«

»In den Siebzigern. Vielleicht eher. Ich bin nie ins Tal von Erinungarah reingegangen. Ging mir dort zu laut zu.«

»Was meinst du damit?«

»Ach, du weißt doch. Motorräder. Die MacAnaspies kamen mit Lastern, um die Rinder rauszutransportieren. Ich hatte 'n Rudel halbwilder Dingos um mein Lager rumlungern. Mußte von Zeit zu Zeit einen ködern. Ich bin jemand, der keinen Lärm ertragen kann, D'Arcy, wenn ich ihn nicht grade selber mache.«

»Und wie bist du dann auf diese neuen Bewohner gestoßen?«

»Ein Trupp Männer tauchte eines Abends an meinem Lager auf, und sie sagten, sie suchten ’nen Weg aus Erinungarah raus. Alle hatten sie lange Haare und komische kleine Mützen wie Kobolde und Sandalen an nur einem Fuß, aber sie waren höflich. Sie waren ein Stamm, wenn du verstehst, was ich meine. Ja, ich würde sie ein Rudel nennen oder ’ne Horde. In dem Tal gab es auch ein paar künstlerisch begabte Leute, D’Arcy, und auch ein paar prominente Leute. Zeno Zoshka, Aufsichtsratsvorsitzender von Nordwestern Nickel, seine Töchter waren in dem Tal.«

»Das glaube ich gern. Also, diese Männer tauchten auf, und was passierte dann?«

»Habe sie mit Schrot gespickt, danach habe ich ihnen von dem Saumpfad erzählt, und wir haben uns darauf geeinigt, daß sie ihn benutzen dürfen, im Austausch für Zucchini. Anscheinend war die Schlucht eingestürzt, und sie hatten wohl immer ’nen bestimmten Weg benutzt, konnten ihn aber aus irgend ’nem Grund nicht mehr benutzen. Es gab nicht grade viele Wege aus Erinungarah raus.«

»Waren Frauen bei ihnen? Irgend jemand, der Frauenkleider trug?«

»Nicht, daß ich mich erinnern könnte.«

»Wie oft sind sie durchgekommen?«

»Manchmal hab ich sie jahrelang nicht gesehen. Aber ich war ja selten zu Hause, daher kann ich das nicht genau sagen. Einer von ihnen kam ’ne Zeitlang jedes Wochenende durch. War immer voll bepackt.«

»Das muß Timothy Papadimitriou gewesen sein. Orion. Sie hatten ihn auf die High School geschickt.«

»Das stimmt. Der junge Tim. Aufgeweckter Junge.«

»Blieb die Woche über in der Stadt. Er sollte der Erlöser werden, die Technik verbessern.«

»Das stimmt. So war er. Und dann fingen sie an und wollten Packpferde hier abstellen und Benzinfässer für die Motorräder, und sie haben sich sogar an meinem Dynamit vergriffen, ohne zu fragen, daher mußte ich sie von meinem Lager verweisen, zwei von ihnen nachdrücklich. Diese Flegel von den MacAnaspies gingen runter, und der Ton im Tal verschärfte sich. Die Jungen redeten alle wie Darryl, hast du mal gehört, wie er versucht zu sprechen? Haben Mädchen aus dem Tal geheiratet, nehme ich an – na ja, geheiratet haben sie wahrscheinlich nicht. Ist ja altmodisch. Haben sich mit ihnen zusammengetan.«

»Drei, genauer gesagt. Hattest du denn irgend 'ne Ahnung, was im Tal vorging, Wozza? Ich meine, haben sie dich nie nach dort unten eingeladen?«

»Oh, ich hätte vielleicht runtergehen können, D'Arcy, und ja, vielleicht hätten sie mich eingeladen. Aber sie waren wie ich. Eindringlinge waren ihnen nicht sonderlich willkommen.«

»Oh? Warum das denn?«

»Weil wir hier hart zu kämpfen hatten, während du es dir hast gutgehen lassen. Ein unruhiger Haufen waren sie. Nervös. Reden, reden, lachen, weinen. Konnten einfach keine Ruhe halten.«

»Und was für Zeug brachten sie ins Tal mit rein?«

»Oh, bloß das Notwendigste. Rasierklingen, um das Ventilspiel zu prüfen. Bierflaschen, um Wänden ein besonderes Gepräge zu geben, Rückspiegel für Sonnenherde. Fernsehröhren für Fenster, Stahlmatratzen für Erdsiebe. Maschendraht für Kaninchenfallen. Schwedenteer, um die Hufe der Maultiere einzustreichen. Gebrauchte Wellblechtafeln als Dacheindeckung, ganz schön schwierig auf dem Motorrad zu transportieren. Aber sie waren geschickt, ein paar von ihnen. Hab mal beobachtet, wie sie Blechtafeln runtergeworfen haben, und keine einzige der Tafeln hat sich am Ende mit 'ner anderen überlappt.«

»Das kannst du 'nem anderen erzählen. Bücher?«

»Vielleicht.«

»Schalttafeln? Wir wissen, daß sie ein paar ziemlich protzige elektronische Geräte hatten.«

»Ja, also, einer hat mal 'nen Gettoblaster mit reingebracht, und bei der nächsten Tour kam er wieder raus.«

»Irgendwelche großen 500-Amperestunden-Batterien? Du weißt doch, daß sie das Fernsprechamt überfallen und die Batterie geklaut haben?«

»Das habe ich gehört. Aber weißt du, D'Arcy, es ist so leicht, 'ne isolierte Gruppe von Einzelpersonen für jede Kleinigkeit verantwortlich zu machen, die abhanden kommt. Bevor sie da waren, bin wahrscheinlich ich es gewesen. Ich weiß allerdings, daß sie die Schwellen von der Bahnstrecke abgebaut haben und bloß den Schotter und die rostigen Schienen liegenließen, aber die wären sowieso bloß verrottet. So konnten sie wenigstens nochmal von Nutzen sein.«

»Und was kam aus dem Tal raus? Sie hatten ja kein Geld, wie wir wissen, und Schwedenteer kann man nicht auf der Müllkippe auftreiben.«

»Heutzutage findet sich nichts Brauchbares mehr auf der Müllkippe. Nicht mal 'n Vampir würde noch 'n gebrauchtes Tampon als Teebeutel dort finden, wird alles zur Wiederaufarbeitung gebracht. Das einzige Kostenlose heute sind Katzenjunge. Verstehst du, ich bin in 'ner richtigen Zwickmühle hier. Ich brauche mehr Flaschen für meinen Selbstgebrauten, und die einzigen Flaschen, die ich habe, sind voll mit Selbstgebrautem.«

»Ja, ist schon vertrackt. Eine weitere Stütze des Landlebens, die man uns genommen hat. Wozza, hast du insbesondere irgendwelche auffälligen, kräftigen, winterharten Pflanzen bemerkt, die nach Mittlerem Osten aussahen?«

»Nein, aber ich habe auch nicht gefragt, ob ich in die Packtaschen gucken darf. Ich bin ja kein Zöllner.«

»Kanntest du die Männer, die sich entmannt hatten, persönlich?«

»Mir fiel auf, daß ein paar von ihnen Handtaschen trugen, aber das hatte nicht sonderlich viel zu bedeuten damals. Sieh's doch realistisch, D'Arcy. Ich habe gehört, daß die Wun Wun friedliche, sanftmütige Leute waren, die in Harmonie mit ihrer Umgebung lebten. Es war unser Glück, mein Sohn, daß sie von dem Zeitpunkt an, als sie an Flammenwerfer und Schrotflinten rankamen, auch Zugang zu Alkohol hatten, denn sonst wäre keine Schwarzente und kein Stück Regenwald mehr übrig. Glaub nicht alles, was du hörst.«

»Auf wessen Seite stehst du eigentlich?«

»Auf der Seite, die ich mir aussuche.«

»Ist schon gut. Ich akzeptiere das, Wozza.«

»O ja, einmal habe ich 'ne Zeremonie gesehen, eine von diesen Zeremonien, wo Stiere getötet werden, aber ich will nicht darüber reden, jedenfalls nicht für die Nationalbibliothek.«

»Dieses Tonband ist nicht für die Nationalbibliothek.«

»Spielt keine Rolle. Ich muß wissen, daß es nicht weitergegeben wird, verstehst du? Gib mir dein Wort.«

»Ach, hör doch auf, Mann, sie sind alle tot oder gehirntot. Ich drücke mal auf den Pausenknopf.«

»Nein. Man hat mir erzählt, daß du nur noch einen Gedanken im Kopf hast. Wenn du 'ne Glucke wärst, würden wir dich mit dem Kopf nach unten an die Wäscheleine hängen.«

»Danke bestens, Wozza.«

»Gern geschehen.«

»Tasmanische Tiger?«

»Die gibt's da draußen, aber aus Tasmanien stammen die nicht.«

Der verdammte alte Querkopf gewann diese Runde. Kann Graslilie nicht von Braunlilie unterscheiden. Glaubt er wirklich, Zeuge wilder Riten gewesen zu sein? Es gibt Leute in dieser Stadt, die wiederholt Post von jemandem bekommen haben, der sich als ein Primat ausgibt.

Aber mit dem Stierblut hatte ich recht, und wie es scheint, sind die Eunuchen im Tal geblieben. Laut der *Ballade* trugen sie abgelegte Frauenkleider, müßt ihr wissen.

38

Frodsham und Barbara diskutieren über die Revolution.

»Was veranlaßt sie zu glauben, wenn sie aufs Land davonliefe, würde das irgendein Problem lösen?«

Balmain. Frühjahr 1968. Barbara Byng hat Derek Frodsham gerade mitgeteilt, was Nisi Papadimitriou ihr über Diane Zoshka erzählt hat.

»Hättest du was dagegen, wenn ich den Kühlschrank hier saubermache, bevor wir gehen, Derek? Ich bin dran, aber ich hatte soviel zu büffeln, daß ich gar nicht dazu gekommen bin.«

»Nein, nein. Mach nur. Ja, bestimmt, Barbara, die Herausforderung liegt in der Stadt, wo die Menschen wohnen. Hier können wir auswählen. Ich kann diese Manie, aufs Land raus zu wollen, nicht verstehen. Als jemand, der dort aufgewachsen ist und nicht schnell genug wegkommen konnte, sage ich, es ist immer die gleiche alte, stumpfsinnige Routine, und nie ist genug warmes Wasser da. Du verbringst dein ganzes Leben damit, jene Art von Arbeit zu verrichten, die nur dann jemandem auffällt, wenn du sie nicht tust. Das Dorf, in dem ich wohnte, hat sich vom dreizehnten Jahrhundert bis zum achtzehnten nicht verändert. Die Bauern hatten von Landwirtschaft keine Ahnung und wollten nichts weiter, als sich selbst zu ernähren. Die Straßen waren schlecht, und Bildungsmöglichkeiten gab es nicht. Oh, ich weiß, Rousseau meinte, die Wissenschaft untergrabe die Tugend, doch diese Rückkehr zu unseren ›Wurzeln‹, Barbara, dieses revisionistische Hirngespinst von Robespierre und Tolstoi ist in Verruf geraten. Ob es uns gefällt oder nicht, für uns führt kein Weg zurück, und das ist auch gut so. Unsere Chancen zu einer Rückkehr sind nicht besser als die der Aborigines. Nimm den Kühlschrank da. Kann ich dir übrigens dabei helfen? Ich stehe nicht gern bloß herum und doziere und kaue mir die Nägel ab, während du arbeitest.«

»Nein, nein, Derek. Für mich ist es erfrischend, einem Mann zuzuhören, der so belesen ist wie du. Ich lerne immer wieder was dazu.«

»Na schön. Wir haben uns doch in einer Stadt kennengelernt, nicht wahr? Wie gesagt, hat sie überhaupt eine Ahnung, wie das Leben sein wird, ohne Kühlschrank? In den Subtropen muß alles entweder eingepökelt oder sofort verzehrt werden. Und das bedeutet entweder vegetarische Ernährung, mit all der harten Arbeit, die damit verbunden ist, oder ein unhygienisches Schlachthaus in der Nähe mit Erntefesten, die nur unnötig Zeit verschwenden, und dem damit einhergehenden Aberglauben. Dort, wo ich herstamme, hielt sich ein Kübel Schweineschmalz von einem Jahr zum nächsten, ohne zu verderben, aber wir drängten uns auch unser ganzes Leben lang ums Kohlefeuer. In den Tropen hingegen, zumindest wenn einem, wie es eigentlich sein müßte, das Gewissen verbietet, sich Diener zu halten, neigen wir dazu, faul zu werden, Barbara, und schließlich enden wir als Alkoholiker. Aus diesem Grund ist es um so entmutigender festzustellen, daß Diane in einem Klima wie diesem alles hingeschmissen hat. Wir hatten eine frische Chance, hier in dieser wundervollen Hafenstadt Sydney eine Gesellschaft aufzubauen, die von Religion, Wetterunbilden und dem Gestank der Ungleichheit unbeeinflußt ist. Nein, ich bin enttäuscht. Dorthin, wo Diane hingeht, werden ihr andere folgen. Du wirst sehen.«

»Ach komm, Derek. So schlimm ist es schon nicht.«

»Es ist schlimm und gut, beides. Es ist schlimm, weil das Dahinschwinden rationalen Verhaltens nach Spengler das erste Symptom der Endphase des kulturellen Zerfalls ist, wobei das letzte Symptom der Endphase das Wiederaufkommen primitiver Glaubensweisen als ein proletarischer Synkretismus ist. Gleichzeitig ist es gut, denn erst mit dem Untergang des Kapitalismus kann der wahre Sozialismus die Macht übernehmen. Doch diejenigen, die nicht für uns sind, müssen wir als Gegner betrachten. Ich verstehe recht gut, daß das Mädchen als Mitglied der bürgerlichen Oberschicht dem Makel des Geldes aus dem Weg gehen möchte, doch erreicht man dies nicht, indem man auf das Niveau von Populismus zurückfällt, als welchen Marx die Idiotie des Landlebens beschrieben hat. Wie Trotzki erkannt hat, muß die Bauernschaft gerade wegen ihres Kleinbesitzes, wegen ihres schwachsinnigen Chauvinismus, wegen ihrer geographischen Zerstreuung, wegen ihres bourgeoisen Strebens dem Stadtproletariat die Führungsrolle bei der demokratischen Revolution überlassen. Lieber Hammer als Sichel sein. Hätte sie sich nicht Arbeit in einer Fabrik suchen können? Große Teile der Menschheit sind Bauern gewesen, Barbara, nicht gerade heute, aber doch von der Zeit der Agrarrevolution im vierten Jahrtausend vor Christus – in diesem Fall eine eher politische als technologische Revolution –, die die planmäßige Anlage von Wasserverteilungsnetzen in Ägypten und Sumer (diese Linsen hier sehen nicht mehr gut aus; ich würde sie wegwerfen) mit sich brachte, bis hin zur industriellen Revolution des späten achtzehnten Jahrhunderts in England. Verstehst du, es gab gar keine Bauern, bevor es Städte gab, Barbara. Wo Geld ist, da gibt es auch Städte, und Bauern, auch wenn sie knapp an Bargeld sind, verfügen über Zahlungsmittel. Primitive Typen, die kein

Geld haben, werden allein durch ihre Existenz noch nicht zu Bauern.«

»Du glaubst also nicht, daß Städte parasitisch sind?«

»Großer Gott, du klingst ja wie eine Rotgardistin. Nein, das glaube ich mit Sicherheit nicht. Ich stimme mit Huxley überein. Darf ich aus einer – es handelt sich um Thomas Huxley – Vorlesung von 1893 zitieren? ›Was der menschlichen Rasse bevorsteht, ist ein ständiges Ankämpfen gegen die natürliche Ordnung, um eine organisierte politische Ordnung auf dem neuesten Stand zu halten und zu verbessern, durch welche und in welcher der Mensch eine ihm würdige Kultur entwickeln kann, die imstande ist, sich solange selbst zu erhalten und ständig zu verbessern, bis die Evolution unseres Erdballs auf ihrem absteigenden Kurs einen Punkt erreicht hat, an dem der kosmische Prozeß wieder die Herrschaft übernimmt und die natürliche Ordnung von neuem die Oberhand über unseren Planeten gewinnt.‹«

»Oh, wie bedrückend das klingt.«

»Glaubst du? Du meinst den Teil über den kosmischen Prozeß? Nun, bis dahin sind es noch ein paar Jährchen, wenn wir ihn nicht aus Versehen beschleunigen. Es ist natürlich beunruhigend, daß Atomwaffen uns die Gewähr vor Auslöschung genommen haben, die wir als Spezies seit der neolithischen Revolution hatten.«

»Und was für eine Revolution war das, Derek? Du weißt so viel über Revolutionen.«

»Versuch mal, Barbara, dir eine Welt vorzustellen, die fast vollständig von Eis bedeckt ist. Primitive Jäger und Sammler, in schimmlige Felle gehüllt, in eiskalten Höhlen zusammengedrängt, stochern sich mit Feuersteinen in den Zähnen. Es ist nicht zu leugnen, daß die Steinzeitmayas über einen praktisch nutzbaren Kalender verfügten, doch im großen und ganzen entsprach das Niveau der Steinzeitkultur etwa dem der Aborigines. Hast du gewußt, daß angenommen wird, auf den gesamten Britischen Inseln lebten während der letzten Eiszeit weniger als 500 Menschen? Und die Hälfte davon auf der Insel St. Kilda, die eisfrei geblieben war. Doch mit der Zeit weicht das Eis zurück, die Savanne wird zur Wüste, die Tundra zum Fichtenwald, dann später zum Eichenwald. Die Menschen ziehen nach Süden. Das Holozän beginnt. Bestimmte Jäger und Sammler siedeln sich im Fruchtbaren Halbmond und um ihn herum in Dörfern an, aber sie jagen und sammeln noch die nächsten rund fünfzehnhundert Jahre weiter. Sie haben Hunde, ja, die hatten sie immer schon. Dann, etwa siebeneinhalbtausend Jahre vor Christus, bauen sie Getreide an, vielleicht im antiken Phrygien. Auf jeden Fall zeugt Niveau 7 von Çatal Hüyük auf der anatolischen Ebene bei Konya von einem für eine neolithische Stätte hohen Entwicklungsstand. Die Häuser dort sind aus Lehmziegeln erbaut, und die Wände sind mit Malereien geschmückt. Der entscheidende Schritt vorwärts! Übrigens brauchten sie wahrscheinlich nichts anderes zu tun, als ihre Essensreste nach draußen zu bringen. Emmer und Einkorn übernahmen das übrige. Nach weiteren tausend Jahren jagen sie noch immer Gazellen, beginnen aber jetzt, Schafe und Ziegen zu halten. Auch das ist womöglich von den Schafen und Ziegen ausgegangen. Doch zum ersten Mal, seit der Mensch existiert, haben wir eine geregelte Versorgung mit Nahrung. Wir können uns vermehren und verschwenderisch werden. Offensichtlich haben sie in Çatal Hüyük tatsächlich eine Muttergottheit angebetet. Eine von diesen kleinen hockenden Terrakottafiguren mit massigen Hüften.«

»Oh, das reicht jetzt aber, Derek, sonst kommen wir wieder zu spät. Und glaubst du, wir stehen am Rand einer neuerlichen Revolution?«

»Ich bin davon überzeugt. Irgendwas kommt, das steht fest. Che lebt. Jeden Abend vor dem Schlafengehen betrachte ich San Ernestos Foto. Er glaubt, die Dritte Welt wird die Rolle der Avantgarde vom Stadtproletariat übernehmen. Auf jeden Fall wird der neue Mensch arbeiten, jedoch nicht für Geld, Babs, weil es nämlich keins geben wird, sondern auf der Grundlage moralischer Anreize in einer geldlosen Gesellschaft, wo Soll und Haben von Rechenautomaten bilanziert werden. Mit Anarchisten kann man eben nicht zusammenarbeiten. ›Idealistische Philister‹ nannte Trotzki sie. Er war ja selbst Jude, allerdings sehr wahrscheinlich ein Kasar. Die Kasaren waren eine türkische Horde, die um 750 zum jüdischen Glauben konvertierte. Du siehst, Freiheit und Gleichheit finden sich nicht unbedingt im gleichen Komitee wieder. Und hier ist es, wo deine Rolle beginnt, Babs, denn die Brüderlichkeit ist es, die uns verbindet.«

»Oh, du kannst so reizend sein.«

»Jawohl, und so froh ich in vielerlei Hinsicht auch über jeden Anarchisten bin, der uns den Rücken kehrt, möchte ich, daß du zu Diane hinausfährst und sie in die Zivilisation zurückholst, denn wir brauchen sie. Sie verfügt über besondere Eigenschaften.«

Barbara Byng: Ich habe eine Dummheit begangen. Ich habe den schweren Fehler gemacht, meine Anschrift auf den Umschlag des Briefs zu schreiben, den ich ihr geschickt habe. Ich habe ihr geschrieben, ich habe Neuigkeiten für Sie, Frau Senatorin, ihre Tochter Morgenröte betreffend. Es liegt an meiner sich verschlechternden Gesundheit, daß ich keine Zeit für diplomatisches Vorgehen habe. Ich beginne zu verzweifeln. Als ich Kimbo davon erzählte, sagt er zu mir: Hast du noch nicht gehört, daß es als schick gilt, alleinerziehende Mutter zu sein, Sportsfreund? Ich mußte zugeben, ich hatte es noch nicht gehört. Seit ungefähr der Zeit, als man anfing, Zeitschriften in Streifbändern zu versenden, die die Briefträger nicht öffnen konnten, war ich von der Außenwelt abgeschnitten.

39

Ein Glücksfall für Horrie.

Weiter südlich sitzt 1968 der brave Mann neben dem vermodernden Komposthaufen auf seinem Hintern.

»Was um Himmels willen machst du denn da?« Es gab eine Zeit, da wäre die brave Frau vorübergegangen und hätte so getan, als habe sie nichts gesehen.

»Hallo, Liebling! Will nur mal sehen, ob die Erde warm genug ist, um die Tomatensetzlinge auszupflanzen, die ich auf dem Vordersitz dieser alten De-Soto-Klapperkiste zum Keimen gebracht habe. Es stimmt, was erzählt wird. Die einzige Möglichkeit, die

Temperatur des Bodens zu bestimmen, besteht darin, ihn mit einem Teil deines Körpers zu berühren, der durch äußere Einflüsse noch nicht unempfindlich geworden ist. Dreh dich um, und ich steh auf, wenn ich kann.«

»Du wirkst so fröhlich. Was fehlt dir denn?«

»Nichts fehlt mir. Kann man denn nicht auch mal mit seinen Verhältnissen zufrieden sein? Also, wenn du's schon wissen mußt, ich hatte heute ein paar gute Nachrichten. Daß ich diese rote Erde mal wieder gepflügt habe, hat Gott wohl gefallen, schätze ich. Jemand von der Naturschutzbehörde hat mich an den Straßenrand gewinkt.«

»Ich dachte, du hättest gesagt, für die würdest du nicht noch mal anhalten.«

»Na ja, nein, wollte ich auch nicht. Aber ich habe allen Grund, froh zu sein, daß ich's getan habe. So wie es aussieht, werden wir den Rest unseres Lebens in Frieden und Ruhe verbringen können.«

»Was meinst du damit?«

»Sie haben schließlich doch noch 'nen realistischen Preis für das Tal genannt. Sie sind gut bei Kasse und wollen es unter allen Umständen haben. Jetzt kann ich an Better Fritter Batter rantreten und ihm ein Angebot machen, das er nicht ablehnen wird.«

»Und was ist, wenn er nicht verkaufen will?«

»Er wird verkaufen. Ich hab da noch 'nen Trumpf in der Hinterhand. Ich biete ihm 'nen höheren Preis, als der Markt hergibt, und verspreche ihm, dafür zu sorgen, daß sich seine Erwartungen nicht erfüllen.«

»Wie willst du denn das bewerkstelligen?«

»Ich hab da meine Mittel. Nehmen wir mal an, ein Pinselschwanzbeutler würde gesichtet, genau dort, wo er plant, die Stelle zu planieren. Das ist seine einzige Stelle mit Aussicht. Von der einzigen anderen Stelle, die er hat, blickt er direkt auf uns.«

»Wäre uns nicht mehr damit gedient, wenn wir das Geld für eine bessere Ausbildung der Jungs verwenden? Ich will damit sagen, wir brauchen doch nicht noch mehr Grundbesitz. Du kannst dich schon nicht um das kümmern, was wir haben. Warum brauchen wir noch mehr Land?«

»Weil wir mit dem Weideland und einem Korridor aus Buschland zwischen uns und Bunoo Bunoo von einem Nachbarn gar nichts mehr merken würden. Es wäre dann wie früher, nur besser.«

»Geldverschwendung. Hast du mit Charlie gesprochen?«

»Nein.«

»Du brauchst doch sein Einverständnis, oder nicht? Ihm gehört das Tal.«

»Ich bin zuversichtlich, Charlie wird einsehen, daß wir die Sache für ihn in die Hand nehmen. Du weißt doch, wie sehr er den Gedanken haßt, in ein Altersheim zu ziehen.«

»Das würdest du doch nicht tun.«

»Oh, laß dich da nur nicht überraschen. Meiner Treu, ist das 'ne schicke Strickjacke. Hab ich die schon mal gesehen?«

»Du bist ja betrunken.«

40

Charlie besucht den Aussichtspunkt. Iris macht Attis Vorhaltungen.

»Und eure Kiste steht also in der Furt?«

»Na ja, jetzt stehen schon zwei da draußen. Einer im Tal, durch 'nen Erdrutsch blockiert, der andere ein Stückchen neben dem Damm.«

»Ich hoffe, daß er noch da ist. Bei Regen steigt der Bach schnell an. Ich schätze, wir müssen mal rausfahren, und ich frage mich, ob wir Charlie nicht mitnehmen sollten. Ihm gehört schließlich das Tal.«

»Ich glaube schon, daß wir uns bei Charlie lieb Kind machen sollten«, meint Diane und blickt die anderen bedeutungsvoll an.

»In Ordnung. Mein Bruder Darryl ist heute nach Cooma gefahren und hat seinen Holzlaster wahrscheinlich in der Stadt gelassen. Es kommt nicht oft vor, daß er sich 'nen Tag freinimmt. Vielleicht läßt er neue Reifen montieren. Habt ihr den Schlepper irgendwo gesehen? *Wasted Daze* steht dran. Ihr hättet Dad mal hören sollen.«

»Was, er montiert seine Reifen nicht selber?«

»Nicht, wenn's nicht sein muß. Das sind zehn Hundertzwanziger. Ich schlage vor, wir fahren zur Werkstatt, sehen nach, ob *Wasted Daze* dasteht und falls ja, ob er fertig ist. Wenn das der Fall ist, fahren wir raus ins Tal und nehmen auf dem Weg dorthin vielleicht noch Opa mit.«

»Was ist mit deinem Lernen, Mann? Tausendsechsundsechzig bei Hastings und so weiter?«

»Das hier ist wichtiger.«

»Dein Bruder hat nichts dagegen, wenn wir seinen Laster benutzen?«

»Ich glaube nicht. Ich hab ja 'nen Führerschein.«

»Hoi, du bist grade erst sechzehn und fährst 'nen Sattelschlepper?«

»Ich bin der Sohn eines Grundstoffproduzenten, Diane, und wir dürfen den Führerschein schon eher machen. Sie sind ja auch nicht schwer zu fahren.«

»Man sollte eigentlich gar keinen Führerschein für irgendwas brauchen.«

Zitternd zieht Iris Attis beiseite und außer Hörweite der anderen und sagt: »Junge«, sagt sie, »ich verstehe das nicht. Zuerst das Rodeo, jetzt das hier. Du kannst es dir nicht leisten, Zeit zu verschwenden, und wer ist dieses Flittchen überhaupt? Woher kennst du sie?«

»Ist schon okay, Mum«, meint der Junge mit einem Schmunzeln. »Es ist alles in Ordnung, vertrau mir einfach. Ich weiß schon, was ich tue.«

»Und was ist mit deinen Prüfungen?«

»Bei den Vorprüfungen war ich Schulbester. Außerdem sollte jemand ins Tal gehen und mal nach Phryx und Gwen sehen. Das kannst du doch verstehen.«

»Mir gefällt nicht, daß du mit diesem Gesindel Zeit vergeudest.«

»Die sind ganz in Ordnung, Mum.«

»Oh, der eine sollte erschossen werden, so lang wie seine Haare sind, und der mit dem Bürstenschnitt stinkt nach Alkohol, und es ist noch nicht mal elf. Was würde dein Vater dazu sagen?«

»Wo ist er denn eigentlich?«

»Ist zur Rinderauktion gefahren. Attis, ich möchte, daß du mir versprichst, nichts zu tun, was du bereuen könntest.«

»Ich bereue nichts von dem, was ich tue, Mum. Wo liegt der Sinn? Nein, das ist nicht völlig korrekt. Jetzt tut sie mir echt leid, meine Brieffreundin. Sollte ich ihr lieber schreiben und es ihr erzählen, was meinst du?«

»Ihr was erzählen?«

Vom Bett fortgelockt ignoriert Charlie MacAnaspie demonstrativ die Fremden an seiner Türschwelle. Er dreht ihnen den Rücken zu und will nicht reden und will nicht antworten, wenn sie fragen. Schließlich knurrt er seinen Enkel an: »Wozu hast du die hierhergebracht?«

»Sie stecken da in 'ner kleinen Klemme, Opa. Ihr Kleinbus hat sich festgefahren, an der Furt oberhalb des Wasserfalls.«

»Was machen die hier draußen überhaupt?«

»Ach, sie haben sich bloß umgesehen. Das ist 'ne öffentliche Straße. Ich fahre jetzt hin, um ihn rauszuschleppen. Willst du mitkommen?«

»Warum sollte ich denn mitkommen wollen? Ich hab hier schon zuviel am Hals.«

»Ach, hör doch bloß auf! Du fährst schön mit Attis mit. Du kommst mir nämlich grade recht. Du fährst mit und hilfst den Jungs, na los. Die Mädels bleiben bei mir.«

»Nein, wir wollen auch mit!«

Attis zwinkert Diane zu. »Es dauert nicht lange«, sagt er. »Bleibt hier und unterhaltet euch mit Mum.«

Der Bus ist den Wasserfall hinuntergespült worden. Sie sehen ihn so groß wie ein niedliches Spielzeug.

Charlie bleibt in der Kabine des Sattelschleppers sitzen und blickt stur geradeaus, so wie alte Männer es eben tun. Als Attis ihm die schlechte Nachricht überbringt, ist er ungerührt.

»Mist!« ruft Eugene Ecks. »Jetzt muß ich meinem Bruder telegrafieren, damit er Geld überweist, oder vielmehr wird Balthazar das für mich tun müssen, denn es ist wahrscheinlich, daß das Telefon angezapft ist.«

»Willst du mal nach deinen Mietern sehen, Opa, während wir hier draußen sind?«

»Nee. Ich gehe da jetzt nicht runter.«

»In Ordnung. Warum fahren wir dann nicht an 'ne Stelle, von der aus wir das Haus sehen können und gucken nach, ob im Haus der Schornstein raucht? Na, komm, Opa, zeigen wir den Jungs doch mal das Tal. Sag uns, wo wir anhalten müssen.«

Sie können Michael Ginnsys bunten Kleinbus sehen, der vor der Hintertür des Farmhauses geparkt ist.

»He, seht euch doch mal die Trauben an, Mann! Das sind ja Weinstöcke.«

»Was ist das denn?«

»Wo, Opa?«

»Ich sehe 'nen Mann, kein Känguruh, der mit 'nem Hund die Ebene absucht. Dort drüben, beim Jellybean Pool.«

»O ja. Jetzt sehe ich ihn. Dort drüben, Jungs. Wo sich der Bach verbreitert.«

»Was macht er bloß, frage ich mich.«

»Sucht nach den Regenfällen nach Pilzen, Mann. Wenigstens wissen wir, daß er noch hier unten ist. Mr. MacAnaspie, wissen Sie von einem Pfad, der an 'ner großen Höhle vorbei nach unten führt?«

»Ihr habt also rumgeschnüffelt.«

»Wir hatten nicht gewußt, daß es Ihr Privatbesitz ist, Sir. Aber wenn Sie unsere Hilfe brauchen, um runterzukommen, wir haben im Moment nichts Besonderes vor. Nicht wahr, Jungs?«

»Ich gehe runter, wenn ihr die Stadt verlassen habt. Jeder scheint ein Auge aufs Tal geworfen zu haben. Sieht von hier oben doch ganz hübsch aus, nicht? Wenn man unten ist und zurück nach oben blickt, sieht die Sache schon anders aus.«

»Wieso das?«

»Zu isoliert. Wir haben das Haus dort gebaut. Was glaubt ihr, warum wir dort weggegangen und nach hier oben gezogen sind, wo es kalt ist? Da unten gibt es nie Frost. Das ist 'n kleines Stück von der Küste. Hier oben sind wir in den Alpen. Sieh mal dort, Junge, siehst du den Baum? Das ist ’ne Livistonapalme. Hast du schon mal ’ne Livistonapalme hier oben gesehen? Feigen gibt’s dort unten auch. Zedern. O nein, viele Leute wollen dieses Tal, aber ich verkaufe nicht, unter keinen Umständen. Ist das dein Vater dort oben auf der anderen Seite, Attis, der die Roterde umpflügt?«

»Ich glaube nicht, daß du so weit gucken kannst, Opa. Nein, er ist zur Viehauktion gefahren. Trotzdem ein hübscher Versuch.«

»Als Knaben wurde uns beigebracht, unsere Augen zu gebrauchen. Wir wuchsen mit ’ner Kost aus Kaninchen und Kürbis aus, und die Kürbisse damals bestanden nur aus Schale und Kernen. Hart und voller Warzen, die Messer gingen uns dran kaputt. Wir benutzten sie als Handgranaten. Verdammter alter Narr, ihm fehlen mindestens zwei Leute, warum kauft er sich nicht ’ne ordentliche Farmausrüstung, wenn er schon Landwirtschaft betreiben will? Na, jedenfalls, das ist unser Tal. Ihr habt’s gesehen, und jetzt könnt ihr wieder nach Hause gehen. Was sind Sie, Amerikaner?«

»Ja, Sir.«

»Warum kämpfen Sie dann nicht im Krieg mit?«

»Weil wir uns lieben«, erklärt Diane. »Aber regen Sie sich nicht auf, Mrs. MacAnaspie. Liebe ist Freiheit.«

»Haben Sie das gewußt, Paula? Liebe ist Freiheit. Es stimmt.«

Attis MacAnaspie: Was wäre ohne Diane aus ihm bloß geworden? Ihre Begegnung war schicksalhaft. Wir alle kennen Richter, die sich für Gott halten – ihr braucht bloß Darryl MacAnaspie zu fragen –, doch hier haben wir einen Mann, der zu einem Gott wurde, statt Richter zu werden.

41

Olaf auf Urlaub vom Ausbildungslager Puckapunyal.

Als sie Olaf Abernathy, der seinen Mantel und sein Bündel fest umklammert, aus dem Flugzeug steigen sieht, ist Nisi von seinem wollenen Kampfanzug, der von einer schwarzen Kavalleriebaskenmütze gekrönt wird, überrascht. Er faßt sie fest am Ellbogen, und trippelnd schlängeln sie sich hinüber zum Taxistand, von wo es in die Rowe Street in der City geht, um einen Kaffee zu trinken. Es ist erst zehn Uhr morgens. Ein böiger Nordwestwind weht, und Temperaturen über 35 Grad sind vorhergesagt.

»Mir wäre jetzt lieber, ich hätte diese Wintersachen nicht angezogen, aber es war kalt, als wir aus Melbourne abflogen.«

»Olaf. Hast du gehört, was passiert ist?«

»Wegen der Buschfeuer?«

»Mein Pferd ist im Feuer verendet.«

»Mist. Wir gehen auf gar keinen Fall wieder dorthin zurück, Nisi. Es ist idiotisch, auf dem Bergkamm zu wohnen. Die Jungs sind okay?«

»Denen geht's gut.«

»Wo sind sie jetzt?«

»Mon kümmert sich um sie. Was sich zwischen ihr und Calvin abspielt, ist erschreckend. Calvin behandelt Monica wie Dreck, doch zu seinem Glück hat das ihr Vater auch schon getan. Die arme Cindy.«

»Wir wollen uns jetzt um sie keine Sorgen machen.«

»Wie kommst du zurecht, Olaf?«

»Ich weiß nicht. Geht schon.«

»Sei ehrlich zu mir, bitte.«

»Heul doch nicht, Nisi, um Gottes willen. Dir läuft sonst noch das Make-up die Backen runter.«

»Tut mir leid. Ich kann's einfach nicht zurückhalten. Ich brauche was zu trinken. Ich brauche etwas Liebe.«

»Ich auch. Wo können wir hingehen?«

»Es ist zu früh. Hast du dich entschlossen, für welchen Truppenteil du dich bewerben willst?«

Olaf zündet sich eine Gauloise an. Der Taxifahrer blickt in den Rückspiegel.

»Wirst du dich um ’nen Platz in ’ner Kapelle bewerben?«

»Ich habe eigentlich noch nicht entschieden, was ich tun werde. Ich wollte’s erst mal mit dir besprechen.«

Den Rauch ausstoßend schaut er aus dem Taxifenster auf die geschäftige Botany Road. Seit Tagen schon sabbert sein Schwanz, und er kann es kaum erwarten, mit dieser scharfen Puppe allein zu sein. Am liebsten in einer anrüchigen Spelunke, ein Luxushotel täte es allerdings auch.

»Hast du Hunger? Kriegt ihr auch genug zu essen?«

Er stürzt sich auf sie, drückt ihren Kopf zurück und zwingt ihr seine Zunge tief in den Mund. Der Taxifahrer konzentriert sich auf die Straße.

»Noch nicht. Noch nicht, bitte.«

»Aber wir können doch nicht bis heute abend warten!«

»Vielleicht, aber es ist grade mal elf. Ich möchte, daß es andauert, ich möchte, daß sich die Spannung aufbaut. Willst du Gras rauchen?«

»Oh. Hast du denn was?«

»Ich habe etwas für dich gekauft. Gehn wir in den botanischen Garten und rauchen dort.«

»Du willst auch rauchen? Oho! Laß uns gleich ’n Hotel suchen.«

»Nein, es ist noch zu früh. Jetzt ist noch nicht mal Abreisezeit. Hör zu, laß mir ein bißchen Spielraum, in Ordnung?«

»Klar. Gehen wir in den botanischen Garten. Hast du genug Knete gehabt?«

»Danke sehr.«

Sie weiß jetzt, daß sie die Männer los sein möchte, sie sind Schwachköpfe. Vier Beine gut, zwei Beine schlecht.

Sie sitzen oberhalb der Rosenbeete und ziehen abwechselnd und verstohlen an dem zerdrückten Joint, den Nisi aus ihrer Puderdose geholt hat.

»Ah, jetzt fühle ich mich schon besser. Mensch, wie ich mich darauf gefreut habe. He, wo hast du den Stoff bloß her? Der läßt einen ja glatt ausflippen.«

»Dann rauch nicht weiter, denn du hast ja seit Wochen nicht mehr geraucht, denk dran. Ich möchte keinen Panikanfall.«

»Wer sagt denn das?«

»Oh, ich hatte nicht gedacht, daß du dort rauchen würdest.«

»Ich vögle dir deinen dicken fetten Arsch breit, Baby. Du siehst prima aus.«

»Danke. Ich wollte dir 'ne Freude machen. Können wir miteinander reden, Olaf?«

»Klar. Schieß los.«

»Ich kann nicht länger bei Mon bleiben.«

»Keine Sorge. Ich bekomme 'n Darlehen zum Hauskauf. Wir können ein hübsches Häuschen kaufen mit viel Land fürs Pferd.«

»Bist du denn taub, Olaf? Das Pferd ist tot.«

»Wir kaufen uns 'n anderes.«

»O Herrgott, du bist ja so gefühllos!«

»Entschuldige. Das bringt die Armee so mit sich. Der eine kommt im Leichensack zurück, der andere muß ausrücken, um ihn zu ersetzen.«

»Hör mal, ich muß bei Leuten sein, denen ich vertrauen kann, in 'ner Zeit wie dieser. Verstehst du?«

»Klar.«

»Mußt du denn unbedingt in Vietnam dienen, Olaf?«

»Ich will nicht in diesem Scheißvietnam dienen.«

»Aber du wirst es. Warte mal ab. Du gehst dorthin, und wahrscheinlich wirst du auch noch verwundet. Und genau davon habe ich geträumt. Es war eine ganz schreckliche Verwundung.«

»Solche Sorgen sind nur zu verständlich.«

»Ich glaube, es ist obszön, daß du in diesem Krieg mitkämpfen willst, offen gesagt. Ich meine, was ist eigentlich mit dir los? Warum solltest du in diesem schmutzigen Krieg mitkämpfen wollen? Damit beweist du doch gar nichts. Warum solltest du jemand töten wollen, der dir gar nichts getan hat?«

»Ach, hör doch auf, Nisi, du vergißt glatt das Darlehen fürs Haus. Als kleiner Musikant kriege ich keins, und ich will nicht wieder zurück und als Bauhilfsarbeiter arbeiten.«

»Aber du bist doch 'n guter Musiker.«

»Blödsinn. Ich hab's nie dazu gebracht. Für mich ist im Zivilleben nichts zu holen, machen wir uns doch nichts vor.«

»Ach komm, du bist erst zwanzig. Du bist noch ein Junge. Du bist grade ein junger Mann. Du bist zu jung zum Sterben, und du weißt nicht mal, worum es eigentlich geht. Ich möchte nicht den Rest meines Lebens mit 'nem Spinner verbringen, der in Vietnam gekämpft hat. Keiner meiner Freunde würde jemals wieder mit mir reden.«

»Ha! Prima Freunde.«

»Du kannst meine Freunde vielleicht nicht leiden, Olaf, aber wenigstens einen von ihnen bewunderst du.«

»Wer soll das denn sein?«

»Michael Ginnsy.«

»O ja. Also, Michael Ginnsy ist 'n großer Gitarrist. Das weiß doch jeder.«

»Wie wär's, wenn ich dir sage, daß er soeben ausgestiegen ist und sich in ein verstecktes Tal weit unten an der Südküste verzogen hat?«

»Was?«

»Es stimmt. Du siehst, es findet ein Bewußtseinswandel statt, Olaf, und du wirst davon nichts mitkriegen. Die klugen Leute kehren dem Lebensstil des Massenkonsums in den Städten den Rücken, um sich auf dem Land selbst zu versorgen und in Einklang mit der Natur zu leben.«

»Du glaubst, Ginnsy würde mit mir zusammen spielen?«

»Wenn du der einzige andere Musiker in der Nähe wärst, hätte er keine andere Wahl, oder? Mach schon, komm zur Vernunft, Olaf. Warum hauen wir nicht einfach ab?«

»Weil ich dann vors Kriegsgericht komme.«

»Für die Leute, die zählen, würdest du ein Held sein. He, hör zu, Barbara geht auch bald dorthin. Warum fahren wir nicht mit ihr mit?«

»Scheiß drauf, Nisi, nein! Ich bin auf Urlaub. Ich will bloß vögeln und Stoff rauchen.«

»Keine Sorge, wir werden schon noch vögeln. Du hältst ja doch keine zwei Minuten durch. Du mußt deinen Verstand beurlaubt haben, Olaf, dir diese Gelegenheit entgehen zu lassen.«

42

Die Moody Valley Candle Company Co-op wird konzipiert. Barbara, Nisi und Olaf ergattern eine Mitfahrgelegenheit. Besuch im Koala Kottage. Phryx' und Gwens Verschwinden. Ginnsys Not.

Es herrscht Aufregung wegen der Aussicht, im Tal von Erinungarah eine neue Kommune zu etablieren. Ein paar Probleme sind noch zu klären: die fehlende Zufahrtsmöglichkeit, die Tatsache, daß die Naturschutzbehörde kaufen und Horrie verkaufen will, es aber Charlie gehört. Doch vor solche Probleme wird man gestellt, damit man sie durch kollektive Kräftebündelung löst. Ein Name für die neue Gemeinschaft ist bereits gefunden: *Moody Valley Candle Company Co-op*. Diskussionen bis spät in die Nacht in Wohnung drei in Graceland haben zu dem Beschluß geführt, als todsicheres Mittel, die Kommune auf feste finanzielle Füße zu stellen, auf genossenschaftliche Kerzenherstellung zu bauen. Sobald erst einmal eine sichere finanzielle Basis geschaffen ist, wird Geld nicht länger benötigt. Das Plateau wimmelt anscheinend nur so vor Bienen, und Attis ist es gelungen, sich mit einem Pärchen regenbogenfarbener Honigfresser ins Einvernehmen zu setzen, die ihn in der Art afrikanischer Honigjäger zu einem wilden Bienenstock führen, den er dann aufbricht, so daß die Vögel von den Larven und dem Wachs fressen können.

Balthazar Beauregard macht einen einleuchtenden Vorschlag: Warum jetzt nicht einen Schritt weitergehen und diese Bienen domestizieren, statt ihnen nachzujagen, da sich doch herausgestellt hat, daß sie ursprünglich von italienischen Hausbienen abstammen? Horrie MacAnaspie besitzt alte Bienenkästen zuhauf, die er nie wieder benutzen wird, und Balthazar weiß, daß weiter nördlich noch viel mehr sind, genügend, um ein riesiges Bienenhaus einzurichten. Die Honigfresser können für ihre Mühen mit Drohnenwaben belohnt werden, die doch nur lästig sind, und als Nebenprodukt dieser Stücke wird Honig anfallen, wenn auch nicht immer der einzigartige Glanzeukalyptushonig, der Balthazar so beeindruckt hatte, als er ihn zum ersten Mal kostete.

Die Menschen der Antike kannten, wie wir in Vergils Viertem

Georgikon lesen, bereits den Wert des Honigs: Sie verfügten über Zucker aus Indien, gebrauchten ihn aber nur als Medizin. Honig, den man verkaufen oder beliebig lange aufbewahren kann, Pollen, eine wunderbare Proteinquelle, Propolis mit seinen antiseptischen Eigenschaften, doch hauptsächlich Wachs, das zu Kerzen gegossen werden kann, und zwar unter Verwendung von Balthazars außerordentlich kreativen Formen, und für diese Kerzen muß doch wohl auf den Märkten von Sydney und Melbourne eine unersättliche Nachfrage bestehen. Vor Enthusiasmus ganz aufgeblasen verbringt Diane Zoshka bereits einen Großteil ihrer Freizeit damit, Mitglieder des Landfrauenvereins aufzusuchen, um herauszufinden, ob sie alte Bienenkästen haben. Solche, die zu verkaufen sind, muß sie widerstrebend ablehnen, die geschenkten bringt sie nach Graceland, wo Eugene Ecks, der sich in der ehemaligen Molkerei eingerichtet hat, viele Stunden darauf verwendet, sie aufzuarbeiten und wieder herzurichten, indem er verfaulte Stellen herausschneidet, Böden neu einsetzt und die fertigen Kästen mit einem Anstrich aus pinkfarbener Holzgrundierung, dann einem Grundanstrich und zwei Deckanstrichen mit lavendelfarbenem Mattglanz versieht. Diane findet, weiße Bienenkästen seien zu bürgerlich und Lavendelblau passe besser zu den Stimmungen des nebligen, launenhaften Tals. Drei Kästen sind fertig, ein weiterer in Arbeit. Noch ist niemand ins Tal hinabgestiegen.

Paula Zoshka ist nach Sydney zurückgekehrt, hat aber die Mietkaution für Wohnung drei hinterlegt und ihre Schwester Diane veranlaßt, das Telefon anschließen zu lassen. Es ist richtig, daß Diane, nachdem Paula die Gerichtskaution für sie gestellt hatte, der Vorladung wegen Entblößung in schamverletzender Weise, als sie zwei uniformierten Polizisten einen Teller mit einem Schweinekopf darauf vorgehalten hatte, nicht gefolgt ist. Aber mit einer solch unbedeutenden Missetat verschwendet man schließlich nicht seine Zeit, wenn man hört, in welch großem Maßstab sich laut Brian Chegwodden der Ministerpräsident des Bundesstaates bereichert. Brian hat Namen aus den Zeitungen aufgehoben. Niemand weiß, daß Diane die Tochter von Lady Zoshka aus Darling Point ist.

Schließlich ergattert Attis einen Job als Samenpflücker für die Forstwirtschaft, und zu seinem Wort stehend nimmt er Eugene Ecks ins Tal mit, als er nach Phryx und Gwen sehen will. Diane will ebenfalls mitkommen, aber es heißt, Barbara Byng käme aus Sydney herüber, daher kann es wohl frühestens morgen losgehen. Wie Fergus MacAnaspie der zweifelnden Iris MacAnaspie erklärt, könnten diese zufällig Hereingeschneiten für Attis im großen Sydney zu wichtigen Kontaktpunkten werden.

»Ich mache mir Sorgen, Junge, ich kann nichts dafür. Ich weiß, daß dieses Flittchen es auf ihn abgesehen hat. Ich wünschte mir nur, er bräuchte nicht fortzugehen. Um mich noch weiter aufzuregen, bearbeitet dein Vater jetzt Charlie wegen des Verkaufs dieses blöden Tals. Gestern abend hätte nicht viel gefehlt, und sie hätten sich in die Wolle gekriegt. Darryl mußte einschreiten. Ich glaube, Charlies Schulter hat sich kein bißchen gebessert, er könnte wohl nicht mal 'ne Bratpfanne vom Haken nehmen. Also, wann ziehst du wieder zu uns raus?«

»Ich weiß nicht. Wir müssen erst mal abwarten, was hier so passiert.«

Also, ein Soldat in Uniform auf Urlaub müßte doch eigentlich als Anhalter Erfolg haben, sollte man meinen. Als aber nach zehn Minuten noch immer kein Auto langsamer fährt, prescht Barbara Byng unruhig vor.

»Laß es mich mal versuchen, Olaf.«

»Sei doch nicht so ungeduldig, Barbara.«

»Olaf, ich möchte heute nacht noch zu etwas Schlaf kommen, wenn wir morgen einen langen Marsch machen. Bitte.«

In dem Augenblick, als er sich Barbara zuliebe zurückzieht, fährt ein blauschillernder Ford Fairmont an den Straßenrand. Die Fahrerin, die leopardengemusterte Strumpfhosen trägt, fährt nach einem kurzen Wortwechsel weiter.

»Das war Dinah«, erklärt Barbara Byng. »Ihr Sohn arbeitet in der Werft von Cockatoo. Sie fährt bloß bis Camden. Ihre Tante ist krank geworden. Ich habe auch einen anderen Bekannten vorbeifahren gesehen, aber er ist bestimmt zum Friedhof in Lawn gefahren. Ich frage mich, warum er nicht schon gestern dort war.

Ist bestimmt beim Pferderennen gewesen. Jetzt warte mal. Das Auto, das da kommt, kannst du das Nummernschild erkennen?«

»Willst du dich ans Steuer setzen, Olaf?« fragt Nisi, als der 64er Bellet mit quietschenden Reifen anhält.

»Komm mir bloß nicht auf diese ironische Tour. Ich setz mich ans Steuer. Steig nach hinten.«

»Wirst du nicht.«

Der folgende Tag ist einer von jenen, an dem sich die Einheimischen untereinander mit »Der Winter hat uns wieder, Kumpel« begrüßen. Nächtlicher Regen hat einen Zustrom antarktischer Kaltluft mit sich gebracht. Olaf ist froh über seinen Wolldrillich, und Nisi hat seinen Mantel angezogen, als Attis sie todmüde zum Tal fährt und von Zeit zu Zeit nach hinten blickt, um sicherzugehen, daß niemand von der Ladefläche des Pickups heruntergefallen ist, denn die Heckklappe ist reparaturbedürftig. Neben Attis im Fahrerhaus sitzen Barbara Byng, von Heuschnupfen geplagt, und Diane Zoshka, die eifrig an einem Paar lustiger Mohairbettschuhe strickt. Eugene Ecks macht mit Gänsehaut unter dem T-Shirt auf der Ladepritsche oberflächliche, wenn auch verräterische Konversation mit Olaf Abernathy. Rosa Knopfblumenstrauch (eine Kunzea), Heidemirbelien (eine Erbsenart), Heidemilchwurz (sogenannte »Streichhölzer«) und Barker-Boronien wachsen am Straßenrand, während im Süden der Himmel immer dunkler wird und schließlich so dunkel, daß die Scheinwerfer eingeschaltet werden müssen.

»Nee, ist schon gut«, lehnt Eugene ab, als Nisi ihm den Mantelschoß anbietet. »In Vietnam regnet's nächtelang so. Und die Hälfte seiner Zeit verbringt man draußen im Regen.«

»Seid ihr schon mal im Tal gewesen?« will Nisi wissen. Attis fährt an den Straßenrand, da der Regen in Graupel übergeht.

»Tut mir leid wegen des Wetters, Leute. Wollen wir weiterfahren?«

»Ja, bitte, Liebster. Es ist unser letzter freier Tag.«

»Okay. Also, was den Pfad angeht, ich glaube, ich weiß, welchen ihr meint, aber wißt ihr, was schneller gehen würde?«

»Nein.«

»Über den Felssturz zu klettern, der die Straße verschüttet hat.«

»Bei dem Eis? Na, du bist der Boß.«

»Er dürfte sich inzwischen verfestigt haben. Und das Eis wird schmelzen.«

»Schön.«

»Es ist bloß so, daß ein paar von euch nicht entsprechend angezogen sind.«

»Macht euch keine Sorgen um mich«, drängt Barbara Byng. »Ich brauche nicht mitzukommen. Ich muß bloß mit Diane reden, und das kann ich überall machen. Hatschi.«

»Was soll das heißen? Hat Paula dich damit beauftragt?«

»Nein. Es hat nichts mit ihr zu tun. Weißt du übrigens, daß sie womöglich schwanger ist? Anscheinend ist ihre Periode überfällig. Hatschi. Ich weiß das bloß, weil eine Freundin ... Diane? Diane, ist alles in Ordnung mit dir?«

»Oh, du meine Güte. Oh, arme Paula! Nicht schon wieder! Oh, bitte, lieber Gott, nein.«

»Tut mir ja so leid, Diane. Ich und mein vorlauter Mund.«

»Wir müssen so frei sein, die Wahrheit aussprechen zu können, Barbara. Ich muß damit fertigwerden, so gut ich eben kann. Laß mich bitte wieder ins Fahrerhaus einsteigen. Ich möchte mich hinlegen.«

»Das ist doch bloß Klatsch. Vielleicht bloß ein falscher Alarm.«

»Die beiden Soldaten könnte ich heute vielleicht nach unten bringen, sie sind fit. Nisi, hättest du schrecklich viel dagegen, wenn heute nur die Männer runtergehen? Ich will damit sagen, du hast wirklich prima Sachen an.«

»Danke sehr, Attis.«

»Ich möchte nicht, daß du sie dir ruinierst.«

»Natürlich nicht. Ich hatte ja nicht gewußt, daß wir nicht den Pfad nehmen würden.«

»Na ja, auch der Pfad ist eigentlich gar kein richtiger Weg. Und ich meine, mit hohen Absätzen und Netzstrümpfen ...«

»Das ist schon okay, echt. Du willst keine Frauen dabeihaben, das ist uns schon recht. Wir bleiben hier.«

»Nein, es ist nicht so, daß wir keine Frauen dabeihaben wollen.«

»Uns ist es egal, nicht wahr, Mädels? Wir fahren nach Wonderview zurück und verbringen den Tag dort. Um welche Zeit wollt ihr wieder abgeholt werden?«

»Oh, äh, wie spät ist es jetzt?«

»Oh, null achthundert, Mann. Und wer ist denn der andere Soldat, von dem du sprichst? Du meinst doch nicht etwa diesen Burschen da, der den Krieg erleben möchte, indem er in ’ner Rotunde ausgewählte Stücke von Cole Porter spielt?«

»Leck mich doch am Arsch.«

»Hol uns bei Einbruch der Dunkelheit dort ab, wo die Straße versperrt ist. Kannst du eigentlich fahren? Wir treffen uns dort mit euch. Das Auto hat übrigens nur ’ne Zulassung für Erinungarah. Baut also keinen Unfall.«

»Wir könnten damit vielleicht nach Graceland zurückfahren«, meint Diane. »Vielleicht entschließen wir uns, nicht den ganzen Tag auf Wonderview zu verbringen.«

Es ist schwierig, einen Weg zu finden, wenn auch geringfügig leichter dort, wo der herabstürzende Sandstein ein Wäldchen umgeknickt und Baumstämme übriggelassen hat, die vom Eis ganz glatt und wie Streichhölzer über die gesamte ehemalige Straße verstreut sind. Als sie die Felswand schon halb hinunter sind, entschließt sich Attis, über den Pfad zurückzukehren, was bedeutet, daß sie nach Wonderview zurücklaufen werden müssen. Wie viele Honigjäger ist Attis ein sicherer Felskletterer, aber er verfügt auch über den Instinkt eines Führers, der ihm sagt, was andere bewältigen können. Er kann spüren, daß es Eugene egal wäre, wenn er abstürzte, und daß Olaf es beschämend findet, seine Armeestiefel zu ruinieren. Schließlich gelingt es ihnen, eine Schotterstraße zu erreichen.

»Tut mir leid wegen der Kraxelei, Freunde. Von hier aus geht es sich jetzt ganz einfach, das verspreche ich euch.«

»Ginnsy war heute hier oben, Mann, seht euch das an. Frische Reifenspuren.«

»Ich schätze, er muß dafür sorgen, daß die Batterie aufgeladen bleibt. Wahrscheinlich fährt er jeden Tag das Tal einmal rauf und runter.«

»Wo kriegt er denn den Sprit her?«

»Gut zu wissen, daß er hier unten ist. Ich hoffe, er hat ein Feuer an. Du wirst schon ganz blau, Eugene.«

»Na ja, besser als rot werden. He, ich komme nicht wieder mit aus dem Tal raus, Jungs. Ich habe mich entschlossen hierzubleiben. Scheiß drauf.«

Der Abstieg vom Paß ruft bei dem jungen Rekruten eine atavistische Resonanz hervor. Wir haben bei Olafs erster Begegnung mit Nisi festgestellt, wie beliebt Talblicke sind. Ihr werdet euch erinnern, wie er dadurch, daß er eine Lichtung sichtete, auf die Überraschung vorbereitet wurde, einen Pfeil auf einem Pappschild zu sehen zu bekommen, was ihn wiederum überzeugte, sein Schicksal habe bestimmt, sich an eine Fremde zu hängen. Die Angelsachsen haben seit Urzeiten eine mystische Hochachtung vor Wäldern, selbst wenn diese Wälder heute vom sauren Regen halb tot sind und in ihrer Zahmheit schweizerisch wirken. Sicher, Karls des Großen achtzehn angelsächsische Feldzüge lassen eine Art von Versteckspiel erkennen. Canetti* geht so weit zu unterstellen, die Deutschen sähen im Wald der gemäßigten Breiten eine Armee und in Bäumen standhafte, unbezwingbare Krieger mit eiserner Disziplin, eingehüllt in Panzer aus Rinde. Kann es sein, daß Olafs jüngst erfolgte Militärausbildung ihn dafür anfällig macht zu bewundern, was er sieht? Denn er kann, sobald er diesen beschwerlichen Abstieg vollendet hat, in aller Redlichkeit erklären, im australischen Busch eine positive Erfahrung gemacht zu haben, eine Erfahrung, die zu machen er in Zeiten persönlicher Krisen mit erneuerter Intensität stets ersehnt hatte.

Es stimmt, der durchschnittliche trockene Hartlaubwald enthält nichts, was das Auge fesseln könnte. Bloß ockerfarbene Straße mit den vertrauten tristen Bäumen und den unscheinbaren stachligen Büschen. Aber das Kohleflöz liegt an der Schlucht beinahe zutage, und obwohl der Einsturz des Passes zur Zeit jede Spur dieses Einschnitts getilgt hat, dort, wo die Straße durchs Kohleflöz unter einem Hain von Halsbandfarn hinunterführt, der

---

* Elias Canetti, *Masse und Macht*, Victor Gollancz, London 1962

sich üppig wachsend an der Kohle festkrallt, nachdem er über die Sandsteintrümmer des Steinschlags auf der Geröllhalde geklettert ist – die aussieht, als sei eine Eismaschine über ihr ausgeschüttet worden, die Klumpen halb miteinander verschmolzener Hagelkörner bis zu dreißig Zentimeter tief hinterlassen hat –, wird es Olaf bewußt, daß er einen warmgemäßigten Regenwald voller Üppigkeit betritt, nicht den üblichen kläglichen Rest, der sich in den schmalen Grenzen einer feuchten Erosionsrinne tapfer behauptet, indem er sich längs eines Wasserlaufs erstreckt, so daß man praktisch in einem Atemzug durch ihn hindurch und auf der anderen Seite wieder hinauslaufen kann, sondern einen Regenwald, breit und geräumig, großflächig, beherrschend und ruhend, der erst einmal nichts von den Eukalypten zu befürchten hat, die unterwürfig und respektvoll Abstand halten. Was das untere Stockwerk betrifft, so hat er nicht viel zu bieten, nur dicker Blattmulch mit einem Hauch orangefarbenen Dornbuschs und wegen des Regens überall Rinnsale und ein unangenehm feuchtes und bedrohliches Dunkel, gemildert durch die verlockende Schwermut der Schwingen von Ringeltauben im Flug und dem Strahlen glänzender grüner Blätter, im Fall des Riesenbrennesselbaums bis zu dreißig Zentimeter breit. Ein monumentaler Bestand an Kutschenholz, weit südlich seines anerkannten Verbreitungsgebiets, führt von einem Wall hinunter zum nächsten. Hohe Schwarzakazien und Nelkenholzbäume (Lederholzbäume) und Zedern* bohren sich durchs Blätterdach. Milch- und Passionsblume und Anwaltsrebe schmücken die Blaubeereschen, während stachliger weißer Sternwurz an den Straßenrändern funkelt.

»Schlagt ihr denn kein Holz im Tal?« forscht Olaf.

»Wir haben das Korkholz rausgenommen«, antwortet Attis, »und wir haben die Ebene freigemacht, aber wir dachten, es sei ganz hübsch, etwas Altgehölz stehenzulassen, einfach damit die Leute sehen können, wie dieses Land früher mal war. Aber es stellt sich heraus, daß dieses Land ganz und gar nicht so war. Das ist der Grund, weshalb die Naturschutzbehörde an diesem Ort so

---

* Der Bleistiftbaum ist übrigens keine Zedernart; der falsche Rosenholzbaum hingegen sehr wohl.

interessiert ist. Warte nur, bis du die Eukalypten siehst, Junge, wenn du glaubst, das seien hohe Bäume. Da stehen sogar 'n paar altgewachsene rote Zedern unter den Wasserfällen, der einzige Bestand südlich von Milton. Die wären ein Vermögen wert, im Sägewerk. Mehr als drei Meter im Durchmesser.«

»Hoi.«

»Das Langfuß-Kaninchenkänguruh kommt hier unten vor. Der Tüpfelbeutelmarder, die Rußeule. Die Rauchmaus.«

»Geil.«

Das alte Anwesen ist schon von weitem zu sehen, umgeben von geschwächten Zaunpfosten, von denen verrosteter Stacheldraht in roten Schleifen träge herabhängt. Von den Höhen ist ein Einblick möglich, ein weiterer von dieser Biegung, ein verlockender Einblick von jener, noch einer von dort, wo ein früherer Steinschlag eine weitere Kluft in die Verteidigungsanlagen des Tals geschlagen und ein Loch hinterlassen hat, das groß genug ist, einen Ochsen darin zu begraben; all das beschleunigt den Schritt und erregt bei jedem Erstbesuch Neugier. Als ich das erste Mal dort war, habe auch ich es mir nicht nehmen lassen, zu Fuß hinunterzugehen. Doch wenn Rauch aus den Schornsteinen aufstiege, würde man ihn an einem nebligen Tag gar nicht bemerken, solange der vom Staudamm kommende Nebel weiterzieht, und die Umrisse der Baumkronen schwinden und schwellen wie Landzungen, die man vom Ruderhaus eines dümpelnden Heringsfängers aus sieht. Wie friedlich es doch ist, wie mild hier unten, und dazu der volle Klang der Vogelstimmenechos, denkt Olaf. Der schnelle Zwitscherruf eines Gelbschwanzdornschnabels ebbt erst dann in einem Vibrato von halben Halbtönen ab, als ein weißkehliger Baumläufer einen Ton ausstößt, der in der Luft schwebt wie ein Graubartfalke in einem Sturm.

»Ich kann den Kleinbus nirgendwo sehen.«

»Sie haben ihn vielleicht im Schuppen gelassen.«

»Die Rinder waren hier unten, Jungs, seht mal. Merkt ihr das nicht? Mehrere Wochen alte Kuhfladen.«

»Ich schwitze. Ich kann kaum glauben, daß es so warm ist. Oben konnte ich noch meinen eigenen Atem sehen.«

»Sehr interessant. Zieh doch deine Wolljacke aus, um Himmels willen. Ja. Das ist 'n bezauberndes Tal. Erinnert mich an das nördliche Oregon.«

»Was? Ihr habt dort Bäume wie diese da?«

»Kalifornische Blaueukalypten.«

»Ich rufe lieber mal laut nach ihnen. Es gehört sich nicht, angeschlichen zu kommen. Phryx! Gwen!«

»Aus den Schornsteinen kommt gar kein Rauch, Mann.«

»Ja, und das ist komisch, denn sie lassen das Feuer immer brennen. Gwen ist wie Opa. Sie fühlt die Kälte.«

»Gwen? Phryx?«

Wassertankgerüst, Schuppen und Holzhackklötze aus roh zugehauenem, verwittertem rotem Streifeneukalyptus. Uralt. Innerhalb des Hauszauns ein englischer Garten, dem dieses Wetter liegt. Statt Kunzea und Mirbelie haben wir Gurkenkraut, Stockrose und Silberblatt gepflanzt, na schön, ihr habt ja recht, niemand ist vollkommen. Sie leuchten in diesem sanften, feuchten Licht, diese britischen Violett- und Pinktöne. Hier gibt es keine Hagelkörner. Keine zerfledderten Blätter.

Auf der Veranda nichts als ein Paar Gummistiefel und eine Falle für Süßwasserkrebse aus einem Petroleumkanister mit einem durchgesteckten Stückchen Zaundraht, um den Köder zu befestigen. Wenn der Verandafußboden ein Springbrunnen ist, dann sind die verrosteten Regenrinnen Wasserhähne.

»Phryx? Gwen?«

Attis klopft behutsam an die Türen und Wände, während Olaf und Eugene die Aussicht bestaunen. Von hier aus betrachtet erweitert sich einer der schmalen Vorsprünge oben zu einem großen, dicken Kopf, der sich als ein Tafelberg über das Plateau aufzubäumen und auf die Vorgänge unten im Tal hinabzustarren scheint.

»Das verstehe ich nicht. An so 'nem Tag würden sie doch nicht weggehen, oder? Vielleicht machen sie weiter unten Jagd auf Rinder.«

Der Kleinbus ist zu sehen, der im Häckselschuppen abgestellt ist, doch niemand öffnet die Hintertür.

»Ich glaube, wir sollten hier mal gründlich nachsehen. Eugene, würdest du mal den Wagen überprüfen? Olaf, könntest du nach den Klos schauen? Es gibt zwei davon hinter dem Hühnerhaus. Hühner halten sie sowieso keine mehr. Ich sehe mich im Haus um. Wenn sie da drin sind, wird es für sie kein so großer Schock sein, mich zu sehen, weil sie mich ja kennen.«

Olaf und Eugene befolgen die Anordnungen zwar, aber sie können ihre Gedanken nicht auf das konzentrieren, was sie da tun. Als sie schließlich das Haus betreten, sind sie auf den Anblick, der sich ihnen bietet, nicht vorbereitet. Das Äußere, wenn auch schäbig, könnte das Haus einer beliebigen Witwe sein. Drinnen ist es ein Museumsstück.

Ein erläuterndes Wort: Die Zwanzig-Liter-Petroleumkanister kamen in den Pionierzeiten paarweise in einer Holzkiste, ähnlich einer Teekiste, in diese abgelegenen Gegenden. Alle Möbel in diesem Haus sind Kommoden, die aus diesen alten Holzkisten gemacht wurden und in denen Petroleumkanister, bei denen eine Seite entfernt und die scharfe Kante umgebogen wurde, als Schubladen dienen. Da stehen in einer Ecke der Küche acht übereinander, und jede Schublade hat eine rostige Verschlußkappe aus Metall in der unteren rechten Ecke. Der Küchentisch besteht aus Schwarzakazienbohlen mit Beinen aus Jungstämmen, und die Stühle sind Baumstümpfe.

»Machen wir uns doch ’ne Tasse Tee. Danach gehen wir euren Freund suchen.«

Während Attis auf der Suche nach Tassen anfängt, die Petroleumkanisterschubladen aufzuziehen, sieht Eugene sich nach einem Herd um. Oben im Schornstein hängt ein Satz schwarzer Ketten und Haken, doch die Asche im Herd ist naß.

»Der Buschherd ist draußen vor der Hintertür. Ich glaube, den nehmen sie immer zum Wasserkochen. Er besteht bloß aus ’nem alten Ölfaß, daher habt ihr ihn vielleicht gar nicht bemerkt. Das gleiche Prinzip wie der blecherne Holzofen im Schlafzimmer. Hast du das Schlafzimmer gesehen, Olaf? Eigentlich sollten wir ja nicht rumschnüffeln, aber geh nur und sieh’s dir an, Kumpel, bevor sie wiederkommen. Es ist ein Schlafzimmer so richtig im alten Stil. Sie sind zwar nicht verheiratet, aber sie schlafen trotzdem im gleichen Bett.«

Eins steht fest, die A-B-Baracke im Ausbildungslager ist im Vergleich hierzu ein Palast. Der Ölfaßofen nimmt die eine Wand ein, die Petroleumkanisterkommode eine weitere. Eine Anzahl von Pinselschwanzbeutlerfellen, mit einer Sattlerahle aneinandergenäht, stellt einen Belag für den Fußboden dar, doch die Tagesdecke besteht lediglich aus Sackleinen; Getreidesäcke als Matratzen die mit alten Kleidungsstücken ausgestopft sind, auf einem Bettgestell mit einer Bespannung aus Rohlederstreifen unter einer Deckenauflage. Kein Kopfkissen und keine Laken. Das Bett selbst riecht widerlich, doch steigt von einem Potpourri aus Lavendel- und Rosenblütenblättern unter dem Bett ein angenehmer Duft auf, und auf der Petroleumkanisterkommode befinden sich eine Trompetenmuschel und eine Petroleumlampe, doch ohne Petroleum in der Lampe. Die Lampe besteht aus einer staubigen Flasche mit weitem Hals und einem Stoffdocht und einem Korken und über diesem Korken dem Deckel einer Sirupdose mit einem Schlitz, jedoch kein Ruß, lediglich Staub. Offenbar nicht mehr in Gebrauch.

Es gibt kein künstliches Licht hier. Kein Anzeichen einer Kerze. In einer kalten Nacht – und Olaf konnte sich hier in einer kalten Nacht neben Nisi liegen sehen – würde nur das Leuchten der Glut im Holzofen da sein, die durch die Messerschlitze in den Blechseiten blinzelt, doch was ist das schon? Die Sackleinenvorhänge sorgen zwar für viktorianische Düsterkeit, dennoch kann Olaf in der hinteren Ecke etwas sehen, das wie ein Bogen zum Pfeileabschießen aussieht. Als er es genauer untersucht, stellt er fest, daß es irgendein Musikinstrument ist, das aus einer einzigen Darmseite und einem Petroleumkanister als Resonanzkörper besteht, dessen Vorderseite entfernt wurde. Ihr werdet das nämliche Ding sicher schon mal gesehen haben, und zwar, wie es in den Straßen der Türkei hinter einem umgestülpten Fez gespielt wird.

Als Olaf in die Küche zurückkehrt, hat Attis inzwischen drei Tassen gefunden, allerdings nicht in den Schubladen. Unter einem Küchenhandtuch verborgen befanden sie sich in einem weiteren Petroleumkanister, der in diesem Fall halbiert und halb zusammengefaltet worden war, um daraus eine Art Abwaschschüssel zu formen. Eines der daraus entstandenen dreieckigen Behältnisse, dasjenige mit dem Verschluß, enthält das Wasser, während das andere als Abtropfgestell für eine Anzahl metallischer Küchengeräte dient. Um das Dreigestirn gewissermaßen vollzumachen, ist ein weiteres Exemplar dieses vielseitig nutzbaren Buschutensils an den Schmalseiten aufgeschnitten worden, um die Küche mit einem praktischen Aufnehmer auszustatten. Ein Stück Besenstiel ist an die Rückseite genagelt, und zusammen mit einem Allzweckbesen aus Reisig steht er an der Tür, gleich neben dem Kühlbehälter, der in diesem Fall keine Eistruhe und kein petroleumbetriebener Kühlschrank ist, nicht einmal ein Buschkühlschrank aus feuchtgehaltenem Sackleinen über einem Gestell, sondern, ihr werdet es kaum glauben, aus einem Petroleumkanister besteht, dem wie bei einer Schublade die Seite entfernt wurde, und in dem eine kleinere Blechdose liegt, eiförmig, vielleicht irgendwann einmal eine Schinkendose, in die Nahrungsmittel hineingelegt werden können, wobei der Raum zwischen der Dose innen und dem Kanister außen dazu bestimmt ist, mit feuchter Erde gefüllt zu werden. Doch die Erde ist trocken, und im Kühlbehälter befinden sich keine Nahrungsmittel.

»Also, wenn wir jetzt Tee hätten, dann wären wir im Geschäft. Der Kessel steht auf dem Kocher, und wir haben Tassen. Ich glaube nicht, daß sie in der vergangenen Nacht hier im Bett geschlafen haben.«

Wozza: Durch meine Agenten habe ich ermittelt, daß Wozza jahrelang große Pakete per Einschreiben nach Übersee geschickt und den Inhalt (der ebenso wie das Zinn aus Cornwall nach Massilia auf dem Rücken von Maultieren transportiert wurde) auf dem Zollbegleitschein als »Knochen und Steine« deklariert hat und dafür von den wenigen Händlern, die sich auf den Ankauf und Verkauf von Fossilien an Privatsammler spezialisieren, auch Schecks bezog. Wodurch bestätigt wird, was ich vermutete, daß nämlich Wozza nicht nach Gold suchte, sondern nach Knochen und eventuell Federn, den Abdrücken längst verstorbener wirbelloser Tier- und Pflanzenarten in den Schiefern und Schlammsteinen und Kohleflözen der Wildnis des Südostens. Wodurch sich auch erklären würde, warum sein dampfgetriebener Stampfer mit der Präzision stampfen konnte, mit der ein Mikrotom Scheibchen schneiden kann.

Sie finden Michael Ginnsy später an jenem Tag, wie er ohne Hund unter einem Farnbaum kauert und bei ihrer Annäherung zittert, bis er Eugene Ecks erkennt, worauf er mit einem Gesicht herauskriecht, das so weiß und angsterfüllt ist, daß Olaf darüber lachen muß, als er es sieht.

»Hi, Mann. Gut, euch zu sehen, Jungs. Schreckliche Dinge gehen hier unten vor, Eugene, schreckliche Dinge! Ich bin in diesen Kampf auf Leben und Tod mit dem Bösen hineingezogen worden, Mann. Deshalb hab ich mich versteckt, als ich Stimmen hörte. Ich dachte, es könnte nur dieser Blödmann mit dem Gewehr sein, der zurückkommt.«

»Was für 'n Blödmann? Was für 'n Gewehr?«

»Nee, ich kann nicht drüber reden, Mann. Bisher kann ich in das Ganze überhaupt noch keinen Sinn reinbringen. Laßt mir Zeit.«

Akt 5

43

Diane besucht Paula und erfährt, daß ihre Schwester schwanger ist. Barbara berichtet von seltsamen Vorgängen im Tal.

An dem Tag, als Attis mit der Arbeit beginnt, kehrt Diane Zoshka mit Barbara Byng nach Sydney zurück. Sie starren durch die schmutzigen Fenster des Abteils und nehmen die Landschaft durch dunkle Gläser in sich auf. Während sich das Tiefdrucksystem auflöst, huschen Herden schafsähnlicher Kumuluswolken über das Hohe Monaro mit seinen baumlosen, erodierten Wasserläufen. Statt ›Patterson's Fluch‹ (Blauer Borretsch), einem Import aus dem Hartlaubwald des gezeitenlosen Mittelmeers, gedeiht in den blauen Hügeln der Schnee-Eukalyptus, während die frischgeschorenen Merinohammel in den weißen Kakadus ihre Entsprechung finden. Im Sommer herrscht hier oft eine herbstliche Note, doch ist der Übergang der Ökosysteme von der Hochebene auf die ausgedehnten Waldlandschaften im östlichen Gippsland – ein Band leuchtender Königseukalypten mit grünen Kronen, von deren Stämmen die Rinde in Streifen herabhängt – so abrupt, daß es Diane schon bald gelingt, sich ihren waldvernarrten Liebsten aus dem Kopf zu schlagen. Und das, obwohl er ihre erste Liebe ist und sie am glücklichsten ist, von Attis zu reden, wenn sie gar nicht an ihn denkt.

In Sydney blinzeln die Weihnachtsbäume bereits durch die Wohnungsfenster.

»Ich kann dich wirklich nicht überreden mitzukommen? Oh, Derek wird so enttäuscht sein. Er hält große Stücke auf dich.«

»Nein, danke, Barbara. Ich möchte 'ne Weile mal so tun, als sei ich frei, einfach, um zu sehen, was ich mit dieser Freiheit anfange.«

»Wir haben doch Glück, nicht wahr? Stell dir mal vor, das hier wäre die Tschechoslowakei.«

»Bist du denn schon mal in der Tschechoslowakei gewesen, Barbara?«

»Nein.«

»Kannst du dann sicher sein, daß es sie tatsächlich gibt? Ich will damit sagen, glaubst du nicht auch, wir sollten uns auf etwas konzentrieren, dessen wir wirklich sicher sein können?«

»Können wir überhaupt einer Sache sicher sein?«

»Nun, vielleicht sollten wir gar nichts tun.«

»Ich wette ein Pfund darauf, daß es genau das ist, was Olaf und Eugene und Michael jetzt gerade machen.«

Am nächsten Tag lädt Paula Zoshka ihre Schwester Diane zum Mittagessen ins Rib Room ein, dessen Ausstattung im Kolonialstil gehalten ist und wo die Serviererinnen Minirockversionen von Kostümen des neunzehnten Jahrhunderts tragen.

»Ich nehme das Hühnchen im Korb.«

»Wird das mit großen Schmelzkäsestücken und Ananasscheiben serviert?«

»Ich glaube schon. Tut mir leid, Diane, hätten wir vielleicht zu Beppi gehen sollen? Ich hatte nicht gewußt, daß du bezahlen willst.«

»Sei doch nicht so. Ich geb's dir ja zurück. Att will versuchen, ob er auch für mich 'nen Job finden kann. Ich wollte doch nur 'ne Feststellung machen.«

»Die ich aber nicht mitgekriegt habe.«

»Also, vielleicht fängt ja alles bei der Nahrung an, die wir zu uns nehmen. Hast du daran schon mal gedacht?«

»Ich bin mir nicht sicher, ob ich dich verstehe. Ist das Atts Einfluß oder was?«

»O mein Gott, du redest wie deine Mutter. Kann ich denn nicht auch mal 'nen eigenständigen Gedanken haben? Sie allerdings gibt den Büchern, die ich lese, die Schuld.«

»Sowas wie 'nen eigenständigen Gedanken gibt es nicht. Ich glaube, wir sind soweit, daß wir bestellen können. Diane? Was möchtest du?«

»Oh, ich möchte bloß grünen Salat, bitte, und ein Glas Wasser.«

»Okay. Ich nehme Hühnchen im Korb – und Jakobsmuscheln dazu – und eine Flasche Burgunderschaumwein. Wenn sie schon nichts ißt, will ich es wenigstens tun. Danke sehr. Also was versuchst du denn bloß zu beweisen?«

»Nichts. Warum?«

»Du rasierst dir die Beine nicht, du zupfst dir nicht die Augenbrauen. Wenn deine Haare noch kürzer wären, dann wärst du kahl. Wenn du noch mehr abnimmst, Diane, dann mußt du dich völlig neu einkleiden, weil dir die Kleider vom Leib rutschen. Und wo kriegst du eigentlich diese Klamotten her? Von der Heilsarmee? Ich habe gestern abend mit Mum gesprochen. Peter müssen die Mandeln rausgenommen werden, noch vor Weihnachten.«

»Du liebe Güte. Der arme Junge. Erinnerst du dich, wie Mum Zucker über den Salat gestreut hat? Warum hat sie den Salat bloß gezuckert?«

»Ich weiß nicht. Ich kann es mir auch nicht denken. Vielleicht hat ihre Mutter den Salat immer so angerichtet.«

»Mir wäre wohler, wenn ich wüßte, wo dieser Salat herstammt. Ich hoffe nur, er ist nicht voller Insektizide.«

»Diane, warum bist du hier? Hast du Probleme mit Attis?«

»Bitte. Du verstehst mich nicht. Sprich nicht über Attis. Okay?«

»Wie bitte?«

»Sieh mal, ich will mich nicht mit dir streiten. Ich habe mir nicht den weiten Weg hierher gemacht, um mit dir zu streiten. Laß ihn aus dem Spiel! Attis ist was ganz Besonderes.«

»Denkst du etwa, du bist die einzige Frau, die es je mit 'nem Mann getrieben hat?«

»Kann ich dich mal was fragen, Paula? Bist du schwanger?«

»Warum fragst du das?«

»Bitte antworte einfach. Bist du's?«

»Warum fragst du das denn nur?«

»Du bist also schwanger.«

»Es kann doch nicht ...«

»O Paula.«

»Halt den Mund! Für dich ist das ja so einfach. Du menstruierst wahrscheinlich nicht mal, so dürr wie du bist.«

»Was wirst du tun?«

»Ich weiß nicht. Ich kann einfach nicht glauben, daß Gott mir das ein zweites Mal antun würde. Warum bin ich es nur immer, die bezahlen muß?«

»Laß ihn doch dafür bezahlen. Ich nehme an, es war Brian.«

»Natürlich war es Brian. Wer denn sonst?«

»Dir muß doch klar gewesen sein, was du da tust …«

»Halt den Mund! Es war erst mein dritter Tag. Normalerweise wäre es völlig sicher gewesen. Ich kann einfach nicht glauben, daß mein Körper mir das nochmal antut. Ich hasse meinen Körper jetzt mehr als je zuvor.«

»Du bist sehr schön. Du bist eben sehr fruchtbar, und das ist das Problem. Die Männer riechen das.«

»Du würdest mich doch nicht für schön halten. Ich habe keine Haare in den Achselhöhlen. Ich muß das irgendwie in den Griff kriegen, Diane. O Diane, ich habe solche Angst.«

»Ich bleibe bei dir, Paula. Gehst du wieder zum gleichen Quacksalber?«

»Ich halte so 'ne Sache einfach nicht nochmal durch. Deshalb hab ich ja solche Angst. Ich weine noch immer um mein letztes Baby.«

»Was willst du denn sonst tun?«

»Nichts. Ich lasse der Natur ihren Lauf.«

»Was? Du willst das Baby austragen?«

»Ja, das will ich.«

»Warum denn nur?«

»Weil ich es möchte. Es wäre doch hübsch, 'n kleines Baby zu haben, nicht wahr?«

»Aber wie willst du damit zurechtkommen?«

»Ich schaff das schon. Wir schaffen das.«

»Wahrscheinlich bist du doch nicht schwanger.«

»Ich hatte das schon mal, erinnerst du dich? Meine Brüste sind angeschwollen. Morgens ist mir übel.«

»Hast du's Brian schon gesagt?«

»Noch nicht.«

»Wirst du's ihm sagen?«

»Irgendwann.«

»Hast du ihn wiedergesehen? Ich meine, sprichst du oft mit ihm?«

»Ich hasse ihn. Ich verabscheue ihn. Er ist genauso, wie du sagst, und noch schlimmer. Warum sollte ich mit ihm reden wollen? Er würde mich mit diesem Hörspiel, das er machen will, bloß zu Tode langweilen. Verstehst du, es geht …«

»Oh, er ist gar nicht so schlecht. Er wollte eben bloß mal vögeln.«

»Das ist das einzige, was sie alle immer wollen. Er ist auch nicht anders als Bob oder Frank oder Les oder Gerry oder Benny oder Royce, o gut, hier kommt das Essen. Das ging aber schnell.«

»Iß doch bloß nicht dieses ganze Zeug, Paula. Ist dir die Gesundheit deines Kindes denn egal? Und Alkohol solltest du auch nicht trinken.«

»Es spielt jetzt sowieso keine Rolle mehr, was ich mache. Es ist zu spät.«

»Da, sieh mal! Der Zucker schmilzt auf dem Salat. Sieht doch lecker aus, nicht?«

»Er wird mich heiraten, Diane. Dieses Kind wird einen Vater haben.«

»Du bist ja so durcheinander, Paula. Du weißt nicht, was du redest. Iß dein Essen aus der Hühnerbatterie und sei still.«

»Ich muß doch zwei satt machen. Es war lieb von dir, daß du gekommen bist. Du bist die einzige, mit der ich reden kann. Sieht dir ähnlich, daß du's erraten hast.«

»Na ja, eigentlich nicht. Barbara hat's mir erzählt.«

»Barbara Byng!«

»Sie weiß alles.«

»Sie ist eine so lästige Person. Ich würde ihr absolut nichts anvertrauen. Wie lange dauert es noch, bis die ganze Welt es weiß?«

»Die ganze Welt weiß es bereits.«

»Danke sehr, Barbara. Wie konnte sie das nur erraten?«

»Ist doch egal. Letzten Endes werden alle es wissen.«

»Vielleicht entscheide ich mich doch noch für 'ne Abtreibung.«

»Ach, bitte tu das nicht. Das letzte Mal hattest du eine Woche lang Blutungen, weißt du nicht mehr? Gib's doch lieber zur Adoption frei.«

»Ich schäme mich ja so. Ich schäme mich so, diesen Körper zu haben, der mich so narrt. Und du wirst die nächste sein. Ich hoffe, du triffst Vorkehrungen?«

»Das brauche ich nicht.«

»Blödsinn! Du solltest die Pille nehmen. Lernst du denn gar nichts aus dem, was mir passiert ist? Mein Leben ist verpfuscht.«

»Ach, Quatsch. Jedenfalls schlafe ich nicht mit Attis.«

»Warum nicht?«

»Ich weiß nicht. Wir tun's einfach nicht. Er kommt eben nicht drauf. Mir genügt es, bloß in seiner Nähe zu sein.«

»O Diane.« Paula nimmt Dianes Hand, und ihre Augen füllen sich mit Tränen, und sie mag Attis jetzt ganz gern.

»Vielleicht können wir in der Zukunft alle gute Freunde sein.«

»Das bezweifle ich. Ich will damit sagen, für uns ist das schon okay, aber was hat denn ein Hörspielschreiber schon mit 'nem Rodeoreiter gemeinsam?«

»Ich dachte, er würde Anwalt werden.«

»Ich muß gestehen, ich verstehe die Ernennung von Henry Kissinger nicht. Nixon ist doch bekannt für seine antisemitische Einstellung.«

»Oh, keine Politik mehr heute abend, Derek. Bitte.«

»Du hast recht. Bist du also unten im Tal gewesen?«

»Nicht direkt unten im Tal, nein. Das Wetter war schlecht. Wie sich herausstellt, verkauft die Familie von Dianes Freund das Tal an die Naturschutzbehörde.«

»Na ja, damit wäre dieses kleine Projekt ja gestorben. Sturm im Wasserglas. Ist ebensogut, weil sie sich in die falsche Richtung bewegt haben. Great Blasket, eine Insel vor der Küste von Kerry, die seit der Eiszeit von einer unabhängigen Gemeinschaft bewohnt worden war, ist noch in jüngster Zeit, nämlich 1954, evakuiert worden, und warum? Weil es den Leuten nicht gelang, einen Priester oder Arzt für sich zu interessieren, obwohl sie sich der Sprachforscher mit Schlagstöcken erwehren mußten.«

»Übrigens ist dort unten etwas Schreckliches passiert, Derek. Michael Ginnsy, erinnerst du dich an ihn?«

»Nein.«

»Er ist dieser berühmte Bluesgitarrist. Er war auf der Gedenkfeier für Martin Luther King dabei. Er trug einen Zylinder mit Sternen und Streifen.«

»Erzähl weiter.«

»Also, er ist offenbar schon seit Wochen dort unten, Gott weiß warum. Von dem alten Pärchen, bei dem er sich angeblich aufhalten sollte, konnten sie keine Spur finden. Jedenfalls hat Attis, Dianes Freund, uns das gesagt. Die anderen sind nicht wieder mit rausgekommen. Sie haben sich entschlossen, dort unten zu bleiben, darunter auch Nisis Freund Olaf, der gestern wieder im Ausbildungslager Puckapunyal hätte sein müssen.«

»Na, wunderbar.«

»Deshalb ist sie ganz verstört, weil sie kein Geld hat, und ihr Haus ist ja beim Buschfeuer abgebrannt. Und natürlich ist Eugene, Monicas Schwager, der Amerikaner, ebenfalls dort unten geblieben. Und weißt du was? Ginnsy hat Attis erzählt, das alte Pärchen sei von einem durchziehenden bewaffneten Mann erschossen worden. Erschossen! Er hat sie daraufhin begraben.«

»Großer Gott!«

»Ich weiß nicht, was ich davon halten soll.«

»Du hältst dich da besser heraus. Geh um Gottes willen nicht wieder da hin. Die Polizei wird dir doch keine Fragen stellen, hoffe ich?«

»Um Olafs und Eugenes willen hoffe ich das auch. Ich will damit sagen, ich könnte sie nicht gut anlügen. Ich weiß nicht, ob Attis die Absicht hat, die Todesfälle zu melden oder nicht.«

»Er hat gar andere keine Wahl. Ein klarer Fall von Mord.«

»Das ist doch schrecklich, nicht? Schockierend.«

»Ich erinnere mich jetzt an den Mann mit dem Zylinder. Er machte auf mich den Eindruck eines Geisteskranken.«

»Er ist zwar ständig auf irgendeinem Trip, aber als Killer kann ich ihn mir nicht vorstellen. Er hätte die Leichen allerdings lieber nicht begraben sollen, nicht wahr?«

»Auf gar keinen Fall. Er hat Beweismittel beseitigt, falls er überhaupt die Wahrheit sagt, was mir problematisch erscheint.«

»Attis sagt, er behauptet, das genau sei es gewesen, was sie gewollt hätten. Behauptet, sie hätten ihm befohlen, das zu tun.«

»Oh, halt dich bloß von diesen Wahnsinnigen fern. Fahr auf gar keinen Fall wieder dorthin. Ich könnte mir vorstellen, daß ein bißchen Tanzen dir diese Gedanke vertreibt. Die Old Time Dance Band spielt heute abend im Gewerkschaftsklub. Das ist immer ein netter Abend.«

»Nein, danke, Derek. Du hast schon zuviel getrunken. Ich

mache mir Sorgen um Nisi. Ich glaube, ich gehe Mon besuchen.«

»Ganz wie du willst.«

Paula Zoshka: Könnte es möglich sein, daß Eukalyptusblüte nicht das Kind ist, mit dem Paula hier schwanger geht? Wir wissen, daß Paula bis zu diesem Zeitpunkt mindestens eine Abtreibung hinter sich hatte, und Iris MacAnaspie hatte bestimmt noch ein paar Tricks in petto. Alle alten Damen hier in der Gegend haben das. Allerdings stimmt auch, daß Iris den Kommunarden nie verziehen hat, daß sie ihr Attis genommen haben, und obwohl es unwahrscheinlich ist, daß sie Paula, der Schwester der scharlachroten Frau, geholfen hätte, so mag sie doch Nisi ein paar Fingerzeige auf solche Angelegenheiten wie das Einleiten einer Abtreibung und das Konservieren von Früchten gegeben haben, und Nisi kann diese Erkenntnisse sehr wohl mit ihnen geteilt haben. Frauenangelegenheiten gehen mich nichts an, weil ich Junggeselle bin und mein Informant Kimberley Moon nie ein Herzensbrecher war. Es gab jedoch ein Kind namens Eukalyptusblüte, das Paula Zoshka geboren hat, und Brian Chegwodden war der Vater dieses Kindes. Woher ich das weiß? Woher ich das weiß, wo ich doch zu krank bin, um das Haus zu verlassen, und mir das Telefon abgestellt worden ist? Weil Orion der *Ballade von Erinungarah* einen Stammbaum angefügt hatte; er steckte mit im Umschlag, hat sich aber verselbständigt, und ich habe das verdammte Ding verloren. Ich habe durchschnittlich eine Stunde pro Tag damit zugebracht, und zwar die letzten vier Jahre hindurch, in meiner Sammlung von Reklamesendungen nach dem fehlenden Blatt zu suchen, doch da ich immer wieder die gleichen Haufen zur gleichen Zeit in der gleichen Reihenfolge durchsuche, kann ich mir nicht vorstellen, daß ich es je finde. Ich bilde mir ein, mich an das meiste zu erinnern, was auf diesem Blatt stand, obgleich ich die Namen noch immer als Briefkästen sehe.

44

Attis auf Stippvisite zu Hause. Horries neues Pferd. Eugene gibt Pläne für einen Kuppelbau bekannt. Das Verhungern abgewendet. Eugene verzweifelt. Phryx und Gwen: Attis' Version.

Es ist jetzt Frühsommer 1968. Attis wird prompt der kurze Landrover anvertraut. Leuchtend rot, vollbeladen mit Schlauchadaptern, Farnhaken und Feuerhacken steht er in der Gasse vor Graceland, als Attis von einer Ladung Auspuffgase geweckt wird, während Fergus an seiner zweiten Tasse Kaffee nippt. Es hat keinen Zweck, bei Dunkelheit Samen pflücken zu wollen, daher fährt Attis später als Fergus zur Arbeit. Aber er steht auf, wenn sein Bruder aufsteht, und liest die Bibel, um überhaupt etwas zu lesen.

»Wer fährt denn heute mit dir raus, Junge? Wen holst du heute ab?«

»Niemand.«

»Was? Diese faulen Säcke lassen dich die ganze Arbeit allein machen? Dabei ist das doch deine erste Woche.«

»Mir macht das nichts aus. Bin lieber allein. So wie sie es sehen, ist es ihre Aufgabe, Feuer zu bekämpfen. In diesem Sommer könnten sie allerdings Arbeit bekommen. Jedenfalls pflücken sie nicht gern Samen.«

»Wer macht das schon gern? Wie gefällt's dir denn? Langweiliger Job, nicht? Aber es ist ja nicht für immer. Verstehe nicht, warum Dad dich nicht 'n paar Wasserreservoirs ausheben läßt. Er hat in letzter Zeit die Erdarbeiten schleifen lassen. Mum meint, er ist fast jeden Tag draußen auf dem Acker und verplempert seine Zeit. Pflügt mit 'nem Pferd! Er muß senil geworden sein.«

»Mir macht das Samenpflücken nichts aus.«

»Die Bezahlung ist doch lächerlich, oder? Wieviel kriegst du?«

»Dreißig Dollar die Woche.«

»Was! Und dabei machst du die ganze Arbeit allein. Das ist nicht fair. Ich werd mal 'n Wort für dich einlegen.«

Manche haben die Heilige Schrift, andere verlassen sich auf das grundlegende australische Gefühl des Fair Play.

»Mach dir nicht die Mühe. Zerbrich dir nicht den Kopf. Ich bin lieber allein. Das ist mir lieber. Ich glaube nicht, daß ich heute auf dem Einschlagplatz pflücken werde.«

»Warum denn nicht? Das ist die beste Stelle, um Samen zu pflücken. Vom Backsgenosseneukalyptus kann's nicht genug sein, und davon gibt's auf dem Einschlagplatz jede Menge. Alle diese großen Backsgenossen hängen voller Samen. Sind auch leicht zu pflücken. Ich sag dir was. Wenn du Glanzeukalyptus findest, versteck sie. Sind zweihundert Dollar das Pfund wert, schätzt man. Also, ich fahr jetzt besser los. Wo ist eigentlich deine Freundin? Jemand hat mir erzählt, sie sei ausgezogen.«

»Sie ist mit dem Zug nach Sydney gefahren, um ihre Schwester zu besuchen. Sie kommt wieder.«

»Das hoffst du. Dann sehe ich dich heute also nicht?«

»Glaube nicht. Ich kann den Lärm nicht ab. Vielleicht fahre ich noch die lange Steigleiter holen.«

»Fall um Himmels willen nicht runter. Ich würde nicht allein auf Bäume klettern.«

»Ich pack's schon.«

»Glaubst du, ich sollte Nisi mal um 'ne Verabredung bitten?«

Warum mögen Spinnen eigentlich Landrover so sehr? Noch nie wurde einer aus der Zweierserie gesichtet, dessen Armaturenbrett nicht voller Spinnweben gewesen wäre. Attis fährt am Depot vorbei und holt sich eine fünfzehn Meter lange Leiter, Angelschnüre und wirft einen Blick auf die behelfsmäßigen Steigeisen, läßt sie aber liegen. Um auf Bäume zu klettern, braucht man keine Eisen. Mit ein paar Wollsäcken im Heck, in die die Samen hinein sollen, und einer Thermosflasche Tee und einer Brotbüchse fährt er zur Hauptverkehrszeit aus der Stadt hinaus. Die meisten anderen Mitglieder des Trupps, hervorragende Schützen, würden eher die Zweige herunterschießen als auf die Bäume klettern.

Nachdem er an der inzwischen vertrauten Reihe heruntergekommener Farmen mit ihren Buskarosserien, Kälberanhängern und verfallenen Heuschobern vorbeigefahren ist, biegt er, ohne genau zu wissen, warum, an der Stelle ab, wo er früher in den Schulbus stieg. Er wird zu Hause anhalten und mit Mum eine

Tasse Tee trinken müssen, denn sie würde es nicht gern sehen, wenn er vorbeiführe, ohne hereinzuschauen. Er ist sich bestimmt nicht klar darüber, welche Wirkung sein Verzicht auf eine potentielle Karriere als Anwalt haben wird. Wahrscheinlicher ist, daß er darüber nachdenkt, was er seiner Brieffreundin in seinem endgültig letzten Brief an sie schreiben soll, und er fragt sich dabei, warum Diane Zoshka an einem Ort geboren wurde, wo er sie nicht schon in der Schule kennenlernen konnte.

»Hallo, Fremder! Was treibt dich denn nach Hause?«

»Ich hab mir gedacht, ich schau mal nach, was für Samen es hier gibt. Zu früh für dich?«

»Ich bin seit fünf auf. Dad ist noch hier, glaube ich. Ist wahrscheinlich draußen bei den Tauben. Ich wünsche mir zwar sehr, daß er sie verkauft, aber jedesmal, wenn er das tut, kommen sie alle wieder nach Hause geflogen. Geh mal und red mit deinem Vater, während ich dir 'n ordentliches Frühstück mache. Norm und Opa sind noch im Bett.«

»Ich habe schon gefrühstückt, Mum.«

»Deine Art von Frühstück kenne ich. Ich mach dir was Ordentliches. Ich brat dir 'n paar Würstchen und Eier mit Speck.«

Die Tauben, die sich eigentlich auf ein Nebengebäude beschränken sollten, das einst als Hühnerschuppen gedient hatte, haben sich derart ausgebreitet, daß auf jedem höhergelegenen Gebäudeteil ein gurrender, sich drehender Täuberich zu sehen ist. Attis trifft Horrie, der früher einmal Distriktsringschriftführer war, im Materialschuppen an der Rückseite der LKW-Werkstatt an, wie er mit Vogelkot vollgespritzt einen Arm bis zum Ellbogen in den Kern einer großen Rolle mit landwirtschaftlichem Bewässerungsschlauch versenkt. Er steht auf einem Sägebock neben einem Stapel grobleinener Säcke vor einem Hintergrund aus Leitern und Zaunmaterial und Grabenschaufeln. Neben ihm steht eine Werkbank, stark abgenutzt und mit einem Schraubstock versehen und voller herumliegender Bohrer, Wasserwaagen, Verlängerungskabel, Auspuffkitt und Gurten mit Beiteln. Tabakdosen quellen über von Paßfedern, Dichtungen, Lötlampennadeln, Reibahlen und Treibdornen. Neben der Dose mit dem Flußmittel liegen eine Lochzange in einem Plastikbeutel und eine große Schmiederaspel, mit der man sogar Kakadus zu Eintopf verarbeiten könnte. Unter der Werkbank befinden sich Dosen mit Rostlöser, Klauenöl, DDT und Lackverdünner. Neben der Bank stehen eine Bauschubkarre und Kartons, die Linoleummesser, Reibebretter, Kellen, eine Breitaxt zum Schwellenbehauen, Bienenräucherer, Bleimennige, Isolierschaum, Holzsägen, Lötkolben, Gasflaschen, Bügelschrauben, Kugelventile, Schmirgelpapier, Fliesenmörtel und weiteres, für den Maschinen- und Zaunbau, für Klempner- und Bauarbeiten unerläßliches Zubehör enthalten, das nicht oben auf der Werkbank Platz fand wie Kugelhämmer, Putzmeißel, Schindelspalter, Brechstangen, Rohrzangen. An den Wänden aufgehängt sind Rollen mit Stacheldraht, ein Schienennagelauszieher, Bullenkastrierringe und eine Kalfaterpistole in einem Kescher. Man muß sich den Weg durch ein Labyrinth von Ausgüssen und Wannen bahnen, die im Lauf der Jahre auf Ausverkäufen erworben und nie eingebaut worden sind.

»Hallo, Sohn! Mir war doch so, als hörte ich hier drin was. Ich fummle hier bloß wie hypnotisiert rum.«

Vorsichtig zieht Horrie die Hand zurück und holt ein Taubenküken hervor. Es ist in einem wenig einnehmenden Alter, in dem die Ohren so groß sind wie die Augen und die Nase einen hethitischen Buckel bildet, doch ist die Zukunft dieses Täubchens gesichert; es ist mit gedrungenen weißen Kielfedern bedeckt, die das Gesicht des alten Knaben zum Schmunzeln bringen.

»Oh, sieh mal an. Mealy hat ein weißes Küken bekommen. Ich frage mich, ob das andere Küken auch weiß ist. Ich will bloß mal ... nein, ich glaube, ich kann nicht bis da hinlangen. Schätze, sie hat ihr Nest dort ganz unten, wegen der verdammten Rohrweihen, um die wird man sich mal kümmern müssen. Und was treibt dich so zu uns hier raus, Sohn?«

»Will 'n bißchen Samen pflücken.«

»Ich habe neulich deine Freundin kennengelernt. Sie war mit 'n paar anderen Mädels hier draußen.«

»Was hat sie für 'nen Eindruck auf dich gemacht, Dad?«

»Sie scheint mir außerordentlich intelligent zu sein. Sie sind mir alle außerordentlich intelligent vorgekommen. Die Mädchen haben den größten Teil des Tages mit mir zusammen verbracht. Das Wetter war zwar nicht so glänzend, aber ich habe ihnen hier mal alles gezeigt. Sie sind sogar mit mir runter zum Feld gekommen, um die Jungkartoffeln vom Eis zu befreien. Von dem neuen Pferd waren sie ganz eingenommen.«

»Oh? Was für ’n Pferd ist das denn, Dad?«

»Gehn wir doch rein, essen wir was. Hast du Zeit? Wir kriegen dich dieser Tage nicht grade oft zu sehen. Also, wie du weißt, habe ich doch die Herde aufgelöst, und während ich auf der Auktion war, kam ich mit Barry ins Gespräch, das ist der Auktionsgehilfe. Beiläufig sage ich so zu ihm im Vorübergehen, ich nehme nicht an, daß du von ’nem guten Arbeitspferd weißt? Großer Gott, sieh dir doch bloß mal an, wie schlimm es in diesem Schuppen aussieht! Das Aquarium dort muß ins Badezimmer im Haus. Ich denke immer, der Wassertank läuft voll. Ich muß dringend was gegen diese Unordnung machen.«

Horrie hebt eine Taubenfeder auf und steckt sie sich in die Tasche.

»Das ist schon besser. Also, er sagt, es ist schon merkwürdig, daß du fragst, weil erst vor ein paar Tagen ’ne Frau ins Büro gekommen ist, die sich von ihrem Mann getrennt hat, und sie wollte ’n paar Esel und ein Clydesdale verkaufen.

›Uh‹, sag ich, ›ich habe noch nie gehört, daß sich ’ne Farmersfrau von ihrem Mann trennt, aber dieses Clydesdale könnte mich schon interessieren. Könntest du mit mir zu ihr rauskommen, um es anzuschauen?‹ Also sind wir zu ihr rausgefahren, um es uns anzusehen – es ist ein Wallach –, da auf dem kleinen Stück Land auf der anderen Seite von Johnson’s Creek, und ich konnte mein Glück gar nicht fassen, Attis, als sich herausstellte, daß es ein voll eingefahrenes Pferd war, das jahrelang den Karren eines Papierwarenhändlers durch die Straßen von Sydney gezogen hat. Ruhig wie der Nachmittag während einer Hitzewelle. Ruhiger als ’ne Versammlung im Club, wenn gefragt wird, wer sich als Sekretär zur Wahl stellen will. Ich hab ihm ins Maul geschaut, und wie es so schön heißt, die Vertiefung wächst raus, also ist es über zwanzig, und seine Zähne stehen ganz schön schief, aber meine ja schließlich auch. Die Frau, der es gehörte, hatte sogar noch das Kummetgeschirr, das es sein ganzes Arbeitsleben lang getragen hatte. Aus irgend 'nem Grund hing es drinnen im Haus an der Wand. Aber sie war nur zu gern bereit, es noch draufzulegen und alles insgesamt abzugeben. In dem Augenblick, als ich ihm das Kummet anlegte, Junge, was glaubst du, wie es da gelacht hat. Mum allerdings war nicht sonderlich beeindruckt, als ich von der Auktion mit 'ner LKW-Ladung voller Esel nach Hause kam. Kennst du jemand, der Esel sucht?«

»Was denn, ist der Trecker denn kaputt?«

»Nein, dem Trecker fehlt nichts, von dem schrecklichen Krach abgesehen, den er macht.«

»Oh, glaubst du denn, er wird bald 'n Bein rausstrecken?«

»Nein, ich kann mir nicht vorstellen, daß er 'ne Pleuelstange durchs Kurbelgehäuse steckt. Die Pleuellager sind durchaus in Ordnung. Mir gefällt nur das Geräusch nicht, das der Motor macht, hat mir nie gefallen. Außerdem, schätze ich, bin ich alt genug, um zu wissen, was ich eigentlich will, in meinem Alter. Um die Wahrheit zu gestehen, ich glaube, ich habe von der modernen Welt den Kanal restlos voll, und es war ein Vergnügen, drei junge Damen kennenzulernen, die genauso empfinden.«

»Und was machst du hier nun eigentlich, Dad?«

»Ich brauche 'n Viertel Hühnerdung, um für Darryl 'ne Känguruhhaut zu gerben. Werd's wohl auch zusammenkriegen, so wie meine Hände mit Hühnerkacke beschmiert sind. Er macht sich 'ne neue Rinderpeitsche, und ich hab ihm gesagt, er soll diesmal für den Griff Bambus verwenden. Nein, sagt er, ich beabsichtige, ein Stück gefleckten Eukalyptus von unten an der Küste zu nehmen, wie immer. Man hätte ihn Ägyptischer Gott taufen sollen, so starrköpfig wie er ist.«

Unterdessen im Tal.

»Ich glaube, die Kuppel sollte hier stehen. Was meint ihr?«

»Wie war das noch mal?«

»Ich meine, der geodätische Kuppelbau sollte hierher kommen, Michael. Neben das Haus.«

»Blödsinn!« protestiert Olaf. »Die Ebene ist das beste Land im Tal. Sie sollte dem Anbau von Eßbarem vorbehalten bleiben.«

»Ach ja, Mann. Ich wünschte, wir hätten etwas Eßbares.«

Es ist Frühsommer und nichts zu essen im Tal. Bei richtiger Organisation würde es Bohnen, Artischocken, Brokkoli, Kopfsalat und Porree geben. Es gibt wilde Pastinakwurzeln, die sich selbst gesät haben und nun jede Menge Doldenbüschel in die Höhe schießen lassen, und ein paar wilde Kartoffeln, die aus verfaulenden Mutterknollen wachsen und zur Erntezeit wohl die Größe von Murmeln haben werden. Herodot fand an den Ufern des Araxes ein Volk vor, das Marihuana rauchte und Wurzeln aß, und schwarze Frauen wühlten den ganzen Tag lang in der Erde, um Eßbares in entsprechender Menge zu finden; doch wenn man Pastinaken oder Kartoffeln nicht zu erkennen vermag, dann kann man sie auch nicht ausgraben. Diese Großstadttypen mußten sich nämlich damit begnügen, das zu verzehren, was sie im Auto und auf dem Rübenbeet des Hauses vorfanden, was auf praktisch nichts hinausläuft. Es ist auch noch eine Falle für Süßwasserkrebse da, doch kein Fleisch, um sie zu beködern, Kaninchen in Hülle und Fülle, aber kein Gewehr, Anzeichen von Rindern, doch keine Rinder selbst. Was haben die Alten bloß gegessen?

»Wir müssen in die Stadt gehen, Jungs. Die letzten violetten Müsliriegel sind jetzt auch alle. Wer meldet sich freiwillig?«

Sie haben einige Zeit damit zugebracht, sich mit dem Tal vertraut zu machen, und das hat einige Kalorien gekostet.

»Ich gehe auf keinen Fall«, erklärt Eugene Ecks, der sich einen neuen blauen Binsenliliensamen nimmt, um darauf zu kauen, »obgleich mir nach § 10 des Gesetzes über ausländische Gaststreitkräfte die Einheimischen nichts antun können. Sie sind nicht zuständig. Ginnsy, du mußt für mich in die Stadt gehen. Meinen Bruder telegrafisch um mehr Geld bitten.«

»Eugene, ich habe Phryx das Versprechen gegeben, dieses Tal nie wieder zu verlassen. Er selbst hat das Tal nie verlassen. Im Gegenzug hat er mir sein Haus anvertraut. Verstehst du, ich weiß, wie man den Pumpenmotor anläßt.«

»Aber wir brauchen Vorräte, Mann. Was an Eßbarem im Kleinbus war, ist alle. Wir halten keinen Tag länger durch.«

»Es wird sich schon was ergeben. Ihr müßt nur den Glauben daran haben. Eins, was ich gelernt habe, seit ich hier unten bin, ist die Bedeutung des Glaubens. Gwen war sich sicher, daß sie sterben würde, wenn sie diesen Baum fällt, und es passierte innerhalb von Sekunden. Das ist die Macht des Glaubens.«

»Uns geht der Sprit aus.«

»Ich kann ja gehen. Ich bin sicher. Ich werde nicht auffallen. Tu ich doch nie.«

»Ja, in Ordnung, Olaf. Geh. Geh nach Wonderview zurück und frage, ob sie dir 'n Fahrzeug borgen. Wenn du zurückkommst, gehst du zum Rufplatz der Würgerkrähe und rufst von dort aus, und ich komme dir auf halbem Weg entgegen.«

»Wird ziemlich schwierig sein, hier was herzubringen. Und es wird heute heiß werden, sobald sich der Nebel hebt. Er wird 'n richtig knallheißer Tag werden.«

»Es wird immer schwierig sein, Mann. Aber unsere Isoliertheit garantiert uns Sicherheit.«

»Ach, vergiß es, Eugene! Sowas gibt es nicht. Sicherheit ist 'n Mythos. Ich will damit sagen, du sitzt auf diesem Körnchen kosmischen Staubes, das in 'nem Vakuum umherwirbelt. Stell dich doch der Realität. Aber wir brauchen noch mehr Leute. Wie ich sagte, wir müssen uns einrichten, solange das Wetter warm ist. Jetzt ist die Zeit zum Handeln.«

»Schade, daß wir nicht 'n bißchen Hanf anbauen können. Dürfte hier unten ganz gut gedeihen.«

»Oh, ich habe 'n paar Samen gesät. Ich hatte noch 'n paar übrig im Wagen. Verstehst du, wenn ich durchs Gelände ziehe, habe ich was von 'nem Johnny Dopeseed. Säe stets 'n paar Samen aus; ist schließlich das geringste, was man tun kann. Und letztlich reifen die Trauben. Aber die Vögel fressen die Ernte auf, bei den Rispen werden wir auf die Vögel aufpassen müssen. Nein, wir brauchen Tiere, Frauen, Kinder, Werkzeuge, Gärten, Vieh, alles das. Wir brauchen tausend Dinge und mehr. Das Potential dieses Ortes ist noch nie richtig ausgeschöpft worden.«

»Wie ist denn dann das alte Paar zurechtgekommen, Ginnsy? Es scheint überhaupt nichts hier zu sein. Keine Werkzeuge.«

»Am Anfang hatten sie das alles, Mann, aber am Ende, da

brauchten sie nichts mehr. Sie besaßen den Glauben, daß für sie gesorgt werden würde, und so geschah es. Es wird als Gesetz der Offenbarung bezeichnet. Sorgen sich die Vögel in der Ebene etwa um ihr nächstes Futter? Nein, sie suchen es sich einfach. Versteht ihr, das ist unser Ziel, dorthin zurückzugelangen. Allerdings klappt es nur, wenn ihr den Glauben an den Kosmos besitzt. Ach, Mann, ihr Glaube war ja so stark, sie waren wunderbare Menschen, wunderbar. Aber am Anfang, da hatten sie die notwendigen Geräte. Seht mal! Dort steht das Hühnerhaus. Im Lauf der Zeit braucht man immer weniger. Was ein Glück ist, weil man auch selbst weniger ist. Das wird uns auch so gehen, haben sie mir gesagt. Keine Angst. Aber am Anfang müssen wir für uns selbst sorgen. Bloß, bis wir den Glauben an den Kosmos erlangt haben.«

»Okay, ich gehe rauf. Kann ich deine Sachen anziehen, Ginnsy?«

»Im Bus sind haufenweise Sachen, Mann, und hättest du was dagegen, die Schallplatten aus dem Bus mitzunehmen? Die zerschmelzen nämlich. Die Bänder kannst du lassen. Aber nimm den Zylinderhut nicht mit.«

»Was soll ich holen?«

»Eine Waffe, 'ne billige Zweiundzwanziger. Und telegrafiere Calvin wegen dem Geld.«

»Nein! Auf gar keinen Fall. In diesem Tal darf es keine Vernichtungswaffen geben.«

»Wer sagt das denn?«

»Stimmen wir doch ab. Olaf?«

»Ja, ich bin einverstanden.«

»Gut. Das wäre damit geklärt. Zwei gegen einen. Eugene, du mußt mir vertrauen. Ich habe Anweisungen erhalten, das vergißt du wohl. Ich weiß, wie man den Pumpenmotor anläßt.«

»Bier?«

»Was soll das denn heißen? Wir sind hierhergekommen, um dem Materialismus zu entfliehen.«

»Olaf hat recht, Mann. Wenn du Bier willst, brau dir selber welches. Ich schlage vor: Mehl, Tee, Zucker, Marmelade, soviel du tragen kannst, Olaf. Und etwas Benzin und etwas Petroleum.

Keine Linsen und keinen braunen Reis, bitte. Das dürfte reichen. Warum gehst du nicht bis zur Höhle mit und wartest dort, Eugene? Dann könntest du mithelfen, die Sachen runterzutragen.«

»Und was soll ich den ganzen Tag in der Höhle anfangen, Ginnsy?«

»Also, das ist ganz allein dir überlassen. Falls du aber bereits das Gefühl hast, das Leben habe keinen eigentlichen Sinn, dann ...«

»Nein, ich hänge bloß 'n bißchen durch. Aber du hast es ja geschafft aufzuhören, also kann ich das auch. Ist vielleicht gar keine so schlechte Idee. Ich war halbtot, und du hast danach ausgesehen. Na, jedenfalls wird Hollywood bald wieder zurück sein, und er wird schon wissen, was zu tun ist, weil er doch schon mal in 'ner Kommune gelebt hat.«

»Ich nehme an, du meinst Balthazar. Er weiß nicht, wie man den Pumpenmotor startet.«

»Sicher, Ginnsy. Wir kapieren schon. Was ich deutlich machen will, ist, daß wir bloß durchzuhalten brauchen, bis die anderen herkommen. Danach können wir 'nen Fünfjahrplan aufstellen.«

»Ha. Genau das meine ich ja. Nicht wir haben es in der Hand. Pah! Sie hat es in der Hand. Ich werde euch dahin bringen, daß ihr sie seht, aber jetzt noch nicht. Wenn ich spüre, daß ihr bereit seid.«

»Komm schon, Olaf. Gehn wir.«

Beim Aufstieg reden sie nicht viel, denn stehenbleiben zu müssen, wäre schändlich. Im Verlauf der Jahre verbreitert und vertieft sich der Pfad, dann der Erdrutsch, und er verschwindet. Ich konnte ihn nicht finden. Aber ich kenne die Blüten, die sie gesehen haben müssen, während sie mit dem Esel die Steilwand erklommen. Hahnensporn, rosa Ackerwinde, Wongarebe. Weiter oben auf dem trockenen Kamm Hickory-Akazie, Preiselbeerheide, Swainson-Erbse, dünnblättrige Bittererbse, stachlige Schopferbse, blattloser Sauerbusch.

»Hier ist die Höhle. Es könnte sein, daß jemand in der Höhle wohnen will, also werde ich mal damit anfangen, sie auszumisten.«

»Was meinst du damit?«

»Oh, ich ebne bloß den Boden ein bißchen. Dazu brauche ich etwas als Unterbau, also werd ich ’n paar Steine aufschichten. Ohne Elektrowerkzeuge kann man da nicht viel machen.«

»Also, komm bloß den Würmern nicht in die Quere, Mann. Soviel ich weiß, gibt’s in dieser Höhle australische Glühwürmchen.«

»Hör mal, du brauchst mir noch lange nicht zu sagen, was ich zu tun habe, okay? Mir reicht es nämlich, daß jeder mir sagen will, was ich tun soll. Ich kann doch schließlich nichts dafür, daß ich Amerikaner bin!«

»Was hat das denn mit dem Eierpreis zu tun?«

»Komm mir bloß nicht frech, du Arschloch. Ich würde es für besser halten, wenn alle, die hier runterkommen, ihren Nationalitätenmist zurücklassen. Dieser ganze Scheiß mit der Nationalität, wir leben schließlich auf ’nem kleinen Planeten, Mann. Raumschiff Erde. Was wir brauchen, ist ’ne neue Gesellschaft, in der es absolut keine Diskriminierung gibt.«

»Was denn, schämst dich etwa, Amerikaner zu sein?«

»Natürlich schäme ich mich.«

»Tut mir leid, Mann. Das habe ich nicht gewußt. Ich hatte geglaubt, du seist sehr von dir eingenommen.«

»Sieh mal, Mann, mir ist klargeworden, daß Amerika ein verdammter Tyrann ist, der die Erde kaputtmacht. Ich will da raus, deshalb bin ich hier.«

»Oh.«

»Und ich habe langsam das Gefühl, hoffentlich liege ich falsch damit, daß du mich schikanierst, weil ich Amerikaner bin. Woran ich nichts ändern kann.«

»Natürlich nicht.«

»Ich bedaure es zutiefst. Wenn ich es ändern könnte, würde ich’s tun.«

»Keine Sorge, Mann. Ich weiß Bescheid.«

»Und den Leuten scheint nicht klar zu sein, was ich alles durchgemacht habe, verstehst du? Ich meine, Scheiße, Mann! Der Krach von den B52.«

»Beruhige dich, Gene. Nimm’s nicht so schwer, Kumpel.«

»Entschuldige.«

»Du ruhst dich jetzt mal hübsch in der Höhle aus. Ist sowieso zu heiß zum Arbeiten. Laß es ganz ruhig angehen. Entspann dich. Du hast es bis ins letzte Paradies geschafft. Gibt's irgendwas, das ich dir aus der Stadt mitbringen kann? Ein Fläschchen Whisky? Ein Viertel Eiskrem?«

»Nein, danke, Kumpel. Ich brauche nichts. Bestimmt werde ich schon bald 'n paar Blätter von den Pflanzen da zupfen können, sobald sie erst mal 'n paar Blätter gekriegt haben. Meine Nerven sind bloß 'n bißchen angespannt, aber das geht vorüber. Ich fühle mich beschissen, komme aber schon wieder in Ordnung. He, Kumpel.«

»Ja?«

»Wir müssen hier unten sparsam wirtschaften, Mann. Es wird nicht leicht werden unten im Tal, wie Ginnsy auch drüber denken mag. Eine Menge Arbeit ist zu tun, und die wird nicht leicht sein. Ginnsy ist richtig in die Luft gegangen. Ist dir das aufgefallen?«

»O ja, ein paar von den Sachen, die er sagt, klingen ziemlich exzentrisch.«

»Er ist auf 'nem Trip. Er ist zugeknallt. Wo kriegt er das Zeug nur her? Warum gibt er nichts davon ab?«

»Ja, richtig. Das denke ich auch.«

»Ich meine, welchen Beweis haben wir, daß er mit dieser absurden Geschichte die Wahrheit gesagt hat? Woher wissen wir eigentlich, ob diese Leute überhaupt tot sind?«

»Keinen haben wir, Mann. Absolut keinen.«

»Woher wissen wir dann, ob nicht irgendwann mal die Bullen hier runterkommen, um zu ermitteln?«

»Ich glaube, ich sollte lieber heute noch mit Attis reden.«

»Ich glaube, das solltest du. Nein, ernsthaft, Mann, wir müssen doch wissen, worauf wir uns hier einlassen.«

Wie der Zufall es will, begegnet Olaf Attis unmittelbar vor dem Viehgatter von Better Fritter Batter. Er sieht den roten Landrover und hechtet, weil er die Nerven verliert, mit einem gekonnten Sprung zur Seite. Doch Attis hat scharfe Augen, und als er an die Stelle kommt, wo Olaf sich versteckt, hält er das Fahrzeug an. Als er sieht, daß es bloß ein zukünftiger Avatara ist, kommt

Olaf erleichtert hervor und schüttelt sich die Eukalyptusblätter ab.

Ich möchte ja nicht blasphemisch sein, Attis. Vielleicht bist du ja tatsächlich das gewesen, was sie behaupten. Ich bin zu der unchristlichen Schlußfolgerung gelangt, daß die Mutter der Götter mehr Söhne hat als nur einen. Ich habe viel über dich nachgedacht, und ohne Markus, dem Heiligen mit dem zu seinen Füßen kauernden kybelischen Löwen, zu nahe treten zu wollen, in dessen Evangelium (Kap. 10, Vers 18) Christus seine Göttlichkeit verleugnet, glaube ich, Christi Taufe fand im Augenblick seines Todes statt, denn postume Apotheose war die Regel bei den hethitischen Gottkönigen und den römischen Kaisern, zumindest in Rom. Daher wärst du hier gar kein Avatara gewesen, und ich kann offen auf dich anspielen.

Im übrigen mag ich Frazers Christuserklärung: der Prophet eines hellenisierten Judaismus in den Fallstricken eines babylonischen Purimfestes. Christus, der Prophet eines hellenisierten Jahwe, Mohammed, der Prophet eines de-hellenisierten Christus, Mithra, der Prophet eines hellenisierten Ahura Masda, Attis, der Prophet einer hellenisierten Großen Mutter, weshalb ich dich als Attis ausgelegt habe. Ich hoffe, du nimmst daran keinen Anstoß. Doch genug davon.

»Hi, Attis.«

»Hi, Olaf. Wie läuft's?«

»Gar nicht schlecht, aber uns sind die Lebensmittel ausgegangen. Ich bin grade auf dem Weg in die Stadt.«

»Nisi ist noch hier. In Dianes Wohnung.«

»Ja, das dachte ich mir schon. Und was machst du, Kumpel?«

»Sollte eigentlich Samen pflücken. Hab aber noch gar nicht damit angefangen. Ich dachte mir, ich schau mal nach den Braunlaufeukalypten auf der Fossicker's Flat, aber es wird spät, und nachdem ich dich bis zur Abzweigung mitgenommen habe, werde ich wohl doch lieber gleich zum Einschlagplatz rausfahren. Hab mal zu Hause vorbeigeschaut. Bin einfach nicht wieder losgekommen.«

»Du hättest dir nicht mal 'nen Tag freinehmen können, schätze ich?«

»Nicht im Augenblick. Und Olaf, wenn ihr hier draußen wohnen wollt, dann müßt ihr schon sehr unabhängig sein. Na ja, wird sowieso nicht für lange sein. Opa hat sich entschlossen zu verkaufen.«

»Das spielt doch eigentlich gar keine Rolle, oder? Ich will damit sagen, die Forstaufseher würden ja nicht mal wissen, daß wir hier sind.«

»Oh, ich glaube, das würden sie doch. Steig ein, und ich bring dich zur Abzweigung zurück.«

»Danke. Glaubst du, ich könnte mir vielleicht den Pickup von Wonderview ausborgen?«

»Vielleicht solltest du lieber nicht fragen. Ich glaube nicht, daß es Opa paßt, wenn Leute ohne Miete zu bezahlen in seinem Tal wohnen.«

»Wir haben ja nichts dagegen, Miete zu bezahlen. Es ist nur so, daß wir im Augenblick kein Geld haben. Hast du die Morde gemeldet?«

»Nein.«

»Du glaubst nicht, daß Ginnsy das Ganze nur erfunden hat? Das ist es nämlich, was Eugene glaubt.«

»Nein, ich glaube, er sagt die Wahrheit. So wie ich Phryx und Gwen kenne, könnte es etwas gewesen sein, das sie geplant haben.«

»Du willst mich wohl verarschen. Jemand hat sie erschossen, Mann, so wurde uns wenigstens erzählt. Und Ginnsy hätte die Leichen nicht begraben sollen.«

»Das ist es aber gerade, was ihnen am liebsten gewesen wäre. Nebensächliche juristische Überlegungen hätten sie nicht im mindesten beunruhigt. Gwen war ein ganz besonderer Mensch, Olaf. Ich kannte sie, seit ich ’n kleiner Junge war. Sie hat immer gesagt, wenn sie stürbe, dann würde es auf diese Art sein. Unerwartet. Daher rege ich mich nicht darüber auf, außerdem glaube ich, sie hat vielleicht das Gefühl gehabt, ihre Zeit sei abgelaufen. Sie fing an, sich zu wiederholen.«

»Du hast das erwartet?«

»Sie hat immer gesagt, wir sollten über die Art, wie sie sterben würde, nicht schockiert sein, und sie hat immer gesagt, sie würden gemeinsam sterben, und sie wollte immer neben Phryx beerdigt und nie wieder ausgegraben werden. Niemals! Keine Särge! Das hat sie betont.«

»Das klingt ganz nach 'ner Selbstmordabsprache. Dies hier aber war Mord.«

»Mein Problem ist, daß die Polizei bestimmt die Leichen ausgraben wird, wenn ich es ihnen melde. Und ich habe doch mein Wort gegeben.«

»Wo kamen sie eigentlich her? Stammten sie von hier?«

»Gwen kam aus Wales oder Irland oder sowas. Ich weiß nicht, wo Phryx herstammte. Ich weiß bloß, daß er früher mal Seemann war.«

»Werden ihre Familien sie nicht als vermißt melden?«

»Ich glaube nicht, daß sie überhaupt Familien haben. Gwen hat ab und zu mal den Doktor aufgesucht, aber Post haben sie nie bekommen. Das einzige, was sie bekamen, waren Reklamesendungen, für die sie keine Verwendung hatten, und Gwens Schecks von der Sozialversicherung, die aus England kamen. Ich hab's nachgeprüft. Ich habe beim Postamt dafür gesorgt, daß die Schecks mit dem Vermerk ›Verzogen‹ mit einem dieser großen Zeigefinger versehen zurückgeschickt werden. Ich glaube, das ist nur gerecht.«

»Oh, ich weiß nicht. Bist du nicht selbst darin verwickelt? Und zwei Tote mit Kugeln im Kopf, die in 'nem Weingarten begraben wurden? Das ist kein sehr glücklicher Anfang.«

»Mach dir keine Sorgen. Meine Familie hat die Absicht, das Tal zu verkaufen, und dann wird das Haus abgerissen, oder es wird vielmehr zusammenfallen, weil die Forsthüter es bestimmt nicht instandhalten werden.«

»Nein, Mann, das ist nicht fair! Wir können es noch gut gebrauchen. Können wir es euch nicht abkaufen? Die Menschen in der Kommune werden Geld verdienen. Wir können es abbezahlen. Was ich aber eigentlich sagen wollte, ist, daß Ginnsy sich merkwürdig verhält. Wir machen uns große Sorgen um ihn.«

»Das Verständnis der Alten für das Tal war anfangs für mich auch schwer zu begreifen. Weiß Ginnsy denn, wie man den Pumpenmotor anläßt?«

Balthazar Beauregard: Eugene nannte ihn Hollywood.

Ginnsy: Mir gefällt ganz gut, wie Ginnsy (zumindest nach dem, was Kimbo mir erzählt hat) einmal einer Lektion aus dem Weg ging, die ihm Balthazar B., der in einer um Gott besorgten Stimmung war, erteilen wollte:

»Erzähl mir gefälligst nichts von Gott, Mann. Natürlich ist jeder, der fähig ist, ein Urogenitalsystem zu entwerfen, auch zu allem anderen fähig.«

Aus dem Mund von Kleinkindern und Junkies. Unsere menschliche Ambivalenz dem Sex gegenüber ist, wie Ginnsy feststellte, nicht kulturbedingt und läßt sich nicht durch öffentliche Psychotherapieprogramme kurieren. Sie entsteht dadurch, daß ein Weltbaumeister beim Entwerfen des menschlichen Körpers in seiner Weisheit beschlossen hat, der männlichen Harnröhre eine Doppelfunktion zuzuweisen und bei einem Lebewesen von der Größe eines großen Barramundi das Arschloch wenige Zentimeter von der Möse entfernt anzuordnen. Solange Pisse und Scheiße schmutzig sind – solange es in unserem biologischen Interesse liegt, Pisse und Scheiße als schmutzig anzusehen –, solange ist auch Sex schmutzig.

45

Charlies Tod. Dianes Pläne für das Tal. Darryl lernt sein Lieblingsaktmodell kennen.

Der Tod. Er geht mir nicht aus dem Sinn, tut mir leid. Überspringt diesen Abschnitt, wenn es euch lieber ist. Auferstehung. Wie Toynbee darlegt, stammt der Grundgedanke von den Pharisäern, von den Sadduzäern entlehnt, weil nicht in den Schriften belegt, und wurde eingeführt, damit Märtyrer am (irdischen) messianischen Königreich teilhaben konnten. Wie Gibbon einräumt, war das Christentum vorwiegend deshalb attraktiv, weil es Unsterblichkeit garantierte.

Ich hätte die meine lieber hier und jetzt.

Unsterblichkeit, Erlösung, Verklärung, das Millennium, das

Reich Gottes, der von einer Jungfrau geborene Menschensohn, Himmelfahrt, das Jüngste Gericht, der Teufel – alles Begriffe Zarathustras. In der Regierungszeit der Achämeniden flossen sie ins Judentum ein, von dort ins Christentum, von dort in den Islam.

Ursprünglich wohnten die jüdischen Toten an einem dem Hades gleichenden Ort, der Scheol genannt wurde. Also, wenn ich die *Filioque*-Kontroverse tatsächlich akzeptiere, dann kann ich heutzutage nicht in die Kirche gehen, weil ich das Nizäische Glaubensbekenntnis nicht einfach mehr aufsagen kann, und ohne diese Streitfrage ergäbe die Dreifaltigkeit sowieso mehr Sinn. Ich glaube nicht an die Auferstehung meines Körpers.

> *Esse aliquos manes et subterranea regna*
> *Cocytum et Stygio ranas in gurgite nigras*
> *atque una transire vadum tot milia cumbra*
> *non pueri credunt, nisi qui nondum aere lavantur.*

Daß es Schatten der Toten usw. gäbe, glauben nicht einmal Knaben, es sei denn, sie wären noch zu jung, um ihre Silberlinge in den Badeanstalten zu entrichten. Typisch Juvenal, aus der Zweiten Satire, der gegen die Verweichlichung. Sie wird in Kürze bestimmt wieder auf dem Index stehen, sofern das nicht schon der Fall ist *(liceat modo vivere, fient, fient ista palam, cupient et in acta referri.* Wenn wir nur lange genug leben, wird die Zeit kommen, da es die Schwulen in der Öffentlichkeit treiben werden und ihre »Eheschließungen« beurkundet haben wollen).

Ich vermute, es könnte vielleicht ein egoloses Nachleben geben, das mir aber nichts nützt. Ich möchte eins von der Art, an die ich nicht glaube. Wenn ich die nicht kriegen kann, will ich gar nichts.

Oh, ich habe etliche wie Charlie gekannt, verschrobene kleine Zehnjährige in den Neunzigern. Manche bewundern das, ich nicht. Sie haben sich nicht damit abgefunden, daß sie sterblich sind, bis es sie eines Tages trifft und sie auf der Stelle tot umfallen. Die Leute sagen, er ist eingeschlafen, er hat keinen Schmerz verspürt, hat Glück gehabt, der alte Bursche; ich bezweifle das. Wenn man nicht gerade mit Opiaten vollgepumpt ist, darauf wette ich ein Pfund, dann wacht man auf, wenn man stirbt. Ich vermute, man unterzieht sich einer moralischen Gewissensprüfung, wenigstens hoffe ich das. Es ist das einzige, worauf ich mich freuen kann, deshalb will ich auch meine Medikamente nicht nehmen.

Wieder zurück ins Jahr 1968.

»Puh, ist das heiß. Norman, würdest du bitte mal nachschauen, wo Opa bleibt? Sag ihm, sein Tee wird kalt.«

Er kam bestimmt zur rechten Zeit, der Tod des alten Charlie, als er dann schließlich eintrat. Ohne Charlies Tod, als er schließlich eintrat, hätte unsere Geschichte womöglich nie vom Boden abheben können. Vielleicht hat es an der drückenden Hitze in Verbindung mit dem Stromausfall gelegen, durch den der Lüfter neben dem Bett nicht lief, wer weiß? Das folgende jedoch weiß ich: Hätte er weitergelebt, dann hätte er wahrscheinlich das Tal verkauft und das Geld auf einer Kreuzfahrt durchgebracht. Er hat nie eine Kreuzfahrt gemacht, versteht ihr, außer im Großen Krieg zum Anzac Cove, und wie ich erfahren habe, hat ihm eine bestimmte Person im Club damit in den Ohren gelegen. Als Norman an jenem schicksalhaften Tag zu ihm hineinging, um ihn zu seiner Tasse Tee zu holen, hat er sicher auf einen ansehnlichen Stapel von Hochglanzbroschüren geblickt, die den Postsack eines Medikus hätten füllen können.

Charlie war zweiundvierzig, als er in Gallipoli kämpfte. Der Älteste dort, möchte ich annehmen. Hat sich für jünger ausgegeben, wie so viele andere auch.

Wirf einen kalten Blick auf ins Meer stürzende Gletscher. Kreuzfahrer, kreuze vorüber!

Wie Iris es darstellt, kommt Norman wieder hervor und schleppt Opa an der kranken Schulter den Flur entlang. Sie dreht sich um, und da steht Norman, Opas Körper hinter sich herschleifend, als handle es sich um Abfall.

Horrie hört den Aufschrei, als er gerade von den verschrumpelnden Kartoffeln zurückkehrt. Kann daraus nicht klug werden. Doch das Blut gefriert ihm in den Adern, und er bleibt auf der Stelle stehen. Ja, solcherart ist die Wirkung der keltischen Totenklage.

Großer Gott, war das Iris, die diesen Lärm gemacht hat? Ist

Barney etwa gefallen? Oder hat Darryl seinen Feuerstuhl zu Klump gefahren, oder was ist los? Außer Atem, als er das Haus erreicht, stürzt Horrie durch die Gazetür – die in diesem Handwerkerhaushalt an chronischer Reparaturbedürftigkeit leidet, hauptsächlich wegen Barneys Wombat, der die Klinke nicht erreichen kann – und findet die Szene wie beschrieben vor, nur daß Iris jetzt bewußtlos auf dem Boden liegt, und ich glaube, ich habe den Kakadu in seinem Käfig vergessen zu erwähnen, der zu seinem Vergnügen mit dem Schweizer Offiziersmesser spielt. Norman, der seinen Großvater immer noch fest umklammert, begrüßt seinen Vater mit einem schiefen Lächeln.

Die Beisetzung fand ihren Abschluß außerhalb der Stadt auf dem katholischen Teil des Friedhofs. Darryl, der seit Menschengedenken keine Messe mehr besucht hat, die Haare mit Brillantine angeklatscht, schleicht sich an Horrie heran und legt den Arm um die Schultern des Älteren, in der Art eines wohlwollenden Viehzüchters, der dabei ist, einem Handlanger die Leviten zu lesen.

»Was willst du?«

»Att sagt, ich soll mal fragen, ob diese jungen Frauen aus Graceland mit zum Haus rauskommen können. Soll ich noch mehr Whisky kaufen?«

»Mach, was du willst. Frag, wen du willst. Ich werde nicht da sein.«

»Was? Du willst nicht an der Beerdigungsfeier für deinen alten Herrn teilnehmen? Was ist denn in dich gefahren? Zu deiner werde ich doch auch kommen.«

»Nicht, wenn ich vorher zu deiner gehe. Er hat ’n erfülltes Leben gehabt. Ich bin mir sicher, daß ihr ihn auch ohne meine Hilfe schnell auf seinen Weg bringen werdet. Und vergiß nicht, was ich über den Heuballen für die Esel gesagt habe.«

»Wo willst du eigentlich hin?«

»Ich muß mit meinen Rechtsberatern in Bega sprechen. Kannst du dir vorstellen, daß er gestorben ist, ohne ein Testament zu hinterlassen?«

»Ach, wenn man in sein Alter kommt, dann braucht man das ja eigentlich nicht mehr.«

In der Hoffnung, ein bißchen allein sein zu können, schlüpfen Attis MacAnaspie und Diane Zoshka hinaus, sehen sich aber nur mit Biergläsern und Porzellantassen auf den Zaunpfosten konfrontiert und mit Matronen, die paarweise durch den Garten schlendern und auf dies und jenes zeigen, während weiter draußen ein paar alte Soldaten mit Kriegsauszeichnungen die Esel bewundern. Horrie hat sie, bevor er zur Kirche ging, eingepfercht und hofft, ein paar davon verkaufen zu können.

Attis muß erst noch mit Diane reden, die soeben aus der Großstadt zurückgekehrt ist. Es ist eine wahre Freude, sie in ihren weit ausgestellten rostfarbenen Velourlederhosen und dem Käpt'n-Hook-Hut mit Fasanenfedern anzuschauen.

»Möchtest du mit mir 'nen Spaziergang zum Kartoffelfeld machen?«

»Dauert das denn nicht zu lange?«

»Sie werden noch bis Mitternacht hier sein. Bei 'nem alten Veteranen wie Opa dauert die Beerdigungsfeier den ganzen Tag. Gute Gelegenheit für dich, die Einheimischen kennenzulernen.«

»Arme Iris.«

»Sie hat gern Gesellschaft.«

»Habe ich richtig gesehen, daß Fergus Nisi anmacht?«

»Ja.«

»Was geht da ab?«

»Ich weiß nicht. Er mag sie einfach, denke ich mir. Ich glaube nicht, daß mehr dahintersteckt.«

»Ich hoffe nicht. Sie ist so verantwortungslos. Sie hat ihre Kinder bei Monica in Sydney gelassen, und jetzt hat sie Angst davor, zurückzufahren und sie zu holen. Daher fährt Olaf morgen zusammen mit ihr zurück. Danach kommen sie alle wieder hierher.«

»Er läßt es also drauf ankommen, wie? Am Ende wird er noch im Knast landen.«

»Er ist jetzt in der Wohnung.«

»Hast du mit ihm gesprochen?«

»Nein. Ich hatte grade Zeit genug, um mich für die Beerdigung frisch zu machen.«

»Er scheint entschlossen zu sein, im Tal zu bleiben.«

»Na ja, natürlich ist er das. Wir alle sind es. Ich weiß, daß Olaf unglaublich scharf darauf ist, sich nach Gwens Unterweisungen zu richten.«

»Diane, ich glaube wirklich nicht, daß das auch nur den kleinsten Unterschied machen wird. Horrie will das Nachbaranwesen aufkaufen, also wird das Tal auf jeden Fall verkauft werden.«

»O Attis, du mußt doch inzwischen gemerkt haben, daß das Tal nicht verkauft werden kann. Es ist für die Zukunft dieses Planeten so wichtig.«

»Aber meinst du nicht auch, es sei eine gute Idee, wenn es Teil des Nationalparks wird? Ich will damit sagen, die Parks gehören doch allen.«

»Im Augenblick geht's bei den Menschen so verworren zu, daß bei allem, was sie anfassen, bloß Scheiße rauskommt. Du mußt doch zugeben, Attis, daß Gwen sich nicht ohne Grund auf die astrale Ebene zurückgezogen hat. Sie hatte erkannt, daß ihre Rolle hier beendet war, nachdem sie ihre Weisheit an dich und an Ginnsy weitergegeben hatte.«

»Das kann ich einfach nicht glauben.«

»O Liebling, mit uns fängt doch alles an, erinnerst du dich? Wir haben das alles ausgelöst, indem wir uns verliebt haben. Also, du kannst die Bedeutung der Liebe doch nicht leugnen. Alles fängt mit der Liebe an.«

»Unsere Liebe hatte nichts mit Charlies Tod zu tun, wenigstens möchte ich das hoffen.«

»Können wir dessen sicher sein? Ist nicht alles mit allem verknüpft? Ich meine, ich weiß nicht, aber die Dinge nehmen doch genau den Lauf, den wir wollten. Es ist unheimlich. Hier haben wir eine Chance, völlig unbehindert von der Regierung zu leben. Du wirst jetzt nie nach Sydney gehen müssen, Attis.«

»Aber soll ich denn nicht auf die Universität gehen?«

»Nein. Du kannst nicht nach Sydney gehen. Zunächst einmal werde ich nicht dorthingehen, und ohne deine Liebe kann ich nicht leben. Du würdest dort sowieso nicht glücklich sein; Großstädte sind zum Kotzen. Zum anderen macht sich jemand, der 'nen Mord nicht anzeigt, strafbar, und jemand, der einmal wegen 'ner Straftat verurteilt worden ist, darf keinen juristischen Beruf ausüben, worin liegt also der Sinn, Jura zu studieren, wenn du den Beruf doch nie ausüben wirst? Indem ich davon ausgehe, daß sie nicht exhumiert wird, hat Gwen dich vor 'nem bürgerlichen Schicksal bewahrt.«

»Vielleicht kriegen sie es gar nicht raus.«

»Ich werde es ihnen erzählen. Ich wollte das Thema nicht anschneiden, weil ich nicht geglaubt hatte, daß es nötig sei, aber Attis, Bakkalaureus der Rechtswissenschaften der Universität Sydney, wie bürgerlich kann man denn noch werden?«

»Du meinst also, ich sollte nicht auf die Uni gehen?«

»Natürlich nicht. Es ist Zeitverschwendung. Die Welt, so wie wir sie kennen, einschließlich dieser Uni, ist verspießert und hat keine Zukunft. Wir müssen ein neues Zeitalter begründen, Attis, mit einer neuen Form des Bewußtseins. Und um das tun zu können, müssen wir allein sein, weil die Bourgeoisie uns verspotten würde. Das Tal ist absolut ideal, sogar Balthazar und Eugene stimmen da mit uns überein. Ich meine, da die Straße doch völlig versperrt ist, kann die Bourgeoisie nicht reinkommen. Die gehen doch nicht zu Fuß in den Laden, um 'ne Zeitung zu kaufen.«

»Dann sind wir jetzt vom Gesetz befreit, Diane, da jenes tot ist, in dem wir gefangen waren; so daß wir dienen in einem neuen Geist und nicht im alten Buchstaben.«

»Irgendwas in der Art. Stammt das aus der Bibel? He, ich bewundere an dir ja so, daß du die Bibel liest. Sind das die Kartoffeln? Sie sehen nicht gerade vergnügt aus.«

»Sie haben nicht rechtzeitig genug Regen bekommen. Wir haben hier ja keine Bewässerungsanlage. Unsere Kolbenpumpe steht im Tal, in der Ebene. Das einzige, was wir hier haben, ist die Membranpumpe, die man an 'ne Antriebswelle anschließen muß. Das reicht gerade zum Besprühen, zu mehr nicht.«

Olaf Abernathy, der sich die Teilnahme am Begräbnis geschenkt hat, hört sich gerade auf dem Plattenspieler *Freewheeling Bob* an, als Monica Ecks an die Tür von Wohnung Nummer drei in Graceland klopft. Er öffnet zwar nicht, doch er weiß, daß sie es ist. Sie flucht auf ihre ungestüme Art und ist nahe daran, die Tür einzutreten.

»Ich weiß, daß du da drin bist, du Miststück«, kreischt sie, »deshalb lasse ich auch deine Kinder hier auf der Türschwelle!«

Zur Irreführung stapft sie dann in ihren Stiefeln davon. Olaf hört, wie das Auto angelassen wird. Er öffnet die Tür, um die Jungs hereinzulassen und gibt ihnen gerade je eine halbe Scheibe Rosinentoastbrot zu essen, als die listige Monica erneut auftaucht. Sie war bloß um den Block gefahren.

Es scheint jetzt keinen Sinn mehr zu haben, ihr den Zutritt zu verwehren. Die Tür steht einen Spalt offen, als sie ein zweites Mal davor ankommt. Nachdem sie das Klo benutzt hat, heuchelt sie Herzlichkeit und hockt sich vor den Plattenspieler, um den Stapel LPs zu durchstöbern. Um sie näher in Augenschein zu nehmen, hat sie eine von Ginnsys Lieblingsplatten herausgesucht, nämlich *Smack Up* von Art Pepper, eine importierte Platte mit dem Label von Contemporary. Sie ist verzogen, weil sie im Bus im Tal in der Sonne gelegen hat. Und was ist das? Ginnsys Soloalbum. Und hier ist noch ein Exemplar von Ginnsys Soloalbum.

»Darf ich mich mal fünf Minuten hinsetzen?«

Sie trägt einen weißen Lippenstift. Ihre Taille ist nackt. Nabelstecker gab es in den Sechzigern nicht.

»Nur zu. Es tut mir so leid, Monica. Ich weiß nicht, was manchmal in sie fährt. Kann ich dir 'ne Tasse mit irgendwas machen?«

»Arsenik käme recht. Wo ist sie?«

»Sie mußte weg. Ist zu 'ner Beerdigung gegangen.«

»O mein Gott. Was ist mit dieser Frau bloß los? Hat sie vergessen, daß sie diese Kinder geboren hat oder was? Geht mal 'ne Weile an die frische Luft, Jungs. Also!«

»Ich versuche nicht, ihr Verhalten vor dir zu entschuldigen, aber wir wollten heute sowieso zu dir kommen.«

»Anrufen konntet ihr wohl nicht?«

»Wir haben kein Geld.«

»Ein R-Gespräch konntet ihr sicher auch nicht anmelden?«

»Sie hatte Angst vor dem, was du womöglich tun würdest. Sie ist nicht so stark und hart, wie sie machmal vielleicht tut, Monica.«

»Ich glaube gar nicht, daß sie stark und hart ist. Und versuch gefälligst nicht, sie zu verteidigen. Mir steht's bis hier mit diesen Jungs.«

»Mir auch. Oh, du bist 'ne wunderbare Frau. Eine Freundin wie dich verdient sie überhaupt nicht. Wie geht's Calvin?«

»Ein prima Gesellschafter, sofern man auf Langeweile steht. Wem gehört diese Absteige eigentlich?«

»Diane hat sie gemietet. Ich wohne nicht hier, ich bin unten im Tal.«

»Oh? Ich hatte Besuch von dem Mädchen mit dem Sommersprossengesicht. Wie heißt sie noch?«

»Barbara?«

»Ja, richtig. Sie hat mich über etwas ins Bild gesetzt, das wie eine verdammt idiotische Idee klingt. Zieh mir doch mal die Stiefel aus, ja? Sie sind so eng. Meine Füße schwellen bei Hitze an. Meine Möpse auch.«

»Klar. Oha!«

»He, sachte, sachte, Baby. Ist Eugene auch dort unten?«

»Ja.«

»Arschloch.«

Als sie bemerkt, daß die Hand des jungen Wehrpflichtigen bebt wie der Kropf von einer von Horries Tauben, blicken Monicas grüne Augen zum Fenster, um ganz sicherzugehen, daß die Jungs auch verschwunden sind. Sie weiß, das sie nicht zurückkommen, bevor sie sehen, daß das Auto auch bestimmt fort ist.

»Würdest du mir 'nen Gefallen tun, Junge?«

»Klar. Jeden.«

»Ach du meine Güte! Jeden, sagt er. Meine Kniesehnen tun mir immer weh, wenn ich fahre, und ich muß die ganze Strecke wieder zurückfahren, also, habt ihr Öl in der Küche?«

»Ich gehe mal nachsehen.«

»Könntest du mir die Oberschenkel einreiben?«

»Kein Problem.«

»Ist das das Schlafzimmer? Ich warte hier drin.«

Es geschieht alles ganz schnell, aber so ist Monica nun einmal. Als er mit dem Speiseöl zurückkehrt, liegt sie bäuchlings auf Dianes Bett, und ihre Bluse ist den halben Rücken hinaufgezogen, und Jeans und Slip umhüllen ihre Fußgelenke.

Nun ist das ein Hintern mit guten Referenzen: 1968 prangte er an der Wand manch eines Werkstattwaschraums; und tatsächlich, als Monica sich später an jenem Tag mit Olaf im Schlepp, und der schmilzt prompt dahin, zu der gutgeölten Menge auf der Beerdigungsfeier gesellt, stößt Darryl, in seinem Kummer bei der zweiten Flasche Fusel, ein ungläubiges Gejohle aus und geht geradewegs auf sie zu.

»Monica«, sagt er. »Das müssen Sie sein. Ich würde dieses Gesicht jederzeit wiedererkennen. Sie sind doch Monica aus Alabama? Natürlich sind Sie es. Was für 'ne tolle Überraschung. Arbeiten Sie noch immer an Ihrem eigenen Wagen, Monica? Ziehen Sie noch immer Bars gegenüber Cocktail-Lounges vor, wenn Sie einen trinken wollen?«

Als sie die zitternde Nisi zu Gesicht bekommt, wirft Monica ihr ein dick aufgetragenes Lächeln zu, während sie unterdessen ein Corned-beef-Sandwich mit fluoreszierend gelben Gürkchen entgegennimmt. Diesem läßt sie eine Tasse Tee und eine Scheibe rosa und weißes Kokosnußeis folgen. Alles ist verziehen, und Monica hat die heikle Situation auf eine bewährte Art und Weise entschärft. Olaf seinerseits fragt sich, als der Stolz verblaßt, was es im weiteren Sinne zu bedeuten hat, denn, traurig, das sagen zu müssen, so etwas wie flüchtigen, bedeutungslosen Sex gibt es nicht. Würde Monica ihn ein zweites Mal so entschieden favorisieren? Wahrscheinlich nicht. Sie würde ihn wahrscheinlich bloß in seine Schranken weisen, und zwar entschieden.

»Willst du nicht bleiben und das Tal mal besuchen, Mon? Ach, komm schon. Bloß mal einen Tag. Bitte?«

»Nein, danke, Nisi. Für mich ist dieses Tal der Ort, an dem Eugene in der Hölle verfaulen wird.«

Monica Ecks: Von einem jungen Mann zu erwarten, dem Charme einer wunderschönen Blondine zu widerstehen, wäre zuviel verlangt. Genaugenommen haben wir um 1968 herum aufgegeben, glaube ich, dies zu verlangen. Die Lektüre von Malorys *Morte d'Arthur*, die Versuchungen des Ritters Parzival, wo sich die wunderschöne Blondine als scheußlicher Dämon in Verkleidung erweist, unterstreichen die Verachtung der Gralssucher für ultimativen fleischlichen Genuß. Ich würde nicht so weit gehen, unsere männlichen Kommunarden hier als Gralsritter anzusehen: Weigerung, an einem ungerechten Krieg teilzunehmen, ist zwar nicht ohne gewissen Mut, aber unritterlich; doch wir müssen hier den Begriff der höfischen Minne ansprechen, weil Attis' Versagen, sich ihrer Herausforderung gewachsen zu zeigen, die Passion in der *Ballade* beschleunigt. Vor sinnlicher Begierde brennende Männer streben gefühlsmäßig danach, sich ihr gewachsen zu zeigen; das Problem hier besteht darin, daß höfische Liebe, wenn sie fehlgeleitet wird, nur in den Abgrund führen kann. Wir lesen die Stelle, wo Lanzelot, in der Schlacht verwundet, die ganze Nacht bei Königin Ginevra lag, doch beide bestritten einen Ehebruch, als sie am nächsten Tag überrascht wurden. Er hat ihn wahrscheinlich nicht reingesteckt. Wer macht hier eigentlich wem was vor? Höfische Minne hat Frauen von Fleisch und Blut außer einem herzlichen Lachen nichts zu bieten, doch höfische Minne ist die einzige Liebe, die ein Mann einer heiligen Jungfrau bieten kann. Als Brigid im Tal erscheint, verlieben sich alle Männer hoffnungslos in sie. Es schmerzt, heute die Tränen in Kimbos Augen steigen zu sehen, wenn er von der wunderschönen Brigid spricht. Aber sie wußten nicht, wie sie sie lieben sollten, sieh mal einer an. Sie wußten nicht, wie sie ihre Liebe ausdrücken sollten, bis Attis in seinem Kummer darüber, sie befleckt zu haben, seine Dame sowohl ehelichte als auch sich mit ihr vereinte und den anderen zeigte, was wahre Liebe im Land der Ewig Jungen bedeutet.

46

Ginnsy gerade noch einmal davongekommen. Nisi, Olaf und die Jungs treffen ein. Die leere Batterie.

Unter Schwierigkeiten öffnet Ginnsy die Augen, die voller Schlaf sind, und als er den ihn umgebenden Raum sieht und nach einer glücklicherweise kurzen Weile den Raum als Teil des Hauses erkennt, dankt er dem Geist des Tals und erhebt sich vom Bett. Die ganze Nacht über hat er sich den Gesang des nächtlichen Kuhfladenverkäufers angehört (muh puh, muh puh).

Quis deus, incertum est; habitat deus.

Welcher Gott, wissen wir nicht. Doch ein Gott lebt hier.

Wenn Ginnsy mit dem Arm auch nur leicht an eine Tür stößt, ruft dies einen blauen Fleck hervor. Er ist vor Hunger dem Tod nahe. Es ist so lange her, seit er die letzte ordentliche Mahlzeit gegessen hat, daß die Hungerstiche abklingen, Gehör und Sehkraft aber ungewöhnlich geschärft sind. Eugene Ecks und Olaf Abernathy sind beide von ihrer Reise nach oben noch nicht zurückgekehrt, und Ginnsy weiß, daß er es ohne Hilfe den Pfad nicht hinaufschafft. Er ist jetzt zu schwach.

»Fats!« krächzt er, doch von dem undankbaren schwarzen Köter kommt keine Antwort.

Blaß und matt breitet sich das Tal metaphorisch vor Ginnsy aus. Zwitschernde Vögel werden zu seinem Bauchgrimmen. Tröpfchen seines eigenen Urins benetzen das Gras mit Tau. Der murmelnde Bach dröhnt in seinem Ohr.

Bin ich wirklich hier, denkt er, und kann mir das wirklich passieren? Oder ist es ein Traum, und ich werde aus dem Leben erwachen, so wie ich vor kurzem aus dem Schlaf erwacht bin? Er steht da und starrt auf den mythenbildenden Planeten, von seiner Willkür überwältigt. Denn daß der Himmel blau, das Gras grün ist, stellt bereits eine Art Gefängnis dar, findet er. Und daß bei diesem die Rayleighsche Streuung die Ursache sei, bei jenem die Quantelung der Energiepegel in den labilen Elektronen des Chlorophylls in den Farbstoffträgern, erweist sich, ohne der Aufklärung nahetreten zu wollen, nicht als der von uns erhoffte Schlüssel zur Tür. Ist es nicht merkwürdig, daß wir uns dessen hier bewußt werden und nirgendwo anders als hier, und nicht noch merkwürdiger, daß andere, die, nach ihren Schriften zu urteilen, uns glichen, bereits zuvor gelebt haben und doch dahingegangen sind? Ist es aber nicht am allermerkwürdigsten, daß wir dies aus unserem Gedächtnis gestrichen haben und weitermachen, als seien wir unsterblich?

Ich sterbe, denkt Ginnsy, den Hungertod; doch er weiß, das dies nicht sein kann, denn man stirbt nicht. Wenn man stürbe, dann könnte der Himmel ebensogut grün, das Gras purpurn sein.

In der Zwischenzeit klettert Eugene den Pfad hinunter, darauf konzentriert, sich nicht ein Bein zu brechen.

Auf einen Schlag haben sie beide, zweifellos durch Erschöpfung unterstützt, mit der Sucht gebrochen. Erschöpfung, die Grundlage der Speisekarte auf jeder Gesundheitsfarm: Mich jedenfalls kriegt ihr auf keine Gesundheitsfarm. In einer psychedelischen Welt nehmen wir die Psychotropen, weil wir nicht in einem Zustand feststehender Zufriedenheit leben können. Aber ist es nicht schon etwas, überhaupt lebendig zu sein, wenn auch gewissermaßen ein Witz – ob nun als Briefträger oder meinetwegen postmenopausal? Die traurige Tatsache ist, daß Michael Ginnsy, kaum daß er seine chemischen Süchte bezwungen hat, nicht übel Lust verspürt, sich auf die einzige Art und Weise zu belohnen, die er kennt: nämlich mit weiteren Drogen. Und daher schreitet er gerade über die Ebene, um zu schauen, ob er nicht einen farbigen Pilz findet – und selbst, wenn er einen fände, wer könnte schon sagen, ob er ihn auch äße? Moralische Bedenken hat er nicht –, als Eugene Ecks, Dosen mit Tomatenkonserven verlierend, den letzten, abschüssigen Abschnitt des Pfads heruntergerannt kommt.

»Ginnsy!«

»Zur Stelle.«

»Hilf mir doch mal, Mann.«

Es ist ganz offensichtlich, daß es dem Geist des Tals lieber ist, wenn Ginnsy keinen Pilz findet. Er ist zufrieden.

Gebackene Dosenbohnen auf Toast mit Schokoladenwaffeln und Instantkaffee. Eugene schlürft Nescafé, raucht eine Pall Mall.

»Ah, Mann, das schmeckt ja großartig. Nie hat es mir besser geschmeckt. Noch ’n paar Tage, und ich würde nichts Festes mehr zu mir nehmen können. Es ist herrlich, am Leben zu sein.«

»Ja, Flüssignahrung kannst du vergessen. Es sei denn, es wär ’n Fäßchen Bier.«

»Was ist mit Olaf?«

»Er ist auf dem Weg nach unten. Müßte bald hier sein. Hat die ältere Frau bei sich.«

»Oh?«

»Nisi. Du erinnerst dich doch an Nisi?«

»O ja. Ich erinnere mich an Nisi.«

»Und die beiden Kinder. Die beiden Jungs.«

»Ausgezeichnet. Oh, das ist wirklich prima, Mann. Jetzt kommen die Dinge in Bewegung. Ist Nisi das Mädchen mit den Goldzähnen? Mit Frauen und Kindern unter uns werden wir uns wie ’ne echte Gemeinschaft fühlen. Das gibt uns den Ansporn, von unseren Ärschen hochzukommen und anzufangen, das Schulgebäude zu errichten. Was bin ich also für meinen Anteil an den Vorräten schuldig? He, haben wir eigentlich Mehl? Nisi wird vielleicht Plätzchen backen wollen.«

»Nichts. Ich habe mir das Geld von Calvin geborgt. He, ich glaube, ich höre Stimmen. Holen wir die Karre raus.«

Die Jungs, mit Pfadfinderausrüstung, Schlafsäcken, Waschbeuteln, allen ihren Sachen, allen ihren Comics; Nisi und Olaf hinterher, unter dem gemeinsamen Gewicht des Inhalts eines Ramschladens schwankend; ramponierte Aluküchengerätschaften und sonstige Billigwaren, in einer halben Stunde in einem Gemischtwarenladen aufgetrieben. Statt potentielle Energien zu sammeln, blutet Nisi nach einem Sturz.

»Gut gemacht«, meint Olaf, als es schließlich alle bis zum Talgrund geschafft haben. »Habt ihr gut gemacht. Ich bin stolz auf euch.«

»Wann gehn wir heim, Mon?« will Aloysius wissen. »Wo ist das Haus, wo wir bleiben?«

»Hmm«, grübelt Nisi. »Ich frage mich, ob ein Packpferd es schaffen könnte, diesen Pfad runterzugehen.«

»Warum eigentlich nicht? Attis meint, die Rinder steigen die ganze Zeit da rauf und runter. Rutsch-aufm-Arsch-Paß.«

»Ja, aber wir haben doch gar keine Kuhfladen gesehen. Bloß Wombatspuren.«

»Das stimmt. Also, sie sind uns nicht abholen gekommen, wie vereinbart war, daher schätze ich, wir müssen zu Fuß zum Haus laufen. Jungs! Rucksäcke aufsetzen.«

»Können wir die Sachen nicht einfach hierlassen und später holen, Mum? Mir tut der Rücken weh.«

»Bitte, Tim. Verdirb nicht alles durch dein Gejammer. Das hier ist ein neuer Anfang für uns alle. Bitte, verdirb ihn nicht.«

»Hi, Mann! Hi, Nisi, wie geht's dir? Freut mich, euch zu sehen, Jungs. Legt euer Gepäck einfach hier ab, Mann.«

»Du solltest uns doch abholen, Ginnsy. Hat Eugene dir das nicht gesagt?«

»Tut mir leid. Ich konnte den Bus nicht in Gang kriegen. Ich glaube, die Zündung stimmt nicht mehr, oder vielleicht ist der Vergaser verdreckt.«

»Oder vielleicht ist die Batterie leer.«

»Mal gefälligst nicht den Teufel an die Wand, Mann! Verhex mir bloß die Kiste nicht! Ich hatte keine Probleme, mal davon abgesehen, daß die Isolierung, die um den Tank rum war, durchs Lüftergehäuse gefallen ist. Ist immer angesprungen, beim ersten Zündfunken.«

»Ja, aber wir können doch nicht erwarten ...«

»Natürlich können wir das erwarten, Mann! Natürlich können wir das, und ja, wir müssen es erwarten. Bring bloß nicht den ganzen negativen Scheiß mit nach hier unten, ich flehe dich an. Laß ihn dort oben.«

»Okay, reg dich nicht auf. Ich verstehe ja, daß du sauer bist, weil du den blöden Bus nicht angekriegt hast, aber laß es doch gefälligst nicht an mir und Nisi und den Jungs aus. Wir sind müde und erschöpft.«

»Nein, nein, es geht nicht darum, irgendwas an jemand auszulassen. Es ist bloß so, daß das ein neues System werden sollte, Olaf, stimmt's? Also vermassle es nicht durch diese negativen Gedanken. Du hast nämlich noch nicht begriffen, daß negative Gedanken viel schwerer wiegen als uns bewußt ist. Als irgendeinem von uns bewußt ist. Weil nicht bloß du es bist, sondern jeder. Die ganze menschliche Rasse hat diese negativen Gedanken, und das ist der Grund, weshalb sie alle Probleme haben. Du darfst nicht mal denken, daß die Batterie leer ist. Noch habe ich die Klemmen ja nicht gereinigt. Das ist alles, was ich zu sagen habe.«

»Gut.«

»Dann Ende und Schluß.«

»In Ordnung.«

»Natürlich ist die Batterie leer«, fügt Eugene mit dem Anflug eines Grinsens hinzu, »wir haben doch überhaupt keine Möglichkeit, sie aufzuladen.«

Schweigen.

»Wer möchte 'ne schöne Tasse Tee?« fragt Nisi und reibt sich kräftig die Hände. »Und danach mußt du uns zum Fluß mitnehmen, Michael, und uns die beste Stelle zum Baden zeigen.«

»Die Jungs können im Jellybean Pool baden, aber niemals am Weihnachtstag. Habt ihr das kapiert, Jungs?«

»Übrigens, Ginnsy, Balthazar hat angerufen. Er wird morgen hier sein. Er bleibt über Nacht bei Diane.«

Michael Ginnsy: Wurde zum Eunuchen. Hüter der Heiligen Pumpe. Es amüsiert mich, darüber nachzudenken, wie diese beiden alten Mystiker auf sein Eindringen wohl reagiert haben mögen. Stellt euch Gwen und Phryx vor, die zuschauen, wie ein buntbemalter VW-Bus durch die Schlucht zockelt, kurz darauf gefolgt von einem Felssturz, der das Tal von jedem Fahrzeugverkehr abschneidet. Allein schon die zeitliche Abfolge dürfte sie in keinem Zweifel darüber gelassen haben, daß dies der Vorbote sein mußte. Hier war ein Mann, der die tagtäglichen Instandhaltungsarbeiten übernehmen konnte, und, seien wir mal ehrlich, er war ja handwerklich begabt. Warum haben sie es ihm gesagt? Wer weiß. Wie lange hat er bei ihnen da unten zugebracht? Es waren zwei kurze Aufenthalte. Für Gwen kommt noch immer der Scheck von der Sozialversicherung, und jedesmal geht er mit der Post auf dem Seeweg zurück. Man sollte annehmen, daß sie nach nunmehr siebenundzwanzig Jahren gemerkt haben, daß sie verzogen oder verstorben ist. Ich bin mir sicher, ich wäre in der Lage gewesen, sie durch diesen Scheck aufzuspüren, aber ihr werdet verstehen, warum mir das egal ist. Ich wäre der erste, den sie des Mordes verdächtigten, so arbeitet ihr winziger Grips nämlich. Wir wissen, daß sie ein Gespür für keltische Mythen hatte. Oh, laßt ihr doch Gerechtigkeit widerfahren, sie war eine große Druidin, sie hat den Gott Krom gesehen. Er hat zu ihr gesprochen. Sie hat den Meteoriten gefunden, einen kohlenstoffhaltigen Chondriten, der älter ist als Sonne und Mond. Was Phryx betrifft, so war er harmlos, verwirrt, ein bißchen faul, glaube ich. Hat zuviel getrunken. Na na na. Ich sehe Gwen als die Kraft hinter dem an, was sich in jenem Tal ereignete, und hinter der Heiligen Pumpe – dieser doppeltwirkenden Kolbenpumpe; eigentlich war es eher der Motor, der heilig war. Bestimmt haben sie zum Rhythmus der Pumpe getanzt, doch es war die Kurbel, die von der Pumpe abflog, die die Flasche zerschmetterte, die Phryx entmannte. Gwen mußte wohl nach dem Zwischenfall eine Wandlung zum Besseren bei ihm beobachtet haben, und es ist durchaus nicht so, daß ihr dadurch etwas entging: Ich wage zu behaupten, sie war jene Art von Frau, die bei einem Gewitter einen Orgasmus bekommt. Die Pumpe steht noch immer dort am Bachufer. Ich kann nicht dorthin, wegen Darryl. Er hält mich für einen Dreckskerl, der seine Nase überall reinsteckt, aber mit einem stark vergrößernden Fernglas kann ich die Pumpe vom Sunrise Lookdown aus sehen. Und der Motor ist ein Ronaldson-Tippett mit drei PS, das waren echt gute Pumpenmotoren. Ein Mann, mit dem zusammen ich Bowls spiele, hat mal einen brennend mit der Harke oben von der Müllkippe von Obliqua Creek runtergezerrt, und er funktioniert noch immer.

47

Horrie verschiebt den Verkauf des Tals. Diane kampiert im Haus das glüht. Mord am Einschlagplatz.

»Hast du die Post? Was für mich dabei?«

Apollo 8 hebt zum Mond ab, doch auf der Farm ändert sich inzwischen nicht viel.

»Du bist noch hier? Ich dachte, du seist längst zur Arbeit gegangen.«

»Kann man sich nicht mal ’nen Tag freinehmen? Passiert ja nur alle Jubeljahre. Ich hatte ’n paar Besucher, nachdem du fort warst. Soll ich dir dabei helfen?«

»Nein, danke. Ich nehme an, es waren Attis und dieses Flittchen.«

»Oh, wie kommst du denn darauf? Ich meine, du urteilst ein bißchen hart über das Mädel. Ich möchte dich darauf aufmerksam machen, daß sie von diesem Haus sehr beeindruckt ist; sie meint, es habe ›Charakter‹. Worauf ich zu Attis sage, wir sollten 'ne Firma aufmachen und Häusern Charaktere verleihen.«

»Dann war sie also doch hier.«

»Na ja, natürlich war sie hier. Wann hast du schon mal unrecht damit gehabt, wer hier war, während du fort warst?«

»Du verheimlichst mir doch etwas, Horace MacAnaspie. Nun sag's gefälligst schon.«

»Oh, du bist 'ne unnachgiebige Frau. Setz dich, ruh deine müden Beine aus, und ich hol dir 'n Täßchen. Oder möchtest du lieber 'nen Brandy von der Beerdigungsfeier? Eine halbe Flasche ist noch da, wenn Darryl sie nicht gefunden hat.«

»Gütiger Gott, was mußt du bloß getan haben? Zu dieser Stunde möchte ich 'ne Tasse Tee.«

»Du willst sagen, du weißt es nicht? Du enttäuschst mich. Eins wollen wir jetzt aber mal festhalten, damit es von vornherein klar ist. Das Oberhaupt dieser Familie bin ich, oder etwa nicht?«

»Nimm doch nicht diese Tassen, du Narr. Nimm die anderen Tassen.«

»Was ich sagen will, ist, Charlie war mein Vater, Gott gebe seiner Seele ewige Ruh, stimmst du mir da zu? Ich meine, er war nicht dein Vater.«

»Nein, aber ich habe mich um ihn gekümmert, seit ich 'n junges Mädchen war. Sonst hätte sich nämlich niemand die Mühe gemacht. Wo ist Norman eigentlich?«

»Att und Diane haben ihn in die Stadt mitgenommen. Also, das Tal hat immer meiner Familie gehört, Iris, und mein Anwalt teilt mir mit, daß du und ich zwar die gemeinsamen Pächter von Wonderview sind, das Erinungarah-Tal mit Koala Kottage aber mir gehört, und zwar mir allein.«

»Ich will dein blödes Tal doch gar nicht. Ich dachte, du hättest gesagt, Charlie hat kein Testament hinterlassen?«

»Nein, er hat eins hinterlassen. Ich habe es gefunden. Ich hatte es die ganze Zeit in meiner untersten Schublade. Das ist auch gut so, denn sonst hätte die Naturschutzbehörde womöglich zugegriffen. Verstehst du, was ich meine?«

»Erspar mir deine Bekenntnisse und komm zur Sache. Ich habe noch was andres zu tun.«

»Sehr wohl. Ich übertrage die Nutzung des Tals eine Zeitlang an Attis. Ein Jahr lang. Ich verkaufe es einfach noch nicht.«

»Ja, was will Attis denn damit anfangen?«

»Also, es gibt 'ne Menge, was man mit dem Tal machen könnte, Iris, wenn einem der Sinn danach steht.«

»Aber er wird doch nach Sydney gehen. Er geht auf die Universität, er wird Anwalt.«

»Oh, du machst es einem aber schwer. Verstehst du, er ist sich nicht sicher, ob er wirklich einer werden will.«

»Doch, er ist sicher.«

»Nein, er getraut sich bloß nicht, dir die Wahrheit zu sagen, weil er Angst vor dir hat. Er hat Angst, daß du dagegen sein könntest. Aber offen gesagt, ich glaube, daß ein junger Mann in seinem Alter ...«

»Oh, du alter Narr. Sie hat dich bearbeitet, genauso wie sie ihn bearbeitet hat. Sie will bloß ihren Willen durchsetzen, und du bist ein viel zu großer Narr, um das zu durchschauen. Sie mit ihren großen Augen und kurzen Haaren, ihren überschlauen Ideen und ihrem Großstadtgehabe, sie ist eher wie 'n Mann. Also, für meinen Sohn ist sie nicht gut genug.«

»Nicht gut genug für deinen Sohn? Ich nehme an, du weißt, wer sie ist? Bloß die Tochter von Sir Zeno und Lady Zoshka aus Darling Point.«

»Na, was macht sie denn dann hier draußen? Was will sie von unserem Att? Er hat doch nichts, was er ihr bieten könnte. Oh, erzähl mir bloß nicht, daß sie es ernst mit ihm meint. Na, sie sind sowieso beide zu jung, um zu wissen, was sie wirklich wollen.«

»Opa war in ihrem Alter bereits verheiratet.«

»Das war damals. Wir haben jetzt. Was denn, will er sich etwa von ihrem Vater Geld pumpen, um 'nen Trupp Männer anzuheuern und im Tal Holz einzuschlagen? Huh. Denn unsere Jungs sind hier mit Arbeit voll eingedeckt. Weiß Gott. Darryl und Fergus haben keine Zeit, dort runterzugehen.«

»Sie wollen im Tal kein Holz einschlagen, Iris, im Gegenteil. Also, du verstehst aber auch gar nichts. Was uns vorschwebt, ist, zu den wahren Grundsätzen der Farmwirtschaft zurückzukehren. Wir haben die Bedeutung der Familie vergessen. Wann war denn das letzte Mal, als wir gemeinsam als Familie etwas unternommen haben?«

»Wir haben an dem Abend, als du in der Tombola gewonnen hast, im Bowlingclub zu Abend gegessen.«

»Und wie lange ist das her? Sieh mal, Attis hat 'nen Trupp Männer aufgestellt, die bereit und gewillt sind, ohne Bezahlung zu arbeiten.«

»Hmm, diesen Trupp Männer möchte ich kennenlernen. Sie können jederzeit mal hierherkommen. Dann geht er also nicht auf die Universität.«

»Oh, eines Tages wird er doch noch gehen. Wir hatten nicht damit gerechnet, daß du es verstehen würdest.«

»Ich verstehe nur zu gut. Sie bekommt ihr Spielchen und verzichtet mal auf den gewohnten Komfort, und es wird etwa 'nen Monat dauern, danach eilt sie nach Hause zu Daddy und läßt Attis mit gebrochenem Herzen und 'nem Trupp Männer sitzen, die er nicht bezahlen kann.«

»Hör mal, falls er zur Universität zugelassen wird, verschiebt er den Studienbeginn einfach um ein Jahr. Zufrieden? Er möchte's doch bloß mal mit der Farmwirtschaft versuchen. Ich meine, er ist schließlich der Sohn eines Farmers.«

»Er ist nicht der Sohn eines Farmers. Keiner deiner Söhne würde es bis auf die Universität schaffen, es sei denn, er hätte mit dem Lieferwagen dort vorzufahren.«

»Vielen Dank. Er ist ebensosehr mein Sohn, wie er deiner ist, und er kann sich frei entscheiden. Ich kann nur begrüßen, was diese jungen Leute vorhaben, und ich ziehe den Hut vor ihrem Mut. Genauer gesagt, wenn ich fünfzig Jahre jünger wäre, würde ich mitgehen und mithelfen.«

»Oh, und wie du mithelfen würdest, Horrie, da brauchtest du keine Sorge zu haben. Sie würde dich schon ordentlich rannehmen. Frauen gegenüber hast du dich ja immer zum Narren gemacht.«

»Du siehst das viel zu schwarz. Siehst immer nur das Schlechte in den Menschen. Ich weiß nicht, wie jemand es um Gottes willen all diese Jahre mit dir aushalten konnte.«

»Und was ist mit der blockierten Straße? Wer bezahlt, daß sie wieder hergerichtet wird? Du hast selbst gesagt, daß du nicht die Gerätschaften dafür hast.«

»Ich nehme an, Zeno schickt ein Aufgebot von einem seiner großen Tagebaue hierher. Er hat Kipper größer als dieses Haus. Es heißt, er sei ein gradliniger Mann. Ich glaube, er und ich, wir kämen gut miteinander aus.«

»Schraub deine Hoffnungen nicht zu hoch. Der Tag, an dem seine Tochter deinen Sohn heiratet, ist der Tag, an dem meine Schwester mir 'nen Brief schreibt, der nicht voller Angeberei steckt. Hör dir das bloß an: ›Wenn Du nur diesen Komfort sehen könntest.‹«

Es war der Verkehr, der dem Pfad so schadete. Nur der starke Verkehr war schuld daran, daß der höchste Punkt des Bergkamms abrutschte und das Tal als Folge des zweiten Felssturzes im Mai 1979 fast völlig abschnitt.

Sommer 1968/69. Nachdem es ihm zunächst nicht gelungen war, den havarierten Kleinbus ausfindig zu machen – flußaufwärts der Wasserfälle liegt ein Abschnitt mit steil abfallenden Felswänden –, hat Eugene Ecks einen Vormittag mit der Sisyphusarbeit zugebracht, die entladene Batterie herauszuschleppen. Wie sich immer deutlicher herausstellt, ist die Höhle zu einem wichtigen Betätigungsort geworden, und Diane Zoshka wird in der Höhle wohnen müssen, solange Attis noch arbeiten geht, und Attis wird noch weiter arbeiten gehen müssen, solange Kapital zum Kauf von Gebrauchsartikeln erforderlich ist, da kein anderer in dieser Kommune, Michael Ginnsy ausgenommen, über Knete verfügt, und Ginnsy hat seinen angenommenen Decknamen vergessen und könnte seine Unterschrift nie zweimal in der gleichen Art und Weise leisten: Sein Konto wird damit eins dieser bedrückenden, herrenlosen Bankkonten werden. Ein Fahrzeug käme auch gelegen, wenn man notgedrungen eins kaufen würde. Doch um zur Höhle zu gelangen, muß man sich von der Feuerschneise aus eine Stunde lang durch Teebaumgestrüpp kämpfen, wodurch es von der Ebene zu einem Marsch von »gut drei Stunden« wird – und lediglich ein MacAnaspie würde diese Feuerschneise für befahrbar halten. Wenn Attis die Absicht hat, mit Diane in der Höhle zu wohnen, wird er aufstehen müssen, wenn Darryl ins Bett geht, da der Platz, auf dem jetzt eingeschlagen wird, eine Stunde Fahrtzeit hinter der Stadt liegt. Mit anderen Worten, wie für jeden ersichtlich, ist das ganze Unternehmen nicht durchführbar. Was den Gedanken betrifft, die Durchfahrt wieder zu ermöglichen, so kann man ihn vergessen. Als Darryl im Mai 1986 (dem Internationalen Jahr des Friedens) der Durchstich gelang, hatte er einen Trupp von der Forstwirtschaft und vom Straßendienst dabei, die einen Monat daran arbeiteten.

Diese wunderschönen Bergfesten überleben aus gutem Grund in unberührtem Zustand. Aus dem gleichen Grund sind sie immer billig, wenn sie jemals auf den Markt kommen. Daher stellen sie eine Versuchung für jene unvernünftigen Leute dar, die Zablocki (1981) so eloquent als »klassenlos, weiß, städtisch, liberal erzogen, jedoch ohne berufliche Ausbildung und weder einer echten Gefahr ausgesetzt, in Armut zu verfallen, noch einer wirklichen Gelegenheit, in eine anstrengende und lohnende berufliche Laufbahn hineingezogen zu werden« kategorisierte.

»Wie läuft es?« will Eugene Ecks wissen, als er die 12-V-Batterie auf den Boden plumpsen läßt. Der Abdruck ist noch heute zu sehen. Dort, wo sich die Säure durch den Baumwollstoff gefressen hat, weist seine Kleidung die charakteristischen Arabesken des Batterieträgers auf.

»Attis und ich haben uns darüber verständigt, wer im Tal wohnen sollte, Eugene. Alle, die jetzt hier unten sind, können bleiben, und jeder, der auf der Gedenkfeier für Martin Luther King dabei war, ist mit einem Partner willkommen. Zufällig nur habe ich erwähnt, daß ich auf Barbaras Gedenkfeier für Martin Luther King war, und es hat Atts Phantasie angeregt. Er beneidet mich, glaube ich, weil ich in der Stadt gewohnt habe und dadurch daran teilnehmen konnte.«

»Toll. Denn King war für die Gleichheit, Diane.«

»Stimmt. Und in der *Moody Valley Candle Company Co-op*, Eugene, ist jeder frei, und jeder ist gleich.«

»Ist noch ’n weiter Weg bis dahin, Diane. Gibt’s auf Wonderview eigentlich ’n Batterieladegerät?«

»Was ist ein Batterieladegerät?«

»Schon gut. Haben wir ’n Stück Papier, auf das ich ’n paar Zeilen schreiben könnte?«

»Nein. Wir sind noch nicht voll eingerichtet. Das einzige, was wir haben, sind dieser Spirituskocher und die Schlafsäcke. Attis müßte heute beizeiten zurück sein. Er ist nicht zur Arbeit gegangen, weil er noch ’n paar Sachen für die Höhle holen wollte. Wir werden hier oben bleiben müssen, solange er noch arbeitet, aber es dürfte ja nicht für lange sein. Nur so lange, wie wir Geld brauchen.«

»Er ist schon ein klasse Bursche, Diane. Hast es gut getroffen.«

»Eugene, es ist sein Tal. Sein Vater hat es ihm gerade übergeben.«

»Ich hoffe, das macht ihn und dich nicht zu König und Königin oder sowas.«

»Natürlich nicht. Du würdest sowas nicht sagen, wenn du uns kennen würdest. So sind wir nämlich nicht.«

Da er den Eisenwarenladen aufsuchen muß, um ein paar Teile für den großen Erdbohrer abzuholen, sieht er Fergies Holztransporter vor Wohnung Nummer 10 in Graceland stehen, und dabei ist es noch nicht einmal drei Uhr nachmittags. Hat Fergus keine zweite Ladung bekommen? Denkt er eigentlich daran, daß er die Miete bezahlen muß?

»Bist du’s, Att? Komm rein, Kumpel. Die Tür ist nicht abgeschlossen.«

Fergie, die Füße auf dem Tisch, hängt an einer Flasche Corio-Whisky, und das sieht ihm gar nicht ähnlich.

»Setz dich. Willst du ’nen Schluck?«

»Nein, danke.«

»Im Kühlschrank ist Bier, falls du dir’s noch überlegst. So’n Scheiß, Kumpel! Was für’n Tag.«

»Ist irgendwas los?«

»Und ob was los ist, verdammt noch mal. Als ich ankomme, um meine zweite Fuhre zu laden, wimmelt’s auf dem Einschlagplatz nur so von Bullen. Es hat ’nen Mord gegeben.«

»Was?!«

»Du kennst doch den jungen Burschen, der grade angefangen hat? Offenbar hat Smitty ihn an diesen riesigen Graueukalyptus rangesetzt, der ganz oben steht.«

»Was, an den, den sie eigentlich stehenlassen wollten?«

»Unmittelbar oben am Einschlagplatz. Sie hätten ihn lassen sollen, man braucht 'ne Woche, um ihn zu fällen, und 'nen Tieflader, um ihn rauszuholen, na, jedenfalls zieht der Junge los, und das war das letzte, was sie von ihm sahen, und als dann Pause ist, war bloß noch das Leerlaufgeräusch der Säge da. Du mußt ihn doch gekannt haben, oder? Du hast doch bestimmt Fußball gegen ihn gespielt, nicht? Kam von unten an der Küste.«

»Was ist denn passiert?«

»Smitty geht los um nachzusehen und findet ihn, wie er kalt und mausetot ist. Ach, das hättest du sehen sollen, Att. Durch den Kopf geschossen, Kumpel. So'n Scheiß.«

»Hast du den Toten gesehen?«

»Die Bullen waren grade erst eingetroffen. Smitty steht da und kotzt sich die Seele aus dem Leib. Ist auch gar nicht mit 'ner großkalibrigen Waffe gemacht worden. Anfangs haben sie überhaupt nicht gewußt, woran es gelegen hat, und sie dachten, es sei vielleicht 'ne Sägekette gebrochen, aber die Säge liegt da, und es ist gar kein Blut an der Säge. Na ja, ich will damit sagen, es war schon Blut an der Säge, aber sie schwamm nicht grade in Blut. Blut war überall. Sie drehten ihn um, und da sehen sie das saubere Einschußloch. So'n Scheiß. War für'n feiges Arschloch macht denn sowas bloß, Attis? Soweit wir wissen, könnte es was Persönliches gewesen sein, womöglich steckt irgend 'ne Puppe dahinter, aber, Kumpel, was, wenn sich da so'n Verrückter rumtreibt und die Leute als Zielscheibe benutzt? Der Trupp ist nach Hause gegangen, sowas macht einen ja ganz fertig. Wer ist denn als nächster dran?«

»Könnte es 'n Querschläger gewesen sein? Hat irgend jemand versucht, Samen runterzuschießen?«

»Nicht dort oben. Ich sag dir's klipp und klar, ich gehe da nicht wieder hin, nicht, bis sie jemand verurteilt haben. In 'nem Forstschlepper ist man ja 'n leichtes Ziel. Ihr solltet auch vorsichtig sein. Also, wie geht's Nisi? Hast du sie in letzter Zeit gesehen? Eine nette Person, diese Nisi.«

»Wie tief in den Baum war der Schnitt?«

»Weiß nicht. Hab's nicht gesehen. Warum?«

Fergus MacAnaspie: Nahm sich im Juni 1987 das Leben, indem er sich die Kehle mit einer Kettensäge durchschnitt. Kimbo meint, er war über Darryl aufgebracht, weil dieser die Straße durch die Schlucht wieder befahrbar gemacht hatte. Und Horrie, der von dem Tag an, als Fergus starb, die Nahrungsaufnahme verweigerte, war innerhalb eines Monats tot, was Darryl hartherzig werden ließ; versteht ihr, Darryl mußte geglaubt haben, der Welt einen Gefallen zu tun, doch das Urteil darüber steht noch aus.

48

Nisi im Koala Kottage. Attis unternimmt allein einen Ausflug.

Noch immer Sommer 1968/69.

»Guten Tag, Ginnsy.«

»Guten Tag, Nisi. Ich konnte gestern abend nicht einschlafen. Die Kräfte des Guten und des Bösen fochten es wieder über mir aus. Wo sind denn die andern?«

»Eugene ist schon früh aufgebrochen, um die Batterie herzuholen. Möchtest du vielleicht einen Brunch?«

»Danke. Du verwöhnst mich. Wo sind die Jungs?«

»Ich weiß nicht. Sind irgendwo hingegangen. Ich mußte die Butter aus dem Bach holen.«

»Prima, nicht wahr? So 'n gesunder Lebensstil. Prima, einzuschlafen und wieder aufzuwachen, statt wegzutreten und wieder zu sich zu kommen. Ich habe zuviel Zeit an Orten zugebracht, an denen man zu jeder beliebigen Uhrzeit Frühstück bekommen kann. Glaubst du, daß es den Jungs hier gefällt? Hast du ihnen gesagt, daß ich diesen Ort gefunden habe?«

»Oh, ich glaube, die mögen's hier. Abends wird's ihnen natürlich langweilig, so ohne Strom.«

»Ja, ich sehe auch gern fern. Na ja, wir müssen eben alle lernen, Karten zu spielen.«

»Ich bin ja so froh, daß es kein Fernsehen gibt. Einer der Gründe, weshalb ich hierherkam, Michael, war der, die Jungs davon wegzukriegen. Ich glaube, es verändert das Gehirn in 'ner Weise, die wir nicht ganz verstehen, und es sind nicht bloß die Wunschbilder auf dem Bildschirm. Hast du gewußt, daß sie Mikrowellen ausstrahlen?«

»Na klar. Das Fernsehen hat seine guten Seiten, aber wie du schon sagst, wir mißbrauchen es. Hast du's bequem auf dem Fußboden?«

»Eigentlich nicht. Ich finde es eigenartig, daß 'n Haus von dieser Größe bloß das eine Schlafzimmer hat.«

»Ja, also, es war wahrscheinlich nicht immer so. Und das Bett in dem einen Schlafzimmer ist auch nicht grade bequem, das kann ich dir versichern.«

»Es stört dich nicht, ganz allein in dem großen Schlafzimmer zu sein?«

»Nein. Ich habe keine Angst, wenn es das ist, was du meinst. Ich wünschte mir bloß, mein blöder Hund würde wieder aufkreuzen. Der einzige Grund, weshalb ich hier unten bin, ist wegen diesem Köter. Hat ihn heute morgen schon jemand gesehen? Hätte ich doch bloß die Pfeife nicht verloren, aber ich würde ja sogar meinen Kopf verlieren, wenn er nicht festgeschraubt wäre.«

»Nein. Und übrigens war's das nicht, was ich gemeint habe. Nimmst du Milch in den Kaffee?«

»Ja. Du hältst mich für eigensüchtig, nicht wahr, aber ich befolge bloß Anweisungen, Nisi. Ich habe Order, im Koala Kottage zu wohnen. Ihr anderen müßt euch eure Häuser selbst bauen.«

»O Michael, wirklich! Du bist unverheiratet, du hast keine Kinder, und das Haus ist viel zu groß für einen.«

»Ich weiß, ich weiß. Es war nicht meine Entscheidung. Es war Phryx' und Gwens Entscheidung.«

»Hmm. Das läßt sich leicht sagen.«

»Wie meinst du das?«

»Nun ja, wir haben diese Leute ja nicht mal kennengelernt! Du könntest allerhand behaupten, was dir so in den Sinn kommt, und wir würden nicht wissen, was davon stimmt.«

»Ach, nun halt doch mal die Luft an, Nisi! Ich würde euch doch nicht absichtlich täuschen.«

»Ich hoffe nicht. Da kommt Eugene zurück. Hast du meine Jungs gesehen, während du unterwegs warst, Eugene?«

»Nee. Auf dem Pfad sind sie nicht. Hi, Mann, ich habe die Batterie an den Felsüberhängen gelassen. Attis möchte, daß wir alle im Haus sind, wenn also die Jungs wiederkommen, sag ihnen, sie sollen in der Nähe bleiben.«

»Schön, ich sag's ihnen, Eugene, aber das heißt noch nicht, daß sie auch machen, was ich ihnen sage. Du weißt doch, wie Jungs sind.«

»Ja, ich nehme auch nicht gern Befehle entgegen. Was soll dieser verdammte Scheiß mit dem Rumkommandieren denn eigentlich? Ich dachte, das hier sei 'ne Demokratie.«

»Ach was, Mann, so ist das ja nicht. Es ist bloß so, daß Attis irgendwelche wichtigen Neuigkeiten hat und möchte, daß wir hier sind, um sie uns anzuhören. Das ist alles. Ich hab keine Ahnung, ob wir alle im Haus schlafen sollen.«

»Wo sollten wir denn sonst schlafen?«

»Ich weiß nicht. Ich schlafe auf der Veranda. Und damit ihr's wißt, ich glaube, wir haben ein Meeting nötig. Wir brauchen etwas Organisation.«

»Unbedingt. Wir müssen anfangen, die Dinge gemeinsam anzupacken, wir müssen dieses Schulhaus gebaut kriegen, bevor die Schule wieder anfängt, aber ich muß in diesem Haus wohnenbleiben, Mann, denn ich weiß, wie man den Pumpenmotor anläßt.«

Paula Zoshka schickt ein Telegramm an Wohnung drei in Graceland. Es wird Balthazar Beauregard ausgehändigt, als er Calvin Ecks telegrafisch um Geld bittet. Olaf Abernathy ist auf seine typisch unverantwortliche Art verschwunden. Sie können ihn nicht finden. Es scheint, daß Paula Zoshka und Brian Chegwodden bald herkommen werden, um gemeinsam ein neues Leben zu beginnen. Eine Zeitlang können sie in Wohnung drei bleiben. Andererseits wieder sollten sie das vielleicht lieber nicht.

Diane ist wegen dieser Neuigkeit so aufgedreht, daß Attis kein Wort anbringen kann. Den ganzen Weg den Pfad hinunter plappert sie ohne Pause bis zu einem Punkt, da er sich danach sehnt, allein zu sein.

Noch immer denkt er an seine arme Brieffreundin aus Nouméa. Hat er ihr gegenüber richtig gehandelt?

»Geht zum Haus«, sagt er zu ihnen beiden. »Ich komme später nach.«

»Wo gehst du denn hin, Liebling?«

»Ich muß noch etwas überprüfen. Ich möchte mir die Zedern ansehen.«

»Laß uns mal überlegen«, meint Balthazar Beauregard nachdenklich. »Ich bin dort oben noch nicht gewesen. Wie steht's mit dir, Diane? Bist du schon mal im Heiligen Hain gewesen?«

»Nein.«

»Wird er so genannt?«

»So nennt Ginnsy ihn. Er ist bachaufwärts, unweit vom Fuß der Wasserfälle. Frag mal Eugene.«

»Ich brauche nicht zu fragen. Ich habe wirklich 'nen Spaziergang nötig.«

»Da hast du sicher recht, aber es dauert 'n Weilchen, bis man dorthin kommt. Vor Einbruch der Dunkelheit schaffst du's nicht, Attis.«

»Das macht nichts. Es wird Mondschein geben.«

»Ho, du bist ja 'n richtiger Waldläufer.«

»Hat das nicht Zeit bis morgen, Liebling? Dann könnte ich auch mitkommen.«

»Er will seine Gedanken sammeln, Diane. Komm her, gibt mir die Batterie, Junge.«

»Diane, ich nehme dich ein anderes Mal mit. Seht mal heute abend zu, ob ihr herausbekommt, was die Leute so tun möchten. Manche wollen vielleicht beim Bauen mitmachen, während andere lieber den Garten einrichten. Macht aber bitte klar, daß die stärkeren Männer zunächst mal mir helfen müssen. Wir bringen die Gerätschaften runter, obwohl ich nicht genau weiß, wie wir das tun werden. Besonders den Silent-Knight-Kühlschrank.«

»Die Antwort wird dir im Heiligen Hain kommen, Mann. Und nimm dir Zeit für den Rückweg.«

»Danke. Das werd ich.«

In eine Rot-Zeder kann man den Daumennagel eindrücken. Ein schwieriger Fall aber, wenn man Farbe abkratzen will. Dagegen berichten Holzfäller von Bahnschwellen aus Eisenrindenholz, das zu hart ist, um es bearbeiten zu können, und wenn ihr mal Gelbeukalyptus zu Brennholz sägt, dann nehmt bloß auch Feile und Spannvorrichtung mit.

In dreißig Jahren Kolonisierung wurden die besten Rot-Zedern abgeholzt und ausgerottet. Dort, wo die Zedernholzfäller Schneisen geschlagen hatten, zogen freie Siedler nach. Sie erhielten eine Rodungspacht von zwanzig Hektar oder weniger und waren verpflichtet, ihr Land innerhalb von fünf Jahren mit der Axt zu roden. Verständlicherweise zogen sie es vor, die weicheren Holzarten auf den fruchtbareren Böden zu roden, obwohl das Land laut Charles Darwin 1836 eher einer offenen Parklandschaft glich. Die dichten Wälder von heute wuchsen später und zeugen von der Enteignung der Aborigines, die ihre Herdfeuer nie löschten und das Land abbrannten, um es freizuhalten.

Den Weg vom Geröllhang zu den Adlerfarnbinsen und den Brombeeren könnte ein Halbblinder finden. Dem freundlichen Flügelschlag des grauen Fächerschwanzes lauschen, dem Echo des Peitschenvogels. Die Fliegen sind lästig, und als sich Attis einen Zweig der Hickoryakazie abbricht, der ihm als Wedel dienen soll, erblickt er unter sich in der Ebene das Haus und sieht neben dem Wassertank etwas, das eine Gladiole sein muß. Der Tank wird repariert werden müssen, was Zement und Drahtgeflecht erfordert, vielleicht gar einen neuen Tank.

Barfuß bewegt er sich leise voran und nimmt den schnellsten Weg bachaufwärts. Dort, wo die Ebene in Kurrajonggestrüpp und einen Steinhaufen ausläuft, der ebensogut der Versuch einer Trokkensteinmauer hätte sein können, liegt der Bach tief, ist von Rindern zertrampelt, unter Brombeerbüschen verborgen, doch klar, wenn auch flach. Moosbedeckte abgestorbene Kanookabäume und Wassereukalypten breiten sich über den Wasserlauf aus und bilden eine notdürftige Brücke. Viele Misteln in den Zuckereukalypten; das Plätschern dort hinter der Biegung könnte eine Schwarzente oder ein Schnabeltier sein. Keine großen Fische, wegen des Staudamms. Zwischen den Ufersteinen wachsen *Lomatia myrcoides* und *Dodonea triquetra*.

Die Sonne geht in diesem Tal zeitig unter. Der Himmel ist klar, daher wird der Mond scheinen; bevor er jedoch aufgeht, wird zunächst Dunkelheit herrschen. Wie wenige Wälder gibt es doch, in denen man nachts ohne Feuer oder Furcht dasitzen kann! Kein Wildschwein bewohnt dieses Tal, kein Bär, kein Büffel, keine Großkatze.

Als der Mond zum Gesang der Frösche aufgeht, kann Attis über sich die Glanzeukalypten sehen. Es ist dies der tiefstgelegene Bestand überhaupt. Normalerweise findet man sie auf den tieferen Böden der geschützten Schlammsteinbereiche weiter oben, im kühlgemäßigten Regenwald von Wollbaum und Sassafraslorbeer. Mit ihrem Glanz betonen die hohen, geraden, graugrünen Stämme und die dicken Rindenstreifen, die sich über ein Untergeschoß aus weichem Baumfarn und Weihnachtsminzbusch erheben, die senkrecht aufragenden Kronen, von denen Blätter von der doppelten Länge eines Penis herabhängen. Ein so senkrecht aufstrebender Baum, so typisch für die Eukalypten – die Gattung entwickelt sich rasch, wie das starke Überhandnehmen von Hybridbildungen innerhalb der Arten zeigt –, ein so semiabstrakter, so kalligraphischer Baum (man fragt sich, was Monet wohl aus einem gemacht hätte), eine derartige Antithese zur sich in der Horizontalen ausbreitenden Krone einer englischen Eiche; doch wenn man Waldbrände und Blitzeinschläge berücksichtigt, wer ist dann anfälliger für Feuersbrünste? Welcher Baum ist Jupiter heiliger? Welcher Verbreiter von Samen bevorzugt Früchte, die so hart und holzig sind wie die Eukalyptusnuß? Die Blätterdächer der Glanzeukalypten locken Feuerhörnchen hinauf und von weichen Verdickungen am Stammfuß fort, so daß sie, von flammendroten Bändern herbeigewunken, von entflammbaren Ölen angezogen, hinüberspringen und dadurch die Samen, die Temperaturen von 500 Grad bis zu zehn Minuten lang unbeschadet überstehen können, dem tödlichen letzten

Atemzug in der Umarmung entgehen und aus den Kapseln hinabregnen, um in der Asche von weniger glücklichen Rivalen zu keimen.

Also sprach die willige Natur. Im Himmel darüber umkreist Apollo 8 den aufgehenden Mond.

Attis merkt, daß er nicht weiter als bis zu den Glanzeukalypten zu gehen braucht. Denn er erinnert sich an etwas Gutes, das im Hain der Glanzeukalypten geschah. Es ereignete sich, als er ein Knabe von acht Jahren war.

Er hatte geschlafen – sie schliefen oft im Tal, wenn die Männer verstreute Rinder zusammentrieben –, abseits von seinen großen Brüdern – jeder sucht sich gern seine eigene Stelle für seine Schlafrolle (dies zu den Zeiten, als jeder MacAnaspie eine rohlederne Kopfstütze in seinem Bündel mitführte und jedes Pferd, wenn es keinen Nachtpferch gab, ein paar leichte rohlederne Hobbelriemen trug) –, und das einzige, was er hören konnte, war Barney, wie er schnarchte, die platzenden Laute der brennenden Stämme und die Pferde, wie sie in Richtung der Ebene davonschlurften. Er kann sich nicht erinnern, warum sie hier waren, erinnert sich nicht, was er geträumt hatte, aber etwas geschah in jener Nacht, und er wachte auf, bevor oder als es geschah. Danach, sich geborgen und beglückt fühlend, sank er zurück in den Schlaf, doch nicht zurück in den Traum.

Als der Morgen anbrach, konnte er nicht richtig pinkeln. Seine Harnröhre war verklebt, doch als er seinen Brüdern unter Tränen sein Leid klagte, brachen sie in brüllendes Gelächter aus.

Attis MacAnaspie: An der ersten Erfahrung, die ein Mann mit geschlechtlichen Freuden macht, ist selten eine Frau beteiligt. Es ist unsere Bestimmung, daß unsere erste Erfahrung mit geschlechtlichen Freuden an eine Zeit gebunden ist und einen Ort und einen Traum und ein Geheimnis. Frauen kommen, falls überhaupt, erst später.

Barney MacAnaspie: Schnarcht besonders heftig. Ich möchte nicht mit ihm zusammen im Knast sein und dieselbe Zelle teilen. Die Art von Mann, der in Kriegszeiten das Feuer der eigenen

Leute anzieht. Nur jede halbe Stunde gibt es fünf Minuten der Stille, nämlich dann, wenn er gänzlich zu atmen aufhört.

49

Eine Versammlung in der Kooperative. Aloysius, Annunciata und Fiona. Olafs Bewunderung für Ginnsy. Der Kleinbus will nicht anspringen.

»Sind bis auf Olaf alle hier? Wo ist er eigentlich?«

»Ist in der Stadt geblieben. Ich glaube, er ist in Graceland.«

»Darf ich die Versammlung um ein geordnetes Verhalten bitten? Ich glaube, wir brauchen Barbara hier, damit sie diese Meetings leitet.«

»Sie kommt sicher noch, meint ihr nicht auch? Ich glaube, sie wird herkommen. Letztendlich kommt sie bestimmt her.«

»Zur Ordnung! Zur Ordnung!«

»Was sollen denn diese verdammten Scheißrufe nach Ordnung, Herrgottnochmal! Das ist wohl das allerletzte, was wir brauchen. Ordnung ist Tod. Ich dachte, du wolltest 'ne Anarchistin sein, Diane.«

»Werd doch endlich erwachsen, Michael. Es hat beinahe den Anschein, als wollten wir uns alle wie Idioten benehmen. Also, bevor wir anfangen, möchte ich euch allen folgendes sagen, und ich hoffe, ihr hört alle zu.«

Zwei, die das nicht tun, nämlich Nisi Papadimitrious Jungs Timothy und Aloysius, sollten eigentlich in ihren Schlafsäcken liegen. Tatsächlich aber haben sie sich durchs Fenster davongemacht und stromern gegenwärtig über die Ebene. Unheimliche Schatten, dort wo die Bäume wachsen, und die Regenpfeifer jagen ihnen eine Heidenangst ein, doch Aloysius denkt sich, die Versammlung heute abend könnte sich als eine hitzige Angelegenheit erweisen, wodurch Nisi ihre routinemäßigen Kontrollen, ob es ihren Sprößlingen auch gutgeht, vernachlässigen dürfte. Ein Versuch lohnt sich allemal.

»Hast du Angst, Rude Boy?«

Rude Boy – ein Gruß in die Richtung der frühen Reggae-Männer auf Jamaika – ist der Name, auf dem Aloysius O'Looby jetzt besteht, wenn er von seinem jüngeren Halbbruder angesprochen wird. Alexander, Monicas Ältester, war in dieser Hinsicht seiner Zeit voraus. Doch jeder, der im Gebiet Brixton/Clapham/Balham von London wohnt, wird diesen Jargon verstehen. Ich dachte einen Augenblick lang, es habe im Kult von Erinungarah womöglich ein Rasta-Element gegeben, denn die psychischen Komponenten waren mit Sicherheit vorhanden – die Bibel, das galliambische Versmaß, ein sakramentaler Gebrauch von Marihuana –, doch spüre ich jetzt, daß oberflächliche Ähnlichkeit (Dreadlocks) wohl eher konvergierende Evolution ist. Ich wäre nicht überrascht, wenn Finn MacCool und die White Boys mit Dreadlocks prahlen würden, denn die baumeln von Natur aus von irischen Köpfen herab, wenn sie nie gewaschen, gekämmt oder geschnitten werden.

»Wovor ick solle habe Angst, kleine Brude? Ick doch nix seh Wohlstand, nix seh froh verheirat Mann unn Frau, seh kein Mann inne Anzug. Hier nix, was mir macke Angst.«

»Was ist mit den Rindern?«

»Die ick sehe. Die fresse. Du besser habe Angst vor Schlange.«

»Schlange?«

»O ja. Besser, du nix trete aufe ihre Loch. Schlange an Fluß von Babylon verschlucke kleine Junge wie dich auf eine Happs.«

»Ich will wieder zurück.«

»Geh, Junge. Lauf.«

»Aber du mußt mitkommen.«

»Nee. Radio! Rude Boy wille höre Bunny, Jimmy, Jethro Tull. Tschumm Pau! Dumm Pau!«

»Mach nicht so 'nen Lärm, Rude Boy. Mum hört es sonst.«

»Sie nix höre Elefantefurz, wenn furzt er ihr inne Gesicht. Die sinne inzwische ganz hai, Junge.«

»Aber du hast gesagt, sie haben kein Kraut.«

»Nee. Aber habe Pilze. Sie esse blaue Pilze.«

Am nächsten Morgen gegen neun betritt Olaf Abernathy Koala Kottage. Ihn begleitet Schwester Annunciata, die bei der Gedenkfeier für Martin Luther King ebenfalls dabeiwar.

»Schon jemand auf? Sieht aus, als ob sie noch alle schlafen.«

Die Sonne steht hoch, und die Fliegen in der Küche schwirren umher. Diane Zoshkas Wirrwarr kurzgeschnittener Locken quillt unter einer Decke auf dem Fußboden hervor. Attis MacAnaspie schläft in der Art Darryl MacAnaspies auf einem Stuhl, den Kopf auf dem Tisch.

»Ich gehe bloß mal nachsehen, ob Nisi in der Nähe ist«, flüstert Olaf und geht den Flur entlang. Er bleibt stehen, und seine Schultern nehmen eine Asymmetrie ähnlich wie die von Brian Chegwodden an und lassen damit erkennen, daß er sich eine ansteckt. Es ist dies ein Erbe aus Zeiten zugiger Baustellen in der Großstadt, doch hier ist kein Lüftchen zu spüren. Im Verlauf der letzten halben Stunde haben sich auf Dianes Stirn Schweißperlen gebildet.

Attis rührt sich. Er starrt auf den Tisch. Er erinnert sich nicht, wer, wo oder was er ist. Doch da er jemanden atmen hört, dreht er sich um und lächelt zur Begrüßung, als er ein unbekanntes weibliches Gesicht erblickt.

»Hi«, sagt er, »ich bin Attis MacAnaspie. Tut mir leid, wir haben anscheinend alle verschlafen. Möchten Sie vielleicht 'ne Tasse Tee? Ich bring das Feuer in Gang. Geht vielleicht schneller, wenn ich's draußen mache.«

Augenblicklich eilt er zur Tür hinaus und zündet den Ölfaßherd an.

Nisi Papadimitriou könnte einen Schluck Kaffee vertragen, und sie könnte etwas Eyeliner gebrauchen. Sie trägt einen Kaftan, der aussieht wie der von Selim dem Grimmigen, rot mit großen gelben Fußbällen darauf.

»Mit wem redet Attis da?«

»Schwester Annunciata. Fiona ist noch oben auf dem Pfad. Sie hat sich den Knöchel ziemlich schlimm verstaucht.«

»Ein Wunder, daß du ihr nicht angeboten hast, sie nach unten zu tragen. Du hast offenbar die Nacht bei ihnen verbracht.«

»Wie sagst du immer, wir gehören alle zur gleichen Familie. Ich habe kein Problem damit, und mir tut leid, daß du damit eins hast. Jedenfalls ist das 'ne Aufgabe für zwei Männer. Sie ist nämlich ganz schön schwer, diese Fiona. Hi, Diane.«

»Oh, da bist du ja wieder. Hör mal, wenn du das nächste Mal planst, meine Wohnung zu benutzen, hättest du dann was dagegen, es mir vorher zu sagen?«

»Okay, aber ich plane die Dinge nicht. Von mir wirst du nichts zu hören kriegen. Willst du ’nen Spliff?«

»Warum nicht? Du schuldest mir was. Kümmert sich eigentlich jemand ums Frühstück? O Mann, ist das schon spät.«

»Att ist draußen bei Annunciata. Ich glaube, er bringt den Herd in Gang.«

»Wer ist Annunciata?« gähnt Diane. Wie kann dieses flachbrüstige Mädchen nur so selbstsicher sein, denkt Nisi.

»Na ja, sie war mal Schwester Annunciata. Ich glaube, sie hat einfach die Mücke gemacht. O Mann, ich krieg ’nen Lachkrampf, wenn ich sehe, wie sich diese faschistischen Institutionen in Wohlgefallen auflösen.«

»Fiona ist noch auf dem Pfad, Diane. Fiona? Du erkennst sie schon wieder, wenn du sie siehst. He, könnt ihr euch vorstellen, daß meine Jungs noch immer schlafen? Sie müssen sich total verausgabt haben.«

Olaf Abernathy brennt darauf, Michael Ginnsy zu begleiten, als dieser eine halbe Stunde später losgeht, um den Kleinbus von der Schluchtstraße zu holen. Der Bus muß bis zum unteren Ende des Pfades gefahren werden, um Fiona abzuholen. Balthazar Beauregard und Eugene Ecks allerdings sind den Pfad hinaufgegangen, denn es wurde beschlossen, Fiona zur sofortigen Evakuierung in die Höhle zu bringen, falls ihr Knöchel gebrochen sein sollte. Doch Olaf glaubt, er sei wahrscheinlich nur verstaucht.

»Bei ’ner so dicken Frau wie ihr weiß ich einfach nicht, was wir uns dabei gedacht haben, Mann, sie über den Pfad runterzubringen. Wir haben nichts zu essen hier. Niemand denkt dran, was mitzubringen. Alle tauchen sie bloß mit leeren Händen auf, und ich weiß nicht, wie wir damit zurechtkommen sollen. Woher erfahren diese Frauen nur von dem Ort?«

»Du warst doch derjenige, der jedem in Sydney vom Tal erzählt hat, Ginnsy. Jetzt, da Barbara weiß, wo es ist, was kannst du da schon erwarten? Und warum hast du den Bus unten am Paß stehengelassen anstatt im Häckselschuppen?«

»Damit ich ihn durch Rollenlassen starten kann, ohne die Batterie leerzumachen. Verstehst du, theoretisch haben wir zwei Batterien, aber praktisch nur eine. Deshalb müssen wir die zweite Batterie aus dem andern Bus holen. Und zwar schnellstmöglich.«

»Oh, das hast du noch nicht gemacht?«

»Also, natürlich hab ich das noch nicht gemacht. Ich hatte ja noch keine Zeit dazu, Mann. Wenn man in diese kosmischen Kämpfe verwickelt ist, dann hat man für nichts mehr Zeit. Ich bin total ausgepumpt.«

»Aber willst du nicht auch das holen, was von der Akustikgitarre noch übrig ist? Ich hatte gehofft, wir könnten 'ne Jam-Session machen. Das hab ich nämlich immer gemacht. Ich hab mir auch 'ne Lautsprecheranlage angesehen, die jemand annonciert hatte, aber sie wollten Bares. He, ich freue mich schon drauf, mit dir zusammen spielen zu können. Du bist 'ne richtiggehende Legende.«

»Sie wird zu Kleinholz zerquetscht worden sein, Olaf. Schade, denn es war 'ne Gurian. Was für Musik würden wir denn überhaupt spielen, wenn wir zusammen spielen würden?«

Michael Ginnsy spielt ein ganz klein wenig zu tief. Dort hört er's, denn dort sollte es sein.

»Country-Rock wäre mir recht, wenn du aber lieber Blues spielst, hätte ich nichts dagegen.«

»Oh, bloß keinen Rock 'n' Roll, Mann! Das ist die Musik des Teufels. Wenn du mit dem Teufel sympathisierst, zu was macht dich das dann? Nein, solche Musik dürfen wir hier unten nicht dulden. Sie ist es doch, die diese Mörder hervorbringt. Hast du gewußt, daß ein ganz schlichter Blues, wenn er nur richtig gespielt wird, 'nen Betrunkenen dazu bringen kann zu töten? Ich habe viel auf dem Gewissen. Aber wie wär's denn, wenn du bachaufwärts gehen und uns die zweite Batterie holen würdest? Hoffentlich ist sie bei dem Sturz nicht beschädigt worden. Eugene wollte schon hin, hat aber den Weg nicht gefunden oder sowas.«

»Okay. Beruhige dich, Ginnsy. Triff nicht solche voreiligen Entscheidungen, Mann.«

»He, da ist ja die Kiste. Bei dem Baum dort. Zu viele Eukalypten stehen hier, Mann, sind das vielleicht Scheißdinger. Gefällt dir der Anstrich? Ich hab übrigens jemand dafür bezahlt, daß er ihn mir macht. Wenn du meinst, daß er zu knallig ist, könnten wir ihn tarnen. Siehst du, wo ich rückwärts gegen den Baum gefahren bin? Ständig stößt man beim Rückwärtsfahren irgendwo an, bei dem lächerlich kleinen Rückfenster. Übrigens wär's vielleicht keine schlechte Idee, ihn khakifarben und mit grüner Dachfarbe anzustreichen, weil ich glaube, sie entdecken den Kleinbus von oben, und daran liegt es, daß sie hier runterkommen. Du bleibst hier stehen, Mann. Ich lasse ihn rollen und kupple ein, um zu starten. He, wir haben Schwein gehabt mit der Wahl der Fahrzeuge, obgleich man bei Aluköpfen das Kerzengewinde leicht überdrehen kann und sie die Bodenfreiheit bei diesem Modell verringert haben. Vierzehn-Zoll-Räder. Die alten mit den großen Fünfzehn-Zoll-Rädern und dem höher untersetzten Differential zum langsameren Anfahren waren für den Busch noch besser. Mit dem Hauptgewicht über den Antriebsrädern hatten sie auch 'ne gute Traktion. Zogen fast alles. Mit so 'nem Fahrzeug blieb man nicht so leicht stecken.«

Michael Ginnsy: Gwen Bletherstone Mayall und Phryx Pfingstl haßten Eukalypten und gaben dies als eine Weisheit an Michael Ginnsy weiter. Ich würde sagen, sie drückten bloß die Angst aus, die jeder Farmer vor Eukalypten hat. Eukalypten sind durstige Biester, und sie mögen Feuersbrünste, was Farmern gar nicht schmeckt. Als sie in Indien eingeführt wurden, liefen die indischen Bauern Sturm dagegen. Durch die globale Erwärmung wachsen und gedeihen die Eukalypten. Sie sind der Baum Schiwas. Sie sind der Baum der Zukunft. Sie sind der Feind des Farmers, der Freund des Jägers und Sammlers. »Eure Tage sind gezählt«, sagen sie zu uns, doch wir können nicht zum Jagen zurückkehren. Wir sind zu viele, uns fehlen die Fertigkeiten, und wir sehnen uns nach den modernen Annehmlichkeiten. O ja, es gibt im Norden Australiens Männer, die in den flachen Mangrovengewässern den Barramundi speeren, und zwar unter Zuhilfenahme von Flugzeuglandelichtern, die sie an LKW-Batterien angeklemmt haben, aber sie tauschen die Fische, die sie mit dem Speer erlegen, im Laden gegen Dosenbier und Schrotpatronen ein.

Die Karre will nicht anspringen.

»Also, ich versteh das nicht. Ich versteh das wirklich überhaupt nicht.«

»Ist der Vergaser auch sauber? Vielleicht hast du 'nen Putzlappen im Ansaugstutzen steckengelassen. Hast du die Zündung im Leerlauf oder bei stehendem Motor eingestellt?«

»Ach, hör mir doch damit bloß auf. Ich sagte dir doch, ich hab 'nen ganzen Tag damit zugebracht, alles an dem Auto einzustellen, Mann. Ich hab Benzin- und Luftfilter gewechselt, den Ölstand geprüft, das Ventilspiel kalt eingestellt, die Zündeinstellung überprüft, neue Kerzen eingeschraubt, neue Unterbrecherkontakte und 'nen neuen Kondensator eingebaut, Ölfilter gewechselt und sogar neue Gummiabdichtungen für die Kerzenlöcher genommen, Mann. Ich habe die Vorderradlager nachgestellt. Ich habe das Überdruckventil saubergemacht. Bis auf das Kurbelgehäuse hab ich alles auseinandergehabt. Ich habe sogar die Lampen weggeschmissen, um die Batterie zu schonen.«

»Was sollen wir denn nun machen?«

»Weiß nicht. Aber es hat keinen Zweck, wenn du weiter anschiebst. Spar dir deine Kräfte, Kumpel.«

»Du meinst aber nicht, daß die Batterie leer sein könnte?«

»Also, wie sollte die Batterie denn leergeworden sein? Wir haben sie doch grade erst aufgeladen. Sie hat die Ladung ja auch gehalten. Also komm. Schieb mich noch mal an.«

»Lenk aber von dem Sumpfloch da weg.«

»Klar doch.«

Bis zu dem mit Leuchtfarbe aufgetragenen Zeichen der Friedensbewegung festsitzend, wird der Kleinbus zum Sammelpunkt für die Männer. Nachdem sie sich durch ein Gebüsch aus dreiadriger Cassinia gearbeitet haben, versammeln sie sich dankbar ringsum.

Balthazar Beauregard, unter der Latzhose nackt, die Haare zu einem Pferdeschwanz zurückgebunden. Attis MacAnaspie mit seinem kurzen Rücken und seinen kurzen Seiten, mit blauem Hemd, Moleskinhosen, bloßen Füßen, Viehtreiberhut. Olaf Abernathy mit Großvaterbrille, Wolldrillichkampfanzug, Armeestiefeln, ohne Hemd. Eugene Ecks jetzt in T-Shirt, die zerlumpten Bluejeans mit Löchern übersät, die die Batteriesäure hineingefressen hat. Er hat die Spinnen verjagt, die in den Gummistiefeln hausten, die im Haus herumstanden, und die trägt er nun. Michael Ginnsy mit dunkler Brille, malvenfarbenem Poncho, Plateauabsätzen, ausgestellten Karohosen, Uncle-Sam-Hut. Schlammüberkrustet.

Also, eine Möglichkeit, die Eunuchen von den Männern zu unterscheiden, ergab sich daraus, daß die Männer Bärte trugen, außer Attis, der sich keinen Bart stehen ließ, wie Kimberley Moon berichtet. Und Eugene hatte bloß einen Ziegenbart in der Art von Onkel Ho, doch die übrigen trugen stattliche Vollbärte. Verdammt! Ich hätte das Wozza gegenüber erwähnen sollen.

»Was meint ihr?«

»Ich meine, wir haben keine Zugmaschine, Mann. Hörst du mich, Käpt'n Kaos? Wir haben hier keine Zugmaschine, Mann.«

»Und wenn wir alle an 'nem Seilende ziehen?«

»Da gibt es ein Problem. Wir haben keins.«

»Hast du 'n Abschleppseil im Auto, Ginnsy?«

»Sehe ich aus wie einer, der negativ denkt?«

»Bevor wir irgendwas anderes unternehmen, sollten wir uns hinsetzen und 'ne Bestandsaufnahme machen. Ein Inventurverzeichnis aufstellen, hier und jetzt. Was wir haben. Was wir brauchen.«

»Ich glaube nicht, daß uns ein Seil helfen wird. Seht euch das nur an! Bis zu den Türen drin. Und dieser Schlamm ist wie Treibsand, Mann, der zieht einem glatt die Gummistiefel aus. Keine Chance, daß wir die Räder ausgraben können.«

»Wir müssen dieses Sumpfloch vielleicht mal irgendwann trokkenlegen. Können wir das nicht jetzt machen?«

Olafs und Attis Blicke treffen sich, und sie schmunzeln. Gott sei Dank. Wenigstens ist nicht jeder hier ein kompletter Idiot.

»Braucht bloß 'ne neue Batterie. Das wäre nicht passiert, wenn die Batterie die Ladung halten würde. Wo sind die Taschenlampe und diese Spiegelscherbe, damit ich nach dem Wasser in der Batterie sehen kann?«

»Wer sagt denn, daß die Batterie leer ist? Die Hupe klingt doch in Ordnung.«

»Vielleicht hängt der Anlasser am Schwungrad fest. Leg den dritten Gang ein, Mann, und schieb ihn rückwärts.«

»Ha, ha. Hör auf, wir haben die Batterie doch erst aufgeladen. Sie hat die Ladung auch gehalten. Es liegt nicht an der Batterie.«

»Vielleicht am Magnetschalter. Verpaß ihm mal 'nen Hieb mit dem Hammer.«

»Warum hast du ihn bloß in das Sumpfloch gelenkt, du Blödmann?«

»Oh, ich darf auch mal was sagen. Vielen Dank. Jetzt hört mal her, ich glaube nämlich, der Wagen will uns hiermit etwas mitteilen. Ihr müßt immer darauf achten, wenn ein Fahrzeug nicht anspringen oder wenn es in ein Sumpfloch reinfahren will. Dieses Fahrzeug hat eine fürsorgliche Einstellung, die mir bei zahllosen Gelegenheiten das Leben gerettet hat.«

»Okay. Was also sagt es?«

»Äh, aber eigentlich gehört es mir ja gar nicht mehr, klar? Ich habe es doch der Gemeinschaft übergeben.«

»Was also sagt es der Gemeinschaft?«

»Das muß die Gemeinschaft sagen.«

»So nützt es niemand was.«

»Vielleicht will es die dicke Dame nicht transportieren müssen.«

»Komm uns bloß nicht so, Mann. Fiona ist okay, sie ist 'ne Frau der Tat. Sie versteht es zuzupacken.«

»Wo ist sie denn jetzt?«

»Ich habe sie in der Höhle gelassen, aber es geht ihr gut. Hat bloß leichte Schmerzen.«

»Wollt ihr meine Meinung hören?«

»Nein.«

»Ich glaube nämlich, der Wagen sagt, vorläufig keine weiteren Leute hierher. Wir müssen erst mal mit allem klarkommen.«

»Unbedingt. Aber wo fangen wir an, Mann? Was ist am wichtigsten für uns? Wir konnten uns bisher über nichts einig werden.«

»Das war doch grade mal unser erstes Meeting.«

»Was wird sich denn ändern? Wir haben keine Zeit für diese vielen Streitereien.«

»Du bist der Mann mit der Erfahrung, Hollywood. Welche Arbeit sollte deiner Meinung nach als erste erledigt werden?«

»Das hab ich euch doch gestern abend gesagt, Eugene. Wo die Dinge um ihrer selbst willen getan werden, dort gibt es sowas wie ›Arbeit‹ gar nicht, sondern nur ›Berufung‹. Das kann natürlich einige Zeit dauern, denn die Nahrung muß unser erster Schwerpunkt sein, weil die Nahrungsaufnahme unser erstes und oberstes Bedürfnis ist. Häuser kann man im Winter bauen. Aber pflanzen muß man, wenn die Zeit zum Pflanzen gekommen ist. Eigentlich ist die Jahreszeit schon ziemlich weit fortgeschritten.«

»Wir sind mitten im Sommer!«

»Das stimmt. Wie gesagt. Mitten im Sommer ist schon ziemlich spät.«

»Ich verstehe nicht, warum wir nicht beides tun können.«

»Das liegt daran, daß du nicht begreifst, was mit dem einen und dem anderen verbunden ist.«

»Dreckmist, weiß ich auch nicht.«

»Wir brauchen 'ne Grundausstattung an Werkzeugen. Dad hat gesagt, er würde sie uns borgen.«

»Das ist großzügig. Ein sehr netter Mensch. Was hat er denn, das er erübrigen kann?«

»Von jedem Werkzeug, das jemals erfunden wurde, so ungefähr zehn Stück, und manch eins hat er selbst erfunden. Er hortet sie regelrecht. Außerdem verlegt er immer Sachen, also kauft er neue, und wenn das alte Stück wieder da ist, hat er dann zwei.«

»Ich sage es ungern, aber das ist falsch. Ganz falsch. Wir gehen die Dinge auf die falsche Art und Weise an.«

»Du bist 'n Versager, Käpt'n Kaos. Hat dir das heute schon jemand gesagt?«

»Was willst du damit sagen, Michael?«

»Daß wir an die Heilige Stätte gehen sollten, wo wir in aller Ruhe meditieren und um Unterweisung durch den Geist des Tales beten sollten. Weil wir, wenn die Dinge nicht im richtigen Geist getan werden, unsere Zeit verschwenden, und das ist nicht bloß meine Ansicht. Das war's nämlich, was Phryx gesagt hat.«

»Okay. Dann wollen wir das doch tun.«

»Wir haben nicht vielleicht 'nen Kettenflaschenzug?«

»Ich weiß, woran du denkst, Balthazar, aber das ist 'ne Heidenarbeit.«

»Ja, das dauert zu lange«, ergänzt Olaf. »Wenn wir 'nen Kettenflaschenzug verwenden, kommt man höchstens fünf Meter voran, und man muß Bremsklötze vors Fahrzeug legen und den Flaschenzug wieder ausziehen und erneut verankern. Außerdem, wo soll man ihn festmachen? Aber ich hab 'ne andere Idee. Att, hat dein Vater einen von diesen alten Donald-Drahtspannern? So einen mit Klemmen?«

»Ich bin mir sicher, daß er einen hat.«

»Okay. Jetzt nehmen wir mal an, wir benutzen den Bus als den einen Spannpfosten. Versteht ihr, wenn wir das lose Ende des Drahtes an 'nem Baum oben auf dem Paß festmachen und dann den Draht nach unten ausrollen, dann brauchen wir den Draht nicht mal abzuschneiden. Wir befestigen 'nen weiteren Draht am Chassis des Wagens, dann setzen wir den Donaldspanner an der Verbindungsstelle an, und wir brauchen wahrscheinlich 'n Rohrstück, das wir auf den Griff stecken, damit wir besseren Halt haben, aber dann können wir den Bus bergauf ziehen, während die Männer, wenn nötig, schieben und graben, und wir haben bis zu dreihundert Meter Draht zur Verfügung.«

»Das ist 'ne prima Idee, Olaf«, meint Attis nach einigem Nachdenken, »ich glaube, das könnte klappen. Solange wir den alten Achter Draht benutzen, die Donaldspanner mögen keinen stark streckbaren Draht. Was haltet ihr Burschen davon?«

Michael Ginnsy: Von Eugene Ecks Käpt'n Kaos genannt. Eugen hatte wie Darryl eine Vorliebe für herabwürdigende Spitznamen. Eugene und Darryl waren auch die beiden Männer, die sich, weit entfernt davon, zu Eunuchen zu werden, gewaltsam einen Harem zulegten. Müssen wir daraus schließen, daß eine lebenssprühende, übergroße Männlichkeit für uns unentbehrlich ist? Im Gegenteil: heutzutage hat die Fortpflanzung ja aufgehört. Die Riten Brigids wurden im Land der Ewig Jungen befolgt, und während diejenigen, die Männer blieben, alterten – und das vielleicht sogar vorzeitig –, waren Eunuchen und Frauen und Kinder vom Alterungsprozeß ausgenommen. Daher hat Barbara Byng auch vor dem Senat bestritten, daß sie sich die Gesichtshaut hat straffen lassen. Aber ich frage mich, ob die Große Mutter mit dieser Geschichte mehr als nur eine kurze Blütezeit im Sinn hatte, eine Demonstration dessen, was sie tun könnte, falls es ihr beliebt, wann immer es ihr beliebt. Ich kann mir nicht vorstellen, daß sie eine Gruppe von Menschen unterhalb des Flugkorridors zwischen Melbourne und Sydney für immer in Isolation halten könnte.

50

Weihnachten. Monica besucht Calvin und Frodsham. Cindys Leiden. Fergus besucht das Tal.

»Am Ende, Calvin«, räumt Derek Frodsham ein, »und es kann nicht mehr weit sein, wirst du feststellen, daß die Liberaldemokratie die Regierung einer selbstgefälligen Bourgeoisie stellt, ausgerechnet die, die am wenigsten zum Regieren geeignet sind. Und als Wissenschaftler bin ich natürlich über den Mißbrauch der Wissenschaft durch die Liberaldemokraten besorgt.«

»Wird nicht leicht sein, sie aufzuklären«, stimmt Calvin zu, der gerade die Truthahnbratpfanne schrubbt. »Die Mentalität der weiblichen Wählerschaft muß uns Sorgen bereiten. Mehr als fünfzig Prozent der Wähler, und jetzt sag mir mal, wonach die 'nen Mann beurteilen.«

»Oh, nach seiner äußeren Erscheinung, würde ich meinen. Nach seiner Kleidung, seinem Haarschnitt, nach dem Geld, über das er verfügt, und dem Ruf, in dem er steht. Wir können nicht alle Kennedys sein.«

»Ich glaube, du hast recht, doch was soll's, Derek?«

»Davon mal abgesehen, wie steht's mit der Arbeit?«

»Hoffnungslos, was die Immunanalyse angeht. Sowas tun einem die Frauen halt an. Eine Sache ist allerdings passiert, irgendwie grotesk. Mein Assistent zerbrach bei einem Meerschweinchennest ein Thermometer und stieß auf eine neue, durch Quecksilber ausgelöste Reaktion. Wir glauben, wir haben eine Möglichkeit entdeckt, eine halbwegs eßbare Paste aus Eukalyptusnüssen herzustellen. Gibt es ein Leben nach der Wissenschaft, Derek?«

»Für Pascal und Sokrates gab es eins. Ist das die Türklingel?«

Der einzige andere Hausbewohner, der nicht weiß, wo er zu Weihnachten hingehen soll, stolpert mit gezackter Papierkrone los, um die Tür zu öffnen. Als er zurückkehrt, fällt Frodshams Blick auf ihn.

»Calvins Frau.«

»O nein.«

»Soll ich dich von ihr befreien, Kumpel?« Frodsham fuchtelt mit dem Tranchiermesser herum.

»Nein, danke, Derek. Sag ihr, sie soll im Vorderzimmer warten. Ist sie allein?«

»Hi, Monica.«

»Hallo, Calvin. Frohe Weihnachten euch allen.«

»Kann ich dir 'n Stück Fruchtbrot anbieten? Ich schätze, du nimmst lieber 'nen Drink?«

»Calvin, ich weiß wirklich nicht, warum du hier bist, statt zu Hause bei deiner Familie.«

»Dann mußt du einerseits vergeßlich sein und andererseits auch was wollen. Ich möchte es lieber nicht erörtern. Wie geht's Cindy? Hast du ihr mein Geschenk gegeben?«

»Alex zählt für dich wohl nicht zur Familie, Calvin, oder?«

»Was für 'ne Familie? Ich habe getan, was ich konnte. Es tut mir leid, daß es nicht gelaufen ist.«

»Ich möchte dann doch bitte 'nen Drink.«

»Möchtest du lieber Coolibah-Rotwein oder Resch's Dinner Ale? Das ist alles, was wir haben.«

»Mix mir 'nen Cocktail aus beiden. Calvin, ich mache mir Sorgen um deine Tochter.«

»Wieso das?«

»Weil sie nicht essen will, nicht schlafen will und nicht reden will. Sie kränkelt. Ich weiß, daß wir uns geeinigt hatten, es lieber nicht zu tun, aber könntest du nicht vorbeikommen und sie besuchen, bitte? Weil Weihnachten ist.«

»Alex! Stell diese westindische Musik leiser. Ist sein Vater etwa Kricketspieler gewesen?«

»Wir haben in der kurzen Zeit, die wir zusammen waren, nicht viel miteinander geredet. Cindy! Daddy ist hier, Schatz.«

»Ist sie denn im Bett?«

»Das hab ich dir doch gesagt.«

»Hallo, Cindy. Wie geht's meinem Mädchen?«

»Ich laß euch allein.«

»Nein, mir ist's lieber, wenn du bleibst. Du hast doch bestimmt deinen Daddy vermißt, Liebling, nicht? Was ist denn das für'n Foto, das du da hast?«

»Das ist Timothy. Nisis Junge.«

»Wehe, du faßt es an! Wehe, du faßt es an!«

»Ich fasse es nicht an, Schatz. Aber warum willst du eigentlich das Bild von diesem kleinen Jungen neben deinem Bett haben?«

»Damit sie es sich ansehen kann, Tag und Nacht.«

»Mami sagt mir, du bist Mamis Beste, du bist die meiste Zeit im Bett, aber du schläfst nicht. Stimmt das denn? Bist du mit ihr beim Arzt gewesen?«

»Das war 'n Schuß in den Ofen.«

»Was hat der Doktor gesagt?«

»Er hat gemeint, sie bräuchte 'n Stärkungsmittel, so wie sie an Gewicht verliert. Er wollte wissen, ob du und ich uns um 'ne Eheberatung bemüht hätten.«

»Möchtest du Daddy davon erzählen, Cindy?«

»Nein.«

»Cindy, wenn du uns nicht sagst, was dein Problem ist, wie können wir dann dein Problem lösen?«

»Ich will bei Tim sein.«

»Aber Tim ist fortgezogen, Schatz. Du verstehst doch, daß du jetzt nicht mit Tim spielen kannst.«

»Aber ich liebe ihn.«

»Klar tust du das, Liebling. Ich wette, du liebst alle deine kleinen Freunde, aber manchmal müssen die Leute eben umziehen. Du bist doch ein großes Mädchen. Könnt ihr euch denn nicht schreiben?«

»Doofer Daddy. Kapiert einfach nicht. Wo Timmy hin ist, da gibt es keinen Briefkasten.«

»Cindy. Mein Schatz. Ich weiß doch, wie du dich fühlen mußt.«

»Nein, weißt du nicht. Du könntest das nie verstehen.«

»Okay, ich könnte das nie verstehen, aber ich weiß trotzdem, wie Menschen mit den Dingen fertigwerden.«

»Sie standen sich sehr nahe, Calvin.«

»Sicher doch. Aber ich weiß, daß Cindy ein vernünftiges Mädchen ist.«

»Ich kann sie nicht dazu bringen zu essen. Der Doktor meint, wenn sie nicht bald wieder ißt, muß sie womöglich an den Tropf.«

»Oh, zum Teufel damit. Hol mir etwas Vanillepudding und 'nen Löffel.«

»Wein doch nicht, Baby! Sieh dir das an, Calvin. Ich glaube, das Kind leidet an gebrochenem Herzen.«

»Du würdest 'n gebrochenes Herz nicht mal erkennen, wenn es rausspringt und dir in den Arsch beißt. Cindy! Ich muß hier wohl ein paar andere Saiten aufziehen. Möchtest du, daß Daddy böse mit dir wird?«

»Das ist die Strafe für uns, Calvin. Das ist Gottes Strafe für das, was wir gewesen sind.«

Cindy Ecks: Die Liebe, die Cindy Timothy gegenüber empfand, war, ähnlich wie Darryls Weigerung, kastriert zu werden, eine zerstörerische Belastung innerhalb der Kommune, die zu ihrem garantierten Untergang führte. Unter der Last der Schuld, Cindys Herz gebrochen zu haben – ich will mich damit nicht eingehender befassen; es liefert den unterliegenden Text für die *Ballade* –, verließ Timothy, ein Kopf, ohne den sie im Tal schlecht zurechtkommen konnten, wenn sie auf dem Stand der Technik bleiben wollten, im Alter von etwa siebzehn Jahren das Tal und kehrte allem, wofür es stand, den Rücken, wodurch er der jüngeren Generation vorführte, daß es ein Leben außerhalb Erinungarahs gab, oder, um es im Kontext des Raumschiffs Erde zu formulieren, um es so zu formulieren, wie Max es formulieren würde: Man müßte schon verrückt sein, von den Zinsen leben zu wollen, wenn man doch das Kapital verschleudern könnte. Attis, der an den Orgien der frühen Siebziger nicht teilnahm, von der Schuld der Promiskuität ausgenommen war, mußte die Leiden seiner Mitmenschen bemerkt und zutiefst beklagt haben. Doch typischerweise wählten die Götter Attis aus, den einzigen aufrechten Mann im Tal – *vir optimus Obliquae* –, um ihn zu versuchen und zu verwandeln.

Oder vielleicht zieht Brigid einfach Männer ohne Bart vor. Damit stände sie nicht allein da.

Spätsommer 1969.

»Ich sehe etwas kommen, das wie 'n malvenfarbener Kasten aussieht«, verkündet Annunciata. »Vielleicht zwei malvenfarbene Kästen.«

»Das wird Fergie sein.« Attis MacAnaspie hält Ausschau, bevor er zu Olaf Abernathy sagt: »Er hat gesagt, er würde mit den Vorräten runterkommen. Er muß wohl 'nen Bienenkasten mitgebracht haben.«

»Glaubst du, daß wir dieses Jahr noch zu Honig kommen werden?« Balthazar ist begierig darauf, gestochen zu werden. Es macht süchtig.

»Zu spät zum Schwärmen. Ich muß ein Volk umsetzen. Wir können von Glück reden, wenn wir im Mai nicht Zuckersirup füttern müssen. Die einzige verläßliche Nektarquelle, die wir hier in der Nähe haben, sind die Rauhrindenäpfel. Manchmal sind auch die großen Blutholzeukalypten ergiebig, aber ich würde diesen Ort hier nicht als sonderlich gut für die Bienenzucht geeignet ansehen. Keine Eisenrindenbäume. Man müßte an der Küste sein, im gefleckten Eukalyptus, oder draußen auf den westlichen Hängen im Gelbeukalyptus.«

Die Andeutung, das Tal könne womöglich nicht in jeder Hinsicht vollkommen sein, bringt die Gesellschaft aus der Fassung. Sprachlos starren sie einander an.

»Also, nun ja, wir wollen ja in erster Linie das Wachs. Hast du vor, hier unten zu bleiben, Attis?«

»Ihm gehört doch das Tal.«

»Das weiß ich, Diane. Ich möchte doch nur wissen, ob er im Tal wohnen wird oder oben in der Höhle, wie du gesagt hattest. Und wir müssen dran denken, daß die erstklassigen Honigeukalypten, von denen er spricht, den besten Honig auf der Welt ergeben. Besser als 'n Imker in Schottland sind wir allemal dran.«

»Ich habe Honig immer nur gesucht. Ich weiß nicht, was ich machen werde. Diane meint, es sei 'ne gute Idee, weiterzuarbeiten und in der Höhle zu leben, aber Fiona scheint sich jetzt in der Höhle wohlzufühlen. Findest du nicht auch, Diane?«

»Ich glaube, die Bienen werden die Honigfresser vertreiben.«

Falsch, Nisi. Italienische Honigbienen wurden 1822 in dieses Land eingeführt. Es sind die mit den Bienen um die Baumlöcher wetteifernden Schwarzkakadus, die das Nachsehen haben.

Attis zwangsläufiger Appell an Diane Zoshka macht Diane *de facto* zur Führerin, und um eine Kommune jeglicher Art zu errichten, benötigt man eine charismatische Führungspersönlichkeit. Dieser Ansicht ist zumindest Peter Caddy, der Guru von Findhorn. Die Shakers von Mutter Ann Lee, älter als die Erste Flotte, die in Australien eintraf, gibt es immer noch, wenn sie auch nicht gerade florieren. Und was hat innerhalb von zwei Monaten zum Ende der *Happy Valley Candle Company Co-op* am Upper Duck Creek geführt? Kollektive Führung.

»Du hast sicher recht«, erwidert Diane, »wie aber kommt es, daß Fergie heute nicht arbeitet?«

»Das wird er dir selber sagen wollen und gleichzeitig 'ne Warnung aussprechen. Ich sage nur, es scheint sich zu bestätigen, was Ginnsy uns darüber gesagt hat, was hier passiert ist. Wir haben ein Problem.«

»Entschuldigung.« Reumütig steht Annunciata von der Stufe auf und geht in Richtung der Heiligen Pumpe davon. Auf eine Bettung aus dreizölligen Roteukalyptusstämmen montiert, brüstet sie sich mit einer Anlaßkurbel, einer schmutzigen Zahnbürste und einer Leinwandabdeckplane. Christus wird bestimmt verstehen, warum Annunciata nicht mehr zu beten imstande ist, doch ein Leben ohne Gebet wirft garantiert Probleme auf, fortwährende Probleme, endlose Probleme. Zum Schaden unserer postmodernen Literatur hält ein Leben ohne Gott keiner genaueren Prüfung stand.

Im Gegensatz zu dem, was manche Leute glauben mögen, ist Annunciata auf der Suche nach Jesus. Dem wahren Jesus.

»Ich könnte ja Fergie entgegengehen«, sinniert Michael Ginnsy, »oder ich könnte mich darum kümmern, daß die zweite Batterie herkommt, oder ich könnte einfach den Hund nochmal ausführen. Leute, seht euch doch mal an, in welchem Zustand der Hund ist. Was hat er bloß gefressen, frage ich mich.«

»Ist es wirklich eine so gute Sache«, will Diane Zoshka wissen, sobald Michael Ginnsy außer Hörweite ist, »daß Männer auf den Einschlagplätzen die Bäume fällen und die Hunde wilde Tiere fressen?«

»Aber ist das nicht der Preis, den wir dafür bezahlen, zivilisiert zu sein?«

»Ich glaube einfach nicht, daß alles seinen Preis hat, Olaf.«

»Ich auch nicht«, fügt Nisi hinzu, »weil wir nämlich Hunde mit hundertprozentiger Sicherheit nicht brauchen. Wir brauchen keine Hundemeute.«

Wie auf ein Stichwort kommt ihr jüngster Sohn angeschossen, von einem niedlichen Welpen verfolgt. Er wäre anderer Meinung.

»Wir brauchen dies, wir brauchen das, was wir brauchen. Selber selber selber.«

Hat denn niemand den Mut, Olaf zu sagen, was Nisi mit Balthazar Beauregard in der Höhle getan hat?

Jetzt beobachten sie Michael, der mit ungeschickten Bewegungen Stöckchen in den Bach wirft, damit Fats sie herausholt.

Es war aufmerksam von Fergus, einen Bienenkasten mitzubringen, was die *Moody Valley Candle Company Co-op* aber jetzt erst einmal braucht, ist Werkzeug. Acht Millimeter starker Draht, die Donaldspanner, aber noch wichtiger eine Minimalausstattung, um den Garten zu roden und provisorische Unterkünfte zu errichten; Brechstangen zum Graben von Pfostenlöchern und zum Roden von Wurzelstöcken, Zangen, Axt, Buschsäge, Rücker, Hacke, Hammer, Nägel, Bohrwinde, Blechschere, Bügelsäge, zusammen mit etwas gebrauchtem Dachblech und ein paar Schaufeln und ein paar Grabegabeln und Spaten und nicht zu vergessen, die Lederhandschuhe für die Brombeeren. Es steht da hinter dem Häckselschuppen ein weiterer Schuppen, der als Unterkunft benutzt werden könnte; bedauerlicherweise ist er von einer meterdicken Schicht Brombeerranken überwuchert.

Wer war bloß der Clown, der hier durchmarschiert ist und Brombeersamen verstreut hat?

Der deutsch-australische Botaniker Baron von Müller. Mit seinen eigenen Worten: »Die Brombeere verdient es, an den Bächen sämtlicher Gebiete angesiedelt zu werden.«

Doch er war kein gänzlicher Narr. »Keine Ansiedlung, so fürstlich sie auch sei, keine Stadt, so großartig ihre Pracht, so hervorragend ihre Künste, so verlockend ihre Vergnügungen auch sein mögen, kann jene Gefühle der Ehrfurcht bewirken, die unter all den grandiosen Werken der Natur eine unberührte, edle Waldpartie am ehesten hervorzurufen vermag.« 1871.

1969. »Wo bist du gewesen, Darryl? Wir hätten dich Loch-Ness-Monster nennen sollen, so selten, wie du zu sehen bist. Warum gehst du denn so langsam?«

»Ich kann doch nicht rennen, wenn ich ’n Bier in der Hand habe, Dad. Ich verschütte doch sonst alles.«

»Bei meiner Seele, du wirst genauso faul wie der Nachbar nebenan. Ich habe Fritter Batter heute mit einem an den Löffel gepreßten Transistorradio an seiner Grenze entlangschlendern gesehen. Sie kommen aus ihren Städten hierher, aber ohne ihre Transistorradios können sie nicht leben.«

»Nee, er hat es nur neben ’nen Sender eingestellt und sucht nach Kurzschlüssen in seinem Elektrozaun. Er meint, als er herkam, konnte er sich nicht mal duschen. Der Abfluß in der alten Hütte war ’ne bessere Erdung als die Wasserleitung.«

»Was denn, du redest mit ihm?«

»Nicht echt. Er hat mich angesprochen.«

»Ich wäre vorsichtig, mit wem ich rede, wo doch dieser Killer umgeht. Könnte ebensogut er sein, jemand von außerhalb des Distrikts. Wo ist Fergie? Ich dachte, er würde heute herkommen.«

»Ich soll dir von ihm ausrichten, daß er Vorräte in dein Tal runterbringt.«

»Oh, ich verstehe. Ich hatte nämlich auf 'n bißchen Hilfe beim Kartoffelernten gehofft.«

»Die sind doch noch gar nicht soweit.«

»Ich hatte mir gedacht, an den Reihenseiten ein paar rauszubuddeln und den Rest wieder anzuhäufeln. Mir läuft das Wasser im Mund nach neuen Kartoffeln zusammen. Sie haben sich gut erholt, jetzt, wo die Dürre vorüber ist. Natürlich müssen wir dranbleiben.«

»Ich würde dir ja helfen, wenn ich nicht in die Stadt müßte.«

»Du gehst jeden Tag und jeden Abend deines Lebens in die Stadt. Ich frage mich, warum du nicht gleich nach Graceland ziehst und es damit gut sein läßt.«

»Ich würde's nicht für richtig halten, euch Alte allein zu lassen, ohne jemand, der sich um euch kümmert.«

»Oh, du bist ja so fürsorglich. Hast du je mal dran gedacht zu heiraten, Darryl?«

»Dafür ist noch 'ne Menge Zeit. Du hast auch erst geheiratet, als du schon älter warst als ich.«

»Ja, aber die Zeiten haben sich geändert. Ich habe mit keiner Frau geredet, die nicht zur Familie gehörte, bis mir Haare in den Ohren wuchsen. Verstehst du, damals, da blieb man, wo man war, und ging ins Bett, wenn die Sonne unterging. Vom Roden der Baumstämme war man geschlaucht, und wenn man während des Tags aus der Reihe tanzte, dann verbrachte man die Nacht damit, seinen Strohsack 'ne Treppe rauf und runter zu ziehen. Einmal im Jahr bin ich an der Küste gewesen, aber die übrige Zeit habe ich hier zugebracht. Also, was soll dieser elektrische Zaun, Sohn? Klingt mir ausgemacht gefährlich.«

»Er bringt die Tiere dazu, die Einzäunung zu respektieren. Wenn sie sie berühren, sollen sie eigentlich 'nen Schlag kriegen, aber es funktioniert noch nicht richtig, verstehst du. Irgendwas verursacht 'nen Kurzschluß, und die Ziegen klettern immer wieder drüber und kommen auf die Weidefläche. Willst du was aus der Stadt?«

»Nichts, was du auf dem Motorrad transportieren könntest, es sei denn, du wärst 'n Chinese. Sag mal, was würdest du davon halten, ein Wasserreservoir auszuheben, solange du nichts Besseres zu tun hast? Es wird schon wieder ziemlich trocken. Mutter beklagt sich, daß die Erde in ihrem Blumenbeet ganz hell klingt, wenn sie mit der Schaufel draufschlägt.«

»Kann nicht. Ich hab deine Straßenwalze an den Straßendienst ausgeliehen.«

»Was!«

»Ich wollte's dir ja sagen.«

51

Brian erleidet einen Schock. Fergus berichtet über den Mord am Einschlagplatz. Eine Reise nach Obliqua Creek. Grainger. Annunciata tauft Orion. Die Menschenjagd.

Die einspurige Bahnstrecke nach Obliqua Creek wurde in den frühen Sechzigern geschlossen, wodurch der zweimal wöchentlich verkehrende Triebwagen außer Betrieb genommen wurde, wie schade. Eigentlich sollte Brian Chegwodden jetzt unter Schock stehend aus dem Zug steigen, nicht aber aus dem Bus. Es wirkt freudianischer, wenn der staubige Triebwagen neben der großen Hundertblättrigen Rose im Zweihundert-Liter-Faß dröhnt. Die Tür wird aufgestoßen, Kameraschwenk zu den wilden Augen, den zerzausten Haaren, ein Stechschritt, und er stürzt ins Freie, findet keinen Halt mit dem Fuß und stürzt Hals über Kopf auf den Bahnsteig. Und dann gebt ihm noch einen alten Pappkarton dazu, der von Bindfaden zusammengehalten wird, und Paula in einer Krinoline.

Brian ist verzweifelt. Er hat gerade erfahren, daß Paula Zoshka von einem anderen Mann schwanger ist. Aber während er aus dem Fenster starrte, nachdem er die Neuigkeit erfahren hatte, flüsterte die Landschaft da nicht: »Komm zu mir, mein Liebling«?

»Brian!«

Sie läuft die Straße entlang, möchte es erklären, weil es nicht so war, wie er denkt, es ja nie so ist. Doch er schreitet absichtlich und einsam mit großen Schritten vor ihr her. Die Einsamkeit ist echt, die Absicht illusorisch. Brian hat jetzt keine andere Absicht, als der Sache auf den Grund zu gehen, daher dreht er sich bei seinen langen Schritten um und verlangt weitere Antworten von der leidenschaftlichen Schönheit, mit der er verbandelt ist.

»Wie oft hast du mit diesem Kerl gevögelt? Ich kann's einfach nicht glauben! Wie oft, Paula?«

»Ich weiß nicht. Viermal, vielleicht fünfmal. Zehnmal. Wer weiß das schon?«

»Aber ich habe dich doch vor unserer Verlobung gefragt, ob du eine Beziehung mit jemand anderem hast, und du hast mir versichert, das sei nicht der Fall. Wie es scheint, bist du eine Lügnerin.«

»Nein, das bin ich nicht. Ich wollte dich nicht belügen, Brian.«

»Aber du hast mich angelogen. Was also war so anziehend an dem Kerl, hä?«

»Da war nichts in der Art. Deshalb habe ich dir auch gesagt, ich hätte keine Beziehung, weil für mich 'ne Beziehung zu haben heißt, jemand zu mögen und mit jemand was gemeinsam zu haben.«

»Oh, du bist unglaublich. Ich vermute, du hast ihm gesagt, daß du ihn liebst?«

»Ja, das habe ich, und ich erinnere mich auch, wie schrecklich ich mich deswegen gefühlt habe, weil ich ihn überhaupt nicht liebte.«

»Dann bist du also auch noch eine Heuchlerin.«

Bei dieser Unterstellung füllen sich Paulas graue Augen mit Tränen, und sie sieht schöner aus als je zuvor. Und Brian sieht, wenn er wütend oder eifersüchtig ist, so gut aus, daß es eine himmelschreiende Schande ist.

»Ich habe dir doch gesagt, ich könnte es nicht ertragen, wenn du mit jemand anderem eine Beziehung hättest.«

»Ja, aber du hattest selbst 'ne Beziehung mit jemand anderem. Du bist mit Prim verheiratet, und ich muß damit zurechtkommen.«

»Ah, ja, aber das war auch korrekt. Es war nicht unaufrichtig.

Jedenfalls wußtest du es, und es hat dich nicht gestört, denn sonst wärst du jetzt nicht hier.«

»Es stört mich durchaus, aber was kann ich schon dagegen tun? Was können wir gegen die Vergangenheit tun? Wir können ja schon so wenig für die Gegenwart tun. Hast du nicht auch schon mal was getan, was du bedauert hast? Wir sind jetzt alle gemeinsam hier. Das ist's, was für mich zählt.«

»Ha! Ich habe dir gesagt, ich könnte es nicht ertragen, wenn du mit jemand anderem eine Beziehung hättest, und du hast mir etwas vorgemacht, und jetzt kann ich darüber nicht hinwegkommen. Verstehst du? Ich komme darüber nicht hinweg. Ich weiß nicht, was ich jetzt machen werde. Ich weiß nicht, ob ich bei diesem Vorhaben noch mitmachen kann. Wie hieß dieser Kerl eigentlich?«

»Benny.«

»Benny! Und furzt und scheißt und rülpst er auch, dieser Benny? Pinkelt er?«

»Das nehme ich an.«

»Du nimmst es an. Und du läßt zu, daß so ein Mensch sich die Unterhose auszieht und dir das Ding, mit dem er pißt, in den Leib steckt. Oh, du dreckiges, widerwärtiges Miststück. Warum macht eine Frau das nur?«

»Ich weiß nicht. Ich habe eben nicht rational gehandelt.«

»Das kannst du aber laut sagen. War sein Penis wie meiner?«

»Sind sie nicht alle gleich oder ähnlich? Ich hab ihn nicht gesehen, weil es auf dem Parkplatz dunkel war, aber ich mußte ihn einführen. Ihr Kerle mögt es ja, wenn man ihn einführt.«

»O Gott. Wenn du nicht begreifen kannst, daß ich einzigartig bin, Paula, welche Hoffnung besteht dann für uns? War seiner größer als meiner?«

»So ungefähr gleich. Ich weiß es nicht, Brian. Vielleicht ein klein bißchen größer. Im übrigen habe ich nicht nachgemessen.«

»Im übrigen hast du nicht nachgemessen. Ich bin wirklich überrascht. Hast du gemerkt, daß er ein Arschloch hat?«

»Ich vermute …«

»Du vermutest es. Du vermutest es! Ich behaupte, Paula, du hast es gewußt. Ich behaupte, daß deine hübschen, lackierten

Nägel dicht an Bennys dreckigem, stinkendem Arschloch gewesen sind. Grinse gefälligst nicht, denn das ist überhaupt nicht lustig.«

»Und findest du denn meinen Körper abstoßend?«

»Nein. Genaugenommen halte ich dich für sehr schön, ganz besonders aber dein Arschloch, was es alles um so schlimmer macht. Weil nämlich dieser liebreizende Körper jetzt beschmutzt ist, und du solltest mal hören, wie diese Typen über Frauen wie dich reden, sie geben an, Paula. Sie prahlen anderen Männern gegenüber damit herum. Hab neulich abend 'n Barmädchen abgeschleppt. Die Titten hättet ihr mal sehen sollen. Prall, kann ich euch sagen!«

»Ich bin nicht mit Männern ausgegangen, vor denen ich Achtung haben konnte, weil das für mich zu gefährlich gewesen wäre. Es hätte sich 'ne Beziehung draus entwickeln können. Deshalb habe ich mich nur mit miesen Typen eingelassen und mich dabei eben in die Nesseln gesetzt. Ich habe Benny nur benutzt, Brian.«

»Ha! Du hast ihn benutzt! Ho ho! Entschuldige mal. Kann ein Loch einen Gegenstand benutzen? Kann nichts etwas benutzen? Hör doch auf.«

»Wieso eigentlich solltest du 'ne Jungfrau verdient haben? Du hast mir gesagt, du hast fünfzehn Frauen gehabt.«

»Ja, aber jetzt bin ich bei dir hängengeblieben, oder? Bei einer Frau, die andere Männer gevögelt haben. Wenn sie uns auf der Straße sehen, werden sie sich lustigmachen: Die Puppe habe ich auch schon gevögelt. Benny konnte bei dir landen, Paula, obwohl du zugibst, daß er ein mieser Typ ist, der dich nicht verdient hat, wohingegen ich meine Ehe aufgegeben habe.«

»Er wußte, daß er mir nichts bedeutet, Brian. Er hat geflennt, als ich sein Baby nicht wollte. Aber unten im Tal, da können wir 'nen neuen Anfang machen, wir können diesen ganzen Mist hinter uns lassen. Willst du nicht auch 'nen neuen Anfang machen? Willst du nicht lernen, andere zu lieben? Du bist so voller Haß, Brian. Ich habe nie 'nen zornigeren Mann gekannt.«

»Noch nie habe ich etwas sehnlicher gewollt, aber liebst du mich denn überhaupt, Paula? Es muß ja nicht unbedingt etwas heißen, wenn es von dir kommt. Wahrscheinlich überhaupt nichts, denn du nennst mich ja noch immer einen typischen dies, einen typischen das.«

»Natürlich könnte ich den Vater meines Kindes lieben. Glaubst du denn, ich würde das sonst auf mich nehmen? Ich kann dir soviel Gutes geben, Brian. Ich habe diese Sachen nur gemacht, weil ich von Kindheit an vermurkst worden bin. Aber du mußt den Menschen zutrauen, sich zu ändern. Menschen können sich ändern. Menschen können wachsen. Jeder, der in diesem Tal wohnt, wird sich ändern, warte nur mal ab. Diane versichert mir das. Du und ich, wir werden uns ändern und wachsen. Ist es nicht das, worum es im Grunde geht? Wachstum der Persönlichkeit.«

»Ich bin bloß ziemlich m-m-mitgenommen. Du verstehst mich doch.«

»Ich versuch's ja. Wir sind jetzt in Graceland. Hier möchte ich aber nicht bleiben.«

»Ich auch nicht.«

»Dann gehen wir doch gleich raus zum Tal.«

Aber sie bleiben in Graceland, sie haben keine andere Wahl. Jemand muß sie dorthinfahren, und es läßt sich niemand finden.

Brian Chegwodden: Der Schmerz, den er anderen Männern zugefügt hat, indem er mit deren zukünftigen Frauen schlief, ist ihm dank Paula jetzt mit Zinsen heimgezahlt worden. Damit ist Gerechtigkeit geübt worden, darum kann er sich davon nicht freimachen. Der Schmerz, den er empfindet, wird, wenn auch vernunftwidrig, durch die Wertschätzung einer jungfräulichen Ehefrau in denjenigen Gesellschaften unterstrichen, in denen während der Tagesstunden Schlafanzüge getragen werden, und entspringt der dem Männchen unserer Spezies eigenen Gewohnheit, in Augenblicken der Untätigkeit – häufig als erstes am Morgen – die sexuellen Eroberungen seines bisherigen Lebens erneut aufleben zu lassen, um sie selbstgefällig noch einmal durchzugehen. Es spielt keine Rolle, daß sie zu nichts geführt haben, denn im biologischen Sinn haben sie zu nichts geführt, wenn die Vereinigung unproduktiv war, und postmoderne Frauen lassen nichts unversucht, um sicherzustellen, daß solche Vereinigungen unproduktiv bleiben. Es spielt keine Rolle, daß die Männer begreifen, und zwar mit zunehmendem Alter besser, daß auch Frauen mit Männern kopulieren, die sie verachten und verabscheuen, der Bequemlichkeit halber, aus Angst vor den Konsequenzen, sich zu verlieben. Es spielt keine Rolle, daß, wie Brian erfahren hat, über diejenigen, die Buch führen über ihre Eroberungen, selbst Buch geführt wird: Es gibt keinen Besitz, der für einen Mann von fundamentalerer Bedeutung wäre als der Körper seiner Frau. Es spielt keine Rolle, daß er sie nie ganz besitzen kann; sie ist sein einziger Besitz: Es spielt keine Rolle, daß er sie nie ganz kennen kann; es gibt kein Wissen, das zu teilen er gräßlicher fände. Eine Frau mit einem anderen Mann zu teilen, heißt Herabsetzung zu erfahren: Doch innerhalb einer geschlossenen, promiskuitiven Gesellschaft zu kopulieren, heißt vernichtet zu werden.

Fergus MacAnaspie hat die ungeteilte Aufmerksamkeit der werdenden Gemeinschaft, als er vom Mord am Einschlagplatz erzählt. Er hat den Punkt erreicht, an dem die Leiche gefunden wird, als er innehält und seinen Tabaksbeutel hervorzieht. Seinen Erzählstil hat er weitgehend seinem Vater zu verdanken, der in jenen beneidenswerten Tagen aufwuchs, als die Leute im Busch ihr Garnspinnen als Teil des Buschhandwerks noch ernst nahmen. Wenn man das Interesse eines Kumpels im Pub oder am Lagerfeuer nicht wachhalten oder sich die Stunden nicht vertreiben konnte, die man damit verbrachte, neben einem staubaufwirbelnden Pferdewagen zu gehen oder im durchweichten Sattel zu hängen, dann war man bei der Arbeit unten durch, wurde als selbstsüchtig oder dumm angesehen. Also sprach man zu sich selbst, bis man seinen eigenen Stil, die eigene Palette an Sprichwörtern und Einzeilern gefunden hatte, und man kannte den Wert einer Pause: Man wußte, wie man einer Spekulation Vorschub gab, indem man einen Schluck oder Bissen oder Zug nahm oder wegging, um die Hobbelriemen nachzusehen. Fergie hat die Gewohnheit, sich eine Zigarette zu rollen, was seine Zeit braucht, da er es einhändig tut. Und während er damit beschäftigt ist, pariert er vielleicht eine Frage, läßt sich aber nicht entlocken, was als nächstes kommen könnte.

»Ist auch gar nicht mal mit 'ner großkalibrigen Waffe gemacht worden«, sagt er, als seine Zunge endlich frei ist. »Anfangs haben sie überhaupt nicht gewußt, woran es gelegen hat, und sie dachten, es sei vielleicht 'ne Sägekette gebrochen, aber die Säge liegt da, und es ist gar kein Blut an der Säge. Na ja, ich will damit sagen, es war schon Blut an der Säge, aber sie schwamm nicht grade in Blut. Blut war überall. Ich schätze, die Akazien werden nur so aus dem Boden schießen; habt ihr schon mal das Gras an 'ner Stelle gesehen, wo 'ne Kuh verblutet ist? Es gibt keinen besseren Dünger als Blut. Ich kannte mal jemand, der bestellte sich immer Blut aus dem Schlachthaus, bloß um seine Rosen damit zu düngen.«

»Das klingt ganz nach unserem Mann, Ginnsy. Das muß derselbe Kerl sein.«

»Die Polizei ist jetzt am Werk«, schließt Fergus. »Hat für Schlagzeilen in der Distriktspresse und auf der Vorderseite der Ortszeitung gesorgt.«

»Kaum zu glauben«, seufzt Diane Zoshka. »Wie sich die Dinge an einem Tag ändern können. Wir sind hier runter gekommen, um dem Polizeistaat zu entkommen, und jetzt hat dieser Idiot, dieser mordende Narr ...«

»Moment mal«, wendet Michael Ginnsy ein. »Gwen hat diesen Mann mit dem Gewehr vorhergesehen. Weshalb ich bei weiterem Nachdenken gar nicht so überrascht war. Erinnerst du dich, Nisi, wie du immer wieder gefragt hast, warum es mich nicht weiter überrascht hat? Ihr habt alle geglaubt, ich hätte mir das nur ausgedacht, das ist ganz schön stark. Ja, das ist wirklich stark. Aber ich vergebe euch. Ihr müßt wissen, ich hatte gedacht, dieser Mann mit dem Gewehr sei vielleicht ein Phantom gewesen, das wieder verschwand, sobald Gwen die Augen zugemacht hatte.«

»Hast du ihn sehen können? Ich muß wieder an meine Arbeit zurück, Kumpel. Ich muß schließlich die Raten für meinen Holzschlepper noch abbezahlen.«

»Ich habe auf der Ebene etwas gesehen, das ich für 'nen purpurnen Dämonen hielt. Glauben wir eigentlich an Dämonen?«

»Also wirklich«, meint Nisi. »Es ist doch wohl eindeutig, daß Michael nicht als Zeuge taugt.«

»Ach, die Polizei hört sowieso nicht auf mich, Nisi. Die haben mich vor gar nicht langer Zeit mal geschnappt. Sollte mich normalerweise regelmäßig bei denen melden.«

»Fehlt eigentlich was von hier?«

»Woher sollen wir denn wissen, ob was fehlt, Mann.«

»Wenn dieser Kerl sich hier draußen rumtreibt, dann klaut er sich das, was er braucht, irgendwo. Da wir grade davon reden, willst du mit zum Haus zurückkommen und deine Sachen holen, Att? Solange ich noch frei habe?«

»In Ordnung«, meint Attis. »Und vielleicht kommen diese Burschen auch mit, und wir können mal nach den Werkzeugen sehen.«

»He, wo ist denn das Mehl?« Nisi geht die Bestelliste durch.

»Hab's oben bei Fiona gelassen. Sie hat mich irgendwie überredet. Sie möchte 'nen Stapel Pfannkuchen backen, Jungs!« Fergie zwinkert. »Ich werd ihr später 'n Regal zimmern.«

»Wie bitte? Du hast die Hälfte unserer Vorräte in der Höhle gelassen? Also wirklich, Fergus. Wir haben doch kein Mehl.«

»Ich habe nichts dagegen, dich in die Stadt zurückzufahren, Nisi. Bei mir hast du Kredit. Wir setzen diese Jungs in Wonderview ab, tauchen dann bei Orbost ein, und du kannst alles kaufen, was du brauchst. Ist billiger bei Orbost.«

»Was soll das heißen?« will Olaf wissen. »Wir brauchen doch keine Versorgungseinheit.«

»Ich komme mit«, sagt Diane.

»Ich bleibe hier«, beteuert Annunciata. Nur Annunciata bemerkte den Blick, den Aloysius Tim zuwarf, als von jemandem die Rede war, der sich da draußen herumtreibt. Ihre Jahre im Klassenzimmer haben sie die Bedeutung eines solchen Blicks gelehrt. Diese Jungen wissen etwas.

»Ich hab euch kommen gesehen«, lacht Fiona aus der Höhle heraus, während sie die Fliegen von den Pfannkuchen scheucht. »Das Wasser kocht. Vorstellungen später. Ich hoffe, ihr habt Hunger. Setzt euch und eßt.«

Mit einem dicken Finger zählt sie durch und hofft, daß genügend angeschlagene Emailteller und -tassen für alle da sind, aber sie reichen nicht.

»Jetzt wissen wir also, wo das Mehl abbleibt. Wir hoffen, daß du den Glühwürmchen nichts zuleide tust, Fiona. Sie mögen nämlich keinen Brennspiritus.«

»Also, vergiß sie«, meint Fergus, »denn 'ne Frau hat das Recht zu kochen. Alle Achtung, schmecken die gut, Fiona. Buschdamper und Sirup hab ich sowieso nie gemocht.«

Es spricht für Diane, daß sie einfach Attis Hand packt und schallend loslacht. Die Höhle ist von jemand anderem übernommen worden. Obwohl sie hinkt, hat Fiona sie ausgefegt und sie saubergemacht und schläft offenbar auf beiden Behelfsbetten.

»Ich habe keine Zitronen mehr. Gibt's hier Ameisen?«

»Du kriegst 'nen Zitronenbaum«, erwidert Fergus. »Ich kauf dir einen. Meyer oder Eureka?«

»So muß es sein, Mann«, vertraut Michael Ginnsy Balthazar Beauregard an. Und da es so sein muß, sind sie gezwungen, am Rand der Höhle gemeinschaftlich einen Topfdeckel zu benutzen.

Balthazar ist durchaus geneigt, ihm zuzustimmen, weil die Grundidee da war. Feingemahlenes Mehl, Zucker und Tee geben zwar eine blödsinnige Mahlzeit ab, doch die Grundidee war vorhanden. Fiona stellt eine Bereicherung der Kommune dar. *Good Vibrations*. Sie braucht nur noch etwas Schulung.

»Hast du schon mal Roggenschrot gerochen, das zwischen Mühlsteinen mit der Hand gemahlen wurde, Fiona? Wir besorgen dir auch noch Honig. Als ich oben im Norden war, Att, da konnte ich die Bienen summen hören, Mann. Ich liebe es, wenn die Bienen summen. Ich hab mal Bienenschmuck gemacht. Glaubt ihr, daß Weizen im Tal gedeihen wird?«

Balthazar Beauregard: Als jemand, der einst töricht genug war zu versuchen, seinen Lebensunterhalt von 50 Bienenstöcken zu bestreiten, kann ich die phantastische Vorstellung, daß mehr als zwanzig Menschen von zehn leben könnten, nur schwer begreifen. Auf keinen Fall könnten mehr als zwanzig Menschen heutzutage von 2000 Bienenstöcken leben. Es liegt an den Gemeinkosten. Die Tage des Kleinimkers sind vorüber, ebenso wie die Tage des Kleinfarmers im allgemeinen. Sie waren schon 1968 vorüber. Mit meinem von einem Jowett Javelin gezogenen Anhänger bin ich der Blüte von einem Ende des Landes bis zum anderen gefolgt. Ich habe nicht gerade üppig gelebt. Nachts habe ich mich in meinem ausklappbaren Wohnwagen hingehauen. Mit Inbrunst beweiselte ich die Stöcke, heuerte nie eine Hilfe an, und doch stand ich nach weniger als zwei Jahren wieder bei der Australia Post vor der Tür und bettelte um meinen alten Job, weil ich kein müdes Pfund damit verdienen konnte. Es gibt Weiselzüchter, die heute Geld machen, aber das ist genauso wie Jazzunterricht geben. Dennoch, wir haben halt unsere Träume.

Die *Ballade* enthält einen Bezug auf Met. Wie auch die mittelalterlichen Mönche waren die Kommunarden auf Wachs aus, daher müssen sie aus dem Honig, den sie raubten, auch Met gemacht haben. Er ist wie ein blaugeäderter Käse, der Met, und man macht ihn, fast ohne es zu merken. Man entnimmt einfach die Wabe, ohne sie zu öffnen.

»Wer ist dieser Typ da?« will Eugene Ecks wissen, der mit Fergus und Olaf im Fahrerhaus mitfährt. Sie rasen dahin, und Fergus ist stolz darauf, wie sie trotzdem jede Kurve auf vier Rädern nehmen. Die Verständigung zwischen Fahrerhaus und Pritsche wird durch das Fehlen von Fenstern ermöglicht.

»Hat ’ne Gitarre auf ’m Rücken und ’n Frisbee in der Hand, Käpt’n Kaos! Wer ist der Kerl, Mann?«

»Sieht aus wie Grainger«, seufzt Nisi. »Ja, ich würde sagen, das war bestimmt Grainger. Fahr an den Straßenrand, Fergus. Er war auf der Gedenkfeier für Martin Luther King dabei. Er geht zu allen Protestaktionen. Ist im Tal noch Platz für Grainger?«

»Klar ist im Tal noch Platz für Grainger. Und für seine Decke und seinen Bunsenbrenner. Grainger! Prima, dich kennenzulernen, Mann, ich bin Michael. Das ist Eugene, Balthazar, Olaf, Fergus, Nisi und Diane kennst du ja. Wie ich sehe, hast du ’ne Gitarre dabei, Grainger. Spielst du Gitarre?«

»Grainger kann nicht sprechen«, erklärt Nisi. »Er will nicht reden oder sich die Haare schneiden, bis die US-Streitkräfte aus Vietnam abgezogen sind.«

Und auch seine Jacke nicht waschen, deren Kunstpelzfutter an den Enden durch lauter Knötchen verschmutzt ist.

»Kein Problem«, fährt Michael Ginnsy fort. »Ich rede sowieso lieber, ohne unterbrochen zu werden. Da du was für Gitarren übrig hast, Grainger, warum kaufst du nicht 'n Exemplar von meinem Soloalbum? Pah! Ich gebe dir sogar 'nen Preisnachlaß.«

»Ich habe gar nicht gewußt, daß du eins gemacht hast«, meint Olaf. »Wann bekommen wir's mal zu hören?«

»Ich hab's in Memphis aufgenommen, aber sie haben nicht genug Reklame dafür gemacht. Ich hab's in keinem einzigen Laden gesehen. Der Jazz ist tot. Warum kaufen die Leute lieber Scheiß, wo sie doch die Wahl haben? Ich versteh das nicht.«

»He, laß das, Mann, mach die Demokratie nicht mies! Da wird bloß immer mehr von allem gekauft. Was nützen uns Plattenalben im Tal überhaupt, wenn wir keinen Strom haben, um sie abzuspielen?«

»Oh, wir kriegen schon noch Strom, Eugene. Wir brauchen den Strom ja auch.«

»Was denn? Stromleitungen?«

»Nein, nein. Generatoren. Wasserräder. Windräder. Turbinen, Mann. Wir erzeugen Strom.«

»Wir brauchen keinen Strom«, beharrt Nisi. »Strom war der Anfang vom Ende. Die Vorstellung, daß Maschinen alles besser können als Menschen, ist Bockmist. Dadurch schafft man nur Menschen, die so ähnlich wie Maschinen sind, und das Tal sieht damit beschissen aus. Außerdem, seit die Welt von diesen Hochspannungsleitungen überzogen wurde, ist die Bevölkerungszahl schier explodiert.«

»Ich dachte, das hätte an den chilenischen Nitraten gelegen.«

»Die Leute glauben, die Elektrizität fließt durch die Kabel, aber das ist nicht so. Sie bildet ein Feld um sie herum, und wir werden buchstäblich darin gebadet. Wer weiß schon, welche Wirkung das auf unsere Keimdrüsen hat? Wer weiß, was es unseren Kindern antut, die in der Nähe von elektrischen Heizkörpern spielen? Ich habe übrigens in 'nem Haus gewohnt, wo die Leuchtstoffröhren glimmten, wenn die Schalter auf Aus standen.«

»Super! Habt ihr das alle gehört?«

»Ach, aber wir wollen doch bloß nichtionisierende Niedrig ...«

»Ich möchte diese Angelegenheit jetzt klargestellt haben. Keine schädlichen Strahlungen im Tal!«

Fergies Augenbrauen gehen nach oben. »Was? Ihr wollt mit den Hühnern ins Bett gehen?«

»Keineswegs«, erläutert Nisi. »Zur Ergänzung unserer Bienenwachskerzen kaufen wir uns Petroleumlampen.«

»Ach, vergiß das, Nisi, alles schmeckt dann nach Petroleum. Du kannst nicht sehen, was du ißt, wenn sie nicht grade neben deinem Essen stehen, und sie lecken ständig. Darryl hat immer wieder Prügel bezogen, weil er sie auf dem Brotbrett nachgefüllt hat. Herrgott, wer kommt uns denn da entgegen? Sieht aus wie die Bullen, und wir haben keine Zulassung.«

»Fahr von der Straße runter.«

»Zu spät. Er hat uns gesehen.«

»Hast du auch Bremsen?« Eugene, ganz ruhig, wenn es kritisch wird. »Tritt auf die Bremse und wirble Staub auf, Mann. Olaf und ich müssen sehen, daß wir verduften. Kommt ihr mit, Michael? Diane?«

»Bleib ruhig«, rät Balthazar. »Ganz ruhig.« Er drückt Eugene auf den Sitz und knebelt ihn mit dem Unterarm.

Rude Boy wille sitze mid di Füße anne Kamien unn mid di Decke drüber. Ganze egal wie isse de Wetter, so er sitze am liebste. Er befindet sich im Schlafzimmer, ist in die Sackleinendecke gehüllt und hat die Füße im kalten Ölfaß, als Annunciata ihn ausfindig macht. Zwei verlauste Welpen umklammernd, zockelt Tim ihr hinterher.

»Rude Boy!« Annunciata spricht zwar mit einem weichen irischen Akzent, versteht aber dennoch, sich im Klassenzimmer durchzusetzen. Es ist dies das erste Mal, daß ein Erwachsener Aloysius mit seinem bevorzugten Namen angesprochen hat. Trotzdem bleibt er ganz ruhig und, ob nun überrascht oder erfreut, spricht nicht und rührt sich nicht.

»Rude Boy! Würdest du diese Decke bitte einmal einen Augenblick vom Kopf nehmen? Ich möchte mit dir reden.«

Langsam teilt sich das Sackleinen und enthüllt einen zerzausten Haarschopf und ein Paar zusammengekniffener Augen. Eine sandige Faust hebt sich, um die Lider zu reiben, doch die Augen öffnen sich nicht. Nicht einmal, als ein Welpe kläfft.

»O Timmy, du hast dem kleinen Welpen weh getan, setz ihn bitte augenblicklich auf den Boden.«

»Aber …«

»Widersprich mir nicht. So ist es brav. Ich werde eure Lehrerin sein, Jungs. Habt ihr das schon gewußt? Freut ihr euch?«

»Die wolle euch verbiege denne Verstand.«

»Oh, was für ein Unsinn, Aloysius. Egal, was ihr von mir haltet, ihr werdet trotzdem von mir unterrichtet. Die anderen sind nach oben gegangen, daher können wir uns ungestört unterhalten. Jungs, ich möchte, daß ihr wißt, daß einige Dinge, über die wir heute sprechen, vertraulich sind. Wer kann mir denn sagen, was das Wort bedeutet? Rude Boy?«

»Nee.«

»Es bedeutet, daß außer uns nur Gott zuhört. Glaubst du an Gott, Rude Boy?«

»Ja.«

»Gut. Sehr gut. Wir wissen, daß Gott uns hört, nicht wahr, weil Gott uns immer hört. Wir wissen, daß wir nicht allein sind.«

»Ja.«

»Das stimmt. Wir können nie allein sein. Und jetzt, Jungs, will ich ganz offen mit euch reden. Ich habe das Gefühl, ihr habt einen Fremden in diesem Tal gesehen, oder ihr kennt jemanden, der ihn gesehen hat. Habe ich recht?«

Die sorgfältige Prüfung von Tims Antwort wird dadurch vereitelt, daß sich der verbliebene Welpe plötzlich freistrampelt. Verärgert wendet sich Annunciata dem älteren Knaben zu, doch wie befürchtet, hat der sich das Sackleinen wieder über den Trotzkopf gezogen.

»Rude Boy! Nimm die Decke vom Kopf. Ich möchte augenblicklich mit dir reden.«

»Ick wille abe nich rede.«

»Oh, ist das eine Art und Weise für einen jungen Mann, so zu sprechen? Sprich gefälligst ordentlich, Aloysius O'Looby! Wie alt bist du eigentlich?«

»Du kannst uns keine Befehle geben«, erklärt der kleine Tim. »Hier unten machen wir, was wir wollen.«

»So, machen wir das? Also, ihr habt gehört, daß sich da ein

böser Mann herumtreibt. Ein sehr böser Mann, und glaubt ihr vielleicht, ihr könnt in diesem Tal bleiben und einfach bloß das tun, was ihr gerade so wollt, wenn eure Mutter jeden Augenblick totgeschossen werden kann, bloß, weil ihr damit nicht herausrükken wollt?«

»Wir sterben nicht«, beharrt Tim.

»Nix kanne gebe Beerdigung«, bestätigt Rude Boy. Gott weiß, wo sie diese Auffassung herhaben. Von den Rastafaris vielleicht.

»Ich merke, ich hatte unrecht. Ja, ich hatte unrecht, überhaupt davon gesprochen zu haben. Ich glaube, ich sage einfach zu Mister Fergus, daß ihr mehr wißt, als ihr verraten wollt, und daß er es schon aus euch herauskriegen wird. Ihr macht es mit ihm aus. Ist euch das lieber? Und während ihr darüber nachdenkt, werde ich diesem deinem Welpen da einen Namen geben, junger Mann. Siehst du, wie er hinter dir herzottelt? Nun, das erinnert mich an den Hundsstern Sirius, der am Nachthimmel hinter dem Jäger herläuft. Nur ist hier draußen alles auf den Kopf gestellt, genauso der Jäger – das ist das Sternbild Orion –, er sieht ein bißchen aus wie eine Bratpfanne, nicht wahr? Daher nennen wir ihn die Bratpfanne. Gott kann etwas Schlichtes, so wie etwa eine Bratpfanne, nehmen und sie umdrehen, und schon wird sie zu einem stolzen Jäger.«

Spätsommer 1969. Polizei durchkämmt von weit draußen her die Gegend, doch die *Moody Valley Candle Company Co-op* hat Glück. Das Auto, das verlangsamt, bis der Ellbogen des Fahrers die vorgeschriebenen zwanzig Zentimeter von Fergies Ellbogen entfernt ist, enthält lediglich den Sergeanten der Ortspolizei, dem das Gebiet von Erinungarah zugewiesen wurde.

»Gu'n Tag, Fergie«, sagt er ganz breit. »Gu'n Tag, Att. Wann wollt ihr Jungs diesen Pickup eigentlich mal zulassen?«

»Wird in Kürze gemacht, Sergeant. Warten nur noch auf 'n paar Teile.«

»Ja, und ich warte immer noch auf den Minirock, den ich für meine unverheiratete Tante bestellt habe. Fährst du die Leute in die Stadt, damit sie sich die Haare schneiden lassen?«

»Wir sind grade draußen am Paß gewesen, Sergeant. Da war 'n Erdrutsch.«

»Ja, jemand hat mir erzählt, er sei versperrt. Hat da nicht auch 'n altes Pärchen draußen gewohnt?«

»Ach, das muß wohl schon 'ne Zeit her sein.«

»Verstehe. Da kommt jetzt also auch keiner runter, meint ihr?«

»Hier ist keine Seele langgekommen, Sergeant.«

»Würde ich auch nicht annehmen.«

»Das sind Freunde von Att, Sergeant. Von der Uni in Sydney. Suchen für zwischendurch 'nen Job als Samenpflücker.«

»O ja. Du pflückst also noch immer Samen, Att?«

»Ich würde schon, aber sie haben den Wald gesperrt.«

»Das wird nicht lange dauern, mein Sohn. Wir kriegen den Kerl schon.«

»Ich möchte bloß wieder meiner Arbeit nachgehen können. Muß doch für meine Maschine die Raten bezahlen.«

»Ist sowas wie 'ne aussichtslose Suche, Fergus, ganz unter uns gesagt. Der ist längst von hier fort. Man spricht von 'nem jungen Burschen unten an der Küste, mal sehen, was draus wird. Ach, die Sache wird sich legen. Bestimmt nur 'n fehlgegangener Schuß, meinst du nicht auch? Für 'nen Mord muß man doch 'n Motiv haben. Du warst wohl nicht mit draußen dabei?«

»Ich kam nach Ihnen an, Sergeant. Ich glaube aber nicht, daß es 'n fehlgegangener Schuß war, bestimmt nicht.«

»Na ja. Wie du willst. Du meinst also, es hat keinen Zweck, wenn ich weiterfahre?«

»Eigentlich nicht. Über den Paß können Sie nicht, und die Feuerschneise ist seit ewiger Zeit nicht glattgeschoben worden. Hinter der Furt verliert sie sich ganz. Ist mit Grevilleas zugewachsen.«

»Ihr werdet doch mit diesem Fahrzeug nicht etwa auf die richtige Straße fahren, nicht wahr, Jungs?«

»Unter keinen Umständen, Sergeant! Das ist bloß 'ne Kiste für 'n Busch.«

»Gut. Dann dreh ich jetzt um und folge euch nach Hause, um auch sicherzugehen, daß ihr dorthin fahrt.«

»War nett, Sie kennengelernt zu haben, Sergeant.« Michael

Ginnsy ist den Tränen nahe. Manche dieser Buschbullen scheinen richtig menschlich zu sein.

»Hat mich auch gefreut, mein Sohn. Benehmt euch. Macht's gut, Jungs.«

»Danke für den Klammergriff, Hollywood. Schätze mal, du hast einen bei mir gut.«

»Er gibt Zeichen mit der Lichthupe«, sagt Fergus, der nach oben und nach links starrt. »Ich soll anhalten.«

»Dann tritt mal die Bremse bis zum Bodenblech durch, Mann.«

»Schuldest mir noch einen, Eugene. Hör mal, was er noch will, Fergie.«

Reprise. Der Sergeant kommt wieder auf sie zu und lehnt sich auf den Pickup, als wolle er einen Bußgeldbescheid ausstellen.

»Habe grade im Radio gehört, daß sie auf der anderen Seite von Johnson's Creek 'n Lager gefunden haben, und es sieht ganz nach dem Mann aus, hinter dem wir her sind. Ich fahre wahrscheinlich mal da rüber. Ich wette 'n Pfund, daß es dieser Yankee ist.«

»Wie meinen Sie das?«

»Neulich war so 'n Yankee in der Stadt. War auf Erholungsurlaub von Vietnam und hat sich verdünnisiert. Ich wette 'n Pfund, daß er das ist.«

»Ja?«

»Ach, 'n blöder Krieg, dieser Vietnamkrieg. Wenn unsre reguläre Armee nicht mehr attraktiv für unsre besten jungen Männer ist, dann hat unsre Gesellschaft 'n Problem. Das sind ja doch bloß Wehrpflichtige, Fergie. Werden mit dem Streß nicht fertig, die armen Kerle, und da sie noch halbe Kinder sind, kriegen sie 'nen Knacks weg. Sie sind keine richtigen Krieger. Alle Krieger sitzen doch im Knast. Die werden nicht in die Armee aufgenommen.«

Ein Schlag mit der Hand aufs Dach.

»Also, dann bis zum nächsten Mal. Wie geht's Barney da drüben eigentlich? Ihn habe ich natürlich nicht gemeint, er hat sich ja freiwillig gemeldet. Wird sicher bald wieder heimkommen, nicht?«

»Ich schätze, ja. Wiedersehen, Sergeant.«

»Ja, Wiedersehen, Jungs. Und euch ’nen angenehmen Aufenthalt. Ihr kommt bestimmt grade richtig, um in Kürze Samen pflücken zu können.«

»Ihr wißt doch, was das bedeutet, nicht wahr?« sagt Diane ein wenig später. »Wir werden losziehen und Samen pflücken müssen.«

Samenpflücken: Die einzige Arbeit, die vor Ort zu finden war, war das Pflücken von Samen für die Forstwirtschaft. Die Kommunarden konnten ja nicht täglich nach Obliqua Creek gehen, und Arbeit gibt es in Obliqua Creek auch nicht gerade reichlich. Wir lesen in der *Ballade*, daß Barbara zur Zeit des zweiten Felssturzes Samen gepflückt hat, und die *Ballade* legt den zweiten Felssturz in einen Altweibersommer, einen Herbst. Ich habe bei Barney MacAnaspie nachgefragt, und er erinnert sich, daß die Mädchen dort Samen gepflückt haben. Holzfäller mögen Grüne zwar nicht, doch gegen hübsche Mädchen haben sie nichts einzuwenden. Typisch für unsere moderne Welt bot sich also dem Mannsvolk keine Arbeitsmöglichkeit. Fergus und Attis und Darryl MacAnaspie waren wie das Ungeheuer von Loch Ness, nämlich selten zu sehen. Doch wenn sie sich zum Rodeo zeigten, um ihre alljährliche Aufsammelarbeit zu machen, in phrygischen Mützen und die Haare in verfilzten Dreadlocks, Reitstiefel an lediglich einem Bein tragend und von der Grünen Munga, die sie aßen, wenn sie am Verhungern waren, wie Eukalyptusbonbons riechend, dann entlud sich der aufgestaute Groll im Distrikt gegen sie in schrecklichen Faustkämpfen, denn es gab keinen Holzfäller oder Viehzüchter in der Gegend, der sie nicht haßte oder sie um ihre Ausschweifungen beneidete. So daß Darryl von seinesgleichen häufig schon grün und blau geprügelt worden war, noch bevor er sein Clownskostüm anhatte.

52

Paula und Brian beunruhigt. Eine Party in Graceland. Attis unternimmt einen unwiderruflichen Schritt.

Als die Schulter geheilt ist, besucht Kimberley Moon Wonderview. Er ist jetzt in der Lage, die Mädchen zum Einkaufen in die Stadt zu bringen. Die Männer durchforsten die Schuppen und werfen alles, was gleichzeitig halbwegs brauchbar und unnütz aussieht, auf einen Haufen. Aber das dient lediglich dem Zweck, damit Horrie das letzte Wort darüber spricht, was weg kann, und er schnüffelt auf seinem Grundstück herum, und es wird spät am Tag, und da die Fahrt zurück ins Tal etliche Stunden dauert, wird beschlossen, daß sie sich in Graceland treffen, sich noch einmal eine Mahlzeit über die Straße und ein paar Bier gönnen, danach die Nacht in den Wohnungen Nummer 3 und 10 verbringen, bevor sie beim ersten Licht mit Werkzeugen, Vorräten und frischem Elan aufbrechen.

Falls Nisi sich um ihre Jungs sorgen sollte, dann gelingt es ihr, diese Sorge gut zu verbergen. Auf dem Weg zur Stadt redet sie mit Tierkenner Kimbo über nichts anderes als Esel und Ponys. Diane Zoshka, obwohl nicht sonderlich interessiert, erkennt bereits, wie sinnvoll es wäre, für den Materialtransport Esel einzusetzen und nicht den Kleinbus. Der Bus ist trotz seiner Nützlichkeit eine Männerdomäne, während die Esel unter Nisis Zuständigkeit fallen, und Frauen neigen weniger als Männer dazu, ihre Zeit durch Herumstehen vor der Arbeit zu verplempern.

»In Irland ziehen sie normalerweise ’nen Karren. Diejenigen, die ich in der Türkei gesehen habe, hatten Holzsättel und Polster einfach mit ’nem Bauchgurt. An die beiden Seiten hängt man dann Körbe. Wenn man sie entsprechend abrichtet, braucht man bloß ’nen Strick. Ich habe gesehen, wie sie Luzernebündel, jedes so groß wie ’n Heuhaufen, transportiert haben, sowie auch ’nen Türken mit Schnurrbart, dem die Füße auf dem Boden schleiften.«

»Die einzige Möglichkeit, sie zum Anhalten zu bringen. Ein bißchen wie bei meinem alten Roller.«

»Könntest du uns sagen, was für Sattelzeug wir nehmen sollten, Kimberley? Du hast sie doch im Norden kennengelernt.«

»Ich hab sie dort als Tierfutter geschossen. Diese blöden Dinger von Horrie scheinen aus ’nem Zirkus zu kommen. Der eine macht sämtliche Gatter auf.«

»Ja, also, das ist doch zu unserem Vorteil, Kimberley. Wir brauchen keine Einzäunung. Unser Tal ist eingefriedet.«

»Das glaubt ihr. Ich würde wahrscheinlich diese Militärsättel ausprobieren, wißt ihr, welche ich meine? Diese alten indischen Militärsättel.«

»Also, wo könnte ich denn so einen herkriegen?«

»Mein alter Herr hat haufenweise davon. Ihr könnt sie haben. Entfernt alle Lederteile. Flauschiges Fell als Satteldecke. Als Hinterzeug reicht wahrscheinlich ’n Leinwandgurt aus.«

»Mensch, danke. Alle sind sie so spendabel. Iris hat ’ne Nähmaschine, wenn wir also morgen etwas gewachstes Garn und ’ne Nadel für Lederarbeiten kaufen, könnte ich aus grobem Nylongewebe oder sowas Ähnlichem ’n paar Satteltaschen zusammennähen; oh, das ist ja so aufregend! Wir können sie auf dem Pfad einsetzen, verstehst du, Diane. In rauhem Gelände sind sie ideal.«

»Prima. Würdest du in Graceland anhalten, Kimberley? Ich möchte da mal was nachsehen.«

Paula Zoshka und Brian Chegwodden bumsen gerade. Paula hat eben noch Zeit, sich ein Paar Jeans anzuziehen, und läuft den Flur entlang zum Klo, als Diane die Wohnungstür öffnet und die Sonne auf das Resopal fällt.

Kimberley erhascht einen Blick von Paulas Reizen.

»Tut mir leid, Paula«, sagt Diane. »Ich hatte nicht gewußt, daß du hier bist. Wie bist du in die Wohnung reingekommen?«

»Das Fenster war nicht verriegelt. Entschuldige.«

»Ich lasse immer ein Fenster unverriegelt. Ist Brian bei dir?«

»Ja, im Bett. Wir haben grade ’n Nickerchen gemacht. Ich bleibe nicht lange, Diane.«

Brian, im Gesicht gerötet, taucht aus dem Schlafzimmer auf, von der Anstrengung, sich an der Messingtürklinke festzuhalten, ganz erschöpft. Aber was konnte er schon erwarten? Dies ist schließlich Dianes Wohnung. Sie hat das Recht, Gäste mitzubringen.

Was trägt man an jenem Wochenende, vielleicht gar lebenslang, auf dem Land? Brian hat sich für Bermuda-Clubsakko, Schaltuch und maßgeschneiderte graue Hosen entschieden. Seine Frau hat alle seine Safarianzüge genommen und sie einem Obdachlosen geschenkt.

»Brian!« Diane stürzt auf ihn zu, um ihn, das neue Familienmitglied, zu umarmen, doch Brian möchte das nicht und schiebt sie von sich, nicht jedoch, bevor sie nicht den strengen Geruch an ihm bemerkt hat. Ihm muß im gleichen Maß schuld an dem gegeben werden, was nun folgt.

»Gut, dich wiederzusehen, Diane. Es hat sich soviel ereignet, seit wir uns das letzte Mal gesehen haben. Sind das deine Freunde? Glaubst du, daß sie uns in ihrem Wagen zum Tal mitnehmen?«

Kimbos engstehende schwarze Augen glühen, wie sie es heute noch tun, wenn er seine Hämorrhoiden hat. Am liebsten möchte er diesen Waschlappen zu einem Wettkampf auffordern. Statt dessen knurrt er aus dem Winkel seines schmallippigen Mundes: »Wollt ihr Mädels nun einkaufen gehen oder was?«

»Am besten, nur wir zwei gehen«, sagt Nisi. »Das sind Dianes Verwandte. Sie werden auch im Tal wohnen.«

»Was?«

»Oh?« Brian, der auf Unhöflichkeiten mit befremdlicher Ehrfurcht reagiert, antwortet auf Journalistenart.

»Das soll wohl 'n Witz sein? Hab noch nie zartere Hände gesehen. Sind Sie Vertreter für Gesichtscremes?«

Kampfparolen, noch dazu ohne Ahnung zu haben: Tai-Chi-Meister haben noch zartere Hände. »He, laßt das«, meint Diane, »das reicht jetzt. Benehmt euch nicht wie im Kindergarten, Jungs. Wer weiß schon, Kimberley? Womöglich entschließt du dich eines Tages auch noch, im Tal zu wohnen.«

»Huh. Wie lange, glaubt ihr, werdet ihr brauchen? Ich habe dieses Wochenende noch was zu tun. Ich muß ...«

Mit heruntergeklappter Kinnlade und offenem Mund tritt Kimberley entgeistert zurück, wie vor einer hochgiftigen Mulgaschlange. Paula kommt den Flur entlang vom Klo zurück und hält sich die Hände vor den nackten Busen.

»Hi«, sagt sie mit einem Grinsen, »hierfür also geht die Miete drauf. Ist ’n ziemliches Loch.«

Brian würde sich nur zu gern die Jacke ausziehen, um Paula vor Kimberleys Blicken zu schützen, doch ein Messingknopf hindert ihn daran. Als er das verdammte Ding endlich aus hat, ist Kimberley gegangen. Sie hören ihn davonbrausen.

»Was ist denn in den gefahren?«

»Diane, er ist ein Junge vom Land. Solche Sachen sind sie nicht gewöhnt.«

»Was für Sachen?«

»Barmädchen oben ohne.«

»Tut mir leid«, sagt Paula. »O mein Gott. Sieht ganz so aus, als hätte ich’s schon wieder getan. Ich dachte, es sei wegen meiner Hände, verstehst du?«

»Idiotin!« schreit Brian. Paula die Schuld gebend, stürmt er davon, um den Pub aufzusuchen, in dem es angefangen hat, sein Kismet. Dort bestellt er dann seine Bierkrüge bei dem gleichen unterbeschäftigten Barmann wie Kimbo.

Kimberley Moon: Zukünftiger Vater von Terebinthe. Wißt ihr, was die meisten langwährenden Ehen über Wasser hält? Ein gemeinsames Mietverhältnis. Die Angst vor dem Verlust von Besitzständen. Wer nichts besitzt, hat auch keine Angst. Kimbo, noch unschuldig, als wir ihm das erste Mal begegnen, wie er wegen eines Autoschlauchs nachfragt, hat bis zu dem Zeitpunkt, da er sich entmannt, (nach eigenem Eingeständnis) mit Paula Zoshka geschlafen, und er hat mit Smittys Witwe Breda geschlafen, mit der er verlobt war. Doch Breda wollte nicht im Tal wohnen, sie kam sich dort deplaziert vor. Er hat mit Monica Ecks geschlafen. Er hat mit Balthazar Beauregard geschlafen, obwohl er behauptet, es sei nichts passiert, und jahrelang mit Nisi Papadimitriou, bevor sie ihm seinen Sohn gebar. Er behauptet, mit Barbara Byng und Annunciata gleichzeitig geschlafen zu haben – da dies aber physisch unmöglich ist, muß er wohl meinen, innerhalb von Sekunden mit der einen und der anderen. Er könnte gewissermaßen auf der einen eingeschlafen und dann auf der anderen eingedöst sein. Auch war sein Fall nicht einzigartig. Mit Ausnahme von Attis und

Diane verhielten sich die Kommunarden so, wie wir uns in unseren Träumen verhalten, aber versteht ihr, es gab kein Entrinnen für sie. Als sie schließlich die Augen auftaten, sahen sie, daß sie nackt waren, und verspürten Scham. Ihr Paradies war zur Hölle geworden. Sie fühlten sich so, wie sich ein unsteter Mensch auf einer Londoner Party fühlt. Auf hilfloses Lachen beschränkt.

Neunundsechzig.

Ihr glaubt, das Malheur könnte Diane zur Vernunft bringen? Da liegt ihr falsch. Es hat die gegenteilige Wirkung. Es ist ein wunderbarer Abend für einen Van-Morrison-Mondtanz, da Grainger, der Mann, der nicht sprechen will, Pot hat, so daß später an jenem Abend in Wohnung Nummer zehn in Graceland, wo die Familie zugeknallt durcheinanderläuft – mit Bob auf dem Plattenspieler, dank Brian Chegwoddens Großzügigkeit mit versöhnlich stimmendem Bier und hier, in dieser Wohnung bei ihnen, Mitglieder eben derselben Familie, ein Amerikaner und Michael Ginnsy, eine Blueslegende, der in den USA gelebt und gearbeitet und mit Bob gesprochen hat, was des Australiers Selbstachtung hebt und ihm das Gefühl gibt, hochgeschätzt zu sein, und Darryl MacAnaspie, der Brian Chegwodden zum Lachen bringt, als er nach seiner ersten Kostprobe Pot geradewegs eine Lulle in Fergies Mund mit einer versteckten Viehpeitsche zerschlägt, und Kimberley Moon, sternhagelvoll, aber imstande, die Dinge gelassen zu sehen, jetzt, da er weiß, daß Paula schwanger ist, und Balthazar Beauregard, der allein tanzt, und Grainger, der mit seiner Gitarre tanzt, und Paula, die sich kringelt, als Attis ihnen erzählt, was zuvor auf Wonderview passiert ist, als Horrie in philanthropischer Stimmung auf die Idee kam, der tragbare Sunshine-Motor könnte im Tal vielleicht von Nutzen sein, falls und sobald die Schlucht wieder passierbar gemacht würde, um den tragbaren Häcksler anzutreiben – als Futterlieferant für die Esel –, und das verdammte Ding doch tatsächlich in Gang brachte, obwohl er seit fünfzig Jahren nicht angelassen worden war, und ihn nicht wieder zum Stehen kriegen konnte, bis hin zu dem Punkt, wo nicht mehr viel fehlte, daß er den Schuppen demoliert hätte, obgleich gar kein Wasser im Kühler war, und Olaf Abernathy einen Schlag bekam, als er versuchte, ihn mit einem Schraubenzieher kurzzuschließen, und er, nachdem die Spritzufuhr abgestellt worden war, mit Öl vom einzigen verbliebenen Tropföler weiterlief, ganz so, als dränge er sich geradezu als ein Teil des bevorstehenden Einsatzes auf –, es dann also geschieht, daß Diane Zoshka, weil alles wie am Schnürchen klappt, ihre Schwester Paula beiseite nimmt und sagt, ich möchte heute nacht mit Attis allein sein, ich möchte es tun. Und Paula entgegnet, sie versteht das voll und ganz, und wo möchte Diane es denn machen? Und Diane sagt, in Wohnung drei, in dem Schlafzimmer, wo du und Brian es getan habt. Also sorgt Paula dafür, daß alle in Wohnung zehn bleiben, und Diane nimmt Attis in Wohnung drei mit.

Als es vorüber ist, muß Diane im Arm gehalten werden, doch Attis möchte einen Spaziergang machen, oder vielleicht möchte auch Diane im Arm gehalten werden, und Attis muß einen Spaziergang machen. Auf jeden Fall wird Diane nicht im Arm gehalten, und Attis geht spazieren. Er geht den ganzen Weg bis Wonderview und kommt dort bei Tagesanbruch an. Nacheinander durchquert er die Stadt, das Weideland am Rand der Stadt, die Wildnis. Wer in jenen letzten Tagen wurde nicht mehr von der ersteren angezogen als von der letzteren?

Attis jedoch, auch wenn es ihm noch nicht ganz bewußt ist, hat das Recht verwirkt, sich all dem zu entziehen. Durch das, was er mit Diane in der Nacht gerade getan hat, hat er das Recht auf Unbefangenheit verloren. Er kann die Welt jetzt nicht mehr einfach so betrachten, wie sie ist, sondern er hat einen Anteil an der Welt. Er muß um seine Rechte kämpfen, muß seine Sinneslust aufrechterhalten, muß sein Revier verteidigen, muß sein Kind schützen, seines Kindes Kind. Er hat sich selbst ein Lebenslänglich eingebracht. Das Buch der Weisheit, der philosophische Rosengarten ist faktisch zugeschlagen.

Make love not war heißt es auf Graingers Gitarrenaufkleber, doch man kann nicht lieben, ohne Krieg zu führen. Begreif's doch endlich, Grainger.

Niemand kann hip sein, der sexuell aktiv ist! Oh, ihr Feministen, oh, ihr Christen, oh, ihr Buddhisten, vernehmt diese Wahrheit. Quält uns nicht länger.

Als Attis die Stadt verläßt, empfindet er Stolz über seine neue Männlichkeit. Als er durch mondbeschienenes Weideland geht, genießt er die Erwartung auf das Leben im Tal. Doch als er in die wilde Natur eintritt, wird er von Reue erfüllt, das Blut gereizt zu haben, und die weißen Äste des Knistereukalyptus weichen bei seiner zaghaften Annäherung vor Schreck zurück.

Es ist zweifellos besser zu heiraten als zu verbrennen: doch um das Himmelreich zu betreten, muß man den Gordischen Knoten durchtrennen. Zölibatäre schwinden dahin. – Gordios, ein Phryger.

Brian Chegwodden: Von Darryl wegen seines Bermuda-Clubsakkos »Der Kommodore« getauft.

53

Eine Debatte über den Zweck der Kooperative. Schwester Annunciata stellt den Batterieentleerern eine Falle. Ginnsys Begegnung mit Mehmed.

Empfänglichere Seelen sind mucksmäuschenstill, und als sie am nächsten Tag das Haus das glüht erreichen, sehen sie alle so zerzaust aus wie *Cryptomeria*-Koniferen. Es ist mitten am Vormittag; die Ausrüstung vom Pfad zur Höhle zu schleppen, war schon eine gewisse Zumutung. Der Petroleumkühlschrank wurde für den Augenblick erst einmal als zu schwierig eingestuft.

Paula Zoshka und Brian Chegwodden knutschen gerade herum, als die selbstlose Fiona ihnen einen Imbiß bringt, der ranzig schmeckt, weil die Butter ohne einen Coolgardie-Safe, den Buschkühlschrank, in der Höhle nicht kühl genug gehalten werden kann. Sie wird weiter unten im Bach aufbewahrt, und um sie zu holen, trotten die Jungs bereitwillig dorthin.

Dies ist die Höhle, in der Paula empfangen hat. Es ist nicht in einem schäbigen Pub geschehen.

Einige aus der Familie, bedeckt mit Schweiß, Kratzern und Fliegen, sind nicht im Bett gewesen. Was aber noch viel eingängiger wäre als ein Eintauchen in den Bach oder etwas Schlaf, wäre eine Möglichkeit zu surfen. Nicht weit von hier, luftlinienmäßig gesehen, erholen sich jede Menge Urlauber. Es gibt Zeiten, da kann man Salz im Tal riechen, doch zu hören ist das Meer nie.*

»Warum schwärmt sie nur immer so von Eseln? Weißt du, was wir als erstes tun werden? Olaf und ich gehen bachaufwärts, um die zweite Batterie hier runterzubringen.«

»Ach ja?«

»Ja. Ich hatte Schwierigkeiten zu akzeptieren, daß es ein Phantom gibt, das unsere Batterien leermacht, aber ich würde sagen, jemand schleicht nachts dorthin, um Radio zu hören. Die Bänder habe ich nämlich vernichtet.«

»Aha, das Radio also!«

»Na ja, wenn sie auf die Hupe drücken würden, müßten wir's ja hören. Auch ich kenne den Reiz, der darin liegt, den ganzen Abend am Mittelwellenknopf zu kurbeln, während die Stationen einfallen und wieder verschwinden, aber ich mag die Beatles nicht. Ich ziehe was Ordentliches vor. Mit 'nem Radio kommt man sich auf dem Land weniger einsam vor, aber die Batterien müssen aufgeladen bleiben, Jungs, oder wir haben keine sauberen Sachen und kein Radio. Versteht ihr, wir waschen die Sachen hinten im Bus, indem wir sie in 'nen Kanister mit etwas Seifenwasser stecken und dann über holpriges Gelände fahren.«

»Wir würden das doch nicht tun, Mann. Das müssen die Kleinen sein.«

»Gebt den Kindern nicht die Schuld! Das wäre zu einfach.«

»Macht nichts, Nisi, wir haben doch zwei Batterien, wir können sie gegeneinander austauschen, damit eine immer aufgeladen ist. Wenn man genau überlegt, haben wir noch Schwein gehabt, als uns der zweite Bus die Klippe hinunter verlorenging. Ich werde das Radio rausnehmen und es zur Sicherheit in mein Zimmer tun.«

---

* Am Tag von Attis' Passion, so heißt es in der *Ballade*, konnte man im Tal das Meer hören. Doch war dies ein ganz merkwürdiger Tag.

»Aber du magst ja gar keinen Rock ’n’ Roll! Du magst die Beatles doch nicht!«

»Der australische Rundfunk bringt auch Musik von Leuten, die nicht mehr am Leben sind. Von Klassikern. Ich hätte auch nichts dagegen, mir die Nachrichten anzuhören, um zu sehen, was los ist. Zu Hause konnte ich sie nie hören, weil meine Standuhr sie immer übertönt hat.«

»Ach, das ist’s doch nicht, was zählt. Das hier zählt! Die Menschen lächeln und lieben sich und spielen Frisbee, aber sowas kommt ja nie in die Nachrichten.«

»Wir haben jetzt Bienenstöcke und Wachsgrund«, sagt Balthazar, »Att und ich fangen die Bienen ein. Ja, Att?«

»Nur solange, wie jemand anders mit dem Garten anfängt, Balthazar. Wie steht’s mit dir, Diane?«

»Ich möchte dir am liebsten eins auf die Nase hauen, du drekkiger Scheißkerl! Was ist bloß in dich gefahren? Wie kannst du mich nur so behandeln, nach all dem, was letzte Nacht zwischen uns gewesen ist?«

»Aber Diane, du hast doch nicht etwa geglaubt, er würde dich nach dem, was letzte Nacht zwischen euch gewesen ist, respektieren? He, ihr alle, macht wieder ’n fröhliches Gesicht. Ihr vermiest allen die Stimmung. Beim zweiten Mal geht’s besser.«

»Ich bin Gärtner«, erklärt Brian. »Warum übernehme ich nicht die Aufsicht über den Garten?«

»Du könntest den Garten von hier aus beaufsichtigen. Wir brauchen jemand, der den Garten bestellt. Na ja, ich schätze, Grainger und ich kriegen die Aufgabe, den Bus aus dem Schlamm rauszuziehen. Wie sollen wir uns untereinander verständigen? Ich habe Vietnam überstanden, Grainger. Reicht das nicht aus?«

»Ich schätze, Fergie wird uns schon sagen, wie diese andere Angelegenheit ausgeht.«

»Er saß in seinem Laster und hing am CB-Funkgerät, als ich ihn das letzte Mal gesehen habe. Vielleicht hat Diane recht. Vielleicht sollten wir alle Samen pflücken gehen. Wir werden Geld brauchen.«

»Nur bis wir uns eingerichtet haben.«

»Heute abend werde ich im Heiligen Hain wieder eine Unterweisung bekommen. Olaf und ich müssen sowieso da durch, um die Batterie von oben zu holen. Wir kommen heute abend vielleicht nicht zurück, können wir darum ein paar Pfannkuchen mitbekommen, Fiona? Recht vielen Dank. Wißt ihr, ich glaube, wir neigen ein bißchen dazu, den Grund zu vergessen, weshalb wir ursprünglich hergekommen sind.«

»Und was war der Grund, weshalb du ursprünglich hierhergekommen bist, Michael? Das wollte ich dich schon immer mal fragen.«

»Ich habe so 'nen Hang, das zu vergessen, Nisi. Könnte daran gelegen haben, daß ich mich auf der Suche nach 'nem Weg zur Küste rüber verirrt hatte. Ich kann mich aber noch erinnern, wie verblüfft ich war, als ich durch die Schlucht kam und das Tal sah.«

»Hast du damals geglaubt, daß du nur wenige Monate später ein Teil von all dem hier sein würdest?«

»Ich erinnere mich tatsächlich an dieses unglaubliche Gefühl der Begeisterung, aber das kriege ich oft, wenn ich mir DMT schieße. Jetzt, da ich sauber bin, ist das einzige, was ich sehen kann, die Unmenge an Arbeit, die ich übernommen habe. O Mann, um damit fertig zu werden, reicht mein ganzes Leben nicht aus.«

»Kommt drauf an, wie lange du lebst.«

»Kommt drauf an, was wir vorhaben. Versuchen wir denn, ein neues Los Angeles zu erschaffen? Ich dachte, es ginge darum, zu irgendwas zurückzukehren, das umweltfreundlicher ist.«

»Weiter so, Mann. Ein lobenswerter Aufruf.«

»Aber wir stellen doch schon die Bienenstöcke auf. Warum konzentrieren wir uns nicht auf Wachs?«

»Ich weiß nicht. Hollywood? Das war deine Idee.«

»Es ist eine Frage des Überlebens und der Handhabung. Honig, Salz, Milchpulver, Weizen halten sich ewig, wenn man sie richtig lagert. Nimm noch 'n paar Bohnenranken und Samen dazu, schon hast du die Nahrungsmittel zum Überleben. Und Wachs könnte dafür sorgen, daß etwas Bargeld fließt, dachte ich mir. Versteht ihr, wenn ihr vom Arbeitslosengeld leben wollt, dann werden sie erfahren, daß ihr hier im Tal seid.«

»Aber einige von uns sind unbeschriebene Blätter!«

»Darum geht es nicht. Wenn wir Samen pflücken, um uns etwas Bargeld ...«

»Ihr braucht euch den Lebensunterhalt nicht zu verdienen, Mann. Wie ErrBuckyEff lehrt, ist unser Lebensunterhalt bereits verdient worden, für immer. Wir leben alle von der Wohlfahrt, ob wir's nun mögen oder nicht. Wir sind alle von der Luft, vom Wasser, von den Pflanzen, von jedem anderen Menschen abhängig, und jeder Dollar von diesem Arbeitslosengeld ist ein Dollar weniger, um Napalm herzustellen.«

»Ich glaube sowieso nicht, daß ich euch gleich anfangen lassen kann. Die Forstgewerkschaft ist 'n ziemlich abgeschotteter Verein. Und offen gesagt, ich habe noch nichts davon gehört, daß irgend jemand anderer nach Honig sucht. Ich hab's einfach nicht anders gewußt. Mir war nicht bekannt, daß man Bienen in Kästen halten kann. Ich will damit sagen, ich habe zwar schon 'ne Menge Bienenkästen gesehen, aber in keinem waren Bienen drin. Sie waren immer nur in Schuppen aufgestapelt.«

»Also, das sollte uns wirklich was sagen.«

Attis schmunzelt. »Ich erinnere mich, wie Darryl früher zu Hause seine Seidenraupen in den Bienenstöcken gehalten hat.«

»Das ist es!« ruft Paula aus. »Wir könnten Seide herstellen! Wir könnten Maulbeerbäume anbauen und Seidenraupen züchten!«

Eugene erhebt sich und schultert den Sack mit den als Almosen gespendeten Kartoffeln. »Beruhigt euch wieder. Ziel dieses Unterfangens ist 'n Kuppelbau und 'ne Haschischpflanzung. Machen wir's doch nicht so kompliziert.«

Die Hauptpersonen im allgemeinen: Kimberley Moon hat mir mal was Komisches erzählt. Er sagte, es habe in jenem Tal Zeiten gegeben, in denen die grundlegende menschliche Identität zu spüren gewesen sei. Und es gab Zeiten, in denen man das Empfinden hatte, man sei auf einem LSD-Trip, in denen man den einen nicht vom anderen unterscheiden konnte.

Da Fergie nicht da ist, offenbart Annunciata Attis, daß sie um die Jungs besorgt ist. Das instinktive Bedürfnis, sich *sotto voce* einem Mann anzuvertrauen, ist ein Erbe des Lebens im Konvent, aber bei Diane Zoshka, die gestern noch davon unbeeindruckt gewesen wäre, ruft es heute Verdruß hervor. Um dies zu zeigen, prügelt sie mit ihrer Hacke auf den Boden ein, bis das Tal von den Schlägen widerhallt, doch Annunciata ignoriert sie, und Attis hat nicht die geringste Ahnung, warum Diane sich so verhält.

»Die Jungs wissen etwas«, vertraut Annunciata ihm flüsternd an, damit die anderen es nicht hören. Attis lehnt sich, nachdem er Eugene Ecks gezeigt hat, was er mit den Filtern machen soll, auf den defekten Tank und betrachtet nachdenklich die Frisbeescheibe. »Ich glaube, sie haben den Killer im Tal gesehen. Willst du jetzt mit ihnen reden?«

»Da ist noch jemand im Tal. Ich spüre das schon seit einiger Zeit.«

»Dann mußt du mit den Jungs reden, Attis. Sie brauchen einen Mann als Kontaktperson.«

»Michael glaubt, sie schleichen sich nachts raus, um im Bus Radio zu hören. Deshalb ist die Batterie immer leer, o ja. Weiter als bis zum Bus würden sie nicht gehen. Falls sie jemand gesehen haben, dann ist dieser Jemand nachts im Bus oder irgendwo zwischen dem Paß und dem Haus.«

»Fehlen irgendwelche Lebensmittel?«

»Ich erinnere mich, wie sie ihrer Mutter erzählt haben, sie hätten einiges Eßbares im Bach verloren. Das kann allerdings ganz leicht passieren. Aber da es nun mal ihre Jungs sind, sollten wir Nisi vielleicht in diese Diskussion einbeziehen.«

»Ich muß dir sagen, daß alle Jungs weniger ehrlich sind, wenn ihre Mutter dabei ist, als wenn sie nicht dabei ist. Du bist doch auch 'n Junge. Du weißt doch, was ich meine.«

»Ich versuche immer, ehrlich zu sein, Schwester. Manchmal, glaube ich, gelingt es mir. Gehen wir zum Haus. Diane! Wir gehen bloß mal zum Haus, um mit Nisi zu reden.«

»Könnt ihr uns bitte was zu trinken mitbringen?«

»Ich glaube nicht. Fiona hat die Tassen mitgenommen. Sie ist den Pfad raufgegangen, während wir fort waren, hat Annunciata gesagt.«

»O Attis, du wirst ein Meeting einberufen müssen.«

»Hat Attis jetzt das Sagen?« Brian Chegwodden wischt sich die

Stirn mit seinem Seidenschaltuch. »Mir ist's egal, solange meine Stimme dabei zählt. Ich war schließlich mal Mitglied in der Fortschrittspartei.«

»Du meine Güte, bist du 'n Arschloch, Brian. Ist das nicht offensichtlich, selbst wenn du 'n …«

»Nenn mich gefälligst nicht wieder einen Journalisten. Möchtest du denn gern als Schulmädchen bezeichnet werden? Mir ist's egal, wer das Sagen hat, solange ich nur ebenfalls eine Stimme habe.«

Diane schleudert ihre Hacke zu Boden. Ihre Finger sind voller Blasen, und die Blasen sind aufgegangen.

»Warum zum Scheiß bist du dann hier? Ist das hier Material für 'n Hörspiel? Ein Exposé? Unser Korrespondent spricht! Mein Leben bei den sorgenfreien Hippies.«

»Oh, wo liegt eigentlich dein Problem, Diane?« fragt Paula und verfehlt dabei ihren Fuß nur knapp mit der Grabegabel. »Hier soll alles nur Liebe und Licht sein, und du bist wie 'n Bär mit 'nem Brummschädel.«

»Hoi«, meint Brian, »wie wär's denn damit. Ich schlage vor, bevor wir zur Arbeit zurückkehren, bilden wir einen Kreis und denken im stillen ein paar positive Gedanken und gönnen uns gemeinsam ein paar gute Vibrationen.«

Das Geräusch kommt von Diane, die unter Tränen schluchzt. Doch Grainger, der das Rohrstück für die Filter vergessen hat und auf dem Weg, es zu holen, gerade vorbeikommt, tut so, als sei er mit Enthusiasmus dabei und schubst sie aufeinander zu, bis sie einen Kreis bilden.

Nisi Papadimitriou schaut vom Küchenfenster aus zu. Sie fassen sich an den Händen, als Balthazar sie in einen Singsang führt, dessen Worte hier nicht von Bedeutung sind. Händchenhaltend und mit emporgereckten Köpfen schlängeln sie sich im Kreis um den werdenden Garten.

Olaf hält Paulas Hand. Wie schön diese Frau doch ist, denkt Nisi.

»Monatsbinden! Oh, Nisi, du machst wohl Witze. Was ist das hier? Ein Kibbuz?«

Eugene Ecks stöhnt. »Mist«, sagt er. »Jetzt reden wir schon über Monatsbinden. Gibt's denn keine wichtigeren Dinge, wie zum Beispiel ...«

»Das Problem der Monatsbinden«, beharrt Nisi, »wirft das Abwasserproblem im allgemeinen auf. Und offen gesagt, die bestehenden Toiletteneinrichtungen sind völlig unzureichend. Gibt es hier überhaupt 'ne Klärgrube? Muß sie leergepumpt werden? Hat eigentlich schon mal jemand nachgesehen? Vom Gestank her habe ich den dringenden Verdacht, daß die Leute ... oh, Grainger? Du solltest da mal was aufschreiben.«

»Wie soll er denn erfahren, wann der Vietnamkrieg vorbei ist?«

»Er wird's im Radio hören, genau wie du.«

Attis schaut auf seine Uhr, doch sie kann ihm die Zeit nicht anzeigen, bevor er nicht die schokoladenbraune Lederabdeckung aufgeknipst hat, denn es ist eine jener ehemaligen Armeeuhren, wie sie Mitte der Sechziger häufig in Pfandleihen zu finden waren. Als er aufschaut, fällt sein Blick auf Annunciata, und für Diane ist das der Gipfel.

»Und wann erfahren wir, was zwischen dir und ihr läuft, Attis?«

Annunciata schaut Nisi an. »Ist in Ordnung«, meint Nisi. »Du kannst es ihnen sagen.«

»Ich wollte die Sache nicht zur Sprache bringen«, sagt Annunciata, »bevor die Jungs nicht aus dem Haus sind, aber ich glaube, sie gehen gerade. Ja, da gehen sie. Ich kann sie sehen.«

»Bleib vom Fenster weg«, warnt Attis. »Red nur bitte weiter. Wir glauben, wir wissen, wo die Jungs hingehen, aber wir müssen ihnen Zeit lassen, dorthin zu gelangen.«

»Das sieht ihnen überhaupt nicht ähnlich«, erklärt Nisi. »Jemand muß sie bedroht haben.«

»Da ist noch jemand anderer in diesem Tal. Ich wußte es in dem Augenblick, als wir die Furt durchquert haben.«

»Einen Augenblick mal«, wendet Brian Chegwodden ein. »Was für einen Beweis hast du dafür?«

»Att ist ein Mann aus dem Busch«, erklärt Balthazar. »Er kennt sich mit diesen Dingen aus. Ein echter Buschmann hat die Intuition eines Yogi oder eines Aborigine. Sogar ich erkenne, wenn eine Lagerstelle benutzt worden ist, obgleich ich euch nicht sagen könnte, wie. Und vergeßt nicht, das ist der Mann, der Vögel dazu benutzt, um wilde Bienenstöcke aufzuspüren. Er kennt sich hier aus.«

»Was machen wir also?«

»Nun, für den Augenblick diskutieren wir erst mal weiter über die Toiletteneinrichtungen. Laßt ihnen so etwa zehn Minuten Zeit, dann gehen wir ihnen nach. Sie gehen zum Bus. Sie wollen Radio hören.«

»Das stimmt. Verdammte kleine Mistkerle, so selbstsüchtig wie die Sünde, sie alle beide.«

»Olaf, ich muß dir sagen, daß ich an dich nicht mehr als etwas Besonderes denken kann. Verstanden?«

»Kommt mir nur recht, Nisi, prima. Hervorragend. Hat mich schon viel zu lange bedrückt.«

»Ich bin ja so erleichtert, daß du genauso empfindest. Ich möchte nämlich, daß meine Jungs jetzt alle Männer hier als ihre Väter ansehen. Ich glaube nicht, daß irgend jemand irgendwelche ausschließlichen Rechte haben sollte. Ist jemand anderer Meinung?«

»Ich will ihre Jungs nicht aufziehen«, sagte Eugene. »Sie zu machen, ist der einzige Spaß an dem ganzen Vorgang.«

»Sei nicht so'n Faschist, Mann. Können wir denn die endlose Kette nicht brechen?«

»He«, meint Diane. »Ich glaube, es ist wunderbar, daß Nisi und Olaf uns an diesem Augenblick haben teilhaben lassen! Wenn wir nur alle so aufrichtig sein könnten. Einfach kann es nicht sein, aber in Ordnung, jetzt kommt's, ich will auch versuchen, aufrichtig zu sein. Ich war eifersüchtig, Annunciata, wegen der Art und Weise, wie du Attis anschaust. Er sieht ja so gut aus. Verstehst du, wir haben vergangene Nacht zum ersten Mal miteinander geschlafen, und ich glaube, er war enttäuscht.«

»Von sich selbst wahrscheinlich.«

»Ich bin mir sicher, er war nicht enttäuscht von dir, Diane. Du magst ja grundehrlich sein, aber du hast schließlich auch Charakter, Mädchen, du hast Feuer. Deine Schwester hat zwar 'n prächtiges Paar Möpse, mit denen sie 'nem Maultier die Luft abdrücken könnte, aber sie ist nicht so hübsch wie du, und warum? Weil sie eine mausgraue Persönlichkeit hat.«

»Ich frage mich, wie Annunciata dabei zumute sein mag. Wenn die Leute ohne Trauschein rumbumsen und so. Ich muß sagen, in der Nähe von ehemaligen Nonnen fühle ich mich unbehaglich. Ich bin damit großgeworden, Katholen zu hassen.«

»Oh, das ist ja phantastisch«, beteuert Diane. »Das ist wunderbar. Endlich machen wir echte Fortschritte.«

Diane Zoshka: Ihre Aufrichtigkeit in Ehren. Sah keinen Grund, warum die Menschen nicht in der Öffentlichkeit miteinander schlafen oder sich entleeren sollten. Doch die einzigen Menschen außerhalb des Tals, die das jemals taten, waren die Eskimos in ihren Iglus.

Mehr als zwei Kilometer steiler Felswand trennt die Ebene mit dem Narrenhanf* vom Heiligen Hain. Die Zedernfäller wären trotzdem durchgekommen, hätten sie in diesem Tal Holz einschlagen wollen. Sie sind zu den Zedern vorgedrungen, bevor Straßen dorthin führten. Vom Shoalhaven bis zum Daintree ließen sie keinen Zedernstrauch unangetastet. Ergo ist dies der südlichste Bestand an *Toona australis* auf dem Raumschiff Erde. Er ist gut versteckt, kann von oben nicht gesehen werden und trägt nach Süden bis zum Howe Range Bleistiftzedern.

Zu den Wasserfällen hinaufzukraxeln, wäre eine gewagte Felsenkletterei gewesen, hätte Phryx Pfingstl nicht am Westhang der Schlucht einen Pfad angelegt. Etwa dreißig Meter über dem Bach besteht er aus in den Fels geschlagenen Trittlöchern und einem Seil, an dem man sich festhalten kann, während man sich wie eine an der Wimper hängende Träne vorkommt, wie man im Pamir sagt. Gwendolyn Bletherstone Mayall war in der Lage, diesen Quergang zu bewältigen, also kann das nicht allzu schwierig sein, doch gibt es eine Stelle, wo das Seil gerissen ist, und das läßt einen doch stocken, geradeso, als ob Glas auf einer Kreuzung liegt. Eine Brücke, bestehend aus einem Eukalyptusstamm von

* *Lycopus australis*

einem halben Meter Durchmesser, überspannt eine zum Überspringen zu breite Kluft, zehn Meter von der Stelle, wo der Pfad ansetzt. Gwens Vertrauen war groß genug, dort einfach hinüberzuschlendern, auch Phryx konnte das problemlos tun. Doch Michael Ginnsy entschließt sich zur Vorsicht und klettert auf Händen und Knien hinüber.

Es ist dreiundzwanzig Jahre her, seit er das letzte Mal ernsthaft auf allen vieren gekrochen ist. Aufrecht zu gehen, wäre wohl sicherer für ihn.

Auf halbem Weg kommt ihm die Frage, wie man hier denn eine Batterie hinübertragen soll.

Er blickt nach unten. Die Sicht ist schlecht; im Nachgang eines Südwinds ist Nebel aufgezogen. Kalt ist es auch, beinahe dunkel, er hatte nicht gemerkt, wie spät es geworden war. Er könnte umkehren, er sollte es, doch er kann nicht, er will nicht. Köpfchen, ja, das hat er.

Nach unten zu blicken war ein Fehler. Ginnsy fragt sich, wie tief das Wasser wohl ist. Was passiert, wenn du tatsächlich ausrutschst? Er erkennt, er muß augenblicklich umkehren und die Nacht unter den Glanzeukalypten verbringen. Doch gerade als er dabei ist, mitten auf dem Baumstamm eine Kehrtwendung zu machen, erblickt er etwas, das sein Herz bis zum Hals schlagen läßt: Ein Mann mit roter Filzmütze und in einer Jeansjacke, deren Ärmel an den Schultern herausgerissen worden sind, watet bachaufwärts, ein Gewehr über den Kopf haltend. Ginnsy, jetzt in Eile, von diesem Stamm herunterzukommen, rutscht ab, und während er sich wieder fängt, verliert er seinen Zylinderhut, der in den Bach plumpst und mit einem Klatschen aufschlägt. Wie versteinert beobachtet er die daraufhin einsetzende Bewegung des rotweiß-blauen Gebildes. Wird es untergehen?

Der Mann in der roten Mütze dreht sich jetzt um. Ginnsy kann sein Gesicht sehen, wegen der späten Stunde zwar nicht genau, aber doch gut genug, um ihn zu erkennen.

Als er den Zylinder bemerkt, watet der Killer darauf zu, aber der Hut treibt in Richtung Meer. Ein Schuß jedoch, über Kopf abgefeuert, reißt ein Austrittsloch so groß wie eine Faust hinein. Nachdem er den jetzt verstümmelten Zylinder, aus dem sich Wasser durch das Loch ergießt, gepackt hat, blickt der Killer nach oben zum Baumstamm. Ganz absichtlich zielt er mit dem Gewehr auf den Stamm. Doch seine Absicht besteht lediglich darin, durchs Zielfernrohr am Lauf besser sehen zu können, was vor sich geht. Lachend setzt er seinen Weg bachaufwärts fort und verzichtet zugunsten des Zylinderhuts auf seine Filzmütze.

»Hat die Polizei schon mein zweites Lager gefunden?« ruft er ganz plötzlich.

»Woher soll ich das wissen?« erwidert Ginnsy.

»Weil du dort gewesen bist. Daher weißt du's.«

»Ich weiß, daß du ein Wahnsinniger bist, Mann, wo du doch die beiden Alten erschossen hast! Ich erkenne dich wieder. Weshalb hast du die beiden Alten nur erschossen, Mann?«

»Weil ich 'nen Vertrag erfüllen mußte. Hat die Polizei nun mein anderes Lager gefunden?«

»Das kannst du wohl annehmen. Du solltest dich lieber stellen.«

Aber der Mann mit dem Gewehr, sich einer Erwiderung enthaltend, verschwindet hinter der Biegung.

Es ist jetzt dunkel, zu dunkel, um weiterzugehen. Ginnsy verbringt die Nacht in der Felswand. Er hält Rückschau auf sein gesamtes Leben. Hätte er eine Marihuanazigarette und den Stummel zum Aufessen, würde er damit jetzt weniger anfangen können als gewöhnlich.

Beim ersten Licht stürmt er weiter. Von dem bewaffneten Mann ist weder im Heiligen Hain eine Spur, noch im Bus, der wie ein Koala fest in der Astgabel eines Lederholzbaums hängt. Doch als gelte es zu beweisen, daß die Begegnung kein LSD-Flashback war, ist die rote Filzmütze dankenswerterweise verlassen am Endpunkt des Anstiegs auf der Klippe liegengeblieben. Es ist keine schlechte Mütze, wie Mützen eben so sind, und wenn deine Haare einen Meter lang sind und du dein Haarnetz verloren hast, wie willst du dann deine Generatorbürsten dazu kriegen, daß sie Funken sprühen, wenn der Motor läuft?

Und so fand die phrygische Mütze zum ersten Mal den Weg nach Erinungarah, doch ob nun französischer, phrygischer oder römischer Herkunft, wir wagen es nicht zu sagen. Und von Erinungarah breitete sie sich in modifizierter Gestalt nach Wozzawunwun aus und von dort aus auf die Skipisten.

Mehmed Contramundum: Stammt aus dem Kaukasus, seit antiken Zeiten auf dieser Welt das Rekrutierungsgebiet für Elitetruppen. Hier war es, daß die Mameluken und später die ottomanischen Janitscharen ihre Beutezüge nach Knaben unternahmen. Diese beiden Kriegersekten waren Zölibaten, die sich reproduzierten, indem sie die besten Leistungen der »Züchter« vereinnahmten – für die sie eine Verachtung empfanden, die mit der für den postmodernen Homosexuellen vergleichbar ist. In der *Ballade* lesen wir, daß Mehmed gegen Dianes Wunsch Attis adoptierte; demnach hatte Attis keinen biologischen Vater, sondern wurde zweimal adoptiert.

Krieger, Priester und *a fortiori* Kreuzritter fürchten die Schwächung durch Sex, den sie dadurch umgehen, daß sie sich durch Rekrutierung reproduzieren. Mehmed aber veranschaulicht plastisch die Versuchung, der die Templer erlagen. Als der Grünbraune Mann empfindet er Reue über seine Verbrechen, und Kybele verleiht ihm den Titel Verteidiger des Hains.

Die rote phrygische Mütze, die Mehmed trägt, ist eine Mütze, die Freiheit bedeutet. Und sie suchten nach Freiheit in diesem Tal, und sie wurde ihnen gewährt, allerdings eine verfrühte und untaugliche Freiheit.

54

Eine Reise zu den Sieben Schwestern. Dialog mit Mehmed. Eugene erläutert die Bedeutung der Kuppel.

Als Michael Ginnsy am nächsten Tag gegen Mittag zurückkehrt, findet er die Familie in der Küche vor. Nachdem sich alle den Bericht über seine Reise angehört haben, werden sie in ihrer Bestürzung streitsüchtig.

»Bist du bis zum Wäldchen gekommen?«

»Ja.«

»Was ist passiert?«

»Nichts.«

»Hast du ’ne Unterweisung erhalten?«

»Nein.«

»Warum nicht?«

»Hab nicht darum gebeten. Wollte mich dort nicht unnötig rumdrücken, Mann, dachte mir, der Kerl könnte ja überall sein.«

»Er hätte dich auf dieser Baumstammbrücke auch in den Rükken geschossen, wenn er geschossen hätte.«

»Er kann seine Meinung geändert haben. Meiner Erfahrung nach sind die Menschen unberechenbar.«

»Was Michael getan hat, war sehr mutig.«

»Kann ich mir die rote Mütze bitte mal anschauen, Michael?«

»Ja, sieht doch schön aus, nicht wahr, Paula? Schade nur, daß ich den Zylinder verloren habe. Zerschossen. Das war der einzige Hut, den ich je besessen habe, in den fast alle meine Haare reinpaßten.«

»Er gibt also zu, dreimal geschossen zu haben.«

»Viermal, den Zylinder mitgezählt. Na ja, stimmt nicht ganz. Aber er hat gefragt, ob die Bullen sein zweites Lager gefunden haben, also muß er wissen, daß die Polizei hinter ihm her ist.«

»Wir müssen auspacken«, meint Attis.

»Was machen wir mit Cindy?« will Eugene Ecks wissen. »Wenn wir sie in die Stadt zurückbringen, ist die Wahrscheinlichkeit groß, daß sie geradewegs wieder herkommt. Sie ist genauso veranlagt wie ihre Mutter. Ein Kind, das seinen Kopf durchsetzt.«

Um Cindy Ecks handelte es sich hierbei, bei Nisis Jungs Aloysius und Tim im Wagen. Als die Jungen, die sich in den Bus geschlichen hatten und durch Radiohören die Batterie leermachten, dabei überrascht wurden, wie sie sich gerade Mary Hopkins *»Those were the days, my friend«* anhörten, war Cindy Ecks bei ihnen, und die Jungs gaben zu, Cindy zu verstecken und mit Essen zu versorgen.

»Laßt sie hierbleiben. Wem schadet das schon? Ich kann noch immer nicht ganz begreifen, wie sie allein hierhergekommen ist. Eine tolle Geschichte.«

»Wirst du ’nen Artikel darüber schreiben?«

»Halt die Klappe, Diane, laß ihn in Ruhe. Meine Güte, bist du 'ne Zicke.«

»Selber 'ne Zicke, die 'ne andere Zicke nennt.«

»Schwester! Schwestern! Etwas weniger Offenherzigkeit, bitte.«

»Arme Monica. Sie muß verzweifelt sein. Ich muß mich sofort mit ihr in Verbindung setzen.«

»Und während du das tust, Nisi, würdest du so gut sein und Calvin um mehr Geld bitten?«

»Wie kommt dieser Kerl aus dem Tal raus? Klettert er über 'ne Felswand, oder was?«

»Ist so schwierig nicht. Aber er wird jetzt hierbleiben. Wo sonst könnte er hingehen?«

»Wir müssen dieses Arschloch loswerden.«

»Wenn wir nur wüßten, wer er ist.«

»Oh, ich weiß, wer er ist. Ich hab ihn wiedererkannt. Er war auf der Totenwache für Martin Luther King dabei, dieser große, harte Bursche mit dem Bart und den Tätowierungen. Ihr wißt doch, wen ich meine. Der Araber.«

»O nein! O, mein Gott! Attis, du vermutest doch nicht etwa?«

»Ich vermute gar nichts, Diane. Ich schaue bloß nach oben und horche auf die Bäume. Und ich hatte 'nen Traum gestern abend, an diesem Tisch.«

»Du klingst schon ganz wie Martin Luther King.«

»Ja, breite bloß nicht deine Träume über uns aus, Mann, darum bitten wir dich. In der letzten Kommune, in der ich gelebt habe, war dies das einzige, was sie je taten.«

»Halt die Klappe, Hollywood. Kümmere dich nicht darum, Attis. Was hast du in deinem Traum geträumt?«

»He, ich sehe Fiona, wie sie sich den Pfad runterquält«, sagt Annunciata, die ständig auf den Pfad starrt. »Sie hat 'nen großen Korb mit Lebensmitteln bei sich. Sie ist ja so lieb. Jemand sollte ihr tragen helfen.«

»Wo sind denn diese Jungs? Die sollten ihr doch helfen.«

»In Ungnade gefallen. Diese Batterieleermacher.«

»Das möchte ich überhört haben. Cindy wollte das Schwimmloch sehen. Ich hatte geglaubt, es sei sicher.«

»Arme Fiona. Sie hat mit Kriminellen gearbeitet, müßt ihr wissen, und das ist ja so schwer. Sie mögen keine Leute, die zu dick sind oder zu dünn oder zu jung oder zu alt.«

»Ich habe geträumt, ich habe diesen Mann, von dem du gesprochen hast, im Zedernwäldchen getroffen. Er hat keine bösen Absichten.«

»Ich habe zu ihm gesagt, Attis, also, ich habe gesagt, du hättest diesen Burschen nicht erschießen dürfen, nur weil er den Eukalyptusbaum fällen wollte, denn das sind doch Drecksdinger, stimmt's? Sie sind der eigentliche Feind. Sie sind das, was Gwen als Freunde des Feuers bezeichnet hat. Wir müssen sie loswerden, bevor sie uns auf das Niveau primitiver Wilder herunterdrücken, was sie auch tun werden. Aber er hat bloß gesagt, er sei ein so hoffnungsloser Fall, daß er die Dinge einfach nehmen müsse, wie sie sind.«

»Oh, was für 'n Bockmist. Ich will nicht so tun, als ob ich seine Denkweise verstehe, aber wir müssen mit dem Mann verhandeln. Wir müssen ihn dazu überreden, sich zu stellen, weil wir die verdammten Bullen nicht hierhaben wollen.«

»Jemand sollte die Gartenarbeit erledigen. Komm, Diane! Wir beide wollen uns da ranmachen.«

»Machst du Witze, Paula?«

»Nein. Ich befürchte, es wird ständig irgend 'ne schreckliche Krise hier geben. In der Zwischenzeit muß das Leben doch weitergehen.«

»Weit gefehlt, Paula.« Endlich ein Mädchen mit der richtigen Einstellung, denkt Balthazar.

»Ich würde mir gern diese Zedern ansehen, Mann, wenn du schon den Weg dorthin gehst.«

»Das würden wir alle gern.«

»Ja, warum arbeiten wir dann nicht alle im Garten, bloß ein Weilchen, und gehen dann gemeinsam dorthin?«

»Aber wie wär's denn, wenn wir Monica erst mal wissen lassen, daß Cindy hier bei uns in Sicherheit ist? Sollte nicht jemand das zuerst tun?«

»Nisi«, erklärt Attis, »um nur das zu tun, müßte ich den ganzen Weg in die Stadt zurückfahren. Verstehst du, Wonderview hat keinen Telefonanschluß. Es mag hart klingen, aber ihr müßt euch an die Tatsache gewöhnen, daß ihr hier ganz isoliert lebt. Wir können immer nur mit einer Krise zur gleichen Zeit fertigwerden. Ich würde nur zu gern zurückfahren und mit Monica reden, aber erst muß ich mit diesem Mann sprechen.«

»Du weißt nicht mal sicher, ob er überhaupt hier ist, Attis. Inzwischen steht Monica Todesängste aus.«

»Attis' Einwand findet meine Unterstützung. He, uns wird das Papier knapp, Grainger. Benutz dasselbe Stück zweimal.«

»Mehmed Contramundum«, meint Balthazar gedankenversunken. »Wer hätte das gedacht? Ich habe ihm 'nen Penisring gemacht.«

»Wir wollen den Mann nicht vorverurteilen«, meint Attis. »In meinem Traum führt er nichts Böses im Schilde.«

»Beschissenes mörderisches Arschloch. Ich will ihn nicht im Tal haben.«

»Aber du hast doch die Regeln selbst gemacht, Diane. Vielleicht will er gar nicht hierbleiben.«

»Weiter oben im Norden erzählen sie, er sei ein Söldner. Er sei ständig fort. Immer im Ausland.«

»Na prima.«

Fiona hat jetzt das Gefühl, sie könne es bei diesem Wind nicht bis hinauf zum Bach schaffen, also bleibt sie mit Cindy im Koala Kottage. Ein kühler Wind ist aufgekommen. Ohne Wissen der Erwachsenen sind die Jungs viele Male oben am Wasserfall gewesen. Michael Ginnsy und der Rest der Gruppe folgen Attis, so gut sie bei dem Wind können, wenn Diane Zoshka ihm auch mehrmals sagen muß, er solle langsamer gehen, damit sie wieder zu ihm aufschließen können.

»Ich schaffe es nicht mehr weiter«, sagt Nisi, als sie die Baumstammbrücke zu Gesicht bekommen. »Ich muß wohl wieder in die Ebene zurück.«

»Natürlich schaffst du's«, meint Eugene Ecks. »Wenn alte Damen es schaffen, dann schaffst du es auch.«

»Euch ist's sowieso egal, ob ich mitkomme oder nicht. Ihr haßt mich doch. Ihr haßt mich und meine Jungs.«

»O Gott, Nisi, mußtest du ihn zum Weinen bringen? Du weißt doch, daß Eugene die Hölle durchgemacht hat.«

»Er soll erst mal allein zwei Kinder großziehen. Dann weiß er, was die Hölle ist.«

»Du bist ja so dumm, Nisi. Du hältst dich für so hip, aber alles, was du von Männern erwartest, fängt mit ›nicht‹ an.«

»Männer? Wo sind sie denn, diese Männer? Oh, tut mir leid. Tut mir leid, daß ich dich zum Weinen gebracht habe, Eugene. Ich nehme an, ich stehe mal wieder kurz vor meiner Periode, und mir sind die Pillen ausgegangen.«

»Setz deinen ersten Fuß in das Loch dort oben, nur zu. Du kannst es schaffen. Du weißt, daß du es kannst.«

»Diesen Kerl wiederzusehen, das wird es uns allen wieder vor Augen führen, versteht ihr? Wenn sie Soldat wäre, würde sie das verstehen.«

»Ladies first, Nisi, geh weiter. Du gehst zuerst. So ist's gut.«

»Was hältst du denn eigentlich von Attis, Olaf?«

»Er ist in Ordnung. Warum?«

»Wir drei waren die ersten hier unten, Mann. Vergiß das nicht. Abgesehen von Ginnsy.«

»Und?«

»Hast du gehört, wie er gesagt hat, er hält bei den Bäumen Ausschau nach Unterweisung? Ziemlich versponnene Sache das.«

»Ich hab gesehen, wie er's getan hat.«

»Tatsächlich?«

»Dort oben. Bei den Kritzeleukalypten.«

»Versteh doch, ich will damit sagen, daß er hier das Kommando übernommen hat. Was womöglich, oder auch nicht, keine gute Sache ist.«

»Na ja, es ist doch sein Tal.«

»Gewiß ist es das. Gewiß ist es das. Aber es muß mehr sein als das. O toll! Sie ist ohne Probleme über den Baumstamm gekommen! Beim ersten Mal! Sie ist doch einfach 'ne Wucht.«

»Att kennt dieses Tal, Eugene. Seine Familie und er sind die einzigen Freunde, die wir haben. Wir brauchen sie.«

»Das nimmt er doch nicht etwa für sich in Anspruch, oder?

Nein. Er beansprucht die Führung. Und es stimmt auch. Wenn man allein und in Schwierigkeiten ist, dann liest man tatsächlich in den Bäumen, hab ich selbst schon getan. Ach was, wir werden schon bald wissen, wie gut seine Führung ist. Er setzt bei seiner Beurteilung auf dieses Eine, Mann. Das wird die Glaubwürdigkeit des Burschen untermauern oder erschüttern.«

»Oh, mein Gott!«

»Unwirklich.«

»Geeiil.«

Es ist schwer zu glauben, daß es Bäume von dieser Größe landauf, landab an der ganzen Ostküste gab, am Hawksbury River – heute ein leuchtend grüner Entwässerungskanal – so dicht, daß der Pionier bei der Arbeit eine Fackel in der nicht die Axt schwingenden Hand halten mußte. Doch damals kamen auch Spermwale bis in die Bucht von Sydney, und lange überlebten sie die Ankunft der Ausgestoßenen nicht. Zedernfäller waren bloß Walfänger, die sich die Füße nicht naßmachen wollten. Wie in einer Bucht gestrandete Wale waren diese urwüchsigen Gewächse Relikte, für jedermann leicht zu haben. Jeder Sträfling, der ein neues Blatt aufschlagen wollte, konnte sie mit dem geringsten Aufwand bekommen. Was wären sie nicht wert gewesen! Verwerfen sich nicht, lassen sich leicht sägen, sind schwimmfähige, dauerhafte, astlose Baumstämme. Verschwunden, innerhalb eines Jahrhunderts, doch nur die besten Teile der besten und größten Bäume. Was übrig war, blieb zurück, um zu verrotten und die nachwachsenden Schößlinge zu ersticken.

»Att, diese Bäume sind unwirklich. Vielen Dank, daß du uns hierhergebracht hast.«

»Gibt's hier auch Kamelien, Mann?«

Wie macht man die Unwirklichkeit begreiflich? Was für ein dichtes Untergeschoß! Falscher Rosenholzbaum, auf dem Plateau von den Rindern zu Gestrüpp heruntergefressen, hier fünfzehn Meter hoch. Lilly-Pilly-Myrten und Sassafraslorbeerbäume, die gemeinsam mit den wandernden Schwarzakazien das Blätterdach des Falschholzes auf Bunoo Bunoo bilden – wo Regenwald und feuchter Hartlaubwald miteinander und mit Kaninchen und Kühen ringen –, große Bäume dort, wo Fröste und Winde fehlen, die die ersten Sprößlinge der Saison absterben lassen. Sassafraslorbeer, und zwar der mit den duftenden Blättern, auf dem roten Hügel als Wanderer angesehen, aus einem Dutzend unterirdischer Ausläufer sprießend und niedergetrampelt, wo Angusrinder sich ihr widerspenstiges Fell kratzen und trotzdem alle Blätter abreißen, bloß, um sie wieder auszuspucken: hier, obwohl in der Nähe ihres anerkannten Verbreitungsgebietes, dreißig Meter hoch. Wer würde es wagen, einen von diesen Burschen des schnöden Geldes wegen zu fällen, um sie dann zu Mausefallen verarbeiten zu lassen? Lilly-Pilly-Myrte, von den Kühen normalerweise auf Unterholzhöhe gehalten, auf den Landzungen von Wilson's Promontory einen halben Meter hoch, hier fünfzehn Meter emporragend, anderthalb Meter dick.

Wie viele Dauben für Bierfässer könnte man aus diesem Schwarzakazienholz wohl herausarbeiten? Man bräuchte einen Feldstecher, bloß um die Krone zu sehen. Und das gleiche trifft auf dieses Pittosporum zu, eine unserer am meisten geschätzten einheimischen Seidelbastarten, in den Southern Highlands eine Zierhecke, wie sie oft neben Briefkästen zu sehen ist. Halt das Ventolin bereit, wenn dieser Bursche Knospen treibt. Und über den verfaulenden Baumstämmen Brennesseln, Känguruhäpfel, darüber Schleierfarn; Lianen, im Unterschied zum kühlgemäßigten Regenwald das typische Merkmal des warmen Regenwalds. Ankerrebe und hier sich aus dem Hartlaubwald dazwischendrängend Kriech-Kennedia, Purpurerbse, Wongarebe, dick wie ein tätowierter Mannesarm. Lange Höhlenleitern oder die Geschicklichkeit eines Tarzan sind hier vonnöten, um die Blätter zu erreichen. Das einzige, was man von der Düsternis des Bodens aus sieht, ist ein Wirrwarr verschlungenen Tauwerks, als ob ein betrunkener Decksmann versucht, ein Tau über ein A-förmiges Fachwerk zu werfen. Und wir könnten damit fortfahren, wir könnten Bücher füllen. Riesige Mannsfarne, und man würde sie hier in tasmanischer Manier auch so nennen; Kutschenholzbäume, eine der beiden Nutzholzarten, die den Anforderungen des Flugzeugbaus genügen; hier geschlagen, so kleinwüchsig und nur für Schuhabsätze und Nähmaschinenspulen geeignet, aber mit Schwarzakazie und Weihnachtsbusch, Wacholderrebe, Holzapfel durchsetzt, alle hier oder in der Nähe zu finden – die Familie der Cunoniaceae umfassend –, ausschließlich auf die Ostküste beschränkt. Und was können wir über diese Lederholzbäume schon sagen, außer daß sie den besten Honig der Welt ergeben? Wie gern die Botaniker vom Fernsehen, die Arbeiter aus den Sägewerken, wie die Imker von Mole Creek, die Rucksacktouristen aus Stuttgart, wie die organischen Chemiker der Uni Sydney, die freischaffenden Fotografen, wie gern sie wohl alle ihre Hände an diese herrliche Laune der Natur legen würden. Doch das kann nicht passieren, nicht, solange der örtliche Parlamentsabgeordnete ein Kumpel von Horrie MacAnaspie ist.

Die Sieben Schwestern – denn so werden sie genannt – wachsen so dicht beieinander, daß sie sich gegenseitig berühren. Keine Lianen verhüllen sie, keine andere Spezies wächst dazwischen. Sie wachsen aufrecht, und ihr Blätterdach befindet sich fünfundvierzig Meter über der Talsohle. Drei Meter über dem Boden messen die Stämme sechs Meter im Umfang. Der einzige vergleichbare verbliebene Weichholzbestand auf dem Inselkontinent wären die Riesenkarri am Barrinesee auf dem Atherton-Tafelland in Nordqueensland oder vielleicht eine der dreiundzwanzig überlebenden ausgewachsenen Wollemifichten, die von einem Schluchtenkletterer erst 1994 entdeckt wurden. Meßt mal die großen Riesenkarri aus, multipliziert alles mit zwei, dann stellt sie als die letzten ihrer Art an eine geheiligte, geheime Stätte; jetzt werdet ihr verstehen, warum die Familie sich an den Händen faßt und einander umarmt und weint und ehrerbietig an der grauen Rinde kratzt, um das rote Kernholz zu riechen, ganz süß vor uralter Weisheit. Nun wissen sie, warum sie in dieses Tal gekommen sind, und sie sind ganz hingerissen, daß sie hierhergekommen sind, bevor sie eigentlich gewußt haben, warum sie hierherkommen mußten.

»Du hättest uns von diesen Bäumen erzählen sollen, Ginnsy.«

»Hab ich doch versucht, Mann, aber Worte können eben nicht soviel bewirken.«

»Dann hättest du eine Musik darüber komponieren sollen.«

»Hör auf! Ist das ’n geeignetes Thema für ’nen Blues?«

»Wunderschön, ja, aber es ist doch alles nur *maja*.«

»Nun komm doch mal endlich zu dir, Balthazar.«

»Auf welches Alter würdest du diese Bäume schätzen, Attis?«

»Auf etwa tausend Jahre.«

»Leg dich hin und blick nach oben, Diane. Mann! Leg dich einfach hin und sieh dir das da an. Es ist großartig, ’nen Stamm dieses Durchmessers zu sehen, wie er in der leichten Brise hin- und herschwankt. Und hör dir das Knarren des Schiffsrumpfes an. Es ist, als sei man auf ’nem Schiff.«

»Es klingt eher wie ’n Mann und ’ne Frau, die miteinander schlafen.«

»Ah! Du hast hier ’nen Blutegel.«

»Iieeh! Mach ihn bloß weg!«

Rot-Zeder kommt heute im Überfluß vor, doch *diminuendo*. Im Kangaroo Valley, an den Flußufern und in den Erosionsrinnen der dem Steilhang von Wollongong vorgelagerten Berge kann man sie noch immer mit einer Höhe von dreißig Metern finden, doch nie mehr als einen Meter dick. Können sie, werden sie jemals wieder so wachsen, wie sie in den Tagen vor der Ankunft der Europäer wuchsen? Bevor nicht tausend Jahre oder mehr vergangen sind, werden Nichtwissenschaftler das nicht feststellen können. Aber die Aussicht auf Möbelholz, das ein Jahrtausend lang heranreift, muß in einer Welt, in der sich die menschliche Bevölkerung im Verlauf der letzten fünfzig Jahre verdoppelt hat, als sehr entfernt angesehen werden. Die Weltbevölkerung, zu den Zeiten Juvenals etwa 500 Millionen – David Suzuki spricht von einer Milliarde, Paul Ehrlich von etwa einem Drittel davon; ich würde sagen, sie haben lediglich geraten –, betrug in der Zeit der industriellen Revolution nur ein oder zwei Milliarden. 1990 waren es fünf Milliarden.

Und doch wurde in den neunziger Jahren des achtzehnten Jahrhunderts, als die Zedernfäller ihre schmutzige Arbeit verrichteten, daheim in England festgestellt, daß zum Eisenschmelzen an Stelle von Holzkohle Koks verwendet werden konnte. Dadurch wurde der jämmerliche Überrest von Englands heimischem Wald erhalten. Um 1700 hätte niemand viel auf die Zukunft der englischen Eiche gegeben.

Der Regenwald, von dem man schätzt, er habe 1788 lediglich ein Prozent der Landmasse Australiens bedeckt und der zu der Zeit, von der wir sprechen, vielleicht nur noch ein Viertel davon ausmachte, wird, solange Feuer ausbleibt, durch den Treibhauseffekt begünstigt. Falls jedoch klimatische Instabilitäten, wie manche glauben, eine neue Eiszeit herbeiführen …

Die Pflanzenarten Australiens haben die letzte Eiszeit gut überstanden. Das war nicht der Fall auf den Britischen Inseln, wo eine ausgedehntere Vergletscherung zum Verschwinden vieler, wenn nicht der meisten Pflanzenarten führte.

Betrachten wir es von der sonnigen Seite. Seht ihr den winzigen Sprößling, der in der Düsternis des Waldbodens so geduldig auf eine Lücke im Blätterdach wartet?

Die Stimmung etwas später am gleichen Tag im Garten ist leicht gedämpft. Attis ist zur Stadt gefahren, und wäre da nicht Paula Zoshka, die die Peitsche schwingt, würde niemand anderer arbeiten, nachdem der Tag so voller Gegensätzlichkeiten gewesen ist. Mehmed hat durch seine schlimmen Taten und die Offenheit, mit der er über sie sprach, die allerschönste Erfahrung kaputtgemacht. Überdies schließt seine unterstellte Anwesenheit im Tal etwas ab, dessen Ende eigentlich offen war. Von derartigen Geschichten erwartet man, daß sie mit einem Charles Manson enden, nicht mit einem solchen beginnen. Und er ist noch immer dort im Gehölz, ohne Zweifel der Ansicht, er habe alles Recht, sich dort einzunisten. Jemand hätte es ihm klarmachen sollen.

»Mir wäre lieber, er würde einfach verschwinden, Mann, so im Rückblick. Wißt ihr, was ich meine?«

Eugene Ecks gähnt. »Er wirft Probleme auf, mit denen ihr euch nicht abgeben wollt. Ich stimme Att zu. Er stellt keine Bedrohung dar. Der Bursche hat schon zu viele Kampfeinsätze mitgemacht. Ich habe viele von seiner Sorte gesehen. Er wird's nicht lange machen im Knast. Jemand wird ihn umbringen. Mit solchen Einstellungen macht man's nicht lange. Die ergeben nur in der Theorie einen Sinn. Ich habe viele wie ihn gesehen in

Vietnam. Die Natur arbeitet gegen sie. He! Wißt ihr, was ich grade denke?«

»Was denkst du grade?«

»Diese Zeder, die abstirbt, Mann. Wir haben die Grundlagen für 'ne prima Kuppel.«

»He, was geht hier vor? Drückt ihr Burschen euch mal wieder vor der Arbeit?«

»Oh, hallo, Paula. Wir diskutieren gerade, wo wir diesen Zaun hinsetzen.«

»Was meinst du damit?«

»Ich sag's ihr. Der Zaun muß hier weg, Paula. Also, was fällt dir als erstes an dem Garten hier auf?«

»Na ja, Eugene. Laß mich mal überlegen. Ist er zugewachsen?«

Mehmed, sich listig als Verteidiger des Urwachstums gebend, hatte die Familie halbwegs entwaffnet, indem er ihnen Aldo Leopold zitierte: Was er getan hatte, sei »rechtens« gewesen, behauptete er, insofern es angetan war, die Integrität, Stabilität und Schönheit der örtlichen biotischen Gemeinschaft zu bewahren. Um so mehr als Attis, nachdem er ein vergilbendes Zedernblatt, siebzehnzählig gefiedert, heruntergeschossen hatte – wozu er Mehmeds dreinullachter Sturmgewehr benutzte –, bestätigte, was Mehmed erklärt hatte, nämlich, daß der Baum, den Phryx und Gwen kaum angesägt hatten, bereits im Absterben war.

»Ist nicht das Problem. Sonst noch was?«

»Kein Gemüse?«

Er hatte gesagt, er habe Phryx und Gwen erschossen, als er sah, wie sie den Heiligen Hain attackierten. Und den jungen Burschen, der sich an den Graueukalyptus herangemacht hatte, habe er erst erschossen, nachdem er eine Warnung ausgesprochen hatte. Smitty, der Vorarbeiter, war im Pub dabei und Zeuge dieser Warnung gewesen, und jetzt suchte Mehmed nach Smitty. Sobald er mit Smitty fertig war, würde er sich stellen. Er habe ein Zeichen gesetzt – ein Signal, weil er jetzt einsah, daß er andere nicht dazu würde überreden können, ihr leeres Gerede einzustellen und sich ihm in seinem gerechten Handeln anzuschließen.

»Kein Gemüse, aber wir können jede Menge davon anpflanzen, sobald wir die Samen bekommen. Nur weiter!«

»Braucht der Boden vielleicht Kalk?« mischt sich Brian Chegwodden ein. Er kann es nicht ertragen, wenn sich Paula vertraulich mit jemandem unterhält.

Paula Zoshka hat Mehmed offen beschuldigt, Smitty umbringen zu wollen, doch Mehmed versicherte, das würde er nicht tun, vorausgesetzt, er erhielte eine Gegenleistung, nämlich das Recht, sich im Tal endgültig niederzulassen, sobald er wieder frei wäre, im Besitz einer Genehmigung, sich frei zu bewegen, da er diesen Ort jedem anderen, den er kannte, vorzöge. Er würde sich nicht verstecken, das läge nicht in seinem Wesen. Doch bei dreimal gleichzeitigem Lebenslänglich könnte er bereits in fünfzehn Jahren wieder auf Bewährung freikommen.

»Warum hast du dich mit der Friedensbewegung eingelassen?« Diane Zoshka, von der eigenen Mine in die Luft gejagt. »Ich dachte, ihr wärt alle für den Krieg? Ich wundere mich, daß ihr jetzt nicht in Vietnam seid.«

»Was? Und den Suprematisten dienen, die die Bäume entlauben?«

Wieder zurück in den Garten.

»Davon versteh ich nichts. Für mich sieht der Boden gut aus, Brian. An den Rosen ist auch alles in Ordnung. He, ich spreche von Form, Mann. Als was würdest du die Form dieses Gartens beschreiben?«

»Also, mit den umfallenden Zaunpfählen ähnelt sie einem Parallelogramm.«

Und Mehmeds letzte Worte? »Ihr werdet feststellen, wenn ihr in diesem Tal bleibt, wird sich euer Denken verändern. Weil es das tun muß.«

»Es ist ein Viereck, Mann. Es hat 'ne viereckige Form. Die Natur verabscheut das Viereck. Hast du schon mal Hasch in 'nem viereckigen Garten angebaut? Und Gemüse, das in 'nem viereckigen Garten gewachsen ist, wird zwar den Körper nähren, aber nicht den Geist. Es wird die Seele nicht nähren. Ginnsy und ich müssen diesen Zaun ganz und gar abreißen. Wir können unseren Garten nicht in der gleichen Form wie dieses scheußliche, beschissene, viereckige Haus lassen.«

»Du überraschst mich.« Brian hat nur darauf gewartet, daß sich in der Stichelei ironische Ansichten offenbaren. »Weißt du, Eugene, ich hatte nicht geglaubt, daß deine Gedanken in derartige Richtungen gehen. Vorsichtig ausgedrückt.«

»Hast mich für 'nen Etablierten gehalten, nicht wahr, Brian? Du bist hier nämlich der Revisionist.«

»Oh, ich fange an zu verstehen«, meint Michael Ginnsy. »Der Baum stirbt ab, so gewissermaßen als ein Opfer von Gwen.«

»Könnte sein. Sieh mal, wir wissen, was du denkst«, fährt Eugene fort, seine kalten, unerbittlichen Augen auf Brian gerichtet. »Du glaubst, dieser Hippiekram sei nur 'n Haufen Mist, aber das ist nicht so. Die Narren haben das Wissen, Mann! Die Narren haben das Wissen. Lies Shakespeare und danach verbring 'ne Woche in 'nem Kuppelbau, oder besser noch, lies Shakespeare unter der Kuppel. Es ist eine Offenbarung, Paula. Ich war etabliert, na ja, wenigstens halbwegs, und wäre es womöglich auch geblieben, wenn ich nicht auf die Gedanken von ErrBuckyEff gestoßen wäre. Versteh doch, das konventionelle begriffliche Erfassen des kritischen Wegs erfolgt linear und ist selbstsubinformativ. Nur sphärisch expandierende und kontrahierende, rotierende, polar evolvierende und evolutierende orbital geregelte Systeme sind sowohl umfassend als auch prägnant informativ. Gebt der Umwelt eine neue Form! Versucht nicht, dem selbst das Gleichgewicht haltenden, mit achtundzwanzig Gelenken ausgestatteten, auf Adaptern stehenden Zweifüßer eine neue Form zu geben. Und es ist wahr, weil es realistisch ist. Kuppelbauten haben eine unterschwellige Wirkung. Sie verändern dein Denken, weil du in 'nem Kuppelbau nicht viereckig denken kannst. Begreift doch, Buckys geodätischer Kuppelbau, er wird eins mit der Natur, Mann. Er baut sich auf Dreieckskonstruktionen auf, so, wie die Natur aufgebaut ist, und solche Kuppeln sind billig, und man kann eine davon an einem Tag aufstellen. Kuppeln zu bauen ist leicht. Sogar Mädchen können das.«

»Ich glaube schon, daß wir mit der Natur eins werden sollten«, sagt Paula und schaut Brian dabei hoffnungsvoll an. Er seinerseits ist eher geneigt, es spöttisch zu sehen, doch er ist nicht darauf eingestellt, sich für die Sache des australischen Föderationsbungalows zum Märtyrer zu machen. Daß er diesen

Penner von der Straße aufgelesen hat! Er hätte vorbeigehen, sich eine Pastete und eine Flasche kaufen und wieder nach Hause gehen können.

»Ich verstehe nicht, was du damit sagen willst.«

»Okay. Es geht alles auf die Pflugschar zurück. Wo ist die gerade Linie im menschlichen Körper? Warum sind kurvenreiche Frauen so attraktiv?«

»He, du hast recht, Mann. Die Erde ist rund.« Endlich kann Ginnsy diesem Kurvengeplapper folgen.

»Die Erde ist rund, die Sonne ist rund, der Mond ist rund, der Weltraum ist gekrümmt. Menschen, die mit der Natur in Harmonie leben, wohnen in runden Behausungen. Jurten, Iglus, Bienenkorbhütten. Ich garantiere, daß die Menschen, die hier beheimatet waren, auch runde Häuser hatten.«

»He, das stimmt«, sagt Paula. »Gunyahs, werden sie nicht so genannt, Brian?«

»Man nennt sie Willy-Willies.«

»Tut mir leid.«

»Ein Freund von mir hat mal 'n Buch geschrieben, das aber keiner veröffentlichen wollte. Es hieß: *Warum viereckiges Denken ein schreckliches Unglück ist,* das durch den Pflug hervorgerufen wurde, weil er vor dem Streichblech, das die Scholle wendet, erfunden worden war, mit der Bitte um Nachsicht an John Seymour, den Guru der Selbstversorgungsbewegung. Früher mußte der Bauer sein Feld im rechten Winkel pflügen, um den Boden aufzubrechen. Als nächstes, weißt du, hat er also viereckige Felder, er zieht die Zäune viereckig, baut viereckig, Städte werden auf viereckigen Rastern errichtet, und wir fangen gewissermaßen an, viereckig zu denken; wir gehören doch nicht dorthin« – Eugene schwenkt den Arm – »weil das unstrukturiert ist. Das ist ja nicht viereckig wie wir. Ist es ein Wunder, daß wir uns von der Natur abgeschnitten fühlen, wenn wir doch in der Natur selbst nie ein Viereck sehen?«

»Und was ist mit schachbrettgemusterten Gehwegen?«

»Bist wohl doch 'n Stadtbursche, Brian? Teufel, du tust mir leid. Warum sollte ein Mann, der sich nach gepflasterten Wegen sehnt, hier draußen leben wollen? Du gehörst nach Drop City,

Mann. Luke Cool und Peter Rabbit, die machen Platten aus Autodächern. Kaufen sie für fünfzehn Cents das Stück in den Staaten. Behauen sie mit Äxten, dichten sie mit Teer ab.«

»Du willst also 'ne Kuppel bauen? Ist es das, was du sagen willst?«

»Ja, und zwar, weil rechteckige Bauten strukturell ungesund sind. Wir werden uns hier 'nen Kuppelbau errichten, danach reißen wir dieses häßliche viereckige Farmhaus mit seinen ungesunden viereckigen Zimmern und viereckigen Fenstern ab. Aber bevor wir das tun, wollen wir den Garten noch in die richtige Form bringen. Er muß kreisförmig sein, und alle Beete sollten von einem Punkt ausgehen, hier. Ich werde es dir hier aufmalen, Paula, mit 'nem krummen Stock.«

»Du bist also letztlich doch 'n Hippie. Gut, wir werden dir helfen, dein Haus zu bauen. Hilfst du uns bei unserem?«

»Was soll das denn heißen: deins und meins, Mann? Er versteht uns Hippies nicht, Ginnsy. Armer Bursche! Hat sein ganzes Leben in 'nem viereckigen Haus gewohnt, ist in 'ne viereckige Schule gegangen, schreibt viereckige Gedanken auf viereckige Blätter Papier, die von Quadratköpfen gelesen werden. Mann, wir sind 'ne Familie! Wir werden uns diese riesengroße Kuppel bauen, und wir werden alle gemeinsam darin wohnen. Stimmt's, Paula?«

»Also, ich bin mir da nicht so sicher«, wendet Ginnsy ein. »Versteh doch, ich hab Phryx versprochen, mich um dieses Haus zu kümmern.«

»Die beste Art, dich um das Haus zu kümmern, Käpt'n Kaos, wäre, es vollständig abzureißen. Danach ordnen wir die Materialien auf harmonischere Weise an. Schließlich brauchen wir auch für den Kuppelbau 'nen Fußboden. Den müssen wir ja irgendwo herbekommen.«

»Wir werden sehen, was die Gemeinschaft dazu meint. Michael?«

»Nenn ihn ruhig Käpt'n Kaos.«

»Nein! Ich glaube, das ist grausam, Eugene, die Art, wie du anderen Leuten diese herzlosen Spitznamen gibst.«

»Was wolltest du mich fragen, Paula? Und mach dir keine Sorgen, Namen haben nichts zu bedeuten. Sie werfen ein Licht auf die Leute, die sie geben. Es ist, als ob man 'nem Musikstück 'nen Namen gibt, verstehst du? Der Mensch als Namensgeber.«

»Es ist nicht meine Absicht, grausam zu sein. Ich hasse bloß die direkten Namen, Paula. Nur zu. Gib mir doch 'nen Spitznamen.«

»Nein! Gib dir selber einen. Ich wollte wegen der Pumpe fragen, Michael. Können wir den Garten bewässern, indem wir die Pumpe dafür benutzen?«

»Oh. Den Garten bewässern und die Pumpe dafür benutzen. Hmm. Das weiß ich nicht. Ich nehme an, man könnte den Garten bewässern, indem man die Pumpe dafür benutzt. Jawohl! Warum denn nicht?«

»Gibt es ein Problem dabei?«

»Eigentlich nicht. Es ist bloß die Pumpe. Na ja, es ist gewissermaßen so, daß die Pumpe ...«

»Na los. Spuck's schon aus.«

»Es ist 'ne heilige Pumpe.«

Sogar Eugene grinst, und Brian hat einen hysterischen Anfall.

»Was meinst du damit, Michael?«

»Ich weiß, es muß idiotisch klingen, Paula, und alles ist heilig, wenn man hip ist, aber die Rhythmen, die man im Auslaufrohr hört, wenn man das Ohr dranhält – die Triolen aus dem Motor, das Schlagen der Ventile, der Gegenrhythmus des Pumpengestänges –, das ist der Rhythmus, den Phryx und Gwen für ihre Tänze benutzten, wenn sie Zeremonien abgehalten haben. Kennst du den Klang, den ein Bus abgibt, wenn er im Leerlauf an der Haltestelle steht? Ich wüßte eigentlich nicht, warum wir nicht gleichzeitig den Garten bewässern könnten.«

»Und da ist noch etwas zu geodätischen Kuppelbauten zu sagen. Bei Regen sind sie einfach sagenhaft.«

Michael Ginnsy: Von Eugene Ecks Käpt'n Kaos getauft. Von erniedrigender Etikettierung mit Spitznamen durch Eugene und Darryl abgesehen, haben die Kommunarden der *Moody Valley Candle Company Co-op* auch selbst Spitznamen angenommen, um ihre Wiedergeburt zu kennzeichnen. Doch nach reiflicher Überlegung und aus Sorge, Verwirrung zu stiften, habe ich diese aus meiner Geschichte weggelassen, außer im Fall derjenigen Kinder, die im Tal geboren wurden und über keinen anderen Namen verfügten.

55

Brief von Barney.

Spätsommer 1969. Attis wird auf dem Weg in die Stadt etwa zur Zeit der Abenddämmerung durch einen Tieflader abgelenkt, der die Straße blockiert. Von Barney MacAnaspie ist ein Brief eingetroffen, den Horrie im Verlauf der vergangenen Woche heimlich auswendig gelernt hat. Darryl drückt Fergus gerade auf den auf einem Stubben angebrachten Rohrschraubstock, als Attis im roten Serienzweier vorfährt.

»Warum blockierst du denn die Straße? Das Ding da hat keine Reflektoren. Ich hätte drauffahren können, bei Nebel.«

»Nach Nebel hat's aber nicht ausgesehen, mein Junge, sonst hätten wir ihn nicht hier geparkt. Hast du genug für heute, du Arsch? Dann laß ich dich jetzt laufen. Dad war nämlich scharf drauf, daß du vorbeikommst, Att. Hat 'nen Brief von Barney bekommen.«

»Deswegen brauchst du doch nicht die Straße zu blockieren. Ich schau doch sowieso immer vorbei.«

»Jetzt hör damit endlich auf. Gehst du morgen Samen pflükken?«

»Nein. Ich muß 'nen Anruf machen.«

»Hier sind sie! Alle Jungs sind jetzt da, Dad! Kommt rein, Jungs. Dad hat da was, das ihr euch anhören sollt. Und lacht nicht, wenn er mal 'n Wort falsch ausspricht. Wo willst du eigentlich hin, Attis?«

»Ich muß jemand anrufen, Mum.«

»Oh. Und wen?«

Attis blickt Darryl an und seufzt.

»Monica.«

»Monica!«

»Ihre Tochter ist im Tal aufgetaucht.«

»Oha! Monica.«

»Also, das wird nicht lange dauern, wenn ihr ruhig seid.«

Die in den Schlüssellöchern nistenden Grabwespen ausgenommen. Charlies Schlapphut in Charlies altem Sessel, das Abzeichen mit der aufgehenden Sonne mit Brasso poliert. Horrie, der seine Kriegsmedaillen an der Strickjacke trägt, hat sich eine Lesebrille aufgesetzt. »Wechsle mal dein Hemd«, schnauzt er Darryl an. »Setzt euch«, befiehlt er den anderen. »Fergus, sei so gut und mach die Tür zu. Mum, bleibst du hier und hörst dir das mit an?«

»Ich glaube schon. Ich bin doch schließlich seine Mutter, oder?«

»Darryl! Sieh mal nach, was ihn so lange aufhält. Schade, daß es kein Strick um den Hals ist. Dann hätten wir ihn den verblichenen Darryl MacAnaspie genannt.«

»Oh, wie bin ich erleichtert, Dad. Jetzt weiß ich, daß Barney nicht tot sein kann, sonst hättest du keinen Witz gerissen.«

»Vielleicht doch. Gütiger Gott, bist du das jetzt in dem gestreiften Hemd mit gepunkteten Ärmeln? Wie kannst du es wagen. Zieh dich nochmal um.«

»Das ist das einzige saubere Hemd, das ich im Augenblick finden kann.«

»Ich will nicht, daß mein tapferer ältester Sohn vor jemand im Clownskostüm Bericht erstattet.«

»Ist es in Ordnung, wenn ich dann mein Fußballhemd anziehe?«

»Du weißt, deine Mutter mag den Geruch von Mottenkugeln nicht. Ach, in Ordnung, unter diesen Umständen, aber beeil dich.«

»Wolltest du vorbeifahren, ohne bei mir reinzuschauen?« will Iris wissen.

»Nein«, entgegnet Attis, »ich wollte auf dem Rückweg vorbeischauen, Mum. Der Anruf ist sehr dringend.«

»Wie viele sind jetzt da unten in dem Tal? Was wird an der Straße dort hinein getan?«

»Pssst!«

»Gut«, sagt Horrie, »wir können anfangen. Ich habe das hier von Barnaby erhalten. Guten Tag, sagt er. Es wird euch interessieren, die A-Kompanie des 3. Australischen Regiments, alle in Schützenpanzerwagen, hat dieser Tage mit 1400 Vietcong in einem Ausbildungslager in der Stadt Ba Ria in der Provinz Phuoc Tuy aufgeräumt. Das Feuergefecht dauerte die ganze Nacht. Wenn ich Long Dien mitzähle, hat mein Regiment bisher zwanzig Tote und achtzig Verwundete verloren, ich aber bin weiter einsatzfähig. Ich freue mich schon darauf, euch alle wiederzusehen, so Gott will. Wie geht es meinem Wombat? Euer Euch liebender Sohn undsoweiter. Ich wünschte bei Gott, er hätte in den Brief ein Datum reingeschrieben, und was ist eigentlich mit diesem Wombat passiert?«

»Wir mußten ihn loswerden, Dad. Ist immer durch die Gazetür reingekommen.«

»Man kann nicht feststellen, wann das geschrieben wurde. Auf den Umschlag hat jemand draufgetreten, mit 'nem Stiefel.«

»Das wird der Briefträger gewesen sein.«

»Das ist der einzige Brief, den wir je bekommen werden. War nie 'n Briefeschreiber, der Barney. Bist du 'n Briefeschreiber, Attis? Ich hoffe doch. Jetzt die Nachschrift. Wir haben Grund zu glauben, schreibt er, daß Long Dien, das wir vor den Vietcong schützen sollen, in Wahrheit ihr Hauptanwerbezentrum ist. Man kriegt ja nie die ganze Wahrheit zu hören. Nein, ich glaube auch nicht, daß man die jemals zu hören gekriegt hat. Das wär's.«

»Was versucht er damit zu sagen?«

»Was weiß ich? Die Hauptsache ist, daß er an Kampfhandlungen teilgenommen und überlebt hat. Er kann sich jetzt als Mann betrachten. Als richtigen Mann.«

»Scheint nicht zu wissen, gegen wen er da kämpft. Scheint überhaupt nicht viel zu wissen.«

»Möchtest du in 'ner kommunistischen Welt leben, Darryl? Wärst du gewillt, dir auf Land, von dem du nie hoffen könntest, es dein eigen zu nennen, deine heidnische Seele aus dem Leib zu schuften?«

»Könnte ja 'n gerechteres System sein, ey.«

»Gerechteres System, Blödsinn. Weißt du, was Kommunismus

ist? Das heißt, Christus aus seiner Krippe rausnehmen und ihn ans Fließband stellen. Der Vorsitzende Mao als des Menschen Sohn gegen die Geldwechsler, bloß ohne die Wunder.«

»Ach, sei doch vor den Jungs nicht so gotteslästerlich.«

»Ich bin nicht gotteslästerlich. Die frühen Christen waren doch die ersten Kommunisten, Iris. Na schön, nur recht und billig, schätze ich. Spielt keine große Rolle, wie du lebst, wenn du dich als jemand ansiehst, der bloß seine Zeit abwartet. Bloß drauf wartet, daß dieser letzte Trumpf sagt, du kannst dein Bündel fallenlassen.«

»Gott und die Jungfrau Maria mögen dir vergeben, Horace MacAnaspie. Dafür wird über dich gerichtet werden.«

»Verschwende nicht deine Zeit mit Predigten an ihn, Mum. Ist doch klar, daß er nicht an 'ne bessere Welt glaubt.«

»Ich muß jetzt gehen«, sagt Attis. »Entschuldigt, ich muß 'nen Anruf machen.«

Horace MacAnaspie: Ohne seine Hilfe in Form von Werkzeug, Ratschlägen und so weiter hätte die Kommune eingehen können, und zur Zeit der Autarkie war Horrie schließlich der rechtmäßige Besitzer des Tals. Als er starb, ging es an Barney über. Barney ist wie einst Horrie ein guter Kumpel unseres recht mittelmäßigen örtlichen Parlamentsabgeordneten, der die regelmäßig wiederkehrenden Versuche, das Tal dem Nationalpark anzugliedern, niederschlägt, indem er darauf verweist, daß das postmoderne Tal nur geringen Erhaltungswert hat und daß jeder Versuch der Übernahme die Wähler so befremden würde, daß sie sich veranlaßt sähen, bei der nächsten Wahl eine andere Entscheidung zu treffen. Als Horrie starb, an gebrochenem Herzen, wie es schien, denn Fergus' Tod war vorausgegangen – und Kimbo berichtet mir, daß Horrie nie in das eingeweiht war, was in diesem Tal vorging, obgleich ich mich manchmal frage, inwieweit mir Kimbo »die Wahrheit« sagt und inwieweit er, so wie der Schlaue Hans, das zählende Pferd, meine Gedanken errät und mir das erzählt, was ich hören will; versteht ihr, er will, daß ich wiederkomme, denn jedesmal, wenn wir uns treffen, werfe ich ihm ein Stück Zucker zu, kaufe ich ein antiquarisches Buch –, da hatte Darryl die Straße durch die Schlucht bereits wieder freigemacht, und Darryl fing an, im Tal Holz einzuschlagen, nachdem der Staat, wie er es sah, seine Söhne unrechtmäßig vereinnahmt hatte. Er schlug Zedern ein. In kurzer Zeit machte er eine Menge Geld, genug, um ins Gefängnis zu gehen und für Harley und Norton je einen Feuerstuhl zu kaufen. Beide kehrten nach der entsprechenden Zeit wieder zu ihm zurück. Die beiden Jungs müssen meiner Schätzung nach achtzehn oder zwanzig sein, aber sie sehen aus wie zehn oder zwölf, zu jung zum Fahren. Darryl läßt sie ihre heißen Öfen bis nach Wonderview kutschieren. Sie sitzen auf einem Kissenstapel und nuckeln jeweils an einer Zweiliterflasche Coke. Dürfen nur bis nach Wonderview fahren. Fahrten ins Blaue. Was die übrigen anbelangt, die jetzt dort sind, diese Wilden, so hängen sie alle auf irgendeine Weise mit Darryls neuer Frau zusammen, dem Mädchen mit den vorstehenden Zähnen, die jeden zweiten Montag in der Bäckerei arbeitet. Aus der Bücherei hat man sie rausgeschmissen, weil sie den ganzen Tag nur übers Fernsehen gequatscht hatte. Ich hatte meine Hand da auch mit drin. Allerdings war sie noch in der Bücherei, als ich hierherzog, damals im August 1991. In der *Ballade* wird geschildert, wie sie jeden Morgen auf Darryls F100 davonfährt.

Harley und Norton gehen jetzt nur jeden zweiten Montag zur Schule.

56

Barbara bei den Bussen. Calvins Bude. Cindy ausfindig gemacht. Monicas Reue.

Derek Frodsham, der gerade schmunzelnd ein paar Anmerkungen auf ein Schriftstück kritzelt, das er durchsieht, fährt zusammen, als er hört, wie an die Tür seiner Kammer gedonnert wird, als sei es die Polizei. Aber Gott sei Dank erweist es sich lediglich als Barbara Byng, die wie eine Busschaffnerin gekleidet ist.

»Barbara!«

»Derek, du mußt helfen. Ich hatte mir vorgenommen, am Montag vorbeizuschauen, verstehst du, aber das Haus war leer. Mitten in den Schulferien! Unter der Matte fand ich einen Schlüssel, damit konnte ich ins Haus hinein. Auf dem Tisch dann sah ich eine Nachricht von Monica an Calvin, in der es hieß, daß sie für ein paar Tage wegginge – ein paar Tage! –, und ob er sich wohl um die Kinder kümmern könne. Na denn. Aus Alexanders Zimmer konnte ich westindische Musik hören, aber als ich nach oben ging, merkte ich, daß es so aussah, als sei Cindys Zimmer durchwühlt worden.«

»Oh. War Alexander denn zu Hause?«

»Nein. Aber er kann nicht weit weg gewesen sein. Na, jedenfalls hat Cindy alle ihre Sachen aus den Schubladen gezerrt und sie überall im Zimmer verstreut. Ich beschloß zu warten, bis jemand nach Hause kommt. Ich habe fast eine Stunde lang gewartet, Derek. Nichts. Als ich mich dann umschaute, las ich auf einem Kalender am Kühlschrank, daß Calvin an dem Tag, als Monica die Nachricht geschrieben hatte, eigentlich die Kinder zu sich nehmen sollte. Aber ich habe nicht den Eindruck, daß er mal dagewesen sein könnte. Ist er in der letzten Zeit zu Hause gewesen? Bei dir, meine ich.«

»Nein, ich glaube nicht, daß ich ihn in den letzten Wochen gesehen habe, jetzt, wo du's sagst.«

»Es könnte was Ernsthaftes sein. Kennst du die Nummer von seiner Arbeitsstelle?«

»Nicht aus dem Kopf, aber wir können sie rausfinden. Ich glaube, er ist in der Medizinischen Fakultät, nicht wahr? Wo ist denn nur das Telefonbuch. Noch immer bei den Bussen?«

»O ja. Ich hatte gehofft, sie würden mich zu Weihnachten abschieben, aber sie wollen, daß ich noch weitermache. Es ist stinklangweilig.«

»Überrascht mich nicht. Ecks. Ecks. Merkwürdiger Name. Wahrscheinlich anglisiert aus Ecksowicz. Da steht's, Ecks, Dr. Calvin Ecks. Das muß er sein.«

»Ich könnte jederzeit noch mal hinfahren und nachsehen, ob Alexander nach Hause gekommen ist.«

»Kannst du nicht anrufen?«

»Er würde das Telefon niemals hören, Derek. Ich konnte seinen Plattenspieler vom Bus aus hören.«

»Es nimmt keiner ab.«

»Bist du ganz sicher, daß er nicht bei dir aufgetaucht ist? Oh, du meine Güte. Es sieht ganz so aus, als sei Monica gegangen, bevor er gekommen ist, oder?«

»Das sieht ihr ähnlich. Wir können zu seinem Labor hingehen. Willst du deine Tasche hierlassen?«

»Aber nein. Meine Fahrscheine und die Einnahmen sind da drin. Ich kann sie nirgendwo lassen.«

»Ganz wie du willst. Ich sehe nur noch dieses Schriftstück zu Ende durch. Es bekommt sowieso keine Bewertung, es war im letzten November fällig. Kennst du dich über Boltzmann aus? Er war der erste, der die Entropie in bezug auf die Wahrscheinlichkeit formulierte, und er hat Selbstmord begangen. Sag mir doch mal, was du davon hältst, was ich hier schreibe. Ich hielt es für ziemlich boshaft. Oh, ich kann's schon selbst nicht mehr lesen.«

»Derek, bitte. Wir haben keine Zeit zu verlieren. Wir müssen Calvin schleunigst ausfindig machen.«

»Irgendwo wird er schon sein. Natürlich halten sich diese Mediziner nicht an die gleichen Stunden wie gewöhnliche Sterbliche.«

»Ich dachte, er sei im Krankenhaus.«

»Ja, aber sein Labor ist irgendwo hier. Gehn wir zu Fuß in seine Richtung. Pfui, was für'n Gestank! Was hältst du von der Geschichte mit diesem Jan Palach, der sich auf dem Wenzelsplatz verbrannt hat?«

»Ich hatte noch keine Zeit, darüber nachzudenken. Da, schau, Derek. Da steht Calvins Name.«

»Dr. Ecks. Er sollte sich 'nen Job beim Universitätskomplex von Halifax besorgen. War nur 'n Scherz. Die Tür ist verschlossen.«

»Halt mal das Ohr dran. Oh, du meine Güte! Monica hat mir erzählt, daß er sich manchmal in sein Labor einschließt, monatelang.«

»Tatsächlich? O ja, ich kann hören, wie Wasser läuft.«

»Er ist da drin. Mach zu, Derek, klopf an die Tür. Brich sie auf.«

»Calvin, hier ist Frodsham, alter Freund. Muß mit dir reden, Kumpel. Dringend!«

»Hörst du irgendeine Stimme?«

»Nein.«

»Ich bin mir sicher, eine Stimme zu hören.«

»Ich bin mir nicht ganz sicher, ob wir ihn stören sollten.«

»Was? Oh, nun werd aber bloß nicht albern, Derek. Seine Familie ist in Gefahr.«

»Ja, aber ebensogut jeder andere Mann, der sich im Januar in Sydney noch der Arbeit widmen kann, Barbara.«

»Ich kann einfach nicht glauben, was ich da höre. Und dann noch ausgerechnet von dir.«

»Ich sag dir was. Warum nehmen wir nicht ein Taxi zurück nach Paddington, wo wir mit diesem Jungen reden können? Wie heißt er noch mal?«

»Alexander.«

»Er wird uns schon sagen können, was abläuft.«

»Bloß, damit du Calvin nicht störst.«

»Wir sind ja nicht mal sicher, daß er da drin ist. Wenn doch, ja, dann wäre mir wohler, wenn ich irgendwas zu berichten hätte.«

»Was ich dir gesagt habe reicht wohl nicht aus?«

»Wie soll ich das denn beurteilen können? Es ist ja anrührend. Ich verstehe auch deine Besorgnis. Auch würde Calvin, falls es wirklich ein Problem gibt, verständigt werden wollen, da er seine Tochter sehr liebt. Dagegen gilt es eine möglicherweise nicht wiedergutzumachende Unterbrechung seiner Forschungsarbeit abzuwägen, insbesondere, wenn wir ihn wegen etwas stören, das sich als kein triftiger Grund erweist. Ich will sagen, er könnte an irgendwas dran sein, Barbara. Er könnte gerade die Pille für den Morgen danach erfinden.«

»Was, in diesem Schuppen?«

»Oh, du bist so herzerfrischend australisch.«

»Ich könnte darüber meinen Job verlieren, Derek, aber ich habe da so ein Gefühl wegen Cindy. Glaubst du an weibliche Intuition?«

»Sachte, sachte. Worum geht's denn in der Wissenschaft? O

nein, du wirst deinen Job nicht verlieren. Du hast mir doch selbst gesagt, daß du in jedem Bus irgend jemand kennst.«

»Ich hoffe, ihr ist nichts passiert. Sie ist so ein liebes Mädchen.«

»Ich kauf dir alle deine Fahrscheine ab. Was hältst du davon?«

Sie treffen wieder im Reihenhaus in Paddington ein und finden eine weitere Notiz auf dem Tisch. Diesmal ist sie von Alex, der erklärt, daß er weggeht, um im Strandhaus eines Freundes zu übernachten. Keine Anschrift, keine Telefonnummer, keine Erwähnung von Cindy oder wann sie wiederkommt oder wann er wiederkommt. Und der Plattenspieler dudelt noch immer und holpert über einen Sprung.

»Hast du Bob Gould in der letzten Zeit mal gesehen, Babs? Jemand hat mir neulich erzählt, er habe früher mal bei der Post gearbeitet. Das würde durchaus erklären, weshalb ...«

»Derek, ich habe das Falsche getan. Ich hätte hierbleiben und warten sollen.«

»Es ist alles sehr merkwürdig.«

»Monica hätte keine Kinder bekommen sollen. Ich habe doch tatsächlich gehört, wie sie Cindy beschuldigt hat, ihr die Figur ruiniert zu haben.«

»Na, so schlimm ist sie ja nicht ruiniert worden. Noch keiner Frau, die ich kannte, haben so viele Männer nachgepfiffen.«

»Das liegt nur an ihrem Gang.«

»Verstehe. Sagt ihre Nachricht etwas darüber, wohin sie gegangen ist?«

»Ich weiß, daß sie Mitglied in einem Tennisclub ist. Aber sie ist jetzt schon seit drei Tagen fort.«

»Gemischtes Doppel, könnte ich mir denken.«

»Derek, was machen wir denn bloß? Sollten wir nicht die Polizei verständigen?«

»Ich tu mal so, als hätte ich das nicht gehört. Wie spät ist es?«

»Du meine Güte. Das Telefon. Soll ich rangehen?«

»Ich denke schon. Unter diesen Umständen.«

»Hallo? Nein, ich bin eine Freundin von Monica. Monica ist nicht da. Wer spricht dort, bitte? Attis! Oh, Att, hier ist Barbara.

Barbara Byng. Nein, wir wissen nicht, wo sie hingegangen ist, und wir können weder ihren Mann noch ihren Sohn erreichen. Du liebe Zeit! Du meine Güte! Nein, behaltet sie im Augenblick erst mal bei euch, Attis, bloß vorübergehend. Dank deines Anrufs bin ich jetzt endlich wieder beruhigt. Auf Wiedersehen.«

»Wer war das denn?«

»Attis MacAnaspie. Hat aus Obliqua Creek angerufen. Kannst du dir vorstellen, daß Cindy im Tal gefunden wurde?«

»In welchem Tal? Ach, in dem Tal? Verdammt! Das Telefon klingelt schon wieder.«

»Diesmal gehst du ran. Es könnte Alexander sein.«

»Hallo? Frodsham hier. Oh, Monica. Hier spricht Derek Frodsham. Ja, das nenne auch ich eine Überraschung, ich sag dir was, ich gebe den Hörer direkt an Barbara weiter, und sie kann dir alles erklären. Nein, Calvin ist nicht zu Hause.«

»Feigling! Hallo? Ja, aber hast du irgendeine Ahnung, wo deine Tochter, dein Sohn oder dein Mann sind? Ja, das stimmt. Ja, ich glaube, das solltest du, und je eher desto besser. Es ist eine Schande mit dir.«

»Wie bitte?«

»Oh, sie ist ein Miststück. Und das nach all dem, was ich für sie getan habe. Was für eine Ausdrucksweise! Hat sie dir gesagt, von wo sie anruft?«

»Sie ist schon hier, an der Eingangstür.«

»Du redest mit ihr, Derek. Ich habe Angst vor dem, was ich womöglich sagen könnte.«

Doch kein Grund, Angst zu haben. Monica ist jetzt entschlossen zu beweisen, was für eine gute Mutter sie sein kann, was heißt, die Nachkommen über alles zu stellen und vielleicht sogar, zur Kirche zu gehen. Es gibt nichts, was Barbara sagen könnte, womit Monica nicht ganz und gar übereinstimmte.

»Du hasja so recht. Ich bin genauso, wie du sagst unn von mir aus noch schlimmer, weil, ich muß mich immer vor jemand verstecken, und wenn's meine Mutter nich is, dann isses eben meine Tochter. Ich schätze mal, ich hab so was gebraucht, damit wieder Vernunft einzieht bei mir, Barbara. Ich danke meim Daddy dafür, daß er gestorben is, und auch Calvin dafür, dasser Drogen hierher mitgebracht hat.«

»Und wo kommt das Geld dafür wohl her? Wie? Denk mal da dran. Du machst dich ja lächerlich.«

»Laß sie jetzt in Ruhe, Derek. Die Frage ist, was machen wir jetzt?«

»Du kannstes Calvin sagen, wenn du ihn 's nächste Mal siehst, Derek. Ich jedenfalls bin jetz fort. Er kann's ja dann an Alex weitersagen.«

»Nein, du sagst es ihm selbst, Monica. Wenn du mit Cindy wieder hier bist.«

»O nee, Cindy is dort, wo se hingehört. Ich will nich, dasse so wird wie ich. Ich komm nich mehr zurück, ja. Inner Großstadt kann ich nich mehr leben. Und du hasja so recht, Derek, es is eben alles Scheiße.«

Um ihre neuerworbene Verachtung für materielle Besitztümer zu unterstreichen, nimmt Monica eine Reihe billiger, zerbrechlicher Gegenstände zur Hand und schlägt sie kaputt.

In der Zwischenzeit sind Frodsham und Barbara, sollte es sich als notwendig erweisen, vollends darauf eingestellt, die Tür zu Calvins Labor aufzubrechen. Doch zu ihrer Überraschung öffnet er unter dem Geruch von Äther mit einem Lächeln im Gesicht und mit einer Petrischale der allerersten Zubereitung von Grüner Munga in der Hand.

»Kostet das mal«, verlangt er. Sie weichen zurück.

Monica Ecks: Angesichts der Tatsache, daß sie, obwohl im Süden geboren, an der Westküste aufgewachsen ist und viele Jahre in New York, Großbritannien und auf dem europäischen Kontinent verbracht hat, bevor sie nach Australien zog, sind kleine sprachliche Ungereimtheiten, wie sie sich in ihrem Dialog zeigen, nicht die Folge von Unwissenheit meinerseits; im Gegenteil, sie sind aufs sorgfältigste rekonstruiert worden.

Calvin Ecks: Dadurch, daß er auf die Grüne Munga gekommen ist, stellt er den immergrünen Eukalyptus auf eine gleiche Ebene mit Olive und Kiefer. Dieser ist damit zu einem geeigneten Gegenstand der Verehrung geworden, weil er nunmehr gegessen werden kann. Doch im Gegensatz zu Koalas oder den knallroten Larven der Blattwespe bedauerlicherweise nicht mit Genuß. Er war nicht schmackhaft, und um sich davon ausreichend zu ernähren, mußten menschliche Wesen große Mengen verzehren. Und da es im Tal keinen Äther gab, wurde Petroleum zu seiner Zubereitung verwendet. Kimberley zieht ein fürchterliches Gesicht, wenn er von der Grünen Munga spricht. Eine Notlösung eben.

57

Attis trifft Smitty. Calvin und Frodsham kehren nach Paddington zurück. Paula und Brian ziehen aus dem Koala Kottage aus. Diane stellt Attis zur Rede. Darryls gefährliche Abfahrt. Die Energiefrage. Brian grübelt über Paulas Vergangenheit nach.

Spätsommer 1969. Während er in der Stadt ist, um eine Flasche Porphyry-Schaumwein zu kaufen und damit das Ergebnis seines Schulabschlusses zu feiern, will es die Vorsehung, daß Attis auf Smitty stößt, der am Alkoholstand eine Kiste Bier kauft. Noch ist keiner wieder bei der Arbeit im Wald, und die Kneipenwirte haben gut lachen.

»Guten Tag, Jung Att.«

»Hallo Smitty. Ich wollte dich ohnehin anrufen. Kann ich mal mit dir reden?«

»Nur zu. Aber wenn du wissen willst, wann du wieder arbeiten kannst ...«

»Nein, das ist es nicht. Na ja, eigentlich doch. Oh. Kann ich bitte 'ne Flasche von Ihrem besten Schaumwein haben?«

»Schaumwein, ey. Was ist denn der große Anlaß?«

»Ich hab bei meinen Prüfungen in der Schule gut abgeschnitten. Mum hat mir Geld gegeben, um Wein zu kaufen. Bist du im Moment beschäftigt?«

»Hab noch 'n paar Dinge in der Stadt zu erledigen.«

»Wie wär's, wenn wir nach Graceland zurückgehen? Dort könnten wir reden.«

»Was hast du denn gegen 'ne Kneipe?«

»Ich möchte lieber dort mit dir reden, wenn es dir nichts ausmacht.«

»Du kommst mit den anderen Burschen zurecht, nehme ich an?«

In der Zwischenzeit ist Monica mit mehr Sachen, als man gefahrlos tragen kann, auf dem Weg nach Graceland. Sie hat das Auto vom Parkplatz der Medizinischen Fakultät geholt, was bedeutet, daß Calvin nun Derek Frodsham nicht mehr anbieten kann, ihn im Auto mitzunehmen.

»Wie hat Barbara sich zu all dem geäußert, Derek?«

»Ich glaube nicht, daß sie sonderlich gut miteinander auskommen. Hast du den Zettel gesehen, den sie geschrieben hat?«

»Welchen Zettel?«

»Oh, ich dachte, sie würde 'nen Zettel schreiben. Hat sie keinen an der Kühlschranktür hinterlassen?«

»Alles, was ich weiß, Mann, das weiß ich durch dich. Da ist nichts an der Kühlschranktür, da ist nichts im Kühlschrank selbst. Oh. Das Telefon klingelt. Das kann sie jetzt sein.«

Calvin, der gerade erst achtzehn Stunden hintereinander geschlafen hat, rollt sich einen kleinen Joint, um den historischen Durchbruch zu feiern. Während er mit gedämpfter Stimme spricht, studiert Derek Frodsham die Muster an der Decke aus Preßmetall. Derek denkt an den Schafschererstreik von 1891, als einhundert streikende australische Scherer mit finanzieller Hilfe der Gewerkschaften am Alice River in Queensland eine landwirtschaftliche Kooperative bildeten. Barbara möchte, daß Derek das Tal besucht, aber er hat es Calvin gegenüber noch nicht erwähnt.

»Und du mich auch, Kumpel!«

Calvin wendet sich wieder der Aufgabe zu, Zweige von der Albumhülle zu entfernen.

»Wer war's? Deine Alte?«

»Nein, mein Bankdirektor. Ich unterstütze Utopia finanziell,

Derek. Anfangs über meinen Bruder, jetzt über meine Frau. Sie hat gerade unser gemeinsames Konto leergeräumt.«

»Sie meint es also ernst.«

»Womöglich ist sie mit ihrem Liebhaber durchgebrannt. Das hat sie schon mal gemacht. Oder sie hat vielleicht bei 'nem Ausverkauf irgendwas entdeckt, ohne das sie einfach nicht leben kann. Aber ich nehme eher an, sie ist ins Tal gegangen. Ich kann mir denken, daß Cindy auch da ist. Genaugenommen könnte ich beinahe darauf wetten, daß sie alle dort sind. Ich wette, auch Alexander ist im Tal.«

»Würde Cindy Alexander gesagt haben, wo sie hingeht?«

»Wer weiß denn schon, was im Kopf von Nichtwissenschaftlern vor sich geht? So ist das nun mal, mein Freund. Derek?«

»Hier.«

»Wir lassen uns jetzt erst mal richtig vollaufen.«

Smitty, der soeben etwas zu hören bekommen hat, was auf ein Todesurteil hinauslaufen könnte, sitzt auf der klobigen Couch und schnieft. Er zieht eine Zigarette aus einem Päckchen, reißt dann den Karton auf und greift sich eine Flasche Bier. Keine Dose, kein Ring zum Öffnen; die Geschichte, wie australische Wissenschaftler den Dosenring und auch noch den Weinkarton erfinden, muß erst noch erzählt werden.

»Er will, daß ich meine eigene Axt mitbringe?«

»Ja, stimmt. Ich glaube allerdings nicht, daß wir uns treffen sollten, oder?«

»Wir haben keine andere Wahl. Hätte aber auch gut ohne das auskommen können. Hab ihn nur 'n einziges Mal im Pub gesehen. Kann mich an den Mann nicht besonders gut erinnern. Ich entsinne mich aber, daß er Lemon Squash getrunken hat. Heiz ihm damit 'n bißchen ein.«

»Ich dachte, ich sollte erst mal mit dir reden, Smitty, bevor ich zur Polizei gehe. Er will sich von selbst stellen.«

»So sagt er jedenfalls. Du hast richtig gehandelt, aber geh nicht zur Polizei, Kumpel. Das ist 'ne Sache zwischen ihm und mir.«

»Ach, sei nicht blöd, Smitty. Ich möchte ihn rauslocken, das ist alles. Wir brauchen bloß deine Mitwirkung.«

»Wofür haltet ihr mich eigentlich? Glaubt ihr, ich bin 'ne Art feiger Straßenköter, der vor 'nem Bullen den Schwanz einzieht? Ist nicht. Glaubt ihr, ich bin so 'n Feigling, der zur Polizei rennt? Mit mir nicht. Wir machen's auf seine Art. Du sagst ihm aber, daß ich die Rechnung mit ihm begleichen will, Att. Er hat einen aus meinem Trupp umgebracht. Das habe ich nicht vergessen.«

»Er ist gefährlich, Smitty. Ein Berufssoldat. Groß und stark.«

»Er mag vielleicht groß und stark sein, Kumpel, aber ist er auch flink und schlau? Es nützt dir nämlich nichts, groß und stark zu sein, wenn du langsam und dumm bist. Du sagst, er kommt nicht aus diesem Wäldchen raus, na schön. Dann treff ich ihn eben dort. Wir machen's bald, sagen wir am kommenden Mittwoch, so um die Mittagszeit, wir erledigen das ein für allemal. Halt Fergie und Darryl fern, ja? Ich möchte nicht in den Rücken geschossen werden so wie der arme kleine Roger. Att.«

»Ja.«

»Versprich mir, daß du der Polizei nichts sagst, Kumpel, was immer auch passiert. Ich meine, frag dich doch bloß mal, was für 'ne Art von Mann jemand sein muß, um Bulle zu werden. Wie?«

»Wenn du es so haben willst, Smitty.«

Paula Zoshka: »Oh, was für 'n Sinn hat es denn schon, mit dir zu reden? Ich kann dir offenbar nicht begreiflich machen, daß ich mich zu der Zeit, als du mich kennengelernt hast, bereits geändert hatte, verstehst du? Ich war inzwischen 'ne anständige Frau geworden. Warum mußt du mich nur so schikanieren?«

Brian Chegwodden: »Ich versteh dich doch. Du bringst es ja rüber. Ich muß es nur immer wieder hören. Ich sagte, ich könnte nicht damit fertigwerden, wenn du daran beteiligt gewesen und ...«

»Oh, ich halte das nicht mehr aus. Es funktioniert einfach nicht!«

»Es funktioniert doch. Jawohl. Tut mir leid, Paula. Ich merke, ich hätte nicht damit anfangen sollen. Ich bitte dich um Entschuldigung.«

Paula und Brian haben ihr Lager weit weg vom Farmhaus, das erste Pärchen, das abtrünnig wird. Brian kann es nicht ertragen, Paula zum Lustobjekt anderer Männer werden zu lassen, wagt aber nicht, es so offen zu sagen. Es klingt selbstsüchtig, aber so gesehen und als Gegenstand endloser Selbstprüfungen und Vorwürfe haben wir die bestmögliche Chance, uns unserer zahlreichen Fehler bewußt zu werden.

Eugene Ecks schwärmt noch immer vom Kuppelbau, wie geräumig und toll er sein wird, aber Michael Ginnsy bleibt, wie Brian Chegwodden feststellt, bei solchen Gelegenheiten schweigsam. Ginnsy zum einen will dort bleiben, wo sie sind, während die anderen durch ihre ausbleibenden Bemerkungen ihre eigenen Unsicherheiten verraten. Nisi Papadimitriou behauptet jetzt, daß exklusives Bumsen ebenso wie exklusive Freundschaft das Überleben der Kommune bedroht. Doch Brian Chegwodden ist noch nicht so wie sie bereit, diese praktisch den Shakern entsprechende Überzeugung anzunehmen. Natürlich könnte niemand etwas gegen eine Versammlungshalle einzuwenden haben, in der man als Familie beisammen ist, ein angenehmer Ort, um dort Partys zu feiern, um sich zu besprechen, um die Probleme der Welt zu lösen. Folglich sind Pläne im Gang, die kranke Zeder zu fällen und sie zur Ebene zu flößen.

Die Morgendämmerung kommt spät und der Abend früh in die Ebene, die von hohen Bäumen und steilaufragenden Felswänden umgeben ist, und der Widerhall von Lauten, die hier entstehen, ist solcherart, daß man genau sagen kann, wo sich jeder gerade befindet und was er oder sie gerade tut.

Neun Uhr an einem Spätsommermorgen. Grainger und Balthazar Beauregard spielen mit den Welpen und der Frisbeescheibe. Eugene Ecks läuft hin und her und sucht nach geeigneten Stellen für die Kuppel, obwohl Michael Ginnsy, noch immer im einzigen Bett im Tal fest im Schlaf, darauf besteht, daß sie das Grab von Gwen und Phryx beschatten muß, damit ihr Geist sie verstärken möge. Annunciata und Nisi spülen in der Küche des Kottage Geschirr und haben dabei Lachkrämpfe. Cindy Ecks, Aloysius und Timothy planschen schulschwänzerisch im Bach.

Attis schaut zu, wie das Bienenvolk, das er gerade eingehaust hat, zu den Backsgenosseneukalypten ausschwärmt. Am oberen

Teil der Halde vorherrschend, sich aber über den Paß bis zum Grat und die feuchten Erosionsrinnen hinunter bis zum Bach ausbreitend, sind sie eine Woche, bevor die Dürre zu Ende ging, aufgeblüht. Die Bienen werden guten Pollen an ihnen sammeln können. Der Honig allerdings ist schwach und dunkel.

Diane Zoshka kommt von hinten an Attis herangeschlichen und legt die Arme um seine Hüften. Sie spürt ihn unter ihrer Berührung steif werden, bevor er ihren Kopf mit einem spielerischen Fesselgriff umschlingt.

»Was willst du?« fragt er und läßt ihre Locken unter seinen Fingern spielen.

»Hör auf! Laß mich los! Ich will nicht, daß du dir meine Haare anguckst. Sie müssen gewaschen werden.«

Pflegespülung, ein weiterer Punkt für die Liste, die von allen täglich ergänzt wird. Streitereien über jedes Anwachsen der Liste nehmen auf den abendlichen Versammlungen viel Zeit in Anspruch.

»Was machst du?«

»Habe gerade dieses Volk eingehaust, Diane. Es ist in der oberen Kiste. Die unterste Kiste ist voll mit Wachsgrund. Ich warte darauf, daß die Arbeiterinnen anfangen, tätig zu werden und die Königin hoffentlich durch das Loch in die neue Wabe einzieht. Wir hätten das eigentlich im Frühjahr tun sollen, als sich das Brutnest ausgebreitet hat.«

»Was ist mit dem Gras vor dem Bienenhaus?«

»Das hat den Zweck, daß sie sich den Weg dadurch erkämpfen müssen. Dadurch fällt es ihnen leichter, sich ihre neue Stelle zu merken.«

»Wissen sie denn nicht, wo sie sind?«

»Sie vergessen es. Viele fliegen zu der alten Stelle zurück. Ich habe sie von einem Baum nicht weit von der Furt geholt, also müssen wir sichergehen, daß genügend hierbleiben, um das Volk lebensfähig zu halten. Aber wir werden diesen Sommer nicht an allen Kästen Bienen sehen.«

»Können sie an ihrer alten Stelle noch weiterleben?«

»Nein. Sie fliegen dort bloß herum, bis sie sterben.«

»Schon verrückte Tierchen.«

»Ja, aber sie arbeiten so hart, sie sind so emsig, sie erinnern mich sehr an dich.«

»Summ. Können wir uns irgendwo hinsetzen und reden? Ich mußte einfach raus aus dieser Küche.«

»Wie wär's denn hier?«

»Nein. Irgendwo bachabwärts. Ich möchte mit dir allein sein. Ich möchte außer Hörweite sein.«

Er hat sie nicht gebeten, erneut mit ihm zu schlafen, daher kann er sich ungefähr denken, was sie mit ihm besprechen will. An der Hand führt er sie an den südlichsten Rand der Ebene, wo eine abgesackte, versunkene Brücke aus flutgeschädigten Stämmen die undeutlichen Überreste des Weges ans farnkrautverpestete gegenüberliegende Ufer andeutet. Ihre Neckereien scheuchen ein paar Schwarzenten auf, die aufflattern, abstreichen und bachabwärts wieder niedergehen. Seit es geregnet hat, ist die Luft feucht, und über der Schlucht ballen sich Haufenwolken zusammen. Dianes Nacken glänzt vor Schweiß, während sie den Kopf in ihre Hände vergräbt. Beinahe jeden Tag zieht am Spätnachmittag ein Gewitter herauf, doch bisher sind sie alle am Tal vorübergezogen.

»Was ist los, Diane?«

»Weißt du das nicht? Kannst du dir's nicht denken? Ich hatte dich für jemand Besonderen gehalten. Ich kann einfach nicht glauben, daß du so gefühllos bist. Was ist so schrecklich daran, miteinander zu schlafen, daß du es nicht ertragen kannst, wenn ich dich jetzt berühre? Ich will sagen, möchtest du, daß ich gehe?«

»Nein. Natürlich nicht.«

»Du hast bei deinen Prüfungen so gut abgeschnitten. Du brauchst mich nicht mehr. Mir ist das egal. Ich meine, ich glaube nicht, daß ich hierbleiben kann, wenn es so weitergeht.«

»Diane!«

»Willst du mit mir darüber reden? Willst du mir sagen, was ich falsch gemacht habe? Ich weiß, es war für dich nicht besonders schön. Ich habe ganz schön geblutet, tut mir leid. Das wird nicht wieder vorkommen. Ich will sagen, es war bloß beim ersten Mal so, Attis. Man kann nicht erwarten, daß es beim ersten Mal gut ist. Paula sagt, bei ihr war es beim ersten Mal schrecklich, und die Jungs sagen alle, daß ihr erstes Mal schrecklich war. Also hab keine Angst, mir nahe zu kommen, okay? Hab ich dich verletzt? Hab ich 'nen schlechten Atem?«

»Diane, bitte!«

»Warum sprichst du mit mir nicht darüber? Du hast seitdem kaum mit mir gesprochen. Ich habe drauf gewartet und gewartet, daß du irgendwas sagst, irgendwas tust, aber du ignorierst mich einfach, und ich kann das nicht länger ertragen.«

»Es tut mir leid, Diane. Es ist nicht dein Fehler.«

»Empfindest du noch immer das gleiche oder nicht? Ich meine, du hast mir doch gesagt, du liebst mich.«

»Ich liebe dich ja auch.«

»Erzähl mir noch mal, wie es für dich war, als wir uns kennengelernt haben, Attis.«

»Beim Rodeo?«

»Während des Kälberfangens. Als ich das Kälbchen gerettet habe.«

»Na ja, ich war überrascht, weil du überhaupt nicht so warst, wie ich es erwartet hatte. Ich hab nicht viel darüber nachgedacht, was passiert war, bis Fergie später anfing, mit Kimberley Witze darüber zu machen.«

»Warst du überrascht, daß ich so was getan habe? Ich meine, hast du gedacht, ich sei sehr tapfer?«

»Na sicher. Du bist sehr tapfer, und eben das mag ich so sehr an dir. Du bist so mächtig tapfer.«

»Ist das alles, was du an mir magst?«

»Nein. Du bist auch sehr ehrlich. Du magst zwar grob wirken, aber das liegt daran, daß du ehrlich bist, und andere sind nicht so tapfer und ehrlich wie du. Das habe ich auch zu Mum gesagt.«

»Bin ich so wie die Mädchen, die du von der Schule her kennst?«

»O nein, du bist ganz anders. Du hast mehr Lebenserfahrung. Ich spüre, daß du mehr verstehst.«

»Stört es dich, daß wir aus unterschiedlichen Verhältnissen stammen? Ich will sagen, hast du Angst, daß meine Familie dich vielleicht nicht mag? Mach dir keine Sorgen. Das sind bloß Spießer.«

»Ich denke eigentlich nicht daran, daß du auch Eltern hast. Übrigens kann ich mir nicht vorstellen, daß ich sie kennenlernen werde. Als ich dieses Volk umgesetzt habe, da dachte ich gerade, ich möchte dieses Tal nie wieder verlassen. Ich habe ein merkwürdiges Empfinden an diesem Ort, nachdem ich auf der anderen Seite des Berges gearbeitet habe.«

»Das ist es, was ich an dir so liebe. Wir alle wollen hier leben, aber wir können es nicht ohne dich. Die meisten Australier würden sich hier nicht heimisch fühlen.«

»Du bist nicht hier geboren, Diane. Die meisten Menschen, die ich kenne, arbeiten im Busch, genauso wie ich.«

»Sie lieben ihn aber nicht so, wie du ihn liebst.«

»Sie lieben ihn, aber sie hassen ihn auch. Wahrscheinlich haben sie ein bißchen Angst vor ihm. Ich dagegen, schätze ich, habe keine, weil ich schon als Kind überall in ihm rumgelaufen bin.«

»Nein, du bist was Besonderes. Ich kam mit Balthazar darauf zu sprechen, und er hat gesagt, daß schon die Art und Weise, wie du durch den Busch gehst, anders ist als alles, was er bisher gesehen hat.«

»Ja, also diese Haare sind anders als alles, was ich bisher gesehen habe.«

»Er hat es als Kompliment gemeint. Was hältst du von Sex, Attis?«

»Hast du keine Angst gehabt? Es muß doch weh getan haben.«

»Meine Liebe zu dir hat mir die Schmerzen genommen. Ich glaube, du bist einfach der allerhübscheste Bursche. Hast du schon mal masturbiert?«

»Wie?«

»Gewichst. Dir einen runtergeholt.«

»O nein. Nichts dergleichen.«

»Die meisten Burschen tun das.«

»So sagt man zwar, aber ich bezweifle es.«

»Ich glaube, für mich ist es, von meinem Verlangen abgesehen, vor allem die Erkenntnis, daß das alles erst durch unsere Liebe geschehen konnte. Verstehst du, wenn wir uns nicht verliebt hätten, Attis, dann wüßte ich nicht, wie diese Kommune, und Att, es wird die erstaunlichste …«

»Diane, ich weiß, ich muß bei dir bleiben, aber ich habe mich so traurig gefühlt, nachdem wir uns geliebt hatten, und schuldig. Ich weiß nicht warum, aber ich kann es anscheinend nicht einfach ignorieren. Nichts scheint mehr zu sein wie früher. Ich fühle mich ausgeschlossen.«

»Ausgeschlossen von was? He, komm schon, du bist überempfindlich. Du bist vom Kind zum Mann geworden, das ist unvermeidlich. O Mann, ich hatte Glück, daß ich dich gefunden habe. Paula muß ja so neidisch sein, mit Brian hat sie ein solches Arschloch. Aber mit dem Sex klappt's gut. Kann eine gute Sache die Belohnung für eine schlechte Sache sein?«

»Ich bin nicht sehr gut beim Sex. Ich habe das Gefühl, ich komme damit nicht zurecht.«

»Du wirst dazulernen. Wir beide werden das. Magst du meinen Körper leiden?«

»Ja, sehr.«

»Dann berühr mich hier. Na, mach schon! Hier, an der Innenseite meines Schenkels. Spürst du, wie weich ich bin, Attis? Streichle mich.«

»Das bist nicht wirklich du, Diane. Ich muß mit deinem wirklichen Ich zusammen sein.«

»Dann hab Spaß mit mir, in drei Teufels Namen! Bin ich so schrecklich? Ich wette, andere Burschen würden mich gern bumsen. O Att, es dient alles dem Wohl der Welt. Andere mögen in dieses Tal kommen und wieder gehen, aber du und ich, wir werden bleiben, Mann, und wir werden beweisen, wie Menschen ohne Gesetze zusammenleben können.«

»Glaubst du, daß jeder mit jedem bumsen sollte, so wie Nisi sagt?«

»Sie hat bloß Angst, ausgelassen zu werden. Wir reden ihr das schon aus. Zieh deine Sachen aus, Att. Na los.«

»Ist heute Mittwoch? Ich muß bis zwölf wieder zurück am Haus sein. Heute ist der Kampf angesetzt.«

Attis MacAnaspie: Wäre er in Sydney aufgewachsen, könnte ich ihn mir als Homosexuellen vorstellen. Im Fall passiver Menschen ist meines Erachtens die entscheidende Frage die, wer als erster die Initiative ergreift.

Die Tätigkeiten in der Ebene und im Tal im allgemeinen enden gegen elf, als das ungedämpfte Dröhnen von Darryl MacAnaspies größerem Geländemotorrad zu hören ist, das sich durchs Gestrüpp windet. Fiona erwartet Fergus in der Höhle, und das muß er jetzt sein, knapp einen Kilometer hinter Darryl.

»Komm schon!« ruft Rude Boy zu Timothy, und gemeinsam mit Cindy rasen sie aus dem Klassenzimmer. Annunciata schimpft ihnen hinterher, doch vergeblich. Vom Küchenfenster aus schaut Nisi zu. Sie hat sich gerade über die Blechtassen hergemacht, die vor Rattendreck stinken.

Horrie und Iris sind voller Angst, wenn Darryl keine bezahlte Arbeit hat. Dann endet er stets im Krankenhaus oder vor Gericht.

Ohne einen Helm zu tragen und dabei, den Choke zu ziehen, um die Vergaser mit dem angereicherten Gemisch absaufen zu lassen, hängt er gebeugt über dem Tank und redet mit seinem Sattelkissen, als Fergus endlich zu ihm aufschließt. Die Absprache lautete, ihre Motorräder zur gleichen Zeit auf die höchste Stelle der Piste zu bringen, doch dies hier ist nicht die höchste Stelle. Darryl sitzt auf Sunrise Lookdown, einem Stück völlig nackten Sandsteinfelsens, der in die Schlucht hinausragt, die Stelle, an der Kimberley Moon sich seines handgenähten Sattels entledigt hat. Von Sunrise Lookdown aus hat man Ausblick auf die Ebene und kann den Rutsch-aufm-Arsch-Paß einigermaßen sehen, zumindest ebensogut wie von anderswo. Darryl brüllt in Smittys Ohr und fuchtelt mit einer Zigarette in der Luft herum, als Fergus an seinem Motorrad die Zündung abstellt und es auf den Ständer bockt.

»Mach schon«, ruft Fergus, »hör auf, hier rumzutrödeln! Keine Zeit für die Aussicht.«

Smitty, der eine Axt im Arm wiegt, hat den Vorteil, daß Mehmed gezwungen sein wird, sich das Dröhnen der Motorräder eine gute Stunde lang anhören zu müssen.

»Na los!« ruft Fergus und versetzt Darryls Reifen jetzt einen Fußtritt. »Beweg deinen fetten Arsch mal 'n bißchen.«

»Halt dein häßliches Maul, Daddys Boy. Siehst du nicht, daß ich nachdenke?«

Zwei Minuten vergehen. Darryl nimmt die Sonnenbrille ab und wischt sich Grimassen schneidend den Schweiß aus den Augen.

»Ich schätze mal, ich könnte diese Piste runterfahren. Bist du dabei, Smitty, alter Kumpel?«

»Warum nicht?« Ein Mann muß entschlossen sein, seine letzten Augenblicke auf Erden auszukosten. Fergus schüttelt bloß den Kopf und läßt sein Motorrad bei der fetten Fiona.

Adam Lindsay Gordon ist einmal mit dem Pferd über den Zaun am Rand des Blue Lake bei Mount Gambier gesprungen. Jim Barron aus Grassy Gully ist vom Barrons-Paß die Ettrema-Schlucht nach Cooee Flat hinuntergeritten. Doch noch keiner ist bisher mit einem Motorrad den Rutsch-aufm-Arsch-Paß hinuntergefahren, was insofern ungewöhnlich ist, als daß er einem trokkenen Grat folgt, nicht einer feuchten Rinne. Der kleine Rodeo-Clown, Fluppe im Mund, zwergenhaft gegenüber dem Ding zwischen seinen Beinen, beginnt die Abfahrt, während Smitty auf dem improvisierten Kissensitz kerzengerade dasitzt. Smitty hat die Anweisung, jede von Darryls Bewegungen mitzumachen, doch als er an der ersten Biegung herunterfällt und Darryl sich nicht einmal umschaut, ist es Smitty klar, daß er keine andere Wahl hat, als wieder hinaufzuklettern und sich zu Fergus zu gesellen.

Der Lärm, den Mehmed vom Hain aus hört, ist der eines aufgemotzten, ungedämpften sechshundertfünfziger Zweitakters mit dem Kontrast zwischen plötzlichem stoßartigem Vollgasgeben und bedeutungsvoller Stille. Eine große Schar von Reptilien, Ziegen, Vögeln und Wallabys ist vor Darryl wie vor einem Buschfeuer auf der Flucht. Der Lärm ist höllisch, der größte Lärm, der in der Ebene zu hören ist, seit damals beim Felsrutsch die Schlucht einstürzte.

Über die Ebene flitzend erschauern Aloysius und Timothy bei jedem Stottern des bisher unergründetes Terrain erschließenden Motorrads, während Darryl sechshundert Meter über ihnen im Stehen über das lose Gestein kurvt, so gut es eben geht. Oftmals, wenn er spürt, daß das Hinterrad die Haftung verliert, macht er einen schnellen Schlenker und kriecht dann wieder ein Stück bergauf.

Als er den steilen Mittelabschnitt des Sattels erreicht, von dem aus er die Stromschnellen sehen könnte, wenn er zu seiner Linken geradewegs nach unten blickte, und, wenn er direkt nach oben schaute, die sich auftürmende Steilwand des Tafelbergs über ihm, getraut er sich aus Angst vor einem Überschlag nicht, die Vorderradbremse zu benutzen, und er getraut sich aus Angst vor dem Blockieren und seitlichen Wegrutschen nicht, die Hinterradbremse zu benutzen, wie interessant. Was könnte er tun? Fergus kam der Gedanke, die Maschine auf die Seite zu legen und sie auf dem Tank weiterzuschieben, statt dessen aber geht Darryl mit der ihm eigenen Halsstarrigkeit aufs Ganze, gibt Vollgas, damit die Reifen wieder greifen, und dann ist er von der Piste herunter und schießt durch die Grasbäume. Nachdem er die Kontrolle weitgehend verloren hat und jedes einzelne Hindernis nimmt, so wie es gerade kommt, ist er vorübergehend der elenden Langeweile seines Alltagslebens enthoben. Der Tod streckt unzählige Hände aus: unbelebte und pflanzliche.

Unten hören sie die Protestschreie des Unterholzes, wenn es von der hinabstürzenden Maschine durchquert wird, das Rumpeln, wenn sie von einem Baum abprallt und den Zusammenstoß auf wundersame Weise übersteht, schmerzlich das Dröhnen des Motors, wenn Darryl unerwartet Bodenkontakt bekommt und vergeblich darum kämpft, ihn zu behalten; doch je weiter hinab er kommt, desto schneller geht es voran. Eine Wurzel, die sich im Absatz seines linken Stiefels verfängt, reißt ihm diesen glatt vom unbesockten Fuß, was schon etwas heißen will. Schließlich hat er es geschafft und landet, nachdem er eine drei Meter hohe Akazie übersprungen hat, in der Ebene und kommt in einem Regen von Erdklumpen und einem Schauer von Benzin schleudernd zum Stehen. Die erstaunte Versammlung, zu der inzwischen auch Nisi und Annunciata und Attis und Diane und Balthazar gehören, nicht aber, wie Darryl bedauernd feststellt, Monica, erwartet ihn stillschweigend.

»Ich kann's noch so sehr versuchen«, beklagt er sich an Timothy gewandt, »aber ich krieg die Maschine einfach nicht umgeschmissen.« Dann, als er versucht abzusteigen, bricht er zitternd zusammen und ist beim Anzünden einer Zigarette auf Hilfe angewiesen. Er sitzt noch immer unter einem Quandongbaum und raucht und schwatzt mit Aloysius, als Fergus und Smitty wieder auftauchen. Danach ziehen die Leute vom Berg am Rand der Ebene entlang ab, und als Balthazar versucht, sich ihnen anzuschließen, bekommt er gesagt, er solle sich verziehen.

Von Schrecken erfüllt sind die drei MacAnaspie-Brüder noch vor Einbruch der Dunkelheit wieder in der Ebene. Fergus und Attis stützen Smitty, der eine blutgetränkte Schlinge trägt. Sein Arm ist schwer verletzt, beinahe abgetrennt. Der Schritt seiner Moleskin-Hosen ist ebenfalls rot vor Blut, doch er kann gehen, wenn es auch schmerzt. Darryl, von seinen vormittäglichen Anstrengungen noch mitgenommen, schluchzt, als er nach seinem Motorrad langt, das nicht anspringen will, und er sitzt noch immer darauf und röchelt, als Fergus und Attis den flachen Anstieg beginnen. Attis hält an, um einen Zettel aufzuheben, der oben auf der Steinpyramide liegt. Es ist eine Bitte von Eugene Ecks um eine Schachtel mit Plastiktrinkröhrchen in vier verschiedenen Farben.

»Was ist passiert, Darryl?«

Die Frauen haben von Diane, die unter der strengsten Auflage stand, nichts davon zu erwähnen, von dem Kampf erfahren. Darryl schüttelt bloß den Kopf.

Mehmed ist schon bald zu sehen, wie er, sein Zelt auf dem Rücken, die Piste entlang auf dem Weg zum Plateau ist. Er hält Smittys blutbefleckte Axt in der einen Hand, und der Uncle-Sam-Zylinder sitzt auf seinem Kopf; der Zylinderhut, den er voller Verachtung nach Darryl schleudert, als er die Steinpyramide passiert, und Cindy eilt herbei, um ihn aufzuheben.

»Ich komme wieder«, mahnt Mehmed.

Wenn Darryl nicht darüber reden kann, was passiert ist, so können Paula und Brian nicht einmal hinsehen. So erschüttert sind sie über den Verlust von Mehmeds Zelt, nach dem sie stets gelechzt hatten, daß sie an jenem Abend, in eben jener Nacht zum Rest ihrer Familie zurückkehren.

Auf der nächsten Vollversammlung steht »Energie« als Diskussionspunkt auf der Tagesordnung.

Kein Anschluß im Tal. Kein Strom, kein Wasser, keine Abwasserleitung, kein Telefon, kein Gas. Keine Zufahrt. Keine Straßenlampen. Es ist finster.

»Wir haben zwei intakte Batterien. Eine halten wir immer aufgeladen, indem wir sie regelmäßig wechseln, und wir lassen den Bus oben am Paß geparkt.«

»Ja, und ich weiß schon, wer die Batterien immer rauf und runter tragen muß.«

»Das könnte ein Esel machen.«

»Wem sagst du das. Aber könnte er auch die Batterie in den Bus einbauen?«

»Wir können von Glück reden, daß die andere Batterie nicht ganz und gar hin ist.«

»Ein paar von den Platten sind gerissen.«

»Es ist einfach so unpraktisch, den Bus zum Aufladen der Batterie zu benutzen. Ich will sagen, wir haben da, wieviel hat er, fünfzig PS?«

»Siebenundfünfzig.«

»Und so 'nen großen Esel benutzen wir, um 'ne Zwölf-Volt-Batterie zu laden, das ist doch lachhaft. Denkt nur an den Verschleiß des Wagens, vom Sprit gar nicht zu reden. Benzin kostet, Mann! Es kostet den Planeten.«

»Wir haben nur das, was im Tank war, und glücklicherweise war er voll, plus den Reservekanister, den ich vollgemacht hatte, der aber jetzt leer ist. Wieviel ist noch im Tank drin?«

»Nicht viel.«

»Ein Esel könnte das Benzin herbeischleppen.«

»Könnte er aber auch das Benzin bezahlen, Nisi? Denn wir haben kein Geld.«

»Ich bin auf Nisis Seite. Was ist denn mit diesen Batterien? Zählt es denn nicht, was Frauen denken? Ihr Männer wollt bloß eure blöden Probleme schaffen und eure endlosen blöden Spiele spielen. Paula und ich benutzen Petroleumlampen nur zu gern. Stimmt's Paula?«

»Wir haben aber keine Petroleumlampen, Diane. Und wo ist denn das Petroleum dazu?«

»Es gibt so viele Lampen auf Wonderview. Horrie hat gesagt, wir könnten uns welche ausleihen.«

»Aladinlampen. Sie sind gar nicht so schlecht. Hundert Watt. Hübsches weiches Licht. Sie gehen natürlich kaputt, und sie laufen aus, und sie stinken, aber sie sind okay. Wir haben sie früher zu Hause benutzt.«

»Aber wir können kein Petroleum herstellen, Att. Haben wir etwa Ölschiefer im Tal? Ich glaube nicht.«

»Soweit also zu Wachskerzen.«

»Wir haben nicht genug Wachs für zwölf Monate.«

»Ich mag diese Aladinlampen nicht. Sie flackern die ganze Zeit, und man muß sie immer auf gleicher Höhe halten. Man kann sie nicht umhertragen. Man kann sie nicht mit nach draußen nehmen. Ein Schlenker mit den nassen Händen vom Ausguß, und das Glas bricht. Sie verrußen, und ihr Glühstrumpf strahlt so viel Hitze aus, daß die Farbe Blasen zieht. Was wir brauchen, sind Sturmlaternen, Tilleylampen. Die, die man umhertragen kann. Stimmt zwar, sie müssen mit Spiritus vorgeheizt werden. Das heißt aber bloß, wenn wir von dem Geld, das wir für unsere Wachskerzen kriegen, Petroleum kaufen, dann kaufen wir eben auch ein bißchen Spiritus mit. Kein Problem.«

»Habt ihr irgendwelche Tilleylampen, Att?«

»Sind das die aus Nashville? Wir haben die aus Nashville. Aladinlampen, glaube ich.«

»Okay. Ich schätze mal, damit wäre dein Vorschlag durchgefallen, Hollywood. Wir haben keine Tilleylampen, die wir uns ausborgen könnten.«

»Ich kann das einfach nicht glauben. Bestand die Idee, hier zu leben, nicht darin, mit dem auszukommen, was wir selbst herstellen können? Kohle! Holz! Okay, es ist ganz aufregend, wenn man hier im Sommer dasitzt und zum Sehen nichts hat als das Feuer, aber ich höre keine Klagen. Und später, da haben wir unsere Kerzen, und die werfen einen so lieblichen Schein.«

»Ja, schmeichelhaft für ältere Frauen. Seien wir doch ehrlich und geben wir zu, es ist nicht das Licht, wofür wir die Batterien brauchen, es ist der Kassettenspieler. Es gibt keine Musik hier. Es macht mich ganz verrückt. Ich kann ohne Musik nicht leben.«

»Ja, ohne Musik ist es langweilig.«

»Langweilig? Es ist absolut beschissen. Ich glaube, wenn das

Radio noch im Wagen wäre, dann wäre ich das Phantom, das die Batterie leermacht.«

»Wo ist das Radio, Ginnsy? Hol es umgehend her und stell es sofort an.«

»Ich dachte, wir hätten gerade beschlossen, den Bus nicht den ganzen Tag den Paß rauf und runter und in der Ebene hin und her fahren zu lassen. Nein, es muß 'ne effektivere Möglichkeit geben, die Batterie aufzuladen. Da stimme ich zu.«

»Nisi? Hallo, Nisi? Wann kommen deine Esel zum Einsatz?«

»Sobald ich die Möglichkeit habe, ihre Sättel fertigzumachen.«

»Tut mir leid, Diane! Wir hätten Nisi heute bei den Küchenschränken helfen sollen. Ich komme mir vor, als hätte ich euch im Stich gelassen, Nisi.«

»Ihr seid beide viel zu sehr damit beschäftigt, schwanger zu werden, um für irgend jemand 'ne Hilfe zu sein.«

»Ich wünschte mir, es gäbe 'ne Möglichkeit, den Bus aufzubokken und trotzdem den Luxus von Musik zu genießen.«

»Das ist eine Notwendigkeit, Mann. Eine Notwendigkeit.«

»Okay, eine Notwendigkeit. Außerdem gibt es alle möglichen modernen 12-Volt-Geräte für Caravans.«

»Oh, ihr macht mich krank. Warum geht ihr nicht wieder in die Stadt zurück, wo ihr hingehört?«

»Da ist noch der Pumpenmotor, von dem ich weiß, wie er angeworfen wird.«

»Warum bitten wir nicht Darryl, den tragbaren Sunshine-Motor runterzubringen?«

»Prima Idee. Aber warum nicht gleich 'nen nagelneuen Mähdrescher? Denn wenn wir mit den Zahlungen in Rückstand kommen, wer kann uns den schon wieder wegnehmen?«

»Wie groß ist der Pumpenmotor, Ginnsy?«

»Das ist ein Ronaldson-Tippett mit drei PS.«

»Prima! Das ist schon besser als siebenundfünfzig. Rechnen wir das mal aus, Mann. Wie schnell ist ein etwas erhöhter Leerlauf beim Bus?«

»Oh, so etwa neunhundert.«

»Okay. Neunhundert Umdrehungen pro Minute liefern etwa

vierzig Ampere Ladestrom; die Batterie hat hundert Amperestunden, das heißt hundert durch vierzig, das macht zweieinhalb Stunden. Zweieinhalb Stunden! Den Strom für Zündung und Spule nicht mitgerechnet. Jeden Tag zweieinhalb Stunden den Paß rauf und runter und in der Ebene hin und her fahren, bloß um die Batterie aufzuladen. Aber wenn wir die Pumpe benutzen, können wir die Feldfrüchte bewässern, den Tank auffüllen, Bäume wässern. Denkt mal drüber nach.«

»Ah, hör doch auf! Es ist mein Bus!«

»Ich frage mich, wie schnell der Pumpenmotor wohl läuft. Wahrscheinlich so dreieinhalbtausend Umdrehungen. Okay. Nehmen wir mal an, der Generator liefert uns bei dreieinhalbtausend Umdrehungen am Ausgang einen Strom von fünfundfünfzig Ampere, reich mir doch mal bitte das Papier rüber, Grainger.«

»Paula. Kommst du bitte mit und hilfst mir Kaffee und Tee kochen? Na, komm schon.«

»Können wir in diesem Tal Kaffee und Tee anbauen?«

»Okay. Also vierzehn Volt, das sind zwölf Volt plus zwei Volt fürs Laden, das ist fünfundfünfzig mal vierzehn, das sind 770 Watt, was ungefähr einem PS entspricht. Wir haben aber drei PS, also können wir beide Batterien laden! Und es dauert bloß hundert durch fünfundfünfzig, das sind knapp zwei Stunden, na gut. Ihr stimmt doch zu, daß das effektiver ist. Morgen werde ich den Pumpenmotor überprüfen.«

»Ja, ich weiß, wie man ihn anläßt.«

»Ja, er weiß, wie man ihn anläßt.«

»Man muß beim Anlassen vorsichtig sein, Mann, sonst könnte man schrecklich verunglücken. Man wird einen schrecklichen Unfall haben. Phryx hat einen schrecklichen Unfall gehabt. Nur, daß es kein Unfall war.«

»Aber wir müssen unseren Bus auf der Straße lassen, Mann. Er ist unser Maskottchen. Er hat das Tal entdeckt.«

»Ich dachte, Att hätte 'ne Ahnung gehabt, daß es hier ist.«

»Und vor ihm, da waren die Aborigines. Vergeßt nicht die Aborigines.«

»Werd ich nicht. Ich habe das Empfinden, daß ich in Zukunft immer mehr an sie denken werde.«

»Okay. Das heißt bloß, daß jemand die Aufgabe zugeteilt bekommt, die Batterie und den Generator und den Regler immer wieder in den Bus ein- und auszubauen. War der Regler im zweiten Bus nicht noch in Ordnung?«

»Ist im Arsch.«

»Ach, hört auf, das reicht für dieses Meeting! Kann ich davon ausgehen, daß wir alle Olafs Vorschlag zustimmen? Gut. Können wir uns jetzt bitte etwas Musik anhören?«

»Wir könnten schon, wenn ich nicht die Bänder vernichtet hätte, weil ich dieses Teufelszeug nicht ausstehen kann. Die Kräfte des Bösen, Mann. Man muß wachsam sein.«

»Was soll man dazu noch sagen? Warum nur, Mann? Warum?«

»Ich bin fürs Radio.«

»Der Empfang ist schlecht, weil wir unten in diesem Tal sind. Mal hat man Empfang, mal hat man keinen, was übrigens durchaus interessant ist.«

»Wie haben sich die Pflanzen heute gemacht, Mann?«

»Gut! Zwei weitere kleine Blättchen an Eric. Ich bin mir ziemlich sicher, das er männlich ist.«

»Was für 'n Reinfall.«

Brian versteht nicht, wie Paulas Vergangenheit ihn mit solcher Existenzangst erfüllen kann, doch es ist so; und ebenso wie ein gescheiter Drogensüchtiger, fasziniert von den Einsichten in das Wesen des Bewußtseins, die zu erlangen er sich einbildet, sich dann, wenn er nicht mehr von irgend etwas fasziniert ist, angewöhnt haben wird, sein Laster als eine Form von legitimer gelehrter Erkundungsreise zu betrachten, so wird Brian, der bei seltenen Gelegenheiten in der Lage ist, sich vom endlosen nachempfindenden Aufsagen von Paulas intimsten Enthüllungen zu lösen, sich veranlaßt sehen, seine Eifersucht in ähnlicher Weise zu prüfen, wie ein Pathologe möglicherweise nachdenklich das Messer betrachtet, mit dem er sich soeben verletzt hat.

Worin liegt das Wesen seiner Zwangsvorstellung? Warum gibt es sie? Worin besteht, falls es eine solche gibt, ihre biologische Rolle, und wie bewirkt sie den Schmerz, den sie hervorruft? Wenn er das nur wüßte.

Nach Freud und dem lamaistischen Buddhismus ist Eifersucht der Schlüssel zur Wiedergeburt.

Paula, die ihre arglose Offenheit bereut, versucht jetzt, die Angelegenheit zu beschönigen, doch der vordergründige Prozeß, durch den die Unzucht auf das Niveau eines verpatzten Mitnahmegerichts reduziert werden soll, wird auf Grund seines paradoxen Einflusses auf das Gedächtnis zunichte gemacht. Und wenn Handlungen, die die intimsten Körperteile entblößen, und Koseworte nichts bedeuten, was von dem, was zwischen Mann und Frau vorgeht, soll denn dann noch irgendwelche Bedeutung haben? Ein semantischer Frevel. Welchen Grund hat Brian zu empfinden, daß der Prozeß notwendigerweise in ihm selbst endet? Er spürt natürlich, daß der Prozeß notwendigerweise in ihm selbst endet. Seine Eifersucht, die sich auf andere Männer im Tal bezieht, hat er jetzt unter Kontrolle, so glaubt er jedenfalls. Vorausgesetzt, er empfindet Paula gegenüber etwas »Besonderes«, wird er dann nicht vielleicht durch diese Auffassung in die Irre geführt? Wenn das so ist, was hat ihn dann in die Irre geführt? Es gibt jetzt nichts mehr, was Paula mit irgendeinem Mann machen könnte, das sie nicht schon einmal getan hätte, keine Koseworte, die geäußert werden könnten, die ihr nicht schon einmal über die Lippen gekommen wären. Und ist es nicht durch unsere Worte und Taten, daß wir für andere existieren, wenn nicht gar für uns selbst? Falls Gott von außen auf uns wirkt, werden wir dann nicht am Tag des Jüngsten Gerichts überrascht sein? Falls er jedoch stets in uns ist, wie kommt es dann, daß uns nicht vergeben werden kann?

Warum sollte irgend etwas davon eine Rolle spielen? Ist die Zeit eine Illusion? Ändern sich Menschen nicht? »Nur der, der nicht liebt, steckt in den Fesseln des Zwangs« (Mevlana). Häufig kann Brian die logische Stärke von Paulas Behauptung erkennen, daß das, was sie getan hat, bevor sie sich kennengelernt haben, ihn im Grunde einen Dreck angeht, obwohl in Wirklichkeit die Tatsache, daß er nicht dabei war, ein ausreichender Grund ist zu verzweifeln. Er hat festgestellt, daß Frauen im Gegensatz zu Männern wenig Zeit damit verschwenden, über das Sexualleben in der Vergangenheit ihres Partners nachzugrübeln. Doch die Vorspiegelung der Vernunft, die treibende Kraft zu sein, die von der Liebe verlacht wird, wird durch die Eifersucht widerlegt. Der Schmerz, den ein Mann empfindet, während er über die unerlaubte Sexualgeschichte seiner Liebsten nachdenkt, wird im großen und ganzen nicht von der Angst hervorgerufen, sie könnte womöglich wieder in Promiskuität verfallen; nein, sie hat keine solche rationale Prämisse. Hätte ein Mann, der nie Leidenschaft empfunden hat, überhaupt ein Interesse an der Vergangenheit einer erwachsenen Frau? Würde er es nicht eher vorziehen, jenes magische Reich, in dem Eros sich rührt, erneut aufzusuchen, jene Jahre von etwa vierzehn bis neunzehn, wenn die Welt strahlend und betörend ist?

Das war die beste Zeit, denkt Brian. Dieses Bedürfnis, uns vergangener Liebschaften zu entledigen, ist eine grundlegende Motivation, um sich neuen zuzuwenden.

»Brian? Schläfst du? Ich spüre, daß du wach bist und wieder grübelst.«

Die Hauptpersonen: Ich vermute stark, daß Eunuchen nicht das gleiche Interesse an technischen Dingen haben wie Männer. Daher war die Technik im Land der Ewig Jungen in dem Maße, wie die Männer alterten oder zu Eunuchen wurden, zum Untergang verurteilt.

Heute gibt es im Tal kein solches Problem mehr. Darryl hängt am Stromnetz. Er hat eine Mikrowelle und eine große Fernsehantenne. Zum Teufel mit der Windmühle, den selbstnachführenden photovoltaischen Zellen, die an die parallelgeschalteten Batterien angeschlossen werden.

58

Das Fällen der Riesenzeder. Die Dürre ist beendet. Smittys schreckliches Schicksal.

Nachdem er die zum Fällen bestimmte Zeder inspiziert und sie aus jedem erdenklichen Winkel begutachtet hat, gesteht Darryl ein, daß ein Baum wie dieser eigentlich nur von Smitty präzise gefällt werden kann. Und Smitty wird diesen Baum nicht fällen, weil er den Distrikt verläßt.

»Ja, sie haben zwar sein Wasserwerk wieder in Gang gebracht, aber er kann jetzt nicht mehr im Stehen pinkeln.«

»Überrascht mich nicht. Wie steht's mit Dads großer Schrotsäge, mit der, die quer übers Dach reicht?«

»Damit muß man umzugehen verstehen, Freundchen. Ich will doch nicht das ganze Wäldchen fällen.«

»Ich rede mal mit Dad.«

»Würde ich nicht tun. Was läßt dich glauben, daß er's dich tun läßt? Oh, ich weiß, er läßt bei dir keinen Wunsch offen, aber was wäre das als Nutzholz schon wert? In dem Burschen stecken doch nur 'n paar Klafter. Reicht wahrscheinlich gerade aus, um 'nen Hubschrauber anzuheuern und das Ding rauszuheben.«

»O nein, das muß das Holz für unsere Versammlungshalle werden.«

»Sagt wer? Ich sehe noch nicht, wie man diesen Baum rausnehmen kann, ohne jenen zu fällen.«

»Wie wär's, wenn ich raufklettere und zuerst die Krone abwerfe?«

»Du machst Witze. Hier steht genug gutes und leicht zugängliches Nutzholz. Wie wär's mit dem Bestand an Schwarzakazie dort? Was, hast du Angst, Hartholz zu bearbeiten?«

»In dem ganzen Bau wird kein einziger Nagel sein, wie Eugene sagt, Darryl.«

»Alles nur gekehlt und gezapft?«

»Nein. Wahrscheinlich werden wir die Winkel an den Kuppelstreben mit der Dechsel behauen und sie anschließend glatthobeln. Elektrowerkzeuge können wir sowieso nicht verwenden. Kein Strom. Schade, daß wir keinen Generator reinbringen können; in der Familie herrscht einfach das Gefühl vor, dies sei der richtige Baum für die Halle.«

»Warum mußt du eigentlich alles für sie tun?«

»Es ist doch bloß, bis sie sich eingerichtet haben. Glaubst du, daß Smitty wieder in Ordnung kommen wird? Ich fühle mich ein bißchen schuldig an der Sache.«

»Ich hab gehört, er will uns nicht mehr kennen. Muß uns wohl dafür verantwortlich machen, daß es alle erfahren haben, aber 'ne solche Sache kann man eben nicht verborgen halten, selbst wenn man keine Anzeige erstattet. Wie konnte so 'n Ding nur passieren, ey? Ich wär am liebsten tot. Ich kriege noch immer Alpträume davon, na ja, was hilft's. An der Zeit, Monica zu besuchen. Ich will zur Abwechslung mal was Angenehmes träumen.«

»Sie ist 'ne verheiratete Frau, Darryl.«

»Hab auch nie behauptet, daß ich ihre Rechnungen bezahle! Sie hat mich gebeten, ihr das Tal zu zeigen, Attis. Ach, es ist, als ob ein Traum wahr geworden sei, ihr das hier zu zeigen. Das reißt doch 'ne Scheißhaustür glattweg aus den Angeln.«

»Wie meinst du das?«

»Wenn du das nächste Mal in der Werkstatt bist, frag doch mal, ob du die Toilette benutzen kannst. Großes Bild von Monica an der Innenseite der Tür. Ich muß es schließlich wissen, hab's selbst hingehängt. Hab zu Hause auch die Zeitschrift, allerdings kleben die Seiten alle aneinander. Na ja, sie ist schon immer mein Lieblingsausfaltbild gewesen. Ich war jahrelang in sie verliebt. Und wenn man sich vorstellt, daß ich sie heute leibhaftig sehe! Warum können wir nicht solche Frauen hervorbringen, anstelle dieser Vogelscheuchen mit eingezogenen Schultern, die allein leben und sich hundert Ziegen und 'n Gewehr halten? Ich bin mir nicht sicher, ob ich wieder zur Arbeit zurück will. Könnte 'ne Gefahr für mich und andere darstellen, ja. Bin wohl 'n bißchen aufgegeilt.«

»Du bist schon immer 'ne Gefahr für dich und andere gewesen, Darryl. Ich glaube, das wirst du auch immer sein. Ich frage vielleicht Dad, ob er mal herkommt und sich den Baum ansieht. Er hat schon immer gesagt, daß er mal herkommen wollte.«

»Nach deinen Prüfungsergebnissen wird er alles für dich tun. Ist den ganzen Tag in der Stadt rumgelaufen, bloß um Glückwünsche entgegenzunehmen. Ich muß jetzt los. Wie seh ich aus? Wenn ich nur meinen anderen Stiefel und 'n paar saubere Klamotten zum Anziehen hätte. Meine Plünnen haben 'n bißchen gelitten, als ich mit dem Motorrad hier reinkutschiert bin. Hab auch meine Sonnenbrille verloren.«

»Wann willst du das Motorrad wieder rausbringen?«

»Weiß nicht. Laß es vielleicht erst mal hier. Was schätzt du, ob der alte Studebaker es wohl hier runter schafft?«

»Daran solltest du nicht mal denken, Darryl.«

Darryl MacAnaspie: Mit nur einem Stiefel an den Füßen. Wozza meint, die Männer auf der Piste trügen immer bloß eine Sandale. Zum Rodeo borgten sie sich Stiefel aus, und die Eunuchen gingen barfuß.

»Was machst du da, Diane?«

»Ich sammle Pilze.«

Paula und Diane Zoshka durchkämmen die Ebene und suchen in den Kuhfladen nach Wiesenchampignons. Die Goldkappenpilze und die Blauen Schäblinge haben die Burschen schon alle gewissenhaft eingesammelt. Beide Mädchen sind barfuß, Diane in Jeans, Paula in einem leichten Baumwollkaftan.

»Ich meine, was fangen wir eigentlich mit unserem Leben an?«

»Wir führen ein Experiment durch. Versuchen zu leben, damit das, was wir mit unserem ›Leben‹ anfangen, weniger bedeutsam erscheint.«

»Und was, wenn es nicht klappt?«

»Du kannst ja gehen. Keiner muß hierbleiben.«

»Aber glaubst du, daß wir hier die richtige Mischung haben?«

Sie hören das Zicklein blöken. Cindy hat in der Nähe der Steinhalde ein Zicklein gefunden und es mit ins Haus gebracht. Doch es gibt keine Flasche, mit der man das Zicklein füttern, und keine Milch, mit der man die nichtvorhandene Flasche füllen könnte.

»Die Leute in der Familie, ich mache mir Sorgen, daß, von dir abgesehen, keiner im mindesten idealistisch zu sein scheint.«

»Alle sind sie voller Ideale. Es liegt bloß daran, daß die meisten von uns Australier sind. Manche können ihren Idealismus zeigen, andere eben nicht.«

»Monica sehe ich nicht grade als idealistisch an. Sie wirkt auf mich wie 'ne opportunistische Kuh. Weißt du noch, wie sie mich nicht ansehen konnte? Sie mußte wohl gerade mit Brian geflirtet haben.«

»Es ist ein neuer Anfang hier, Paula. Wen kümmert's, was die Leute mal gewesen sind? He, da ist einer!«

»Das ist ein Bovist.«

»Boviste kann man auch essen. Bloß Fliegenpilze kann man nicht essen.«

»Leg ihn extra.«

»Wir brauchen 'ne hübsche altmodische Kuh, Paula. Pilze ohne Butter, igitt!«

»Diane, ich werde schon von dem Kartoffelpüree, das wir zu jeder Mahlzeit essen, so fett, daß ich mir vorkomme, als wollte man mich zum Schlachten mästen. Auch sollte ich mal zum Frauenarzt gehen.«

»Warum, fühlst du dich unwohl?«

»Nein, aber ich sollte bestimmt viel abwechslungsreicher essen.«

»Heute abend Champignons, frisch vom Feld. Was ist an frischen Champignons unrecht? Ich wette, das sind die besten, die du je gegessen hast. Die sind bestimmt nicht so wie die vom Gemüsehändler, die aussehen, als kämen sie gerade von irgend jemands Misthaufen. Ich finde es prima, daß wir Nahrungsmittel und solches Zeug nicht einfach als selbstverständlich vorhanden ansehen können.«

»Ich will nicht auf dem Erdboden, unter irgend 'nem Fahrzeug mein Kind zur Welt bringen.«

»Ich garantiere dir, du wirst es am besten Ort zur Welt bringen, den es dafür gibt. Wahrscheinlich wirst du es im Bach machen, in der Hocke. Es heißt, in der Hocke geht es am besten.«

»Bist du eigentlich niemals niedergeschlagen, Diane?«

»Ich lasse nicht zu, daß ich niedergeschlagen bin. Ich werde von einer Vision getragen.«

»Wie wird das mit dir, wenn die Dinge hier nicht so laufen? Du wirst bald schwanger sein.«

»Ich sorge schon dafür, daß sie richtig laufen. Ich sehe die Leute hier als ungeformt an, mit Ausnahme von Attis, und ich muß mit Attis nochmal darüber reden, was für einen Profit Holzspäne eventuell abwerfen könnten. Es stört mich nicht im geringsten, daß jeder schon mal irgendwas vermasselt hat; was sollte man auch erwarten? Bei dem Leben, das sie geführt haben, Paula! Barbara hat mir erzählt, daß Malcolm Muggeridge meint, Armageddon sei nahe. Er muß zur Abwechslung wohl mal recht haben. Wir wurden in diesen abscheulichen, sterilen Städten geboren, in diese entsetzlichen quadratischen Kisten verdammt, um uns dem Massenkonsum zu widmen und unser Leben im Fall von Männern damit zu verbringen, in sinnlose Kriege zu ziehen oder im Fall von Frauen damit, blödsinniges Zeug zu lesen. Guck dir den Mist an, den unsere Mutter liest! Wenn wir nur jemand wie Richard Walsh kriegen könnten, um *Woman's Weekly* zu leiten. Wir wissen zwar, daß das Leben nicht so sein sollte, aber uns fehlt der Mumm, die Dinge herauszufordern, weil es niemand ertragen kann, die Wahrheit zu hören, Paula. Das hier ist einfach ein Versuch, die Welt zu verändern. Die Menschen tun das überall. Wenn wir es an einem Ort schaffen können, dann können wir es überallhin verbreiten.«

»Aber alles geht so langsam.«

»Hab Geduld, Paula. Es braucht Zeit, um eine ganze Zivilisation zu zerstören. Aber es gibt auch Entschädigungen dafür. Schau mal um dich. Ist das nicht einfach der wunderschönste Ort?«

»Ja, ja, aber ich mache mir Sorgen ...«

»Mach dir keine Sorgen. Laß die Sorgen außen vor. Frage dich doch einmal selbst, was erreichst du denn mit Sorgen? Paula, bist du eigentlich glücklich mit Brian?«

»Oh, im Augenblick kommen wir gar nicht so schlecht miteinander aus.«

»Denn wenn nicht, dann solltest du ihm den Laufpaß geben. Allein wärst du nämlich besser dran. Du bist ein Teil dieser Gemeinschaft. Es ist nicht wichtig, ob du 'nen Mann hast. Es gibt genügend Männer hier.«

»O nein, wir lassen uns noch etwas Zeit. Ich möchte hier im Tal ein Baby haben, was auch immer passiert. Wäre es nicht großartig, zu jemand sagen zu können, daß man hier geboren wurde? Aber ich glaube, ich werde mal zum Frauenarzt gehen, bloß um sicher zu sein, daß alles in Ordnung ist. Was, glaubst du, wird das Wetter bringen? Mir gefällt der Anblick der Wolken dort nicht.«

»Es wird bald ganz schön zu pissen anfangen. Sehen wir lieber, daß wir vorankommen.«

»Prima Tomatensuppenwetter, Jungs. Schade nur, daß wir keine Tomaten haben.«

Am dritten Tag sintflutartigen Regens leuchtet die Morgendämmerung blaßgelb. Die Freunde des Feuers blicken nachdenklich, die Pfefferminzbäume düster, die anderen Eukalypten scheel. Die Schlucht dröhnt, der Bach ist breit und braun und führt riesige Äste. Die heilige Pumpe, nach der zu schauen Olaf noch nicht gekommen ist, steht unter Wasser. Die Veranda trieft und ist schmierig. Alle schlafen nachts im Haus bei den Welpen und dem hungernden Zicklein und den Schneckenspuren. Arbeit kann nicht verrichtet werden. Die Traubenernte ist ruiniert, die Samen im kreisförmigen Gemüsegarten ersaufen. Und durchs Dach leckt es, aber das Wasser wird in einer Myriade von Gläsern aus Fowlers Einwecksatz aufgefangen, den Nisi im Häckselschuppen gefunden hat.

»Weißt du«, sagt Monica, »dieses Zicklein von dir macht mich ganz verrückt, Cindy. Warum hast du es nur mit nach Hause gebracht, Kindchen? Wir haben doch keine Milch, die wir ihm zu trinken geben können.«

»Ich schätze, ich könnte euch jederzeit 'ne Dose Milchpulver besorgen.«

»Würdest du das tun, Darryl? Und könntest du meinen Mann anrufen und fragen, ob mein Sohn zu Hause eingetroffen ist? Hab ich schon gesagt, daß Barbara in Graceland aufgetaucht ist, als Fergus und ich losfuhren?«

»Nein, wo ist sie jetzt?«

»Oben in der Höhle bei Fiona.«

»Mag's wohl dick, ey. Man muß mal mit ihr reden. Attis! Kommst du mit schwimmen?«

»Nicht bei dem Wetter. Du kommst nicht über die Furt, Darryl. Was schade ist, denn jetzt wäre die ideale Zeit, um die Zeder zum Bauplatz zu flößen.«

»Wo ist Eugene eigentlich?«

»Er war dran, nach den Pflanzen zu sehen, Mann. Ich hab's während der Nacht getan.«

»Wie machen sie sich?«

»Die schaffen's schon. Kein Anzeichen von Cooktown-Fäule.«

»Das ist das letzte trockene Holz. Laßt das Feuer nicht ausgehen.«

»Wenn das Feuer ausgeht, stürzt das Haus ein. Das ist 'n irisches Sprichwort.«

»Haben die im Radio was übers Wetter gesagt, Michael?«

»Kann ich nicht wissen. Getrau mich nicht, die Batterie zu benutzen.«

»Warum nicht?«

»Zu gefährlich, den Bus bei dem Wetter runterzufahren, Mann. Außerdem haben wir kein Benzin.«

»Ich schieß euch 'nen Braten, wenn ihr wollt, muß dazu aber erst mal nach Hause und meine Dreinull holen.«

»Keine Schußwaffen im Tal.«

»Dann hole ich eben mein Katapult.«

»Kinder, da sind Rinder, seht ihr? Dort drüben. Bei den Bäumen.«

Sie hören das unmutige Muhen der halbertrunkenen Herde. Aber Rindviecher machen die Menschen ja für alle ihre Probleme verantwortlich.

»Hört ihr? Ruft da irgend jemand?« Nisi wiegt Timothys Kopf. Rude Boy, den eigenen Kopf unter eine Decke gesteckt, sitzt mit den Füßen auf der Küchenasche. Über dem Ausguß, in dem sich ungespülte, von Champignons mit Kartoffeln verschmierte Teller stapeln, kämpft eine winzige Silberfichte mit ihrem Spiegelbild im beschlagenen Fenster.

Vielen Dank, Mutter. Vielen Dank, Kosmos.

Schweren Herzens einige Bemerkungen zu Smitty. Von einem siegreichen und notwendigerweise schwerttragenden Gegner kastriert und später sodomisiert zu werden, war kein ungewöhnliches Schicksal für einen verwundeten *Retiarius*-Gladiator, der in Suspensorium, mit Netz und Dreizack bewaffnet in der kaiserlichrömischen Arena kämpfte*. Auf diese Praxis wird bei Juvenal angespielt (in Satire VI, den Bodley-Fragmenten, die in keinem Schulbuch abgedruckt sind), der uns weiterhin mitteilt, daß diese entmannten Wesen beliebte Sexualspielzeuge der Damen der Gesellschaft waren. Woraus wir ableiten können, daß die auf diese Weise zugefügten Wunden nicht ausnahmslos tödlich waren. Es ist vielleicht von Interesse, daß der Urethrorektalismuskel, der den Anus umschließt, an den Bulbocarvenosus des Penis stößt, und beide Bereiche von dem gesteuert werden, was beim Yoga als *Muladhara chakra* bekannt ist. Die Sodomie, so sollten wir festhalten, ist so alt wie der Mensch selbst.

Einen Eunuchen durch Totalentfernung von Penis und Hodensack zu schaffen, war in den Neunzigern in Sydney nicht mehr beliebt. Bei der Operation zur Geschlechtsumwandlung in der postmodernen Zeit wird genug Penisgewebe erhalten, um daraus später eine künstliche Klitoris aufbauen zu können. Während einer radikalen Hodenoperation, wie sie bei der Behandlung von Hoden- und manchmal fortgeschrittenem Prostatakrebs indiziert ist, wird die Operation ausnahmslos durch den Leistenkanal vorgenommen. Nach einem Einschnitt in die Leiste wird der Hoden nach oben geschoben, das Leitband wird geteilt, die Bänder des Samenleiters durchtrennt und der Samenleiter anschließend abgebunden. Der sakrale Weg, nämlich den Hodensack abzutrennen, ist auf Spione im Irak beschränkt – dort durch Abschnüren des Hodensacks mit Klaviersaiten erzielt – und auf einen chirurgischen Eingriff in Fällen von Sakralhämatomen, einem seltenen Trauma, das durch einen Tritt in die Hoden auf dem Fußballplatz hervorgerufen werden kann. Ich sage selten, denn die Hoden, obwohl herabhängend, sind relativ gut geschützt, was übrigens der Grund ist, weshalb sie sich an einer Stelle befinden, wo man sie, um sich dort zu kratzen, nicht unauffällig erreichen kann.

---

* Seneca, *Quaestionum Naturalium, V11313 »cotidie comminiscimur per quae virilitate fiat iniuria, ut traducatur, quia non potest exui: alius genitalia excidit, alius in obscenam partem ludi fugit et locatus ad mortem infame armaturae genus etiam in quo morbum suum exerciat legit.«* Zitiert von Housman. Einige Stellen bleiben besser unübersetzt.

Das trifft jedoch nicht auf den Penis zu; aufgerichtet ragt er, glaubt man der Zeitschrift *Cleo*, bis zu dreißig Zentimeter aus dem Körper hervor und animiert seinen gepeinigten Besitzer buchstäblich, ihn mit einem scharfen Gegenstand zu exzidieren. Da er bekanntlich aus einem Schwamm von Kapillaren besteht, die sich beim Anschwellen mit Blut füllen, muß einem prompten und traumatischen Entfernen unweigerlich ein großer Blutverlust folgen; glücklicherweise tendiert ein Mann, dem gerade der Schwanz abgeschnitten wurde, zum Abschwellen.

Bei einer chirurgischen Entfernung des Penis ohne gleichzeitige Hodenoperation – wie zum Beispiel bei Behandlung von Krebs des Penisstamms indiziert – werden die Aufhänge- und Schlingenbänder, die den Penis stützen, durchtrennt und ein senkrechter elliptischer Einschnitt in die Basis des Penis vorgenommen, der dann über die vordere Fläche des Hodensacks der Mittellinie folgend durch die Haut und die Dartosfaszie verlängert wird. Danach gilt es, die beiden *Corpora cavernosa* (die schwammigen Schwellkörper, die sich vor dem Geschlechtsverkehr mit Blut füllen) zu teilen und aufzugliedern, während die Harnröhre in den *Corpus spongiosum* (dies ist das Gewebe, das die Aborigines bei einer Subinzision mit einer Rasierklinge öffnen) zu einem Loch verlagert wird, das im Damm unmittelbar unterhalb des Hodensacks angebracht wurde.

Danach folgt eine Menge kniffliger Abbindearbeit; die tiefliegenden Arterien, die mitten durch den Schwellkörper verlaufen, die Harnröhrenarterien, die Schwellarterien, die Rückenwirbelarterien und die Rückenwirbelvene, welche diejenige ist, die man unmittelbar unter der Haut pulsieren sehen kann, müssen abgebunden werden. Wir können uns vorstellen, daß im Fall einer Amputation mit dem Schwert – oder der Axt oder einem Feuerstein, die Catull als die von den Priestern der Kybele bevorzugte Methode beschreibt *(devolvit ile acuto sibi pondere silicis*, er entfernt sein gewichtiges Geschlecht mit einem scharfen Feuerstein: Carmen LXIII 5) – eine größere Begleitblutung auftreten kann. Als John Bobbit, ehemaliger Angehöriger der US-Marines, 1993 durch seine Frau seines Penis beraubt wurde, beschrieb der Urologe, der bei der Operation assistierte, die vorgenommen wurde, um das abgetrennte Glied wieder anzusetzen – das von seiner Frau aus einem Autofenster geworfen und später von der Feuerwehr geborgen worden war –, daß sich an der Stelle, wo vorher der Penis saß, ein riesiger Blutklumpen befand.

Wenn nicht unverzüglich eine medizinische Versorgung erfolgt, würde diese Verklumpung, insbesondere dann, wenn die Amputation eine gleichzeitige Kastration umfaßte, sowohl ein Infektionsrisiko darstellen wie auch Probleme von Harnröhrenverengung hervorrufen. Mohammed Hanif Vora, ein indischer Jugendlicher, der in der Stadt Baroda in die Eunuchensekte initiiert worden war, wachte nach seinen Schätzungen sechs Tage nach dem Geschehen – das in den Achtzigern stattfand und von einem mit einem Dolch bewaffneten alten Weib unter Opiumnarkose vollzogen wurde – unter Schmerzen mit einer vollen Blase auf, die er durch eine blockierte Harnröhre nicht entleeren konnte. Die Blockade wurde auf heilsame Weise durch einen Tritt oder auch drei beseitigt.

So üblich waren Eunuchen einst im Osten, daß sie nahezu ein drittes Geschlecht darstellten. In bezug auf die Transvestiten Roms schreibt Gibbon: »Der Gebrauch und der Wert dieser verweichlichten Sklaven stieg in dem gleichen Maß, wie das Kaiserreich verfiel.« An anderer Stelle beschreibt er sie als »jenes verderbliche Ungeziefer des Ostens, das seit den Tagen des Elagabal den römischen Palast befallen hat«. In Indien leben sie bis auf den heutigen Tag fort, nicht weniger als eine Million, von der nicht alle Zugang zu synthetischen Hormonen haben, wie es in Sydney möglich ist. Auf dem indischen Subkontinent werden ihre vulgären Segnungen auf Hochzeiten als unverzichtbar angesehen, während in Sydney ihr Flair fürs Varieté manch trübseliges Vorstadtleben heimlich belebt. In Rom wurden die Kastraten im Chor der Sixtinischen Kapelle erst 1903 durch den Papst verboten. Einer von ihnen namens Moresci, der erst 1922 verstarb, ließ eine Tonaufzeichnung anfertigen, die deutlich zeigt, wie albern das Streben danach ist, die für eine Eunuchenstimme geschriebene Partie eines Farinelli in einem Händeloratorium zu kopieren, indem man einen Knabensopran oder Countertenor einsetzt.

Kastraten jedoch behielten ihren Penis. Eine theologische Untersuchung, der Frage gewidmet, ob sie heiraten könnten oder nicht – weil sie sich manchmal in Frauen verliebten –, kam zu dem Schluß, sie könnten in der Tat Frauen »befriedigen«, was einen interessanten Kommentar zur Rolle der Eunuchen im ottomanischen Harem ergibt.

Zwei chirurgische Eingriffe, obwohl für unseren Zweck bedeutungslos, sind als Zeichen chirurgischen Einfallsreichtums der Postmoderne nichtsdestotrotz einer beiläufigen Erwähnung wert. Einen Mann zu einem Transvestiten umzuwandeln, der in der Lage ist, den Geschlechtsverkehr als Frau zu vollziehen, ist, wie wir uns leicht vorstellen können, eine Sache, die vielen innerstädtischen Demokraten der Postmoderne am Herzen liegt. Der korrelative Eingriff, das Wiederansetzen eines abgetrennten Penis an seinen Stumpf mit Hilfe der Mikrochirurgie ist (bis 1994) mindestens sechsmal in Sydney, achtzehnmal in Bangkok und einmal bereits 1929 in Weimar durchgeführt worden. Die Harnröhre erneut anzubinden, um die Harnleitfunktion zu gewährleisten, ist einfach; die Erektionsfähigkeit wiederherzustellen erfordert großes chirurgisches Können. Vollständig blutdichte Wiederverbindung der drei Schwellkörper ist dabei entscheidend. Zusätzlich müssen während einer Operation, die bis zu acht Stunden dauern kann, die innere (Dartos-)Faszie und die äußere (Bucks-)Faszie wieder miteinander verbunden werden, ebenso die Haut, Arterien, Venen, Harnröhre und so viele Nerven, wie nötig sind, um später erotische Befriedigung zu fördern, die aber eher unvollständig ist. Bis zu einem Jahr nach der Operation besteht – nach Jill Margos Kolumne »Männerprobleme« im *Sydney Morning Herald* – strengste Kontraindikation gegen Joggen, Gewichtheben und Sprünge ins Schwimmbecken.

Auch das Wiederfinden des abgetrennten Glieds ist als solches für den Erfolg nicht entscheidend. 1985 stellte Dr. Earl Owen vom Mikrochirurgischen Zentrum Sydney in Shanghai einen künstlichen Penis für einen Mann her, dem dieser als Kind von einem Schwein abgebissen worden war, indem er Haut, Blut, Gewebe und Nerven vom Innenarm und ein Stück der knorpligen zwölften Rippe dazu verwendete. An die Oberschenkelarterie angeschlossen, hat dieses obszöne Teufelswerk offenbar seinen Zweck erfüllt.

Nicht alle jedoch, die den Gordischen Knoten durchschlagen, bereuen dies später. Einige können es auch nicht mehr. In Japan bildet die Penisamputation eine Ergänzung zur ehrenhaften Selbstverstümmelung des Harakiri, und einer Leiche den Penis wieder ansetzen zu wollen diente sicher keinem nützlichen Zweck.

Und manche, wie die Korybanten des antiken Phrygien und die Kommunarden von Erinungarah, haben nach Darstellung von Kimbo die ihren in Kammern oder in der Erde begraben, damit im Frühjahr erneut Bäume ausschlügen, während andere sie als Andenken an Wohltäter verschenkten. Lukian berichtet uns, wie das große Fest der syrischen Göttin im Frühjahr abgehalten wurde. Eine Vielzahl von Menschen aus dem ganzen Osten strömte in die Stadt Hierapolis. Zur wilden Musik von Flöte und Trommel und von der Atmosphäre berauscht, trat Mann um Mann aus der Menge hervor, ergriff eins der Schwerter, die zu diesem Zweck bereitstanden, und entmannte sich auf der Stelle. Mit seinen abgetrennten Genitalien in der Hand lief er danach durch die Straßen, und das Haus, in das er sie hineinwarf, hatte die Ehre, ihn mit Frauenkleidern auszustatten, die er dann für den Rest seines Lebens trug.

Schon mal einen christlichen Priester gesehen? Betrüger in Frauengewändern. Es gab allerdings im Rußland des achtzehnten Jahrhunderts eine Sekte, die den Namen »Weiße Tauben« trug.

59

Calvin und Frodsham diskutieren über das Tal. Der Bau der Kuppel.

Spätsommer. Frühherbst. Der Eichelhagel unter den Eichen von Obliqua Creek, der den Königssittichen zu verdanken ist, hat aufgehört, und Horrie hat seine wichtigsten Feldfrüchte ausgemacht, überwiegend winzige Kartöffelchen, da die Halme, von der Dürre geschwächt, frühzeitig eingegangen waren. Er hat etliche mit der Forke aufgespießt, war aber erleichtert festzustellen, daß er keinen einzigen einheimischen Frosch durchbohrt hatte, denn die haben herrliche goldene Augen.

Wieder nach Sydney zurückgekehrt ist Calvin Ecks über das mangelnde Interesse an Grüner Munga bestürzt, während emsige Beschäftigung mit der Physik sich bei dem feuchtheißen Wetter für Derek Frodsham als nicht zumutbar erweist. Frodsham verbringt seine Tage in Bob Goulds Buchhandlung, obwohl er selten ein Buch kauft.

»Hast du die Post für mich bekommen, Derek? Irgendwelche Nachfragen nach Neuauflagen?«

»Sie wollten mir deine Post nicht aushändigen.«

»Zum Teufel noch mal. Ich stell dir 'ne Vollmacht aus. Hier.«

»Calvin, ich bekomme den Eindruck, daß man dich öfter bei der Arbeit sehen möchte. Stimmt zwar, daß ich selbst auch nicht hingehe, aber ich bin ja nur im Aufbaustudium. Meine einzige Verantwortung ...«

»Halt mir keine Vorlesung. Ich habe eben das beste Stück Arbeit geleistet, das je aus diesem Scheißloch hervorgegangen ist.«

»Das liegt einen Monat oder länger zurück. Ich muß gestehen, Calvin, ich bin selbst ein wenig besorgt um dich. Ich meine, du bleibst den ganzen Vormittag im Bett, du gehst nie später als acht ins Bett, und wenn ich früher nach Hause komme, so wie heute nachmittag, dann stelle ich fest, daß du *Tim und Struppi* guckst. Du scheinst nicht daran interessiert zu sein, der Dritten Welt zu helfen. Hast du *Die Verdammten dieser Erde* durch?«

»Das stimmt einfach nicht. Ist dir das politische Potential einer eßbaren Eukalyptusfrucht und eines Präparats aus Eukalyptusblättern klar? Die Dinger wachsen überall.«

»Anscheinend gelingt es mir nicht, dir zufriedenstellend zu beweisen, Calvin, daß einfache Verbesserung der Produktivität ohne vorherige Reformierung der globalen politischen Infrastruktur ...«

»Hör auf, Derek. Du klingst wie 'n Kosmologe. Niemand hört auf dich. Du hast nicht das Zeug zu 'nem Trotzki, dir fehlt jede Gemeinsamkeit, und jetzt hör mal zu. Ich muß nach Utopia rüber,

Mann. Ich muß die Frage klären, wie ich dort reinkomme. Wann ist Barbara wieder in der Schule? Wolltest du nicht mit ihr hingehen?«

»Wollte ich, aber ich sollte lieber mit Trotzki sagen, das Land läßt mich kalt, Calvin.«

»Herrgott, Mann, das einzige, wovon du reden kannst, sind die Bauern, und du hast von Bauern 'nen Scheißdreck von Ahnung. Das verdankst du deiner Seifenkiste, von der aus du deine weltverbessernden Reden hältst. Was geht in diesem Tal vor, Derek? Meine Tochter hat mir kein einziges Mal geschrieben.«

»Ich stamme aus einer Bauernfamilie, verstehst du. Das ist der Unterschied zwischen uns. Barbara behauptet, eine große Sache sei im Gang. Ein abenteuerliches Bauvorhaben, und sie haben einen Meteoriten gefunden, und eine von ihnen, eine ehemalige Nonne, ist davon ganz hingerissen. Hat eine Jungfrauenerscheinung gehabt. Ich habe Barbara gebeten, mir ein Stück von dem Meteoriten mitzubringen, damit ich ihn analysieren lassen kann. Es könnte sich um einen kohlenstoffhaltigen Chondriten handeln. Sie sind älter als das Sonnensystem.«

»Damit sollte das Problem eigentlich gelöst sein, Derek.«

»Ja, das hoffe ich, Calvin, ich nehme zur Kenntnis, was du da sagst.«

»He, Mann, guck dir jetzt mal den kleinen Kerl da im Fernsehen an. Der hat 'ne Nase wie Spiro Agnew. Verdammte Bisamratte! Die Amis werden niemals 'nen Kandidaten in ein hohes Amt wählen, der so in der Glotze rumlamentiert. Das ist es, was uns die Wahl gekostet hat. Ist mir ja von hier aus auch scheißegal.«

»Ja, ich glaube, du hast recht. Ich bin zum Sektierer geworden. Ich sollte ins Tal gehen und etwas praktisches Wissen von den Problemen erwerben, denen am Existenzminimum lebende Farmer ausgesetzt sind. Ich erwarte nicht länger, daß Australien das erste kapitalistische Land sein wird, das eine Revolution erlebt. Im Gegenteil, Australien scheint völlig zufrieden damit zu sein, eine britische Kolonie zu bleiben.«

»Sie können sich vom Ertrag dieser Kommunen nicht am Leben halten. Das ist bloß ein Mythos.«

»Mir ist bekannt, daß du ihnen Geld schickst.«

»Kennst du mein Problem? Weißt du, was das Problem mit mir

ist? Ich gebe es ungern zu, aber Monica war für mich die Quelle wissenschaftlicher Inspiration. Sie hat meinen Verstand so richtig ins Rotieren gebracht.«

»Aber ihr geht doch immer wieder auseinander!«

»Das war bloß 'ne Sache zwischen uns. Dies hier ist anders. Diesmal, glaube ich, habe ich sie verloren, Mann, wahrscheinlich an meinen Bruder. Mir wäre wohler, wenn ich's wüßte. Wenn ich glauben würde, daß dort irgendwas läuft, dann würden beide keinen Zuschuß mehr von mir kriegen.«

»Du bist einfach zu großzügig, Calvin.«

»Ich habe nichts dagegen, wenn sie mit anderen Kerlen rumvögelt. Na ja, eigentlich doch, aber man muß sich eben damit abfinden, bei Monica jedenfalls. Im allgemeinen kommt es dem nicht in die Quere, was zwischen ihr und mir läuft, aber diesmal ist irgendwas Ernsthaftes passiert, Derek, ich komme mir vor, als hätte ich eins vor den Schädel gekriegt.«

»Dir ist es egal, ob du sie noch mal wiedersiehst?«

»Mir ist es egal, ob ich sie noch mal wiedersehe.«

»Dann solltest du am besten dort hingehen.«

»Ja, ich gehe am besten dort hin.«

Stümpfe sind sie heute, die Sieben Schwestern, aber ein Stumpf ist größer als die übrigen, und an ihm sind keine dieser verräterischen Markierungen zu finden, die auf den Gebrauch einer Kettensäge hinweisen. Er wurde von Hand gefällt.

Zuerst erklettert Attis, der Steigeisen trägt, den Baum und wirft die Krone ab, wozu er Seile verwendet, um die nackten Äste hinabzulassen. Kein Turm, keine Hebebühne. Alle Blätter sind abgefallen. Danach arbeiten er und Fergus von Planken aus, wobei sie Äxte und eine Schrotsäge benutzen, und bringen ihn auf althergebrachte Weise mit einer Genauigkeit von einem halben Meter dort zu Fall, wo sie sich die Landung erhofft haben. Dabei werden sie von Darryl unterstützt, der in einiger Entfernung steht und Anweisungen brüllt.

Bedauerlicherweise denkt keiner daran, ein Stück Ast zurückzubehalten, um es der Pflanzenpathologie zuzuleiten.

Da nicht viel Freiraum zur Verfügung steht, geht das ganze

Vorhaben nur langsam voran. Zur allgemeinen Erleichterung erweist sich Attis als in der Lage, seine Axt mit der linken Hand zu schwingen.

Schließlich fällt die siebente Schwester, ein Geschenk, wie die Familie es jetzt sieht, von Gwen. Irgend jemand hat die Idee, den großen Stamm, sechsunddreißig Meter lang, mit Stangen und auf Rollen in den Bach zu transportieren, doch der Gedanke wird verworfen, da es schwierig sein würde, einen Stamm von dieser Größe wieder herauszuholen, falls er sich verklemmen sollte. Er könnte sogar den Wasserspiegel ansteigen lassen. Es ist auch nicht klar, wie man ihn würde abschleppen können, selbst unter der Annahme, daß ein Ochsengespann besorgt werden könnte. Klar ist jetzt allerdings, warum man die Sieben Schwestern stehengelassen hatte. Man konnte sie nicht hinausflößen, weil die Schlucht zu schmal ist, man konnte sie nicht hinausschleppen, weil die Beschaffenheit der Schlucht dies nicht zuläßt, und man konnte sie wegen der Bäume, die auf dem steilen Abhang wachsen, auch nicht über diesen hinaufziehen. Aber diese freistehenden abgestorbenen australischen Rot-Zedern einfach stehen und verrotten lassen! Undenkbar. Das teuerste Bauholz der Welt, wie Barney behauptete, als ich ihn neulich fragte, und er sollte es eigentlich wissen.

Also längen wir das Holz so ab, wie wir es brauchen, und flößen die »Blöcke« – um einen Holzfällerausdruck zu gebrauchen – mit jemandem, der sie von hinten dirigiert, bachabwärts.

Neunundsechzig. Eugene Ecks hat mit Bienenwachs als Ausgangsmaterial und der Schusterahle, mit der Nisi Papadimitriou Satteltaschen genäht hatte, und den Plastiktrinkröhrchen – A-Streben Farbmarkierung blau, B1-Streben farblos, B2-Streben grün, C-Streben weiß mit roten Streifen wie die Geschäftszeichen der Barbiere – das Modell eines Kuppelbaus hervorgezaubert, indem er die in heißes Wachs getauchte Ahle an den Enden durch die Trinkröhrchen gezogen hat, um sie um einen Mittelpunkt zu gruppieren. Dieses Kuppelbaumodell auf seiner Brotbrettunterlage ist zum Anziehungspunkt abendlicher Versammlungen geworden.

Und zum März hin ist das Farmhaus voller Menschen: Nisi Papadimitriou und ihre zwei Kinder, Monica Ecks und ihre zwei

Kinder, Paula Zoshka, Brian Chegwodden, Balthazar Beauregard, Michael Ginnsy, Diane Zoshka, Attis MacAnaspie, Eugene Ecks, Olaf Abernathy, Grainger, Schwester Annunciata – obwohl sie die meiste Zeit beim Meteoriten verbringt –, Fergus MacAnaspie – obwohl er oft nicht weiter als bis zur Höhle kommt – und Darryl MacAnaspie, der seinen Job als Lastwagenfahrer aufgegeben hat, so scheint es wenigstens, und im Kleinbus wohnt. Kimberley Moon kommt Darryl besuchen, Barbara Byng kommt sie alle besuchen. Horrie, *de facto* Hausherr, will gern auf dem laufenden gehalten werden, obgleich er den Paß weder hoch- noch wieder hinunterkraxeln kann, weil er damit überfordert ist. Es zeigt sich in der Tat, daß die Errichtung einer größeren Behausung oder eines zweiten Hauses dringend erforderlich ist.

Eugene Ecks: »Die Idee besteht darin, das zu verwenden, was grade da ist, Mann! Und da haben wir bei diesem Tal richtig Schwein gehabt. Der erste Kuppelbau in Drop City benutzte Streben aus gebrauchtem Bauholz fünf mal zehn an Verbundholznaben. Als Außenhaut haben sie Teerpappe genommen, die mit Kükendraht und Putzmörtel bedeckt war. Flaschenverschlüsse dienten dazu, den Kükendraht an der Teerpappe zu befestigen. Fenster aus Autoglas. Der Mörtel wurde übergeteert.«

»Mist. Das muß ja furchtbar ausgesehen haben.«

»Hat es auch. Das Entscheidende aber ist, Diane, daß sie durch das Verwenden dieser Materialien bewiesen haben, daß man aus dem System auch der raffsüchtigsten Nation der Welt aussteigen kann. Man braucht kein festes Einkommen. Man kann sich selbst ein Heim bauen, und es braucht kein Vermögen zu kosten. Man braucht nicht den Rest seines Lebens in der Pfandknechtschaft irgend 'ner beschissenen Bank zu verbringen.«

»Hatte irgend jemand weitergehende Gedanken, wie groß die Kuppel sein sollte?«

»Was du hier vor dir siehst, ist ein maßstabgerechtes Modell für acht Meter Größe.«

»Das ist aber nicht annähernd groß genug.«

»Hörst du denn nicht zu? Das hier ist ein maßstabgerechtes Modell, passend für deine Mami und deinen Papi, deinen Bruder und deine Schwester und dich.«

»Ich dachte, wir kommen von all dem Kernfamilienscheiß weg.«

»Du hast recht gehabt, Brian.«

»Wieviele Menschen müssen wir überhaupt unterbringen? Das ist doch die entscheidende Frage.«

»Zur Zeit haben wir zwölf bis fünfzehn Erwachsene hier und vier Kinder, die Besucher nicht mitgezählt.«

»Besucher sind 'ne verdammte Plage. Tut mir leid, Barbara, aber so empfinde ich nun mal.«

»Was ist denn gegen Besucher einzuwenden?«

»Die begreifen nicht immer, worauf man aus ist. Leute aus der Stadt, die vielleicht oder vielleicht auch nicht 'nen Beitrag dazu leisten wollen, und vorausgesetzt, sie wollen dazu beitragen, sind vielleicht oder vielleicht auch nicht in der Lage, 'nen Beitrag zu leisten.«

»Ich versuche, dazu beizutragen.«

»Sei nicht paranoid, Barbara. Wir meinen dich doch nicht.«

»Warum können sie nicht im Farmhaus bleiben, sobald es erst mal leer ist?«

»O nein, Mann. Ich muß im Farmhaus bleiben können.«

»Laß sie doch in der blöden Höhle bleiben, scheiß drauf. Die schleppen ja bloß all diese Neuigkeiten aus der ganzen Welt hier rein, all den Scheiß.«

»Schön. Wir brauchen also 'ne Besucherregelung, aber könnten wir uns bitte jetzt erst mal dem Naheliegenden zuwenden? Ansonsten gehen wir nämlich nach der Geschäftsordnung vor, und das gilt als versprochen.«

»Warum soll ausgerechnet sie das Meeting leiten? Sie ist ja nicht mal gewillt, ständig hier zu wohnen.«

»Stimmt. Wir kommen schon wieder vom Thema ab. So kommen wir nicht weiter. Also, wie groß muß die Kuppel für fünfzehn Leute sein? Das ist doch die Frage. Ich glaube nicht, daß wir jemals mehr als fünfzehn Leute hier haben werden. Was meinst du, Diane?«

»Wer kann schon sagen, wieviele Kinder wir haben werden?«

»Wir könnten diese Streben auf dreißig Meter Länge zurechtschneiden, Mann. Wir könnten 'ne Monsterkuppel errichten.«

»Sehr richtig! Geh du nur immer auf den großen Egotrip. Bau

irgendwas, das wir nicht wirklich brauchen, und verschwende kostbare Ressourcen.«

»Sie hat 'nen Radius von vier Metern.«

»Schon, aber kann man das nicht variieren? Du hast gesagt, man kann es variieren.«

»Natürlich läßt es sich abändern. Hörst du denn nicht zu? Ich verwende Clintons von einem Großrechner ermittelte Zahlen, schau. Hier ist eure sich dreifach wiederholende zwanzigflächige alternierende Aufgliederung. Erinnert ihr euch, wie wir darüber diskutiert haben, daß Dreiecke die stärksten Strukturen in der Natur sind, weshalb wir sie auch als Kreuzverstrebung bei Toren verwenden? Seht her, diese Kuppel basiert auf einem regelmäßigen Polyeder mit zwanzig identischen gleichseitigen Flächen und zwölf fünfeckigen Scheiteln, stimmt's? Also haben wir bei einer Aufgliederung mit dreifacher Wiederholung neun Flächen für jede Dreiecksfläche, so daß F(L) hier neun beträgt. Und wenn ihr die Anzahl der Scheitel auf jeder Dreiecksfläche zählt, kommt ihr auf, also, ermitteln wir sie mal. Zählen wir sie. Eins, zwei, vier, sechs, acht, zehn. Was heißt, daß S(L) hier zehn entspricht. Und achtzehn Kanten, könnt ihr mir folgen? Somit ist K(L) gleich achtzehn, und jetzt für die Kuppel als Ganzes, da gilt S(G) ist 92, K(G) ist 270 und F(G) ist 180.«

»Ich gehe jetzt Kaffee und Tee kochen. Willst du mitkommen und mir helfen, Paula? Komm schon.«

»Das sind sämtliche Werte, die man für 'ne beliebige Fünfachtelkuppel braucht, Mann. Zum Beispiel, nehmt diesen Faktor für die Gurte hier, null Komma 40354821. Das multipliziert mit dem Radius gibt euch die Länge der Streben mit Scheitel 1,1 an einem Ende und Scheitel 1,0 am anderen an, nur daß es, wie wir gestern abend herausgefunden haben, genaugenommen zwei Arten von B-Streben gibt.«

»Klingt ganz einfach.«

»Ist es doch auch. Sogar 'n Mädchen könnte das ausrechnen. Also multiplizieren wir das mit dem Radius.«

»Wo hast du die Zahlen eigentlich her, Mann?«

»Ich habe Calvin dafür bezahlt, sie für mich rauszusuchen. Natürlich müssen wir 'ne leichte Anpassung vornehmen, damit die Streben nicht hart aufeinanderstoßen, und dann müssen wir auch den Achsenwinkel kennen, der für A-Streben neunzig minus achtzig, also annähernd zehn Grad beträgt, und für die Streben B und C neunzig minus achtundsiebzig, also annähernd zwölf Grad, und der dihedrale Winkel stellt bei Holz kein wirkliches Problem dar, weil es sich biegt. Besonders Weichholz.«

»Hast du eigentlich schon mal so 'ne Kuppel gebaut, Eugene?«

»Nein, ist doch aber ganz leicht, Mann.«

»Vielleicht sollten Mädchen es tun. Mädels! Kommt doch mal 'nen Tag lang raus aus eurer Küche.«

»Das ist 'ne Acht-Meter-Kuppel, und du sagst, das ist etwa richtig für 'ne herkömmliche Kernfamilie. Daher brauchen wir etwas, das mindestens dreimal so groß ist.«

»Könnte sein. Okay. Vierundzwanzig Meter, warum nicht? Das klingt mir nach 'nem Kuppelbau mit guten Abmessungen. Prüfen wir das doch mal bei Clinton hier nach. B-Strebe für 'ne Kuppel von vierundzwanzig Metern, das ist 'n Radius von zwölf Metern, null Komma 40354821 mal zwölf, das sind ungefähr fünf Meter, Mann. Sie müssen alle etwa diese Länge haben, seht ihr, das gilt für die Streben fünfzig und ein Viertel, achtundfünfzig und ein Achtel, neunundfünfzig und drei Achtel, und wir brauchen insgesamt 165 Streben, alle etwa fünf Meter lang. Klingt das einleuchtend für dich, Mann vom Berg? Attis? Das entspricht einem Bauwerk, darf ich hinzufügen, mit einem Rauminhalt von vierhundert Kubikmetern.«

»Geil.«

»Damit könntest du glatt 'ne Versteigerung abhalten.«

»Hundertzwanzig Quadratmeter Bodenfläche.«

»Geeiil.«

»Wir haben genug Holz dafür und auch für die Zedernschindeln. Hat Darryl die Hammerkeile gefunden?«

»Cindy! Bitte bring die Welpen nicht hier hinein, Liebling. Sie sollen draußen bleiben und uns nicht stören.«

Erzähltempo: Ich habe wegen meines Erzähltempos einen schlimmen Moralischen bekommen, weil ich es jetzt einfach nicht mehr bis zum Ende schaffen kann. Ich komme viel zu langsam voran. Hierin zeigt sich eben die Unerfahrenheit, und natürlich weiß man in meinem Zustand nie, wieviel Zeit man noch hat. Ich mußte wohl geglaubt haben, ich würde ewig leben! Sie haben noch nicht mal den Kuppelbau errichtet! Kimberley meint, schmeiß weg, was du bisher geschrieben hast, und fang neu an, aber mir fehlt die Zeit. Das einzige, was ich tun kann, ist weitermachen in einem Tempo, das, wie ich spüre, unangemessen ist. Tut mir leid, aber ich fühle mich sehr unwohl. Mir ist ständig übel, versteht ihr, was ich meine? Kann nichts mehr unten behalten.

60

Das Leben im Tal. Die Heilige Stätte. Zedernbearbeitung. Brian erhascht einen Blick. Der Kuppelbau wächst.

»Was machst du, Brian?«

»Liege bloß hier und schaue nach dem Adler, der dort oben schwebt, Paula. Seit ’ner halben Stunde hat er seine Flügel nicht mehr bewegt.«

»Du aber auch nicht.«

»Oh, sei doch nicht so hart zu mir, Paula, Liebling. Du weißt doch, das hier ist nicht mein Fall.«

»Wieso das?«

»Ich bin nicht wie andere Männer. Ich bin technisch unbegabt. Ich bin kein guter Zimmermann, ich kann keine Batterie in Ordnung bringen. Ich kann kein Musikinstrument spielen. Ich weiß nicht, wie man einen Zaun errichtet.«

»Ja, aber sie werden’s uns beibringen. An diesen handwerklichen Arbeiten ist nichts Geheimnisvolles. Alle werden mithelfen, die Kuppel zu bauen; darum ist die Kuppel auch eine so großartige Idee. In der *Moody Valley Candle Company Co-op* wird es keine Spezialisierung geben. Alles, was getan werden muß, läßt sich gemeinsam tun, und diejenigen, die sich in der Vergangenheit Fertigkeiten angeeignet haben, werden sie an andere weitergeben. Wir alle werden kochen, werden das Geschirr spülen, alle die Küche bauen. Unser Leben wird so erfüllt sein.«

»Ja schon. Okay, was macht der Bauch? Und das Kleine?«

»Prima! Ich bin froh, daß ich endlich frisches Gemüse esse. Dieser junge Spinat ist ja so schmackhaft. Ich kann gar nicht erwarten, daß der Zitronenbaum trägt. Wie schade, daß Phryx und Gwen nicht daran gedacht hatten, 'nen Zitronenbaum zu pflanzen.«

»Ich glaube, der Spinat schießt in den Samen, und es ist sowieso kein Spinat, sondern Silberbete. Wann kommt die Kuh hierher? Wann kriegen wir die Hauskuh?«

»Sobald Fergus zu 'ner Auktion kommt. Ich möchte die Kuh melken, Brian. Kannst du dir mich vorstellen, wie ich 'ne Kuh melke?«

»Nein. Überhaupt nicht. Wir sollen bestimmt alle die Kuh melken.«

»Hänsel mich nicht. Kühe sollten von Mädchen gemolken werden. Ich möchte nicht, daß du an den Zitzen von jemand anderem ziehst.«

»He, komm her, mein Prachtstück. Ist das nicht ein Wetterchen ganz nach deinem Geschmack?«

»Nein, ich hasse es. Am Morgen steht die Sonne am Himmel, und man denkt, es würde warm, und dann wird es kühl und bewölkt. Mon hat allerdings 'ne große Auswahl an Pullovern. Glaubst du, daß mir der Pullover hier steht?«

»Klar, sieht prima aus. Nur du und Monica habt die Titten, um so was zu tragen. Bei Diane sehen sie lachhaft aus.«

»Und jetzt hab ich auch noch den Bauch dazu. Was gefällt dir an dem Wetter so gut?«

»He, du bist schon erstaunlich, weißt du das? Du bist der einzige Mensch, der sich je dafür interessiert hat, was ich denke. Oh, ich weiß nicht. Ich schätze mal, mein Name sollte Kommodore Herbst lauten. Ich fahre auf Herbstwetter ab. Es ist sowohl traurig als auch wunderschön. Es macht mich rastlos. Die Sonne ist bleich. Die Luft ist vom Abbrennen ganz rauchig. Erinnert mich an Balmain.«

»Armer kleiner Bursche. Du hast zusammen mit Ginnsy wieder geraucht? Du hast wohl mal wieder auf den Rückstellknopf gedrückt?«

»Bloß ein kleiner Joint.«

»Danach riechst du auch.«

»So? Der letzte Deal, den ich gekauft habe, war in einem verlassenen Bergwerksschacht gewachsen, unter einer Hundehütte zum Hochklappen. Das hier muß einfach gesünder sein. Nächstes Jahr mache ich Wein. Versprochen.«

»Wie willst du die Laubenvögel von den Trauben fernhalten?«

»Ginnsy wird ein Wörtchen mit ihnen reden. Ihnen die Situation erklären und versuchen, ihnen Verstand einzubleuen. Ganz im Ernst, sie sind eine Plage, nicht wahr? Ich habe heute morgen einen von ihnen in den Silberbeten gefangen. Und was für schrecklichen Krach sie machen! Die Leierschwänze kriegen sie aber leicht unter.«

»Horrie sagt, als er 'n Junge war, hatte eins der kleinen Mädchen die Aufgabe, sie zu schießen und aus ihnen Eintopf zu kochen. Igitt! Hab ich dir gesagt, daß ich hinter dem Tank 'nen kleinen Laubenvogel gefunden habe? Willst du mitkommen und ihn dir anschauen? Sie haben blaue Trinkhalme und 'n paar hübsche Papierfetzen gesammelt. Es ist so süß. Man kann sie einfach nicht hassen.«

»Vielleicht nicht. Mir tut bloß leid, daß es sie überhaupt gibt.«

»Dir tut doch aber nicht leid, daß wir hierhergekommen sind?«

»Nicht, wenn ich zugeknallt bin. Aber ich muß meine Kinder bald besuchen.«

»Warum?«

»Weil sie meine Kinder sind. Darum.«

Die Heilige Stätte liegt an der Ostwand des Tals im Kohleflöz oberhalb der Geröllhalde. Und Balthazar Beauregard geht gern bei Mondschein spazieren, wenn die Nacht hell ist.

»Annunciata! Hast du was dagegen, wenn ich dir Gesellschaft leiste?«

»Balthazar! Hast du mich erschreckt.«

»Tut mir leid. Entschuldige bitte. Du hast nichts dagegen, wenn ich dich besuchen komme?«

»Bist du hier, um zu meditieren?«

»Nein, nicht im Augenblick. Zuerst muß ich mir mal im Kopf klarwerden.«

Balthazar hat im Verlauf des letzten Jahres drei schlimme Moralische wegen Frauen gehabt, und dies könnte ein vierter sein.

»Kannst du eine Erscheinung spüren, Bal?«

»Ich spüre sowas ähnliches wie 'ne Erscheinung.«

»Was machen die anderen?«

»Bauen 'ne große Kuppel.«

»Hast du sie gefragt, ob sie mitkommen wollten?«

»So ähnlich.«

»Warum kommt keiner mit?«

»Dazu wäre 'ne spezielle Vollversammlung nötig gewesen, und sie sind mit Hochtouren am Kuppelbau zugange.«

»Die wichtigen Sachen zuerst.«

»Bitte urteile nicht so hart über uns. Wir alle spüren, wie du für uns betest. Ist deine Vision noch immer stark?«

»Nein.«

»Wirklich schade. Hier, ich habe dir was zu essen mitgebracht. Du solltest essen. Es sind bloß Kartoffeln und Gemüse. Schmeckt kalt nicht besonders gut.«

»Kommt der Garten gut voran?«

»Sehr gut! Die Kürbisse sind aufgegangen, und die Kohlmotten lassen nach. Wir dürften bald Brokkoli haben.«

»Balthazar, die Jungfrau ist mir erschienen. Gleich dort drüben.«

»Ja, ich weiß. Du hast ja so viel Glück.«

»Tränen strömten aus ihren Augen, aber gleichzeitig lächelte sie. Halten sie mich für verrückt?«

»Natürlich nicht. Siehst du das Ding in der Kohle dort? Bald kommt ein Bursche hierher, ein Freund von Barbara, der Wissenschaftler an der Universität ist. Er glaubt, es könnte ein Meteorit sein. Hättest du was dagegen, wenn er 'n kleines Stückchen von dem Stein mitnimmt, um es analysieren zu lassen?«

»Oh, dazu müßte ich Maria fragen. Ich möchte nicht, daß der Ort hier verschandelt wird.«

»Er würde ihn nicht verschandeln, Annunciata. Ihn nur 'n bißchen größer machen.«

»Glaubst du an die Mutter Gottes, Balthazar?«

»Nicht unbedingt unter diesem Namen.«

»Weißt du, ich hatte geglaubt, ich suche nach Jesus.«

»Du hast auch nach ihm gesucht. Aber Maria hat dich gefunden.«

»Du verstehst mich. Wird den Kindern Unterricht erteilt?«

»Eigentlich nicht. Ich hab ihnen gesagt, sie sollen aufpassen, wie sich die Ziegen auf der Koppel jeden Morgen zusammendrängen, und jeden der Bäume genau studieren und sich merken, wie die Blätter glänzen oder es ihnen nicht gelingt zu glänzen. Wer kann schon sagen, ob diese Sachen nicht relevant sind? Für diejenigen, die schauen können, treten Strukturen zutage. Michael möchte den heiligen Pumpenmotor anlassen, aber er kann es nicht, bevor nicht alle da sind.«

»Trägt er noch immer dunkle Gläser? Sag ihm, sie sind ein Zeichen der Bestie. Und sag den Kindern, sie sollen die Bibel lesen. Ich bin in ein paar Tagen wieder da.«

»Hast du gesehen, daß die einheimische Passionsblume jetzt blüht?«

»Oh, das ist es also. Dann ist es also wahr, Balthazar.«

»Das Mistding ist nicht groß genug, Darryl.«

»Na schön, scheiß auf das Drecksding. Gib ihm 'nen Tritt, daß es im Scheißhaus landet.«

»Hast du die Keile mitgebracht?«

»Bring sie erst mal auf den Block, du Blödmann. Dann kannst du dir Gedanken über die Keile machen. Du brauchst noch 'nen zweiten Flaschenzug.«

»Ich kann das linkshändige Breitbeil nicht finden. Hast du vielleicht das linkshändige Breitbeil gesehen?«

»Wie wollen wir sie bearbeiten? Vom dicken Ende aus nach oben arbeiten oder von der Spitze aus nach unten? Mir wär lieber, Dad wär hier.«

»Halt die abgeschrägte Seite der Schneide beim Arbeiten nach außen.«

»Wir müssen sehen, daß wir vorankommen, Fergie, hundertfünfundsechzig Teile sind zu behauen. Ich möchte, daß der Kuppelbau bis zu Kimbos Empfang hochgezogen ist. Wir wollen ihn unterm Kuppeldach abhalten.«

»Was? Kimberley Moon? Heiratet er etwa?«
»Wir hielten es für das beste, wenn er Smittys Witwe heiratet.«
»Oh? Und was hat sie dazu zu sagen?«
»Zerbrich dir darüber nicht deinen grauen Kopf, Junge. Die kennen sich schon seit Urzeiten.«
»Du schärfst die Breitbeile, Darryl. Ich gehe die Dechsel zum Behauen der Schwellen und den Hobel und das Zugmesser schärfen, damit wir die Zapfen schneiden können. Wir brauchen sieben Stück für die Fundamentpfeiler, und zwar drei Meter lang und anderthalb Meter im Durchmesser. Der größte Teil der Zeder geht für die Fundamente drauf. Die Streben können ruhig dünn wie Streichhölzer sein.«
»Alles von heißer Luft oben gehalten, wie?«
»Wenn du uns jetzt also die sieben Drei-mal-Anderthalb ablängen würdest.«
»Hab ich bereits getan. Werden gerade runtergeflößt.«
»Glaubst du, daß die Träger zwölf Meter überspannen können?«
»Zieh zwei davon ab. Zehn Meter. Zwei Meter können wir sie überstehen lassen. Acht Meter also.«
»Immer noch 'ne große Spannweite. Wir brauchen dicke Träger.«
»Etwas wirklich Solides, ich würde sechzig mal sechzig nehmen. Sechzig mal sechzig Zentimeter, das sollte als Träger reichen. Grauer Bergeukalyptus, ja, schneid sie daraus zurecht. Zum Brückenbau hat man immer grauen Bergeukalyptus genommen. Ist 'n unvergleichliches Brückenbauholz. Auch gutes Holz für Kaianlagen, wenn's nicht an geölte Pfeiler kommt.«
»Was ist mit Fußbodenbrettern, Darryl?«
»Auch wieder grauer Eukalyptus. Der poliert sich fast von selbst.«
»Wie verbinden wir das aber miteinander?«
»Die Tragbalken könnten wir kerben und zapfen. Für die Stifte nehmen wir Eiche, ich organisiere etwas aus dem Memorial Park in der Stadt. Das Holz für den Fußboden muß aber abgelagert sein, damit es präzise gefügt werden kann. Ich glaube, ich weiß, wo dank Fritter Batters Ziegen 'n paar gegürtelte Bäume stehen.

Dich laß ich die Zungen und Nuten in die Bretter schneiden, mein Junge.«

»Mit dem Ding da?«

»Mach halblang! Was glaubst du wohl, wie sie den Wollschuppen auf Bunoo Bunoo gebaut haben? Und Sägewerke gab's 1800 auch noch nicht. Alles Holz wurde mit der Hand behauen, alle Verbindungen gekerbt und gezapft. Wir kerben und verstiften alle Balken und Zapfen, und darauf verstiften wir dann die Fußbodenbretter.«

»Was schätzt du, welche Größe wir für die Stifte brauchen?«

»Fünf Zentimeter. Du kannst die Fünfer-Löcher mit der Handleier bohren, Fergus.«

»Besten Dank auch. Fünfer-Löcher in Hartholz!«

»Ach, was soll das. Du warst doch auch auf der Versammlung. Du hast ja gehört, was Monica gesagt hat. Alles soll auf Zedernpfeilern ruhen, alles soll von Hand gemacht werden, und in dem ganzen Bau soll sich kein einziges Stück Metall befinden; paß mit dem Breitbeil auf dein Bein auf. Du wirst merken, daß der Schnitt um so sauberer ist, je dichter du am Bein arbeitest.«

»Was aber, wenn der Kuppelbau zur Hochzeit nicht fertig wird?«

»Breda will keine protzige Hochzeit. Sie glaubt, es wäre zu früh.«

»He, da kommen die Mädchen mit 'ner Tasse Tee, Darryl. Wir sollten uns lieber die Hemden anziehen.«

»Schau sie dir an, Paula. Sieh nur, was sie jetzt machen. Bist du vom Können dieser Männer aus den Bergen nicht auch ganz hingerissen?«

»Um die Wahrheit zu sagen, ich finde, sie sind stinklangweilig, Diane. Mit ihnen kann man sich einfach nicht unterhalten.«

Um die Drei-mal-Anderthalb abzufangen und am Vorbeitreiben zu hindern, ist ein Tragbaum quer über den Jellybean Pool gehängt worden, doch während unterdessen der Gesang des Breitbeils durchs Tal hallt, treibt keiner der Pfeiler dagegen. Weil sich ein Stamm verhakt hat und die anderen nicht vorbeikönnen. Infolge eines Mangels an Kommunikation hatte man alle sieben von den Rollen herunter in den Bach geworfen, bevor der erste herausgenommen worden war. Das Bachbett war von Unrat gereinigt worden, zumindest soweit, wie gehofft wurde, daß sie frei durchschwimmen konnten, aber jetzt gibt es einen Stämmestau, mit dem es fertigzuwerden gilt, von dem aber keiner weiß, wie man damit fertigwerden soll.

»Hol die Leute von den Bergen. Schnell.«

»Nein! Wir wollen doch nicht, daß sie glauben, wir könnten keine ordentliche Arbeit machen. Grainger, du solltest eigentlich diesen Stamm führen. Wie konnte das passieren?«

»Da war 'n Strudel. Ich konnte ihn nicht mehr dirigieren.«

»Ich glaube, ich könnte mal unter ihn druntertauchen. Vielleicht hat er sich unten verklemmt.«

»Vorsicht, Monica!«

Aufmerksam schauen die Männer zu, wie Monicas nackte Brustwarzen hart werden. Das Wasser ist kalt.

»He, warum hören wir nicht alle einfach mit unserer Arbeit auf und beten um Unterweisung oder noch besser um Hilfe? Laut Phryx und Gwen werden in diesem Tal doch die Gebete erhört.«

»Entweder das hilft oder Sprengstoff. Wollen wir uns dabei an den Händen fassen?«

»Balthazar, hol Annunciata. Sie betet schon seit Tagen.«

»Ja, aber sie betet zur Jungfrau Maria, Mann, und damit komme ich nicht klar.«

»Eugene glaubt nicht, daß es hilft. Und solange jemand unter uns ist, der nicht glaubt, daß es hilft, dann hilft es auch nicht.«

»Ich werde euch nicht im Weg stehen. Ich stelle mich dort drüben hin.«

»Scheiße, Mann, das ist dein Projekt! Das ist dein Kuppelbau, Eugene. Ist dir das denn egal?«

»Wie kämt ihr euch wohl vor, wenn es doch helfen würde?«

»Ihr seid ein Haufen abergläubischer Arschlöcher. Macht euch nicht die Mühe, die Nonne zu holen, ich rufe hiermit den Geist des Tales an, die Baumstämme unverzüglich freizugeben! Ich verspreche, falls dies geschieht, werde ich fortan an den Geist des Tales glauben.«

Kaum ist Eugenes Stimme verklungen, als auch schon ein Grummeln zu hören ist, und das Grummeln wird zu einem Rumpeln. Doch das falsche Grinsen bleibt die ganze Zeit auf seinem Gesicht, während die Drei-mal-Anderthalb freikommen. Reiner Zufall. Monica stößt einen Freudenschrei aus, Diane schüttelt den Kopf, Brian aber überkommt eine mystische Empfindung, und es ist nicht zu bezweifeln, daß die religiöse Wahrnehmung mit dem Begriff der Entropie als Grad der Ungewißheit über den Ausgang zu tun hat, die sich in ihrem undogmatischen Urzustand selbst als die Suche nach einem Omen äußert.

Michael Ginnsy prüft die versammelten Gesichter eingehend, und seine Augen heften sich auf Brian.

»Du hast es gesehen, nicht wahr, Mann? Du hast den *Blick!* Ich konnte es deinem Gesicht ansehen. Du wirst ihn wieder verlieren, denn das geht uns allen so, aber das macht nichts. He, stell dir bloß mal vor, dort zu leben, Mann! Es ist dort, wo Phryx und Gwen herkommen. Jetzt müssen wir den Energiepunkt finden. Du solltest das tun, Mann, denn du hast ja den *Blick.*«

Und so bekommt der unnützeste Mann vor Ort die allerwichtigste Aufgabe am gesamten Projekt. Kolitis oder nicht, Brian wird den Kraftpunkt finden, an dem der Mittelpfosten errichtet wird.

»Verstehst du, durch das Tal verläuft eine Verbindungslinie zwischen prähistorischen Stätten, Mann, und sie kommt auf dem Gipfel von Glastonbury in England heraus. Ich habe Phryx und Gwen irgendwo in ihrer Nähe begraben, aber es könnte auch sein, daß ich um wer weiß wieviel danebenliege. Ich habe richtigen Schiß gehabt. Sauunangenehm.«

»Ich glaube, ich kann die richtige Stelle für den Mittelpfeiler finden, Paula.«

»Ja, das glaube ich auch. Ich bin mir sicher, daß du es kannst, Brian.«

»Schärft lieber diese Brechstange an, Mann, wenn wir sieben Löcher graben wollen, einszwanzig tief und einsfünfzig breit. Wir brauchen 'ne Esse und 'nen Amboß.«

»Nehmen wir doch Kohle von der Heiligen Stätte. Oder Holzkohle aus dem Heiligen Hain.«

»Aber die Stange muß kirschrot sein.«

»Wir halten unser abendliches Meeting um sie herum ab.«

»Da ist es. Ich sehe, es hat 'ne Brandhöhe von mindestens zwei Metern, nach den Rußbögen zu urteilen.«

»Jemand hat reines Petroleum in meine Tropffackel getan. Nein, wir konnten kein Feuer in Gang kriegen. Mußten es woanders machen lassen.«

»Wieder beim Samenpflücken, Att?«

»Sie wollen mich im Trupp nicht, Darryl. Deinetwegen und wegen der Sache mit Smitty ist unser Name am Einschlagplatz nur noch 'nen Dreck wert.«

»Sollen sich zum Teufel scheren! Uns kann man doch nicht die Schuld für das geben, was mit Smitty passiert ist.«

»Von dir sind sie auch nicht sonderlich beeindruckt, Darryl. Sie können bloß keinen Ersatz für dich finden.«

»Mich kann kein anderer Fahrer je ersetzen. Sag ihnen, ich verkauf die Kiste. Sag ihnen, ich kann mich nicht damit einverstanden erklären, daß sie den Altwuchs zu Spänen verarbeiten.«

»Sag's ihnen doch selbst. Wie geht's voran, Fergie?«

»Nicht schlecht, Att. Ich schneide die Winkel zurecht und schleife sie dann mit den Blättern von 'ner Sandpapierfeige glatt. Siehst du, das ist 'ne B2-Strebe, achtundzwanzig und dreißig Grad an beiden Enden. Wir brauchen fünfunddreißig davon, alle vier Meter vierundachtzig lang. Hast du Diane gesehen?«

»Hilft sie nicht Paula beim Fertigstellen der Mützen?«

»Sie wird mir's nicht danken, daß ich dir's erzähle, aber sie hat deine Initialen auf 'n Blatt vom Glanzeukalyptus gestickt, um für deinen Geburtstag 'n Lesezeichen daraus zu machen.«

»Warum das?«

»Weil morgen dein Geburtstag ist, Attis. Ostersonntag! Ich gratuliere! Du machst mir doch hoffentlich keinen Vorwurf, daß ich dir die Wahrheit gesagt habe?«

»Was, über das Lesezeichen?«

»Nein, über den Sägemehlhaufen.«

Von Calvin Ecks und dem aktiven Atomwaffengegner Max Worboise begleitet, betritt Derek Frodsham am Ostermontag das Tal. Es wäre vernünftiger gewesen, eher einzutreffen, zum Beispiel am Freitag, aber keiner der Neulinge wollte sich über Ostern ins Tal wagen, obwohl das Verlangen danach wuchs, so wie die Feiertage fortschritten. Calvin wußte, daß Cindy den Großen Ostermarkt hatte besuchen wollen, und daher ist er mit Mustertüten beladen. Er war doch tatsächlich am Donnerstag mit Derek auf den Markt ausgebüchst. Sie schauten gerade einer Darbietung zu, bei der es um die wohl verrückteste Trophäe im Holzhacken ging, und teilten sich zur gleichen Zeit einen verstohlenen Joint, als Derek Frodsham einen Besuch im Tal vorschlug. Calvin Ecks aber, der starken Osterverkehr befürchtete, war nicht dazu zu bewegen. Am Sonnabend taucht plötzlich Maximilian Worboise auf, um die Lage an der Grenze zwischen der UdSSR und China zu diskutieren, und versetzt Calvin in Schrecken. Tausend Dank, Maximilian. Am Sonntag kam der meiste Verkehr dann sowieso aus der entgegengesetzten Richtung. Erst einmal in Obliqua Creek, besuchten sie Graceland, aber an der Tür machten Fremde auf, die noch nie von Diane oder Fergus gehört hatten. Glücklicherweise kam an jenem Nachmittag Barbara Byng mit Darryl in Wonderview vorbei, um zu sehen, was sie an verzinkten 3/8-Zoll-Karosserieschrauben schnorren konnten, die an dem 431 fehlten, den Fergus am Sonnabend gekauft hatte. Und Calvin Ecks, Derek Frodsham und Maximilian Worboise sahen Barbara Byng von der Straße aus. Die Attraktivität des Tals in jenen Tagen war derart groß, daß es sich als illusorisch erwies, das Besucherproblem regeln zu wollen: Niemand, der auf der Totenwache für Martin Luther King gewesen war und hineinging, hat es wieder verlassen. Darüber, wie er das Tal zum ersten Mal sichtete, sollte Derek Frodsham später so sprechen, wie der heilige Kevin über Glendalough gesprochen haben mochte. Maestro, könnten wir bitte einen Hauch von *Morgendämmerung* konservieren, dem ersten der vier Zwischenspiele aus *Peter Grimes*. Danke.

Ich erinnere mich an jene Ostern. Der spät einsetzende Regen hatte es wie Ostern erscheinen lassen. All die Kartoffeln, die Horrie so gefehlt hatten, standen wieder in Blüte. Wenn die Sonne schien, war es noch warm, und das Gras gedieh prächtig. Das Possumholz auf der Halde schlug rotblühend neu aus. Aus den Grasbäumen schossen die Blütenstände wie Speere in die Höhe. Sie gab es, seit Mehmed den Hain verlassen hatte. Kürbisse lachten, kein flaumiger Mehltau war mehr da. Wolken jagten vorüber. Barbara Byng nieste. Würgerkrähen sangen im Chor. Strickjacken, ja sogar Hemden wurden den ganzen Tag über angezogen und wieder abgelegt.

Und das Farmhaus mit den willkommenen Schwalben, die um die Veranda huschten. Das ist ein Haus, über das man eine Stunde, bevor man es sieht, nachdenken und reflektieren kann. Das Traumhaus eines jeden Hobbyfarmers.

»Da ist sie! Da ist Cindy, Mann, sieh doch. Da ist meine Tochter! Ich erkenne sie an der Art, wie sie läuft.«

Der kreisförmige Garten, von Annunciata in mystischen Formen entworfene Beete, von großen gebogenen Eisenreifen eingezäunt. Reste von Maschendraht. Von Ziegen verwüstete Überbleibsel einer Rebenanpflanzung, Heimstatt von ein paar lavendelfarbenen Bienenhäusern, an denen es hoch herging. Hinter dem Haus das, was vom mit Brombeersträuchern bedeckten Schuppen noch übrig ist und was darin noch zu finden war, nachdem Olaf ihm mit einer anderthalb Meter langen Brechstange und einem Nageleisen zu Leibe gerückt war. Diverse Längen Hartholz zugeschnitten zu Zehn-mal-Zehnern und Fünf-mal-Dreiern und Fünfzehn-mal-Fünfern, aus denen Nägel herausragten; ein Sortiment Blechtafeln fürs Dach; ein paar Betonrohre mit mehr als einem Meter Durchmesser; ein Käfig, etwa anderthalb mal anderthalb mal anderthalb Meter, einst vielleicht Teil eines Anhängers zum Kälbertransport, der umgedreht aber nützlich sein konnte, um Wallabys, Holzenten und Bürstenschwanzpossums von der Haschischpflanzung fernzuhalten; ein schwarzes und bösartig aussehendes Eisenkreuz mit Nippeln an allen Extremitäten; ein paar Autoräder an einem Chassis aus zusammengeschweißten Stücken von Fünfzehn-mal-Fünfer-Winkeleisen; ein Scheibenpflug, fleckig wie eine gemeine Robbe und mit braunem Rost, der vom Sitz abblättert; etwas Kükendraht; etwas Drahtseil; eine schmuckvolle hölzerne Kuppel mit einer Wetterfahne auf dreißig

Grad; die Heckklappe eines Lasters; ein aufgebrochener Sack Zement, steinhart; irgendein eisernes Viereck, ein landwirtschaftliches Gerät aus Eisen auf Rädern, von dem nur die Räder und eine Sitzstütze übrig sind; ein grauer Hühnermäster, ausgelegt, um etwa 2000 Hühner mit Körnern zu füttern; zwei Innentüren, von Termiten zerfressen; ein schmiedeeisernes Tor; ein roter Kanister; eine Eisenbahnwaage auf Rädern; einige Küchenschranktüren mit Bakelitgriffen und so weiter und so fort, das ganze braun, grau, blaugrau, weiß. Ein Hauch von Farbe nur in den Pflanztöpfen und im Wassergraben.

Weiter hinten, jenseits der Bienenstöcke, der Bauplatz, auf dem es mächtig geschäftig zugeht. Sieben gewaltige Zedernpfosten als Pfeiler tragen eine massive Hartholzplattform, auf der an die dreizehn Europäer in phrygischen Mützen umherschwärmen. Von einer Kassette plärrt aus einem Kleinbus mit offenen Türen das Beste von Bob. Bestimmte Frauen und Männer besteigen Gerüste und Leitern, während andere über das Podest hasten und wieder andere behutsam ein Gitterwerk erklimmen, das aus der Plattform emporsteigt und sich über ihr türmt; dieses riesige, aus Dreieckselementen bestehende und aus Holz gefertigte Skelett wie die enorme Vergrößerung einer Schneeflocke, die wippt und schwankt, während sie an lediglich fünf Punkten auf dem Podest darunter ruht. Während bestimmte Arbeiter die Positionierung von 165 farbig markierten Streben leiten, befestigen andere diese an einundsechzig Naben aus Fünfzehn-Millimeter-Verbundholz von zwanzig Zentimeter Durchmesser. Ein Mann in seinem besten, wenn auch verblichenen Overall – denn aus Rohwolle gesponnene Twinsets und Klamotten, die am Start des City-to-Surf-Laufs schnell abgelegt werden, haben Baumwollkaftans, Armeekluft und Schlaghosen noch nicht abgelöst – wabert auf der Baustelle umher, sich den Weg durch Hunde und Ziegen bahnend und tanzend, während er immer wieder innehält, um aus einer Trompetenmuschel heiliges Wasser auf die Arbeiter zu sprühen. Kein Hammerklang, nur die Knarre, mit der ein Bolzen angezogen wird. Versuche, die Verwendung von Metall bei dem Bauwerk zu vermeiden, wurden aufgegeben, nachdem das ganze Ding zweimal eingestürzt war.

»Sieht aber großartig aus, wo's oben ist, nicht, Darryl? Diesmal wird's auch oben bleiben.«

»Ist ja auch was anderes.«

»Gibt es, von dem einen Pfad abgesehen, noch 'nen zweiten Weg in dieses Tal?« will Maximilian wissen. »Falls Recht und Ordnung in den Städten völlig zusammenbrechen, kann dann irgend jemand hier rein?«

»Wir stehen am Rand eines Atomkriegs«, erläutert Calvin. »Großes Patt zwischen Rußland und China.«

»O ja. Kommen sie mit Fahrzeugen?«

»Sie könnten zu Fuß kommen. Sie könnten angekrochen kommen. Sie werden verzweifelt sein. Viele sind vielleicht bewaffnet.«

»Würde mir darüber den Kopf nicht zerbrechen. Wir können diesen Kuppelbau leicht verteidigen.«

»Ist das Farmhaus auf der Karte?«

»Schätze, ja. Seht ihr den Flieger da am Himmel über euch? Das ist der Flugkorridor zwischen Melbourne und Sydney.«

Barbara schmunzelt. Schmunzelt sie aber noch, wenn sie als führende Politikerin und Vielfliegerin ständig zwischen Melbourne und Sydney und Sydney und Melbourne und Canberra unterwegs ist und aus dem Fenster eines Düsenflugzeugs blickt und plötzlich feststellt, daß sie auf Erinungarah hinunterschaut? Oder überzieht dann ein freudloser Blick ihr Antlitz, während ihre Hände schwer auf dem Laptop lasten?

Derek Frodsham: Von Eugene Ecks »Trotzki« getauft.
Calvin Ecks: In Anbetracht seiner prophetischen Neigung von Eugene Ecks »Nostradamus« getauft.

Epilog

Eine Abschiedsrede

Tut mir leid.

Kann kaum noch den Bleistift heben, sehe keinen großen Sinn darin weiterzuschreiben. Schwester! Oben auf dem Bücherregal in der Küche finden Sie ein Tonbandgerät. Kann ich das bitte haben? Danke. Habe den Papierkram satt.

Muß mich drauf einstellen. Muß mich jetzt drauf einstellen. Die Gemeindeschwester vierundzwanzig Stunden am Tag neben dem Bett sitzen zu haben. Der Landfrauenverein hat erklärt, sie würden's tun, die Jungs aus dem Klub sind sehr gut gewesen, sehr nett, meinen's gut, wollen aber die Klappe nicht halten, weil es ihnen peinlich ist. Also bin ich ihnen unsozial gekommen.

Siehst du diesen Daumen? Hab das von einem Schraubverschluß. Keine Kraft mehr in der Hand. Da sag ich zu dem Maori, ich sage also: »Ich vergebe dir, daß du mir beim Hungi die Zwiebeln vom Schweinearsch gegeben hast.« Da bricht er in Tränen aus.

A huh a huh a huh! Entschuldigung.

Bin mit der Geschichte nicht so weit gekommen, wie ich wollte, habe aber ein Kodizill zum Testament gemacht, und du wirst die Überleitung in die *Ballade* erledigen, wenn es dir nicht zuviel ausmacht, sei unbesorgt. Immer diese Vermenschlichung des Objekts. Falls sie das Licht des Tages erblickt. Bedauern? Ja, tut mir leid. A huh.

Ob ich noch eine Fluppe rauchen will? Ein bißchen Hasch? Ja, kommt sehr gelegen, hast du was? Ich mache doch bloß Spaß. A huh a huh.

Mir schwinden immer wieder die Sinne. Sie haben mir was gegeben, ich weiß nicht was. Etwas, das mich ruhigstellen soll. A huh.

Was war das noch, was Dylan Thomas gesagt hat? Das Gedächtnis ist weg.

War sowieso ein schlechter Schriftsteller. Ließ den Briefträger die Post öffnen.

Du hast davon gelesen, du hast es in der Glotze gesehen, aber es kann dir nicht passieren, wird es nicht. Du bist nicht so weit.

Bedauern? Ja, etwas schon.

Mutter, bist du das? Mutter! Du bist es. Ich bin auf dem Weg, mich zur Mehrheit zu gesellen. Tut mir leid, sagen wir lieber zur Minderheit, da die Lebenden die Toten jetzt an Zahl übertreffen. Komm, gehen wir ein Stück spazieren. Reue? Dieses Päckchen mit der Karte, damals neunundfünfzig, ich hab es gesehen. Ich habe gelogen, ich hab es rausgenommen. Ich weiß nicht, was draus geworden ist, mag aus dem Sack rausgehüpft, könnte gestohlen worden sein, wer weiß? Doch ich hätte nicht lügen sollen. Aber ich hatte Angst.

Wenn sie die Dinge nur etwas lockerer sehen würden, dann brauchten die Leute sich nicht anzulügen.

Und dann die Erneuerungsmeldungen für die Hunderegistrierung. Ich habe sie gelegentlich verschleppt. Und die Nachricht in der Flasche von Cruiser McCoy, sein Testament und letzter Wille, daran hätte ich mich nicht vergreifen sollen.

Mutter! Du hast ja dein Hermelinkleid an.

Bedauern? Ja, tut mir leid, daß ich nicht nach Hause zurückgekehrt bin, als es mir gutging. Ich wäre im europäischen Sommer gefahren, dann, wenn ich immer fuhr, und ich hätte hier und dort ein paar Herzen gebrochen, und das tut mir leid, und ich hätte einen Aufenthalt in Istanbul eingelegt, wo ich im Sultanahmet abgestiegen wäre, in einem Zimmer mit einem hübschen Blick aufs Marmarameer, nur so lange, bis ich mich vom Flug erholt hätte. Um den Möwen zu lauschen. Wahrscheinlich würde ich mein Zimmer gar nicht verlassen. Ich will bloß ein letztes Mal den Gebetsruf hören. Aus einem Lautsprecher. A huh.

Gütiger Gott, ich höre ihn jetzt.

Hör dir das an! Der Ruf zum Gebet, was für ein leidenschaftlicher Ruf und wie er das postmoderne nachchristliche Ohr mit Neid erfüllt. Hier bin ich gut aufgehoben. Ich kann ein Dutzend Minarette hören. Eins ist sehr laut, muß das hiesige sein. Ja, das ist das gleich nebenan, und das da, das ist die Blaue Moschee. Kommt von dort drüben.

Jetzt setzen sie alle ein, Süleymaniye, Beyazit, alle so entzükkend außer Takt. Oh, das ist ein wahres Vergnügen.

Was sagst du da, meine Liebe? Die Hähne sind heute morgen sehr laut, ob ich das Fenster geschlossen haben möchte?

Nein, danke. Laß es offen.

Ja, jenen ersten Winter haben sie im Kuppelbau verbracht, aber es regnete irgendwie ganz schlimm durchs Dach, weil die Neigung oben für die Schindeln nicht steil genug war, und die Vinylfenster vergilbten und sammelten Staub an, und im Sommer wurde es zu heiß und zog die Fliegen an, und es war viel zu laut, und es gab zu wenig Privatsphäre. Für Parties allerdings wie geschaffen, damals, als das Leben ein bißchen wie eine Party war. Alle Frauen wurden während jener ersten Jahre schwanger, was sehr wichtig ist. Kimbo meint, er würde eine eidesstattliche Erklärung darüber unterschreiben können, und er weiß, daß ich Friedensrichter bin. Alle wechselten die Partner, außer Attis und Diane. In den späten Siebzigern klauten sie von der Bahnlinie die Schwellen, ließen die alten Schienen und die Klunker liegen und fingen an, die Erdziegelhäuser zu bauen, für die sie geschlämmten Lehm in bahnschwellenstarke Ziegelformen, vierundzwanzig mal zwölf Zentimeter, füllten und mit einem Holzabstreicher glätteten und die Stürze mit Stacheldraht einbanden, und das dauerte jahrelang, und einige sind noch immer nicht fertig, und mit Imprägniermittel und Schlamm bespritzt handelten sie die ganze Zeit über vorwiegend mit Marihuana. Aßen im Koala Kottage die Grüne Munga, aber nur, um im Frühjahr nicht zu verhungern. Doch nichts von wirklichem Interesse geschah, bis sie von der Außenwelt völlig abgeschnitten waren, zu welchem Zeitpunkt Orion – er muß vierzehn, vielleicht sechzehn gewesen sein – Cindy heiratete und sie ein Kind bekamen, nämlich Passionsblume, und es war Orion, Timothy Papadimitriou, durch den sich das Tal auch wieder öffnete, als er davonging, um die High School zu besuchen

Aber nur indirekt. Verstehst du, sie wollten die Nabelschnur nicht völlig durchtrennen und bezahlten den Preis dafür. Ich meine, was um Himmels willen hatte die Männer glauben lassen, die Frauen würden für immer in Armut leben wollen? Und was hatte die Eltern gegenüber der Tatsache blind gemacht, daß die Kinder nach draußen streben würden, sobald sie nur könnten. Um eine Redewendung von Gibbon zu gebrauchen: Sie fanden sich als Bettler wieder, weil ihre Eltern Heilige gewesen waren. Ich glaube nicht, daß ihnen überhaupt klar war, daß sie im Land der Ewig

Jungen lebten, bis es nicht mehr existierte. Ein paar Neulinge sind allerdings vor kurzem hereingeschneit, Freunde oder Verwandte von Darryls neuer Frau. Regelrechte Hausratten, mit Springerstiefeln und Nasenringen, ein wilder Haufen. Die haben uns gerade noch gefehlt. Und Mehmed ist als der Grünbraune Mann zurückgekehrt. Tatsächlich ist er nie im Gefängnis gewesen.

An der Zeit abzureisen, einmal sind wir ja alle dran. Billet für die Bahn zum Topkapi, nimm die Bahn zum Topkapi. Lauf Spießruten am Otogar. Arme Schweine, Atatürk gab ihnen einen Stein an Stelle von Brot, verstehst du. Ich wäre froh, nie wieder ein Porträt oder eine Statue von ihm zu sehen.

Was meinst du, meine Liebe? Ich zittere? Nein, mir ist nicht kalt. Wenn schon, dann heiß. Es ist dieser heiße Wind, der da weht. Meltemi nennen sie ihn. Von der russischen Steppe her.

Greif dir eine Kamel Koç. Auf nach Çanakkale. Dur Yoldu!

Ich muß mir die Mühe machen, ja, dieses Mal müssen wir uns die Mühe machen, Gallipoli zu besuchen. Etwas patriotischer sein.

Schau hier. *Juniperinus oxycedrus.* Hast du schon mal mit Wacholderbeeren gefülltes Weinblatt gegessen?

»Ich hätte Appetit auf eine von Bellamys Kalbfleischpasteten.« Wessen letzte Worte waren das bloß? Ich sollte es eigentlich wissen.

Warte mal. Das ist doch gar nicht die Anzac-Bucht. Das ist auch kein Wacholder. Das ist ein Rauhblattgewächs, hat mich genarrt. Wir müssen auf der asiatischen Seite der Dardanellen sein. Ja, natürlich. Blauborretsch, verstehst du? Holziges Wollkraut. Dort drüben.

Was sagst du da? Ich soll mich wieder ins Bett legen? Oh. Wir sind auf den alten Bahngleisen. *Illic heu miseri traducimur,* daß es so weit gekommen ist. Du wirst lachen, aber ich hatte geglaubt, ich sei in der Türkei. Sieht ganz so aus, als hätte ich hier 'nen Türken gebaut.

Im heroischen Zeitalter der Türkei haben auch wir unsere Rolle gespielt. Wir waren die Barbaren, jenseits der Grenzen der Zivilisation. Irgendwann im Leben bringt jeder mal einen um, meine Liebe. Hier stehen sie, auf diesem Kriegsdenkmal, die Namen von

Männern, die während des Großen Krieges andere Männer getötet haben. MacAnaspie, C.

Nein, ich will nicht ins Bett zurück, ich will ein letztes Mal durch Obliqua Creek spazieren.

Da wären wir. Kaz Dağ, der antike Berg Ida, der Kybele heilig. *De testem Romae tam sanctum quam fuit hospes numinis Idaei.* Tritt vor Rom mit einem Zeugen so aufrichtig wie der Mann, dem das Numen von Ida anvertraut war. Juvenal. *Ego viridis algida Idae nive amicta loca colam.* Muß ich mich gegen den Schnee in der eisigen Kälte des grünen Ida in Decken hüllen? Catull. *Hanc varie gentes antiquo more sacrorum Idaeam vocitant Matrem.* Sie ist es, die die verschiedenen Völker in ihrem uralten Ritual die Mutter von Ida nennen. Lukrez. Sowas bleibt im Gedächtnis hängen. Wir haben den Dolmuş nach Bayramiç genommen, durch reifenden Weizen und die Zerr-Eichen, und nun stapfen wir in der Hitze durch Cistrosen bergauf. Meine Fresse, ist das heiß! Frag den Alten da doch mal, ob wir 'nen Schluck von dem kühlen Quellwasser kriegen können.

Da wächst ja Johanniskraut. Das erste, das wir heute sehen.

Na komm, geh schon weiter, bleib doch nicht stehen! Ich weiß, die Aussicht von oben ist nicht besonders. Wir müssen etwas unternehmen, um die Emissionen zu reduzieren, warte: Ich höre syrische Popmusik. Da oben vor uns muß ein Hirte mit einem Gettoblaster sein. Halt die Augen auf und achte auf diese Sivas-Kangal-Hunde! Ich bin mal von dreien von den Biestern angefallen worden. Hab mir dabei fast die Hosen vollgeschissen, war aber glücklicherweise geistesgegenwärtig genug, Aggression zu zeigen.

Es gibt Zeiten, da muß man aggressiv auftreten. Ich glaube aber nicht, daß jetzt eine solche Situation ist.

Schafsglöckchen! Beim Jupiter, die versetzen mich zurück. Frauen im Schalwar, Männer mit der Stoffmütze, wie sie nachmittags gegen vier die Herden in die Stadt zurücktreiben. Man konnte in der Kneipe ohne Bier unter dem Bild von Atatürk bei einem Tee sitzen und staunen, wie die Herden sich am Trog vermischen und danach wieder trennen können.

Pessinus, davon rede ich, bist du blöd oder taub? Balhişar nennen sie es jetzt, sie haben den Namen geändert. Sie ändern all die Namen. Uh, das ist eine trockene, staubige Ruine, genau wie diese hier. Heißer Wind. Hat auch ’nen Namen, wie nennen sie ihn noch? Meltemi, ja, stimmt. Von der russischen Steppe her. A huh a huh a huh! Luzernebestandene Ebenen. Pappeln an den Bächen, Turteltauben und Traktoren. Das trockene Bett des Gallos verläuft durch Balhişar, und da gibt es zerbrochene byzantinische Säulentrommeln aus allerweißestem Marmor, die im Sand liegen. Liegen einfach herum. Stell dir das mal in Molong vor. Stell dir das in Black Springs vor. Ich hätte in die Türkei gehen sollen, statt hierher zu kommen, aber wer wollte schon ein türkischer Briefträger sein? Die Einheimischen treiben Esel, aber man kann Didyma nicht sehen. »Günüyüzü Dağ« nennen sie ihn jetzt. Hat einen Sendeturm auf der Spitze. Der für Kybele heiligste Gipfel auf der ganzen Welt. Jetzt ein Energiepunkt. Ein Sendeturm. Von der Form deiner Möpse, Liebling, wie die Hügel dahinter …

Ich werde ’ne Pause einlegen müssen. Ich bin geschlaucht.

Weißer Kalkstein, und hinter den Häusern die großen gelben Neuholland-Mähdrescher. Wo bin ich bloß?

Fühle mich ein bißchen seltsam. Glaube, ich werde erst mal die Klappe halten müssen.

Oh. Du hast mich wieder ins Bett gebracht. A huh. Du bist sehr lieb. Solltest du nach Selçuk kommen, steig in der Aussie-und-Kiwi-Pension ab, da kommst du aus dem Lachen nicht mehr raus, und besuch doch mal das Artemision. Es ist neben dem Boulevard mit den Maulbeerbäumen. Jetzt ist nur noch die eine Säule übrig, und ein Storchennest ist drauf, aber sie haben beim Altar rote Flußeukalypten gepflanzt, wie auch am Parkplatz in Milet. Die werden dir gefallen. Und sie kommen gut fort. Friesische Kühe an der Kette. Groß war die Diana der Ephesäer. Die das Leben als Meteorit begann und als Jungfrau Maria beschloß.

Hör bloß mal diese Touristenbusse. Mach bitte das Fenster zu, a hrrgh.

Ist heute nicht der letzte Tag des Jahrtausends? Oh. Ich hatte das gedacht, weißt du. Ich möchte, daß meine Asche heute noch im Busch verstreut wird, Liebes, hast du das behalten?

Heute. Geh in Selçuk ins Museum. Dort haben sie einen schönen Kopf von Attis. Der hat so was, verstehst du, was ich meine? Zweites Jahrhundert. A huh. Der einzige anständige Attis, den du je gesehen hast. A hrrgh. Meistens stützt er ja ein Tischbein, er mit seiner phrygischen Mütze, diese Gestalt christlicher Belustigung, hier aber ist er verklärt, verträumt, entspannt. Hat sie im Griff, die Situation, in der wir uns alle befinden, die wir hier auf dem Raumschiff Erde gestrandet sind. Sinnlich. Dionysisch. So sollte man sein. So sollte man scheiden.

Siehst du die Bäuerin, die die Beeren von den Perückenbäumen pflückt? Frag sie, was sie vorhat. Sag ihr, sie soll herkommen. Sie wissen eine Menge, sie hat vielleicht etwas, das sie mir empfehlen kann. Ich kriege keine Luft mehr.

Nein, nein, schick ihn fort, bitte! Ich spreche seine Sprache nicht.

Zieh die Vorhänge auf. Ich will mir das Kreuz am Fenster zur Baustelle ansehen. Hast du gewußt, daß die Jungfrau Maria ihr Leben als Meteorit begonnen hat? Ich glaube, uns allen ging es so.

Uh oh. Ich kann kaum auf das Kreuz am Fenster zur Baustelle sehen. Jesus Christus. Er war ein Holzhauer, ein Zimmermann. Er wird mir in Kürze ein paar unangenehme Fragen stellen. Er wird glauben, ich hätte ihn im Stich gelassen.

Mutter! O Mutter! Da bist du ja wieder. Bist wieder da. Du mußt in meinem bekümmerten Herzen gelesen haben.

Mutter, würdest du dich für mich bei Jesus Christus verwenden? Glaubst du, du könntest ein gutes Wort einlegen? Du bist doch auch seine Mutter. Danke. Ich habe mein Leben vergeudet. Ich erkenne es jetzt. Es tut mir leid.

Ich werde sterben. Ich bin froh, daß dieses Leben vorbei ist. Und es ist nicht so schlimm, wie man sagt; ich habe nicht das Gefühl, als würde ich einschlafen. Ich hoffe nur, daß ich nie wieder der Öffentlichkeit dienen werde.

TAMAM

Bibliographie

Unter den Büchern, denen es nicht gelang, D'Arcy D'Oliveres' Auflösungsverkauf zu entgehen, werden sein:

G. Harden (Hrsg.): *Flora of NSW*, UNSW Press, 1990
D. Freney: *A Map of Days*, Heinemann, 1991
G. Langley: *Decade of Dissent*, Allen & Unwin, 1992
E. Gibbon: *The Decline and Fall of the Roman Empire*, Strahan, Cadell & Davies, 1797
J. Frazer: *The Golden Bough*, Macmillan, 1911
A. Toynbee: *A Study of History, OUP*, 1939
I. Howe (Hrsg.): *The Basic Writings of Trotsky*, Secker & Warburg, 1964
A. Bloom: *The Closing of the American Mind*, Penguin, 1987
C. Driver: *The Disarmers*, Hodder & Stoughton, 1964
J. Schell: *The Fate of the Earth*, Picador, 1982
Fitzroy Falls and Beyond, Budawang Committee Press, 1988
J. Sturgiss: *The Man from the Misty Mountains*, Budawang Committee Press, 1986
M. Quick: *Green Crowns*, Juniper Press, 1955
S. Lloyd: *Ancient Turkey*, British Museum Publications, 1989
J. Seymour: *Self Sufficiency*, Faber, 1976
R. Kantor: *Commitment and Community*, Harvard UP, 1972
Faces of Findhorn, Findhorn Publications, 1980
P. Manly Hall: *The Secret Teachings of All Ages*, Philosophical Research Society Inc. LA, 1973
Der Taschen-Nietzsche
Werke von Pindar, Platon, Lukrez, Catull, Seneca, Vergil, Juvenal, Persius, Petronius, Apuleius u. a. (diverse Ausgaben)
Die Heilige Schrift
Die Kuppelbücher
John Muirs alternatives Volkswagen-Handbuch (Titelseite fehlt, etwas stockfleckig und ölverschmiert)
Great Circles, Glover, Taylor Publications, Wellington, 1972
Jede Menge Ausgaben der Zeitschrift *Grass Roots*
The Last Whole Earth Cattledog

Klett-Cotta
Die Originalausgabe erschien unter dem Titel
»The Glade within the Grove« bei Fourth Estate, London

Printed in Austria
Schutzumschlag: Finken & Bumiller, Stuttgart
unter Verwendung eines Fotos von Tony Stone Bilderwelten/
Kevin Horan
Gesetzt aus der 9,5 Punkt Life von Fotosatz Janß, Pfungstadt
Auf säure- und holzfreiem Werkdruckpapier gedruckt
und gebunden von Wiener Verlag, Himberg

ISBN 3-608-93415-4

Wir danken dem
Australia Council of Arts
für die großzügige
Unterstützung der Übersetzung.

Australia Council for the Arts